EL REY SIN LINAJE

El REY sin LINAJE

JORGE GONEX

El rey sin linaje (libro II de la trilogía "La vida sin fin")

Segunda edición: agosto, 2023

© 2022, Jorge M. González Expósito

Quedan prohibidos, dentro de los límites establecidos en la ley y bajo los apercibimientos legalmente previstos, la reproducción total o parcial de esta obra por cualquier medio o procedimiento, ya sea electrónico o mecánico, el tratamiento informático, el alquiler o cualquier otra forma de cesión de la obra sin la autorización previa y por escrito de los titulares de copyright.

ISBN: 9798365775893

*Para Cristian,
de quien espero que algún día se
sumerja en las historias de Thoran.
Para Rubén,
que empieza a leer y amar
sus primeras palabras.*

Prólogo

Si has comprado este libro es porque ya leíste *La vida sin fin*, primer libro de la trilogía del mismo nombre. Antes de nada, me gustaría agradecerte la fidelidad a esta aventura. Como apasionado de la fantasía, y en consecuencia ávido lector de largas sagas, sé lo complicado que puede ser seguir una historia cuyas entregas son lanzadas tan espaciadas en el tiempo, más si en ellas hay tantos personajes como en esta trilogía. Así que, para facilitarte este comienzo, he decidido incluir un pequeño resumen para recordar lo ocurrido en *La vida sin fin*. También incluyo un índice de personajes como ayuda a la memoria, de forma que si lees algún nombre y te cuesta ubicarlo en la historia puedes consultar el código QR incluido en estas páginas con un listado de personajes por orden alfabético.

Si por el contrario no has leído *La vida sin fin*, como consejo te emplazaría a hacerlo antes de echar una ojeada a este resumen o te perderás la gracia de leer ambos libros.

El rey sin linaje tiene lugar justo donde acaba el primer libro de la trilogía. Con la inconsciente ayuda de Aawo, el científico seren, Crownight, consiguió liberar a Kerrakj de la prisión en la que estaba confinada y conquistar Rythania con un puñado de mercenarios y hechiceros amiathir.

Mientras, Aldan, consejero erávico, viaja a Kallone para ofrecer a la princesa Kalil Asteller la mano de Gabre Conav, príncipe de Eravia. Un matrimonio que el rey kallonés ve con buenos ojos ante la nueva amenaza que surge del oeste.

Antes de que la guerra contra Kallone explote, Kerrakj arrasa la aldea de Riora buscando a Saith ante la imprudente historia contada por Aawo tras su estancia entre su gente.

Pese a su búsqueda, la reina blanca se marcha con las manos vacías. Saith y Lyn escapan, mas por el camino hacia Lorinet se encuentran con Hyrran, un joven mercenario especialista en robar y sobrevivir. Tras una estancia en Aridan, ambos acaban llegando a Lorinet y alistándose en el ejército dorado. De esta forma saben que acabarán enfrentándose a Kerrakj tarde o temprano, defender los tres reinos y vengar a sus padres. Mientras tanto, Ahmik, el mejor amigo de Saith, pierde la memoria ante los experimentos de Crownight junto a Aawo, convirtiéndose ambos en guerreros féracen y en buenos amigos.

Preparando la guerra definitiva entre Kallone y Rythania, Airio Asteller pide ayuda a Eravia y a los olin. Pese a que la fuerte raza se niega a apoyar a la casa real, el país vecino acude a la guerra en favor del acuerdo matrimonial entre ambos linajes por mediación de Aldan, quien resulta ser un antiguo rey seren y padre de Kerrakj.

Cotiac, un espadachín amiathir miembro del ejército dorado, y Saith son nombrados paladines de cara a la última batalla. Por otra parte, los mercenarios de Ulocc, grupo del que Hyrran forma parte, son contratados para ayudar en la guerra.

En la batalla final el rey encarga a Saith proteger a la princesa Kalil en el panteón real. Fuera, Ahmik ayuda a Kerrakj como comandante del batallón féracen junto a Aawo. De esta forma Rythania cuenta con apoyo de los hechiceros amiathir y los temibles féracen creados por Crownight al tiempo que Kallone lo hace con los extraordinarios paladines, liderados por el afamado Canou Amerani, paladín del rey.

Aunque la batalla está igualada, la emboscada ideada por Kallone falla ante la traición de Gael. El seren, mejor amigo de Aldan y paladín del orden, cede a las pretensiones de Kerrakj al entender que los humanos son incapaces de encontrar la paz por sí mismos. También los mercenarios de Ulocc permanecen apartados ante el acuerdo alcanzado con Gael. Hyrran, consciente de la traición, los abandona para ayudar a Lyn y Saith en la batalla.

Pese a lo igualado de la contienda, la habilidad féracen resulta determinante, especialmente la de Ahmik. Al verlo, el ejército erávico, que venía en apoyo de Kallone, toma su presencia como una señal de los dioses y lo confunde con Aecen, retirándose cauteloso de la batalla. De esta forma Airio Asteller y su heredero sucumben a la fuerza de Kerrakj.

En el panteón real, Cotiac releva a Saith y se descubre como traidor. Con el objetivo de matar a Kalil Asteller, lucha con espada y magia, siendo Lyn, con el corazón roto, quien termina acabando con su amenaza. Aldan les descubre los pasadizos secretos creados por los antepasados de los Asteller y las ayuda a escapar de la inevitable derrota.

Cuando Saith llega a la batalla todo parece estar a favor de Rythania. Sin embargo, al ver a sus amigos en peligro desata su enigmático poder y se abre paso entre las filas enemigas blandiendo a Varentia para enfrentarse a Kerrakj. Pese a que está cerca de vencer, su furia se esfuma cuando descubre que el guerrero que se interpone entre él y la reina blanca es Ahmik, su mejor amigo.

Ante tal duelo fraternal, Aawo lucha contra Hyrran y recupera sus recuerdos, lanzándose de improviso contra Saith y cayendo ambos por el Abismo Tártaro.

Kerrakj toma el trono de Kallone tras su victoria mientras Ahmik llora la muerte de Aawo. Lyn, Kalil y Aldan huyen del reino ante la amenaza de ver morir el linaje Asteller. Mientras tanto, Hyrran y Ekim encuentran a Saith a orillas del Tesne, bajo el acantilado, vivo como si fuera un milagro de los dioses.

Es entonces cuando comienza esta historia. Bienvenid@ a *El rey sin linaje*.

Listado de personajes

INDICE

1. El amor está sobrevalorado
2. Reconstrucción
3. Búsqueda de respuestas
4. Hijos de Aecen
5. Misión nocturna
6. Vuelta a casa
7. Diario de una reina
8. La muerte de un símbolo
9. No todo es Arena
10. La gran conspiración
11. Deshonor
12. Redención
13. La herencia de los dioses
14. Un mal justificado
15. La magia de la cascada
16. Tácticas desesperadas, silencios peligrosos
17. Solo hay una paz posible
18. El destructivo poder de Glaish
19. Esperanza
20. La justicia no siempre es justa
21. Encuentro inesperado
22. Recuerdos olvidados, dioses encontrados
23. Sangre en la sombra
24. Soportar el odio
25. Solo hay un camino
26. Fuego en el corazón
27. Un ejército demoníaco
28. La traición de quien fue traicionada
29. Fortaleza mental
30. La batalla del terror
31. El dolor de un corazón roto
32. Culpa sangrienta
33. Comida para pájaros
34. El origen de los Hijos de Aecen
35. La llegada de un Dios
36. Un poder inimaginable
37. La fuerza de un porqué
38. Liberación
39. Fantasmas en el trono
40. Dudas sobre sangre
41. Un reino en ruinas
42. Una verdad sobre la vida
43. Un rey en el que creer
44. La princesa y el dios
45. Una estrategia y una dificultad insalvable
46. El origen de los dioses
47. De dioses y demonios
48. Una estrategia de éxito
49. Suerte

1. El amor está sobrevalorado

Sabía de dónde venía y a dónde iba, pero no había estado más perdida en toda su vida. Kalil Asteller caminaba por los empinados y montañosos senderos que la acabarían llevando a Ortea, la capital de Eravia. Con cada paso sobre la rocosa pendiente arrastraba el dolor de haber perdido a su familia, su reino y su corona. Hacía días que las lágrimas se habían secado en su rostro, y no perdería un momento en derramar ni una más pese a la impotencia que la abrumaba.

«Tienes que ser fuerte. Aun sin un trono en el que sentarte, eres la princesa de Kallone», se dijo apretando los puños. Era el momento de ser valiente y no desfallecer.

Las catacumbas bajo Lorinet habían sido más extensas de lo que la ciudad habría necesitado jamás. Una vetusta estructura creada por olin y humanos cuando la amistad perduraba entre razas. El resultado le había resultado fascinante. Kilómetros y kilómetros de túneles bajo la urbe que conectaban con otros puntos del reino a través de laberínticos pasadizos. Algunos de ellos situaban entradas secretas al palacio lejos de la capital. Era la forma en la que lord Aldan había entrado para acudir en su ayuda y la había salvado del ataque de Cotiac.

—¿Os puedo preguntar una cosa, mi señor Aldan? —Quiso saber días atrás—. ¿Cómo sabíais de la existencia de esos pasadizos que conectaban con el panteón real? Mi padre jamás me habló de ellos.

—Es una larga historia, alteza. Os la contaré cuando lleguemos a Ortea y estéis a salvo.

Habían pasado doce días desde que huyeron de la guerra, y ahora, subiendo la empinada ladera de las Montañas Borrascosas y sus enmarcados senderos de pura roca, su viaje parecía cerca de terminar. Kalil esperaba llegar a palacio y hablar con el rey para hacer valer el acuerdo alcanzado entre sus familias antes del conflicto. El matrimonio con Gabre Conav le permitiría convertirse en reina de Eravia y tener un papel relevante en el destino que Thoran debía afrontar. Sentarse de nuevo en el trono era más que un deseo: la sensación de no haberlo perdido todo pese al dolor que la invadía. Poder ayudar a la gente. Ese era su más inmediato objetivo y la motivación que la ayudaba a sobreponerse a su nueva realidad.

—¿Estás bien, Kalil? —Ziade se acercó y caminó a su lado. La armadura dorada tintineó sobre sus pisadas y lanzó destellos anaranjados bajo la luz del ocaso.

—Estoy bien —mintió con tono cansado.

«Todo lo bien que puedo estar después de lo ocurrido», añadió para sí.

Su paladín supo que no decía la verdad, pero caminó a su lado respetando sus silencios. Tras acabar Reridan-Lotz y cruzar el Puente de Zarathor, que conectaba Kallone con el norte de Eravia, la mayoría de mujeres y niños que habían rescatado y los habían acompañado en su huida buscaron amparo en el Templo de Icitzy. Se trataba de una gigantesca construcción en la que obtendrían ayuda y solidaridad por parte de los monjes devotos del Rydr. Un templo en el que se rezaba a la diosa y que, con el paso de los años, había visto extenderse una ciudadela a su alrededor convirtiéndose en una de las poblaciones más importantes del país. Ahora que Lorinet había caído no podría hacerse cargo de todas las sirvientas y doncellas que habían huido con ellos. Tenía que poner en orden su propia vida y necesitaba hacerlo rápido, pues la reina blanca no tardaría en invadir el último de los reinos que le quedaba por conquistar.

Las únicas personas que la acompañaban a Ortea eran, por tanto: lord Aldan, consejero del rey Ramiet, quien caminaba bajo la sombra de la incertidumbre por saber cómo lo recibirían en la ciudad de los riscos; Aaralyn, cabizbaja y con el corazón roto tras haber herido a Cotiac en el panteón; Ziade, su protectora; y Lasam, la inexpresiva olin que anhelaba saber qué había pasado con su hermano Ekim. Un grupo de lo más variopinto cuya tristeza convertía una sonrisa apesadumbrada en un bien preciado.

Pese a lo complicado de su situación, sintió alivio por lo cerca que estaba el final de su viaje. Sus ojos repararon en Lyn y cayó en la cuenta de que apenas había hablado desde que escaparon de Lorinet. Parecía especialmente afectada por lo sucedido. Tanto como la propia Kalil al menos. En general, el grupo viajaba callado respetando el luto y la tristeza de sus componentes. Ziade miró a Kalil a los ojos. La había cuidado desde que era niña y enseguida supo lo que pensaba. Con un gesto de cabeza la animó a acercarse a la amiathir.

—¿Cómo estás, Lyn? Pareces apenada —dijo mientras agarraba su vestido para evitar que se enredase entre las rocas.

—¿Se puede estar de otra forma después de lo que ha pasado? —repuso ella brusca. Tras unos pasos pareció darse cuenta de que era la princesa quien hablaba y relajó su expresión—. Lo siento. Yo...

—No te preocupes. Es normal sentirse triste tras lo sucedido —la excusó Kalil. Ella misma tenía la tentación de gritar a los vientos con desesperación. Tal vez lo habría hecho si no cargase con años de experiencia negando sus propios sentimientos y guardando la obligada compostura propia de la nobleza de su sangre.

—No estoy triste, sino enfadada —murmuró negando con vehemencia. Su pelo negro recogido en una cola se agitó salvaje—. Entrené durante mucho tiempo para ser una buena arquera, desde la salida hasta la puesta de sol. He madurado y aprendido de mis errores con la intención de ayudar a mis amigos y proteger al reino, pero a la hora de la verdad caí en la trampa de Cotiac. Me utilizó para llegar hasta ti y no supe detenerlo a tiempo. No puedo evitar pensar que mucho de lo que ha pasado es por mi culpa.

—No te martirices, niña. No podías saberlo —rechazó Ziade con su habitual severidad.

—¿No podía o no quise porque antepuse mis sentimientos hacia él? —se recriminó.

—A veces, cuando nos sentimos solos, la más mínima caricia nos hace acurrucarnos bajo su abrazo y escondernos de la dolorosa realidad. Nos relajamos y nos refugiamos al roce de esos dedos que nos muestran afecto —contestó Ziade con seriedad—. No todo el mundo sabe escapar a tiempo de los intereses de esa caricia cuando se vuelve familiar. No ganarás nada culpándote. Nadie vio venir la traición de ese desgraciado.

—Lo importante es que nos protegiste cuando tuviste que hacerlo, y eso es más de lo que otros pueden decir —la consoló Kalil apretando los puños mientras pensaba en la traición de Gael y Cotiac.

Ambos soldados habían aprovechado su estatus como paladín para traicionar la confianza del reino. Lyn asintió con la vista puesta en el suelo para no tropezar con las rocas.

—Esperad —las interrumpió Aldan—. Tenemos compañía.

Ziade alzó la vista observando a su alrededor y la amiathir cargó el arco en un acto reflejo a velocidad de vértigo. Kalil se detuvo intentando vislumbrar a qué se refería el consejero. Unas sombras aparecieron sobre los riscos. La luz del sol, que pronto se pondría, les impidió identificar a los hombres con claridad.

—¡Bajad las armas! —gritó una voz.

Habían caminado durante días evitando los caminos más transitados. Eravia tenía poco que ver con Kallone. Allí el bandidaje era habitual, pues el hambre y la necesidad hacían a los hombres comportarse con deshonor.

—Baja el arco —susurró Aldan dirigiéndose a Lyn—. Son demasiados objetivos para una sola flecha y no hemos venido a luchar. Estamos demasiado cerca de Ortea. Deben ser hombres del rey.

Lyn miró a Ziade con el rabillo del ojo y esta asintió con la cabeza. La amiathir bajó el arma con el ceño fruncido por la desconfianza. Con más calma, Kalil pudo ver cómo eran rodeados por varios soldados armados con arcos. También llevaban espadas envainadas. Arriba, en las montañas que enmarcaban el camino, había más. Un hombre de espalda ancha y ausencia de cabello uniformado con los cerúleos colores de Eravia apareció ante ellos. Ya contaba con marcas de la edad en la piel, y un parche tapaba parte de su cara.

—Riusdir, ¿es necesario este recibimiento? —interpeló el consejero al verlo.

—Lo siento, mi señor Aldan. No es personal, pero teniendo en cuenta que tras la caída de Kallone somos el único de los tres reinos que sigue manteniendo con vida a su rey, toda precaución es poca.

El capitán de la guardia echó un vistazo a Ziade, Kalil y Lyn, que bajaba el arco y lo miraba de hito. La princesa sintió un escalofrío al ver la cicatriz que cruzaba su rostro bajo el parche, atravesando su ojo izquierdo y ofreciendo una apariencia amenazadora. El soldado echó un último vistazo a Lasam saciando su curiosidad. La mujer olin le sacaba varias cabezas de altura.

—Puede que Airio Asteller no siga vivo, pero su linaje aún perdura. La princesa Kalil viene conmigo y desea hablar con el rey y el príncipe Gabre —repuso Aldan.

—¿Y por qué desea ver al rey? —cuestionó Riusdir imperturbable.

—Para hacer valer un compromiso de matrimonio que, salvo que hayáis recibido órdenes opuestas, no ha sido anulado —contestó Kalil luchando consigo misma para permanecer firme.

El capitán dudó y sus hombres se miraron unos a otros. La vacilación dejó paso a la confianza, reflejada en una sonrisa suspicaz.

—Está bien, alteza. —El sarcasmo asomó entre sus labios al pronunciar la última palabra—. Os guiaré hasta el rey si así lo deseáis, aunque me pregunto si, por muy Asteller que seáis, debería seguir tratándoos como princesa. No tenéis reino, al fin y al cabo.

Las palabras la arañaron como si cayese en un agujero de cristales rotos, aunque en esta ocasión los cortes no eran de los que abren heridas, sino de los que evitan que se cierren. Tuvo que hacer un esfuerzo por no derrumbarse.

—Si queréis puedo mostraros cómo de princesa es, aunque no porte corona —amenazó Ziade con mirada asesina. Aldan colocó una mano sobre el brazo de la paladín para apaciguarla.

—Calmaos, soldadito. Recordad dónde estáis y, sobre todo, pensad que ella no es princesa ya, pero vos tampoco sois paladín. Con vuestro reino también cayó vuestra nobleza. En Eravia sois una plebeya más —contestó el capitán provocando la risa de sus hombres.

—No, recordad vos que tal vez no sea paladín, pero mi espada aún cree que sí —replicó mirándolo con fijeza.

Riusdir borró la sonrisa de su cara, alzó la barbilla y mantuvo su mirada.

—Es el rey quien debe juzgar los motivos de su viaje, no la guardia —interpeló Aldan colocándose entre los dos.

El capitán asintió reacio sin perder de vista a Ziade. Luego se dio la vuelta y organizó a sus hombres. Tras hacerles guardar las armas y ordenar que lo siguieran hasta Ortea, llevó a la princesa y su comitiva hasta la ciudad.

Pese a lo incómodo de la situación, Kalil descubrió que hasta ese momento no había sido consciente de lo diferente que era la vida en los riscos. Por el camino había visto aldeas y ciudades que poco se diferenciaban de los humildes poblados kalloneses, pero en la montaña todo era diferente. El clima era gélido, las casas de ladrillo y teja habían dejado paso a viviendas de piedra que podían presumir de pertenecer a la propia montaña, y la gente también parecía haber abandonado su calidez.

Los habitantes de Ortea apenas se arremolinaron alrededor de los visitantes. No hubo rumores de una muchedumbre a su paso, y las miradas indiscretas podrían haberse contado con los dedos de una mano. En la ciudad de las montañas no solo el clima era frío. La gente parecía desapasionada, abrumada por las dificultades de la vida y su inminente destino, pues sabían que eran el próximo objetivo del peligroso ejército rythano.

Al llegar, el castillo le pareció fascinante. Unas escaleras y un portón de hierro de enormes dimensiones ofrecían una entrada al corazón de la propia montaña. Dentro, las paredes de piedra pulida formaban pasillos que se ramificaban como pétreas arterias, y por ellos había escaleras que subían hasta quién sabe dónde.

El capitán de la guardia los guio hasta el salón del trono, un extenso espacio de techos planos y columnas engalanadas con surcos y dibujos sobre la piedra. Una apariencia sobria en la que podía apreciarse la artesanía de cada elemento en la dura superficie. Al contrario que en el palacio dorado, cuya iluminación era extraordinaria, apenas había un par de esferas que dieran luz a la estancia. Sin embargo, abundaban los apliques y las antorchas encendidas.

Kalil, Aldan, Lasam, Ziade y Lyn permanecieron en el interior del salón bajo la atenta mirada de los soldados mientras Riusdir se marchaba por una puerta en la parte posterior.

—Debéis prepararos, Kalil —susurró Aldan—. Riusdir no es la única persona en Ortea que dudará de vuestra condición de princesa ahora que vuestro reino ha caído.

—¿Hasta dónde llega el odio a Kallone y los Asteller? Creí que con el compromiso quedarían atrás esas rencillas históricas —murmuró Ziade con hastío.

—Hubo un tiempo en que yo también lo creí. —La cara del consejero mostró una preocupación comedida.

Kalil llevaba años pensando en cómo sería su llegada a Eravia. Había pensado en una fiesta de bienvenida, en el recibimiento de su nuevo pueblo, en su matrimonio con Gabre y en mejorar la vida de esas personas. Había soñado con bailes, luces y viandas. Con sonrisas y júbilo. ¡Qué ilusa había sido! En Ortea todo era más gris de lo que sus sueños le habían mostrado. No había alegría. Ni siquiera interés. Su idealizado futuro se desmoronaba en su mente como lo había hecho su vida, pero ¿acaso tenía otra alternativa que aceptar ese destino?

Las puertas que había al fondo del salón se abrieron y un chico alto, de porte elegante, se acercó a ellos. Tenía el pelo castaño moldeado por ondulantes mechones. Sus andares denotaban la seguridad propia de la realeza. Pese a la casaca azul que lo cubría, su camisa, cuyo cuello llevaba desabrochado, dejaba ver las marcas athen que había heredado de su madre, la inigualable reina Daetis. Era la primera vez que veía en persona a su prometido: el príncipe Gabre.

El muchacho se acercó y clavó sus ojos en Kalil. Eran azules como el cielo, iguales a los de su abuelo, Olundor Conav. Eso le había contado Aldan en las muchas charlas que durante años mantuvieron en los jardines del palacio kallonés.

El príncipe inclinó la cabeza en una estudiada reverencia.

—Es un placer conoceros por fin, mi princesa. Sois tan bella como decían los vientos que llegaban desde el oeste. Hacéis justicia a las palabras de aquellos que os vieron antes que yo.

—Gracias, majestad —dijo ella con una sonrisa sincera.

Había muchos asuntos importantes que tratar, pero que le hablase sin poner en duda su condición de princesa, como había hecho el capitán de la guardia, la tranquilizó.

—Lamento mucho lo ocurrido a vuestra familia —continuó Gabre. Pareció sinceramente consternado. Luego se acercó al consejero y ambos agarraron sus antebrazos en un saludo cordial—. Me alegra verte sano y salvo, Aldan.

Este le dedicó una sonrisa cansada.

—Esperemos seguir así en unos días. La amenaza rythana no tardará en hacerse notar.

—¡Y estaremos preparados! —interrumpió el rey Ramiet entrando por la puerta en ese mismo instante.

Aldan le mantuvo la mirada mientras el monarca se dirigía a su trono con seguros pasos, como quien pisa sobre su propia superioridad.

—Nunca se está preparado para lo que se desconoce —repuso el consejero.

El rey lo observó de reojo y puso los ojos en blanco en una mirada hastiada.

—¿Qué haces aquí, Aldan? —Ramiet se dejó caer con desgana sobre el regio sillón como una prenda de ropa inanimada. Pese a que aún no era anciano, su edad no debía pasar por mucho las cuatro décadas, las arrugas a orillas de sus ojos eran tan pronunciadas como sus ojeras. Bajo su larga barba castaña, sin embargo, dibujaba una sonrisa irónica—. Fuiste relegado como consejero. Tu sitio ya no está en palacio.

—¡Padre! —rogó Gabre consternado—. Lord Aldan ha estado a vuestro lado muchos años.

El rey lanzó a su heredero una mirada de desaprobación.

—Sé que este ya no es mi lugar —afirmó el exconsejero dirigiendo su vista al suelo y levantándola de inmediato—, pero ahora Eravia es el único reino que no está bajo el yugo de Kerrakj. La última esperanza para cumplir la voluntad de Icitzy. Es mi deber estar aquí y ayudar en lo que pueda.

El rey echó una rápida ojeada a la comitiva que lo acompañaba. Ziade y Lyn observaban desconfiadas todo cuanto las rodeaba mientras que Lasam, pese a ser la más grande y alta de todos, se hacía más pequeña cuanto más se tensaba el ambiente. Kalil, sin embargo, asistía a la escena con estoicismo sin saber cómo abordar la situación. Ahora no tenía todo un reino respaldando sus intenciones.

—¿Así que estás aquí por una cuestión religiosa? ¿Seguir los designios de Icitzy? —lo abordó Ramiet volviendo a mirar a Aldan con la voz repleta de sarcasmo—. Siempre te veía desde los altos balcones meditar junto a la estatua de la diosa en los jardines, pero nunca te creí tan devoto —añadió con una sonrisa—. No te preocupes. Eravia siempre fue un pueblo creyente. No dudaremos en someternos a la voluntad de Icitzy. Eso es lo que hemos hecho siempre y lo que hicimos también en la última batalla sobre el abismo.

Kalil lo miró airada al escuchar sus palabras. Apretó los puños hasta clavarse sus propias uñas y sintió la ira arder en su interior al vislumbrar esa sonrisa de suficiencia. Al comprender la burla fluyendo entre sus dientes por lo ocurrido. Ziade le había contado cómo Eravia se retiró de la batalla al ver la dificultad de la contienda después de haber dado su palabra de apoyar a Kallone contra Rythania. Estaba tan enfadada que cerró los labios con fuerza formando una fina línea al sentir como las blasfemias acudían a su boca. Deseaba decir tantas cosas y podía decir tan pocas... Estaba claro que el rey no la quería allí, pero su destino era reinar. También la única salvación posible para su pueblo. Y si tenía que tragarse el orgullo y esconderlo en lo más profundo de sí misma para lograrlo, así lo haría.

—Os retirasteis como cobardes —escupió Ziade expresando sus propios pensamientos—. Como huidizas ratas incapaces de enfrentarse al enemigo.

—¡Será mejor que calles a tu amiguita, Aldan! No querría tener que cortarle la lengua por venir hasta Ortea a insultar a mi rey —intervino Riusdir. El capitán de la guardia llevó la mano a la empuñadura de su hoja.

Ziade le mantuvo la mirada colérica, pero Kalil, haciendo acopio de un temple propio de su educación, alzó la mano para detenerla. La paladín se contuvo haciendo un visible esfuerzo por calmar su ira.

—¿Qué ocurrió para que entendierais que mi padre no estaba del lado de los dioses? —indagó Kalil con verdadera curiosidad mientras procuraba mantener la cabeza fría.

—Aecen —contestó Gabre—. Apareció en la batalla con una armadura blanca. Su velocidad y su fuerza eran incomparables. Luchó por la reina blanca y surgió entre el ejército kallonés como un barco rompiendo las olas de un mar bravío. Imparable. De un solo salto evitó a los soldados de vuestro padre y mató a vuestro hermano. Jamás vi nada igual.

Kalil imaginó la desgarradora escena. Las tropas erávicas sobre las colinas que daban paso al valle de Lorinet, la esperanza en los ojos de su padre al ver la ayuda que tanto había ansiado y que los olin le negaron. Las lágrimas acudieron a sus ojos, pero supo que no podía dejarlas escapar. No ahora que era la única representante de su pueblo y de la casa Asteller.

—¿Y cómo sabéis que era Aecen?

—¿Quién si no podría moverse a esa velocidad y acabar con la vida de los soldados con tanta facilidad? —contestó Gabre.

Kalil negó con la cabeza.

—La reina blanca utiliza seres de habilidades sobrenaturales. ¿Podéis demostrar que ese enigmático soldado era Aecen? —La última pregunta la dijo alzando la voz de forma inconsciente. La impotencia se aferraba a su cuello como si fuesen grilletes de desesperación.

—¿Podéis demostrar vos que no lo era? —argumentó el rey retrepado en su trono.

Kalil lo observó desafiante. Hubiese tenido ganas de gritar. De zarandearlo y exigir explicaciones por su traición al tratado entre familias. De exigirle una explicación más detallada por incumplir el acuerdo entre reinos. Pero había algo más importante que abordar en esa conversación.

—Os entiendo —sentenció Kalil. Lyn arrugó el entrecejo y Ziade la observó sorprendida con indignación. Aldan se mantuvo sereno. Ojalá poder actuar con la frialdad con la que él actuaba. Pero debía intentarlo, así que prosiguió—: Eravia es un pueblo muy religioso y evitasteis la confrontación con los dioses, fuera o no Aecen. No puedo decir que hubiese hecho lo mismo, pero comprendo vuestras motivaciones.

Una sonrisa asomó a la boca del monarca.

—Me alegra vuestra respuesta. Sabía que alguien de vuestro estatus comprendería lo que significa comandar a mis hombres y seguir la voluntad de los dioses. —Ramiet Conav se incorporó en una pose de superioridad, posando los brazos sobre el trono con los ojos fijos en Kalil—. Me complace que os contente nuestra explicación. Al menos así no habréis hecho el viaje en vano.

La princesa alzó la barbilla. Pese a sus inseguridades y el temor de estar en territorio desconocido y hostil, los muchos años intentando apartar sus emociones le permitieron dedicar una acerada mirada al monarca con sus ojos de esmeralda.

—No he venido a pedir explicaciones, majestad. Esa ha sido solo una forma de concluir la conversación que manteníais con Lord Aldan. He venido a hacer valer el acuerdo de matrimonio alcanzado entre la casa Asteller y la casa Conav hace cuatro años.

El príncipe la observó con los ojos muy abiertos. Ella correspondió a su sorpresa con una sonrisa tan estudiada, que apenas tuvo que pensar en cómo liberarse de sus pensamientos. El rey, sin embargo, no pareció contento con aquel cruce de miradas.

—¿Y por qué creéis que sigue en pie un matrimonio acordado con un reino que ya no existe? —contestó Ramiet cortante.

El corazón de Kalil se aceleró y su cuerpo se tensó ante la hostilidad de la respuesta, pero debía mantener la calma. La sonrisa, aunque más comedida, se mantuvo en su rostro como una máscara. Aún le quedaba una baza que jugar.

—Majestad, Kalil sigue siendo una princesa pese a la desgracia que ha sobrevenido a Kallone —intervino Aldan.

El monarca le dedicó una mirada iracunda.

—¿Ah, aún sigues aquí? Creía haber dejado claro que ya no eres consejero y que tu lugar está fuera de esta montaña. Puedes recoger tus cosas y marcharte cuando quieras —contestó distante sin dignarse siquiera a mirarlo.

—¿Estáis diciendo que queréis romper el pacto alcanzado con la familia Asteller para celebrar el matrimonio? —La voz de Ziade se bañó de incredulidad.

—Eso mismo —afirmó Ramiet—. Jamás he escondido mi... poco aprecio hacia vuestro reino, princesa. No me entendáis mal, no me alegro de lo que os ha pasado.

De hecho, acudí con mis hombres con la firme idea de poner fin a nuestras rencillas y ayudar en la batalla, pero no guardo simpatía por Kallone o los Asteller. Vuestro padre mató al mío en la Guerra por las Ciudades del Sur. Supongo que comprenderéis que no sienta pena por su muerte. Estoy seguro de que vos tampoco la sentiríais por la mía, y en vista de los sentimientos que uno y otro guardamos, creo que sería contraproducente enfrentar los difíciles tiempos que vienen continuando con esta farsa.

Pese a que su rostro era serio, Kalil observó una sonrisa en el brillo de sus ojos. Un alivio oculto en sus palabras por no verla reinar en Eravia. No lo culpaba, pues tras sus propios gestos, fríos cual iceberg, ella también guardaba ira. La ira hacia un traidor que ahora pretendía arrebatarle la última posibilidad de recuperar la corona de su familia. No obstante, aún le quedaban cartas que jugar. No era una buena mano, pero era lo único que tenía. Confiar en que los sentimientos del príncipe fuesen más sinceros de lo que nunca fue su padre.

—Lamento oír eso, majestad —contestó intentando parecer serena—. Sin embargo, no solo habláis del futuro de dos reinos, sino del de vuestro hijo. También de su felicidad. He hecho un largo viaje y creo que debería ser el propio príncipe quien decidiese si quiere seguir adelante con nuestro matrimonio. Fuisteis vos quien propusisteis nuestra unión a mi padre después de todo.

Las miradas de los presentes recayeron en Gabre. El apuesto muchacho no se arrugó ante el peso de la mirada inquisidora de su padre. Parecía valiente e inteligente. Puede que no estuviese enamorado de ella, pero Kalil esperó haberlo sorprendido con su actitud y atraído con su personalidad tanto como ella por la que él mantenía en ese momento.

—Creo que no habéis entendido la situación, querida. —Ramiet se levantó del trono con una sonrisa no exenta de ironía—. La felicidad no tiene nada que ver aquí. Yo me acabé enamorando de mi esposa, pero me casé con una athen por una razón política: estrechar lazos con su raza de cara a un futuro acuerdo que nos proporcionara una posición favorable en una hipotética guerra.

—¿Qué queréis decir? —demandó Kalil.

—Pues que accedí a mi matrimonio por razones que iban más allá de la felicidad, igual que os comprometí a vos con mi hijo por una cuestión política. Si os negabais, me ofreceríais la excusa que siempre esperé para expresar mis sentimientos de venganza por la muerte de mi padre y mi esposa. Y si aceptabais, sería un puente de paz y un seguro de vida para mi hijo cuando yo no estuviese. ¿Realmente creéis que el amor importa cuando el dinero y el poder están presentes? Asumo que vuestra ignorancia en este aspecto debe ser fruto de vuestra juventud. Mi hijo se casará con quien mayor beneficio pueda ofrecer a nuestro reino. ¿Amor?... —Ramiet rio—. Pocos sentimientos hay más sobrevalorados que ese. Siento que vuestro viaje haya sido para nada.

Kalil miró al rey con ofendida incredulidad. Nada de lo que pudiese decir haría cambiar a aquel hombre de opinión. Bajo su mirada confiada y su falsa sonrisa había un odio irracional hacia su padre, su familia... y por tanto, hacia ella misma.

Fue en ese mismo instante cuando comprendió que Ramiet jamás dejaría que portase la corona de Eravia. La poca seguridad que había tenido tras llegar a Ortea se había desvanecido durante la conversación, resquebrajando su disfraz y haciendo visible a la joven frágil y desvalida que había bajo su coraza. El rey la azotaba con su afilada lengua dejando al descubierto su dura realidad: no era más que una princesa sin reino.

—Padre, yo sí deseo mantener el matrimonio con Kalil Asteller.

La voz del príncipe pareció un sueño. Fue como un deseo hecho realidad. Sus ojos azules ahora se dirigían a su padre con firmeza mientras este fruncía el ceño, sorprendido porque su hijo contraviniera sus palabras.

—¿Es que no he sido lo suficientemente claro, Gabre? Harás lo mejor para este reino, y mientras yo porte esta corona seré el encargado de decidir qué es. No voy a desdecirme de mis palabras.

—Precisamente, padre. —Ramiet lo cuestionó con la mirada—. Abandonamos esa batalla para no ir contra los dioses y aceptar la presencia de Aecen. Pese a que su reino ha sido conquistado, Kalil es la última representante de los Asteller y legítima reina de Kallone. No existe familia con un estatus mayor en todo Thoran con la que contraer matrimonio salvo la propia reina blanca, y dudo que le interese una unión como esa —explicó. Ramiet se envaró incómodo, pero Gabre continuó antes de que pudiese reprobar sus palabras—: He estado preparándome los últimos años para hacer frente a esta unión y, ¿acaso no sería ir contra los designios de la diosa negar a una princesa cuyo apellido fue bendecido por ella? Además, contar con Kalil hará que todos los viajeros y refugiados que huyeron de Kallone luchen a nuestro favor en la guerra. No hay, en este momento, un mayor beneficio para nuestro pueblo que hacernos más fuertes de cara a la batalla que está por venir.

Gabre observó a Kalil y sonrió entornando los ojos mientras ella lo miraba admirada. Había dado la vuelta al argumento de su padre en una sola intervención usando la religión, excusa bajo la que se había escudado para huir de la batalla de Lorinet. Un movimiento magistral de gran inteligencia. Recayó de nuevo en las marcas athen que descendían por su cuello hasta el interior de la camisa como símbolos inequívocos de ella.

Ramiet miró a su hijo con dureza, pero con el paso de los segundos fue evidente que no encontraba palabras para contrarrestar su alegato.

—Está bien. Si esa es tu decisión no pondré objeción, aunque admito que seré feliz si acabas desechando la idea antes de la boda —asumió a regañadientes—. No obstante, tenemos muchas cosas que hacer antes de esa unión, como prepararnos para un posible ataque rythano y evitar que ese futuro juntos se haga realidad. Espero que tengas razón e Icitzy bendiga vuestro matrimonio. ¡Guardia! —El rey llamó reacio a uno de los soldados que custodiaban la entrada al salón del trono—. Lleva a la princesa y sus acompañantes hasta los aposentos de invitados.

Gabre sonrió a Kalil antes de que esta se marchara y ella correspondió a su sonrisa con sincero agradecimiento.

—Hemos tenido suerte —dijo Ziade en voz baja mientras los guiaban por los extraordinarios pasillos de piedra—. Parece que el príncipe se ha quedado prendado de ti.

—Y a juzgar por cómo lo mirabas, tú también de él —añadió Lyn.

Kalil sonrió cansada.

—No te negaré que me ha sorprendido su actitud —admitió ella entre susurros.

Sin embargo, supo que desde el primer momento Ramiet tenía razón en una cosa. El amor estaba sobrevalorado, y en su caso, incluso era irrelevante.

«Mi objetivo es enamorar al príncipe y utilizarlo, tanto a él como al ejército erávico, para combatir a Kerrakj y recuperar mi reino. Así ayudaré a toda esta gente».

La princesa alzó la barbilla ante las extrañadas miradas de sus confidentes y dirigió sus firmes pasos hacia el futuro: ese que debía llevarla a reconquistar Kallone y honrar así la muerte de su familia.

2. Reconstrucción

Ahmik se tomó un respiro para descansar. No tenía mucho tiempo. Se secó el sudor con el antebrazo, sintiendo cómo el pelo caía en mechones húmedos sobre su frente, y jadeó como si llevase horas corriendo. Colocó bien los dedos sobre la empuñadura de la espada, listo para un nuevo envite.

Su enemigo no tardó en llegar. Se abalanzó sobre él a una velocidad sobrehumana y asestó un tajo horizontal que lo hubiese alcanzado de no ser por su propia habilidad. Con un ágil giro de muñeca su hoja hizo de escudo y, con un nuevo gesto, lanzó una estocada a su rival que no lo alcanzó. Era rápido. Tanto como él.

Hasta hacía poco estaba seguro de ser el guerrero más fuerte a las órdenes de Kerrakj, pero ahora que Crownight empezaba a experimentar con la sangre del yankka que Aawo y él habían cazado en la Jungla del Olvido, los nuevos soldados que reforzaban las tropas de la brigada féracen tenían sus mismas cualidades. Eran criaturas de una fuerza descomunal. Ágiles y veloces como fieras. No tenían sus orejas puntiagudas ni ningún otro distintivo que los hiciera distintos a los humanos, pero sus feroces ojos rojos eran delatores de su sangre híbrida.

El féracen contra el que luchaba había sido un soldado kallonés. Alguien perteneciente a una de las brigadas de luz de los afamados paladines. Crownight aún no había conseguido conservar los recuerdos en los recipientes, como él los llamaba. Eso los convertía en máquinas de matar. No tenían lazos que los vincularan a la vida, y eso los hacía agradecidos a la oportunidad de matar que la reina les brindaba. Guerreros despiadados carentes de remordimientos. Hábiles soldados sobrehumanos dispuestos a acatar órdenes para saciar la sed de sangre.

El féracen blandió su arma, colocando un par de dedos sobre el recazo, y ofreció rápidos movimientos punzantes. Uno, dos y hasta tres veces Ahmik logró esquivarlos. Un giro sobre sí mismo, un golpe a la izquierda. Otro giro, un golpe a derecha. La velocidad que siempre había resultado diferencial ahora no significaba nada. Ya no era superior a su rival, y esos entrenamientos eran los combates más duros a los que se había enfrentado jamás. O casi.

Rememoraba una y otra vez aquella batalla en el Valle de Lorinet. Aquel paladín al que se enfrentó junto al Abismo Tártaro había sido el guerrero más fuerte que había encontrado. El único que había superado por momentos su fuerza y velocidad. Era como estos nuevos soldados con sangre de yankka. Tan veloz como una ventisca y fuerte como el caudal de un río.

«Ahmik... Soy yo, Saith», tenía aquella voz incrustada en sus recuerdos.

¿Pero cómo? Solo un féracen creado por Crownight tendría semejantes cualidades, y si así hubiese sido, no debería acordarse de él. Es más, aunque milagrosamente y de forma inexplicable hubiese logrado mantener algún recuerdo, ¿de qué lo conocía?

La hoja de su rival silbó en el aire ofreciendo un corte que detuvo con su espada. El féracen se rehízo de inmediato y volvió a la carga. Ahmik, inmerso en sus recuerdos, movió la hoja de forma automática para detener el ataque. El féracen golpeó con fuerza, haciendo que la inercia lo dejase desprotegido por una milésima de segundo. Un tiempo que aprovechó para punzar de nuevo su cuerpo. La punta de la espada de su enemigo atravesó sus defensas de camino a encontrarse con su carne, pero una segunda hoja detuvo el impacto.

Ahmik miró la punta de la espada con el sudor cayendo por la sien. La hoja se había detenido tan cerca, que bien podría haber tenido otro final. Los rojizos ojos de su portador lo miraban con furia animal. Siguió el filo del arma que lo había salvado y acabó encontrando a Gael.

—No deberías atacar a un superior así durante un entrenamiento. Guarda las ansias de sangre para la próxima batalla —reprochó al féracen.

Este se retiró un par de pasos, reacio, y envainó la hoja con una mirada soberbia.

—Me dijo que no me contuviese. Esperaba un reto mayor viniendo de un general —añadió con desdén.

Sus palabras hicieron sonreír también a Ahmik.

—Lo has hecho bien. Eres hábil. Serás de utilidad a la reina y a mi brigada —dijo provocando una expresión vanidosa en el soldado.

El féracen saludó con una mano sobre el pecho y se marchó con la cabeza alta. Ahmik envainó a Vasamshad, la legendaria hoja que la reina blanca le había cedido tras su papel en la última batalla contra Kallone.

—¿Qué te ocurre? Normalmente no te darías por vencido con tanta facilidad —afirmó Gael.

No. No lo haría. Algo en él había cambiado con la muerte de Aawo. Necesitaba comprender por qué. ¿Por qué se sacrificó en un combate decidido? Ahmik siempre había sido el irracional e impulsivo mientras su amigo le aportaba la cordura. Ahora, sin embargo, estaba decaído pese a que por fin era comandante de la brigada féracen, como siempre deseó. Se había convertido en uno de los hombres destacados en los que la reina se apoyaba y a quien aguardaba uno de los papeles más importantes en el destino de Thoran, pero había muerto la única persona a la que habría llamado familia y aún no sabía cómo afrontar el porvenir sin su apoyo. Estaba más solo que nunca, y eso era una sensación desalentadora. El vacío que Aawo le había dejado era mayor que el abismo por el que había caído y en el que había perdido la vida.

—No me pasa nada. Solo estoy cansado —mintió.

Gael alzó una ceja con incredulidad, pero no dijo nada. Ahmik caminó por los patios de entrenamiento huyendo de las palabras y la presencia del expaladín. Este lo siguió con andar calmado.

Los recintos para prácticas del palacio dorado eran inmensos, y en ellos había vallados para duelos que los soldados ocupaban de forma diaria. Era una forma de suplir el espectáculo del Óvalo de Justicia, una costumbre que habían llevado a cabo en Rythania.

Ahmik se detuvo junto a uno de ellos para ver un combate. Dentro, dos de los nuevos soldados de su brigada se batían en duelo. Eran hombres cuyos ojos rojos evidenciaban su sangre modificada. Más fieras en cuerpos humanos creadas por Crownight mediante experimentos con sangre de yankka. Habían llegado a Kallone treinta nuevos soldados con esas nuevas habilidades para asegurar la defensa de la capital de los insurgentes kalloneses. Mientras, Kerrakj y Crownight habían vuelto al castillo blanco, en Rythania. Allí el anciano trabajaba para perfeccionar la fórmula.

Esos nuevos soldados incrementaban el poder de su ejército, pero la superioridad que sus cualidades le otorgaban en combate había desaparecido. Ahmik podía acabar con una decena de soldados humanos sin despeinarse, pero cualquier féracen con sangre de yankka era capaz de igualarlo. Pese a ser su general, sus nuevos soldados no lo respetaban. ¿Por qué hacerlo? No era mejor que ellos. Tenían su misma fuerza y velocidad. Era cuestión de tiempo que cuestionaran su autoridad.

Mientras seguía inmerso en sus pensamientos, los combatientes se movían en el interior del vallado con una habilidad inaudita. Se preguntó durante cuánto tiempo seguiría siendo especial para Kerrakj ahora que decenas de soldados tenían su mismo poder. Tal vez estaban incluso más preparados que él, pues habían sido entrenados y pertenecido a brigadas de luz mientras que él ni siquiera conocía su pasado antes de despertar. Lo que sabía del uso de la espada lo había aprendido por su cuenta, entrenando durante años junto a Aawo.

—Son fuertes, ¿eh? —Gael interrumpió sus pensamientos mientras observaba el combate a su lado con indiferencia. Su armadura dorada de paladín lanzó algunos sonidos al aire mientras se apoyaba en el vallado en una pose informal. Ahmik contestó con un sonido ininteligible—. ¿Crees que serías capaz de vencerlos en un duelo?

—Soy el comandante de la brigada féracen. Soy capaz de vencer a cualquiera —dijo sin creer en sus propias palabras.

—Pues si no llego a aparecer habrías terminado herido tu combate anterior —sonrió irónico.

—Ya te dije que estaba cansado. ¿No tienes otra cosa que hacer? ¿Ir a adorar a la reina o sacarle brillo a esa armadura? —preguntó sin quitar la vista del duelo. Uno de los féracen había ganado al otro y ahora sostenía la hoja sobre el cuello de su rival haciendo visibles esfuerzos por contenerse de darle muerte. Sus ojos rojos parecían chispear con rabia.

—No, pero sí que tengo tiempo de hacerte morder el polvo.

Gael saltó la valla y se dirigió al centro del círculo. Allí desenvainó su espada y lo señaló. Ahmik echó un vistazo a quienes se congregaban alrededor de la zona de duelos. Entre ellos había varios féracen. ¿Qué pensarían si su comandante se negaba a luchar? Mermaría el poco respeto que aún le tuvieran. La sangre féracen solo entendía la ley del más fuerte.

«¿Cómo mantener el respeto de quien no cree en ti?», pensó. El gesto de Gael lo obligaba, por honor, a aceptar el desafío.

Con un suspiro de hastío y colocando los ojos en blanco, puso las dos manos sobre la valla y la saltó, caminando hacia el expaladín.

—Te arrepentirás de esto —amenazó en voz baja.

—Tal vez —contestó el soldado con una sonrisa confiada. Eso lo hizo sonreír también. Tiempo atrás él habría contestado con la misma soberbia.

Desenvainó su hoja y el combate comenzó. Los primeros movimientos fueron tanteando a su rival. Lo suficiente para ver que su estilo era pulcro y perfeccionista. No hacía más movimientos de los necesarios y sus golpes no tenían la fuerza féracen, pero eran contundentes y precisos.

Tras varios minutos de golpes, tajos, esquivar y defender; el combate parecía igualado. Ahmik sintió respeto por aquel hombre que, sin fuerza y velocidad sobrehumana, era capaz de igualarlo en combate. No era de extrañar que ahora fuese uno de los hombres fuertes de la reina.

—¿Por qué no lo das todo? —lo importunó el expaladín.

—¿A qué te refieres? Estoy luchando con lo mejor que tengo —repuso él.

—Sí, y por eso me estás igualando, pero tú eres mejor que esto. ¡Lo sabes! ¡¿Dónde está la furia de tus ojos?! ¡¿Dónde está la pasión por el combate?!

«¿Pasión? ¿A qué diablos se refiere?».

Ahmik se abalanzó sobre él reaccionando a sus palabras. Un tajo diagonal buscó su escarcela y el soldado detuvo el golpe con su hoja. El féracen giró sobre sí mismo. Sus pies danzaron sobre la tierra elevando minúsculas volutas de arena al aire y su espada buscó el brazo derecho de su rival. Gael se agachó con habilidad esquivando la hoja. La velocidad superior de Ahmik le permitió reaccionar para atacarlo aprovechando que aguardaba agazapado, pero cuando su hoja llegó allí el expaladín, que había anticipado sus movimientos, ya rodaba hacia atrás alejándose de sus golpes.

A varios metros de distancia, Gael se levantó y observó a Ahmik con una enigmática sonrisa. Ese tipo lo ponía de los nervios.

—Eres muy bueno, pero podrías ser mejor —insistió sin cambiar el gesto.

Sus palabras lo hicieron fruncir el ceño.

—¿Mejor? ¿Cómo?

—Dejando que te enseñe a serlo.

—¿Quieres ser mi maestro? —Las palabras provocaron en el féracen una sonrisa socarrona—. ¿Acaso crees que lo necesito?

—¿Con quién aprendiste a luchar? —insistió Gael.

—¿Aprender? Siempre he sabido luchar. Entrenaba con Aawo cada día y jamás un enemigo pudo hacerme frente.

—Pero no pudiste vencer a Amerani.

Ahmik retiró la mirada con un gesto brusco tras un golpe que Gael detuvo. Recordaba a aquel paladín de armadura escarlata. Mantuvo un duelo igualado con él, y pese a su fuerza sobrehumana no fue capaz de pillarlo en un renuncio gracias a su habilidad.

—La reina me interrumpió antes de lograrlo —dijo contrariado.

—¿Y qué me dices de Saith?

Sus ojos rojos se clavaron una vez más en los del paladín, que brillaban como si le divirtiese ponerlo a prueba. Antes de que lo reconociera había sido un enemigo temible, incluso más rápido y fuerte que él. Retiró la vista una vez más con incomodidad.

—Deberías saber que, si Aawo no se hubiese puesto en mi camino, también habría acabado con él.

Gael inició la carrera. El movimiento lo cogió de improviso y colocó su espada como defensa. El expaladín asestó un golpe y Ahmik lo esquivó. En menos de un segundo, una estocada volaba de nuevo ansiosa por rozar su piel. Elevó su hoja y un giro de muñeca de Gael lo obligó a apartarla. El paladín aprovechó la carrera para golpearlo en la cara con el codo. El impacto con la sobrevesta metálica lo pilló desprevenido e hizo que la sangre surgiera de sus labios. Ahmik escupió al suelo sin dejar de mirar a su rival.

—Siempre te ha bastado con ser rápido y fuerte. Nadie podía igualarte, y por eso te volviste confiado. Eras como un garra cerril en una granja. Peligroso y sin rival que hacerte frente. —Gael anduvo con paso confiado hacia el borde de la zona de duelos. Una vez allí, puso una mano sobre la valla y fijó sus ojos en Ahmik de nuevo—.

Mira a tu alrededor. La granja está llena de animales salvajes y tú eres uno más. Hasta ahora has estado viviendo de lo que Crownight te ha dado, pero si realmente quieres que esa habilidad siga siendo diferencial necesitas trabajarla. El talento no es un fin, sino una herramienta. No es más que un punto de partida que sin trabajo jamás alcanzará su verdadero potencial. —El expaladín saltó el vallado y los soldados que habían asistido al duelo se separaron para dejarle paso, extrañados por ver que no continuaba. Gael, indiferente, gritó algo antes de desaparecer—: Ven a verme a los jardines al anochecer, frente a la estatua de Aecen. Te estaré esperando.

Después desapareció entre los asistentes. Ahmik se llevó una mano a los labios y observó la sangre entre sus dedos. No le importaron las miradas que lo rodeaban o los soldados que cuestionarían su estatus de comandante una vez más. Envainó su hoja, salió también del vallado y se perdió en el interior del palacio. Necesitaba meditar sobre todo lo que había ocurrido en los últimos días.

Esa misma noche, tras darle vueltas a la propuesta, salió de su habitación para encontrarse con Gael. Era tarde. Tanto que los pasillos estaban vacíos. Las sombras bordeaban paredes y muebles mecidas por el fuego de las antorchas y rodeadas por un espeso silencio. Con Rugoru en el cielo, la luz que entraba por las ventanas resultaba insignificante. Tampoco hacía falta más. Sus felinos ojos féracen siempre le permitieron desenvolverse bien en la oscuridad. Salió del castillo con sigiloso andar. Uno de los guardias que vigilaba la entrada principal se percató de su presencia, y aunque en un principio pareció asustarse de él, saludó disciplinado. Poco a poco los rythanos se acostumbraban a su aspecto.

Cuando llegó a los jardines, Ahmik distinguió a Gael. Tal y como le había dicho, estaba sentado en un banco cercano a la estatua de Aecen. Al escuchar sus pasos levantó la mirada y le dedicó una sonrisa cansada.

—Sabía que vendrías.

—Parece que tenías más seguridad que yo mismo. He estado a punto de no hacerlo.

—Y sin embargo, aquí estás. —Gael dio una palmada suave sobre el banco y Ahmik se sentó, no sin antes echar una mirada a la escultura que se alzaba junto a ellos. El Dios de la Guerra miraba al frente empuñando su extraña espada de sinuosas formas—. ¿Sabes por qué has venido?

Ahmik lo miró de hito. Los azulados ojos del expaladín brillaron a la escasa luz que les otorgaba la pequeña luna. Negó con la cabeza.

—Has venido porque estás perdido —continuó—. Tu vida se vio sacudida cuando despertaste. Probablemente descubriste tu identidad y tu habilidad, aceptaste tu realidad como soldado de Kerrakj, pero ahora has perdido tu ancla. A tu amigo. Necesitas aceptar tu nueva verdad.

—¿Y puedo preguntarte cómo sabes tú eso? —respondió echando atrás la cabeza con indiferencia.

Gael sonrió con una simpatía sincera.

—Soy un seren. Cuando has vivido tanto como yo aprendes a juzgar a las personas. Aprendes a observarlos y comprenderlos; y aunque no quieres que los demás nos demos cuenta, veo tu dolor. Eres un barco al que han rajado la vela y naufraga en mitad del océano. Antes corrías aprovechando el viento, pero ahora apenas tienes un remo para navegar y te sientes preso de esa pausa.

—¿Y qué hago para volver a ser quien era? ¿Cómo lo hago sin Aawo?

Gael cerró los ojos en un largo parpadeo mientras negaba con un suspiro.

—Nunca se puede volver a ser la misma persona cuando pierdes a alguien. Las vivencias, los recuerdos, el dolor... Nada de eso desaparece. —Volvió a negar con la cabeza y Ahmik miró al suelo apesadumbrado, aunque sin abandonar ese aire de indiferencia que portaba a modo de coraza—. Sin embargo, puedes ser una persona nueva. Quizá mejor. Una que acepta la vida tal y como es, con lo bueno y con lo malo. Que se sobrepone y que está dispuesta a trascender con su existencia.

—¿Te refieres a hacer cosas importantes para Kerrakj? ¿Ayudarla a conseguir sus objetivos?

—Me refiero a trascender. Hay muchas formas de hacerlo, pero ese es un camino que nadie más hará por ti. —Gael fijó la vista en el cielo estrellado. Con la pequeña luna en el firmamento, los puntos luminosos se dejaban ver con mayor intensidad, como gotas de agua sobre el suelo en la lluvia que comienza.

Ahmik siguió su mirada y, por un instante, también se perdió en la profundidad del techo nocturno. Recordó las noches que había pasado observando el cielo junto a Aawo, tumbados sobre la hierba en sus interminables incursiones en la Jungla del Olvido. Todo era tan distinto ahora que casi daba miedo.

—¿Por qué intentas ayudarme?

—Porque Kerrakj me lo pidió. —Ahmik frunció el ceño, escéptico ante la posibilidad de que fuese la propia reina quien hubiese animado a Gael a hablar con él. Al ver su expresión, el expaladín sonrió—. ¿Te extraña?

Negó con la cabeza. Pensándolo bien, había sido el mejor soldado a sus órdenes en la batalla. Le había encargado matar al rey para evitar que Eravia interviniese en la batalla y lo había conseguido. También la defendió de ese otro paladín... Saith. La reina miraba por sus intereses. Para ella, o eras útil o debías dar un paso a un lado. Era probable que tras la muerte de Aawo, Kerrakj quisiera asegurarse de seguir contando con su habilidad.

«Así que es eso. De ahí viene ese repentino interés en mí».

Gael se levantó del asiento y caminó unos pasos hasta ponerse frente a la efigie de Aecen. El expaladín lanzó al dios una mirada melancólica mientras Ahmik se planteaba qué planes tenía Kerrakj para él en la batalla que estaba por venir.

—¿Por qué la reina te ha elegido a ti para hablar conmigo? —dijo rompiendo su silencio.

El seren mantuvo la mirada en la estatua, imperturbable como si nada de lo que ocurriese a su alrededor tuviese que ver con él. La figura parecía observarlo con pétrea mirada, amenazadora tras su espada de piedra.

—Porque mi inagotable existencia me ha obligado a reinventarme muchas veces. A salir adelante y lidiar con la pérdida. Esquivar al olvido y luchar contra mis propios sentimientos de autodestrucción, como ahora haces tú. —El expaladín giró la cabeza y observó a Ahmik fijamente a los ojos. Su rostro se mostró claro pese a la escaza luz de Rugoru—. Y porque al igual que tú, el día que Aawo se fue yo también perdí a mi mejor amigo. No murió, pero sé que yo lo hice para él al traicionarlo.

—¿Y por qué lo hiciste?

—Porque existen cosas más importantes que los sentimientos de una sola persona. La lealtad es importante, pero no imperecedera. Sobre todo cuando te lleva por un camino incorrecto. Una amistad a cambio de la paz para todos los ciudadanos de

Thoran... —suspiró—. Es un alto precio, pero espero que merezca la pena.

—No entiendo lo que dices —bufó Ahmik mientras se levantaba y se marchaba por los senderos que dividían los parterres de los jardines. Solo fueron unos pasos antes de volver a escuchar la voz de Gael.

—No, pero lo entenderás. Prepárate. Mañana comienza tu entrenamiento. Yo me encargaré de que vuelvas a ser el mejor guerrero de este ejército.

Ahmik se giró y le dedicó una mirada glacial de ojos entornados.

—¿Qué te hace pensar que accederé a adiestrarme contigo? —dijo.

—Las ganas de reencontrarte a ti mismo.

Ahmik sonrió divertido.

—No me gustaría hacerte daño. Ni siquiera un seren sería capaz de seguir el ritmo a un féracen.

Gael también le dedicó una sonrisa ladina.

—He adiestrado a mejores guerreros que tú.

—¿Ah, sí? —preguntó con sorna—. ¿A quién?

—A Kerrakj —replicó Gael con una enigmática sonrisa—. Y a él.

Alzó la barbilla señalando la estatua que se alzaba ante ellos.

Ahmik observó con incredulidad la piedra moldeada que presidía esa parte de los jardines con la figura de Aecen.

—¿Quieres que crea que entrenaste a un dios?

Gael sonrió con una carcajada solitaria que resonó en la sombría noche y caminó junto a los parterres pasando a su lado.

—¡Oh! Aecen no era un dios, muchacho. Ni Icitzy. No más de lo que podría serlo Kerrakj o yo mismo. Fueron sus actos quienes los convirtieron en lo que hoy son para la gente. —Gael siguió andando hasta la salida de los jardines y Ahmik lo siguió—. Aecen era un muchacho con una fuerza y una velocidad fuera de lo habitual. Una bestia. Una fuerza de la naturaleza. Nunca supimos de dónde salió o por qué tenía ese poder, pero era un muchacho ingenuo y valiente como nadie. Además, tenía un talento innato para el uso de la espada como lo tienes tú, pero como ya te dije: el talento sin trabajo es como una flor que no se riega. Solo si lo cuidas permitirás que crezca y destaque sobre el resto.

—¿Crees que sería capaz de luchar como Aecen?

Gael arrugó la boca y ladeó la cabeza con indiferencia.

—Eso depende de ti. ¿Hasta dónde estás dispuesto a llegar para mejorar? ¿Vas a seguir llorando por las esquinas la pérdida de tu amigo o vas a prepararte para cuando el mundo te necesite?

—¿Necesitarme? Todos sabemos que Kallone no encontrará impedimentos en la conquista de Eravia. La propia Kerrakj ha vuelto a Rythania porque no teme su amenaza. Mi presencia en lo que ha de venir es irrelevante.

—Créeme, muchacho. Si algo me ha enseñado la humanidad y mi longeva existencia es que las cosas no siempre salen como se planean. Siempre existe el riesgo de lo imprevisible. No sé cuál será tu papel en lo que está por llegar, pero más valdrá que estés preparado para todo. —El expaladín puso una mano sobre su hombro y asintió dando por zanjada la conversación—. Tu entrenamiento comienza mañana. Ve a descansar. No será fácil.

Y dicho eso se marchó, dejando estupefacto a un Ahmik al que rodeaban las coloridas flores de los jardines apagadas por la umbría noche. Levantó la vista una última vez a las estrellas y pensó en Aawo.

De repente, desenvainó su hoja y decapitó una rosa de los rosales que cercaban los parterres junto a la entrada a los jardines. Observó la flor de blancos pétalos que ahora reposaba manchada sobre el suelo de tierra.

«Lo siento, amigo. Gael tiene razón. Nunca te olvidaré, pero he de dejarte marchar. Es hora de reconstruirme y afrontar mi propio destino. Tal vez algún día pueda comprender por qué lo hiciste, pero hasta entonces debes ser solo un recuerdo. Gracias, Aawo».

Entonces emprendió el camino hacia sus aposentos, pisando y dejando atrás aquella flor al igual que hacía con su propio dolor. Había llegado la hora de interpretar un papel protagonista en el sino de Thoran.

3. BÚSQUEDA DE RESPUESTAS

Hyrran alzó la vista al sol de la mañana. Su luz se filtraba entre las hojas del árbol cuyas raíces le servían de asiento. El temprano rocío les otorgaba un brillo inusual, y una suave brisa las mecía obligándolas a danzar hasta donde les permitían los peciolos, que se aferraban a las ramas con la sobriedad otorgada por la estación primaveral.

Se frotó los ojos cansados con hastío. Odiaba hacer guardia. Ya le costaba dormir cuando no tenía que vigilar por los demás. Una infancia sobreviviendo a la intemperie entre los sombríos suburbios de Aridan le había concedido un sueño ligero y vigilante. Incluso bajando los párpados permanecía alerta a lo que ocurría a su alrededor. Lanzó un bostezo a medias entre el sueño y el tedio. Luego, algo llamó su atención y escuchó con interés.

El traqueteo de una carreta se acercaba hasta su posición a través de los caminos de tierra que unían el sur de Kallone con la capital. Habría partido de Faris, o tal vez viniese de más al sur, quizás de Zern. Hyrran se asomó con cuidado, al cobijo del grueso tronco. Un hombre de mediana edad, a quien el pelo había abandonado para mostrar su reluciente cráneo, tomaba las riendas de un fárgul que tiraba del vehículo con pesados andares. Supuso que debía tratarse de un mercader.

La carreta profería sonidos de metal con cada bache del irregular terreno, y un farol apagado se balanceaba sobre ella como si lo mecieran. El joven mercenario apoyó las manos en las raíces, se levantó, se sacudió la ropa, y salió de su escondrijo haciendo señas al conductor para que parase. El mercader entornó los ojos al verlo aparecer y tiró de las riendas del animal con un gesto exagerado. El fárgul obedeció sin rechistar, deteniendo su tranquilo caminar al instante.

—¡Para, Bicho! —ordenó el hombre con una voz tan grave que no parecía suya.

Hyrran se acercó con una sonrisa.

—Bicho. Buen nombre para un fárgul —saludó cordial.

El hombre lo observó, evaluándolo, antes de descender del carromato.

—¿Qué se te ofrece, joven?

Hyrran se acercó más, palmeó el grueso cuerpo del fárgul y echó un vistazo al carro.

—Me preguntaba si tendrías por ahí algo de miel y aceite.

—Oh, claro que sí —respondió diligente.

El hombre mostró su mejor sonrisa forzada y fue a la parte de atrás del carro. Rebuscó entre sus cosas y sacó unos botes que tenía ordenados en el interior de una caja de madera. Mientras lo hacía vigilaba a Hyrran con veladas miradas por el rabillo del ojo. Estaba claro que no se fiaba de él.

«Y haces bien», pensó dedicándole una nueva sonrisa.

—¿Hacia dónde te diriges, hijo? —preguntó mientras reordenaba el cajón.

—Voy a Weddar. Tengo asuntos que atender allí. ¿Y tú? ¿Hacia dónde vas?

El mercader llenó un par de pequeños botes, los cerró con un tapón de corcho y se los acercó descendiendo de la carreta.

—Me dirijo a Lorinet. Me han dicho que la guerra ha pasado por allí. Tal vez anden escasos de víveres y pueda hacer negocio.

—¿Vienes de La Ribera? —dijo el joven mercenario observando los botes. Se los había llenado hasta la mitad. Debería bastar.

—De Qana —afirmó—, aunque he estado en Faris un par de días. ¿Necesitas algo más?

—No tendrás Mephe…

El vendedor arrugó el rostro al escucharlo.

—No sé si me quedará algo. No es una flor muy común en Kallone. Menos aún en La Ribera.

Mientras hablaba volvió a meter la cabeza en la parte de atrás del carro rebuscando entre sus cosas.

—También me vendría bien un odre o una cantimplora.

El tipo asomó la cabeza un momento y continuó buscando. Tras un rato, subió al carromato y rebuscó en lo más profundo del vehículo. Luego descendió de él con algo en la mano.

—Lo siento, no me queda Mephe —dijo negando con la cabeza—. Ni tampoco odres o cantimploras, pero tengo esta petaca. ¿Te servirá? —Hyrran se encogió de hombros dando por buena la opción y el vendedor asintió con alegría—. El aceite, la miel y el recipiente son siete tarines.

—¿Siete tarines? Es un buen precio —mintió. Las cosas que había comprado apenas sobrepasarían los cuatro tarines en cualquier otro lugar, pero estaba claro que aquel tipo buscaba aprovechar los tiempos difíciles que recorrían Thoran.

El mercader pareció contento cuando sacó las monedas de la bolsa y se las tendió. El joven mercenario se acercó al fárgul y le dio unas palmadas a modo de despedida mientras el vendedor se guardaba el dinero y volvía a subirse a su carro.

Hyrran se acercó a la cabeza del animal y, haciendo como si lo acariciara, metió un dedo en la corta trompa del enorme mamífero. Sabía cuál era la mejor forma de enfurecer a un fárgul. Este se revolvió incómodo, bramó furioso y cabeceó haciéndolo caer sobre la tierra a causa del golpe.

—¡Ay! —se quejó dolorido.

El hombre tiró con fuerza de las riendas para tranquilizarlo y bajó de nuevo. El fárgul resoplaba indignado. Sus pequeños ojos, negros como el ónice, parecieron mirarlo asustados.

«Lo siento, amiguito», pensó Hyrran mientras se revolcaba en el suelo de dolor.

—¡Pero muchacho! Bicho, ¡¿qué has hecho?! —gritó el mercader mientras se acercaba visiblemente nervioso. Sacó una vara que llevaba en el pescante y se dirigió al animal.

—¡Oh, no! No le pegue. No pasa nada. —Hyrran se incorporó un poco agarrándose el tobillo—. Debo haber hecho algo que lo ha molestado.

El hombre lo miró frunciendo el entrecejo sin saber qué decir. Cuando vio que el mercenario le tendía una mano para que lo ayudara a levantarse, dejó la vara sobre el carro y se apresuró a auxiliarlo. Hyrran se levantó de golpe, pero al pisar con el tobillo dolorido lo apartó del suelo y cayó sobre el mercader perdiendo el equilibrio. Este lo sostuvo con fuerza pese a ser más bajo que él.

—¿Te duele? Estoy a tiempo de dar la vuelta y llevarte a Faris. Allí podrán atenderte. Va a ser difícil que llegues a ninguna otra parte con ese tobillo.

El joven mercenario se apartó, soltándose del brazo del mercader, y pisó con suavidad.

—No, de verdad, ya estoy mejor. Siga su camino buen hombre. Muchas gracias. —Hyrran comenzó a alejarse, caminando para demostrar que se encontraba en perfectas condiciones.

—Espera, chico. No estoy dispuesto a dejarte por los caminos en ese estado, déjame que al menos te devuelva uno de tus tarines por si necesitas atención médica en el próximo pueblo.

El hombre se echó mano a la ropa.

«Mal momento para tener remordimientos por haberme cobrado de más», se lamentó Hyrran.

El vendedor no encontró la bolsa del dinero. Extrañado rebuscó en su cinto, sus pantalones, e irracionalmente se palpó la camisa aun siendo imposible que el dinero hubiese trepado por su cuerpo. La mirada que lanzó al joven mercenario, a medio camino entre la sorpresa y la furia, fue casi cómica. Hyrran había continuado alejándose del carromato mientras él buscaba sus monedas.

El tipo se apresuró a coger la vara con la que iba a atizar al fárgul y lo señaló colérico.

—¡Maldito ladrón! ¡Me has robado cuando te he ayudado a levantarte! —gritó caminando hacia él.

—Tú me has robado primero cobrándome de más por lo que te pedí —repuso mientras continuaba alejándose.

—Y encima te atreves a insultarme. —El hombre agitó la flexible vara, que se torció en el aire y zumbó como un zángano. Luego salió a correr tras él con la clara intención de recuperar su bolsa.

Hyrran lo imitó. Corrió a sabiendas de que su tobillo estaba en perfecto estado y que solo había fingido el golpe para dejarse caer sobre el mercader y apropiarse de las monedas.

«Lo siento, pero necesito este dinero. Tú aún tienes mercancía que puedes vender», se convenció mientras huía. Jamás había tenido remordimientos por tomar lo que no era suyo en momentos de necesidad, y esta vez no sería diferente.

La persecución no duró mucho. Pese a que su alimentación no había sido buena los últimos días, era más rápido y estaba en mejor forma que aquel hombre. El tipo pronto se detuvo, jadeando y torciéndose sobre sí mismo con las manos sobre las rodillas en un evidente esfuerzo por recuperar el aire.

—Te encontraré, ¿me oyes? ¡Maldito carroñero hijo de un ruk! ¡Pagarás por esto! —aulló mientras él se alejaba.

Hyrran no se detuvo hasta que los gritos apenas fueron un susurro en el viento. Pronto encontró un relativo silencio, roto por los sonidos propios de la naturaleza, que lo envolvió al entrar en un bosque cercano. Tras todo lo ocurrido en los últimos días, ese remanso de paz era como un oasis en el desierto. Sintiéndose más tranquilo y una vez recuperado el aliento, sacó la bolsa hurtada al mercader y la vació sobre la palma de su mano. Dos clads y nueve tarines. No era mucho, pero tendrían suficiente para llegar a Zern.

No tardó en llegar al pie de la montaña que daba fin al pequeño boscaje. Buscó la abertura de la cueva en la que se habían escondido y entró en su interior. Oyó murmullos. Eso era buena noticia. Saith ya habría despertado.

La oscuridad de la pequeña gruta dejó paso a la palpitante luz de una hoguera. Allí estaba Ekim, que removía un humeante cuenco al fuego y añadía pétalos de Langyess. En su rostro, habitualmente poco expresivo, había una mueca contrariada mientras echaba flores al caldo. Junto a él, sentado y con las piernas tapadas por una manta roída y polvorienta, se encontraba Saith. El muchacho giró la cabeza y su rostro se iluminó al verlo.

—¡Hyrran! —saludó con alegría.

—Me alegra ver que estás despierto —sonrió él mientras dejaba los tarros del mercader y la petaca cerca de Ekim.

Desde que lo encontraron aquel día en el río siendo manipulado por los soldados de Kerrakj, su amigo había pasado los días aletargado. Durmiendo muchas horas y no demasiado lúcido cuando parecía despertar. Hoy, sin embargo, parecía estar mucho mejor.

—Sí, es difícil dormir con Ekim quejándose —bromeó con una sonrisa cansada.

Hyrran observó al olin y este le lanzó una mirada sombría. Sentado mientras removía el caldo con una rama que en sus gigantescas manos parecía ridículamente pequeña, mostraba un aspecto que invitaba a sonreír.

—Olin no come flores. Animales comen flores —refunfuñó observando la miel que había traído.

—¿Has cazado algún animal? —Ekim negó malhumorado—. Entonces esas flores es lo único que tenemos. Lyn me dijo que eran comestibles. Nos permitirán recuperar energías, sobre todo a Saith.

—También recupera energía con carne de mazavelón —rezongó Ekim—. ¿Por qué tú no caza?

—Tenía otras cosas que hacer. —Echó una mano al interior de su camisa y sacó la bolsa de monedas robadas al mercader.

Ekim bufó mientras continuaba removiendo el caldo.

—¿Dinero? Monedas no se comen.

Hyrran se encogió de hombros.

—Con ese dinero compraremos comida. Y Saith necesitará algo de ropa. No puede ir por ahí vestido así.

Su amigo se miró. Llevaba una camiseta interior blanca y un calzón corto. Era por eso que se tapaba con la manta incluso a pleno día.

—¿Por qué no reparar mi armadura? —preguntó ausente mientras miraba el amasijo de metal a un lado de la cavidad.

—Porque nos buscan. Si no queremos que la reina nos localice tenemos que ser invisibles —respondió Hyrran—, e ir por ahí luciendo una armadura dorada de paladín no es lo que yo llamaría ser discreto. Además, estaba hecha unos zorros tras una caída como esa y repararla sería caro. Lo raro es que tú no estés igual.

El muchacho se miró las manos y los brazos, que ahora llevaba al descubierto. No es que sus heridas se hubiesen curado, es que ya no tenía cicatrices o dolor alguno. Se encogió de hombros sin saber qué contestar.

—Saith piel dura como piedra —intervino Ekim.

—Es eso o que Zurdo no estaba tan equivocado como creíamos. —Hyrran le lanzó una mirada significativa y Saith lo observó con seriedad.

—¿Desde cuándo crees tú en los dioses?

—Desde que caíste por el precipicio más alto de Thoran y sigues aquí sin darle importancia.

—Tuve suerte.

—¿Llamas a eso suerte?

—No suerte. Es milagro —dijo Ekim.

Saith negó vehemente con la cabeza. En su rostro había incertidumbre, pero también tristeza. No quedaba nada de la alegría y el optimismo que su amigo siempre había mostrado.

—Un elegido por los dioses no habría permitido que su familia muriera. No habría dejado que el reino que defendía cayese en manos del enemigo. No habría sido derrotado, una vez más, fallando a su rey. No... —Saith bajó la vista al suelo y apretó los puños con fuerza—. Con el poder de un dios no hubiese permitido que le hicieran eso a Ahmik.

Hyrran resopló poniendo los ojos en blanco y dirigió su vista al irregular techo de la cueva.

—Otra vez ese Ahmik. Desde que te recogimos no has hecho otra cosa que tener pesadillas con él.

—¡Es mi mejor amigo!

—¡Y casi te cuesta la vida! —gritó Hyrran. No pretendía hacerlo, pero necesitaba que abriese los ojos—. Tu amigo lucha ahora para la reina. De haber podido habría acabado contigo. ¿Vas a volver a dudar si te encuentras con él? Porque si es así, estamos perdiendo el tiempo esforzándonos por mantenerte a salvo.

Saith bajó la cabeza contrariado. La tristeza era patente en su voz, en su mirada, en su forma de actuar.

—Esta vez has seguido con vida, pero la próxima él no dudará. No sé quien era ese tal Ahmik antes de esto, pero ahora es uno de los comandantes de la mujer que nos persigue y que busca destruir el mundo que conocemos.

Hyrran se detuvo al ver que un humeante cuenco tallado en la corteza de un árbol se acercaba a su cara. Era Ekim, que había servido la sopa y ahora se la tendía a él. Observó al olin y este le devolvió el gesto con su habitual ceño fruncido. En sus ojos, sin embargo, había súplica. Una petición de dejarlo estar. Al menos por ahora.

Hyrran suspiró y cogió el cuenco asintiendo con la cabeza. Ekim acercó otro para Saith. Este lo cogió y lo dejó en el suelo apesadumbrado. El olin no dijo nada. Acunó el recipiente y se sentó junto al fuego, sorbiendo al acercárselo a los labios.

Tras un rato comiendo en silencio, Hyrran se secó la boca con la manga de la camisa. Saith no había probado bocado. Seguía callado mirando a la nada. Estando sin estar. Pensando. Tal vez recordando. Interiorizando todo lo sucedido.

—Será mejor que comas algo. Necesitas reponerte, y Ekim está cansado de cargar contigo.

Saith miró al gigantesco olin y este se encogió de hombros con indiferencia.

—¿Cargar conmigo? ¿Acaso tenemos algún sitio al que ir? —se quejó—. Lorinet ha caído, el rey ha muerto, Aridan está bajo el dominio de la reina blanca, Riora ya no existe... No tenemos ningún lugar al que volver. Ni siquiera sabemos si nuestros amigos están vivos. Lyn, Leonard, mis compañeros del escuadrón reserva... Lo único que podemos hacer es huir y rezar porque no nos encuentren.

Hyrran dejó el cuenco en el suelo y observó los esfuerzos de su amigo por no derrumbarse.

—Nunca imaginé que te rendirías tan rápido.

Saith le dedicó un vistazo fugaz y giró la cara. Sus ojos estaban húmedos.

—¿Rendirme? —musitó.

El joven mercenario asintió.

—Las cosas no han salido como querías, de acuerdo. No sabes dónde están algunos de tus mejores amigos, la reina blanca se ha salido con la suya, tu amigo Ahmik te mataría si te viera y el reino que defendías ha sido masacrado.

Saith entornó los ojos.

—Si pretendías animarme no lo estás consiguiendo...

Ekim asintió mientras lamía su cuenco de corteza, vacío tras acabarse el caldo. Hyrran sonrió.

—Lo que intento decirte es que ya sabes todo lo que ha salido mal. ¿Vas a vivir lamentándote por ello o vas a arreglar lo que puedas? O para que lo entiendas mejor en esa jerga de soldados que tanto os gusta utilizar a los paladines, ¿vas a tumbarte a esperar la muerte o te levantarás para empuñar la espada una vez más?

Ekim dejó el cuenco a un lado y cogió a Varentia. Fue hasta Saith y se la dejó en el regazo. El muchacho observó la hoja e instintivamente acarició el rojizo metal.

—¿Por qué luchar, Hyrran? Ya no hay un reino que proteger, y luchar por venganza no tiene sentido si es a Ahmik a quien debo matar para obtenerla.

—No luches por venganza. Lucha por mí, por Ekim... Por todo el mundo. —Saith alternó la mirada entre ambos—. Ni siquiera sabemos dónde está Lyn, puede que también siga viva.

La cara del expaladín pareció iluminarse ante esa posibilidad.

—Fue a proteger a Kalil, y Cotiac también estaba con ellas —recordó—. Tal vez hayan logrado escapar. ¡Lasam también estaba allí, Ekim!

El olin asintió imperturbable. Hyrran sonrió al verlo. Incluso con noticias como que su hermana podía seguir con vida parecía impermeable a las emociones humanas.

—Tienes que seguir, Saith. Por todos ellos. Tal vez incluso la princesa siga viva. Igual podemos ayudarla a recuperar su reino. Eravia sigue en pie también. No todo está perdido.

La cara de su amigo pareció más animada y, sin dudarlo un instante, agarró su cuenco y sorbió la sopa con energías renovadas. Hyrran se levantó, cogió su hacha y se la colgó al cinto.

—¿Dónde ir? —lo interrumpió Ekim mientras el mercenario se apretaba las correas.

—Primero iremos de compras a Faris. Llevar a Saith en ropa interior llamaría demasiado la atención, y ya es difícil pasar desapercibido acompañado de un olin de dos metros. —Lanzó una mirada de soslayo a su gigantesco amigo—. Después pondremos rumbo a Acrysta.

Saith paró de beber y casi escupe lo que tenía en la boca. El repentino gesto hizo que tosiera con fuerza.

—¿A Acrysta? ¿Qué se nos ha perdido a nosotros en la otra punta de Thoran?

—Bueno, necesitamos respuestas. ¿No crees? Hace mucho tiempo, cuando nos conocimos, me preguntaste por los seren. —Saith asintió—. ¿Dónde oíste hablar de ellos?

—Se lo oí decir a Kerrakj en el Bosque de Gelvis, después de matar a mi familia.

Lyn y yo estábamos escondidos y no pudo vernos, pero lo escuché con claridad.

El mercenario asintió pensativo. Pese a que debía ser doloroso para Saith recordar aquello, necesitaba que lo hiciera. Tenía que indagar un poco más. Algo le decía que ahí estaba la clave de todo.

—¿Qué es lo que escuchaste exactamente? —lo animó apremiante.

—No sé, Hyrran. Pese a que mis recuerdos son claros, las palabras exactas ya no están en mi mente. —Sacudió la cabeza con frustración—. Algo sobre que ella era una seren y que ese mercenario amiathir que luchaba contra ella jamás podría matarla.

El joven mercenario frunció el ceño.

«¿Que no podría matarla?». Los recuerdos y las teorías se revolvían en su cabeza como lo harían las hojas secas en el interior de un torbellino. Entonces Kerrakj era una seren, significase lo que significase eso. Recordó el tiempo que estuvo esclavizado en el campamento de los mercenarios, antes de que invadieran Rythania y se convirtiese en reina. Para ganarse el apoyo de los suyos luchó con sus hombres... ¡y dejó que la hirieran de muerte!

—¡Eso es! —gritó entusiasmado.

Saith y Ekim lo miraron extrañados. El muchacho alzó una ceja con curiosidad mientras que el olin se limitó a acercarse al cazo, que aún se calentaba al fuego, y se lo llenó una vez más de caldo de Langyess.

—¿Has averiguado algo?

Hyrran asintió vehemente.

—Fue Gael quien habló con Ulocc y nos contrató para formar parte de la última guerra, ¿recuerdas?

—Sí, algo debió pasar. Cotiac dijo en el mausoleo que nos habíais traicionado. —Saith arrugó la boca.

—Los mercenarios no os traicionamos, solo cumplimos con nuestras órdenes. Fuimos contratados para permanecer escondidos. —Su amigo entornó los ojos sin comprender y Hyrran sacudió los brazos impaciente—. Fue Gael quien traicionó al reino. Ya te dije que Ulocc no arriesgaría nuestra vida en una guerra. Aceptó el trato porque el acuerdo implicaba recibir el dinero por no hacer nada.

Saith abrió los ojos arqueando ambas cejas, miró a Hyrran, luego a Ekim, que sorbía terminándose su sopa, y después volvió al joven mercenario.

—¿Gael? No me puedo creer que hiciera eso... —dijo pensativo—. ¡Traicionó al rey aprovechando su estatus como paladín!

—Y aún hay más. —El mercenario se llevó un dedo a los labios dando tiempo a su amigo de encajar las piezas del puzle—. Gael me habló de los seren.

—¿Qué tiene que ver Gael con los seren?

Hyrran negó con la cabeza y su pelo cayó en rubios mechones sobre su rostro.

—No lo sé, pero me dijo que Kerrakj era la legítima reina de Thoran. La única de la familia real seren que intenta asumir su papel y reinar.

—¿Legítima reina? Pero los linajes reales tienen siglos de antigüedad. ¡Es imposible que sea reina de nada!

—Posible si reinaba antes que otros reyes —participó Ekim. Había terminado y dejado el cuenco cerca del fuego. Saith escudriñó el rostro del olin incapaz de entender lo que decía.

—Piénsalo —insistió Hyrran—. El día que destruyó tu aldea dijo que era una seren y no podía morir... ¿Y si es cierto?

—¿Hablas de inmortalidad? —dijo su amigo frunciendo el ceño.

Hyrran se encogió de hombros. Incluso a él le resultaba inverosímil ahora que las palabras se pronunciaban en voz alta.

—¿Tienes una explicación mejor? Yo mismo vi cómo un tipo casi tan alto como Ekim le atravesaba el corazón con una espada y ella se levantaba como si tal cosa.

Saith lo miró como si estuviese decidiendo si creer lo que le decía. La seriedad del siempre bromista mercenario pareció convencerlo.

—No puede morir... —farfulló.

Hyrran le lanzó una mirada compasiva. Sabía lo que eso significaba para él. Había vivido con el dolor de lo que le sucedió a su familia durante años. Con la esperanza de encontrar a Kerrakj y vengarse, y ahora había descubierto que era incapaz de matarla. El destino se mostraba irónico ante los deseos de su amigo y oscuro para las gentes de Thoran.

Saith se levantó y apartó la raída manta que lo cubría. Aún en calzón corto y con una sucia camiseta interior, cogió su extraña espada, aquella que Ekim le había acercado, y se la ató como pudo al torso con una correa, dejando la empuñadura a su espalda. Descalzo como estaba desentumeció los brazos y anduvo hasta la entrada de la cueva. Con la abertura de fondo su cuerpo apenas se convirtió en una silueta. Ekim miró a Hyrran extrañado y el joven mercenario sonrió.

—¿A dónde vas? —preguntó, aunque casi habría podido intuir la respuesta.

Su amigo sonrió. Ver cómo lo hacía de nuevo a pesar de todo lo que había pasado parecía un regalo.

—A buscar la forma de vencer a Kerrakj —dijo con la misma mirada confiada que siempre había mostrado—. Que ella crea que es inmortal no significa que lo sea... y aunque así fuera, no poder morir no la convierte en invencible. Ya la vi confinada una vez... Solo debo descubrir cómo devolverla a su prisión.

Hyrran le devolvió la sonrisa, miró a Ekim y este también sonrió a su manera.

—Muy bien, en ese caso será mejor ponernos en marcha cuanto antes. Iremos a Acrysta —insistió el mercenario.

—¿Por qué ese afán de ir más allá de las montañas? —preguntó Saith sin comprender.

—Cuando tienes dudas sobre algo, mejor preguntar a quien es más inteligente que tú —contestó encogiéndose de hombros—. Si alguien tiene información sobre los seren y sobre cómo derrotarlos, esos son los athen.

Ekim y Saith asintieron decididos.

—Pues nos vamos a Acrysta.

Hyrran volvió a sonreír ante el renovado ánimo de su amigo mientras el olin apagaba el fuego.

—Pero antes iremos a Faris a comprar algo de ropa. Y luego a Zern —añadió el mercenario saliendo de la cueva.

—¿Zern? Tú naciste allí, ¿no?

Hyrran asintió.

—Allí podremos aprovisionarnos para el viaje y encontrar un lugar en el que descansar. Será un largo camino y necesitamos recuperar fuerzas —dijo aparentando más seguridad de la que sentía.

Aseguró su hacha al cinto, salió al exterior en busca de su nuevo destino y, nervioso por lo que les esperaba, se preparó para reencontrarse con una parte de él que nunca creyó que volvería a ver.

4. Hijos de Aecen

Era una de esas noches mágicas en las que la cerúlea luz de Inruma bañaba las empedradas calles de Ortea, aunque a Lyn no le parecía más especial que cualquier otra. Como siempre desde su llegada a la ciudad de los riscos había salido a pasear cabizbaja, amparada en su soledad. Caminó con el deseo de no pensar bajo la extraña luz de la luna azul, que siempre otorgó a todo cuanto bañaba un aire feérico. Era una de esas noches que antaño tanto le gustaban, pero de las que ya no sabía disfrutar.

Tenía demasiadas cosas en la cabeza. Recuerdos que la acosaban, preocupaciones, incertidumbre... Su mente era un zurrón demasiado lleno. Una rebosante tela cuyas costuras estaban cerca de saltar y desparramar por el suelo cuanto contenía. La ira, la decepción, la tristeza.

Observó cuanto había a su alrededor unos segundos. Lo suficiente para saber que no encajaba allí. Apenas llevaba unos días en la capital erávica y cada noche había salido a hurtadillas del palacio buscando desinhibirse entre las tabernas de la ciudad. Pese a que nunca antes había bebido en exceso, en esos días ya había vuelto ebria al castillo varias veces.

No le importaba.

Habían perdido el reino que juraron proteger; a su mejor amigo, del que ni siquiera sabía si seguía con vida; y el contacto con todos los demás. Hyrran... Incluso Cotiac. En parte esa ira contenida era por el amiathir. Todo esto era por su culpa, pero le costaba odiarlo. ¿Por qué? ¿Acaso no lo merecía? ¿Era aquella historia sobre la muerte de su padre una justificación a lo que había hecho? Lyn negó con rabia y afianzó sus pasos mientras caminaba entre las calles de la montañosa ciudad. Estaba iluminada por los faroles que, engarzados a las fachadas, impedían que se sumiera en la más completa oscuridad. Eso le permitía huir de las sombras que la perseguían cada noche con mayor insistencia, aunque a veces pareciese una misión imposible.

Podía sentir su propia soledad en la piel. En los días que llevaba en Ortea había podido observar que Kalil estaba demasiado ocupada inmersa en las idas y venidas propias de la realeza. A diario se veía sumida en sutiles disputas dialécticas con un Ramiet que no la quería allí y un juego amoroso con el príncipe que tenía picudas aristas y amenazaba con herirla más allá de lo que creía. Aldan, el exconsejero de Ramiet que las había salvado y guiado hasta palacio, desaparecería de la ciudad ante los desprecios del rey; a Lasam le habían ofrecido un puesto como sirvienta en palacio, y Ziade parecía centrada en evitar que la princesa se diese de bruces contra un muro que estaba empeñada en atravesar. Con todo, Lyn estaba sola.

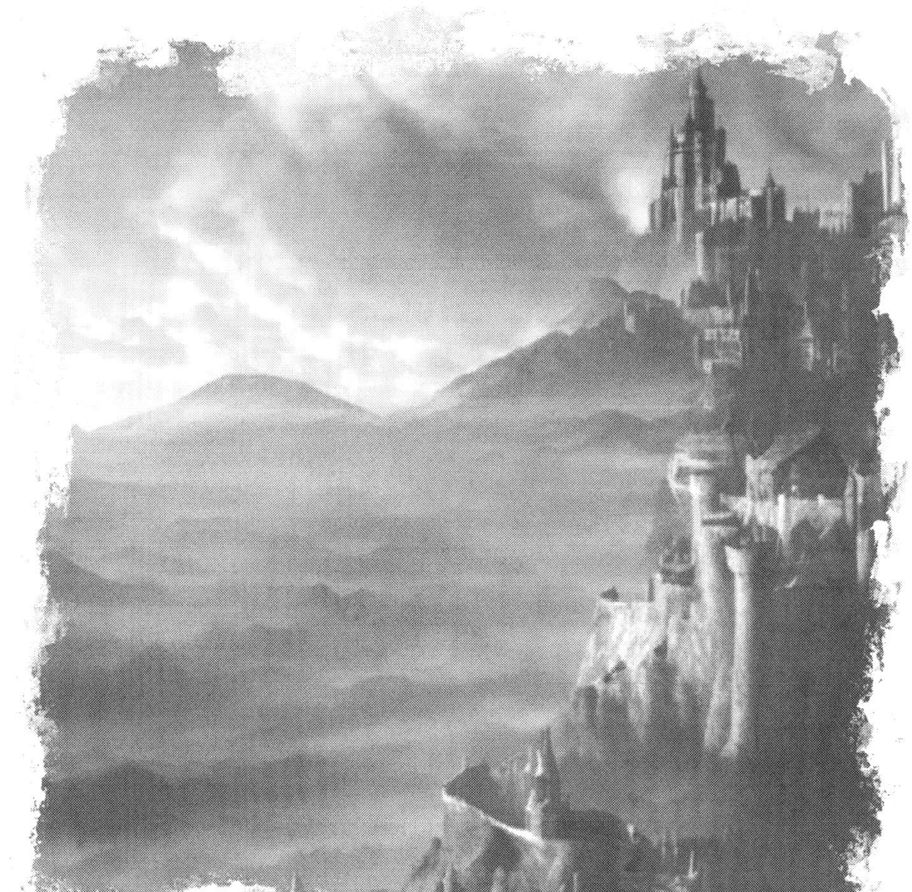

¿Debía quedarse en Ortea sin perder la esperanza de que Saith viviese? ¿Ayudar a Ziade a proteger a la princesa y esperar la inevitable guerra? Sí, eso era lo único que podía hacer, pero no esa noche. No quería saber nada de príncipes y princesas, de reyes y tronos, de guerra y paz. Solo quería encontrar una taberna poco concurrida en la que sentarse y olvidar todo lo que había pasado en las últimas semanas. Todo. Aunque fuese por un instante.

Anduvo hacia el noroeste de la ciudad, allá donde la urbe descendía por la falda de la montaña. Había caminado por allí el día anterior. Era un lugar oscuro y menos transitado que el resto. Una zona que bien podría formar parte de los suburbios de Aridan por lo apagado del ambiente. Ideal teniendo en cuenta cómo se sentía. Descubrió una taberna de aspecto apagado y sucios cristales.

«Buenas experiencias», leyó para sí. Después asintió en su imaginación mientras sonreía irónica ante su desacertado nombre.

Las titilantes luces se asomaban tímidas entre las vidrieras que daban a la calle. La puerta estaba abierta, así que cruzó el umbral y descubrió que había más clientela de lo que hubiese deseado. Una decena de tipos se agolpaban en la barra y otros tantos en algunas de las mesas, riendo y bebiendo en muchos casos. Algunos hacían loables esfuerzos por no caer desplomados al sucio suelo.

Lyn lanzó una mirada desconfiada mientras caminaba por el local. Eravia no era Kallone. En Ortea había mucha más gente ansiosa y dispuesta a cualquier cosa por un par de tarines. Más pobreza, malestar general, más desesperación... Y la desesperación llevaba a hacer locuras. Los volvía imprevisibles y eso multiplicaba los peligros. Por suerte llevaba su arco recurvo y su carcaj atado a la espalda, como una fiel mascota que jamás se separaba de ella. ¿Podría ser lo único que no la había abandonado en las últimas semanas?

Se acercó a la barra y se sentó sobre uno de los pocos taburetes de madera que quedaba sin dueño.

—¿Qué vas a tomar? —Un tipo de mediana edad que parecía tener en las cejas todo el pelo que faltaba sobre su cabeza se acercó al otro lado de la barra. Mientras, secaba una jarra con un trapo cuyas manchas hacían dudar de que realmente estuviese limpiando.

—Dame lo más fuerte que tengas —pidió ella con la vista fija en el sucio delantal.

El hombre alzó una ceja y, sin mediar palabra, se giró en busca de las botellas que lucían en los estantes.

—Ten cuidado. Lo más fuerte que tiene es esa agua mugrienta con la que dice limpiar el suelo —dijo alguien a su lado en tono jocoso.

—Si lleva alcohol no me negaré a probarlo —rebatió ella con desgana.

—Mi nombre es Soruk. ¿Te gustaría acompañarme con esa copa?

Lyn observó cómo se acercaba un poco y se apoyaba en la barra junto a ella. Era un muchacho apuesto, de mandíbula cuadrada y pelo castaño con ojos vivos del mismo color.

—Gracias, Soruk, pero prefiero estar sola.

Él alzó las manos con una sonrisa en gesto inofensivo y se separó ocupando de nuevo su lugar de la barra.

—Te dije que no querría saber nada de ti —le dijo el tipo que se sentaba a su lado riendo. Se trataba de un hombre bajo de complexión gruesa que portaba una hoja curva.

—Cállate, Toar —contestó él con un amistoso puñetazo en el hombro mientras se sentaba.

Lyn sonrió distraída y utilizó ese tiempo para analizar el lugar. Un par de ventanas en la fachada principal, una puerta amplia, suciedad y polvo para enterrarlos a todos, gente armada, mercenarios, e incluso un grupo de soldados del ejército erávico. Todos ellos tan despreocupados que ni siquiera les importaba la mugre mientras tuvieran una copa en la mano. Justo lo que ella buscaba para esa noche.

Unos tipos hablaban a voces acallando el resto de sonidos en un rincón de la taberna. Sobre la mesa tenían un manto de cartas y monedas con las que apostaban.

—¡Eh, Rico! Trae otra ronda de cerveza. ¡Se me está pasando la borrachera! —exclamó uno de ellos gritando entre risas.

Uno de los más jóvenes, debía tener un par de años menos que Lyn, dejó sus cartas sobre la mesa, se levantó cabeceando y apartó la silla dejándola caer. Los otros rieron ante la embriaguez del muchacho.

—Ten cuidado, no vayas a tropezar —rio uno levantando la vista de su mano.

El joven llegó a la barra y posó los codos sobre la madera.

—¡Posadero, cinco cervezas! ¡Rápido o estos tramposos mirarán mis cartas! —dijo echando una ojeada a su mesa.

—Voy a servir a la señorita primero y ahora te doy lo tuyo —contestó seco el dueño de la taberna. Apreciaba una botella en cada mano como si fuese la decisión de su vida.

El tal Rico observó a Lyn y esta se encogió de hombros con indiferencia.

—No tardes. Tengo que volver a la mesa —apremió apartando la vista impaciente.

—Ha dicho que ahora te las pone. ¿Estás sordo?

El muchacho, el posadero e incluso Lyn, dirigieron su mirada al hombre que había hablado. Un tipo de pelo largo que caía en mechones sobre su rostro. Levantó su vaso, dio un largo sorbo a su bebida y la dejó caer sobre la barra con un golpe seco. Desde donde estaba no podía ver más que su cabello tapándole la cara y una descuidada barba, pero estaba sucio como un vagabundo y, por el tono de su voz, parecía aún más borracho que el joven jugador de cartas.

—¿Qué has dicho?

—Si necesitas que te lo repita no hace falta que contestes.

El joven se quedó un rato pensando en la respuesta, causando las risas de otros bebedores en la barra, y Lyn no pudo más que poner los ojos en blanco ante la insensatez de aquel desgraciado. El muchacho fue hasta el tipo que lo había llamado sordo y se colocó junto a él, acercando tanto la cara que parecía que fuese a besarlo. Tal vez dijo algo que Lyn no pudo oír, o quizás no mediaron palabra, pero el tal Rico lanzó al tipo al suelo dejándolo caer junto con su taburete.

El estruendo alertó a todos aquellos que se sentaban a su alrededor, incluidos los compañeros del joven jugador, que se levantaron de inmediato al ver al muchacho enzarzado en una pelea.

Dos de ellos se acercaron. Lyn torció el gesto.

«Maldita sea la diosa. ¿Es que no puede una emborracharse con tranquilidad?», pensó. No había venido a ver peleas de taberna.

—¿Puedo beberme ya ese licor o lo estás envejeciendo para que sepa mejor? —dijo al posadero interrumpiendo la distracción.

El hombre, que seguía pendiente del conato de pelea, colocó un vaso de vidrio y la botella junto a ella. Luego fue hacia el extremo de la barra, donde los tipos agarraban al insensato y lo levantaban. Parecía costarle permanecer de pie.

Lyn se sirvió del licor con deliberada indiferencia y dio un sorbo. Era fuerte, como si una ardilla escalase por su garganta clavando sus pequeñas uñitas en su esófago. No tardó en sentir un fuerte calor en el pecho. Justo lo que había estado buscando.

Ya con algo de alcohol recorriendo su cuerpo volvió a prestar atención a la tensión que acaparaba todas las miradas en la taberna. Todos los jugadores habían dejado de lado su partida de cartas y rodeaban a aquel tipo, uniéndose al muchacho que inició la trifulca. El posadero les pidió que saliesen fuera, pero ellos hicieron caso omiso a sus súplicas disfrazadas de órdenes.

—¡Joder! Podríamos sacar unas monedas por esta espada. Parece buena —dijo uno de los jugadores. Tras unos golpes habían arrancado el cinto y el arma al tipo.

—¿Qué te parece si el sordo se lleva tu espada? —dijo el muchacho envalentonado por el auxilio de los suyos.

El tipo se mantenía en pie con lasitud, inmovilizado, aunque no hacía intentos por liberarse, resignado a su suerte. El pelo largo y castaño caía aún sobre su cara, cuya barbilla, cubierta por una descuidada barba, permanecía pegada al pecho.

Al otro lado de la taberna, los soldados erávicos observaban divertidos la escena sin intención de intervenir. Tampoco Lyn pensaba hacerlo. La gente que estaba allí a esa hora tenía demasiados problemas para solucionar los de otros. Y menos aún si era él mismo quien se los había buscado.

—¡Eh, mirad! —dijo uno riendo a carcajadas—. ¡Este tipo solo tiene una mano!

En ese momento, el borracho, que hasta entonces había parecido resignado a su suerte, aprovechó la distracción para soltarse, agarró la espada que le habían arrebatado con su mano buena y la blandió encarándose con los tipos. La sorpresa inundó el rostro de aquellos que lo rodeaban. También de los soldados, que agradecían el espectáculo entre risas unas mesas más allá. El tabernero gritaba desesperado que salieran del local.

Tras un instante de desconcierto, sin embargo, los jugadores volvieron a reír. Aquel muchacho con pinta de vagabundo intentaba sacar la espada de la vaina sin conseguirlo, una empresa difícil al contar con una sola mano. Mientras con su mano hábil sostenía la empuñadura de la hoja, intentaba colocarse la vaina en la axila del otro brazo. Fue inútil. El resultado fue tan cómico que los tipos rieron con fuerza. Uno de ellos lo empujó haciéndolo caer de espaldas sobre el suelo de madera, pues el alcohol y el equilibrio nunca fueron buenos compañeros. El costalazo lo dejó dolorido y le hizo perder su hoja de nuevo.

Lyn no pudo evitar sentir pena por aquel tipo. Una cosa era buscarse problemas en una taberna y otra una pelea en clara inferioridad numérica contra un lisiado. Se llenó la copa una segunda vez, bebió su contenido, se levantó del taburete del que se había adueñado junto a la barra y dio un paso hasta aquellos tipos. La sorpresa llegó al ver cómo el muchacho se quedaba en el suelo. Impotente y doblegado a las circunstancias. La caída había hecho que el pelo se apartase de su rostro y entonces lo vio. Aquel tipo manco, descuidado y rendido a su destino era Leonard. Seguía vivo, aunque en aquellas circunstancias, no por mucho tiempo.

—Será mejor que no te muevas, chico. No me gustaría tener que matar a alguien que ni siquiera puede defenderse —amenazó uno de ellos llevando la mano a la empuñadura de su hoja.

Dicho esto, otro se acercó a la espada de Leonard y la cogió examinándola con ambas manos. Lyn reconoció la hoja que Zurdo le había regalado cuando partieron juntos de Aridan.

Leonard se levantó con torpeza, utilizando un solo brazo. Caminó cojeando hasta el tipo que sostenía su espada y estiró el brazo. Sus movimientos, imprecisos por la embriaguez, hicieron que tropezase y se mantuviese en pie a duras penas.

—Estate quieto si no quieres que use tu propio acero contra ti —amenazó el hombre.

Luego permaneció inmóvil. Congelado como si el mundo se hubiese detenido. Miró a Leonard con asombro y después, sin mover la cabeza, observó a los miembros de su grupo con el rabillo del ojo. Una gota de sudor descendió por su sien hasta anidar en su mejilla al sentir el contacto del frío metal contra su cuello. Con la rapidez de alguien entrenado para ser letal, Lyn le había colocado la punta de una flecha en la nuca.

—Devuélvele la espada. —El tipo titubeó e hizo un intento por girarse, pero ella apretó la saeta contra su piel y tensó la cuerda hasta hacer crujir la madera de su arco.

El hombre le tendió la hoja a Leonard y este la cogió sin mostrar un atisbo de sorpresa por estar ante Lyn. Por suerte para ambos, la amiathir no había bebido tanto como para no darse cuenta de que uno de los tipos sacaba un puñal y se acercaba con disimulo. En un abrir y cerrar de ojos cambió de objetivo, lanzó una flecha que atravesó la muñeca del hombre y, antes de que el tipo que había entregado la espada a Leonard pudiese girarse, ya tenía una nueva flecha de su carcaj apuntando al colodrillo.

Todo fue tan rápido que los presentes, impactados, apenas prestaron atención a la sangre y los gritos.

—Ahora se te quitarán las ganas de reírte de aquellos que solo pueden utilizar una mano. —Lyn observó al tipo herido, que se arrodilló en el suelo berreando de dolor—. ¡Marchaos! No tengo interés en haceros daño.

El grupo de jugadores se separó de ella con gesto asustado. Dos de ellos se marcharon sin mirar atrás. Otro se detuvo a coger el dinero que había sobre su mesa antes de salir de la taberna. El cuarto, el joven que había pedido las bebidas, ayudó al herido a ponerse en pie y salieron de allí tan rápido como pudieron.

Cuando la taberna quedó en silencio, el suspiro aliviado del posadero fue todo lo que se escuchó. Pese a que al inicio parecía un silencio artificial, con el paso de los minutos el lugar volvió a su ambiente habitual, aunque no cesaron los cotilleos y murmullos lejanos.

Lyn aprovechó para acercarse a Leonard y ayudarlo a llegar hasta la barra. Este no recibió la ayuda de buen agrado. Agitó la mano buena, que aún sostenía la espada, y se la quitó de encima mientras se tambaleaba hasta su asiento.

—¿Qué diablos te pasa? ¡Te acabo de ayudar a que esos tipos no te dieran una paliza!

—¿Y quién te ha pedido ayuda? ¿Crees que me importa morir en una taberna de mala muerte? —le recriminó él.

Lyn clavó sus ojos en el perfil de su amigo, que había dejado la espada sobre la barra y se inclinaba sobre ella con la frente apoyada en su única mano. Su pelo, largo y descuidado, caía en mechones bordeando su rostro; y su aspecto, antes impecable, mostraba la suciedad de su ropa y una salvaje barba que empezaba a rizarse.

—¿Qué te ha pasado? —preguntó Lyn. No había reproche por la actitud de

Leonard en su voz, sino compasión.

Él le lanzó una mirada airada.

—¿Que qué me ha pasado? ¡Mira! ¡Maldita sea la diosa! —gritó agitando el muñón frente a su cara—. ¡Mira en qué me he convertido! —Observó al tabernero y palmeó la barra indicando que su copa estaba vacía.

Durante minutos, Lyn permaneció sentada a su lado sin saber qué decir.

—Has perdido una mano, pero eso no es motivo para comportarse como un niño —dijo con mayor brusquedad de lo que pretendía. Al fin y al cabo, su amigo no era el único que estaba enfadado con el mundo.

Leonard la miró de soslayo y la fulminó con la mirada.

—No es por la mano. ¡Sino por mí! —gritó palmeando su pecho con fuerza y atrayendo las miradas de otros a su alrededor—. ¡Mírame! Soñaba con ser paladín, con empuñar la espada, con ayudar a mi reino y combatir junto a Amerani... y ahora jamás podré hacerlo. Nunca volveré a blandir la espada. El reino al que pretendí ayudar ha caído, los paladines ya no existen y Amerani está muerto. ¿Qué me queda, Lyn? —Las últimas palabras las pronunció con rabia afligida. Con la tristeza de alguien a quien se le ha apagado el alma.

—Te quedo yo, ahora que te he encontrado —dijo ella forzándose a sonreír mientras el tabernero volvía a llenar la copa de Leonard.

Él resopló componiendo una mueca llena de ironía mientras cogía su bebida.

—Sí, es un consuelo.

Durante lo que pareció una eternidad, ambos permanecieron uno junto al otro sin mediar palabra. Bebían a sorbos y compartían silencios que, en momentos como aquel, los alejaba más que las palabras.

Lyn lo observaba de reojo. Aquel muchacho noble y de buen corazón que había salido de su tranquila vida en Aridan había llegado a Ortea, pero estaba demasiado lejos. Lejos de casa. De sus raíces. Lejos de saber quién era. No obstante, ya tendría tiempo para profundizar más adelante. Ahora necesitaba respuestas.

—Leonard. —Él contestó con un gemido inaudible mientras mantenía la cabeza apoyada en su mano buena con desgana—. Necesito saber qué pasó. ¿Qué ocurrió cuando yo entré en la ciudad en busca de Kalil y Cotiac? Y lo más importante, ¿sabes dónde está Saith? —Él volvió a descargar en ella la ira de su mirada, pero esta vez no solo había enfado, sino tristeza.

Ella suplicó un por favor que pareció ablandarlo. Giró la cabeza y su mirada recayó en su vaso, de nuevo vacío. El enfado se había esfumado para abrirle las puertas a la melancolía y a un suspiro que parecía soportar el peso de todo lo ocurrido

—Ha muerto —dijo—. Todos han muerto.

Los ojos de Lyn se abrieron con sorpresa antes de fruncir el ceño para evitar que las lágrimas escapasen de su cuerpo.

—¿Cómo? —susurró con un hilo de voz.

—No lo recuerdo bien. Cuando aquel soldado de la armadura blanca llegó hasta mí y me arrancó la mano del cuerpo, el dolor nubló mi vista. No sé cómo pude mantener la atención en lo que ocurrió a continuación, pero vi a Saith tras la muerte de Airio Asteller. Apareció de la nada empuñando su espada. Recuerdo los reflejos rojizos de su hoja. Se abrió paso hasta la reina y combatió con todas sus fuerzas. Jamás vi a nadie moverse a la velocidad que él lo hacía. Sus golpes eran tan fuertes que la hicieron retroceder pese a su innegable habilidad y sus intentos por defenderse... Pero no solo la reina estaba allí. También sus féracen. Rápidos y fuertes. —Leonard se pasó la mano sobre la cara con expresión resignada y abrió la boca para dominar su lengua, que se trastabillaba fruto de su embriaguez—. No pudo con todos. Eran demasiados. Uno de ellos atravesó su cuerpo y ambos cayeron por el Abismo Tártaro.

Lyn miró a la nada. A algún punto en el fondo de la taberna, demasiado conmocionada para reaccionar. Saith... No podía ser. No podía creerlo.

—¿Y qué hay de los demás? ¿Los otros paladines? ¿Hyrran?

Leonard no levantó la vista del vaso vacío. Sus párpados caían pesados bajo el ceño fruncido y los dientes chirriaron por la frustración. Negó con la cabeza.

—Tenemos que buscarlos —dijo decidida. Ella misma parecía sorprenderse de su determinación—. Puede ser una esperanza para que Eravia no sucumba a la reina blanca. Los necesitaremos a todos. A todos los que aún puedan luchar. Y a ti también cuando se pase el efecto de ese río de alcohol que corre por tus venas.

Leonard le dedicó una mirada iracunda, levantó su muñón, tapado con la manga de su camisa terminada en un nudo, y volvió a agitarlo frente a ella.

—¿Estás loca? El Leonard que empuñaba la espada murió junto a aquel abismo en la batalla de Lorinet. Mírame. No sería capaz ni de abrocharme los pantalones yo solo.

—¡Pero tenemos que hacer algo! No podemos dejar que la reina blanca conquiste Eravia sin luchar. ¡Hay que encontrar a los paladines, si siguen vivos, para que empuñen la espada de nuevo!

—¡Han muerto, Aaralyn! Todos han muerto. Kallone ha caído, los Asteller han caído...

—No todos los Asteller. Ziade y yo trajimos a Kalil hasta aquí. —Leonard calló al escuchar el nombre de la princesa y ella bajó la voz hasta que solo fue un susurro—. Utilizamos unos pasadizos secretos bajo Lorinet que unen el castillo con otros lugares de Thoran. Aún podemos luchar.

No fue fácil pronunciar aquellas palabras. Ella misma había visitado tabernas todas las noches para ahogar en alcohol su desesperanza, como ahora hacía su amigo.

Leonard pareció contrariado por la respuesta y volvió a desviar la vista hacia su vaso en una nueva negativa.

—Nunca podremos hacerle frente. Incluso Saith...

—¿Viste su cadáver?

Leonard la miró con incredulidad.

—No, pero el Abismo Tártaro tiene kilómetros de profundidad. Es imposible sobrevivir a algo así.

—¿Tan imposible como sobrevivir al veneno de un espina óbito? —El ceño fruncido de Leonard desanudó sus cejas cambiando el escepticismo por el desconcierto. Lyn sintió un nuevo calor en el interior de su pecho, solo que esta vez no era a causa del alcohol—. Vamos. Tenemos que ir a palacio y ayudar a Ziade y Kalil. Prepararnos para luchar contra la reina blanca.

La amiathir puso unos tarines en el mostrador que servirían para pagar las cuentas de ambos y Leonard se dejó arrastrar hacia la puerta. Al salir al exterior, las sombras les abrazaron. La brisa de la montaña, más fría que nunca, acarició su piel y la mente de Lyn pareció más despejada. Encontrar a Leonard la había despertado de su letargo y el derrotismo la había abandonado. Ante una noticia que debía haberla destrozado por dentro, ella sentía esperanza.

«Saith, Hyrran. Sé que seguís aquí, en alguna parte. Ayudaré a que el mundo aguante hasta que volváis».

Apenas vio venir el golpe que la derribó haciendo que cayese al suelo. Un puñetazo que, una vez tirada sobre las empedradas calles de Ortea, se convirtió en otro más. Unas manos se aferraron a sus brazos como tornillos que la encadenaban al suelo. Levantó la vista y vio como Leonard también sangraba por los golpes recibidos. El oscuro callejón que los retenía apenas dejaba pasar la luz, pero pudo ver que se trataba de varios hombres. Intentó concentrarse. Utilizar la furia y el miedo para llamar al viento. Para hacer temblar el suelo como hacía Cotiac, pero nada de eso funcionó en su estado. Teniendo las manos inmovilizadas no podía utilizar las fuerzas naturales.

—Creo que finalmente me quedaré con tu espada —dijo una voz arrancando hoja y vaina del cinturón de Leonard. Lyn reconoció la cara de uno de los jugadores de la taberna—. ¡Quitadle el arco a la chica! También nos darán algunas monedas por él.

La amiathir forcejeó, pero eran dos los asaltantes que la sujetaban contra el suelo, mucho más altos y corpulentos que ella.

—¡Dejadla! —Oyó gritar a Leonard.

Lyn intentó zafarse una vez más, pero solo consiguió que uno de los tipos rodease su cuello con los dedos. Sintió que apretaba e intentó aguantar, si bien supo al momento que no podría librarse de la presa que la retenía. Abrió la boca para aspirar una bocanada de aire. Para gritar. No pudo. La noche se tornó más negra, los sonidos parecieron alejarse. Leonard tampoco gritaba y Lyn temió lo peor.

—¡Liberadlos!

La mano que apresaba su cuello dejó de apretar. Apenas pudo enfocar la vista en las sombras nocturnas, pero el brillo de una hoja destelló ante ella apuntando al cuello de uno de los hombres que la retenían. Aquellos tipos también soltaron a Leonard mientras miraban con una mezcla entre el respeto y el miedo. Lyn se incorporó con dificultad mientras recuperaba el aliento.

—Lo sentimos, Soruk. Por favor, no informes a la orden. Ha sido solo una pelea. —Escuchó que decía uno de sus agresores.

Aaralyn pudo ver entonces a su salvador. Era el muchacho que le había ofrecido beber con él en la barra de la taberna.

—No haría falta informar a la orden si os ajusticiara yo mismo —objetó con seriedad.

Uno de los hombres entregó la espada de Leonard a su dueño, que a duras penas permanecía en pie mientras su boca y su nariz sangraban de forma abundante. Luego echó una mirada a Soruk, agachó la cabeza a modo de despedida respetuosa y desapareció del callejón junto a sus compañeros.

Su rescatador envainó su hoja y tendió la mano a Lyn, ayudándola a levantarse.
—¿Estáis bien?

Leonard se acercó cojeando. Luego escudriñó a Lyn preocupándose por su estado. Ella asintió quitando importancia a lo sucedido, aunque había estado cerca. Demasiado cerca. Había bajado la guardia, y el mundo a veces no permite una tregua para sacar la cabeza y respirar.

—Mi nombre es Soruk —dijo tendiéndole una mano a Leonard. Este tenía la espada envainada sujeta con su única mano sana, así que su rescatador se disculpó con una mueca resignada retirando el saludo—. No sois de por aquí, ¿verdad?

—Venimos de Kallone —dijo Lyn mientras se frotaba el cuello. Aún sentía la presión de aquellos dedos como si siguieran estrangulándola.

—Comprendo —contestó él—. Debéis tener cuidado. Ortea no es Lorinet. Aquí la delincuencia está a la orden del día y las noches son peligrosas. El rey fríe a impuestos a nuestra gente, así que la desesperación los lleva a hacer ciertas cosas... Y más aún si los provocáis en una taberna —añadió lanzando una mirada suspicaz a Lyn.

—¿Quién eres? —dijo ella sin rodeos. Él la miró con fijeza—. Esos tipos eran cinco, te llamaron por tu nombre y huyeron sin luchar. ¿Por qué?

—Supongo que me reconocieron y entendieron que no tenían nada que hacer —dijo con suficiencia.

—Hablaron de una orden —intervino Leonard—. ¿A qué se referían?

Soruk suspiró bajando los hombros y les dedicó una nueva sonrisa confiada para evadir las respuestas que requerían. Lyn frunció el ceño. Allí había algo que no entendía, y si quería comprender cómo era la última ciudad que debían salvar de la reina blanca, tenía que hacer todo lo posible por saber qué era. Tras unos minutos de incómodo silencio, el justiciero puso los ojos en blanco y lanzó un suspiro de resignación.

—Está bien, si no hay más remedio supongo que os lo tendré que explicar... pero no hoy. Es tarde, y las calles son peligrosas. Mañana al ponerse el sol, en esta misma taberna. —Miró a Lyn señalando al tugurio del que habían salido y con una sonrisa creída le guiñó un ojo. Luego se dio la vuelta y se encaminó a la salida del callejón.

—No, no puedes irte así —dijo la amiathir alzando la voz—. Necesito saber por qué nos has salvado.

Soruk se detuvo antes de girar la esquina y la luz bañó su rostro, esta vez con mayor claridad. Sus dientes brillaron mostrando una amplia sonrisa.

—Os he salvado porque eso es lo que hacen los Hijos de Aecen.

—¿Hijos de Aecen? —preguntó Leonard curioso.

El misterioso joven giró la esquina y Lyn corrió tras él.

—¡Espera! ¿Qué son los Hijos de Aecen?

Sin embargo, cuando llegó a las calles su salvador había desaparecido. Se había desvanecido como lo hace la neblina a pleno sol, evaporándose entre las desiertas y desconocidas calles de Ortea. De pronto, el panorama para ella había cambiado. Pese a comenzar la noche perdida, había encontrado a Leonard, había desechado la idea de vivir entre tragos nocturnos, sabía qué había ocurrido con Saith, o al menos en gran parte, y tenía un nuevo enigma por resolver: ¿quién era ese muchacho y por qué los Hijos de Aecen eran temidos por la más baja calaña? ¿Podrían ayudarlos a luchar contra la reina blanca? ¿A proteger Eravia? Entonces supo que había llegado ese momento que siempre termina por aparecer. Ese instante en el que debes dejar de lamentar el pasado y empezar a caminar hacia el futuro. Ahora estaba lista para dar un nuevo paso.

5. Misión nocturna

Ahmik se sacudió el polvo de la ropa. Frente a él, Gael sonreía confiado. La brisa nocturna lo acariciaba, tornando fresca la piel por la que su sudor había pasado. El pelo moreno le caía en mechones húmedos sobre la cara y sus ojos centelleaban rojizos en la noche como ascuas que se avivaran con el viento. Su nuevo maestro, todo un paladín seren, sacudió su hoja y la observó despreocupado, como si comprobase lo equilibrado que estaba su acero. Ahmik sonrió. ¿Se estaba burlando de él?

Salió a correr como si su vida dependiera de ello. La armadura blanca, aquella que Kerrakj le había otorgado al nombrarle general del batallón féracen, tintineó con la carrera. Amagó con ir hacia un lado, e impulsándose sobre la tierra del enorme patio de prácticas del castillo dorado saltó para atacar el lado opuesto y pillar a Gael con la guardia baja. El expaladín, sin embargo, reaccionó con tanta eficacia que logró repeler el golpe.

Ahmik giró sobre su propio pie y la hoja trazó un arco horizontal que buscó el otro costado de Gael, pero la espada de su extraordinario rival ya estaba allí. Pese a la fuerza que le otorgaba la sangre féracen y su rapidez, mayor a la de cualquier humano o seren, no era capaz de alcanzarlo. Su frustración crecía al mismo ritmo que lo hacía su admiración por el paladín, cuya habilidad era digna de elogio. Ya llevaban varios días de entrenamiento y cada vez parecía mejor que el anterior.

No pudo evitar pensar de nuevo en aquella batalla sobre el valle de Lorinet, junto al abismo. En aquel soldado de armadura escarlata que contrarrestó sus extraordinarias cualidades gracias a su pericia. En aquel otro paladín que decía conocerlo y luchó contra él. Ese que se perdió en la oscuridad del precipicio empujado por Aawo. ¿A cuántos rivales poderosos tendría que enfrentarse a las órdenes de la reina?

La hoja de Gael silbó en el aire. Gracias a sus reflejos y su velocidad féracen logró esquivar su trayectoria por unos centímetros. Ahmik saltó hacia atrás para alejarse de su rival y observó cómo algunos pelos de su cabeza caían sorteando la gravedad, como pluma de ave, y se posaban en la tierra. Un golpe que podría haberlo matado.

—Esa ha estado cerca —dijo sintiendo como una gota de sudor resbalaba por su mejilla y anidaba en su mandíbula. Forzó una sonrisa para disimular su inseguridad.

Gael agitó su hoja con una floritura y lo apuntó con ella. Apenas estaban a cuatro pasos de distancia.

—Has vivido tan confiado de tus cualidades hasta ahora que incluso te permites divagar durante un combate. Puede que seas más veloz, pero el inmortal soy yo. Deberías mantener la concentración si no quieres terminar regando la arena con tu sangre.

—No te lo tengas tan creído. Ni siquiera me has rozado —fanfarroneó.

—Tal vez no, pero cada vez hay más feracen como tú en el mundo. Criaturas con tu misma rapidez y fuerza. Soldados modificados que fueron entrenados durante años antes de convertirse en lo que hoy son. ¿Crees que siempre podrás escapar?

—¿Escapar? ¿Con quién crees que estás hablando? No necesito huir de nadie.

Gael dio un paso hacia delante con rapidez. Barrió con su hoja y Ahmik volvió a alejarse un metro. No podía permitir que tuviese razón, así que avanzó de nuevo y asestó un golpe. Dos. ¡Tres! Uno de ellos estuvo cerca de tocar esa armadura dorada de paladín que su nuevo maestro mantenía pese a que ahora formaba parte del ejército blanco.

Aprovechando su ataque, el seren embistió y fue Ahmik quien a duras penas logró detener sus golpes. Ambos se miraron jadeando, sudando cansados bajo la luz de Crivoru. Gael sonrió y él le devolvió la sonrisa. El expaladín envainó su hoja y se dirigió a la salida del patio de prácticas. Ahmik lo observó circunspecto sin saber por qué había puesto fin a su entrenamiento de forma tan repentina. Nunca antes había parado hasta vencer y darle así una lección.

—Ven. La reina nos ha encomendado una misión —le dijo con aire misterioso.

Ahmik frunció el ceño extrañado, pero no protestó. Envainó su hoja y siguió los pasos de su maestro.

—¿Una misión en mitad de la noche? —Gael asintió sin mediar palabra mientras continuaba su camino, imperturbable—. Pero la reina ni siquiera está en Lorinet. Hace días que la vi partir.

Gael le lanzó una mirada de soslayo.

—Existen los mensajeros, ¿sabes?

Ahmik calló. En parte porque no sabía qué más decir, en parte por vergüenza. Ni siquiera había pensado en que Kerrakj les enviase órdenes desde la distancia a través de sus mensajeros.

—La reina está en Rythania, donde Crownight tiene su laboratorio —explicó Gael—. Cree que los avances con sus experimentos son prometedores y ha acudido allí a supervisarlos personalmente.

—O lo que es lo mismo, ha ido a que Crownight le inyecte la sangre de yankka con el fin de poseer la fuerza y la velocidad de un féracen —completó Ahmik. La expresión del paladín reflejó que no había pensado en esa posibilidad.

Gael articuló un gruñido casi inaudible mientras componía una mueca de desacuerdo.

—Tiene lógica... Kerrakj jamás asumió bien la derrota.

Siguieron caminando en silencio hacia el palacio. No obstante, las palabras de su maestro acudieron a su mente de forma irremediable.

—Pero si no ha sido derrotada. Ganamos la batalla y vencimos a Kallone.

El paladín miró hacia atrás como si no entendiese nada y continuó su camino.

—No hablo de su ejército, sino de ella —explicó con tono condescendiente—. Saith la hizo retroceder sorprendiéndola con su fuerza. Y que tú fueses capaz de derrotarlo, pese a salvarla, tampoco ayudó a su orgullo. La conozco bien. Al fin y al cabo, yo fui quien la enseñó a luchar.

Ahmik escuchó con atención. El hecho de que Gael hablase con tanta tranquilidad de cosas que ocurrieron hacía cientos de años resultaba impactante. Que hubiese adiestrado a Kerrakj, como lo hacía ahora con él, también lo intrigaba.

—¿Cómo era ella? —preguntó. El paladín hizo un ruidillo interrogante mientras caminaba serpenteando entre los barracones que una vez debieron servir a los soldados del ejército dorado—. Me refiero a como alumna.

—Ambiciosa. —Gael sonrió de forma inconsciente—. Siempre fue su cualidad más destacada. También era disciplinada, responsable, orgullosa e insistente. Jamás quiso dejar de entrenar hasta derrotarme o caer derrotada. Jamás accedió a rendirse o perder sin luchar. No paró hasta que me superó y se convirtió en la mejor espada de Thoran.

—¿Tan buena era?

—La mejor que he visto sin sangre modificada por Crownight. Su personalidad, unida a su habilidad, la convirtió en una guerrera temible. Una vez que logró superarme siguió entrenando para evitar que nadie la volviese a superar.

Ahmik caminó pensativo. Imaginó que, tal y como insinuaba Gael, una guerrera tan orgullosa como Kerrakj no debió aceptar de buen grado las cualidades féracen pese a aprovecharse de ellas. Su ambición la llevaría a seguir con los experimentos de Crownight hasta obtener esa habilidad y volver a ser la mejor de Thoran. Pero si era así, por qué ordenar a Gael que lo adiestrara. No tenía sentido.

Inmerso en sus pensamientos atravesó las oscuras callejuelas de la zona de barracones siguiendo al seren. Aquel lugar era inmenso, como un poblado dentro del propio castillo. Muchos de los soldados, tanto humanos como féracen, vivían allí desde hacía semanas, aunque a esas horas de la noche casi todos dormitaban.

—¿A dónde vamos? —preguntó por fin tras unos minutos.

—Ahora lo verás. Hemos llegado.

Al alzar la vista observó que habían llegado al Sector 68, uno de los habilitados para enfermería. En aquellos barracones había camas desperdigadas por todas partes, lamentos aullados al cielo por el dolor tras la guerra y la muerte de aquellos que no lograban curar sus heridas. La rendición de quienes no aguantaban más. En aquel lugar no había más que sufrimiento.

—¿Te pasa algo? —inquirió Gael observándolo de reojo—. Te has puesto blanco.

—Es este sitio. No me gusta nada —contestó con un rápido vistazo a su alrededor.

—Sin esta enfermería las bajas en la guerra serían mucho mayores. Es un mal necesario. Aquí se salvan cientos de vidas.

—Lo que me pone enfermo no son las vidas que se salvan, sino las que se pierden.

Gael lo miró, no sin cierta sorpresa.

—No esperaba que te preocuparan las vidas perdidas. Después de todo, tu labor es acabar con muchas de ellas.

—Supongo que hay mucho de mí que no conoces.

Ahmik examinó incómodo la estancia, que apenas recibía la luz de alguna antorcha lejana. En el interior del barracón los camastros se alineaban en filas separadas por unos dos metros y los cuerpos, tapados con mantas, dormían... o lo aparentaban. Bajo la suave luz lunar que se filtraba por las cristaleras, todo parecía tener un aspecto extraño. Ignoró las sombras, las camas y los adormilados movimientos de sus inquilinos.

No le preocupaba la muerte, como había creído Gael. No sentía pena por aquellos heridos ni tristeza por los muertos. Lo que sentía era empatía por su situación. Un temor irremediable a morir allí, lejos de la batalla. A sentir la impotencia de ser avasallado por lo implacable del dolor y estar acompañado únicamente por la soledad. Ahmik entendía que esa era una maldición para el soldado. Si debía morir lo haría en el campo de batalla, empuñando su hoja y bañado de sangre. Ese era el destino de un guerrero. Esos hombres que gemían entre pesadillas también habían tenido ese deseo, pero muchos no lo cumplirían.

Gael caminó con paso tranquilo entre las camas. Uno de los enfermeros, acompañado por un soldado del ejército rythano, se acercó a ellos.

—Vengo por el prisionero —saludó Gael—. La reina nos ha pedido que lo escoltemos a Rythania.

El enfermero asintió, caminó hacia una mesa en la pared en la que había varios utensilios médicos, cogió una jeringa y la llenó con un líquido viscoso y transparente con ligeras tonalidades azuladas. Ahmik reconoció enseguida el olor del Edhelgion. Lo había utilizado decenas de veces junto a Aawo durante sus cacerías en la Jungla del Olvido, cuando sedaban a los garras cerriles para evitar matarlos y que su sangre se coagulara. De esa forma habían logrado trasladar a las fieras para servir a los experimentos de Crownight.

Acompañaron al enfermero hacia una de las camas. Allí había un hombre dormido. Era mayor, de pelo canoso y corto. Su cara arrugada mostraba una barba hirsuta y descuidada. El enfermero apartó con suavidad la manta que lo tapaba y dejó al descubierto uno de sus brazos para inyectarle el sedante. Tenía la mano sujeta a los hierros del camastro con una correa de cuero curtido y una hebilla. Pese a la oscuridad, Ahmik reconoció a aquel hombre. Jamás olvidaría esa cara. Era el soldado contra el que había luchado aquella noche de sangre y destrucción en el Valle de Lorinet. Canou Amerani, el paladín del rey.

—Nos costó mucho estabilizarlo. El daño era profundo. Yo mismo cosí y cauvetericé las heridas —anunció el enfermero con orgullo.

Después acercó la jeringa al soldado mientras palpaba las venas de su brazo.

—¡Y te lo agradezco!

Amerani abrió los ojos de golpe, levantó la cabeza y alzó su otra mano, aquella que todavía tapaba la manta. Había logrado liberarse de una de las correas y agarró el antebrazo del enfermero antes de que le inyectase el Edhelgion. Sus ojos estaban abiertos como si se le fueran a salir de las cuencas y sus dientes apretados por la furia. Aprovechando la presa con una de sus manos, asestó un fuerte cabezazo buscando la nariz del sanitario y se lo quitó de encima, haciendo que soltara la jeringa y cayese desplomado al suelo. Con su única mano libre, Amerani agarró la inyección en un rápido movimiento, saltó de la cama y se la inyectó al soldado que los acompañaba. El rythano dio dos pasos tambaleantes mientras intentaba comprender qué había pasado. Terminó apoyándose sobre otra de las camas para no caer desplomado.

Amerani llevó la mano libre a la correa que aún lo retenía para quedar completamente liberado, pero se detuvo al notar el frío acero de una espada sobre la yugular.

—Yo que tú no haría eso, viejo amigo. No querría tener que matarte.

—¿Amigos, Gael? ¿Acaso un traidor como tú entiende el significado de esa palabra? —le espetó con frialdad.

—¿Acaso si hubieses sabido de mis intenciones habrías actuado con la amistad por bandera, Canou? ¿O me habrías ajusticiado?

El paladín del rey se giró, con la mano aún atada al camastro, y lo miró a los ojos. Luego echó una ojeada a Ahmik, que asistía atónito a la conversación. No pareció reconocerlo, lo que no era de extrañar, pues durante su lucha llevaba puesto el yelmo.

—Te habría matado, Gael. Habría fallado a una amistad, pero habría sido fiel a mi rey en virtud de mi honor. Tú dejaste de lado ambas cosas.

Gael sonrió apesadumbrado.

—No lo entenderías, pero he vivido cientos de años, he hecho promesas a decenas de reyes y me he desdicho de ellas con tanta frecuencia que no sería capaz de recordarlo. Mi honor está con lo mejor para este mundo, y solo hay una familia real en Thoran que pueda alcanzar ese objetivo. —Chasqueó la lengua mientras forzaba al paladín del rey a acostarse de nuevo y fijaba su otra mano a la correa que lo mantenía cautivo—. La simpleza de la existencia del ser humano os impediría ver los matices de mis decisiones, Canou. Pero no te preocupes, tu vida está a punto de dar un giro importante. Kerrakj quiere verte.

Gael miró al enfermero, que aún gemía recuperándose del golpe. Tras un gesto de cabeza, este fue a preparar otro sedante con la cara ensangrentada. El soldado que los había acompañado, sin embargo, parecía haberse rendido al Edhelgion y daba buena cuenta del duro suelo.

—¿Para qué? —inquirió Amerani—. Qué diablos queréis de mí.

—Pronto lo sabrás. No me gusta desvelar las sorpresas antes del momento adecuado.

—¡Maldito bastardo! Luchamos juntos en Estir, en la Guerra por las Ciudades del Sur. ¡Te salvé la vida en Uruz!

—Qué tierno... ¡Crees que me salvaste la vida! —exclamó Gael sonriendo—. Mi vida es un juego infinito, amigo mío. Soy un seren, y solo por eso mi existencia nunca termina. Lo mantuve en secreto durante siglos para ayudar a los humanos, pero ¿sabes qué? No queréis ayuda. Sois vanidosos, vengativos y beligerantes. He estado lo suficiente entre vosotros para saber que mataríais a vuestra propia familia por un plato de comida o unas monedas —escupió con desdén—. Los tiempos de los seren han vuelto y, ahora que no tenemos que escondernos, descubriremos a la humanidad en qué consiste la verdadera paz, aunque haya que quemar cada resquicio de Thoran para empezar de cero.

Amerani miró a Gael con los ojos muy abiertos. En ellos había sorpresa e incredulidad, pero también miedo. El enfermero llegó con una nueva jeringa y, pese a los intentos del prisionero por soltarse, esta vez no evitó que la solución alcanzara su sangre.

—No conseguiréis saliros con la vuestra. Lo evitaré... Yo...

Gael se acercó a la cama y posó la mano sobre el pecho del paladín del rey.

—Llevamos siglos luchando contra el irremediable destino, pero ahora que Kerrakj está aquí, es hora de aceptarlo. Ríndete, Canou... Y tranquilo. Vas a ganar esta batalla, aunque no de la forma que piensas. —El expaladín se giró hacia Ahmik y se dirigió a él con seriedad—: ve y avisa de que nos preparen un carro. Lo llevaremos a Rythania. Y tú —añadió dirigiéndose al enfermero—, átalo, pero esta vez hazlo bien. Pronto Mesh asomará sobre el valle. Partiremos al alba.

—¿Y qué pasará con mi entrenamiento? —se quejó Ahmik sin dejar de mirar a Amerani.

El soldado cerraba los ojos contra su voluntad rindiéndose al sedante. Gael envainó su hoja y le dedicó una indescifrable sonrisa.

—Descuida. Pronto tendrás un compañero a tu altura con el que practicar.

6. Vuelta a casa

Los caminos de tierra y los bosques lejanos encuadraban un nuevo horizonte para Saith. Durante tantos viajes a lo largo de Kallone en los últimos años, siempre había aprovechado las novedosas infraestructuras del reino y disfrutado de sus verdes paisajes. Caminos empedrados como el de Reridan-Lotz, extensas praderas que no tenían límites en su campo de visión, olorosas flores que aportaban encanto al colorido paisaje u otros muchos elementos que ahora parecían lejanos, como de otro mundo.

De camino al sur del reino las praderas habían dejado los tonos verdosos por el marrón amarillento de la tierra. Todo parecía más seco, las hojas de los árboles teñían de tonalidades anaranjadas el horizonte y el polvo que sus pasos levantaban se instalaba en su garganta. Habían vislumbrado aldeas cercanas, pero solo pararon el tiempo necesario para comprar algo de ropa nueva para él y desterrar su maltrecha armadura dorada de paladín vendiéndola en una herrería de Faris. Había vivido tanto a través de aquel amasijo de metal que incluso le costó hacerse a la idea de tener que olvidarla por un puñado de monedas. No obstante, con una sencilla camisa de algodón y unos discretos pantalones tendría la posibilidad de acompañar a Hyrran y Ekim a todas partes sin necesidad de esconderse para no llamar la atención.

El olin también se había agenciado algo de ropa. Una túnica de grandes proporciones a la que había desgarrado buena parte para poder meter los brazos y los cuernos que surgían de su grueso cuello. Debido al tamaño de su amigo, la prenda le quedaba unos centímetros por debajo de la cintura. Aunque para Ekim sería imposible pasar desapercibido en cualquier circunstancia, su imagen era menos turbadora sin su musculoso torso desnudo a la vista de todos. Pese a ello, caminaban evitando a viajeros o campesinos bajo las directrices de Hyrran, que apenas los dejaba descansar un rato durante la noche.

Saith suspiró exasperado.

—¿Vamos a escondernos mucho más? Echo de menos dormir en una cama. Sin hacer guardia. Sin preocupaciones. Sin sobresaltarnos con el vuelo de una lamprina o la carrera de una liebre.

Rio mientras se quejaba. En realidad se encontraba bien. Demasiado bien teniendo en cuenta que era un milagro que siguiese vivo. Sin embargo, era verdad que el cansancio comenzaba a pasarles factura.

—Humanos y camas. —Ekim hizo un gesto que Saith interpretó como poner los ojos en blanco, aunque en su inexpresivo rostro pareció que tuviese sueño—. Siempre atados a cosas.

—Te aseguro que si no tuvieses una piel tan dura como un caparazón, tú también querrías una —se quejó.

—Suelo suficiente. Olin fuertes —contestó Ekim con orgullo.

—Seréis fuertes, pero dudo que salieseis ilesos de una caída por el Abismo Tártaro. Olin cero, humano uno —replicó.

—Olin no deja que tiren por precipicio —objetó su enorme amigo con algo parecido a una sonrisa.

Saith bajó los párpados dedicándole una mirada de soslayo.

—Está bien. Es un empate.

—Siendo honestos, un empate algo injusto —participó Hyrran. El joven mercenario aguantó estoico las miradas interrogantes de sus compañeros—. Ningún humano sobreviviría a una caída como esa.

Saith alzó una ceja interrogante. No solo había sobrevivido a las profundidades del Abismo Tártaro, sino que además se sentía en plena forma.

—Ah, ¿no? ¿Y qué tienes que decir sobre esto? —Dio un salto para mostrar lo bien que se había recuperado.

Hyrran sonrió al verlo.

—Creo que ya deberías haberte dado cuenta de que no eres el mejor ejemplo de un humano normal —insistió.

—¿A qué te refieres?

—Vamos, Saith. Tus ojos se vuelven rojos, eres capaz de moverte a una velocidad mayor de la que posee cualquier otra persona, tienes mayor fuerza y... Bueno... Acabaríamos antes si me muestras tus heridas.

—¿Qué heridas?

—¡Exacto! Y no solo eso. Lyn me contó una vez que sobreviviste al veneno de un espina óbito. Ekim me ha contado mil veces la historia de cómo derrotaste a un yankka tan grande como una colina. Por la bondad de Icitzy, ¡te he visto sobrevivir a una caída que debería haberte mandado a Condenación con mis propios ojos!

Pese a que su primer instinto fue reírse, la expresión de Hyrran lo llevó a desistir. Hablaba en serio. Por primera vez desde que lo conocía, las bromas habían desaparecido y el escéptico mercenario parecía creer. ¿Pero en qué? Saith frunció el ceño ante las insinuaciones de su amigo.

—Ten cuidado... Estás empezando a hablar como Zurdo.

Hyrran se encogió de hombros.

—Después de tantos años riéndome de él, comienzo a creer que era el único cuerdo en este mundo de locos.

—No soy un dios, Hyrran.

—Pues eres igual de duro que uno, Saith.

Ambos se miraron de hito. La brisa se hizo más fuerte y la melena del mercenario se rindió a la naturaleza. Saith observó que tenía los puños cerrados con fuerza. Incluso para él parecía complicado creer lo que estaba diciendo, y por muy extraño que sonara, tenía parte de razón. No sabía si era un don o una especie de elegido de los dioses, pero era consciente de que lo que le ocurría no era normal. Se había negado a pensar en ello, pero ahora que Hyrran sacaba el tema debía enfrentarse a que había algo extraño en él.

Sintió el contacto en la mejilla de algo que se hundía en su cara, como si quisiese traspasarla. Era el grueso dedo de Ekim, que se había acercado a él mientras compartía miradas con Hyrran y ahora lo empujaba con brusquedad.

—Yo solo veo humano blanducho —repuso el olin. Acompañó sus palabras de un graznido.

El gesto hizo que Hyrran riera y Saith se liberó de su dedo, agitando la cabeza y frotándose la cara con una sonrisa.

—Vamos. Ya hablaremos de ello más tarde. Estamos cerca —anunció el mercenario girándose y caminando de nuevo.

—¿Cerca de qué? —quiso saber Ekim.

—De Zern.

—¿Pararemos allí? —Hyrran asintió sin contestar y Saith alzó las cejas con sorpresa—. Llevas días esquivando las aldeas y ciudades para evitar dejar pistas y que no puedan rastrearnos. ¿Por qué Zern es diferente?

—Porque tienes razón. Nos espera un largo camino hasta Acrysta y necesitamos descansar bien unos días en una mullida cama al calor del fuego. Puede que tus heridas se hayan recuperado bien en poco tiempo, pero Ekim y yo no hemos parado en los últimos días cargando contigo. Ahora que estás mejor no estaría mal tener un tiempo para recuperarnos.

—Pero hemos gastado todo el dinero en esta ropa y en los alimentos que compramos en Faris... —argumentó Saith—. Incluso gran parte del dinero que nos dieron por la armadura.

—Tendremos que buscarnos la vida —contestó el mercenario con seriedad.

Luego aceleró con paso decidido dejando atrás a Ekim y Saith. El polvo se elevó bajo sus pies como olas que rompieran contra las rocas y la brisa lo agitó frente a ellos.

—Está un poco raro —afirmó Saith preocupado.

El olin se acercó y puso su enorme mano sobre el hombro del expaladín. Cuando Saith alzó la vista para mirarlo, este negó con la cabeza.

—Ha tenido mucho cambio estos días. Abandonó mercenarios para ayudar en guerra.

La confesión tomó desprevenido a Saith. Así que era eso. Hyrran había abandonado a los mercenarios para ayudarlo en el campo de batalla. Además, no habría tenido opción de encontrarse con ellos al huir de los rastreadores rythanos desde entonces. No le extrañaba que no tuviera humor para bromas.

—Lo entiendo. Ha perdido a su única familia. —Saith recordó que Ulocc era como un padre para él.

Ekim se encogió de hombros con su habitual gesto. Impermeable a las emociones y expresiones humanas.

—No única familia. —El olin apartó la mano del hombro de Saith y compuso lo que debía ser una sonrisa, aunque en su rostro apenas parecía una mueca.

Más adelante, Hyrran se giró e hizo gestos impacientes para que ambos lo siguieran. Saith sonrió comprendiendo las palabras del olin y, tras devolver la sonrisa a Ekim, ambos caminaron siguiendo el camino trazado por su amigo en busca de un buen lugar donde descansar.

Mesh lucía con fuerza inusitada en el cielo y la piel picaba a Hyrran por el calor.

Apenas les quedaba agua y provisiones cuando vislumbraron Zern en el horizonte, así que, pese a que estaba nervioso por volver a casa tras pasar fuera casi toda su vida, también sintió cierto alivio.

Suponía que los tipos a los que arrebataron Varentia cuando encontraron a Saith habrían dado la voz de alarma y Kerrakj mandaría a sus hombres a buscarlos. No obstante, esperaba que borrar su rastro sin descanso los hiciera desistir tras tantos días. Además, Zern era la ciudad más grande con la que se cruzarían hasta llegar a la frontera con Eravia, pues no pensaba parar en Estir o Weddar. En caso de que los siguieran no les sería fácil encontrarlos allí.

Al llegar sintió que la ciudad era diferente a cómo la recordaba. Las viviendas alineadas, hechas de madera en su mayoría, seguían en el mismo lugar, pero todo parecía más pequeño. No le extrañó. La última vez que estuvo allí no era más que un niño. Los tejados eran del mismo material y ofrecían un sombrero puntiagudo a las edificaciones, mientras que las calles estaban hechas de albero. Era paradójico que una ciudad como Zern, cuya economía dependió en buena parte de la minería durante años, ofreciese un paraje tan rústico y se alejase tanto de los pétreos edificios de otras urbes.

Saith y Ekim lo siguieron a través de la calle principal, que trazaba un extenso arco y extendía el pueblo a sus extremos como ramificaciones de un árbol. Si no recordaba mal, desde aquella amplia calle se dispersaba la ciudad en forma de callejones más estrechos. Atrajeron miradas extrañadas de algunos de sus habitantes. Especialmente dirigidas al olin que, pese a vestir ropa normal por primera vez desde que lo conocía, llamaba la atención como una liebre de cellisca en el desierto.

De pronto, Hyrran sintió el peso de la inseguridad. ¿Qué diablos hacía allí? Jamás habría aceptado volver a Zern por cuenta propia. Era un adulto independiente y no aquel niño lleno de miedos que escapó de su vida anterior. Sin embargo, ahora que las cosas se ponían difíciles, ahora que había abandonado a su grupo de mercenarios y la sombra de la reina blanca nublaba el sol a las gentes de Thoran, él aparecía con el rabo entre las piernas para pedir ayuda.

—¿Qué están haciendo? —La voz de Saith lo sacó de sus pensamientos.

Al girarse vio que tanto él como Ekim miraban uno de los tatamis que se alzaban en la calle. Se trataba de estructuras circulares de madera y superficie acolchada que se levantaba un metro del suelo. Era habitual verlos por toda Zern, sobre todo en la calle principal. En ese, sin embargo, dos hombres parecían bailar con cautelosos pasos sin perderse de vista el uno al otro. Un puñado de personas se arremolinaba a su alrededor, pendientes del combate.

—Eso es Arena. El deporte principal de Zern y Estir. Luego os explicaré cómo funciona, pero antes deberíamos ir a ver a...

Era tarde. Saith, haciendo caso omiso a sus palabras, se acercó al promontorio y Ekim no dudó en seguirlo. Hyrran suspiró, poniendo los ojos en blanco, y fue con ellos arrastrando los pies con tedio.

Cuando llegó observó que los contendientes se lanzaban manotazos buscando tantear los reflejos de su rival. Uno de ellos era alto, y su cuerpo musculado retaba a su rival a agarrarlo. El otro era más delgado, aunque fibroso. Todos sus músculos estaban muy definidos y una barba recogida con forma de trenza perfilaba su cara. Los cuerpos de ambos brillaban al sol como el mar cuando repele los rayos de Mesh al amanecer.

—¿Por qué brillan? —El olin parecía realmente interesado en el combate.

—Se embadurnan en aceite. Así evitan que su rival los agarre con facilidad.

El tipo de la barba lanzó un golpe. Parecía un puñetazo, pero cuando su rival esquivó descubrió que solo había sido un señuelo para golpearlo con el codo. El brazo impactó en la mandíbula de su oponente que, pese al golpe, aprovechó para girar y lanzar un barrido con la pierna. El tipo de la barba saltó esquivándola y con un par de pasos para recobrar el equilibrio buscó golpear a su rival con el pie, alcanzándolo en el muslo.

El más alto probó con dos puñetazos, provocando que su rival esquivase con rapidez torciendo el tronco y moviendo el cuello sin apartar la mirada, como una serpiente que buscase el momento oportuno para morder. No obstante, no vio venir la patada de su oponente, que lo golpeó en el estómago y lo lanzó hacia atrás. El tipo de la barba giró en el suelo y se detuvo cerca del borde.

—¡Es fuerte! —exclamó Saith con un silbido de admiración.

Hyrran asintió con la cabeza.

—Sí, pero la fuerza no lo es todo en un luchador de Arena.

El tipo alto sonrió confiado. Corrió hasta el extremo del tatami buscando acabar con su rival, pero el hombre de la barba pareció predecir sus intenciones. Se levantó con una rapidez felina y, cuando el más alto repitió su patada para lanzarlo fuera del tatami, esquivó el golpe. Puso un brazo sobre la extremidad de su rival y otro debajo, como si de unas tenazas se trataran. Después golpeó la pierna de apoyo del más alto con la suya, y cuando este perdió el equilibrio, con un simple giro lo lanzó fuera de la zona de combate. La gente a su alrededor aprobó el movimiento con vítores de sorpresa y respeto.

—¡Un agarre Pico de ruk! Hacía tiempo que no veía uno —dijo un niño que no debía tener más de diez años.

—Normal que haya ganado. ¿A quién se le ocurre atacar así a uno de los hombres de Raky? —contestó otro con desdén.

Hyrran frunció el ceño. Luego se dio la vuelta mientras el tipo alto saludaba al ganador entrechocando los codos, el saludo típico en Arena.

—Vamos. No hay más tiempo que perder —apremió el mercenario.

Saith y Ekim acudieron tras él y dejaron atrás el combate, aunque continuaron comentando lo ocurrido fascinados por la habilidad de los luchadores. Mientras caminaban por la calle principal de Zern, pudieron ver más de esos tatamis en su camino. Pese a que algunos estaban vacíos, era casi la hora de comer y el calor era intenso, en un par de ellos pudieron ver combates similares al anterior.

—Si que se toman en serio la lucha aquí —comentó Saith con admiración.

—La Arena es el deporte principal a este lado del reino. Se realizan torneos entre ciudades y a los niños se les instruye desde muy pequeños. Participar en ellos es como una tradición —explicó Hyrran con desgana.

—Pero tú eres de Zern. ¿También te enseñaron a pelear así?

—Apenas era un niño cuando me marché —dijo con seriedad—, y tampoco tengo interés alguno en aprender. Prefiero mi arma. —Mientras pronunciaba las últimas palabras dio pequeñas palmadas al hacha que llevaba al cinto.

—Gusta. Humanos más fuertes aquí. Más olin.

Saith sonrió ante las palabras de Ekim. Hyrran, sin embargo, suspiró y viró hacia uno de los callejones. Caminando por varios de ellos llegaron a una de las modestas construcciones que había a los costados. Era un edificio de techos planos que contrastaba con las casas de teja del resto del pueblo. Tenía un pequeño porche de madera bajo un cartel que rezaba: Escuela Boran.

Cuando puso el primer pie sobre el escalón de madera, Hyrran sintió que algo tiraba de él hacia atrás. Miró sorprendido a Saith y Ekim, pero estos lo observaban a un par de metros de distancia. No habían sido ellos. Agitó la cabeza pensando en que había sido obra de su propio subconsciente. Se había prometido que jamás volvería a cruzar esa puerta, pero allí estaba. Sus amigos le lanzaron una extraña mirada por permanecer inmóvil en aquel escalón sin atreverse a cruzar el umbral.

Negó con la cabeza convenciéndose de que estaba allí por necesidad, subió las escaleras y entró en la escuela evitando pensar en lo que hacía. Sus amigos lo siguieron.

Al entrar el calor remitió considerablemente. La estancia era cuadrangular, amplia y de techos altos. En ella había círculos dibujados en el suelo con pintura roja. Eran las zonas de combate delimitadas. Había seis, aunque solo dos de ellas estaban ocupadas por luchadores. Ancianos y niños que dibujaban movimientos sencillos en el aire. El olor a sudor lo inundaba todo pese a que las ventanas permanecían abiertas, y el sonido de los jadeos se suspendía en el aire junto al hedor.

Al fondo había una mesa y unas sillas de madera que contrastaban con la ausencia de mobiliario en el resto de la estancia, vacía salvo por varios cuadros en la pared con títulos de lucha y unas garrafas que debían contener agua para los luchadores. También un estante con varios trofeos. Sentado a la mesa estaba él.

Mientras se acercaban, Hyrran pudo ver al hombre que presidía el lugar con la vista pegada a los papeles. El dueño de la escuela.

Su cabeza estaba vestida por más canas de las que recordaba, aunque muchas de ellas habían despejado su frente y ahora dejaban ver algunas manchas cutáneas provocadas por la exposición al sol. Los pequeños ojos negros tras las gafas no se movieron de las letras atrapadas por las hojas que sostenía ni cuando el mercenario y sus amigos se acercaron. Hyrran sintió que las piernas le temblaban e intentó serenarse.

«Cálmate. Ya no eres un niño», se dijo.

El hombre levantó la cabeza en aquel momento, dejó la pluma sobre el tintero y lo observó con seriedad sobre la montura de sus gafas. Luego sonrió con cordialidad mientras se levantaba, rodeó la mesa y se colocó frente a ellos.

—¡Bienvenidos! Mi nombre es Boran y soy el dueño de esta escuela. ¿Estáis interesados en aprender Arena?

Su tono de voz intentaba ser alegre, pero era monótono y desesperanzado. Los pequeños ojos negros de aquel anciano miraron a Hyrran. Luego al olin, a quien escudriñó de arriba abajo cambiando su expresión desinteresada por una más curiosa. Después observó a Saith, que sonreía. Echó una ojeada a las armas de los viajeros y después volvió a Hyrran. Hubo un incómodo silencio en el que sus ojos parecieron rebuscar en la memoria para reconocer a la persona que tenía delante. El joven mercenario supo que lo había reconocido cuando el nudo del entrecejo se deshizo al alzar sus canosas cejas.

—Abuelo. Soy yo, Hyrran. —No se permitió titubear, y para su alivio, su voz no tembló.

Boran pareció congelado en el tiempo durante un instante. Pese a que estaban tras él, Hyrran pudo imaginar la sorpresa de Saith y Ekim al escuchar aquellas palabras. El aire se tensó aún más cuando el anciano, con los ojos fijos en los suyos, mantuvo el semblante serio y un silencio gélido.

—¿Ahora soy tu abuelo? ¿Qué haces aquí?

La frialdad de su voz dolió más que cualquier herida. De pronto era él quien combatía contra las ganas de salir de allí y volver a olvidar.

—Estamos de paso por la ciudad, rumbo al Este. Quise pasarme a ver cómo estabas.

—¿Qué dices? Dijiste que podríamos quedarnos aquí unos días —intervino Saith. Ekim asintió y Boran bufó indignado.

La mirada que Hyrran les dedicó podría haber matado con mayor inmediatez y fiabilidad que su hacha. Ambos desviaron la vista con el rubor de lo inoportuno.

—Quería pasarme a ver cómo estabas y, tal vez, podríamos quedarnos por aquí un par de días —se vio forzado a corregirse.

—Pretendes que os dé un lugar donde dormir, ¿no es así? —Hyrran le mantuvo la mirada al viejo Boran, pero no contestó. Él volvió a echar una ojeada a sus compañeros—. ¿Sois fugitivos?

—Supervivientes, diría yo.

—Pero os buscan. —Esta vez no era una pregunta.

—Quieren algo que tenemos. Sí —admitió a regañadientes.

El anciano caminó por la estancia pensativo. Tras un minuto que se hizo largo dirigió la seriedad de su mirada a su nieto.

—¿Recuerdas la última vez que hablamos, Hyrran?

—Sí. Fue el día que me marché rumbo a Aridan.

—Dijiste que esta no era tu familia. Que yo no era tu abuelo.

—Lo sé, pero...

—No puedes pretender venir aquí cuando te plazca y actuar como si no llevases fuera más de una década —lo cortó Boran.

—¡No era más que un niño! —se excusó el mercenario.

—Como niño huiste de tus responsabilidades —le reprochó con un vistazo fugaz a Saith y Ekim—. Y por lo que veo, sigues huyendo.

—Entiendo, no te preocupes. Saldré adelante solo. Es lo que he hecho durante toda mi vida —aseguró brusco.

—Porque tú lo quisiste así.

El mercenario dio la vuelta y se marchó rumbo a la salida. No se quedaría en un lugar en el que no lo querían. Había estado equivocado al creer que su abuelo se alegraría de verlo. Estaba claro que aquella nunca fue su casa.

—¡Pero usted es su abuelo! —Oyó decir a Saith—. ¿Va a negarle su ayuda cuando lo necesita? ¿Qué familia hace eso?

—Una familia herida cuyos lazos se deterioraron hace años, hijo. Es un error común creer que lo que entiendes como seguro estará siempre que lo necesites, pero incluso las cosas que llevan ahí tanto tiempo como el propio mundo se extinguirán si no haces nada para cuidarlas. Él tomó la decisión de marcharse hace muchos años. Ahora es tarde para volver.

—¡Maestro Boran! —Un muchacho de unos quince años entró gritando en el edificio.

Al llegar a donde estaban ellos se inclinó jadeando y colocó las manos sobre las rodillas.

—¿Qué ocurre, Nail? ¿Qué formas son estas de entrar a la escuela?

—Es Zarev, maestro. Ha tenido un accidente en las tareas de reconstrucción de la iglesia.

—¿Qué? ¿Cómo es posible?

—Ha caído desde una de las cornisas. Dicen que está fuera de peligro, pero también que tiene un tobillo roto y varias costillas fracturadas.

Boran se apresuró a coger su chaqueta, la metió bajo el brazo y salió de su escuela seguido del muchacho sin mediar palabra.

Hyrran, Saith y Ekim abandonaron la escuela y se encontraron, una vez más, solos y perdidos en las calles de Zern. El joven mercenario los guio hasta una taberna con el fin de subirles el ánimo tras la negativa de su abuelo, aunque era él quien más lo necesitaba. ¿Debían continuar y no dar lugar a que el ejército rythano los alcanzara? Partir hacia Acrysta era una prioridad, pero necesitaban un descanso. Apenas se habían recuperado de la batalla de Lorinet por tener que huir y la fatiga era palpable no solo en su físico, sino en su estado anímico. Emprender un viaje de más de veinte lunas por los caminos hasta la ciudad de los athen, teniendo en cuenta que debían cruzar las montañas nevadas, era una locura. Jamás lo lograrían.

—¿Qué hacemos ahora? ¿Seguimos?

Saith pronunció la pregunta que Hyrran había estado temiendo.

—Largo camino, pero Ekim aguanta —afirmó el olin intentando consolarlo.

No. Hyrran sabía que ninguno de los tres aguantaría la dureza de un viaje como ese.

—Tal vez aún podamos pagar un par de noches en una posada —sugirió Saith.

El mercenario alzó su jarra y echó un vistazo al último buche de cerveza en su interior.

—Estoy a punto de beberme nuestras últimas monedas. —Miró a su alrededor observando a los ebrios compañeros de taberna que se sentaban en otras mesas. Luego se encogió de hombros—. Quizás podría robar un par de bolsas. Nos facilitaría una noche bajo techo.

—O podrías volver a intentar hacer las paces con tu abuelo —insistió su amigo.

Hyrran bajó la cabeza con un suspiro. Los mechones rubios de su pelo taparon buena parte de su cara.

—No es tan fácil como parece. Han pasado muchas cosas que no han perdido importancia con el tiempo.

Saith lo observó comprensivo. También Ekim clavaba ahora sus ojos en él.

—Nunca es fácil —concedió el expaladín—, pero si todavía quedase vivo alguien de mi familia, haría lo que fuera por estar cerca de él... Aunque solo fuese un instante.

Hyrran alzó la vista para hacerla coincidir con los ojos de su amigo. Luego miró al olin, que también lo observaba con algo parecido a una sonrisa. Puso los ojos en blanco, se levantó de su silla y dio el último sorbo a su jarra antes de dejarla sobre la mesa con un ruido sordo. Qué más daría obtener una nueva negativa. Lo haría por ellos.

—Está bien. Haré un último intento.

—¿Quieres acompaña? —preguntó Ekim.

—No. Será mejor que vaya solo. Además, creo que sé dónde encontrarlo.

Tras salir de la taberna, los caminos se esbozaban frente a él iluminados por los faroles que se repartían por la ciudad. Zern no era tan grande como Aridan o Lorinet, pero estaba lejos de ser pequeña. Los edificios se alzaban a uno y otro lado y, pese a que no había una gran vida nocturna, toda la urbe parecía respirar.

Aunque todo había cambiado mucho y apenas guardaba recuerdos de su niñez, sí que tenía grabado a fuego un lugar que visitaba con frecuencia cuando era un mocoso. Estaba seguro de que, si había un sitio en el que encontrar a su abuelo, era allí.

No tardó en llegar. Las enormes puertas de vieja madera lo esperaban abiertas, tan familiares como siempre. Al entrar, el frío rozó sus brazos por los altos techos y lo envolvió en el aura mágica que inspiraban los templos. Percibió el olor a cera quemada de las velas, a vainilla por las flores de Zizmil, al barniz que debían haber aplicado recientemente en los gruesos bancos de madera de galoisa.

Alzó la vista hacia las imágenes de Icitzy y Aecen, talladas en piedra sobre el ábside de la iglesia. Frente a ellas, con la cabeza baja sobre uno de los bancos, un hombre parecía rezar. Hyrran se acercó y se sentó a su lado sin mediar palabra. Esperó a que terminase y levantase la vista, aunque su abuelo ni siquiera lo miró.

—No te oí llegar —dijo seco.

—Supongo que es una habilidad que he adquirido estos años.

—Habilidades de ladrón. No es algo de lo que sentirme orgulloso. —Se frotó los ojos, visiblemente cansado.

Hyrran se revolvió incómodo en su asiento. Sabía que teniendo en frente a su abuelo sería juzgado por cada cosa que dijera. Era mejor dar un golpe de timón a la conversación.

—¿Cómo está? —Boran alzó una ceja extrañado—. Me refiero a Zarev. ¿Está mejor?

Había oído su nombre de la boca de aquel muchacho, y si su abuelo había salido corriendo al escuchar la noticia, supuso que sería alguien importante para él.

—Su vida no peligra y su tobillo no está roto, gracias a Icitzy, pero no podrá luchar en el campeonato anual de Arena.

—Veo que tu escuela sigue siendo lo único que te importa —suspiró Hyrran esbozando una sonrisa irónica.

Boran le dedicó una mirada gélida.

—Mi escuela de Arena es lo que nos da de comer a mí y a tu madre. —Al escuchar sus palabras, Hyrran lanzó una fugaz mirada a las estatuas de los dioses y bajó la vista avergonzado—. Zern paga subvenciones a las escuelas por ofrecer representantes de cara a los duelos que se celebran contra Estir. Sin Zarev será difícil plantar cara en el campeonato anual, por lo que no tendremos representación. Sin él, mi escuela no obtendrá plaza para ir a los duelos. No veremos ni un tarín y tendremos un año complicado.

Sus ojos coincidieron con los de su nieto y Hyrran vio algo que jamás había visto. A su abuelo derrotado. Aquel hombre severo que siempre se mostraba serio e imperturbable mostraba su sufrimiento por primera vez en su vida, patente en la tristeza de sus ojos cansados. Pero donde él vio fin, Hyrran contempló otra posibilidad. Una idea remota que solucionaría todos sus problemas.

—Tal vez podamos ayudarte.

Boran levantó la cabeza y le lanzó una mirada recelosa.

—¿Vas a robar a la gente de Zern para darme su dinero y que podamos salir adelante? Porque si es así no quiero tu ayuda.

Su nieto se levantó del banco con una mirada de soslayo.

—No hablo de robar, sino de luchar representando a la escuela.

Los ojos de Boran se abrieron sorprendidos antes de recuperar la expresión sombría que había mostrado desde que se presentó ante él.

—Combatir en Arena no es una pelea callejera. Ni siquiera sabes cómo luchar.

—Pero puedo aprender. Conozco a un viejo cascarrabias que tiene una escuela en Zern...

Su abuelo no sonrió con el chascarrillo.

—Quedan dos semanas para el campeonato. Es imposible aprender Arena en ese tiempo. No puedo presentarme ante la escuela de Raky con un principiante —comentó apesadumbrado.

—Tranquilo, no te presentarás con un principiante, sino con tres. Saith y Ekim me ayudarán. —El anciano lanzó una ojeada desganada a la sonrisa confiada de su nieto—. A no ser que se te ocurra algo mejor...

Boran resopló resignado. Se levantó de su asiento y compuso una expresión afectada. Su mirada, sin embargo, no aplacó su dureza.

—¿Qué quieres a cambio? La escuela no pasa un buen momento y ya sabes que no tengo dinero.

—Dos camas y tres platos de comida en la mesa mientras dure el entrenamiento. Nada más. Nos iremos al acabar la competición —negoció sin perder la sonrisa.

Hyrran extendió el brazo y ofreció su mano para sellar el trato. Un segundo después, pese a que parecía rechazar la idea, Boran estrechó su mano y selló un acuerdo que, por dos semanas, uniría de forma pasajera su desestructurada familia.

7. Diario de una reina

Kalil observó la luz del ocaso, que llegaba pura a la cima de las montañas borrascosas. Ya llevaba más de quince lunas en palacio, pero era la primera vez que podía disfrutar de la soledad con Gabre. Como princesa nunca había dado valor al tiempo. Su vida siempre fue tranquila, y ahora, con todos los cambios que había sufrido, lo veía con más nitidez. Había ido a donde le decían, había hecho lo que cada situación requería y había vivido ignorante al péndulo del tiempo, que no hacía más que medir los pasos hacia el destino que le habían marcado desde que era una niña.

Intentaba parecer serena y segura de sí misma, pero esta nueva situación la sobrepasaba, llenándola de nervios e inseguridad. Quería ser la princesa a la que habían educado durante años en Kallone, llevar la barbilla alta y esconderse tras la firmeza de su mirada. Sin embargo, el tiempo que siempre había obviado la aplastaba ahora sin remedio. Había una guerra en el horizonte cercano y necesitaba convertirse en reina de Eravia. Solo así podría tener un papel en la lucha por venir y recuperar el reino de su familia.

Mientras paseaba por los jardines colgantes del castillo agarrada al brazo del príncipe, en su cabeza no había sitio para nada que no fuese intentar asimilar todo lo que le había ocurrido. La muerte de su padre, de su hermano, la caída de su reino a manos de la reina blanca, su nueva realidad... ¿Podía también vivir ese romance que la situación requería? Miró los cerúleos ojos del príncipe y su brillante sonrisa. Si estaba preocupado por la invasión rythana que podía darse en cualquier momento no lo aparentaba. Se sorprendió al echar de menos sentirse prisionera en su propio palacio. Vivir sin preocupaciones que le impidieran disfrutar de las horas. Al menos podía abrazar a su familia. Como ocurría con los niños antes de convertirse en adultos, nunca fue consciente de lo feliz que había sido.

—Y entonces los maté a todos —dijo el príncipe en ese momento—. Cogí a aquellos campesinos y los ajusticié junto a sus inocentes familias.

Kalil asintió con la mirada fija en los bastidores de madera que servían de apoyo a la hiedra, que se aferraba a ellos como un recién nacido a los pechos de su madre.

—Espera... ¿Qué? —La princesa se detuvo, frunció el ceño con extrañeza y lanzó una mirada de sorpresa a Gabre.

El príncipe sonrió entornando los ojos.

—Es broma, quería saber si me escuchabas. Pareces ausente.

—Sí. Lo siento —se disculpó—. Han pasado tantas cosas que aún me cuesta aclarar la mente.

Gabre asintió.

—Es uno de los motivos por los que quería dejar pasar los días antes de encontrarme contigo. Darte tiempo. No sé en qué estado estaría yo de pasar por lo que tú has pasado.

¿Darle tiempo? No. Ella no tenía tiempo. Thoran no tenía tiempo. Todo lo que hacían estaba condicionado por un incierto futuro bajo la sombra de la reina blanca. ¿Cuánto quedaba hasta que el ejército rythano asediara Ortea para conquistar Eravia? ¿Días? Cada segundo era importante.

Gabre apoyó su mano izquierda en la de Kalil aprovechando sus brazos entrelazados durante el paseo. Le sonrió y le dedicó una mirada comprensiva. Ella se forzó a devolverle el gesto con una expresión tranquilizadora.

—No te preocupes, estoy bien. En este mundo las cosas malas ocurren a cada instante. Me educaron para tener la fuerza de alzar la cabeza, sobreponerme y no mirar atrás.

—El pasado hay que observarlo, comprenderlo y aceptarlo, pero no olvidarlo nunca. Puedes tomarte el tiempo que quieras.

«Otra vez», se dijo. De nuevo la instaba a dejar pasar un tiempo que no tenía. Pese a la actitud amable y caballerosa de Gabre, en él no dejaba de ver a un Conav. Los mismos que abandonaron a su padre y a su hermano en la batalla. Inmersa en sus pensamientos se encontró apretando la mano de su prometido y este la observó extrañado. Intentó tranquilizarse y retiró los dedos con una caricia. Pese a todo, necesitaba al príncipe. A Eravia. Solo como reina tendría un papel relevante en la batalla definitiva. Solo así podría cumplir con su deber y su destino.

—¡Aldan! —exclamó de pronto el heredero al trono—. Me alegra verte, viejo amigo.

Kalil levantó la vista como un resorte, contenta por ver al consejero. No obstante, esa alegría desapareció al comprobar que llenaba las alforjas de uno de los caballos de palacio mientras que un mozo apretaba la cincha y aseguraba la silla de montar.

—¿Os marcháis? —lo abordó Kalil sin evitar la decepción.

No hubo sutileza. No fue el tono neutro de una princesa educada para mantener a buen recaudo sus emociones. Aldan era uno de los pocos aliados que tenía en Eravia. Si él se iba, Ziade y Lyn serían los únicos apoyos que tendría en aquella difícil aventura.

El consejero le lanzó una mirada triste llena de comprensión.

—No puedo quedarme donde no me quieren, alteza. Mi presencia aquí ha dejado de ser útil y mi capacidad para ayudar al reino se ha visto reducida. El rey ha perdido la confianza en mi persona y no esperaré lo suficiente para convertirme en un estorbo.

—Lo lamento, amigo mío —dijo Gabre contrariado—. Tal vez pueda hablar con mi padre y convencerlo de que no se precipite en su decisión.

—¡No! —Aldan negó arrugando la boca metiendo sus últimas pertenencias en las alforjas. Luego acarició con los dedos la bolsa que llevaba atada al cinto—. Forzar una relación cuando desaparece la confianza es como forzar un matrimonio cuando desaparece el amor. Puedes quedarte, puedes hacer como si nada pasase, pero la frialdad acabará congelando tu corazón y haciéndote sentir que estás fuera de lugar. No esperaré a que eso me ahogue. Sed el hombre que el reino espera que seáis, príncipe. —El consejero puso un pie sobre el estribo y se aupó tomando su lugar sobre la silla. Después dedicó a Kalil una mirada triste—. Y vos tened cuidado, princesa. Sois una flor fuera de vuestro hábitat, no permitáis que el frío clima de Eravia os marchite.

Y dicho esto Aldan salió al paso, guiado por el mozo que tiraba de las riendas rumbo a la salida, dirigiéndose a algún lugar lejos de allí. Mientras, Kalil sentía que su soledad aumentaba.

La tarde pasó demasiado lenta. Gabre parecía un buen muchacho, pero las espinas que Kalil tenía clavadas en el corazón le impedían verlo con los ojos que la situación requería. Cuando comenzó a caer la noche la acompañó a sus aposentos y se despidió de ella cortés.

Una vez que el príncipe se marchó, ella entró en su alcoba. La estancia estaba custodiada por dos soldados, y pese a que estaba acostumbrada a ser vigilada en todo momento, en Ortea se sentía más que nunca como una prisionera. Ya dentro corrió las cortinas y abrió las puertas del balcón, asomándose desde las alturas. El aire nocturno era más frío en la capital erávica de lo que había sentido nunca, pero necesitaba respirar, pensar y poner en orden sus ideas. El sonido de unos nudillos golpeando la puerta la sobresaltó.

—¿Sí? —preguntó.

—Es vuestra paladín, princesa.

Kalil sonrió al escuchar la amortiguada voz del soldado. Ziade y Lyn eran su oasis, una reconfortante mano amiga para lidiar con todo lo nuevo que le estaba pasando. Ellas le recordaban quién era, de dónde venía y para qué estaba allí.

El soldado abrió la puerta y su imponente protectora entró en la habitación. Llevaba el pelo corto peinado hacia atrás, como era habitual, y portaba la lustrosa armadura dorada de paladín que se negaba a quitarse. La puerta se cerró tras ella.

Kalil se sentó en la silla del tocador que decoraba la estancia junto a un gran armario con espejos y una enorme cama con dosel. También había una pequeña librería con varios estantes a un lado, aunque desde su llegada no se había sentido con ánimo ni con la concentración suficiente como para ojear sus libros.

Ziade caminó hasta el balcón y cerró una de las puertas.

—¿Qué haces con esto abierto? Este frío sería capaz de congelar hasta una liebre de cellisca.

—Necesitaba aire puro para despejarme.

—Cualquiera diría que llevas toda la tarde paseando con el príncipe por los jardines —dijo ella alzando una ceja.

—También necesitaba despejarme de eso —se sinceró.

—¿A qué te refieres? ¿Ha ocurrido algo? —La soldado arrugó el entrecejo con desconfianza.

Kalil sonrió ante la actitud de la paladín.

—No. El príncipe ha sido un perfecto caballero. Ha sido agradable, educado, simpático y comprensivo.

—Y necesitas despejarte de eso porque...

—No sé hasta qué punto puedo fiarme de él. De Gabre, y sobre todo de Ramiet. Está claro que me están utilizando para que lo poco que queda de Kallone se una a ellos en la próxima batalla contra Rythania, incluidas tú y Lyn. Por cierto, ¿dónde está?

—Se encontró con un viejo amigo. Otro soldado de nuestro ejército. Anda preocupada por él. —Ziade le quitó importancia al tema con un gesto de su mano—. Necesita estar ocupada, igual que tú. Han pasado demasiadas cosas.

—Yo no paseo con el príncipe para estar ocupada. Lo hago porque es mi deber.

—¿Hasta cuando vas a seguir encerrada, Kalil?

—Sabes que no se me permite salir de palacio. Es uno de los acuerdos a los que llegué con el rey para que el compromiso siguiese adelante —replicó malhumorada.

—No. No me refiero a esta habitación. Ni a este castillo. Me refiero a tu vida.

La princesa se levantó de su asiento, caminó hasta su amplia cama y se tiró en ella, resoplando con los brazos estirados en perpendicular a su cuerpo. Fijó la mirada en el techo sin dirigir la vista a la expaladín.

—Algo me dice que vamos a tener la misma discusión que los últimos días.

Ziade resopló y calló unos segundos, como si sopesara cuál era la mejor forma de decir lo que tenía en mente.

—Has vivido siempre esclavizada por el deber, a la sombra de tu padre y tu hermano, que espero descansen junto a Icitzy en el Vergel Sagrado. Has hecho todo lo que de ti esperaron desde que naciste, presa por el destino de tu sangre real, pero ahora, en la desgracia, ¡eres libre! —La paladín clavó su mirada en ella—. ¿No lo entiendes? Hemos hablado durante años de todo aquello que te gustaría hacer. ¡Por primera vez en tu vida no tienes que cumplir órdenes! Y aun así, te empeñas en volver a encerrarte en el lugar en el que esa reina blanca sabe que te encontrará. ¿Por qué?

—¡Porque los necesito! —Se sentó en la cama con ímpetu. Sentía las lágrimas agolparse a orillas de sus ojos deseando escapar tras largo tiempo retenidas. Pero no. Ni siquiera por su amistad permitiría que Ziade la viera llorar—. Necesito sentarme en el trono de Eravia y recuperar Kallone. Jamás lo conseguiría sola.

—Eres una reina, Kalil. La única heredera al trono de Kallone. La gente te seguirá allá donde vayas. Lucharán por ti. No necesitas a Eravia y su débil ejército. Aquí solo lograrás exponerte ante Rythania para que vengan a acabar contigo como harán con los Conav.

La princesa bajó la vista sin esquivar la tristeza.

—Soy la reina de un trono que ya no existe. ¿No lo comprendes? La única forma de reinar de verdad... —Ziade hizo el amago de interrumpirla, pero Kalil levantó la mano para frenar lo que tuviese que decir y poder continuar—: La única forma de ser una reina de verdad es casarme con Gabre y sentarme en el trono.

—Creía que eras más lista, Kalil. Para ser una reina de verdad no necesitas un trono, sino a gente que crea en ti. Gente como Lyn o como yo misma. Hay cientos de soldados que te seguirán. Civiles que caminarán los senderos que tú recorras.

—No sin un reino que defender.

—Vas a volver a encerrarte en una jaula por el deseo de reinar, aunque sea a la sombra del príncipe, ¿verdad?

—Volveré a enjaularme si una corona me permite ser importante en esta guerra, plantar cara a la reina blanca y recuperar Kallone.

Ziade le dedicó una mirada decepcionada. Una con ojos acerados, de esas que la obligaban a agachar la cabeza cuando hacía algo mal siendo niña. No obstante, ya no era ninguna cría. Sabía qué era lo que tenía que hacer. Su destino era reinar, y si para hacerlo debía enfrentarse a su paladín, a la persona que la había cuidado desde que nació, eso es lo que haría.

—Dime una cosa, Kalil —dijo la paladín manteniendo una mirada firme—. ¿Haces esto porque crees que necesitas a Eravia para reconquistar Kallone? ¿O continúas aquí por venganza? Para ver caer a Ramiet por su traición en el Valle de Lorinet...

El silencio entre las dos se tornó tenso. Fue como si el aire se espesara y, pese a que Ziade había cerrado los ventanales que daban al balcón, la frialdad del lenguaje corporal entre ambas heló cada instante. La expaladín suspiró. Su expresión severa habitual se tornó triste mientras se dirigía a la puerta y se disponía a salir. La mano se posó en el pomo y durante unos segundos no se movió, como si esperase una respuesta.

No había nada que decir. Sentía la rabia. La ira contenida de una decisión que sentenció a su reino, pero intentaba convencerse a cada segundo de que no era eso lo que la motivaba a actuar, sino el objetivo de recuperar su corona y salvar a su gente. Sí, sabía qué era lo que debía hacer. Si su futuro estaba encorsetado por los límites del matrimonio y el trono erávico lo asumiría, al igual que siempre asumió su deber como princesa. De todas formas, ese futuro solo llegaría si ganaban a los rythanos en la guerra que estaba por llegar y, de ser así, bien valdría una vida inmovilizada por grilletes a cambio de liberar a su reino.

—Siempre pensé que gobernarías con sabiduría en caso de tener que hacerlo. —La voz de Ziade apenas fue un susurro—. Pero siempre soñé que lo harías en libertad. Ser la reina de Eravia sin la presencia de Kallone convierte el acuerdo entre reinos en una ventaja para Ramiet. Si perdemos esta guerra pereceremos. Si ganamos, serás esclava de por vida en el reinado de los Conav. Incluso si fuésemos bendecidos por los dioses, lográsemos hacer retroceder a Rythania y reconquistar Kallone, Ramiet sería capaz de otorgarse la soberanía. No podrás recuperar tu corona. No así.

—Lo sé. Pero la derrota se decidió esa lluviosa noche en Lorinet, Ziade. Perdimos, y ahora solo me queda luchar por los restos de un reinado perdido.

—Y por venganza —musitó la expaladín con su seriedad habitual.

Kalil cerró sus manos en un puño sobre su vestido con toda la fuerza que fue capaz de reunir. Mientras apretaba los dientes por la furia que reprimía desde aquella noche, una rabiosa lágrima descendió por su mejilla ignorando sus esfuerzos por retenerla. Ziade tenía razón. Odiaba a Ramiet, pero el rey no viviría eternamente. Algún día su muerte permitiría que Gabre y ella reinaran. Era la única forma de cuidar de su gente. Remota por la absurda posibilidad de derrotar a Kerrakj y sus tropas, pero mientras existiese una posibilidad, por pequeña que fuese, debía aferrarse a ella con todas sus fuerzas.

—Y por venganza —concedió con la voz quebrada.

—Lucharé contra Rythania. Por ti. Pero no estaré a tu lado viendo cómo te destrozas por un sueño imposible —dijo sin volver la cabeza en ningún momento.

Luego, la paladín salió de la habitación y el sonido de la puerta al cerrarse la invitó a tumbarse sobre la cama, llorando contra la colcha tejida en seda y algodón. ¿Qué eran la libertad y sus sentimientos en una balanza que soportaba el peso de la felicidad de las gentes de Thoran? ¿Cómo podía Ziade no entender que había nacido para sacrificar su vida por el bien de los demás?

Pasaron horas hasta que el llanto le dio un respiro y volvió a sentarse sobre la cama. Puede que su paladín no lo entendiera y que la amistad más pura de su vida se quebrara por ello, pero haría lo que debía hacer. Con la mente puesta en esa conversación, observó la habitación con detenimiento: el enorme armario junto a la pared; la lámpara de araña iluminada con un par de esferas de luz, no tan comunes en Eravia; los amplios ventanales desde los que podía observar a la pequeña Rugoru y la compañía de multitud de estrellas en el firmamento; el tocador que hacía las veces de escritorio... Allí mismo la habían preparado las sirvientas para el encuentro con Gabre.

El príncipe parecía un buen muchacho. ¿Por qué Ziade no podía aceptar que hubiese venido a recuperar su compromiso? ¿Por qué no respetaba su decisión de reinar en Eravia y ayudar a ambos reinos?

Recordó las charlas que había tenido con Aldan durante años. Las historias que el consejero le había contado sobre la familia real. Sobre Ramiet, Gabre o Daetis, la reina. La athen también había dejado todo en Acrysta para venir a vivir a palacio. A esa misma habitación. ¿La habrían invadido tantas preguntas como a ella? ¿Tanta incertidumbre? ¿Cómo habría sido lidiar con Ramiet y su complicado carácter?

«Ojalá siguieras con vida para contarme cómo lo hiciste. —Su mirada se detuvo en el balcón que se intuía tras la cortina—. ¿Cómo aguantaste las ganas de lanzarte por esa ventana y acabar con todo?».

Necesitaba algo con lo que ocupar su mente y abandonar, aunque fuera por un momento, la discusión con Ziade y las dificultades que había asumido para convertirse en reina. Una bocanada de aire a una vida que no le dejaba tiempo para respirar. Se pasó el antebrazo por los ojos y se limpió las lágrimas. Se puso en pie, aún sin saber muy bien qué hacer, y su mirada dio de nuevo con la pequeña librería en el costado de la habitación.

En el palacio dorado, cuando el tiempo la abrumaba o aburría, corría a la biblioteca en busca de lectura. Le permitía evadirse y, al mismo tiempo, aprender con el contenido de esa sabiduría plasmada en tinta y papel. Caminó hasta la estantería y pasó el dedo por el lomo de sus obras, acariciándolas. Algunas de ellas parecían nuevas, de cubierta ornamentada hecha en piel con motivos dorados. Otras estaban desgastadas, de páginas amarillentas y pequeñas partes que amenazaban con desprenderse.

Daetis era athen, así que entre los libros de la que fue su habitación tal vez encontrara algo de su interés. Con suerte un poco de una sabiduría que le hiciese soportar mejor todo por cuanto pasaba.

Por desgracia, lo que encontró no era lo que había esperado. Casi todos los libros allí trataban sobre Eravia. Sus costumbres, sus ciudades... Kalil suspiró. Era todo lo que había estudiado desde que supo que su destino era desposarse con Gabre Conav. Conocía al dedillo el contenido de aquellos libros y, por tanto, nada nuevo podrían ofrecerle.

Cuando pensaba en marcharse a la cama resignada, un libro con la cubierta negra y sin letras en el lomo llamó su atención. Estaba en la parte baja de la estantería, esa en la que solían colocarse los libros menos interesantes, lejos de un primer vistazo. Al extraerlo se percató de que tampoco tenía letras en la cubierta y que era rígido como un trozo de madera, lo que aumentó su curiosidad. Lo abrió con la extraña esperanza de encontrar algo de su interés. Necesitaba una pequeña victoria por insignificante que fuera. Una lectura con la que, por un instante, lo olvidase todo. Su situación, la discusión con Ziade...

Al abrirlo descubrió que lo que tenía en las manos no era ningún libro, sino un recipiente hueco tallado como si lo fuera. La intriga le ofreció un calor distinto y, con manos temblorosas, abrió la tapa para descubrir algo que jamás habría imaginado. Un discreto cuaderno cuya primera página titulaba con una caligrafía impecable: Diario de Daetis. Kalil acogió aquellas hojas con delicadeza, casi con devoción, como si se fueran a desmenuzar entre sus dedos con la más suave brisa. Alzó la vista al techo, agradeciendo a Icitzy haberla hecho mirar en aquella estantería. Ahora tenía la sabiduría de la difunta reina erávica al alcance de sus manos, y estaba convencida de que las palabras de alguien que había pasado por su misma situación le permitirían afrontar con mayor entereza lo que estaba por venir.

«Querido diario —leyó escrito en la antigua lengua athen—, hoy, con esta hoja, da comienzo mi nueva vida».

E inmersa en sus palabras buscó la forma de afrontar mejor su destino.

8. La muerte de un símbolo

Había algo hipnótico en la peculiar carrera de los árboles. Sentado en aquel carruaje, cuyo vaivén dejaba en el aire el repiqueteo de las ruedas de madera contra el empedrado camino de Reridan-Lotz, Ahmik observaba cómo la vegetación parecía abandonar sus enraizadas vidas para correr al viento frente a sus ojos.

Echaba de menos ser como ellos. Bueno, no exactamente como ellos, que solo corrían ante sus ojos por la marcha de la carreta, pero sí que añoraba los días trotando por la selva junto a Aawo. Había luchado tanto por ser un soldado de Kerrakj que no había valorado la sensación de libertad que le proporcionaba ejecutar cacerías junto a su amigo. ¿Echaba de menos esas misiones o solo a él?

De alguna forma Gael había tomado su relevo, aunque de forma diferente. Pasaban mucho tiempo juntos, seguían entrenando cada noche, y el paladín estaba enseñándolo a utilizar la espada como nadie había hecho. Lo adiestraba para no confiar solo en sus aptitudes físicas y mejorar su técnica. Ahora que no era especial por su sangre féracen, pues desde Rythania llegaban a menudo tropas con nuevos soldados modificados con sangre de yankka, necesitaba algo que lo diferenciara de ellos. Ser mejor. Por desgracia, llevaba muchas lunas entrenando y apenas apreciaba su mejoría, pues aún no había sido capaz de vencer a su nuevo maestro.

Ahmik bostezó mientras las carretas frenaban con el indiferente grito del conductor del carromato, que daba el alto a los caballos. Miró a Gael, que viajaba sentado junto a él con actitud tranquila, sacó la cabeza del carruaje y observó que habían llegado a Nothen. La ciudad fronteriza estaba llena de gente. Multitudes que examinaban con curiosidad los vehículos entre exclamaciones y murmullos. Algo normal pues, además de ellos, junto al carruaje llevaban nada más y nada menos que una jaula con su prisionero: el afamado Canou Amerani.

Pese a lo tedioso del viaje, los nervios lo recorrieron de pies a cabeza. Como féracen siempre había evitado las multitudes. El contacto con humanos había quedado reducido a tratar con los soldados de su propio ejército, y no lo hacía si no se veía forzado a ello. Su salvavidas desde que despertó aquel día había sido Aawo. Él siempre lo había comprendido en la exclusión natural que remarcaban sus diferencias y rasgos féracen. Había sido su escudo en la batalla y un anclaje que siempre le hizo recordar quién era. Ahora, sin embargo, la soledad lo envolvía como una armadura de espinas, haciéndolo sentir desarmado.

—Vamos, hay algo que debemos hacer antes de continuar. —Gael abrió la puerta del carruaje y bajó del vehículo.

Ahmik se acercó a la salida, incómodo. No le apetecía exponerse a las miradas curiosas que los esperaban en el exterior.

—¿Hemos venido en un carruaje de caballos para no hacer esperar a la reina, evitando la lentitud de los fárgul, para detenernos en Nothen? —preguntó reacio mientras bajaba.

Gael dibujó media sonrisa irónica.

—No te preocupes. No nos entretendremos. ¿Sabes qué día es hoy? —Ahmik frunció el ceño mientras miraba a su alrededor antes de negar con la cabeza. Muchos de los congregados lo observaron con curiosidad. Otros murmuraban alrededor de la jaula, donde Amerani parecía más un espectáculo que un prisionero—. Hoy se celebra La Voz de la Diosa. Todos los años se organiza en Nothen una feria para conmemorar el nacimiento de los tres reinos. Viajeros y mercaderes de todo Thoran se reúnen aquí.

Miró a su alrededor. La ciudad estaba a rebosar, y cada vez más gente se agolpaba alrededor de las carretas como si regalaran monedas, buscando ansiar su curiosidad. La gran mayoría reconoció a Gael pese a no llevar la característica armadura dorada. Los paladines del ejército kallonés eran reconocidos casi en cualquier lugar del reino. Hubo alguna exclamación de sorpresa, varias preguntas veladas por la extrañeza de la situación e interrogantes silencios, que navegaban en la brisa estival librando un combate entre la prudencia y la incertidumbre.

Ahmik se percató de las miradas de desconfianza, asco y miedo, pero todas iban dirigidas a él. Apenas les dedicó un vistazo que camuflaba la inseguridad con indiferencia. Sus ojos, rojos como los de una fiera, y sus peludas orejas se antojaban extraños para quienes clavaban sus miradas en él.

—¿Sabes que no me gusta dejarme ver por la ciudad y me traes a Nothen el día que más gente se reúne por esta celebración?

Gael volvió a sonreír.

—Sí. Tenemos algo que hacer aquí y solo podemos hacerlo hoy. Sígueme.

Ahmik cabeceó incómodo, pero obedeció. Gael era un general con su mismo rango en el ejército de Kerrakj, pero era su maestro después de todo.

Apenas caminaron unos pasos. Tras el carruaje de cuatro caballos, se detuvieron junto a la jaula de madera de techo bajo en la que Canou Amerani esperaba agazapado, como un animal en una trampa. El paladín del rey era el centro de atención de cuantas personas rodeaban la escena. No en vano, se trataba del soldado más aclamado de Thoran. Pese a ello, su aspecto estaba lejos de ser la idealizada figura que los kalloneses tenían en mente.

Su pelo canoso no llegaba a estar largo, pero sí desordenado. Descuidado como la hirsuta barba que se dibujaba a parches sobre su rostro. La legendaria armadura escarlata había dejado su lugar a una camisa blanca, sencilla, de las que ponían en la enfermería del palacio dorado. El lugar en el que habían luchado por salvarle la vida días atrás. Debajo llevaba unos pantalones y unas botas que Gael le había ofrecido antes de salir en un gesto de respeto. Según sus palabras, para evitar que quienes habían admirado a la leyenda lo viesen acabado, en ropa interior y descalzo.

No obstante, la visión no resultaba reconfortante y la conmoción entre los que rodeaban la prisión era palpable. Gael, impasible, se acercó a la puerta y rebuscó en un uno de sus bolsillos hasta sacar la llave de la celda.

El expaladín la introdujo sin pensar en la cerradura. Ahmik no podía creer lo que veía. Tenían que llevar a Amerani a Rythania, al palacio blanco, para ponerlo a disposición de Kerrakj, que los aguardaba. Se apresuró a agarrar el brazo de Gael para evitar que lo liberase.

—¿Qué diablos pretendes? —le recriminó.

—Hago lo que debe hacerse —contestó zafándose con un gesto brusco de su brazo.

—Estas no son las órdenes de la reina —insistió.

—Llevo una eternidad cumpliendo órdenes, hijo. Sé lo que hago.

—Pues para hacerlo durante tanto tiempo, no se te da muy bien.

Gael sonrió ante la respuesta y la estupefacta mirada de los asistentes, incluida la del propio Amerani. Luego giró la llave y, acompañando su sonido, el candado se abrió. Tuvo que invitar a salir al prisionero, que lo observaba suspicaz.

—¿Qué pretendes, Gael? —dijo mientras salía de la jaula.

—Quiero mostrar una cosa al muchacho.

El prisionero escudriñó a Ahmik con detenimiento. Rodeado por el gentío de Nothen, el féracen se sintió más observado que nunca en toda su vida.

—¡Canou Amerani! —gritó Gael mientras el paladín del rey se liberaba de su cautiverio. La gente le dedicó murmullos de asombro—. Capitán de la guardia real del difunto Airio Asteller. Fuiste capturado tras la batalla de Lorinet y encerrado en el palacio dorado hasta la sanación de tus heridas. Ahora, frente a todo el mundo, te ofrezco la oportunidad de obtener tu libertad.

Las expresiones de asombro se fueron sucediendo a su alrededor iluminadas por la esperanza, como iridiscentes luciérnagas que resplandeciesen al agitar un arbusto bajo el manto nocturno.

«¿Ofrecerle la libertad? ¿En qué demonios estás pensando, Gael?», la cabeza de Ahmik daba vueltas buscando los motivos por lo que su maestro y expaladín retaría a Kerrakj de esa forma.

Canou Amerani dio dos titubeantes pasos mientras controlaba los movimientos de sus captores por el rabillo del ojo. Cuando estuvo a la distancia prudencial de tres pasos, Gael desenvainó su espada y lo desafió con la mirada. El expaladín del rey no rehuyó sus ojos cuando se acercó a él. Una floritura con la hoja mantuvo la atención de la gente para sacarles una nueva exclamación al clavarla en el suelo, frente al prisionero.

—Eres libre, Canou. Te ofrezco esta espada para que tus pasos sean seguros.

El excapitán de la guardia real mantuvo los ojos clavados en el expaladín del orden y no hizo amago de blandir la hoja.

—¿Qué pretendes, Gael? ¿Quieres un motivo para ajusticiarme delante de todos? El seren sonrió.

—No, nada de eso. Eres libre. No intentaré detenerte. Te doy mi palabra.

Amerani bufó indignado.

—¿Qué vale la palabra de un traidor? —escupió.

Gael encajó el golpe, aunque por un segundo, su rostro se mostró dolido.

—Nunca fui un traidor, Canou. He dedicado una vida sin fin a servir a la familia real, pero no a la que tú crees. El mundo no lo entiende ahora, pero Kerrakj debe reinar por el bien de Thoran.

El prisionero liberado desvió la mirada en un claro gesto de desacuerdo.

—Hagamos como que creo lo que dices. ¿Me permites empuñar esta espada y marcharme? Sabes que jamás me rendiré. Lucharé hasta el fin de mis días contra tu reina defendiendo los linajes bendecidos por la diosa.

—Oh... no será tan sencillo. Te he dado mi palabra de que no me interpondré en tu camino, pero no soy el único con la orden de llevarte a Rythania. —Los ojos de

Amerani se clavaron en los de Ahmik, que no pudo hacer nada por evitar una expresión de sorpresa.

Gael anduvo de camino al carruaje, pero Ahmik se interpuso en su camino.

—¿Qué haces? ¿Pretendes que sea yo quien se enfrente a él?

—Escucha, hijo, esto también forma parte de tu entrenamiento —susurró con una sonrisa confiada—. No solo necesitas aprender técnicas con la espada. Desde la muerte de ese amigo tuyo se ha esfumado ese guerrero cuya confianza hacía empequeñecer a sus rivales. Has visto a los nuevos féracen con sangre de yankka y te has sentido relegado. Sientes que ya no eres tan especial, ¿no es así?

Ahmik no contestó. Se limitó a observar a Amerani, que colocaba su mano en la empuñadura de la espada que Gael le había ofrecido. Tenía razón. Desde la muerte de Aawo no era la misma persona. Tampoco se sentía igual.

—No puedes hacer esto. Si Amerani no me mata hoy, lo hará Kerrakj cuando sepa que lo hemos dejado escapar—. El expaladín se encogió de hombros con indiferencia obligándolo a insistir—: No solo eso. También te colgará a ti.

Pese a la amenaza, Gael se limitó a sonreír y negar de nuevo con la cabeza.

—Yo ya he vivido mucho.

Y dicho esto se encaminó al carruaje y subió, dejando al paladín del rey, libre y armado, frente a Ahmik. Multitud de viajeros, habitantes de Nothen y mercaderes asistían a la escena paralizando la fiesta, atónitos.

—Ten cuidado, Gael —anunció Amerani antes de que se perdiese en el interior del vehículo—, si deslizas el dedo por el filo de la espada, podrías terminar cortándote.

—Deberías ser tú quien vaya con cuidado, Canou. No eres consciente de a quién tienes delante —contestó el seren perdiéndose en el interior del carruaje.

Ahmik aún no asimilaba lo ocurrido. Ahora tenía al expaladín del rey, el soldado más laureado de los tres reinos, frente a él, observándolo con ojos desafiantes.

—Parece que te han dejado solo, muchacho —dijo mientras escudriñaba la hoja de Gael manteniéndola en perpendicular a su cuerpo.

—No temo a la soledad —contestó él desenvainando a Vasamshad e intentando parecer más seguro de lo que estaba.

—Es curioso. Tus ojos niegan lo que dicen tus palabras.

La espada de Amerani dibujó un tajo horizontal en una kata que lo hizo girar sobre uno de sus pies y soltar el brazo como un latigazo. Los gritos de los asistentes, que se separaron de ellos asustados, fueron acompañados de un movimiento de bloqueo de Ahmik, que detuvo el fuerte golpe.

El expaladín sonrió.

—No sufras. Dejarás de sentir el miedo cuando cruces las puertas de Condenación. Es el lugar perfecto para una bestia como tú.

Y entonces atacó de nuevo. Lo hizo con tal furia que pareció ser él quien tuviese sangre animal. Pese a llevar días de cautiverio y haberse recuperado recientemente de sus mortales heridas, no dejó que nada de eso se notara. Su espada era una prolongación de su brazo. Tenía una precisión que rozaba la perfección. Cada estocada poseía la fuerza del deseo. El anhelo de ganar su libertad, y eso lo hacía aún más peligroso.

Ahmik se defendió como pudo. No podía atacar porque Amerani no le permitía un segundo para pensar ni un resquicio por el que dejarle probar su hoja. Bloqueó un nuevo tajo horizontal. El paladín del rey giró una vez más sobre su pie y atacó por el otro costado. El movimiento de Ahmik fue muy rápido, lo bastante como para detener su hoja, pero lejos de dudar, Canou Amerani acompañó su defensa con varios movimientos punzantes ante los que tuvo que retroceder. Uno de ellos lo alcanzó a la altura de la cintura, rasgando su camisa y provocando la exclamación y los vítores de la gente. ¡Maldita sea! Si al menos hubiese tenido su armadura... Ni siquiera iba preparado para un combate tan exigente como ese.

Recordó aquella noche en el Valle de Lorinet. El hombre al que hoy se enfrentaba fue una dura prueba. Recordó la alegría de encontrar a alguien digno de luchar contra él. Pese a su sangre féracen, la perfección de su estilo evitó que pudiese vencerlo. Recordó haberlo admirado por ello hasta que Kerrakj interrumpió su combate. Aquel día pudo igualarlo, pero en esta ocasión eso no sería suficiente. Tendría que superarse a sí mismo.

Amerani hizo girar su muñeca y la espada viró en el aire para componer una pose de lucha. Ahmik la reconoció. Después de tantas noches entrenando con Gael, aquel movimiento le resultó familiar.

—He fracasado en mi labor de proteger al rey, pero ahora que se me otorga una segunda oportunidad, no la dejaré escapar —afirmó con seriedad.

Él no contestó. Le sostuvo aquella mirada llena de determinación y se puso en guardia. La cuestión era por qué. ¿Por qué Gael desafiaba a la reina poniendo en libertad a Amerani? Ya había traicionado a su reino una vez. ¿Es que quería hacerlo de nuevo?

Los ataques del extraordinario soldado se sucedieron de nuevo. Su rapidez y estilo eran casi perfectos. Había sido el paladín del rey después de todo. El afamado símbolo de todo un reino. Una leyenda. Cada ataque que realizaba iba acompañado del griterío de cuantos los rodeaban. Vitoreaban al prisionero agarrándose a la esperanza. La libertad del excapitán de la guardia sería una chispa capaz de incendiar todo el reino. Haría creer a la gente que no todo estaba perdido para ellos bajo los éxitos y conquistas de la reina blanca. Una forma de demostrar que en Rythania también había debilidad.

Y en el lado opuesto estaba él. Defendiéndose como podía de los certeros ataques de su enemigo sin encontrar un solo hueco por el que dañar a su rival. La hoja de Amerani le pasó a menos de un centímetro de la cara, llegó a cortarlo en la pierna, luego el brazo, y esquivó en el último momento una estocada al corazón que habría sido mortal sin armadura. Su velocidad féracen estaba salvándole la vida, pero ¿por cuánto tiempo?

Si cada golpe de Amerani era vitoreado por quienes los rodeaban, a él le ocurría todo lo contrario. Cada golpe bloqueado, cada estocada que esquivaba o cada intento de ataque era recibido con gemidos temerosos y miradas de fastidio. Él era el malo allí. Un hombre bestia. Un demonio que representaba a la reina que había trastocado sus vidas y asaltado el trono. Nadie quería que venciese en aquella batalla y la derrota parecía esperarlo.

De repente, el expaladín se detuvo. Ahmik lo miró extrañado. Su ceño fruncido, las perlas de sudor que caían por su sien, su pelo canoso y húmedo, el vaivén de su cuerpo jadeando por el esfuerzo.

—¿Qué pretendes? No te recomiendo jugar conmigo, muchacho —amenazó.

Ahmik echó un vistazo a su alrededor. Era cierto que la gente lo miraba con enfado y miedo... pero también con preocupación. Entonces se dio cuenta. Había estado tan deslumbrado por la luz que emitía aquel hombre que había sido incapaz de ver la realidad. Tan inmerso en sus pensamientos que no había sabido ver la verdad del combate que libraba. Pese a que el mayor espadachín de todos los tiempos estaba frente a él empleándose a fondo para lograr su ansiada libertad, había sido capaz de neutralizar sus ataques a cambio de un par de heridas leves. Pese a la precisión y la fuerza de los movimientos de su enemigo, su velocidad lo había mantenido a salvo cuando, inconscientemente, estaba más pendiente de lo que pensaba la gente a su alrededor que del propio combate. No estaba en desventaja. Amerani ahora parecía exhausto mientras que él apenas sentía que hubiese empezado a luchar. Ahmik frunció el ceño pensativo.

«¿Era esto lo que pretendías, Gael?».

Amerani volvió a ponerse en guardia ante la pasividad del féracen. Inició la carrera y atacó una vez más con un grito desgarrador. La precisión que Ahmik había percibido en su magnífica forma de luchar descendió debido a su extraordinaria rapidez felina, que le permitía esquivar a mayor velocidad de la que cualquier humano sería capaz de hacerlo. La fuerza de sus estocadas parecía haber descendido por el agotamiento, y la determinación de sus ojos ahora no era más que contenida desesperación.

Ahmik detuvo sus ataques con la espada. Los movimientos que ya le habían resultado familiares antes ahora eran previsibles. Los entrenamientos con Gael habían sido más útiles de lo que jamás habría imaginado, y de alguna forma veía venir los envites de su enemigo. Ahmik detuvo la embestida y, ahora sí, encontró los resquicios necesarios en su guardia, propiciados por el cansancio, para contraatacar.

El expaladín pareció sorprendido por la renovada confianza de su rival. Probó a esquivarlos, pero la velocidad de Ahmik era mayor de lo que hubiese podido prever. Vasamshad rozó su piel en varias zonas de su cuerpo. Ahmik nunca tuvo intención de darle muerte. Al fin y al cabo, las órdenes de la reina blanca eran llevarlo con vida a palacio, en Rythania. Las fuerzas de Amerani descendieron junto a la expectativa y la esperanza de los asistentes al combate.

Ahmik lanzó una estocada, y luego otra. Más tarde realizó un movimiento con la espada en dirección a su muñeca. Lo hizo a tanta velocidad que hubiese pasado desapercibido por un ojo poco experto. No dio opción a que el expaladín del rey reaccionara y Canou se vio obligado a soltar su hoja. Los incrédulos ojos de Amerani vieron el acero golpear el suelo en su caída.

Intentó hacerse con la espada una vez más, pero un rápido Ahmik se interpuso en su camino y colocó la punta de su hoja en el cuello de su enemigo.

—Apresadlo —ordenó a los soldados encargados de custodiar la carreta del prisionero—. Debemos cumplir las órdenes de la reina y llevarlo a Rythania.

Los soldados asintieron tras un par de titubeos y llevaron a un cansado Amerani de vuelta a la jaula.

Con el prisionero de nuevo en el interior de la celda, subió al carruaje y este volvió a ponerse en marcha. Tras tomar asiento, Ahmik miró a Gael y el expaladín sonrió mientras observaba imperturbable los paisajes que dejaban atrás la ciudad fronteriza.

—Te la has jugado mucho solo para demostrarme que tus entrenamientos están dando resultados —le reprochó él.

El seren le restó importancia con un gesto.

—Sabía que ganarías.

—Aun así. Si toda esa gente que presenciaba la pelea se hubiera metido, podrían haberme distraído dejando escapar a Amerani. Kerrakj no habría tenido compasión con nosotros.

El expaladín se acomodó más en el asiento del carruaje y se cruzó de brazos.

—He vivido mucho tiempo, hijo. Lo suficiente para saber que nadie se metería en esa pelea por un motivo muy sencillo: te tienen miedo.

Ahmik lo miró circunspecto, aunque sabía que tenía razón. Había visto ese miedo. Lo había sentido en Lorinet cuando paseaba por sus calles, en los soldados de su propio ejército cuando tenían que tratar con él como general de las hordas féracen. También en las personas que habían asistido a su combate en Nothen. Miedo. Por más que se esforzaba, eso era todo lo que obtenía.

—Arriesgaste demasiado —insistió.

—Pero era necesario.

—¿Necesario?

Gael lo observó condescendiente, como si Ahmik fuese un niño que no entendiese nada. Odiaba esa sensación.

—Son las fiestas de La Voz de la Diosa, la celebración más importante de Thoran —explicó el expaladín—. Si algo me ha enseñado mi larga vida es que ante los tiempos convulsos la gente busca la tranquilidad de la costumbre. La familiaridad de lo conocido. Añoran lo que saben que está bien y, por eso, acudir a una celebración como esta les permite ver que su vida no ha cambiado tanto como parece. Ser conscientes de su nueva realidad les permitirá aceptar mejor a la nueva reina.

—¿Has desobedecido a Kerrakj para ayudarla? —Gael sonrió ante su pregunta—. ¿Pero qué tiene eso que ver con hacerme luchar contra Amerani?

—Nothen acoge hoy a viajeros y mercaderes, pero cuando la celebración acabe volverán a sus vidas. A sus ciudades. Y llevarán con ellos la historia de la derrota de Amerani. Harán ver al mundo que el soldado más laureado de la historia apenas fue un juguete a manos de los hombres del ejército blanco. ¿Lo entiendes ahora?

Ahmik asintió pensativo.

—Has sembrado una historia. Una que permita conocer el poder de Kerrakj y acallar la intención de una posible sublevación.

Ahora fue Gael quien asintió con satisfacción.

—Exacto. Pero no solo lo he hecho por Kerrakj. —Ahmik arqueó una ceja—. Necesitaba a ese soldado que arrasó en el campo de batalla durante el ataque a Lorinet. Quería que vieras lo que eres capaz de hacer, y que pese a la llegada de nuevos féracen con tu misma fuerza y velocidad, no son como tú. Nadie es como tú. Eres su comandante y te necesitaremos al cien por cien en la próxima batalla, porque será la que permitirá a Kerrakj reinar sobre todo Thoran. La historia que ahora compartirán en tabernas es la del poderoso comandante féracen que venció a Canou Amerani. Solo es un inicio, pero tal vez permita convertir el miedo en respeto.

Ahmik asintió comprendiendo. Kerrakj lo necesitaba tanto como él a ella. Vencer a Amerani había significado hacer caer un símbolo para la gente a cambio de crear otra leyenda. La del soldado féracen que lo derrotó. Una semilla que germinaría convirtiéndose en su propia historia.

Gael sonrió.

—Debo admitir que adiestrarte ha sido todo un reto.

—¿A qué te refieres? —La voz de Ahmik tembló por los baches que atravesaba el carruaje.

—Me refiero a que no solo necesitabas una mejoría en la técnica como me dijo

Kerrakj cuando me ordenó enseñarte. Necesitabas recobrar la confianza tras la pérdida de tu amigo en la batalla. Recuperarte a ti mismo. Aquel día en el campo de entrenamiento había en tus rivales un brillo y una sed de sangre que no había en tus ojos. No sabías qué hacer sin Aawo. —Gael arrugó la boca contemplativo—. Toda una crisis de identidad.

—¿Crees que vencer a Amerani me hará olvidar a Aawo?

Gael se inclinó, apoyando los codos sobre sus piernas, para acercarse más a Ahmik. Su sonrisa se había esfumado.

—Nada te hará olvidar a los amigos perdidos. Yo no he logrado olvidar a los míos ni en un millar de años —dijo con poco más que un susurro—. Pero a veces solo necesitamos una máscara. Un disfraz que nos permita escondernos y no dejar ver a los demás nuestro sufrimiento. El mío fue la armadura de paladín. Con el brillo de la armadura dorada nadie vio a un seren que sufría por el incierto futuro de la humanidad. Tras la imagen de Crownight nadie vio a un ambicioso científico. Y ahora, tras este combate en Nothen, nadie verá en ti a un féracen que añora a su amigo. Verán un espadachín implacable blandiendo la legendaria hoja de los Asteller. Verán al guerrero que venció a Amerani. Una historia que contarán en sus casas frente al crepitar de la chimenea, en tabernas entre copas y lenguas enredadas, en descansos durante los mercados... Hoy, al derrotar a Canou, has matado al más famoso símbolo del reino, pero a cambio ha nacido otro. Coge esa identidad y lucha bajo esa máscara en nombre de Kerrakj, aunque en tu interior escondas cualquier otro sufrimiento. Juntos traeremos la paz a todo Thoran.

Gael volvió a sonreír y le ofreció una mano. Esta vez no se permitió titubear. Había llegado el momento de dejar atrás el dolor y ser un guerrero acorde a su nueva leyenda. Se inclinó al igual que su maestro y agarró el antebrazo del seren recuperando la determinación que siempre tuvo. Y con aquel apretón de manos que simbolizaba una auténtica declaración de intenciones, la carreta traqueteó rumbo a Rythania con los lamentos del derrotado expaladín del rey aullando en la noche.

9. No todo es Arena

—No hay forma rápida de aprender algo. Solo el interés, la constancia y tu propio talento te harán alcanzar el objetivo de ser mejor en lo que haces.

Esas fueron las primeras palabras de Boran el día que comenzaron a aprender Arena. Saith pensó que no sería complicado. Adquirir algo de experiencia, poner en liza algunas técnicas que el anciano les enseñase y entender en qué momento utilizar cuál. Para tres guerreros tan experimentados y acostumbrados al combate como ellos, jóvenes y fuertes, no sería tan difícil dominar aquella disciplina.

Cuatro días después de comenzar el entrenamiento, supo que jamás lo lograría.

Y no solo él. La cara de Hyrran también parecía resignada al fracaso. El anciano Boran, que en un principio pareció aferrarse a la esperanza de que su escuela estuviese representada en el campeonato que tendría lugar a finales de la semana siguiente, también había rebajado su entusiasmo al ver el poco talento que destilaban.

Zarev, el luchador que había visto imposibilitada su participación en los combates tras el accidente, acudía a veces a la escuela, con un par de muletas improvisadas, y los observaba. En ocasiones daba consejos, pero la mayoría de las veces hablaba con Boran en un rincón de la escuela para escapar de oídos indiscretos. Allí ambos negaban con la cabeza temiéndose lo peor.

Saith levantó la vista de uno de los seis tatamis que contenía el edificio. El pelo castaño caía en mechones mojados sobre su frente y su ropa estaba empapada por el sudor. Llevaba horas practicando katas y no parecía avanzar en nada. Se sentía como un fárgul caminando sobre un lago helado. Torpe. Lento. A un instante de caerse con un mal paso.

—¿En qué piensas? —La voz de Hyrran desde otro tatami lo sacó de sus pensamientos.

—En que no lo conseguiremos —confesó.

El acuerdo de Hyrran con su abuelo comprendía el alojamiento durante los días que permaneciesen practicando Arena. También debían representar a la escuela de Boran en el campeonato anual de Zern, aunque el veterano luchador solo lo permitiría si ofrecían un mínimo nivel competitivo.

—¿Tú también te has dado cuenta? —dijo su amigo rascándose la cabeza con una sonrisa culpable.

—¿Cómo se te ocurrió proponer que combatamos en un campeonato de Arena? No me he sentido tan inútil en toda mi vida.

—Ya sabes por qué... —se excusó—. Además, era la única forma de obtener cama y comida durante unos días. Fuiste tú quien dijo que teníamos que descansar y recuperar fuerzas para el largo viaje hasta Acrysta.

Saith alzó una ceja y le dedicó una mirada de soslayo.

—¿Llamas a esto descansar? —Abrió los brazos para mostrar su cuerpo empapado por el sudor.

—Duermes en una cama, ¿no? —respondió encogiéndose de hombros—. Un poco de ejercicio evitará que nos oxidemos.

Saith no contestó. Pese a que Hyrran no les había hablado de ello, conocía de boca del propio Boran lo que ocurría. Según les había dicho, de su participación dependía el futuro de la escuela y su sustento hasta el próximo campeonato por las subvenciones que otorgaba la ciudad. La cuestión era que ganar o alcanzar una hipotética semifinal ofrecería unas ganancias válidas para garantizar la supervivencia de la escuela. Y con su mejor luchador, Zarev, impedido, había pocas posibilidades de lograrlo.

El caso es que la motivación del acuerdo lo hacía sentirse aún más culpable. Obtendrían comida y un lugar donde dormir durante dos semanas a cambio de ser eliminados en primera ronda por su ineptitud.

—No conseguiremos más que hacer el ridículo en esos campeonatos, Hyrran —dijo expresando en voz alta sus pensamientos.

Su amigo se secó el sudor de la frente con el antebrazo y se acercó a su tatami.

—Supongo que será así, aunque ¿quién sabe? Tenemos a Ekim. Dudo que las otras escuelas tengan un olin de su parte.

Saith observó a su gigante amigo, que practicaba en solitario en el otro extremo del edificio.

—Sí. Parece que es el único que aún no se ha dado cuenta de que no tenemos ni idea de lo que estamos haciendo.

—No servirá de nada —los interrumpió la voz de Zarev.

Boran se acercaba a ellos junto al luchador, que cojeaba caminando con sus muletas. El anciano negó con la cabeza, aunque dando razón al comentario del luchador.

—Arena es un arte marcial que busca aprovechar la fuerza del rival para vencerlo, de forma que la fuerza bruta de un olin no es garantía de nada —ratificó el dueño de la escuela—. Con unas nociones básicas y un buen entrenamiento, tal vez podría hacer un buen luchador de vuestro amigo. Al menos pone interés y no para en mitad de las katas —les reprochó ofreciendo una mirada reprobatoria.

—Lo sentimos, señor. Estamos exhaustos —se disculpó Saith.

—Parar no te hará mejorar.

—No seas tan duro. Llevamos entrenando cuatro días sin descanso —se quejó Hyrran molesto.

—¿Sin descanso? ¿Acaso no os he ofrecido unas mantas y la posibilidad de dormir aquí mismo? —Boran señaló las mantas dobladas en un rincón de la estancia.

—Ya sabes a lo que me refiero. No puedes exigirnos tanto. ¡No somos uno de tus luchadores! Para si no quieres que también acabemos así. —Hyrran señaló la pierna herida de Zarev.

—¡Fuiste tú quien se ofreció a ayudar! ¿Vas a pasar dos semanas aprovechándote de mí para obtener un sitio en el que esconderos o vas a pelear de verdad? —Boran le dedicó una mirada implacable—. ¿O quizás piensas en abandonar? Sí. Supongo que eso es lo más lógico. ¡Es la opción más acorde a tu forma de hacer las cosas!

Saith asistió atónito al cruce de gritos. Reproches enquistados que parecían haber sido encerrados en un baúl durante años. El anciano estaba rojo de ira. Su mirada era dura como el acero, pero Hyrran no la esquivó. Saith no recordaba haber visto jamás tan enojado a su amigo. El aire viciado de la escuela se hizo pesado, tenso como la cuerda de un arco a punto de dejar escapar una saeta. Hyrran negó con la cabeza, cogió sus botas con la mano, pues en los tatamis entrenaban descalzos, y se marchó airado dando grandes pasos.

—Maestro... —Zarev abordó al anciano colocando una mano en su brazo para calmarlo—. No tenemos alternativa. Si ellos se marchan nadie podrá representar a la escuela.

—¡No! Déjalo que se vaya. Es lo que ha hecho desde que nació. Huir de los problemas y abandonar a todo aquel que se le acerca. ¡Lucharé yo si es preciso y volveré a dar la cara por esta escuela y por mi familia, como he hecho siempre!

Con las últimas palabras del anciano, Hyrran desapareció en la oscuridad de la noche. Saith miró a Ekim. El rostro del olin, perlado en sudor, le devolvió una mirada interrogante. Él lo tranquilizó con las manos. Decidió que iría a buscarlo. Había tantas cosas que se le escapaban entre la relación de Hyrran y su abuelo que no sabía cómo abordarlo, pero supuso que en momentos como ese le vendría bien una mano amiga.

Cuando salió al exterior tras calzarse las botas, descubrió que la noche había caído umbría y pesada. En el cielo estaba la pequeña Rugoru, a quien las nubes obligaban a dibujar parches sombríos en las calles de Zern. Buscó en todas las tabernas de la ciudad, o eso le pareció, pero en ninguna de ellas encontró al mercenario. Tampoco en los oscuros callejones. Pronto bajó los brazos. Zern no era tan grande como Aridan, pero no era una aldea pequeña, y Hyrran era escurridizo. Se obligó a vagar por las desconocidas calles de la ciudad con la esperanza de encontrarlo.

Acabó en una plaza sobre la que ya no quedaba un alma. En la quietud, un gato llamó su atención. Era un felino negro que parecía desperezarse junto a un pozo. Al escuchar sus pasos el animal dirigió sus brillantes ojos hacia él. Cuando pensaba que saldría corriendo, el minino se acercó titubeante, lo olisqueó y, más calmado, se frotó contra sus viejas botas. Saith sonrió.

De pronto algo asustó a su pequeño amigo, que se alejó con rapidez. Saith miró hacia unas escaleras, al otro lado de la plaza, y vio la puerta abierta de una iglesia. De ella salió lo que parecía un sacerdote de Icitzy.

—Vamos, muchacho. Lo siento, pero tengo que cerrar —declaró en tono cansado.

Aunque en un principio pensó que se lo decía a él, Saith comprobó que el hombre se dirigía al interior del templo. Hizo caso a su intuición, subió las escaleras y comprobó que era Hyrran quien se encontraba en el interior, sentado en uno de los viejos bancos de madera de Molak. El hombre detuvo su mirada en Saith y se apresuró a detenerlo:

—Disculpa, chico. No sé qué os ha dado a todos los jóvenes con venir hoy a rezar en lugar de dormir, pero de verdad que tengo que cerrar ya. Ese tipo lleva dos horas ahí sentado —afirmó con voz lastimosa.

—No se preocupe, es mi amigo. Yo le haré salir.

Sin esperar respuesta del sacerdote, entró en la iglesia y caminó hasta donde se encontraba Hyrran. Este lo miró de reojo, pero no dijo nada. Se limitó a observar las enormes figuras de piedra que representaban a Icitzy y Aecen. Efigies que se erigían en todos los templos de Thoran desde hacía siglos.

—Te he buscado por todo Zern... pero jamás habría esperado encontrarte aquí.

Pensaba que no creías en los dioses.

El mercenario guardó silencio. Tras un suspiro negó con la cabeza y bajó la vista.

—No creía, aunque reconozco que cada vez acepto más la idea de que tiene que haber mucho más de lo que conocemos —admitió—. De todas formas, no estoy rezando. Este era uno de mis lugares preferidos cuando era niño.

—Hyrran Ellis pasaba su infancia en el interior de una iglesia —narró Saith como si de un cuentacuentos se tratase—. Eso sí que es una sorpresa.

El mercenario dibujó media sonrisa desganada.

—Mi vida no era idílica. Mi abuelo me criaba a su manera. Obligándome a pasar días enteros en su escuela de Arena. Me hacía aprender todo sobre la disciplina, ayudarlo a limpiar las instalaciones... Recuerdo que no me dejaba salir si no había terminado mi entrenamiento de varias horas diarias. Así que, cuando por fin salía de todo lo que mis obligaciones requerían, este era el único lugar tranquilo que encontraba. Venir aquí me ayudaba a pensar, a razonar sobre el porqué de las cosas. Sobre por qué yo no podía ser como los otros niños.

—¿A qué te refieres?

Hyrran suspiró.

—Cuando era pequeño veía a los demás con sus padres y madres. Jugaban con ellos, los llamaban cuando la comida estaba lista, los acompañaban al ir de compras o viajaban a la costa. Les enseñaban oficios, los cuidaban cuando estaban enfermos... Yo nunca tuve nada de eso.

—¿Por qué? ¿Dónde estaban tus padres?

El joven mercenario se mordió el labio inferior. Era como si las palabras tuviesen espinas al salir de sus labios.

—Mi madre era... Bueno... Una mujer de vida fácil. —Bajó la vista avergonzado y compuso una mueca—. Iba de aquí para allá con hombres o mujeres. Con cualquiera que tuviera la bolsa llena de monedas. No le preocupaba nada más que eso, y yo no era una excepción. Un buen día se quedó embarazada de vete a saber quién, y cuando dio a luz nada cambió. Para ella es como si yo nunca hubiese existido.

Saith tragó saliva imaginando la soledad que su amigo debió soportar en su niñez. No pudo evitar pensar en Ahmik. Él también creció sin sus padres, pero al menos lo habían querido. Había tenido el amor de su familia el tiempo que estuvieron juntos. Hyrran tenía familia, pero la indiferencia parecía una herida mayor que la ausencia.

—¿Y tu padre? ¿Tampoco quiso saber nada de ti? —demandó Saith indignado.

El mercenario evitó una mirada repleta de ironía.

—Ni siquiera sé quién es. Cuando nací, la Guerra por las Ciudades del Sur daba sus últimos coletazos. Los reinos de Kallone y Eravia se disputaban la soberanía de Zern y Estir... Mi madre era una prostituta en una ciudad repleta de soldados que buscaban desahogar por las noches la adrenalina de las batallas. —Hyrran se encogió de hombros intentando restarle importancia—. Podría haber sido cualquier soldado kallonés o erávico. O un vagabundo. ¿Quién sabe? Tal vez esté muerto o, mejor aún, quizá me haya cruzado con él en algún burdel sin ser consciente de nuestro parentesco.

—Así que fue tu abuelo quien te cuidó.

Hyrran arrugó la boca como si le costase aprobar tal afirmación.

—Mi abuelo vive para su escuela de Arena. Siempre ha sido así. Para él, cuidarme era lo mismo que hace ahora por nosotros: facilitarme una cama y un plato de comida. Me exigía ayudarlo con la escuela, incluso practicar con sus luchadores. Supongo que era su forma de quererme —sentenció formando una fina línea con los labios.

—¿Y qué pasó? —El mercenario le dedicó un gruñido interrogante—. Nos contaste que habías pasado tu infancia en Aridan. Viviste en los suburbios, te convertiste en ladrón y más tarde ingresaste en los mercenarios de Ulocc, ¿no? ¿Qué pasó para que decidieras abandonar Zern?

Su amigo clavó la mirada en las efigies de los dioses que se alzaban al fondo del templo. La diosa parecía mirarlos con ojos dulces a la vez que implacables.

—Fue por mi madre... Enfermó. Los doctores afirmaban que no estaba bien. Pronto dejó de reconocer a quienes la rodeaban, a mezclar recuerdos y contar mentiras. Tenía pocos momentos de lucidez. La mujer que no me había querido desde que nací, ahora ni siquiera me recordaba. Con su enfermedad, mi abuelo no solo me obligaba a sacar adelante con él su escuela de Arena. También pretendía que me hiciese cargo de mi madre.

Una lágrima silenciosa brotó de sus ojos y Saith no supo reaccionar. ¡Era Hyrran! Siempre se comunicaban a base de bromas y chascarrillos. No sabía hacerlo de otra forma. Él tampoco era bueno hablando de sentimientos. Rodeó sus hombros y lo apretó para consolarlo en un abrazo extraño. El gesto fue recibido con una nueva lágrima de impotencia.

—Puede que no debiera marcharme, Saith. Tal vez no debí robar aquellas monedas de mi abuelo y lanzarme a los caminos en mitad de la noche tras una discusión. No debí huir. —Se secó las lágrimas con la mano—. ¡Pero tenía ocho años! ¡Ocho, maldita sea! Era un niño que nunca jugaba con los demás. Los habitantes de Zern me miraban y me compadecían por la calle. Los otros niños me insultaban llamándome bastardo. Me buscaba peleas cada día para defender a mi familia. Nunca recibiría un abrazo de mi padre o madre. ¿Quién habría querido esa vida? —Hizo una pausa y se pasó el antebrazo por los ojos—. Así que me acostumbré a la soledad y decidí que, si realmente quería estar solo, debía irme y estarlo de verdad.

Durante dos minutos que parecieron horas, ambos permanecieron en silencio.

—Cuando era niño venía a esta iglesia y hablaba con ella como si fuese mi propia madre. —Alzó la barbilla señalando a Icitzy—. Le pedía respuestas cada noche, pero nunca obtuve nada. Necesitaba una explicación que nunca llegó. Tal vez por eso rechacé a los dioses con todas mis fuerzas. Un buen día, sin decir nada a nadie, me marché sin mirar atrás. Mi abuelo tiene razón. Hui y los abandoné. A todos.

Hyrran tragó con la intención de deshacer el nudo de su garganta.

—Pero ahora estás aquí —replicó Saith. El mercenario lo miró con gesto indescifrable—. Has vuelto. Ya no eres ese niño que escapó de una situación que no supo manejar. Eres un hombre y un buen amigo. Tienes la oportunidad de redimirte y ayudar a la escuela de tu abuelo. Volvamos y cumplamos esa promesa. Hagamos todo lo posible porque se sienta orgulloso de ti.

Los ojos del mercenario dudaron pensando en sus palabras y salieron de su trance ante los ruidos que llegaban desde la puerta de la iglesia. El sacerdote carraspeó a posta para que ambos lo escucharan. Tenía cara de pocos amigos y bostezaba de forma elocuente para que captaran la indirecta. Saith sonrió y Hyrran le devolvió una sonrisa afligida.

—Tienes razón —dijo levantándose de su asiento—. Pero antes hay algo que debo hacer.

Saith lo siguió, contento por contemplar la repentina entereza de su amigo, y ambos abandonaron el templo. Las nocturnas calles de Zern eran menos azarosas junto a Hyrran. El mercenario conocía la ciudad mucho mejor que él, así que en apenas unos minutos llegaron a donde quería. Una calle con casas de dos pisos de fachadas lisas y aburridas. El joven mercenario se detuvo frente a una de las puertas de madera. Alzó la vista y vio que, en la segunda planta, pese a que la noche estaba avanzada, aún había luz.

—¿Me esperas aquí? —preguntó.

—Ni lo sueñes. Me he separado de ti un par de horas y te he encontrado rezando en una iglesia. Si te vuelvo a perder de vista podría encontrarte ordenándote como sacerdote.

Hyrran sonrió nervioso.

—Está bien, ven conmigo entonces.

Se acercó a la puerta y se inclinó sobre la cerradura. Apenas tardó un par de minutos en abrirla con ayuda de una ganzúa.

—Cuando me preguntaste si te acompañaba no me explicaste que era para robar —susurró Saith mirando a su alrededor con nerviosismo.

La casa estaba amueblada con los enseres más básicos. Aquello indispensable para vivir. No había lujos ni adornos innecesarios. Una mesa de madera de Molak con sillas que parecían tener años de antigüedad. Cortinas sencillas en las ventanas y una cocina de leña que no daba la impresión de ser utilizada a menudo. En las lámparas había telas de araña que evidenciaban la ausencia de una limpieza exigente.

Hyrran subió las rústicas escaleras de piedra sin baranda y Saith lo siguió vacilante. Conforme lo hacían, el bailarín fulgor de una vela junto a la ventana les indicó que había alguien en el piso superior. Al entrar en la estancia, vieron un armario sencillo de una sola puerta y una cama ocupada por una mujer que zurcía en silencio. Junto a ella, un jarrón mantenía en remojo unas flores a las que no parecía quedarles mucho tiempo.

El mercenario se acercó y la mujer abrió los ojos con débil lentitud. Saith prefirió permanecer unos pasos más atrás hasta entender qué hacían allí. Hyrran cogió la mano de la mujer y la cubrió con la otra. Pese a que pareció querer dibujar una sonrisa, el rostro de su amigo era serio. Ella lo miró como si no supiese qué decir, claramente sorprendida.

—¿Oli...? —Un ataque de tos le impidió continuar.

—Hola, mamá.

Los ojos de la mujer se abrieron con sorpresa, como si lo vieran por primera vez.

—¿Hyrran?

Ahora fue él quien vio iluminados sus ojos azules.

—¿Me... me conoces?

—No he tenido una vida fácil, pero sé reconocer a mi único hijo —dijo sonriendo indiferente y palmeando la colcha con más energía de la esperada. Un gesto para invitarlo a sentarse junto a ella. Después tosió—. Creía que moriría sin volver a verte.

Hyrran se encogió de hombros. Desde donde Saith estaba no podía verle la cara. Se preguntó si estaría llorando.

—Lo siento, mamá. Siento haberme marchado. Perdóname... —Ella cogió las manos de su hijo y las apretó contra su cuerpo. Después volvió a toser.

—No. Soy yo quien lo siente. Fui una egoísta. —Apretó los dientes. Luego sus ojos coincidieron con los de Saith y cayó en la cuenta de que no estaban solos—. Vaya, siempre creí que si algún día te veía tendrías una mujer. Una familia.

Ella le guiñó un ojo a Saith y este levantó una ceja, extrañado.

—Oh, no. Saith es un amigo —afirmó riendo.

La mujer alzó las manos con un gesto inocente.

—Cada uno tiene sus gustos —dijo ella con una sonrisa.

Saith no pudo evitar pensar en su propia madre. Qué cara pondría Irania si lo viese después de tanto tiempo. Seguramente lo abrazaría con lágrimas en los ojos y le pediría que le contase todo de él. Dudaba que le gustase saber que había empuñado una espada, pero seguro que comprendería sus motivos. Se entristecería al contarle que se había enfrentado a Ahmik... Aunque nada de eso pasaría, porque al contrario de lo que ocurría con la madre de Hyrran, ella se había ido para siempre. Enfocó de nuevo la vista en su amigo para deshacer el nudo que se le formaba en la garganta.

—Saith y yo detendremos a la reina blanca y devolveremos la normalidad a Thoran. Y luego... volveré a verte. Te lo prometo —afirmó el mercenario.

Hyrran atrajo la mano de su madre y posó los labios en el dorso. Cuando levantó la vista ella lo miró extrañada. Retiró el brazo y se apartó asustada intentando levantarse de la cama.

—¿Quién eres tú? ¿Oli? —gritó.

—Mamá soy yo. No me...

—¡Padre! ¡Ven corriendo! Hay alguien en mi habitación. ¿Quiénes son ustedes? —Sus ojos alternaban aterrados entre Hyrran y Saith—. No tenemos nada. El rey nos abandonó tras la guerra. Ni siquiera tenemos para comer —sollozó asustada—. ¿Qué quieren de nosotros? Por favor, no me hagan daño.

Hyrran se levantó y se puso firme. En su rostro solo había seriedad.

—Patrulla rutinaria, señora. Estamos visitando a la gente para comprobar que todo está bien —dijo.

—Nada está bien —sollozó ella—. Miren cómo vivimos. ¿Dónde están todas las promesas? ¿Por qué estoy aún aquí? Váyanse —musitó. Luego gritó resquebrajando sus cuerdas vocales y agitando los brazos enfadada—. ¡Váyanse y déjenme en paz!

Hyrran echó un último vistazo a su madre mientras esta los echaba señalando la puerta. Luego se dio la vuelta y, con un gesto de cabeza, indicó a Saith que debían marcharse.

Ya en la calle, de camino a la escuela y tras un rato de silencio, el mercenario se dirigió a él:

—Lo siento. Mi madre perdió la cabeza cuando yo era un crío. No para de llamar a gente que no está o no existe... y a no llamar a quienes siguen junto a ella —murmuró apenado. Saith asintió restándole importancia—. ¿Estás cansado?

—Un poco, aunque supongo que menos que tú. Han sido muchas emociones en un solo día.

—Escucha, Saith. Sé que te dije que descansaríamos en Zern y recuperaríamos fuerzas para viajar a Acrysta, pero no puedo rendirme sin más. Mi abuelo y mi madre necesitan mi ayuda; y puede que no sean la mejor familia, pero tengo que hacer todo lo posible por ayudarles.

—Vas a entrenar día y noche para mejorar en los combates de Arena, ¿verdad?

Hyrran asintió.

—Va siendo hora de asumir las responsabilidades de las que hui en su día —aseveró otorgando más firmeza a sus pasos.

Cruzaron Zern sin decir palabra y pronto vieron la escuela de Boran al final de la calle. Saith miró el edificio y luego a Hyrran, que parecía convencido de ayudar a la familia que perdió hacía años.

—Está bien. ¿Quién necesita descansar? Practicaré contigo.

La sonrisa de su amigo iluminó la noche.

—Entonces vamos. Apenas quedan diez días para salvar la escuela de mi abuelo. Es todo lo que tiene para salir adelante. Por mi madre y por esa maldita enfermedad. ¿Quién sabe? Quizá pueda firmar una tregua con mi propia conciencia.

10. La gran conspiración

Los altos edificios en los riscos, muchos de ellos camuflados en la mismísima falda de las Montañas Borrascosas, parecían mirar a Lyn a ojo de ruk. Caminaba junto a Leonard por las empinadas calles de Ortea buscando un lugar muy concreto: un punto de encuentro en el que debían encontrarse con los llamados Hijos de Aecen.

Su amigo había tratado de convencerla por todos los medios para que fuese con él, aunque debía admitir que era su propia curiosidad la que le había empujado a acompañarlo. ¿Quién era aquel muchacho y esa orden que causaba temor a los bandidos de la ciudad? Ese tal Soruk que los salvó al salir de la taberna parecía un tipo hábil. Quería saber qué podía esperar de ellos y, por supuesto, se negaba a dejar solo a Leonard en un momento de vulnerabilidad como el que estaba pasando.

Él caminaba con paso rápido y miraba de un lado a otro con nerviosismo. Además, pese al frío que hacía en la capital erávica, ya lo había pillado secándose el sudor de su única mano en los pantalones un par de veces.

—Creo que es por aquí —susurró.

Leonard había pasado los últimos días yendo a la taberna para encontrar a Soruk con la intención de saber quiénes eran los Hijos de Aecen. También ella había investigado por su cuenta. Pese a que la información sobre ellos era escasa, había descubierto que se trataba de una organización de defensa a los desprotegidos. Una especie de justicieros. Su amigo había logrado volver a ver a su salvador la noche siguiente al asalto y, tras hablar con él, había visto en su orden la posibilidad de volver a ser útil tras perder el sueño de convertirse en paladín. Para un soldado que no puede luchar, participar en la consecución de la justicia, aunque fuese de forma clandestina, era convertir su desgracia en un mal menor. Tal vez por eso acudía con tanto entusiasmo al lugar en el que Soruk le había asegurado que tendrían la próxima reunión de la orden.

Por el contrario, Lyn no se fiaba de ese noble propósito. ¿Qué sentido tenía que una organización con tan noble fin se reuniese a escondidas a altas horas de la noche y se ocultase de la guardia real con tanto esmero? No obstante, le gustaba el hecho de volver a ver el brillo en los ojos de Leonard. Había peinado su castaño pelo largo hacia atrás, se había vestido adecuadamente con una casaca y olía a limpio, que era mucho más de lo que se podía haber dicho de él las últimas veces que habían coincidido. Seguía llevando esa barba descuidada que empezaba a rizarse en su mentón, pero al menos estaba sobrio. Un paso adelante con respecto a la noche en la que lo había encontrado en la taberna.

—¿Estás seguro de esto?

Él se giró con rapidez para mirarla a los ojos.

—Creía que ya habíamos hablado de todo. Accediste a acompañarme y a ser receptiva con la orden.

—¿Cómo voy a ser receptiva si no sé a qué se dedican? Todo esto me da mala espina. Casi nadie sabe nada de ellos o mienten para ocultarlos, se reúnen a altas horas de la noche en una especie de escondite secreto... —Lyn miró curiosa a su alrededor. Allí las calles parecían aún más oscuras—. Y no sabemos nada de Soruk o sus otros miembros.

—Ya te dije a qué se dedican. Protegen a los débiles y los desprotegidos. Luchan por un mundo más justo.

Lyn se detuvo agarrando la mano sana de Leonard y le dedicó una mirada escéptica.

—Justicieros nocturnos —afirmó con ironía.

Leonard asintió convencido y sonrió entusiasmado.

—Tiene sentido que hayan dado el nombre de Aecen a la asociación, ¿verdad?

—Leonard... —Su amigo no rehuyó su mirada—. ¿Realmente crees en esto?

—Nos salvaron la otra noche, ¿no?

Tras unos momentos de duda Lyn asintió. Tenía razón. Todo era demasiado extraño, pero esos Hijos de Aecen, y en especial ese Soruk que habló con ella la noche de la pelea en la taberna, merecían el beneficio de la duda.

«Os salvé porque es lo que deben hacer los Hijos de Aecen», le había dicho. Tal vez Leonard estuviese en lo cierto. Además, había algo más. Si eran tan duchos en el manejo de las armas como parecían, quizás lograsen convencerlos para incrementar la fuerza del ejército erávico. Necesitarían toda la ayuda posible para enfrentarse a Rythania cuando se decidiesen a atacar.

Bajaron una cuesta, algo habitual en los vaivenes orográficos entre los que estaba construida Ortea. Torcieron a la derecha, luego a la izquierda y, más tarde, otra vez a la derecha. Las altas casas sobre las montañas impedían pasar la luz. Allí todo era penumbra y, pese al entusiasmo de Leonard, Lyn se llevó una mano al arco.

—¡Este es el sitio! —exclamó él con los nervios de un niño pequeño—. ¿Soruk? —preguntó. No obtuvo respuesta—. Qué extraño. Me aseguró que la reunión sería aquí. ¡Soruk!

De nuevo nada. Lyn soltó un sonoro suspiro.

—Deberías venir al castillo conmigo. Estoy seguro de que si hablamos con Kalil te podrá dar un sitio en su guardia personal.

—¿Y de qué la defenderé? —Leonard alzó el muñón de su mano izquierda y golpeó con torpeza la frente de la amiathir—. ¿De cojos y lisiados?

Ella se alejó un paso frotándose la frente.

—No te infravalores. Lo que te pasó es solo un obstáculo, no un final. Y tienes otra mano para aprender a usar la espada —dijo una voz en la oscuridad.

Tanto Leonard como Lyn se giraron y observaron a Soruk salir de entre las sombras. El muchacho levantó una mano en la oscuridad, dio un par de golpes a una esfera que sostenía y esta se iluminó al instante, bañando de luz cada rincón del callejón. El resplandor les descubrió detalles que hasta el momento les habían pasado desapercibidos. Los edificios de piedra incrustados en la montaña, los balcones en las fachadas, las cornisas que evitaban que las puertas quedasen selladas durante las nevadas. Justo donde estaban había una puerta pintada de negro que difícilmente habrían descubierto bajo el oscuro manto de la noche.

—No sabía que también vendrías —dijo Soruk dirigiéndose a Lyn.

—Yo tampoco —se sinceró ella.

—¿Eres una especie de guardaespaldas? —preguntó con una sonrisa socarrona.

—Algo así —contestó.

—Yo no necesito guardaespaldas —refunfuñó Leonard molesto.

Lyn y Soruk le lanzaron una mirada divertida a su mal humor.

—Leonard dice que los Hijos de Aecen os dedicáis a hacer el bien, defender a los desvalidos y esas cosas. —El misterioso espadachín asintió, haciendo un gesto con las manos para que bajase la voz. Lyn obedeció y continuó con un susurro—. Sin embargo, me resulta extraño que una orden con tan noble motivación se reúna a altas horas de la noche... y pida a los demás que bajen la voz cuando hablan de ello.

Soruk le dedicó una mirada suspicaz. Leonard levantó la vista al cielo y puso los ojos en blanco.

—¿Otra vez? Ya te he dicho mil veces que...

—¡No! —lo interrumpió el muchacho—. Sus dudas son lógicas.

Lyn recibió el comentario agradecida, guiñó un ojo y sacó la lengua a su amigo, que le dedicó una mirada de soslayo.

—Gracias.

—¿Crees que un conde que ofrece trabajo a treinta personas hace el bien? —Lyn lo observó pensativa y al cabo de unos segundos asintió con la cabeza—. ¿Y si una vez allí esclaviza a esas personas? Si los amenaza y les impide marcharse a cambio de un mendrugo de pan. ¿Crees que hace el bien?

La chica amiathir negó con rotundidad sin saber a dónde quería llegar.

—Dada la naturaleza de nuestra orden, ¿qué crees que deberíamos hacer en esa situación?

—Liberarlos y hacer pagar a ese conde tirano —contestó Leonard animado por la idea.

—Pero un conde es un hombre con mucho poder y dinero. Tal vez incluso tenga trato con la familia real erávica. Paga un buen tributo y tendrá trato de favor ante el rey. ¿Piensas que un hombre así nos dejaría entorpecer sus planes? ¿Que no nos perseguiría y nos trataría como a fugitivos que buscan impedir a alguien poderoso ejercer su legítimo derecho en sus propias tierras?

No. No los dejaría y Lyn lo sabía. Ese supuesto conde removería cielo y tierra para dar con ellos e impedírselo. Se aprovecharía de su dinero y sus influencias para hacerles la vida imposible. Los perseguirían como delincuentes y los colgarían aprovechando cualquier descuido hasta destruir su orden. Y lo harían con el beneplácito de la corona, cegada ante sus tributos y títulos nobiliarios. De pronto entendió ese secretismo.

Leonard le dedicó un «ya te lo dije» envuelto en una mirada y ella asintió bajando la cabeza, avergonzada por haber dudado de Soruk. Este le sonrió.

—Bueno, ¿vamos? —Ambos asintieron y él se dirigió a aquella puerta negra que había al fondo del callejón. Esta se abrió desde el interior y un tipo los dejó pasar—. Las reuniones son abiertas a todo aquel que desee participar en la causa, pero por cuestiones obvias antes os investigamos. Tenemos que saber a quién damos acceso a la orden.

—¿Nos investigáis? —Lyn miró a Leonard, pero este no parecía sorprendido. Soruk asintió.

—De esa forma podemos saber que Leonard Mons, por ejemplo, es un muchacho comprometido que cree en la justicia. Con la derrota de Kallone ha perdido la mayor motivación de su vida. Él me ha dejado claro que le encantaría entrar a formar parte de nuestra orden.

—¿Y yo? ¿También pretendéis que me una a vuestra causa? —inquirió ella.

Él sonrió.

—De ti sabemos lo que Leonard nos ha contado. —Ella lo miró frunciendo el ceño. Su amigo actuó como si estuviese muy ocupado observando las molduras talladas en la madera de los distintos muebles de la casa abandonada—. Aaralyn Rennis, habilidosa arquera del ejército dorado, has llegado a Ortea siguiendo a la joven Asteller, valiente... —Se encogió de hombros.

—¡Eh! Yo no te dije que fuese habilidosa o valiente —gruñó Leonard lanzando una mirada bromista a su amiga.

—No lo necesité. Aquel día en la taberna se enfrentó sola a los tipos que te molestaban y ni siquiera vi cómo sacó el arco de la rapidez con la que lo hizo.

Lyn se ruborizó ante la mirada del Hijo de Aecen. Por suerte seguían caminando y la oscuridad se convirtió en aliada. Mientras hablaban, Soruk los guio hasta una habitación oscura. La luz de la esfera que llevaba ofrecía la suficiente claridad como para moverse por el edificio. El braceo del muchacho al andar ofrecía la sensación de estar entre paredes móviles y amenazadoras sombras.

Al llegar al fondo de la estancia, Soruk les mandó detenerse frente a una chimenea apagada. Las telarañas que reconstruían los bordes de la misma a su manera indicaban que el fuego no había cubierto aquellos ladrillos en años. Su anfitrión se acercó hasta un aplique que parecía ligeramente descolgado de la pared y lo giró. Con un ruido, la pared se movió y descubrió un pasadizo iluminado por antorchas. El muchacho golpeó con los dedos la esfera y esta se apagó, dejando solo el fulgor que surgía de las escaleras descendientes.

Con un gesto del joven, Leonard bajó. Tras vacilar un segundo, Lyn lo siguió con cautela. Cuando la chimenea se selló imposibilitando cualquier forma de escapar de allí, suspiró manteniendo la calma.

—Se te ve intranquila —la abordó Soruk dejando que ellos bajasen primero.

—No tengo por costumbre meterme en sitios lúgubres con desconocidos.

—No soy un desconocido. Me presenté hace unos días en la taberna y te invité a una copa, ¿recuerdas?

Lyn le dedicó una mueca que se debatía entre la burla y el nerviosismo. Las escaleras eran más largas de lo que había imaginado y giraban sobre sí mismas, como si fuese una bajada a Condenación.

—¿Por qué le pusisteis ese nombre a vuestra orden?

—¿Pusisteis? —Soruk frunció el ceño—. El nombre no se lo pusimos nosotros. Los Hijos de Aecen existen desde hace cientos de años.

La amiathir le lanzó una mirada sorprendida con sus ambarinos ojos.

—¿Y cómo es que no he oído hablar de vosotros hasta ahora?

—Supongo que vivir escondidos entre las sombras de la noche y ocultos a los ojos de todo aquel ajeno a la orden ha tenido que ver con eso. —Soruk se encogió de hombros—. Pero existimos desde hace siglos. Hay un ritual que los Hijos de Aecen adoptamos desde hace generaciones. Cuando nace un nuevo niño en la familia de uno de sus miembros, se realiza una plegaria al Dios de la Guerra. En ella se aboga por traer la paz y la justicia al mundo, pues como sabrás, aunque Aecen solo aparece en extremas confrontaciones, su presencia en la tierra simboliza que todo termina y la paz volverá a reinar.

—¿Por qué una plegaria cuando nace el niño? Los rezos a Aecen también los realizan los soldados durante la guerra para que el Caballero de la Diosa baje a la tierra y participe en la batalla. ¿Por qué invocarlo con rezos en tiempos de paz? —comentó Leonard curioso.

Conforme bajaban, Lyn sintió que la temperatura aumentaba, como si se acercaran al corazón de la montaña. Allí no quedaba nada del frío aire nocturno que azotaba Ortea.

—Eso es porque los Hijos de Aecen no creemos en un dios vigilante desde el Vergel. No creemos que baje a la tierra durante la guerra como dictamina el Rydr. Creemos en el destino y la reencarnación. Lo invocamos ante nuestra descendencia con la esperanza de que Aecen nos considere dignos y ofrezca su poder para traer justicia al mundo.

—¿No creéis en el Rydr? —dijo Lyn extrañada.

Recordó su adiestramiento con Dracia en Aridan. Para muchos amiathir, Icitzy o Aecen no eran más que irreales dioses. Sus divinidades eran los ídores. Seres reales y palpables que habitaban en algún lugar de Thoran.

—Creemos en el Rydr, pero a nuestra manera. Durante todos los años de existencia de la orden hemos recopilado muchas historias sobre Aecen y hemos descubierto que, pese a que aparece durante la batalla, nunca surge de la nada. Ya estaba entre nosotros. —El rostro de Soruk era serio mientras hablaba, demostrando que creía en ello con devoción—. Hay muchos testimonios que afirman que Aecen era una persona normal hasta que, en un momento determinado, todo cambia. Sus ojos se vuelven rojos, su fuerza y velocidad aumenta, desenvaina a Varentia y desata su poder sobre el ejército enemigo.

«Una persona normal que durante la batalla desata su poder». Lyn no pudo evitar pensar en Saith.

—¡Espera un momento! Yo he oído esa historia antes —dijo Leonard sorprendido—. Es la misma historia que relató Zurdo. Nos contó a Saith y a mí que, durante la Guerra por las Ciudades del Sur, su amigo de batallón, un tipo llamado Dann, se transformó en Aecen.

Su amigo se detuvo en mitad de las escaleras y miró a Soruk, que asentía sonriente. Incluso apasionado. La historia de Zurdo otorgaba veracidad a lo que decía. El viejo armero había creído que Saith era la reencarnación de Aecen desde el incidente con aquellos tipos en la armería. Leonard cruzó una mirada con Lyn y supo que no era la única que pensaba en aquella posibilidad. Su amigo parecía entusiasmado y sus labios, por primera vez en los últimos días, sonreían.

—Los padres de Saith... —Miró a Lyn interrogante.

—No lo sé —contestó ella fiel a la verdad—. No los recuerdo hablando de religión, ni del Rydr. No parecían distintos a cualquier otra familia de Riora.

—No tienen que serlo. Los Hijos de Aecen no llevamos marcas como los athen ni tenemos la piel oscura como los amiathir. Simplemente rezamos para bendecir a nuestros bebés —intervino Soruk, quien parecía contento porque Leonard y Lyn se cuestionasen su fe.

La amiathir recordó el incidente con el espina óbito. A Saith postrado en aquella cama debatiéndose entre la vida y la muerte. A Irania llegando a la habitación de la posada. Su calma pese a la situación, su sonrisa llena de seguridad. Como si estuviese por encima de todo lo que allí pasaba. ¿Y si había tenido la convicción de que, de alguna forma, el espíritu de Aecen vivía en su hijo?

«Saith... ¿Sabéis por qué elegimos ese nombre? En la antigua lengua athen significa luz. Siento que mi hijo aún tiene mucha luz que ofrecer a este mundo». Esas habían sido sus palabras. Ahora todo cobraba un nuevo sentido para Lyn. Tal vez...

—¡Eso significa que tenías razón, Lyn! —exclamó Leonard agarrándola de los hombros y zarandeándola con alegría—. ¡Saith tiene que seguir vivo!

Ella no pudo evitar sonreír pese a la incertidumbre que la envolvía. Sentía ganas de agarrar aquella teoría y abrazarla para no soltarla jamás. Adoptar la creencia de los Hijos de Aecen, de Zurdo... Pero resultaría duro creer y que no fuese cierto. Hasta ahora había mantenido la esperanza. Una esperanza cruda y solitaria sin más base que la fe. No obstante, adoptar la teoría de que Saith era una especie de dios... Que era nada menos que la reencarnación de Aecen, parecía demasiado.

—No sé quién es vuestro amigo ni de qué habláis, y exijo que me contéis esa historia cuando todo termine, pero no debemos detenernos. La reunión empezará pronto y nos han instado a asistir. Creo que piensan hablar de algo importante.

Leonard asintió vehemente y, con más alegría de la que habían traído, descendieron por las escaleras a paso ligero ofreciendo únicamente el gélido eco de sus pisadas.

Cuando el descenso terminó, apareció ante ellos una enorme sala circular. Bordeándola había grandes arcos de piedra desgastados y pegados a la pared, como si fuesen antiguos acueductos iluminados por danzarinas antorchas encendidas. En el interior de la plaza la luz llegaba amortiguada y la oscuridad era patente, pero no fue difícil intuir que debía haber más de medio centenar de personas.

—Qué oscuro está esto... —comentó Leonard.

—Debe ser así. Si uno de los nuevos miembros fuese un infiltrado con el objetivo de sabotear la orden... Es mejor que no pueda identificarnos fácilmente.

En lo alto de uno de los arcos situados al fondo de la sala, con una iluminación discreta, aparecieron dos hombres. Llevaban túnicas marrones largas hasta los tobillos atadas con un rústico cordel, como los hábitos de un monje. Una capucha cubría sus cabezas ocultando sus rostros, aunque en la distancia no habría sido fácil distinguirlos sin ella. Uno de ellos dio un paso y se apartó la tela.

—¿Quién es? —preguntó Lyn, a quien aquel hombre le resultaba familiar.

—Es mi hermano, Toar. Estaba conmigo aquel día en la taberna. Hace un par de años que se ganó el rango de intermediario.

Lyn observó que el otro encapuchado permanecía a unos pasos de distancia, oculto entre las sombras.

—¿El otro es el líder de vuestra orden? —insistió ella.

—No. Los líderes de los Hijos de Aecen son secretos por la seguridad de sus miembros. Ni siquiera nosotros sabemos quiénes son. Pero a veces asiste a estas reuniones un intermediario de alto rango que tiene contacto directo con ellos. Él propone líneas de actuación o casos que podrían requerir la ayuda de nuestra orden, y somos los reunidos quienes votamos los próximos movimientos en estas asambleas. Toar hace de portavoz y decidiremos entre todos los pasos a seguir.

El hermano de Soruk carraspeó de forma sonora sobre los arcos de piedra y los asistentes, que apenas dejaban escapar algún murmullo, guardaron absoluto silencio. Si una gota hubiese caído al otro extremo de la sala, Lyn estaba segura de que habría podido escucharla.

—¡Hijos de Aecen! —comenzó Toar en voz alta—. Hoy nos hemos reunido para hablar del plan de acción de la orden en estos tiempos convulsos que asolan nuestro mundo. Como ya sabréis, los reinos de Rythania y Kallone han sido conquistados por quien se hace llamar reina blanca.

Los asistentes intercambiaron leves murmullos, pero el portavoz no se dejó interrumpir:

—Como sabéis, nuestro reino pasa por uno de los peores momentos de su historia. Ramiet, el rey tirano, nos fríe a impuestos. La buena gente de Eravia pasa hambre. Trabajan durante todo el año para gastar lo que ganan en compensaciones a la corona. Muchas familias han tenido que lanzarse a la mala vida. Hombres honrados se ven obligados a robar, estafar y asaltar los caminos para dar de comer a sus familias. Es por eso que los actos del rey colocan piedras en el camino a quienes buscamos una vida justa.

Los asistentes emitieron sonidos de aprobación. Lyn sintió una pena repentina por los habitantes de Eravia. Viviendo en Kallone jamás habría imaginado que el reino vecino estuviese pasando por una situación tan complicada. Recordó su época más dura, en Aridan tras perder a su familia. Incluso Saith se vio obligado a robar su espada a un soldado para evitar que Zurdo los echase a la calle. Pensó en todas esas familias que debían tener la misma sensación cada día.

—¿Es correcto ajusticiar a un ladrón cuando la familia real erávica lo ha despojado de sus bienes y empujado a delinquir para alimentar a su familia? —prosiguió Toar—. ¡No! No lo es. Sé que muchos de vosotros estáis pasando por situaciones así y eso os coloca en una dicotomía entre vuestras creencias y vuestras necesidades. Queréis ser justos, pero las decisiones del rey os lo impiden.

Lyn miró a Leonard. Mientras escuchaba aquel discurso, su amigo observaba al intermediario como si lo evaluara, pero en sus ojos había ilusión. Tras haber perdido el sueño de su vida y la imposibilidad de ser el paladín que siempre soñó, necesitaba algo en lo que creer. Aquella orden de justicieros era lo que buscaba sin saberlo. Un nuevo objetivo con el que cumplir sus deseos de ser útil y ayudar a los demás. Puede que inconscientemente, Leonard fuese un potencial Hijo de Aecen desde que Soruk los salvó en aquel callejón. La teoría sobre Saith parecía haber terminado de convencerlo y, en cierto modo, también en ella había despertado curiosidad.

Miró al encapuchado que permanecía en las sombras y observó que asentía aprobando las palabras de su intermediario. Si la justicia y la defensa de la honradez eran los valores perseguidos por la orden, a Lyn no le extrañaba que congregase a tantos fieles. No era difícil empatizar con esos ideales. Si no fuese por el secretismo de sus líderes, entornó los ojos escudriñando al encapuchado que asentía en las alturas, incluso ella estaría convencida de luchar por su causa.

—Por todo esto vamos a dejar los asuntos menores —continuó Toar sobre el arco de piedra con los brazos extendidos—. Pese a que Thoran se agita por el olor de la sangre y las llamas de la guerra, ha llegado el momento de hacer lo que la justicia lleva años exigiéndonos. Debemos acabar con el sufrimiento de nuestro pueblo, con la agonía de nuestras familias. Tenemos que aprovechar el momento que se nos presenta y devolver Eravia al buen camino, el de la felicidad que los dioses nos concedieron. Es por ello que nosotros, los Hijos de Aecen, afrontaremos con valor y compromiso el futuro del reino. Nosotros acabaremos con el reinado de Ramiet Conav.

11. Deshonor

Cuando la luz del día entró por los ventanales de la escuela de Boran y tocó con su cálida caricia las mejillas de Hyrran, este gimió arrugando la cara para darse la vuelta y se cubrió con la maltrecha almohada. Había descansado las horas pertinentes esa noche, pero el cansancio de los días anteriores se acumulaba en su cuerpo como lo hacía el maíz en una granja cuando acechaba la llegada del invierno. Tampoco ayudaba dormir sobre el duro suelo de la estancia pese a las mantas que intentaban paliar la incomodidad.

Sintió que una mano se posaba en su hombro y lo zarandeaba, pero se sentía exhausto. Al cabo de unos segundos algo volvió a agitarlo y gruñó molesto. Se quitó la almohada de la cara para ver el ceño fruncido de Ekim y los grandes cuernos que surgían de su cuello y apuntaban hacia él. Se levantó de sopetón ante la imagen de su amigo y se sentó sobre las mantas mirando a su alrededor.

—¡¿Qué hora es?! —preguntó, la voz ronca por la sequedad de su garganta.

—Hora despertar —anunció el olin—. El campeonato empieza pronto.

—¡El campeonato! ¡Es hoy! —gritó con urgencia mientras se ponía de pie—. ¿Dónde está Saith?

—Con abuelo Boran. Yo también estaba, pero venir a llamar. Te dejamos descanso.

El mercenario corrió de un lado a otro como si el suelo quemara. Se abrochó el pantalón y se puso la camisa con presteza. Echó una ojeada a su hacha disculpándose mentalmente por dejarla allí. Hoy, como en las últimas dos semanas, no la necesitaría.

Después de agacharse y ponerse las botas miró a Ekim con sus profundos ojos azules. Estaba todo lo listo que cabía esperar. También más nervioso de lo que habría querido. Asintió y ambos salieron rumbo al torneo para salvar la escuela de su abuelo.

No tardaron en llegar al lugar en el que tendría lugar el campeonato. En Zern había tatamis de un metro de alto sobre el que cualquiera podía practicar Arena por todas partes, pero en este caso habían habilitado cuatro de ellos en una de las plazas principales de la ciudad. Hyrran miró a su alrededor. Más de la mitad de la población debía estar allí reunida y se agolpaba junto a ellos para ver los combates, que aún no habían comenzado.

—¡Por fin! —saludó Boran con una mirada dura—. Tus amigos llevan aquí una hora preparándose.

Hyrran miró a Saith y Ekim. El olin permaneció imperturbable y el expaladín se encogió de hombros a modo de disculpa.

—Bueno, lo importante es que ya está aquí —dijo Zarev con tono apaciguador—. Cuantos más seamos, más posibilidades tendremos de vencer a los hombres de Raky.

Había abandonado las muletas y se había inscrito en el torneo pese a que aún cojeaba ostensiblemente, lo que dejaba claro lo poco que confiaba su abuelo en las habilidades de sus nuevos luchadores. Nada que no hubiese esperado.

Hizo oídos sordos a los reproches y se dedicó a evaluar a la competencia. Había otras tres grandes escuelas de Arena en Zern además de la de Boran, amén de un par de ellas más modestas que apenas aportaban un par de luchadores. Pese a todo, la más afamada de la ciudad era...

—¿Raky? —preguntó Saith acercándose a Hyrran.

—Sí. Es esa —confirmó Zarev.

El luchador señaló alzando la barbilla en dirección a una mujer que esperaba de brazos cruzados al otro lado de la plaza. Era delgada y fibrosa, de ojos duros como el acero. Las arrugas en las comisuras de los labios delataban una edad que su cuerpo no aparentaba. Si no hubiese sido por las palabras de Zarev, jamás hubiese advertido que se trataba de la dueña de una escuela de Arena. Tras ella estaban sus luchadores, al menos ocho, ataviados con uniformes rojos de ornamentos dorados que asemejaban las marcas athen sobre la tela.

—Aunque me duela reconocerlo, es el mejor dojo de Zern —admitió Boran con respeto y un deje de envidia—. De toda mi escuela, solo Zarev tendría alguna posibilidad contra los hombres de Raky.

—Hemos entrenado duro. Estoy seguro de que podemos competir con honor en tu nombre —respondió Saith.

—No. No entendéis lo que es Arena —lo interrumpió Boran malhumorado—. No se trata de aprender a luchar, sino de hacerlo bien. En estos torneos, con rivales tan fuertes, la técnica es indispensable. Decisiva. Y una buena técnica solo es posible con años de entrenamiento. No tenéis ninguna posibilidad.

—No deberías insuflarnos tantos ánimos o nos confiaremos demasiado —afirmó Hyrran con ironía.

—No es una cuestión de vuestro estado anímico, sino de seriedad. De trabajo. De constancia y esfuerzo.

—Y de confianza —musitó el mercenario poniendo los ojos en blanco.

—¿Cómo dices?

—Digo que también es una cuestión de confianza —repitió sin desviar la vista.

Boran le lanzó una mirada glacial.

—La confianza es irrelevante cuando te juegas la vida y tu futuro. Puede que tú no sepas lo que es la responsabilidad y que huyas cuando hay algún problema, pero yo no. Por eso me he inscrito también en este campeonato.

—¿Maestro? —Zarev cojeó hasta ponerse a su altura y le dedicó una mirada interrogante.

—Escúchame bien. No tenemos ninguna posibilidad de ganar este torneo y obtener el primer premio, pero las subvenciones serán para las escuelas que alcancen las semifinales. Solo tenemos que meternos entre los cuatro mejores, y para eso lo más importante es evitar a la escuela de Raky —afirmó Boran con seriedad—. A más participantes, más posibilidades de cruzarnos con ellos, pero también de que uno de nosotros consiga llegar. Debemos agotar nuestras posibilidades.

Boran, Zarev y Ekim anduvieron hasta la zona donde se sortearían los emparejamientos. También Raky y su grupo, además de las otras escuelas y dojos. Saith se acercó a Hyrran y puso una mano sobre su hombro.

—¿Cómo estás?

—Hecho polvo. No sé en qué momento se me ocurrió que esto sería buena idea —contestó lanzando un suspiro al cielo.

—Llevamos dos semanas entrenando sin descanso. Día y noche. No podemos rendirnos antes de intentarlo ni olvidar por qué estamos aquí. Piensa en tu madre —dijo su amigo comprensivo—. ¿Vamos?

Hyrran asintió y ambos caminaron hasta donde estaban los demás.

Tras el sorteo los combates comenzaron. La gente en Zern enloqueció. Se sentía en el ambiente que sus habitantes habían esperado aquel torneo durante todo el año. Era una fiesta en la que todos gritaban entusiasmados, animando a los valientes luchadores como si todos los demás problemas del mundo no existiesen. Allí no importaba la corona de Kallone, no importaban los Asteller ni sabían quién era la reina blanca. Durante aquel día solo existía Arena.

Boran tuvo suerte. Su rival fue un chico joven de una de las escuelas menores. El muchacho era impetuoso, pura energía, pero el anciano mostró un dominio de la técnica que imposibilitó cualquier otro resultado que no fuese su victoria. Zarev, por otra parte, se enfrentó con uno de los hombres de Raky. Era un tipo fornido que en seguida le recordó a Jisoa. Pese a que estaban igualados en la técnica, el grandullón acabó con el campeón de Boran. Se había instruido y aprendido lo suficiente en esas dos semanas en la escuela para saber que la fuerza no era decisiva en Arena, pero los puntos de apoyo sí. El tobillo de Zarev no aguantó al intentar un agarre y sus posibilidades en el combate se desvanecieron con la rapidez con la que una sombra desaparece ante la luz. La decepción de su abuelo al verlo se evidenció en las arrugas de su cara, como si su esperanza se hubiese evaporado con el sol.

Ekim también ganó su combate. Su rival era un muchacho de una pequeña escuela en el norte. Hyrran habría jurado que sus piernas temblaban al subir al tatami. Pese a todo, el olin no lo hizo nada mal. Se había tomado muy en serio los entrenamientos y parecía haber adquirido buenas nociones de Arena en ese tiempo. Hyrran también consiguió pasar la ronda ante la sorpresa de su abuelo. Su rival fue un hombre de mediana edad que llevaba años practicando el arte marcial, pero contra todo pronóstico, Hyrran consiguió un buen agarre y lo lanzó fuera del tatami. Tuvo suerte, pues si el combate hubiese durado más, habría perdido. Estaba seguro de ello.

Saith no tuvo tanta suerte. Su primera ronda fue ante una muchacha del dojo de Raky. Era bajita, de cuerpo curvo y musculado, peinada con una trenza de largo pelo moreno y ojos grandes e inocentes en apariencia. Hyrran no creyó que tuviese más edad que él mismo. Saith combatió con todo lo que había aprendido esos días y, pese a que lo intentó con ganas, un contundente agarre lo dejó inmovilizado. Aquella chica era hábil pese a su juventud. Más de lo que nunca había visto. Tanto que ninguno de ellos tendría nada que hacer con ella sobre el tatami.

—Sin tu espada no eres para tanto —bromeó Hyrran cuando lo vio llegar cabizbajo.

—Es buena. Demasiado buena. Intenté agarrarla como en los entrenamientos y aún no sé cómo se libró para darle la vuelta al combate.

—No te preocupes. Era de esperar —los interrumpió Zarev, que llegaba junto a Ekim—. Esa chica es Arivei, la mejor luchadora de su dojo. Estaba en nuestra escuela, pero Raky la sedujo para entrenar junto a ella. Con solo trece años se convirtió en campeona de este torneo y no ha soltado el título en siete años. Todo el mundo en Zern sabe que es la sucesora de su maestra y la mejor luchadora de Arena de Thoran. Lo extraño hubiese sido que ganaras —añadió con una sonrisa triste.

Saith alzó una ceja en dirección a Hyrran.

—Sigues siendo malísimo —gruñó el mercenario.

Sorprendentemente, Hyrran y Ekim evitaron a los luchadores de Raky y también pasaron la siguiente ronda. Su abuelo, sin embargo, sucumbió ante uno de los luchadores de la afamada escuela. Pese a su exquisita técnica, la falta de entrenamiento se notó y, aunque no fue inmovilizado ni expulsado del tatami en una larga pelea, acabó perdiendo por puntos.

Con todos reunidos y descansando mientras se decidían los emparejamientos de cuartos de final, Boran llegó apesadumbrado hasta donde estaban.

—¿Ocurre algo, maestro? Debería estar contento. Aún tenemos a dos de nosotros en la siguiente ronda. ¡Con que uno de ellos gane estaremos en semifinales y obtendremos la subvención! —lo animó Zarev con una sonrisa cómplice.

El anciano negó con la cabeza.

—No será tan fácil. Cinco de los luchadores de Raky también se han clasificado. Hyrran luchará contra Esteb.

—¿Esteb?

—Es aquel gigantón de allí. —Su abuelo señaló hacia donde estaban los luchadores de Raky. Fue el que eliminó a Zarev.

El mercenario reconoció al hombre que le había recordado a Jisoa en su forma de luchar. Supo desde el principio que no tendría ninguna posibilidad de vencerlo y lanzó un silbido al aire.

—Bueno, pero aún tenemos a Ekim —se consoló.

Su abuelo le dirigió una mirada desapasionada.

—A Ekim le ha tocado contra Arivei. Es el siguiente combate. —Boran escudriñó al olin con un vistazo de arriba abajo—. No importa lo imponente que seas. Nadie le ha plantado cara a esa chica en años. Es la viva prueba de que la técnica y la experiencia ganan a la fuerza bruta. No tenemos ninguna posibilidad.

El anciano resopló resignado y se dejó caer en uno de los bancos de la plaza.

—No se preocupe, maestro. Saldremos adelante, con o sin subvención —lo animó Zarev, aunque en sus palabras no había convicción.

—Esto es mi vida, hijo mío. ¿Que haré sin mi escuela? ¿Cómo podré pagar la comida y los tratamientos de mi hija?

Pese a los gritos y el vocerío de la plaza, un envolvente silencio pareció rodearlos en el lamento de Boran, que negaba derrotado.

Hyrran miró a sus rivales. Parecían contentos. Confiados sabiéndose superiores al resto de luchadores. Con cinco luchadores entre los ocho participantes que quedaban, tenían asegurado su puesto en semifinales, pero no había entrenado las dos últimas semanas, casi sin dormir, para rendirse sin más.

—Siempre me has echado en cara que huyera y os abandonara. Que me rindiera sin luchar —dijo con firmeza. Su abuelo levantó sus apagados ojos marrones y lo miró desapasionado—. ¿Y ahora haces lo mismo? No. Hasta que nos eliminen no hemos perdido.

Y con una sonrisa hizo un gesto a Ekim antes de perderse entre el resto de participantes seguido del olin.

—Vamos. No tengo ninguna esperanza de pasar a semifinales, pero hay que apoyar a quienes luchan por nuestra escuela —dijo Boran con desgana.

Saith asintió y tanto él como Zarev siguieron al anciano hacia donde estaban los tatamis para duelos.

—¿Qué combate veremos? Los cuatro se disputarán al mismo tiempo —dijo Zarev, que cojeaba al andar por su maltrecho tobillo.

—Deberíamos ir a ver a Hyrran —opinó Saith.

—Sé que es tu amigo, pero mi nieto no es un luchador. Nunca lo ha sido. —Boran negó con la cabeza—. Es una suerte que haya llegado hasta aquí. Veremos a Ekim. No creo que pueda con Arivei, pero al menos veremos a una buena luchadora de Arena.

Desde donde estaban, Saith vio como Hyrran se separaba del olin y caminaba solo hasta su tatami. Estaba claro que su abuelo no confiaba en él, pero no ir a ver a su nieto cuando se había esforzado tanto hizo que se preguntara si hacían bien en acercarse al tatami donde combatiría el olin.

Ekim subió y saludó a la campeona de Raky chocando ambos puños, como era costumbre. Ella no sonrió, concentrada. Él tampoco, o si lo hizo nadie lo supo dada su imperturbable expresión. Era el combate que más expectación levantaba. Al fin y al cabo, se trataba de la siete veces campeona de Arena contra dos metros de puro músculo olin.

Junto a cada tatami, un juez de lona esperaba para ejercer de árbitro. Cada agarre que terminaba con el rival en el suelo eran dos puntos. Cada golpe en zonas clave como el estómago, la corva, el pie o la sangradura, lugares que, de ser golpeados, debilitaban la posición y facilitaban una llave rival, era un punto. Hyrran se lo había explicado detenidamente. Su amigo se había tomado muy en serio el entrenamiento desde aquel episodio con su madre y la discusión con su abuelo.

El juez de lona dejó caer el brazo y el combate comenzó. Arivei colocó los brazos trazando un ángulo de noventa grados con respecto a su cuerpo. Las palmas abiertas señalando con ellas a su adversario y la pierna izquierda levemente flexionada. Saith reconoció la misma postura que había adoptado en su combate. Pese a que él era un soldado preparado, todo un paladín hasta la caída de los Asteller, ni siquiera había conseguido un solo punto contra ella.

Ekim dio un par de pasos tanteando el terreno, como si midiera el tatami. Resultaba imponente subido en aquella plataforma, tan alto y fuerte. Comparado con Arivei, que era mucho más baja que Saith, el olin parecía aún más temible. Tras unos segundos de tanteo que la campeona esperó escudada en su paciencia, su amigo atacó. Alargó el brazo buscando agarrar su traje rojo, similar al de sus compañeros de dojo, pero ella esquivó su mano, golpeó la sangradura de su brazo haciendo que lo flexionara y con la palma de su otra mano golpeó el vientre del olin. Un golpe que podría haber hecho retroceder a cualquier rival, pero no a Ekim, que pesaba mucho más que cualquier otro luchador. Viendo que no lo haría moverse, fue ella quien se alejó colocando una de sus manos en el suelo y saltando hacia atrás.

El olin se acercó de nuevo poniéndose de costado, algo habitual en Arena para evitar ofrecer un blanco fácil en el vientre. Ekim estiró los dedos buscando agarrarla, pero cuando Arivei se preparaba para repetir su estrategia anterior, él trazó un barrido con la pierna que la campeona tuvo que esquivar retirando su pie de apoyo.

«¡Es el mismo barrido que realizaba con la lanza en las pruebas de acceso al ejército dorado!», reconoció Saith entusiasmado.

El olin había adaptado las técnicas de combate con su arma a las katas de Arena. Arivei se vio sorprendida con la pérdida de equilibrio y Ekim aprovechó para agarrar su ropa. Antes de que la excelente luchadora de Raky pudiese reaccionar para liberarse, el olin la elevó por los aires con su descomunal fuerza.

—¡Tírala fuera del tatami! —gritó Boran sin poder ocultar su alegría.

—¡Ya la tienes! —exclamó Zarev entusiasmado.

Era imposible ganar un combate a los puntos con una luchadora como ella, así que lanzarla fuera era la única forma de lograr la victoria. Todos lo sabían. Incluido Ekim. No hizo falta que nadie se lo repitiera. Cogió impulso con el movimiento y lanzó a Arivei por los aires fuera del tatami. Zarev y Boran saltaron de alegría al verlo, pero cuando estaban dispuestos a cantar victoria, la luchadora de Raky hizo algo que nadie esperaba. Se agarró al brazo del olin debilitando su impulso. El movimiento que debía haberla lanzado al menos a tres metros de distancia acabó siendo uno.

La joven giró en el aire con un tirabuzón de agilidad extraordinaria. Sacó una pierna antes de llegar al suelo y la flexionó para caer de pie. Incomprensiblemente, el agarre de Ekim había quedado en nada y la campeona rozaba el filo de la plataforma con sus pies descalzos.

El olin, frustrado, inició una carrera contra ella. Un solo empujón le permitiría alcanzar la semifinal y salvar la escuela de Boran. Un anhelo que se resquebrajó cuando Arivei fintó y, con un paso rápido, se colocó entre las piernas de su amigo, puso una mano en el muslo y otra en su vientre y fue ella quien lo elevó por los aires.

No levantó su peso como había hecho Ekim momentos antes. Simplemente se colocó en un lugar estratégico que le sirvió como punto de apoyo. La joven utilizó la inercia de la carrera de su rival para que pareciera que lo lanzaba por los aires. Como un tronco bajo una gran roca que la hiciera rodar y la moviera sin esfuerzo.

Inevitablemente, el olin acabó dando con la espalda en el suelo fuera del tatami. Los asistentes, callados como si no creyesen lo que acababan de ver, alternaban la vista entre Ekim y Arivei. Así pasaron unos segundos hasta que explotaron en júbilo vitoreando a la joven luchadora. Saith observó cómo ella bajaba y daba la mano a su rival.

Saith miró a Boran, que observaba la escena con una sonrisa triste.

—Ha estado tan cerca —se quejó Zarev.

—Nunca estuvo cerca —lo contradijo Boran—. Arivei sabía perfectamente lo que hacía. Hizo que Ekim se confiara y perdiese la paciencia para utilizar su propia fuerza contra él. Nadie puede hacerle frente a esa chica y al dojo de Raky.

Saith miró a su alrededor para percatarse de que todos los combates habían terminado. Todos menos uno.

—¡Es Hyrran! —gritó sorprendido—. ¡Aún lucha!

Salió a correr para ver el combate de su amigo. Boran frunció el ceño al oírlo, y tanto él como Zarev se acercaron al tatami del joven mercenario. El tipo alto de Raky, ese tal Esteb, lo miraba con cara de pocos amigos. Tenía el rostro rojo por la ira y rechinaba los dientes furioso. Las venas de su cuello parecían querer escapar de su piel y apretaba los puños con tanta fuerza, que apenas se distinguían los dedos de las manos.

—Deja de huir, maldito bastardo. ¡Pelea! —le recriminó.

Hyrran no sonreía. Hacía bailar sus pies sin parar quieto un segundo. Ni siquiera tenía una pose de lucha. La gente a su alrededor estaba expectante, pero reía, como si presenciaran una comedia representada por una compañía teatral.

El grandullón se lanzó hacia él con dos pasos rápidos. Alargó los brazos para atraparlo, pero no lo hizo. El mercenario se movió con rapidez y escapó de las intenciones de su rival, huidizo como un pez en un arroyo al que intentasen atrapar con las manos desnudas. Esteb intentó un nuevo golpe, y después otro. En uno de ellos, Hyrran escapó y le propinó una patada en la corva que lo hizo trastabillar.

Con los ojos desencajados por la ira, Esteb volvió a lanzar un nuevo ataque que le permitiese hacer un agarre, pero el mercenario huyó por el filo del tatami evitando que lo atrapase. No era más fuerte. Tampoco más hábil que su contrincante, pero sí más rápido. Pese a que la plataforma apenas debía tener un diámetro de tres metros, Hyrran danzó frente a su rival durante varios minutos sin que este fuese capaz de alcanzarlo. Conforme fue pasando el tiempo y el gigantón de Raky se fue impacientando, su defensa se volvió descuidada, lo que el joven mercenario aprovechó para golpear su vientre. Sin apenas fuerza, casi un roce. En otro de sus movimientos saltó apoyándose en el hombro de su rival para escapar de él y, al aterrizar, el mercenario lanzó la pierna hacia atrás para volver a tocar la corva del luchador.

—¿Qué hace? Eso no es Arena —dijo uno de los espectadores indignado.

—Se está burlando de Esteb —convino otro.

—No ha intentado un agarre en todo el combate.

Saith pudo ver la cara de estupefacción de quienes se congregaban alrededor del tatami. También de Arivei y de la propia Raky, que se habían acercado tras terminar su enfrentamiento. La dueña del afamado dojo arrugó la boca al ver el estilo de lucha de Hyrran. Los gritos de indignación se solapaban con las risas de quienes asistían a un espectáculo que no debían haber visto a menudo.

Zarev y Boran abrían la boca sin creer lo que veían, como si las palabras hubiesen abandonado sus gargantas. Hyrran jadeaba cansado, con el sudor perlando su frente humedeciendo los mechones rubios de su pelo. En un descuido, Esteb logró agarrarle la pechera de su chaquetilla de cuero, y sintiéndose vencedor, colocó su pierna tras las del mercenario y lo lanzó al suelo. El golpe lo hizo rebotar contra el tatami y el luchador de Raky sonrió victorioso por fin.

—La próxima vez te lanzaré fuera —dijo señalándolo mientras Hyrran se ponía en pie con dificultad—. ¡Así se te quitarán las ganas de huir como un conejo!

El joven se puso en pie con lentitud por el cansancio. Debía notar el poco descanso que habían tenido esos días. Puso una mano sobre su hombro y lo giró para comprobar que todo estaba en orden. Luego se quitó el pelo de la cara y, para sorpresa de todos, sonrió.

—No habrá próxima vez —lo provocó.

Esteb volvió a atacar. Impetuoso como una tormenta en el mar. Corrió como si su vida dependiese de ello, pero Hyrran se agachó, giró sobre sí mismo, y escapó de sus brazos con facilidad. Fue su último movimiento, pues el juez de lona levantó el brazo y anunció que el tiempo del combate ya había transcurrido.

—¿Cómo? ¡¿Ya?! —protestó el luchador incrédulo—. Pero si no hemos hecho nada. Este cobarde se ha pasado el combate corriendo de un lado para otro.

—Las normas son las normas —declaró el juez—. El tiempo predeterminado para el combate ha terminado. El ganador por puntos es Hyrran, de la escuela de Boran, por tres a dos. Pasa a semifinales.

El público abucheó la decisión con gritos decepcionados, pero nada de eso parecía importar al mercenario, que sonrió buscando a su abuelo con la mirada. Lo había conseguido. La alegría también era patente en Saith e incluso Ekim, que había llegado a su lado más tarde. Ambos sabían lo mucho que significaba esta victoria para él y para la escuela. Boran, sin embargo, le dedicó una mirada de reproche antes de girarse y marcharse de allí.

—¡Maestro! Sé que no ha sido el mejor combate de Arena, pero ha conseguido la subvención. —Lo interceptó Zarev intentando detenerlo.

—No. Así no. No hemos conseguido nada —dijo dejándolos allí.

Saith miró a Hyrran. En lo alto del tatami y empapado en sudor, siendo abucheado por los habitantes de Zern, el joven mercenario no pudo evitar que la decepción se reflejase en su rostro al ver cómo se marchaba su abuelo.

—¿Por qué se ha puesto así? Es injusto con Hyrran —rezongó Saith sin comprenderlo—. Ha conseguido la subvención para poder sacar adelante la escuela hasta el próximo año.

—Para el maestro Boran este deporte es algo más que dinero. Es su vida —lo justificó Zarev—. No es por la subvención, sino por la forma de obtenerla. Esta escuela es todo para él, y ganar un combate en su nombre sin responder a lo que entiende por una lucha digna es un desprestigio.

—Fue él quien dijo que no había posibilidad alguna ante los luchadores de Raky. ¿Acaso prefería caer derrotado y perder la escuela? —preguntó Saith incrédulo.

—Zarev habla con él. Hacer entender —dijo Ekim—. Nosotros no lucha Arena.

Saith asintió.

—No. Soy yo quien debe hablar con él —intervino Hyrran tas bajar del tatami—. No os preocupéis, estaré aquí para cuando empiecen las semifinales.

12. Redención

Hyrran caminó entre las pobladas calles de Zern buscando a su abuelo. Lo había perdido de vista, así que decidió ir al lugar donde siempre podía encontrarlo: a la escuela. Al aparecer por la puerta Boran lo miró con seriedad y, con indiferencia, volvió a girarse para perder la vista entre los tatamis esparcidos por el edificio. Aquellos en los que había entrenado día y noche durante las últimas dos semanas junto a Saith y Ekim.

Hyrran caminó hasta ponerse junto a él y, con un suspiro, observó el edificio vacío. ¿Por qué todo tenía que ser tan difícil cuando estaba a su lado? Había salvado su escuela. Tendría el dinero para mantenerla y cuidar de su madre. ¿Qué diablos estaba mal ahí?

—Creía que te alegrarías por poder seguir con tu escuela —dijo rompiendo el hielo.

—¿Sabes? Mi vida no ha sido fácil —dijo melancólico—. Fui un gran luchador de Arena en mi juventud, así que cuando la edad me limitó los movimientos y los reflejos, decidí montar esto. Quise enseñar a los demás la pasión que yo sentía por este deporte. Arena no es solo un arte marcial, es una forma de vivir. De sentir. De afrontar los retos. Es la capacidad del más débil para utilizar su cuerpo, su técnica y su trabajo con el fin de derribar al que en otras condiciones sería más fuerte —explicó con la mirada perdida en los silencios de aquel lugar—. Perdí a tu abuela por una enfermedad cuando tu madre aún era una niña. Me escudé en mi escuela para huir del sufrimiento por su ausencia y, sin saberlo, me alejé también de mi hija. Sé que la vida tampoco se lo ha puesto fácil a ella, y siempre me he culpado por abandonarla —confesó con tristeza.

—Pero no la has abandonado. Siempre has cuidado de ella —lo interrumpió Hyrran.

Boran negó con la cabeza.

—Se puede estar junto a una persona y a la vez dejarla sola. Hice con ella lo mismo que con vosotros estas últimas semanas. Le di alojamiento y comida, pero no la acompañé en su sufrimiento. Pasé por alto que el dolor por la muerte de mi esposa era también dolor por la pérdida de una madre, y cuando me di cuenta era tarde. La dejé sola en la oscuridad porque yo mismo estaba inmerso en las sombras sin ver lo que tenía junto a mí. —Su abuelo tragó saliva y su nuez dibujó el recorrido de su garganta—. Cuando creció lo suficiente para tomar sus propias decisiones decidió vivir su vida sin reglas o muros que la retuvieran. Consumió sustancias poco aconsejables, fue con hombres de toda índole y casi ninguno con nobles intenciones. Se alejó de mí tanto que, pese a vivir en la misma ciudad, fue como estar a leguas de distancia.

Los pequeños ojos castaños de su abuelo, cubiertos de las arrugas propias de la edad, coincidieron con los de Hyrran.

—Cuando supe que había tenido un hijo no me lo creí. Hubiese querido que fuese en otras circunstancias, con un buen hombre a su lado y no fruto de una relación sin futuro. Hubiese deseado algo más que un desahogo en mitad de la guerra. Pero, pese a todo, para mí fue una segunda oportunidad. Podía hacer contigo lo que no hice con ella. Estar a tu lado. Verte crecer. Disfrutar de ti. Te traje a vivir conmigo, junto a ella. Nunca se me dio bien ser una buena figura paterna, pero había algo que sí sabía hacer: enseñar Arena. Por eso quise que, desde muy pequeño, te adiestraras en la escuela. Quería que fueses un gran luchador y heredases este negocio el día que yo faltase, pero no lo hacía por impedirte ser tú mismo, sino porque siendo así, yo siempre estaría cerca de ti —sonrió de forma irónica con la mirada perdida—. Más tarde tu madre enfermó y tuve que dividir mi tiempo en cuidaros a los dos. Recuerdo que un tipo me hizo una oferta por la escuela. Era generosa. Tanto que incluso me permitía dirigirla pese a recibir y gestionar su dinero. Tal vez hubiese mejorado mucho nuestras vidas. Si volviese a ocurrir la aceptaría al instante.

—¿Y por qué no lo hiciste entonces?

Boran negó con la cabeza.

—Supongo que tuve miedo de perder lo único sólido que había en mi vida. Mi pasión por vivir —explicó poco convencido—. Un buen día me levanté y descubrí que te habías ido… Supongo que tampoco fui capaz de hacerte feliz a ti. Y ahora mírate. Eres un mercenario. Un ladrón. Huyes de todo como huiste de ese combate, sin enfrentarte a la vida como yo quise enseñarte. ¿Dónde está el honor de hacer las cosas como deben hacerse?

Hyrran puso los ojos en blanco con un suspiro.

—Precisamente ese es uno de los motivos por los que me fui, abuelo. Nunca he sido lo bastante bueno. De pequeño no era más que un bastardo para todos. El niño que jamás conocería a su padre. El hijo de una prostituta. —Su abuelo le lanzó una mirada severa, pero se apagó en un segundo desviando la vista—. Desde que nací era conocido por lo que habían o no hecho otros antes que yo. Marcado como un esclavo, preso de un destino del que no podía escapar. Mi mejor momento era llegar aquí, contigo, pero nunca era suficiente y las obligaciones con la escuela acabaron convirtiéndose en una nueva prisión. Querías que fuese un gran luchador de Arena, pero no lo era. No tenía talento para ello.

—¡Ni siquiera lo intentaste!

—¡Porque ese era tu sueño! No el mío. ¡Ni siquiera me gustaba tanto como a ti! Tú, como tantos otros, teníais un futuro marcado para mí. Todos parecíais saber lo que debía ser antes de saber si yo quería serlo.

—No era así… Yo solo quería que…

—El día que me marché me liberé —lo interrumpió—. Era pobre y solo tenía ocho años. Pasaba hambre, estaba sucio… No era más que un vagabundo en los suburbios de Aridan. Me convertí en ladrón y más tarde en mercenario, pero por fin pude elegir mi propio camino. ¡Y me convertí en Hyrran! No en el hijo de una prostituta de Zern ni en el niño bastardo que entrena cada día en la escuela de su abuelo. —El joven mercenario negó enérgicamente con la cabeza—. Puede que no fuese más que un ladrón egoísta y que, como dices, me pase la vida huyendo de los problemas, pero acabé encontrando algo parecido a una familia. ¡Y ahora tengo amigos! Amigos de verdad por los que sería capaz de mirar a los ojos a la muerte. Amigos que llegan a Zern buscando descanso y pasan días entrenando por el simple hecho de ayudarme. ¿Dices que dónde está el honor? ¡Ellos son mi honor!

Hyrran suspiró para relajarse. Había terminado alzando la voz y apretando los puños de forma inconsciente por la rabia contenida. Su abuelo lo miraba como si lo viese por primera vez. Como si de buenas a primeras no viese al ladrón en el que se había convertido, sino al hombre con el que soñó que su nieto se convertiría.

—Escucha, abuelo. No soy un luchador de Arena y nunca lo seré. Comprendí eso el primer día que me subí a esos tatamis —alegó resignado—. Pero el otro día fui a ver a mi madre y, por un instante, me reconoció. Sé que marcharme fue una decisión egoísta. Cobarde tal vez, pero ahora estoy aquí. He participado en este campeonato por vosotros, y sé que nunca estarás contento porque no soy quien quieres que sea, pero no me perdonaría dejaros tirados otra vez. —Hyrran se giró y se dirigió a la salida—. Tengo una semifinal que disputar. Sé que llegar a la final reportaría más dinero a la escuela y quiero conseguirlo. Por ti y por ella. Si crees que no estoy a la altura puedes retirarme de la competición y seguiré mi camino. Esa es tu decisión, pero hasta entonces daré la cara por lo que creo que debo hacer. Esta vez no pienso huir.

Y con esas palabras, sin esperar respuesta alguna, salió camino de la plaza en la que se disputaba el torneo dejando atrás a su abuelo como había hecho doce años antes, pero esta vez para luchar por él, no para huir de su lado.

—¿Qué ocurre a Hyrran? —Quiso saber Ekim.

El olin había pasado dos semanas tan entusiasmado con entrenar y prepararse para el campeonato que apenas había hecho nada más que adiestrarse, comer y dormir. Ni siquiera había salido de la escuela de Boran salvo para tomar el aire y estirar las piernas en sus alrededores. No sabía nada de la madre de Hyrran o de su enfermedad.

—Está bien. Solo un poco presionado por querer ayudar a la escuela de su abuelo, nada más. Pronto terminará el torneo y podremos partir rumbo a Acrysta —lo tranquilizó Saith—. Ven, creo que es por aquí.

Caminó entre las calles de Zern acelerando el paso y el olin lo siguió. Llevaba una alcarraza en la mano que pretendía llenar de agua fresca para Hyrran. Mesh, implacable desde el cielo, ofrecía una sensación de calor en esas ciudades sureñas que se incrementaba por la deshidratación y el esfuerzo de los combates.

Sabía lo importante que era ese campeonato para su amigo, así que tanto Ekim como él se habían ofrecido a ir a llenar el recipiente para cuando el joven mercenario volviese de hablar con su abuelo.

Recordaba haber visto un pozo en la plaza de la iglesia, así que cuando llegó se alegró de haber acertado. Ekim tiró de la cuerda para hacer ascender el viejo cubo que descansaba en el fondo y Saith llenó el recipiente con el agua. Ambos echaron un trago antes de marcharse.

—Más rápido por camino principal —dijo Ekim señalando a un lugar diferente del que habían venido.

—Sí, tardaremos menos —convino Saith con un gesto de aprobación—. No debe quedar mucho para que comiencen las semifinales.

Tras pasar por un par de estrechos callejones llegaron a la calle principal. Había mucha gente. Más que el día de su llegada. Sin duda, aquel torneo era el evento más esperado del año en Zern. Enseguida se puso en marcha. Debía llegar con el agua antes de que los combates empezaran y no podía quedar mucho. Cuando pretendía dar un nuevo paso, una mano lo agarró del hombro y tiró de él con tanta fuerza que dejó caer la alcarraza al suelo.

Pronto se encontró con la espalda pegada a la pared de una callejuela, sin el agua, y con Ekim presionándolo contra la pared con todas sus fuerzas. El imponente antebrazo del olin apretaba su pecho con fuerza, y los cuernos de su cuello estaban tan cerca de su cara que casi lo rozaban.

—¡¿Qué haces?! Teníamos que llevar el agua a Hyrran. —Saith miró el recipiente que, pese a que no se había roto, derramaba el líquido de su interior y mojaba la tierra.

Ekim negó con la cabeza. Su gesto, serio e impermeable a las emociones, era indescifrable. Poco a poco fue liberando el pecho de Saith de la presión de sus brazos.

—Mira —susurró dirigiendo un gesto el exterior de la callejuela.

Saith se asomó y lo que vio lo dejó sin palabras. Al otro lado de la calle principal, un grupo de soldados rythanos caminaban entre los habitantes de Zern. Iban armados y ataviados con las claras túnicas del ejército de la reina blanca. Andaban vigilantes, escudriñando cada calle, cada casa, cada persona. Saith supo al instante que era a ellos a quienes buscaban.

Los contó con la vista. Había más de una docena de soldados que él pudiese ver, pero lo que finalmente lo dejó sin aliento no era el número, sino la identidad de su general. Montado a caballo tras ellos llegaba Cotiac vistiendo una armadura blanca rythana. Tenía el pelo algo más largo que cuando los nombraron paladines, y dejaba caer mechones de su oscuro cabello sobre la cara.

Tuvo el primer instinto de acudir hasta él. De preguntarle por Lyn. Por Kalil. Él mismo lo había dejado a cargo de la princesa aquel día en el panteón, antes de salir para enfrentarse a Kerrakj. Sin embargo, ahora portaba los distintivos del enemigo. Junto a él viajaba otra amiathir. Una chica delgada de piel morena y pelo negro que dejaba caer en una larga trenza sobre los hombros. Saith tuvo que forzarse a mirar varias veces para asegurarse de que no era Lyn. ¿Qué diablos había pasado? Hyrran le había explicado cómo Gael traicionó a Kallone, pero ¿por qué estaba Cotiac luchando también por Kerrakj?

Saith miró a Ekim preocupado.

—Tenemos que avisar a Hyrran cuanto antes y largarnos de aquí. —El olin asintió con una mirada urgente en su imperturbable rostro—. Ve a la escuela y aléjate de aquí. Coge las armas y espéranos en la salida de la ciudad, rumbo al Este.

—Ekim no deja solo —protestó.

—Si te ven nos reconocerán al instante. No es tan común ver un olin, y no eres de los que pasan desapercibidos —ordenó Saith como si aún fuera capitán de batallón. El gigantón frunció el ceño más de lo habitual y resopló frustrado—. No te preocupes, iré a por Hyrran y nos encontraremos allí. Ve ahora y no pares. Si ves que no llegamos, huye con Varentia. Nosotros te encontraremos.

Ekim asintió a regañadientes y, tras un titubeo, salió a correr de camino a la escuela. Saith echó una última ojeada a Cotiac y sus soldados, como si necesitara comprobar que no era su imaginación jugándole una mala pasada. Luego, agitando la cabeza para templar sus ganas de contestar a todas las preguntas que asediaban su mente, echó a correr, por callejuelas secundarias, de camino a la plaza en la que los combates estaban a punto de comenzar.

Ya se habían decidido los combates en semifinales. Hyrran fue recibido con alegría por Zarev. Tal vez su abuelo no valorara lo que había conseguido, pero la escuela saldría adelante un año más. El luchador lo sabía y lo demostró con un abrazo agradecido.

—No has tenido suerte —dijo arrugando la boca con las manos colocadas sobre sus hombros—. Te ha tocado contra Arivei.

Hyrran miró a la luchadora, que ya subía al tatami tan seria y preparada como siempre. Luego hizo lo propio con Zarev y le dedicó media sonrisa.

—Si he de perder, que sea con la mejor ¿no?

Se encogió de hombros con resignación y se dirigió al escenario de combate. Antes de que pudiese subir, Saith apareció corriendo. El joven mercenario lo miró extrañado por su expresión preocupada.

—¿Dónde vas tan rápido? ¿Te persigue una manada de garras cerriles? —bromeó.

—Ojalá —contestó su amigo entre jadeos—. Tenemos que largarnos ya. El ejército rythano ha llegado a Zern con una veintena de hombres. Su general es Cotiac.

Hyrran entornó los ojos al escuchar el nombre del novio de Lyn. Recordaba bien a ese tipo. Nunca le había caído bien. Que estuviesen allí era una mala noticia.

—¿Dónde está Ekim? —preguntó poniendo en orden sus ideas.

—Ha ido por las armas. Nos esperará en la salida Este de la ciudad para ir rumbo a Eravia.

Hyrran asintió.

—Está bien. Escúchame, Saith. Ve con él. Dos calles al sur de la salida Este hay un establo. Tienen caballos y fárgul que alquilan a viajeros.

—Pero no tenemos ni un tarín.

Hyrran sonrió.

—No pensaba pagarlos. Vamos a... tomarlos prestados.

Saith le dedicó una mirada de alarma, pero terminó asintiendo. Comprendía la gravedad de la situación.

—¿Qué harás tú?

Hyrran sonrió de nuevo, colocó su mano derecha sobre el hombro izquierdo y giró el brazo a modo de calentamiento.

—¿Yo? Voy a luchar contra la chica de Raky, por supuesto.

—¿Estás loco? —Los ojos de Saith parecieron querer salirse de sus órbitas—. Los soldados vienen para acá y si te encuentran te apresarán.

—Estoy dispuesto a correr ese riesgo.

—¡Maldita sea, Hyrran! ¿Qué pretendes demostrar? Tu abuelo ni siquiera está aquí. Has logrado llegar a semifinales y ganado el dinero que mantendrá su escuela a flote. ¡Has cumplido con tu parte!

El mercenario colocó las manos sobre los hombros de su amigo, tranquilizándolo. Clavó sus ojos azules en los de Saith con una sonrisa, como si no tuvieran a todo un ejército detrás esperando la menor oportunidad para apresarlos y, quien sabe, tal vez matarlos.

—Sabes que esto nunca fue por el dinero, Saith —dijo—. He vivido siempre con una cadena que me ataba a mi pasado. Preso de sólidos eslabones unidos por el remordimiento. Cargando con la culpabilidad de haber huido cuando me necesitaban. Por una vez no estoy pensando solo en mí mismo. Ve con Ekim y no te preocupes. Llevo toda la vida huyendo, deja que esta vez haga lo que debo hacer.

Saith resopló reacio y vaciló un par de veces. Finalmente, retiró la mirada resignado oteando los alrededores.

—Te esperamos en el camino hacia Eravia. No dejes que Kerrakj te atrape.

—Ya te he dicho que llevo toda la vida huyendo. No temas, no se me da del todo mal —sonrió.

Y antes de que Saith se marchase corriendo en busca del olin, Hyrran había subido al tatami en el que esperaba su rival. Lanzó un último vistazo a la calle principal de Zern, que estaba repleta de gente. Pese a ello era posible que los soldados no tardasen en llegar.

—Machácalo, Arivei. Solo es un cobarde —dijo Esteb, el alto luchador de la ronda anterior.

—Veo que aún te escuece la derrota. Tranquilo, el tiempo sana todas las heridas —contestó Hyrran con una sonrisa irónica.

El luchador de Raky lo fulminó con la mirada apretando los dientes con furia e hinchando la vena de su cuello.

—Veo que no mueves mal la lengua, pero te hará falta algo más que eso para vencer este combate —dijo una voz de mujer frente a él.

Hyrran la miró a los ojos. En Arivei había determinación pese a su juventud. Concentración. ¿Era aquella la pasión por Arena de la que hablaba su abuelo? La chica pareció extrañada de que no dijese nada. En el fondo de su ser, él mismo se extrañó de no responder con alguna broma o comentario ocurrente. Se giró hacia el juez de lona y le dedicó una sonrisa amable.

—¿Empezamos ya? Tengo algo de prisa.

El hombre, sorprendido, asintió levantando el brazo. Luego lo bajó y el combate comenzó.

Hyrran se lanzó al ataque. Había pasado más de una semana entrenando día y noche, durmiendo solo lo indispensable para continuar. Jamás sería tan buen luchador como esa muchacha, pero sí que tenía instinto de supervivencia. Convencido de que la campeona de Raky esperaría un rival evasivo y huidizo, golpeó con rapidez buscando los puntos clave de su cuerpo.

Como esperaba, Arivei se mostró sorprendida por el ataque. Con ágiles y rápidos movimientos se dedicó a defenderse de él. Pese a la sorpresa, la habilidad de la chica era digna de admiración. Movió sus extremidades con gracia y técnica intachable, haciendo que Hyrran no pudiese alcanzarla. No se rindió. Golpeó y lanzó un agarre que no alcanzó a su destinataria. En un ágil movimiento, Arivei giró sobre sí misma y, antes de que pudiese darse cuenta, lo agarró de la parte superior del pantalón y del brazo. Con un giro implacable lo hizo volar, utilizando su cuerpo como eje, y Hyrran cayó al tatami ante el griterío de los espectadores.

Pese a que la superficie de combate no era tan dura como el suelo, la crudeza del golpe hizo que pareciera que caía sobre la piedra. Sintió un fuerte dolor, pero colocó las manos sobre la plataforma y se rehízo. Cuando se levantó, su rival lo esperaba mirándolo con altivez, consciente de su superioridad.

«Bueno, Hyrran, estás aquí para esto», se dijo con una sonrisa resignada.

A Arivei no pareció gustarle su expresión. La campeona de Raky se lanzó contra él. Sus golpes, que terminaban con las palmas abiertas pero que dolían igual que un puño de acero, llovían sin descanso. Hyrran utilizó su entrenamiento para defenderse con dignidad, aunque la superioridad de la campeona era incontestable. Mientras permanecía concentrado en los golpes que esta sacudía sobre él con furia, la pierna de la muchacha surgió con fuerza por un costado golpeando su vientre y lanzándolo hacia atrás. El mercenario giró sobre sí mismo antes de resbalar por el tatami, dejando la cabeza colgada del filo. Su pelo rubio cayó por el borde preso de la gravedad.

Al abrir los ojos vio que Zarev estaba frente a él. Parecía alterado.

—¿Qué haces? No podrás con ella. Nadie puede con ella. Tienes que escapar como hiciste con Esteb. No eres un luchador.

Hyrran se dio la vuelta y volvió a ponerse de pie. Arivei lo observó con actitud interrogante mientras que el tipo llamado Esteb la animaba desde fuera con una sonrisa junto a Raky, la dueña de su dojo.

—Vamos —dijo él provocándola—. Esperaba más de una campeona de Arena.

Pero no solo era una experta en la lucha. Sus nervios eran puro temple, como un lago cuyas aguas se encuentran en la calma más absoluta. No se dejó llevar por sus palabras y lo único que hizo fue observarlo con sus grandes y enigmáticos ojos marrones. Ella sabía que perder la concentración era un primer paso hacia la derrota, y Hyrran comprendió que jamás ganaría ese combate.

Arivei inició una nueva acometida, pero lejos de rehuirla, Hyrran aceptó el reto. Dio un paso adelante y la esperó. Quiso darle una patada como la que ella le había asestado, pero la campeona la detuvo con el antebrazo izquierdo, despejó un nuevo golpe del mercenario con la palma de su mano derecha y aprovechó el impulso de su carrera para saltar y lanzar una patada que buscaba su cara. No obstante, Hyrran también estuvo rápido, y cruzando ambas manos desvió la patada. Lo que no pudo evitar fue la otra pierna de Arivei, que retando a la gravedad llegó desde abajo golpeando su barbilla.

El mercenario salió despedido por los aires y volvió a caer sobre la lona. Estaba exhausto. Incluso con los ojos cerrados veía pequeños puntos negros danzando ante él a causa del dolor. Se pasó la lengua por el interior de la boca y saboreó su propia sangre. Con esfuerzo, se puso de lado y escupió tiñendo de rojo esa parte del tatami. No habría sabido explicar de dónde sacó las fuerzas para levantarse de nuevo, pero su rival lo acogió con sorpresa.

—Me sorprendes —dijo con frialdad—. Pensé que te había noqueado con ese golpe.

—Ha sido bueno —admitió sintiendo cómo la boca volvía a llenarse de sangre y volviendo a escupir—, pero estoy bastante acostumbrado a recibirlos. Lo que seguro que no esperabas es la paliza que te estoy dando.

Ella sonrió. Por primera vez, su gélida expresión pareció relajarse y eso hizo que él también lo hiciera. Se abrazó el costado y sintió el dolor por las caídas recibidas.

—Deberías retirarte. Eres listo y tienes buena disposición, pero te falta seriedad y mucho entrenamiento para estar a un nivel siquiera cercano al mío —lo instó Arivei.

—Jamás estaré a tu nivel —admitió él en un alarde de sinceridad—. Pero esa nunca fue mi intención.

—¿Para qué luchas entonces, Hyrran Ellis?

—Para cerrar puertas que llevan abiertas demasiado tiempo. Para demostrar que no todo puede arreglarse huyendo.

—No es mal motivo —contestó ella con una mirada suspicaz—. ¿Terminamos con esto? Tenías prisa, ¿no?

Hyrran asintió y se limpió la sangre con la mano.

Arivei atacó y él, una vez más, no rehuyó el duelo. Los movimientos y golpes de la luchadora de Raky fueron rápidos e implacables. Hyrran esquivó y detuvo algunos, aunque recibió otros tantos. Su rival tenía ya tantos puntos de ventaja que jamás conseguiría derrotarla como a Esteb.

Esquivó torpemente un golpe y dejó la cara al descubierto para recibir otro. Estaba tan cerca del filo que, pese al dolor, tuvo que prestar atención a dónde pisaba para no precipitarse. Arivei no dudó, pero utilizando la inercia del golpe que le asestó, Hyrran dio un paso lateral, giró sobre sí mismo y lanzó una patada por la espalda de la campeona que la cogió desprevenida. Ella se hizo fuerte en la postura, clavando los pies en el tatami, pero estaban demasiado cerca del filo como para maniobrar. Aferrándose a su brazo, el joven mercenario alzó también la otra pierna para asestarle el golpe definitivo. Su única posibilidad de vencer era lanzarla fuera y descalificarla. El movimiento de Hyrran le permitió un agarre casi perfecto que desequilibró a Arivei, que no pudo con su peso. La luchadora perdió el equilibrio y se precipitó desde el borde del tatami con su rival abrazado a ella con las piernas, como una serpiente que quisiera inmovilizar a su presa. Con cuestionable técnica, pero suficiente eficacia.

Con la punta de sus pies antes de caer, la campeona se impulsó en el filo del tatami para girar y caer sobre Hyrran. El joven mercenario tiró de su cuerpo hacia arriba para impedírselo, pero brazos y piernas estaban agarrados a su rival y carecía de apoyo alguno. El tiempo pareció pararse mientras caían y el golpe contra la tierra de ambos levantó una polvareda a su alrededor. Arrivei cayó sobre el brazo y la pierna con la que él la inmovilizaba y ambos terminaron fuera del tatami. Desde el suelo, ella le dedicó una mirada de sorpresa.

Mientras se levantaban doloridos y se sacudían, todos miraban expectantes al juez de lona. Habían caído a la vez, así que sería el juez el que decidiera quién había tocado el suelo en primer lugar. Por primera vez en mucho tiempo, en las calles de Zern hubo un silencio sepulcral esperando la resolución del combate.

—¡Pasa a la final Arivei, de la escuela de Raky! —sentenció este señalando a la joven luchadora.

Hyrran sonrió, resignado por la derrota. Aunque el arriesgado agarre había sido bueno, ese último giro de Arivei le había permitido caer sobre él.

—Tenías que intentarlo —dijo ella acercándose y tendiendo su mano.

Él se la estrechó, mirándola a los ojos, y luego le dio un repaso a su traje, sucio por la caída y manchado de tierra.

—Ahora eres la verdadera reina de Arena.

Arivei sonrió. Una mano se posó en el hombro de Hyrran y cuando se dio la vuelta vio a Boran, que lo observaba con ojos vidriosos.

—Abuelo... No lo he conseguido, pero he intentado...

El anciano lo abrazó con todas sus fuerzas. Hyrran miró a Zarev y este le dedicó una sonrisa sincera. Apenas fue un instante. Solo tres segundos, tan intrascendentes a veces y tan importantes en contadas ocasiones. Supo que había pasado la vida esperando ese momento.

—Has honrado a la escuela y a este deporte con tu combate, hijo —le dijo al oído. Luego se separó, colocando las manos sobre su cuello con la sonrisa más sincera que jamás había visto.

—He perdido —dijo él con una mueca.

Su abuelo le dio una palmada en el cuello y continuó sonriendo.

—A veces, una derrota a ojos de los demás es una victoria para nosotros.

Hyrran le devolvió la sonrisa.

—¡Allí está! ¡Atrapadlo!

Un grito llegó desde el otro extremo de la plaza. Cuando el joven mercenario identificó de dónde venía pudo ver a Cotiac, que lo señalaba dando órdenes desde lo alto de su caballo. Sus ojos, oscuros como el fondo de un agujero, contactaron con los suyos. Llevaba el pelo largo y sus mechones se agitaron al moverse. Fue entonces cuando vio su cara. La mitad estaba quemada y arrugada, como si no perteneciese a su cuerpo. Cotiac lo señaló furioso. Gritaba a sus hombres y ordenaba que lo arrestasen. Los soldados comenzaron a correr hacia él sorteando la multitud.

—Tengo que irme —apremió a su abuelo, que asistía sorprendido a la llegada de los rythanos—, cuida de mamá por mí.

Boran asintió sin ni siquiera mirarlo y Hyrran salió a correr. No sería fácil escapar del enemigo, pero tenía que llegar al establo en el que había quedado con Saith y Ekim antes de que lo alcanzaran. Dolorido y fatigado corrió como si no hubiese mañana, pero antes de salir de la plaza echó una última mirada a la ciudad que lo vio nacer. A su abuelo y a los días que había vivido reconciliándose con su pasado.

Su mirada atrás le dejó un regalo que jamás habría imaginado. Un presente en el que su abuelo, Zarev, Arrivei e incluso ese zoquete de Esteb, se colocaban delante de los soldados para evitar que avanzaran. Hyrran sonrió una vez más y, sin mirar atrás, salió a correr para encontrarse con sus amigos.

13. La herencia de los dioses

Familiaridad, recuerdos y sentimientos encontrados. Eso es lo que Ahmik sentía mientras caminaba por los pasillos del castillo blanco, la más alta edificación de Thoran. Decían que desde su torre podían vislumbrarse las vastas tierras de Rythania, incluida la Jungla del Olvido, si bien él no podía saberlo, pues cada vez que pisaba la imponente construcción descendía hasta el laboratorio de Crownight, como un alma maldita que no tuviese más destino que acabar en Condenación.

Sus pasos, como los de Gael, rebotaban en el eco de las paredes vacías, así como los de los soldados que custodiaban a un cabizbajo y encadenado Amerani. Los pasillos eran blancos e inmaculados, lisos, sencillos. Lejos de los llamativos ornamentos del palacio dorado en Lorinet. Las molduras en las paredes daban la impresión de personas surgiendo de su interior, y conforme bajaban, el fulgor de Mesh dejaba lugar a las antorchas y las esferas de luz infinita.

Observó a Gael, que caminaba con pasos decididos por el palacio. Pese a ser paladín en Kallone muchos años, recorría las arterias del castillo rythano como si hubiese sido su casa toda la vida. Había comenzado a sentir admiración por ese a quien ahora llamaba maestro. Esa parada en Nothen lo había animado más de lo que él mismo había creído. Volvía a sentirse fuerte. Poderoso. Apenas recordaba lo impotente que se había sentido ante aquel muchacho y su extraña espada durante la batalla de Lorinet antes de que cayese al abismo. El mismo vacío en el que había perdido a su mejor amigo... pero era el momento de seguir. Aawo así lo hubiese querido. Pese a todo, las palabras que pronunció seguían invadiendo sus sueños.

«Cuida de Faran». ¿Qué o quién diablos era Faran?

Ahmik, Gael y los soldados descendieron varias plantas del castillo. El vaivén en los eslabones de la cadena que apresaba al paladín del rey era el único sonido que los acompañaba. Ver a un guerrero tan venerable como Canou Amerani en aquella situación le producía cierta tristeza. Aquel era un hombre de honor. Había dedicado su vida a servir al reino y claudicado en su empeño blandiendo la espada con dignidad. Con la muerte de Airio Asteller, la vida que conocía se había desmoronado y parecía haber perdido su lugar en el mundo. Había sentido tantas veces que no encajaba que sintió una inevitable empatía por su prisionero.

—¡Camina! —gritó uno de los soldados rythanos empujándolo con su alabarda y haciéndolo tropezar.

Otro de ellos sonrió al ver trastabillar al que fuera paladín del rey. Gael se giró y escudriñó con severidad al soldado, que de inmediato se puso firme y borró la sonrisa de su cara.

—Calma, soldado. No tenemos prisa y el prisionero debe tener las piernas doloridas de viajar encadenado en esa jaula. Lo custodiamos para ponerlo a disposición de Crownight, pero no tenemos motivo alguno para maltratarlo.

Ahmik se sorprendió por la defensa de Gael. Cumplía las órdenes de Kerrakj escrupulosamente, pero jamás se excedía. Pese a que era un traidor a los ojos de su antiguo compañero, su maestro no traicionaba sus recuerdos. Amerani, sin embargo, no levantó la vista del suelo.

—Me sorprende que guardes tanto respeto al pasado —dijo Ahmik sin pensar mientras los soldados guiaban a Amerani con más cuidado escaleras abajo.

—Un hombre que no respeta su pasado es como un árbol desenraizado. Son los conocimientos adquiridos los que nos permiten avanzar hacia el futuro. Sin ellos, nuestra base se tambalea.

No tardaron en llegar al laboratorio de Crownight, que durante siglos había permanecido oculto en los sótanos del castillo rythano. Ahmik recordaba aquel lugar a la perfección. Para él, era como si hubiese nacido allí. El día que despertó lo hizo en la más absoluta oscuridad, entre rejas. Recordaba haber abierto los ojos y preguntarse dónde estaba. No sabía cómo había llegado hasta allí. Ni por qué. También recordaba el susto que se llevó al ver a otra persona en la celda contigua. Un tipo de orejas peludas y ojos rojos que lo observaba sin saber qué decir.

—¿Quién eres? —le había preguntado.

Recordaba la mirada extrañada de aquel hombre y cómo frunció el ceño antes de contestar que no lo sabía. Poco después llegó el científico. Les ofreció un nombre, una identidad y un objetivo: servir a la reina blanca. Les explicó su extraordinaria naturaleza y cómo, gracias a él, podrían cambiar el mundo a mejor. Nada más les importó en aquel momento.

Ahora, sin embargo, tenía muchas preguntas. Cuando estaba junto a Aawo era feliz. Tenía todo lo que necesitaba: un objetivo y un buen amigo. Más que eso. Sentía poseer algo parecido a una familia. Solo se preocupaba de mejorar y entrenar para combatir a su lado. Cumplir órdenes y luchar por el deseo de ser aceptado. Primero por la propia Kerrakj y luego por el resto del mundo. Su lucha le llevaría a serlo pese a sus diferencias.

Curiosamente, ahora esas diferencias no le parecían tan determinantes como en aquel momento, pues ya había cientos de soldados con sangre de yankka y un poder similar. Era reconocido como general del batallón féracen. Había mejorado luchando gracias a Gael, como había demostrado su reciente combate contra Amerani en Nothen, y seguía teniendo un objetivo claro: ayudar a Kerrakj a reinar en Thoran y traer la paz definitiva al mundo. Sin embargo, ahora que tenía todo lo que había anhelado, carecía de lo más importante. De aquello que nunca le había importado porque siempre lo había tenido: la seguridad de ser quien era.

Todas las preguntas que jamás se había hecho se agolpaban en su cabeza tras todo lo ocurrido. ¿Por qué se sacrificó Aawo? ¿Qué significaban sus últimas palabras? ¿Por qué lo conocía aquel paladín al que se enfrentó junto al Abismo Tártaro? ¿Quién era antes de ser un féracen? Sacudió la cabeza para quitarse de la mente todas esas cuestiones y guardó la compostura al entrar en aquel siniestro lugar.

El laboratorio estaba más limpio de lo que recordaba. Habían vaciado las jaulas, que hacía años lo habían recibido por primera vez llenas de huesos, y todo parecía en caótico orden para su dueño. Crownight estaba junto a una serie de cápsulas de vidrio que contenían un líquido rojizo. Tal vez la sangre de yankka que aún no había utilizado.

El anciano vestía su habitual túnica negra y giró la cabeza al verlos llegar. Su rostro, torcido por la joroba de su espalda, sonrió al verlos. Si es que aquella horrible mueca podía considerarse una sonrisa. A su lado, Kerrakj también los observaba. Lejos de la guerrera de blanca armadura que se había sentado semanas atrás en el trono kallonés, la reina parecía otra persona. Vestía un radiante vestido blanco de bordados plateados, largo y escotado, que dejaba al descubierto su espalda. En el torso había dibujos con radiantes joyas engarzadas y su falda caía lisa hasta sus pies. El pelo, suelto hasta los hombros bajo una diadema de pequeños diamantes.

Pese a su semblante inmutable, sus ojos parecieron sonreír al verlos. Ahmik intentó descifrar a aquella mujer implacable, capaz de ajusticiar a un niño ante sus ojos aquel día en el Óvalo de Justicia. La misma que le mostró sus condolencias por la pérdida de Aawo o que había insistido a Gael para que lo adiestrase, recuperar la confianza en sí mismo y convertirse en un espadachín aún más letal.

—Veo que traéis al prisionero —saludó Crownight caminando hacia ellos.

Al llegar examinó a Amerani, que mantenía la cabeza baja, como si fuese un caballo que pretendía comprar. Presentaba un aspecto deplorable. Cuando el viejo fue a agarrar uno de sus brazos, el expaladín se revolvió reacio, pero no dijo nada. Crownight sonrió.

—He oído que hicisteis una parada inesperada en Nothen, ¿es eso cierto? —intervino Kerrakj escudriñando las expresiones de Ahmik y Gael.

El féracen se puso en tensión esperando, tal vez, la ira de la reina.

—Sí. Nos detuvimos en Nothen para estirar las piernas —dijo Gael—, y montamos un pequeño espectáculo con espadas aprovechando las celebraciones.

Ahmik miró al seren sin entender qué pretendía. Ella, sin embargo, no pareció dar importancia a su declaración.

—Espero que mereciera la pena —sentenció con indiferencia.

Gael miró a Ahmik entornando sus ojos azules y sonrió.

—Oh, sí. Vaya si la mereció.

Crownight cogió la barbilla de Amerani y este se revolvió una vez más.

—Decidme qué vais a hacer conmigo —exigió quien fuera paladín del rey—. Sé que no vais a matarme porque me hubieseis colgado a la vista de todos, al igual que me utilizasteis en Nothen. ¿Qué queréis de mí? Ya me arrebatasteis la espada de los Asteller y no tengo nada que os pueda ser útil.

—Te equivocas —dijo el viejo abocetando una siniestra sonrisa en su rostro—. Tienes algo que solo tú nos puedes ofrecer.

La expresión de Amerani no ocultó su sorpresa.

—¡Decídmelo! —inquirió.

Kerrakj se colocó frente a él con un par de pasos. Su vestido blanco la mostraba tan imponente como la misma armadura.

—Ya deberías saberlo, siendo quien eres. —Clavó sus ojos grises en los del caballero a apenas un metro de distancia—. Crownight me ha dicho que eres el mejor espadachín de Thoran, o al menos eso es lo que dice la gente... Como comprenderás, tras haberte vencido en el valle de Lorinet discrepo ante tal afirmación —aseveró con una sonrisa pícara—. No obstante, lo que de verdad importa no es tu fuerza, sino lo que significas. El paladín del rey no es solo un título. Es un símbolo. Imagina lo que dirán cuando vean que Canou Amerani, el legendario guerrero, combate bajo mis órdenes.

El prisionero la miró incrédulo, como si quisiera averiguar cuánta cordura había tras el bello rostro que lo examinaba.

—Eres una demente. Jamás combatiré en tu nombre —escupió airado.

—Tú no, pero nada quedará de ti cuando Crownight haya vaciado tu mente. Será la muerte del paladín del rey, pero la resurrección del guerrero. Llevadlo a una celda. Será el próximo en recibir la dosis.

El expaladín levantó la vista y, pese a que siempre había aceptado su destino con honor y resignación, por primera vez el miedo se reflejó en sus ojos.

—¡No! —chilló—. ¡Matadme, maldita sea! ¡Matadme, por la bondad de Icitzy!

Intentó revolverse. Las cadenas se agitaron y se abalanzó sobre la reina, pero la espada de Gael se interpuso entre él y Kerrakj con la velocidad con la que un rayo cae del cielo. Los soldados lo apresaron y lo llevaron, con gran esfuerzo, de camino a una de las celdas en el pasillo que se abría tras el laboratorio. Los escalofriantes gritos del prisionero llegaron envueltos en el eco del lugar. Ahmik sintió como la piel se le erizaba bajo la ropa al escucharlo. La reina, sin embargo, solo le dedicó una mirada inmisericorde.

—Deberías darme las gracias. Cuando salgas de esa celda tendrás un poder incomparable —murmuró Kerrakj mientras veía cómo se lo llevaban. Ahmik se preguntó si alguna vez fue él uno de esos prisioneros que gritaban en las prisiones de palacio esperando su destino. Si Aawo también lo fue.

—Con Amerani aumentará la fuerza y la credibilidad de vuestro ejército —añadió Gael.

Kerrakj sonrió.

—Siempre fuiste listo, Gael. No me sorprende que mi padre te eligiera como su mano derecha.

El expaladín cambió su expresión por un instante, aunque enseguida volvió a mostrarse indescifrable.

—¿Qué haremos ahora, alteza? ¿Cuáles son vuestras órdenes?

—Conquistaremos Eravia y acabaremos con todo esto de una vez —sentenció ella con decisión.

—¿Ya? —dijo Ahmik sorprendido. Se reprendió a sí mismo por no haberse contenido.

Kerrakj lo observó con una sonrisa irónica.

—¿Te parece mal, soldado?

—Nnnn-no, no majestad —se apresuró a asegurar—, es solo que creí que esperaría a obtener el poder féracen para liderar a las tropas en la última batalla.

—Ese era el plan —admitió la reina con un suspiro—. Sin embargo, aunque Crownight me asegura que la fórmula está cerca, no puede concretar una fecha. Necesito que solucione las pérdidas de memoria para poder inyectarme yo misma la solución, pero cada día que pasa es una nueva oportunidad para que la semilla de la sublevación florezca en la gente. Además, permite al enemigo idear una estrategia para reforzar sus defensas.

—Entiendo. En ese caso iniciaremos el viaj... —dijo Ahmik.

—Pero no solo es por eso. El motivo principal por el que quiero acabar ya es porque esta es mi gente —lo interrumpió Kerrakj. Ahmik frunció el ceño sin entender—. Soy su reina y les he prometido la paz. Han sufrido mucho durante todos estos años y no quiero que se vean envueltos en esa guerra una vez más. Acabaremos con Eravia cuanto antes y unificaremos Thoran. De esa forma traeremos la paz verdadera a su gente y yo reinaré con mano de hierro para mantenerla.

Gael dedicó una inclinación de cabeza a la reina y Ahmik hizo lo mismo al verlo, aunque estaba realmente sorprendido. Había visto a Kerrakj como una sangrienta guerrera, valiente y ambiciosa. La había visto matar, la había visto sangrar y la había visto alzarse orgullosa en la victoria. Sin embargo, aquella era una nueva faceta que él no conocía. Una mujer implacable, pero que todo lo hacía por su reino.

Tenía que reconocer que, tras la muerte de Aawo, muchas de las dudas de su amigo se habían instalado en él. Demasiadas preguntas sin respuesta que lo atormentaban más de lo que le hubiese gustado reconocer. Era una desconfianza que lo había llevado a vacilar en su determinación y que ahora, bajo la sincera mirada de la reina, se disipaba como la temprana bruma se diluye con los rayos del sol.

Kerrakj permaneció junto a Crownight en los laboratorios y dio el día libre a Ahmik y Gael tras su viaje. Les había instado a salir y divertirse, pasar un par de días de desconexión mientras las tropas se preparaban. Pese a que siempre había sido reacio a mezclarse con los humanos, esta vez no puso trabas. La mayoría lo miraba con horror debido a sus fieros ojos rojos y sus puntiagudas orejas, pero, por primera vez, percibió en sus miradas algo diferente. Había miedo en ellos, sí, pero también respeto.

Puede que fuese porque reconocieran a dos generales del ejército rythano, hombres de confianza de la reina blanca. O tal vez las habladurías sobre su combate contra Amerani ya habían llegado a la capital. Después de todo, el paladín del rey era de sobra conocido en los tres reinos y su derrota era una buena historia que contar. Quizás fuera su imaginación tras la confianza adquirida. La cuestión era que a causa de esto el mundo le pareció distinto. Por una vez se sintió aceptado.

—Hice bien en parar en Nothen —dijo Gael llevándose la jarra a los labios.

—¿Por qué?

El expaladín se limpió la boca con la manga de su camisa.

—¡Mírate! —exclamó sonriente—. Estás exultante. Vuelves a ser el joven soldado que vi luchar en el Valle de Lorinet.

Ahmik sonrió antes de dar también un sorbo a su jarra. El líquido le calentó la garganta dejando un regusto que le hizo entornar los ojos.

—¿Crees que todo terminará cuando invadamos Eravia? —cuestionó.

—Sin duda. —Gael asintió vehemente—. Kerrakj reinará en Thoran, como siempre debió ser, y la guerra terminará, aunque no sea ella quien le dé la estocada final.

Ahmik frunció el ceño.

—¿A qué te refieres?

—¿No te lo he contado? Qué cabeza la mía. La reina me ha expresado su decisión de no acudir a Eravia, y yo tampoco iré, pues he sido nombrado miembro de su guardia personal.

—¿Guardia personal?

—Es algo así como su paladín del rey.

—Sé lo que es —protestó malhumorado. Gael rio.

—Fui la mano derecha de su padre cuando accedió al trono de Thoran y ahora quiere que ocupe ese cargo también a su lado.

Ahmik asintió comprendiendo.

—Pero si ninguno de los dos asistís a la batalla, ¿quién comandará a las tropas?

—Tú. —Ahmik escupió la bebida al escuchar sus palabras y abrió los ojos como si los dioses hubiesen bajado a la tierra para presentarse frente a él—. Serás tú quien guíe a nuestro ejército y conquistarás el reino del Este.

—¡¿Comandar a los hombres solo?! —exclamó incrédulo mientras se limpiaba la cara.

—No me mires así —continuó Gael—. El ejército erávico es mucho menor que el kallonés. Cuentan con menos de un tercio de los soldados que poseía el ejército dorado, y ni siquiera están preparados. No cuentan con una estructura sólida. Además, me consta que la confianza en su propio rey está mermada tras años de decisiones impopulares y su gente se siente maltratada. Probablemente, ni siquiera haría falta invadir Eravia para que el tiempo nos mostrase cómo se deshilacha la madeja, pero la reina te dijo la verdad: no quiere alargar esta situación. La guerra debe terminar.

—¡No puedo dirigir a nuestro ejército solo! ¿Cómo estáis tan seguros de que los soldados seguirán mis órdenes?

Gael quitó importancia a sus palabras con la mano. Tras un largo sorbo le dedicó una mirada confiada.

—Lo harán. Son las órdenes de Kerrakj después de todo, y ya no eres solo el general del batallón féracen. También el guerrero que venció a Amerani. —Ahmik comprendió que el gesto de Gael en Nothen cobraba más sentido ahora—. Además, no estarás solo. De camino a Eravia te encontrarás con Cotiac y Radzia. Están siguiendo a los ladrones que robaron a Varentia, pero pronto volverán y comandarán el batallón amiathir para ofrecernos el apoyo de la magia. —Gael dio un nuevo sorbo a su bebida—. Y también llevarás un nuevo compañero.

—¿Un nuevo compañero?

—Oh, vamos. Ya sabes de quién hablo. —Gael sonrió.

Ahmik supo al momento de quién se trataba, y durante unos minutos ambos bebieron en silencio. Pensó en lo mucho que adoraba Aawo esos momentos de paz, como un sueño del que pronto debían despertar para volver a empuñar la espada. Habían hablado tantas veces de su futuro, de ser aceptados por todos y encontrar su lugar. Ahora que no estaba y a pesar de las preguntas que inundaban su cabeza, él sentía haberlo encontrado. Recordó una vez más sus ojos tristes, despidiéndose mientras atravesaba el cuerpo de aquel paladín.

«Cuida de Faran».

—Estamos en el bando correcto, ¿verdad, Gael?

Recordó cómo Aawo le preguntó algo similar antes de la batalla en la que encontraría la muerte. El seren lo miró con serios ojos azules y pareció que se sumergiese en el fondo de su alma.

—Kerrakj es la legítima reina de Thoran, la única con la valentía suficiente para sentarse en el trono y reinar como se debe hacer. Solo un buen amigo podría disputarle esa corona, pero, pese a mi insistencia, desistió de hacerlo y ahora es tarde. Su hija traerá la paz a los tres reinos, que serán uno solo. —Gael alzó su jarra y la mantuvo en el aire hasta que Ahmik lo imitó. Después susurró—: Larga vida a la reina blanca, única poseedora de la herencia de los dioses.

14. UN MAL JUSTIFICADO

—Ven, es por aquí. —Kalil agarró la mano de Lyn y esta la siguió con paso apresurado.

—¿A dónde me llevas? ¿Y por qué tanta prisa? —dijo la amiathir jadeando sin comprender.

Kalil tiró de su mano con más fuerza y su amiga se dejó llevar. Bajaban y bajaban escalones desde hacía varios minutos y la princesa se preguntó hasta dónde descendían. Habían cruzado el castillo erávico de un extremo a otro. Le resultó sorprendente que, pese a que Ortea se encontraba en lo alto de la montaña, casi en la cima, hubiese una bajada en su interior que llegara hasta el pie de la misma. Lo había leído en el diario de Daetis y, aunque le costó encontrar la entrada a semejante tesoro, descubrió que era cierto.

—No debe quedar mucho. Tú sígueme —ordenó animada.

—Vamos a meternos en un buen lío, Kalil. En Kallone eras un miembro de la casa real y podías ir a donde quisieras, pero aquí hay líneas que no deberíamos cruzar. Ni siquiera me ha dado tiempo a coger mi arco.

—Precisamente por eso te llevo allí, porque este no es mi palacio ni mi reino. No todavía. Ah, y no te preocupes, tus armas no te servirían de nada en el sitio al que vamos —dijo con una enigmática sonrisa.

Lyn negó con la cabeza sin comprender, pero dejó que siguiera tirando de ella. Bajaron unas escaleras, atravesaron un par de pasillos, y luego... más escaleras. La amiathir resopló haciendo que un mechón de su flequillo, que se había soltado con la caminata, saliese despedido para volver a caer.

Tras cruzar un nuevo pasillo por fin llegaron. Kalil sonrió con ojos resplandecientes al ver la amplia estancia que se abría ante ellas. Una enorme cueva, tan grande que en su interior podría caber una pequeña aldea. De techos tan altos que se podrían construir en su interior edificios de varias plantas. Lyn pestañeó cuando la luz del día, que se colaba por una enorme abertura que daba al mar, bañó sus ojos ambarinos. No parecía creer lo que veía.

—Por la bondad de Icitzy, ¿qué es este lugar?

Kalil sonrió cuando la mirada de la chica amiathir coincidió con la suya.

—¿Es que no lo ves? Es un puerto abandonado. —Extendió sus brazos a modo de presentación.

—Sí, ya veo que es un puerto. ¿Pero cómo sabes tú que existe y por qué arriesgarte a venir aquí a escondidas?

—Ven conmigo y te lo contaré todo.

Kalil agarró el brazo de Lyn nuevamente y caminaron con más tranquilidad por aquel lugar. Lo cóncavo de la estructura de la cueva hacía que hasta un susurro sonase a hueco, si bien las voces se solapaban con el arrullo del agua y el tímido oleaje que llegaba hasta los muelles rompiendo bajo la superficie. Allí, varios navíos flotaban suspirando con recuerdos de cuando salían a navegar por alta mar.

—Te he traído aquí porque es el único lugar de este castillo en el que no me sentiré vigilada.

—¿Vigilada?

—Soy una extraña, Lyn. Me siguen soldados a todas horas. Cuando salgo a pasear, cuando voy a comer, en mis encuentros con Gabre. ¡Incluso cuando estoy en mi habitación siento como si me observasen los cuadros de las paredes!

Lyn asintió pensativa.

—Y me has traído aquí para poder hablar a solas... ¿Por eso hemos estado dando vueltas por el castillo durante la última hora?

Kalil compuso una sonrisa culpable.

—Necesitaba perder de vista los ojos indiscretos que me observan a cada momento. Tengo algo que contarte.

—Yo también tengo algo que quería contarte, algo que me pasó la otra noche —admitió la amiathir—, aunque esperaba poder compartirlo también con Ziade. ¿Por qué no ha venido?

Kalil desvió la mirada con expresión culpable, aunque pronto volvió a llenarse de convicción.

—Hemos discutido —explicó. Al ver cómo la amiathir alzaba una de sus cejas en actitud interrogante añadió en tono tranquilizador—: Creo que estaba enseñando a luchar a Lasam como hizo con nosotras. No será una luchadora, pero tiene la fuerza de un olin y al menos aprenderá a defenderse. Si el ejército rythano se planta a los pies de la montaña necesitaremos todas las manos que puedan empuñar un arma.

—Ya, pero eso no explica por qué no está aquí ahora.

Kalil puso los ojos en blanco y suspiró resignada.

—Está enfadada porque cree que estoy hipotecando mi vida a un amor forzado a cambio de portar una corona. Cree que mis sentimientos hacia Gabre no son reales y que todo lo hago por venganza. Por lo que hicieron a Kallone en la batalla contra Rythania.

—¿Y no es cierto? —preguntó Lyn suspicaz.

—¡¿Tú también?! —rezongó la princesa cruzándose de brazos.

—¿Acaso vas a decirme que estás enamorada del príncipe?

Ella desvió la mirada. No, no lo estaba. ¿Cómo hablar de amor con una persona con la que apenas había compartido unos años hablando de cosas triviales a través de cartas? Ni siquiera sabía si las habría escrito él. Gabre Conav parecía un buen hombre. Era amable, respetuoso y bastante guapo. Inteligente, como le había demostrado en sus muchas charlas en los últimos días, pero ¿amor? ¿Cómo centrarse en el amor cuando la inminente guerra asolaría Eravia? Tenía otras cosas en qué pensar.

—Ahora el mundo no necesita amor —se sinceró—. Necesita esperanza. La esperanza de ver que las legítimas familias reales de Thoran, aquellas que Icitzy bendijo en La Voz de la Diosa, están unidas y lucharán por su gente.

Lyn arrugó la boca inclinando la cabeza sin dejar de mirarla a los ojos.

—El mundo siempre necesita amor —replicó.

La amiathir no dijo nada más y ella agradeció que así fuese. Era la misma conversación que la había alejado de Ziade, y perdiendo a Lyn solo lograría sentirse aún más sola.

Kalil cogió su brazo y siguió caminando por los muelles que daban acceso a las embarcaciones. La madera con la que estaban construidos crujía bajo sus pasos a causa del tiempo y la humedad. Había barriles y cajas junto a las zonas habilitadas para las pasarelas, y redes de pesca puestas a secar que parecían no haber sido utilizadas en mucho tiempo.

—Este puerto se construyó hace años, cuando aún se pensaba que podrían encontrar una ruta navegable para los barcos. Por su orografía, Eravia está en un lugar de difícil acceso para mercaderes y viajeros. Con la construcción del puerto al otro lado de la montaña, donde rompe el mar, se pensaba permitir la llegada al castillo de comerciantes de forma directa. Supongo que fue una decepción para la ciudad comprobar que los mares son innavegables y que solo los argios, y los olin en menor medida, eran capaces de hacerlo.

—Eso explica por qué el puerto está abandonado, pero no cómo lo has descubierto tú —intervino Lyn con una sonrisa astuta.

—Encontré el diario de Daetis.

—¿Daetis?

—La difunta reina de Eravia. Aldan me contó muchas historias sobre ella durante los años que estuvo en Lorinet. Era athen, por lo que ejercía de puente entre razas, y muy querida en Eravia. No solo por su sangre bendecida con sabiduría, sino por su actitud cercana y comprometida con el reino. Él me aseguró que fue la única persona capaz de aplacar el imprevisible carácter del rey. Este era uno de sus lugares preferidos. Su tranquilidad la ayudaba a pensar.

—¿Y qué le pasó? —indagó Lyn.

—Fue asesinada. Aldan dice que lo hizo un kallonés. Ramiet siempre creyó que el crimen fue ordenado por los Asteller, y por eso tiene esa actitud con mi familia... Conmigo. —Lyn echó una ojeada a su alrededor mientras asentía, asimilando las palabras de la princesa—. Encontré el diario en mi habitación y leí cosas fascinantes entre sus páginas, como la existencia de este puerto abandonado. Necesitaba contarle esto a alguien.

Lyn sonrió ante la emoción de la princesa. En momentos difíciles de su vida como este, las pequeñas alegrías debían ser cuidadas con mimo.

—¿Crees que el rey conoce este lugar? ¿Podría llegarse desde el exterior rodeando la montaña?

Kalil se encogió de hombros. Emocionada por encontrar un lugar para ella en un reino extraño, ni siquiera había pensado en esa posibilidad. Lyn tampoco ahondó más en el tema. Parecía tener sus propias preocupaciones.

—Yo también quería hablar contigo —continuó la amiathir.

—Espera, ¿sabes que Daetis sospechaba de una conspiración contra los Conav y su casa real? ¡Luchó hasta el fin de sus días por descubrir de qué se trataba! —exclamó la princesa con comedido entusiasmo. Luego echó un rápido vistazo a su alrededor, como si por un momento hubiese olvidado dónde se encontraba, y continuó con poco más que un susurro—. Creo que se estaba acercando a descubrir la verdad y por eso la mataron. Dudo que fuese un enviado kallonés quien lo hiciera. Sé que algo turbio debió ocurrir para que la asesinaran aquí mismo, en Eravia.

Lyn se mordió el labio y se frotó las manos con nerviosismo. Kalil supo al momento que lo que quería decir no le resultaba fácil, y aunque se moría de ganas por contarle todo lo que había descubierto en el diario de la reina, decidió que lo mejor era que su amiga se desahogase.

—Bueno, más vale que sueltes lo que tengas que decir. Si no compartes mi entusiasmo, esto va a ser aburrido —refunfuñó la princesa con una sonrisa amable.

—Es que sé de qué se trata. Yo misma acudí a una conspiración contra el rey el otro día —explicó.

—¿Una conspiración? ¿De qué hablas?

—Hace unos días tuve un incidente en una taberna. Fue el día que me encontré con Leonard.

—Aja... —murmuró Kalil—. ¿Y Leonard era...?

—Un amigo mío. Formaba parte del ejército de vuestro padre. Un línea escarlata a las órdenes de lady Hamda. —La princesa asintió con una leve reverencia al cielo dedicada a la que fuese paladín de la estrategia y a la memoria del rey—. La cuestión es que al salir de la taberna unos tipos nos asaltaron y un guerrero nos salvó.

—¿Un guerrero?

—Sí. Un espadachín. Un Hijo de Aecen.

La princesa arrugó el rostro al escucharla, aunque enseguida cayó en la cuenta de que conocía ese término. Había oído hablar de los Hijos de Aecen a su padre y a Amerani en las muchas charlas que estos tenían durante los banquetes reales. Era un grupo que actuaba fuera de la ley para ejercer su propia justicia. Debía ser una orden importante si se habían dejado ver facciones incluso en Kallone.

—¿Y ese chico confesó que pensaba atentar contra el rey? ¿Así? ¿Sin más? —preguntó con extrañeza.

—No. —Lyn la miró con seriedad y la princesa supo que lo que decía era muy serio—. La otra noche Leonard y yo estuvimos en una de las reuniones de esos Hijos de Aecen. Fuimos invitados por ese muchacho para unirnos a su causa y allí hablaron de matar al rey.

—Matar a un rey no es tan fácil —afirmó ella quitándole importancia a la preocupación de la amiathir.

—No los viste, Kalil. No son un grupo de bandidos desorganizados, sino una orden seria y peligrosa, con gente preparada. Hablaron de internarse en la guardia real aprovechando los reclutamientos que tendrán lugar para afrontar la guerra contra Rythania y acercarse a Ramiet, pues lo culpan del sufrimiento de esta gente. ¡No sabemos si Gabre puede verse afectado por ese plan!

La princesa se sorprendió al escuchar el nombre del príncipe. Miró a Lyn pensativa para luego centrar su vista en las pequeñas ondulaciones que llegaban hasta el puerto y salpicaban al chocar contra las rocas. Al fondo, la gigantesca abertura de la inaccesible cueva mostraba un horizonte en el que convergían el azul índigo del mar y el celeste del despejado cielo de Thoran. Si todo lo que decía la amiathir era cierto, comprendía el desasosiego de su amiga ante la amenaza.

—¿Hablaron del príncipe también en esa reunión?

—No. —Lyn titubeó—. No exactamente. Hablaron de los Conav, pero refiriéndose a Ramiet principalmente.

Ella asintió pensativa. En parte comprendía el sentimiento de aquellos hombres. Ramiet era reconocido como un hombre déspota que solo pensaba en su corona y no en sus súbditos. No le extrañaba lo más mínimo que el pueblo erávico se sintiese así. Por otra parte, si esa orden defendía la justicia tanto como decían, no podían culpar a Gabre de los hechos del monarca.

—Oí hablar de ellos hace años a mi padre. Es una orden que utiliza el nombre del dios para luchar por la justicia. La cuestión es: ¿por qué querrían unos hombres que luchan por ese fin acabar con el rey de Eravia en mitad de la guerra? —Lyn observó a Kalil, pero esta mantuvo la vista fija en ese horizonte que se extendía hasta el infinito—. Tal vez también hayan llegado a la conclusión de que Ramiet no es de fiar.

—¡¿Te pones de su parte?! —preguntó la amiathir atónita.

—No me pongo de parte de nadie, Aaralyn. Pero hablamos de un hombre que dejó morir a mi padre y mi hermano en el campo de batalla con un ejército bajo sus órdenes. Un ejército pagado por la pobreza de su gente. Lo vimos en nuestro viaje. Bandidos, campesinos que apenas tenían para comer. ¿Es eso justo? Si los hijos de Aecen luchan por la justicia como dicen, es normal que estén en contra de ese egoísmo.

—¿No entiendes lo que significa eso? Ya hemos perdido a los Edoris. Y a los... —Lyn se detuvo antes de pronunciar aquellas palabras.

—Y a los Asteller. Puedes decirlo.

La amiathir la miró compasiva. Bajo la seria mirada de la princesa, prosiguió con lo que apenas fue un hilo de voz.

—Los Conav son la única familia real de Thoran que aún se sienta en el trono. Debilitar a su rey antes de la guerra le pondrá la victoria en bandeja a la reina blanca.

Kalil guardó silencio, pensativa. Después resopló con frustración mientras negaba con la cabeza.

—Supongo que tienes razón. Es solo que no puedo olvidar la traición de Ramiet a mi padre. A Kallone. Es una quemazón que tengo en el interior, y cuando por fin creo que parece extinguirse, renace con más fuerza. Tal vez Ziade tuviese algo de razón cuando habló del sentimiento de venganza que me carcome —admitió a regañadientes.

Aaralyn se abalanzó sobre ella y le tapó la boca. Los brillantes ojos esmeralda de la princesa se abrieron sorprendidos, pero dejó que su amiga la empujase contra los barriles y cajas que se amontonaban junto a la pasarela. La amiathir le quitó la mano de la boca y se llevó el dedo índice a los labios. Kalil guardó silencio y vio como su amiga señalaba la entrada al muelle, hacia las escaleras por las que ellas mismas habían bajado. Se dio la vuelta y, asomándose con cautela, vio a un grupo que caminaba hasta allí.

—Creía que el muelle estaba abandonado —susurró Lyn al ver las figuras que se acercaban desde la oscuridad.

—Yo también —admitió la princesa. De repente, sus ojos volvieron a abrirse por lo inesperado de sus nuevos invitados. Al acercarse a los muelles, la luz bañó a aquellos que se acercaban—. Conozco a ese hombre. Es Kavan, uno de los consejeros de Ramiet.

Ahora era Lyn la que entornaba los ojos, aguzando la vista hacia las personas que caminaban por las viejas estructuras como quien pasea por la campiña en una mañana de verano. Conforme se fueron acercando, Kalil reconoció a quienes acompañaban a Kavan. Era el mismísimo rey Ramiet y Ronca, otra de los miembros de su consejo. Gabre les había hablado de ellos. La mujer, que vestía un vestido largo y discreto color verde jade, era la madre del capitán de la guardia, Riusdir. Wabas, el orondo hombretón y cuarto miembro del consejo, no los acompañaba. Las pocas veces que los había tratado todos habían sido cordiales con ella, conocedores de cuál era su lugar.

—Deberíamos salir de aquí —se apresuró a decir Lyn—. Tal vez decir que nos hemos perdido.

—No, espera. —La amiathir la miró extrañada—. ¿Por qué reunir aquí al consejo teniendo una sala específica para ello?

Hizo un gesto de calma a su amiga y ambas se acercaron aún más a las cajas. Al principio, y pese al escaso oleaje, el sonido del agua solapaba las amortiguadas voces que llegaban al muelle desde el interior de la cueva. Al igual que habían hecho ellas, los consejeros fueron caminando mientras hablaban, de forma que, al acercarse, la acústica del lugar les permitió escuchar con cierta nitidez la conversación.

—Apenas tenemos tiempo —decía la mujer—. La reina blanca debe estar planteándose cómo atacarnos en este mismo momento.

—Especulaciones, Ronca —contestó Kavan con tranquilidad—. Te pones en lo peor, como siempre.

—Tu también te pondrías en lo peor si fueses el padre del capitán de la guardia. Si el enemigo nos coge desprevenidos, mi hijo será el primero en morir.

—Si nos cogen desprevenidos todos moriremos —opinó el anciano con hastío—. ¿Qué más da si tragamos tierra antes o después?

—Ronca tiene razón —intervino Ramiet—. No podemos saber lo que planean los rythanos, pero debemos anticiparnos a sus movimientos.

—Según me ha contado Riusdir, el ejército enemigo cuenta con una fuerza inimaginable. Los soldados comentan asustados que el propio Aecen luchó de su lado en el Valle de Lorinet. Mi hijo ha tenido que frenar muchas deserciones de soldados presos del miedo. Hablan de fieras que arrasan en la batalla con cuantos les salen al paso. —Ronca dedicó una seria mirada al rey y su consejero—. No sé si son dioses o demonios, pero ¿cómo anticiparse a eso? Es imposible enfrentarse a una fuerza así.

Los presentes enmudecieron ante sus palabras. Kalil miró a Lyn, que al igual que ella permanecía expectante a cuanto decían.

—Es imposible hacer frente a una fuerza así, tienes razón —ratificó el rey—. Por eso vamos a evitar enfrentarnos con ellos.

—¿Rehusar el enfrentamiento? El reino de Eravia es una gran nación. Deberíamos...

—¡No, Kavan! No estuvisteis en el Valle de Lorinet, pero yo sí. Arrasaron al ejército kallonés y sus paladines. Entraron entre sus fuerzas como un cuchillo caliente en mantequilla. Es imposible detenerlos.

—¿Estáis hablando de entregar la corona? —preguntó Ronca escéptica.

Kalil pudo ver cómo el rey negaba con la cabeza.

—Mandaré un mensajero a Rythania con una misiva para esa reina blanca. —Ramiet pareció escupir las últimas palabras—. En ella ofreceré la rendición de Eravia a cambio de permitirme mantener la corona.

Kavan lanzó una carcajada seca al aire. Lyn y la princesa pudieron ver su incrédula sonrisa, que no obstante denotaba preocupación.

—¿Ramiet Conav se arrodillará ante el enemigo? Jamás hubiese previsto este giro de los acontecimientos.

El rey le dedicó una dura mirada bajo la que podría haberlo ahogado en el mar en ese mismo instante.

—No, idiota. Por supuesto que no, pero me valdrá con que ella lo crea.

—¿Qué os hace pensar que aceptará? —dijo Kavan con un bostezo. Kalil pensó que todo en ese anciano daba pereza. Era como si nada le importara, como si la pasión lo hubiese abandonado.

—No hace mucho de su última batalla. Puede que tenga un ejército de bestias, pero también los animales necesitan un tiempo para recuperarse. La muestra de eso es que no están ya a las puertas de Ortea. En caso de que acepte, lograremos la paz y mantendremos la soberanía, al menos durante un tiempo. De esa forma seguiremos incrementando nuestras fuerzas y esperaremos a que la confianza le haga bajar la guardia.

—No servirá —negó Ronca con resignación—. Cuentan que esa mujer conquistó Rythania con un puñado de mercenarios. Se atrevió a invadir Kallone contando con menos de una cuarta parte de los soldados que poseía el ejército dorado. Ahora tiene dos de los tres reinos bajo control, triplica nuestro ejército y tiene la victoria más cerca que nunca. Enviar un mensajero con nuestra rendición no hará más que demostrar la debilidad de nuestro ejército y retrasar lo inevitable.

—Estoy de acuerdo con Ronca, majestad —afirmó Kavan—. Como bien sabéis serví durante cuarenta años a vuestro padre, que Icitzy lo mantenga a su lado. Yo era su hombre de confianza y estoy en condiciones de asegurar que, además de mi rey, era mi mejor amigo. Obedeceré vuestras órdenes sin cuestionarlas jamás, pero sabéis bien que él jamás daría su brazo a torcer y mostrar debilidad.

—Adoré a mi padre, Kavan —gruñó Ramiet—. Pero tal vez ese orgullo fue el que nos hizo colocarnos a la sombra de Kallone y perder la guerra. Hay que actuar con inteligencia. Postrarnos como aliados nos sirvió también para que Kallone creyera que estábamos de su lado.

Kalil miró a Lyn con los ojos muy abiertos, como si las palabras del rey cortasen su piel. Tuvo ganas de chillar. De caminar hacia él para hacerle ver que lo había descubierto. Aquel hombre había decidido aliarse con Kallone como bando vencedor, y cuando vio que las tornas cambiaban no dudó en huir de la batalla escudándose en su fe, tal y como Ziade había contado. La amiathir puso la mano sobre el hombro de la princesa y, cuando esta la miró de nuevo, negó con un gesto para que lo dejara estar.

«Pagarás por esto», pensó apretando los dientes y haciendo un esfuerzo por contenerse.

—¿Y qué haréis si la reina blanca no accede al trato, majestad? —Era la voz de Ronca.

—Lo mismo que si acepta. Prepararnos para la próxima batalla, solo que tendremos menos tiempo para hacerlo. Hace una semana que comencé a reclutar un nuevo ejército. Mis soldados ya peinan el reino en su busca. Todo hombre y niño mayor de catorce años deberá presentarse en Ortea para defender al reino en caso de ataque rythano. Acepte o no esa tal Kerrakj, intercambiar la propuesta de alianza nos otorgará un tiempo valioso.

—¿Pondréis en el frente a niños y ancianos? —La voz de la veterana consejera de Ramiet sonó sorprendida.

El rey le lanzó una mirada implacable con los ojos entornados. Sus delgadas y duras facciones ocultas tras la frondosa barba, que lo hacía parecer mayor, no disimularon la mandíbula apretada y la sobriedad de su gesto.

—Harán lo que deben hacer. Proteger a su reino del invasor.

—¡Nos masacrarán! —objetó ella vehemente.

—Tú misma has dicho que son dioses o demonios —afirmó indiferente—. Nos masacrarán de todas formas, pero con un ejército mayor los desgastaremos y los verdaderos soldados tendrán más posibilidades.

Ronca miró al rey con cara de estupefacción. En el silencio generado por la conversación, también observó al viejo Kavan, que parecía resignado.

«¿Es que nadie más va a alzar la voz para evitar esa locura? ¡Mandará a su inexperto pueblo a luchar contra bestias implacables de un poder inigualable!», la voz interior de la princesa luchó por abrirse paso ante las órdenes de su cerebro de permanecer escondida.

—¡Por la bondad de Icitzy, sé que no será suficiente! —exclamó Ramiet exaltado ante el silencio de sus hombres de confianza—. Por supuesto que me gustaría tener más soldados y asegurar la ciudad. ¿Por qué creéis que mantenemos en palacio a la muchacha Asteller? Me he encargado personalmente de difundir entre la población que sigue viva para que se corra la voz y sus soldados, huérfanos de mando, acudan a Ortea. Necesitamos que su gente también venga a luchar por ella.

—¿Por qué no acudir a los athen? —propuso el anciano Kavan.

—Lo he pensado —admitió el rey—, aunque la última vez que hablé con Arual vi sus reticencias a inmiscuirse. En cualquier caso, mandaré una comitiva con el fin de convencerlos. Deberá responder no solo ante su familia de sangre, como es el caso de Gabre, sino también ante la aniquilación de los tres reinos.

—¿Una comitiva? ¿Y quién irá al frente? Habría sido buena idea mandar a Aldan. Es por todos sabido su amistad con Arual —indicó Ronca.

—¡No! —desechó el rey—. Hace mucho que Aldan cuestiona mis actos y no goza de mi confianza. Mandaré al príncipe. Tiene sangre athen, y Arual es su tía después de todo. Lo escucharán. Y para asegurarte de ello irás con él, Kavan. —El viejo alzó la cabeza como tocado por el rayo y arrugó la boca, hastiado tras su barba de chivo—. También debería ir alguien en representación de la princesa. Tal vez esa soldado que la sigue a todas partes, esa paladín. Ofrecer a los athen la posibilidad de defender a dos de las familias reales de Thoran será una buena baza a nuestro favor. Ronca, encárgate de todo. No sé cuánto tiempo nos otorgará el mensajero y la petición de tregua a Rythania. Puede que un par de semanas. Espero que más.

—Sí, majestad. —La consejera asintió y se marchó acelerando el paso por las escaleras que subían hasta el palacio.

—Prepárate para el viaje, Kavan. Serás mis ojos y mis oídos sobre lo que suceda en Acrysta. No me falles otra vez.

El viejo puso cara de sorpresa.

—Yo nunca os he fallado, majestad —rechazó ofendido.

—¿Y dónde te metiste tras la Guerra por las Ciudades del Sur? ¿Acaso no desapareciste durante años?

—Cumplía órdenes, majestad. Órdenes de vuestro padre.

—Mi padre murió poco después de tu desaparición. Incluso hubo un tiempo en el que creí que podías haberlo traicionado en mitad de la guerra —le espetó severo con los ojos entornados—. Tuve que enfrentarme sin ti a su muerte. De hecho, te otorgué de nuevo el puesto de consejero no por mí, sino porque él confiaba en ti más que en nadie. Haz que yo pueda ser partícipe de esa confianza. No falles esta vez.

Kavan guardó un incómodo silencio bajo la mirada acusadora del rey. Después asintió con gesto afectado y esperó junto al monarca mientras este volvía la vista al mar, al fondo de la cueva.

—Majestad, ¿por qué reunirnos aquí? ¿Por qué no utilizar la sala del consejo?

—preguntó el anciano tras un rato.

—Porque como bien sabes, mi hijo forma ahora parte de él, y de haberlo hecho allí habría tenido que asistir también. Aquí nadie nos interrumpirá, pues este puerto lleva sin ser útil al reino varios lustros. Ni siquiera Wabas conoce este lugar.

—¿Y por qué no está aquí? —indagó Kavan.

—Está muy ocupado con las labores de reclutamiento para el ejército. —Kavan asintió comprendiendo—. Y es mejor, estoy harto de su estúpida sonrisa de bobalicón.

Ramiet desechó la idea con una mano y caminó por los muelles, observando los navíos que flotaban agitándose con la cadencia del oleaje. Tras unos pasos, llegaron al embarcadero que mantenía escondidas a Lyn y Kalil. Estas se hicieron pequeñas en su escondite, procurando no moverse para no ser descubiertas. Si el rey las encontraba sabría que habían oído la conversación, e incluso podría acusarlas de espionaje y traición.

—Es una pena, ¿verdad? No estaría mal llenar estos barcos de nuestros hombres, cruzar el mar de Tanan y plantarnos con un ejército en la costa oeste de Thoran, cerca de Rythania.

—Conseguiríamos cogerlos desprevenidos —asintió el viejo consejero—. Pero decidme, ¿por qué no queríais que el príncipe acudiera a esta reunión?

—Gabre es inteligente, Kavan, pero también goza de la inocencia propia de su edad. Esa princesita está jugando con él y ha caído en sus redes sin remedio. Mientras siga poniendo el corazón por delante de la cabeza, todo lo que él oiga también lo oirá ella. Debemos evitarlo en la medida de lo posible.

—Pero no lo entiendo, majestad. Esa muchacha será la reina de Eravia si no sucumbimos ante Rythania.

—No si puedo evitarlo —afirmó Ramiet. Kavan lo escrutó con una mirada interrogante—. Acepté el juego de Aldan porque nos convenía mantener a Kallone en nuestro bando, pero jamás permitiré que una Asteller acceda a mi trono.

Kalil se rebulló incómoda ante la inquieta mirada de Lyn.

—¿Y qué pensáis hacer? Vuestro hijo no renunciará a ella con facilidad.

—Si sobrevivimos a esta guerra me ocuparé de la princesa. Por ahora informa a Riusdir sobre mis órdenes. Partiréis rumbo a Acrysta en dos días. —Kavan asintió—. ¡Ah!, y di a Wabas que refuerce la guardia con hombres de confianza. Con tanto kallonés llegando a Ortea para luchar por la princesa no me siento seguro ni en mi propio castillo.

Kalil se giró para esconderse mejor. Había oído suficiente. ¿Ocuparse de ella? Puede que intentase desprestigiarla o dañar su imagen de cara al príncipe para evitar el matrimonio.

No era nada que no esperase de un hombre como él, pero escucharlo por sí misma le permitió abrir los ojos más de lo que había logrado su propia intuición. En ese momento descubrió que Ziade tenía más razón de la que quería creer. Ella también odiaba a Ramiet con todas sus fuerzas, y sus ansias de venganza estaban más que afianzadas en su corazón. La mala suerte hizo que al girarse golpease a Lyn y esta perdiese el equilibrio, empujando una de las cajas. Pese a que esta no se cayó, el golpe pareció alertar al rey y a su consejero.

—¿Has oído eso? ¿De dónde ha venido?

—Creo que de ese muelle, majestad.

Lyn observó a través de una rendija entre las cajas y, por su expresión, Kalil supo que se dirigían hacia ellas. No habría modo de explicar qué hacían allí. Habían oído demasiado y la situación era peligrosa. El rey había dicho que se ocuparía de ella y ahora se lo había puesto en bandeja.

Kalil miró a Lyn con urgencia. Escuchó pasos acercándose por la madera del embarcadero y supo que las descubrirían. La amiathir también parecía bloqueada. Sus ambarinos ojos se turnaban entre la rendija por la que habían observado la conversación y el pálido rostro de la princesa. Una ola rompió bajo el muelle y varias gotas de agua saltaron al aire mojando su ropa, como si el propio mar buscase descubrir su posición. Al verlo, los ojos de Lyn parecieron iluminarse con una idea. Luego los cerró y cogió la mano de Kalil con tanta fuerza que le hizo daño. Un paso más. Otro. Apenas debían estar ya a dos metros de ellas. No quiso pensar en lo que el rey haría si las descubría.

De repente sintió que la amiathir apretaba su mano con más fuerza. Abrió la otra señalando hacia el agua y lo que vio a continuación la dejó sin habla. Desde el mar surgió una ola tan alta como una persona que llegó al rey y su consejero. El liquidó empapó su cara, su ropa e incluso hizo que se desequilibraran un instante.

—¡Por la bondad de Icitzy! —exclamó Ramiet llevándose las manos a los ojos. Su melena castaña caía sobre su rostro tapando buena parte de él y la corona reposaba torcida sobre su cabeza—. ¿¡Qué diablos?!

El anciano Kavan, también mojado, se pasó las manos por su cabeza bañada por las canas. Después cubrió la distancia que lo separaba de las cajas con un par de pasos y observó que no había nada tras ellas.

—¿Qué fue ese ruido, Kavan?

—Aquí no hay nada, majestad. Debe haber sido el oleaje. Quizá haya podrido la madera de este viejo muelle.

Ramiet bufó quejumbroso.

—Vamos, necesito cambiarme de ropa. El reino no puede permitirse un rey enfermo en este momento.

Kalil pudo intuir desde el agua, bajo el muelle, cómo se marchaban. Estaba agarrada con todas sus fuerzas a uno de los pilares de madera que sostenían la estructura, y su amiga nadaba a su lado. No es que quedara mucho espacio bajo los viejos muelles, pero sí lo suficiente como para asomar la cabeza hasta la barbilla. Cuando el rey y su consejero se marcharon, Lyn la ayudó a salir.

—Ha estado cerca —murmuró la amiathir.

—¿Cómo has hecho eso? Es la misma magia que aquel día, en Lorinet —dijo la princesa poniéndose en pie junto a las cajas que les habían servido de escondite. El vestido estaba empapado y su pelo rubio caía sobre su cara oscurecido por el agua.

—Aún no estoy del todo segura. Desde el episodio con Cotiac en el panteón tengo más facilidad para dominar este poder, aunque solo acciones esporádicas como esta. No soy capaz de hacerlo siempre que quiero… Perdona por agarrarte tan fuerte. Tenía que lanzarte conmigo al agua aprovechando la distracción. Tampoco caí en que no sabías nadar.

—Bueno, he pasado toda mi vida encerrada en un palacio. Nadie ha tenido nunca a bien enseñarme —dijo ella disculpándose también—. Lo importante es que estamos bien.

—No estoy segura de si ese consejero nos ha visto —confesó la amiathir.

—Si nos hubiese visto se lo habría dicho al rey —dijo Kalil restándole importancia—. Ahora sabemos cuáles son los planes de Ramiet y estaré preparada si intenta cualquier cosa. Además, parece que le gusto de verdad a Gabre. Pese al odio que nos profesamos su padre y yo, las puertas al trono de Eravia parecen más abiertas que nunca.

—¿Solo es eso lo que te interesa del príncipe? —dijo Lyn. Sus palabras ofrecían de nuevo la razón a lo que Ziade le había dicho.

—No lo digo por eso. —La princesa negó con la cabeza—. Pero ya has oído las palabras del rey. Siendo egoísta y siguiendo con esa conspiración de la que hablabas... No me vendría mal que esos Hijos de Aecen eliminasen a Ramiet del destino de Thoran. Al fin y al cabo, es lo que él pretende hacer conmigo.

Lyn guardó silencio. Kalil sintió también la culpa tras expresar aquellas palabras en voz alta, pero su encontronazo con el consejo en el muelle dejaba una cosa clara: el futuro de Thoran pasaba por la corona de Eravia, y ahora sabía que Ramiet jamás permitiría que se sentara en el trono.

—Necesito un favor, Lyn. —La amiathir alzó una ceja interrogante mientras se escurría el pelo mojado—. Acompaña a Gabre hasta Acrysta. Ziade no aceptará esa misión, pero sé que tú y tu magia podréis protegerlo. El príncipe es el único que puede despejarme el camino al trono y, aunque no creo que sea así, si esos Hijos de Aecen tienen en el punto de vista a los Conav y no solo a Ramiet, él también está en peligro.

Pese a que vaciló ante el abrumador encargo, Lyn asintió solemne.

La princesa supo que las próximas semanas serían decisivas en el futuro de Thoran. Comprendió que debería estar lista para hacer frente a Rythania en el exterior y a Ramiet Conav en las entrañas del reino. Por ambas coronas, por su gente y por ella misma.

15. La magia de la cascada

—No paréis. Nos vienen pisando los talones.

Hyrran, Ekim y Saith corrieron sin descanso. Jadeaban con la frente perlada por el sudor rumbo al bosque, que ya parecía estar más cerca. Al salir de Zern habían robado un carro tirado por un fárgul. La idea inicial era tomar prestados unos caballos de los establos que el joven mercenario les había indicado, pero no habían caído en que no existía caballo en la faz de Thoran lo bastante recio para llevar al olin.

Por suerte para ellos, los habitantes de Zern, incluidos Boran, Zarev o la propia Arivei, habían distraído lo suficiente al ejército rythano. Solo un grupo de soldados los había seguido a las afueras de la ciudad, pero como Ekim había cogido las armas de la escuela antes de partir, no fueron rivales para ellos. Saith había agradecido que los soldados fueran humanos. De no ser así, se les había complicado la huida. El resto de soldados, dirigidos por Cotiac y por su compañera amiathir, los habían perdido de vista. Debieron peinar la ciudad para encontrarlos, y eso les ofreció casi un día de ventaja.

No obstante, el carro tirado por el fárgul era más lento que los caballos de los generales amiathir, e incluso más que los soldados rythanos a la carrera. Su lentitud les hizo abandonar el carromato a orillas del camino sin ni siquiera llegar a Estir. Su única vía de escape era correr hacia los bosques. Allí podrían esconderse mejor que en las vastas praderas sureñas, carentes de follaje.

A lo lejos, en los caminos, el polvo se elevaba en la brisa por la llegada a la carrera del enemigo. Ya debían haber divisado el carro y quién sabe si a ellos mismos.

—Teníamos que haberles tendido una emboscada como dije —gruñó Hyrran con la respiración entrecortada mientras saltaba arbustos de plantas secas y ramaje.

—¿Dónde? No hay árboles o lugares entre los que esconderse en este lugar —contestó Saith contrariado mientras corría—. Además, si la chica amiathir pertenece al ejército de Kerrakj debe saber usar la magia. No sabemos qué puede esperarnos en un enfrentamiento.

Hyrran asintió, moviendo la cabeza de un lado a otro con frustración. Su cansancio era evidente. El de todos en realidad, pues llevaban semanas sumidos en exigentes entrenamientos de Arena para ayudar a Boran.

Los tres amigos corrieron con sus últimas fuerzas para no ofrecer a los rythanos la oportunidad de alcanzarlos. Aunque se acercaba la temporada de lluvias en Thoran, al sur de Kallone las precipitaciones eran más débiles que al norte, por lo que la vegetación, salvo en contados bosques como el que tenían frente a ellos, era escasa y seca. Por suerte, Hyrran había viajado mucho y conocía la zona. Según les había dicho, al pie de las montañas había una cascada en la que desembocaba parte del río Thesne, y eso propiciaba que la arboleda naciera alrededor del agua como surgía el musgo en la superficie de rocas húmedas.

—¡Por fin! —dijo Hyrran recobrando el aliento al amparo de los árboles. Se detuvo respirando encorvado con las manos sobre las rodillas—. Aquí estaremos a salvo.

—No a salvo. Rythanos vienen —lo contradijo Ekim mirando hacia el camino.

Saith se asomó tras él. A lo lejos pudo ver cómo algunos soldados examinaban el carromato mientras que otros venían hacia el bosque, incluidos los generales amiathir.

—Es cierto, Hyrran. Se dirigen hacia aquí. Deben haber intuido que nos esconderíamos en los bosques.

—En ese caso tenemos que seguir —confirmó el joven mercenario enderezándose—. No os preocupéis. El bosque de Maca es amplio y una gran fuente de recursos. He pasado por aquí con Ulocc y los demás cuando teníamos misiones cerca. Conozco el sitio perfecto para escondernos.

Saith miró a Ekim y ambos asintieron. Hyrran era todo un especialista cuando se trataba de escapar o pasar desapercibido. Además, conocer la zona les supondría una ventaja con respecto a Cotiac y el resto de soldados de Kerrakj. Avanzaron sorteando raíces y ramas bajas. El contraste con la pradera era demasiado obvio como para no percatarse. Los árboles eran de tronco fuerte y ramaje frondoso, lo que otorgaba al ambiente un aire enigmático y sombreado. No imposibilitarían al enemigo ir a caballo, pero deberían hacerlo con cuidado. Además, tendrían cautela para evitar una posible emboscada, lo que les otorgaba un tiempo precioso para recobrar el aliento. Tras caminar a paso ligero durante un buen rato, Hyrran los llevó al corazón del bosque, al pie de la montaña, y tanto Ekim como Saith quedaron fascinados.

Desde lo alto de la misma caía la muerte de uno de los afluentes del río Thesne. Una cascada que se precipitaba hasta un gran manantial con lo que parecía el rugido de un animal salvaje. El agua que sucumbía a la gravedad golpeaba con violencia, levantando húmedas volutas casi imperceptibles que se pegaban frescas a la piel. Había rocas que surgían de aquel pequeño lago ejerciendo de dique en partes de su orilla, y los árboles eran incluso más altos allí, como si la cercanía del agua les insuflara vida. Un resquicio de belleza natural inigualable.

—Increíble —dijo Saith embelesado.

Hyrran sonrió. Ekim se quitó la lanza, que llevaba atada a su espalda con enormes correas, caminó hasta la orilla y se agachó observando su reflejo en el agua. Luego formó un cuenco con sus enormes manos y se llevó un poco a la boca. El olin sonrió, lo que era aún más difícil de ver que un paraje como
aquel.

—Bebed algo y seguidme —apremió Hyrran—, no tenemos mucho tiempo. Los soldados rythanos ya deben haber llegado al bosque.

Saith se apresuró a imitar a Ekim. Se subió a unas rocas, cerca de la orilla, y se agachó para tocar el agua. Sin embargo, sintió algo extraño. El aire se tornó denso y sentía los oídos taponados. Su cuerpo se volvió pesado. Las piernas, los brazos, los párpados. Era como si la tierra lo llamara, como si la gravedad aumentara y le impidiera levantarse.

Se miró las manos, aturdido por la sensación. Se sentía tan pesado que parecía

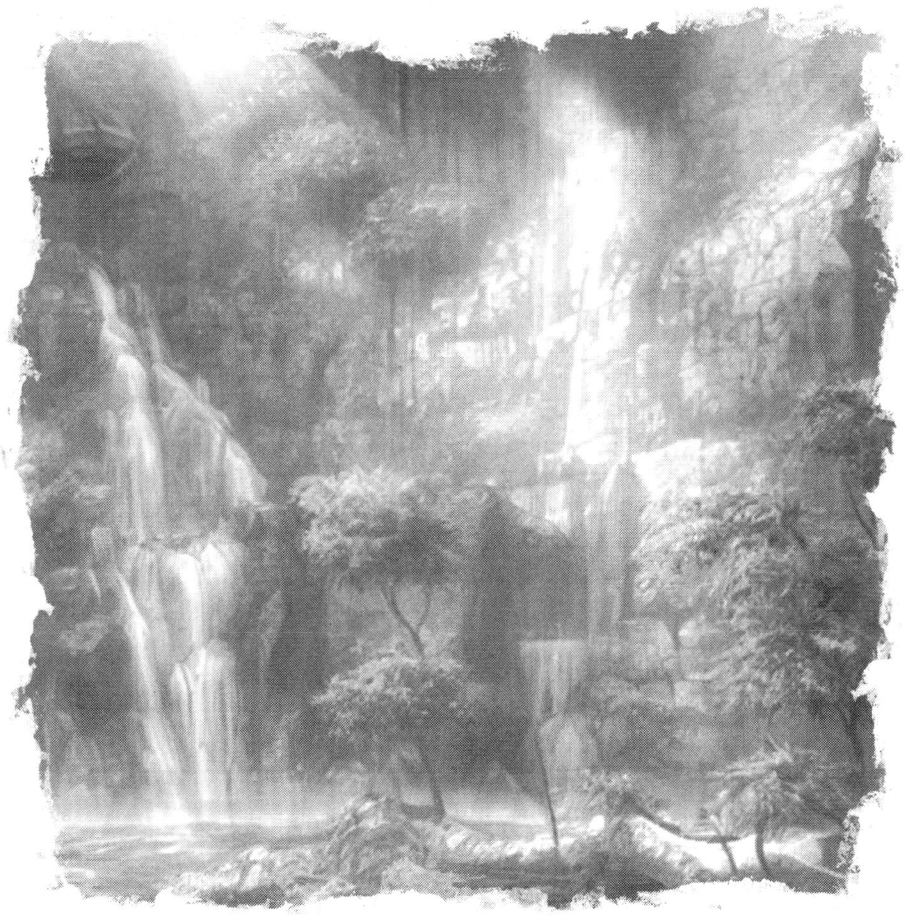

estar en el fondo de la laguna. Como si se moviera a menor velocidad. Como si hubiese dejado la realidad a un lado. Su instinto lo invitó a alzar la vista hacia el centro del manantial y le pareció ver que el agua se ondulaba, como si alguien... o algo intentase salir del lago.

«¿Quién... eres?».

Entornó los ojos intentando identificar de dónde venía aquella voz de mujer. Hablaba con calma, aunque parecía extrañada. Curiosa. Saith apenas era consciente de estar agachado junto a la orilla. Sus ojos no podían separarse del agua y sentía que su cuerpo pesaba cada vez más. Sabía que sus sentidos estaban afectados porque no oía las voces de Ekim o Hyrran. Ya no oía los pájaros o el estruendo de la cascada. Era como si estuviera solo, pero al mismo tiempo la voz le demostraba lo contrario.

«¿Puedes... verme?». Una vez más lo sedujo la voz femenina que invadía su mente. ¿Era eso? ¿Estaba todo en su cabeza o era algo real?

Sintió que algo lo tocaba junto al cuello, cerca del hombro. Una mano. Temió que lo tirase al agua, ahora que se sentía pesado como una roca, pero esta tiró de él hacia atrás. Pese a eso, todo transcurrió con extraña tranquilidad, como si no estuviese sujeto a las leyes físicas. Se encontró tumbado sobre la roca mientras Hyrran hablaba, solo que él no lo escuchaba.

—¡Reacciona! ¿Qué rayos te pasa? —Pudo escuchar por fin.

—¿Qué?

—Los rythanos se acercan. Tenemos que escondernos. Has pasado un buen rato ahí quieto, sin moverte ni beber. ¿Qué diablos hacías?

Saith echó un vistazo al agua y luego miró a Hyrran extrañado. ¿Un buen rato? Para él apenas había sido un instante.

—Están cerca. Debemos ir —anunció Ekim corriendo hasta ellos.

Hyrran asintió.

—¿Puedes andar?

Saith movió las piernas, no sin dificultad, y logró ponerse en pie. Sin embargo, sus extremidades no respondían con normalidad. Hyrran observó cómo lo intentaba. Era como un cervatillo que se pone en pie por primera vez. Como si aquel episodio hubiese afectado a su sentido del equilibrio.

Ekim, que vio como lo hacía, se le quedó mirando preocupado. El joven mercenario chasqueó la lengua, se pasó el brazo de Saith por detrás de su cabeza y lo ayudó a caminar.

—Maldita sea. No sé qué te ha pasado, pero así no escaparías ni de un fárgul cojo... —Oyeron voces que procedían de algún lugar del bosque. Órdenes, cascos de caballo. Eso hizo que Hyrran le dedicase una mirada de urgencia—. Ven, tenemos que escondernos. Pisad por la roca, así evitaremos dejar huellas.

Rodearon el estanque hasta llegar a la cascada. Tras ella se abría una oscura abertura, como una pequeña cueva. Serviría para esconderlos. Hyrran colocó a Saith sentado en su interior con cuidado.

Pese al muro de agua que rugía ante ellos y les impedía escuchar nada, por un resquicio en los laterales de la cueva se podía observar parte del exterior. Desde allí vio a la comandante amiathir que acompañaba a Cotiac. Llegó a caballo seguida de dos soldados. La chica bajó de su montura y pareció indicar algo a sus hombres, que se separaron de ella buscando indicios de su presencia. Por cómo se comportaba, debía ser alguien importante. Saith imaginó que tal vez se tratase de una de las líderes amiathir.

La muchacha se separó de su caballo y caminó hasta el filo del manantial. Justo donde habían estado hacía un momento. Bordeó el estanque escudriñando cada centímetro, pensativa. Llevaba un pantalón de montar y una blusa blanca que, pese a tener el mismo color, contrastaba con las lorigas de los soldados que la acompañaban. Su pelo iba recogido en una larga trenza que descendía hasta el final de su espalda. Saith no pudo evitar acordarse de Lyn. De Kalil. Se preguntó si estarían bien ahora que Cotiac parecía estar de parte de Kerrakj.

De repente, la chica se detuvo y levantó la vista hacia ellos. Ekim y Hyrran intentaron desaparecer contra la húmeda pared de la cueva. Saith se agachó más, pero sin dejar de mirarla. Tenía los ojos tan negros como Cotiac. Como los tenía Maelon. Un ópalo que ahora se clavaba en la cascada tras la que se escondían.

—¿Qué hace? —musitó Hyrran.

—Quedado como Saith —susurró Ekim.

El expaladín miró a sus amigos y asintió. Era cierto. La chica amiathir parecía mirarlos, pero no daba órdenes a sus soldados ni caminaba hacia ellos. Solo examinaba el estanque con la misma fijación con la que lo había observado él momentos antes. Su gesto era serio, pero sus ojos negros parecían sorprendidos.

Levantó una mano y abrió la boca. Debió ser una orden, inaudible para ellos tras el sonido de la cascada. Al momento sus hombres regresaron y se marcharon por donde habían venido.

—¡Se marchan! —celebró Hyrran en voz baja.

—No —lo contradijo Saith. Ella no se va.

El joven mercenario frunció el ceño con curiosidad y permaneció junto a Ekim con la vista puesta en la amiathir. La muchacha, una vez que desaparecieron sus soldados, se acercó al estanque y dijo algo. Palabras al viento. Era como si hablase con la misma brisa.

—¿Por qué habla sola? —dijo Hyrran extrañado.

—No habla sola. Hay algo en ese lago —contestó Saith. Hyrran lo observó extrañado—. ¿No lo notasteis al acercaros? Era como una presencia. Una voz que me llamaba. Quería saber quiénes éramos.

—Ekim no oye nada.

Hyrran negó con la cabeza.

—Yo tampoco. Tal vez solo pudieses oírlo tú por algún motivo.

—No solo yo —negó Saith señalando con la barbilla a la amiathir.

La chica seguía hablando con el estanque. La cordura parecía haberla abandonado como hace con quienes sucumben a la desesperación, o eso habría pensado si él mismo no hubiese oído la voz momentos antes. El rugir del agua no les permitió oír lo que decía. Sin esperarlo, la muchacha alzó las manos y el estanque comenzó a agitarse. El agua formó ondas que más tarde se convirtieron en un fuerte oleaje, lo que hubiese resultado impensable en un estanque como aquel. Pequeños peces saltaron agitados. Saith observó los árboles, que comenzaron a moverse de un lado y otro con viento cambiante.

Sus ojos coincidieron con los de Hyrran durante un instante y el mercenario ofreció una mirada interrogante. Saith volvió a clavar la vista en la amiathir. Ella no solo presenciaba lo que ocurría en el estanque, sino que actuaba con ello. Sus manos parecían dibujar formas en el aire, pero el agua no se movía hacia donde ella indicaba. En el centro del manantial surgió una ondulación que escapaba a la lógica. Era como una columna líquida cuya parte superior se redondeaba. El agua giró a su alrededor como si fuese un torbellino, convirtiéndose en cuchillas que parecían erosionar su estructura formando la silueta de una mujer. La chica dejó de hablar. Ya no movía las manos y todo se calmó de nuevo bajo la acuática figura que ahora se apreciaba frente a la muchacha. El estanque había pasado de la agitación a la calma con tal rapidez, que pareció fruto de la irrealidad. Ahora tenía la quietud de un lago helado, aunque seguía siendo líquido.

Tras un par de minutos de incertidumbre, la figura se esfumó como evaporada por el sol. El agua se dividió en miles de gotas que se rindieron a la gravedad volviendo a su estado original. Saith se percató de que la extraña presión que sentía en el pecho también desaparecía.

La chica permaneció observando el lago un buen rato. Parecía respirar con dificultad, como si hubiese estado corriendo durante horas. Saith pudo observar que también sudaba. Luego sonrió. El blanco de su sonrisa triunfal contrastó con el intenso moreno de su piel amiathir. Echó un último vistazo al pequeño lago y sus alrededores, y sin perder la sonrisa, se marchó por donde había venido.

—¿Qué diablos ha sido eso? —dijo Hyrran rompiendo el silencio—. El viento, el agua. ¿A qué ha venido esa demostración de la magia de los amiathir? Se ha marchado sin apenas buscarnos.

—Eso bueno —aprobó Ekim. Hyrran asintió dubitativo.

—No nos ha buscado porque se ha encontrado con esa criatura del lago. Tal vez fue esa la voz que se oyó antes de que los rythanos llegaran —dedujo Saith.

—¿Criatura? —preguntó Hyrran arqueando una ceja.

Ekim negó.

—Nada en lago. Solo agua, viento y soldados.

—Creo que estás demasiado cansado y empiezas a ver cosas extrañas —dijo Hyrran, aunque no era una de sus típicas bromas. Parecía preocupado.

Saith frunció el ceño, pero lo dejó estar. No sabía qué le había pasado, pero sí que no era fruto del cansancio. Por algún motivo había visto y sentido cosas que ellos no. Lo peor es que solo esa amiathir parecía haber visto algo parecido. ¿Pero qué era? Fuese lo que fuese, ya se había esfumado.

—Es posible que haya sido por el cansancio —mintió—. Tal vez sea por esas semanas de descanso que hemos pasado en Zern.

Hyrran sonrió con ironía.

—Me gustaría deciros que podemos descansar ahora, pero los rythanos nos pisan los talones y no pararán hasta dar con nosotros.

—¿Qué hacer? Ekim cansado de huir. Poder con los soldados.

—Con los soldados corrientes sí. Con Cotiac y esa amiathir capaz de dominar la magia no lo creo —razonó Saith.

El joven mercenario asintió reacio.

—Saith tiene razón, pero ahora tenemos un problema. No podemos salir de este lugar sin ser vistos. Probablemente peinen el bosque para encontrarnos. Luego irán a Estir o Weddar, las ciudades más cercanas, para evitar que escapemos. Nos cortarán el paso a Eravia; por no hablar de que no tenemos nada qué comer. Solo agua —extendió el brazo para tocar el líquido de la cascada, que salpicó su ropa—. Eso sin contar con que podrían descubrir este lugar y tendernos una emboscada.

Ekim se alejó del agua examinando el sitio.

—No podemos quedarnos aquí. Tenemos que escapar y llegar a Acrysta —dijo

Saith impaciente—. Cotiac está con Kerrakj y estoy preocupado por Lyn y los demás. Tenemos que obtener algo de información con ayuda de los athen.

Hyrran asintió.

—¿Por qué no ir por cueva? —preguntó el olin con indiferencia.

Los otros lo miraron y pudieron ver cómo el grandullón palpaba la pared tras una roca. Al acercarse descubrieron que había una abertura del tamaño de una persona pequeña en la pared. Una cueva, húmeda y oscura, que parecía internarse en la montaña más aún de lo que lo hacía la abertura tras la cascada.

—¿Desde cuándo está aquí esta cueva? —dijo el mercenario.

—Puede escapar por aquí —insistió Ekim animado.

—¿Crees que cabrás por ese agujero? —dudó Saith. El olin hizo un gesto similar a encogerse de hombros.

—No sabe.

—¿Estáis seguros de esto? Ni siquiera sabemos si tiene salida. Si hubiese un desprendimiento podríamos quedar encerrados.

—Ya estamos encerrados —aseveró Saith—. Si hay una salida la encontraremos y si no, confiemos en poder volver atrás.

Ekim soltó su lanza en el suelo e hizo el amago de entrar.

—No, yo iré primero —ordenó Hyrran—. Si más adelante la abertura se estrecha quedarás atascado. Iré delante y os avisaré de lo que vea. Saith, tú irás detrás.

Tanto Ekim como Saith hicieron caso al mercenario. Buscaron algunas ramas secas en los alrededores del lago, con cuidado de no ser descubiertos, y encendieron una pequeña hoguera en el fondo de la cueva. Tardaron varios minutos por la humedad del ambiente, pero cuando lo consiguieron, el mercenario encendió una de las ramas y, ya con algo de luz, se arrastraron hacia la desconocida oscuridad. Resultó ser un túnel de varios metros de largo. Hyrran gateaba delante y avisaba de salientes o desniveles con los que hubiese que tener cuidado mientras Ekim, aunque con dificultad, lograba seguirle el ritmo arrastrándose lanza en mano. Saith sintió cómo la humedad iba desapareciendo del aire. Seguía estando presente, pero no al mismo nivel. Las piedras bajo sus manos estaban más secas y, pese a que no pudo evitar pensar en lo ocurrido en el lago y en la magia de la amiathir, no se permitió prestarle más atención de la necesaria. La actualidad requería de todos sus sentidos.

El túnel se hizo largo, pero por suerte no se estrechó cortándoles el paso. Pronto, Hyrran encontró una salida hacia una cueva mayor y pudieron ponerse en pie. Al salir, Saith se sacudió los pantalones. Luego alzó la cabeza y observó que aquella pequeña cueva de la cascada se había convertido en una inmensa caverna de altos techos.

—¡Es increíble! Son las arterias de la montaña —admiró Saith. Ojeó a su alrededor con la escasa luz que proporcionaba la rama encendida de Hyrran, cuyo brillo resistía renqueante.

—No, esto no es natural.

El joven mercenario caminó dejándolos a oscuras por un instante y, acto seguido, prendió una antorcha en un aplique de pared. Tras unos segundos la luz inundó los alrededores y ofreció una visión diferente de todo. Había más apliques con antorchas apagadas en lugares cercanos, cajas y barriles que se habían rendido a la podredumbre, vigas de madera que apuntalaban paredes y techos, y viejos railes por los que parecía que hacía tiempo que no rodaba nada.

—Una mina —se sorprendió Saith.

—¿Mina? —El olin lo observó extrañado.

—Es un túnel que cruza la montaña. Estir y Zern eran ciudades mineras —explicó Hyrran—. Las joyas y minerales que encontraron en este lugar fueron una de las principales causas por las que pidieron su independencia de los reinos y por los que estos no estaban dispuestos a desprenderse de su soberanía —continuó el mercenario—. En otras palabras, estas minas fueron el motivo por el que la Guerra por las Ciudades del Sur tuvo lugar.

—¿Crees que aún quedan riquezas escondidas en este sitio?

El mercenario se encogió de hombros.

—Tal vez, en alguna parte. Aunque no creo que abandonaran la mina por nada. Igual dejaron de encontrarle valor y por eso se fueron.

—O encuentra algo que hace marcharse —participó Ekim husmeando a su alrededor con ojos entornados.

Saith lo imitó, inquieto por sus palabras.

—En cualquier caso, es un golpe de suerte —sonrió Hyrran sacando con esfuerzo la antorcha del oxidado aplique—. Una mina significa que alguien ha entrado aquí; y si alguien ha entrado aquí es porque también hay una forma de salir.

Cogió otras dos antorchas, las prendió y se las entregó a sus compañeros. No sabían en cuántos túneles se dividía el camino, así que se guiaron por la intuición. Si iban hacia fuera, las bifurcaciones debían unirse en el camino de salida, aunque no era fácil discernir cuál era el correcto cuando coincidían varias intersecciones. En más de una ocasión dieron con caminos sin salida que terminaban en sólidos muros de tierra.

Tras más de una hora caminando por aquel lugar, la sensación de encierro se hizo más asfixiante. Estaban exhaustos por la competición de Arena, el hambre y la huida a la carrera. Con el tiempo también llegó la frustración. Por culpa de Cotiac y sus soldados estarían obligados a dar un rodeo que los retrasaría en su llegada a Acrysta.

Para hacer menos fatigado el camino, Saith pensó en lo que les esperaría en territorio athen. Era una raza inteligente, sí, pero también aislada y egoísta. ¿Cómo explicar si no que no participasen en la guerra contra la reina blanca? Se preguntó si realmente sabrían algo de los seren. Y de ser así, ¿lo compartirían con ellos?

De repente, algo pareció moverse en la oscuridad acompañado de un ruido, como un animal que se arrastrase. Saith no supo si eran imaginaciones suyas o si sus sentidos aún andaban embotados tras la experiencia junto a la cascada. Alumbró con su antorcha en la dirección desde la que pareció venir el sonido, pero no vio nada extraño.

—Nos vigilan —dijo Hyrran mirando a Ekim. El olin asintió con seriedad.

—¿Soldados? —susurró Saith.

—No. Es imposible que hayan llegado aquí.

Un nuevo sonido, parecido al anterior, se dejó oír junto a la pared. Ekim alumbró al lugar con su antorcha, pero vio nada extraño. Solo piedras y más piedras, lo que parecía la consecuencia lógica a años de explotación minera. Miró extrañado el lugar. Habría jurado que algo se movía más allá del fulgor del fuego, pero allí no había nada. Tal vez sí que fuese su imaginación.

—Creo que aún no me he recuperado del todo —murmuró confuso.

—No. Algo nos persigue. Yo también lo he escuchado —lo tranquilizó Hyrran, aunque su rostro denotaba preocupación—. Parece que sí que había un motivo por el que los habitantes de Zern y Estir dejaron de entrar en estas minas.

—Allí —dijo Ekim alzando la voz.

Hyrran apuntó con su antorcha sacando el hacha, pero de nuevo el lugar estaba vacío. Solo había piedras. Sin embargo, como por arte de magia, estas comenzaron a temblar.

«¿Un terremoto?». Por un momento, Saith temió que pudiesen quedar sepultados en el corazón de la montaña. Pero no. El suelo no se movía, solo las piedras lo hacían.

De repente, una de ellas saltó por los aires como si hubiese sido pateada con fuerza. El grito de Ekim fue desgarrador. La piedra había volado hasta su cabeza y lo había golpeado con violencia. Cuando Saith dirigió la luz hacia él, un surco de sangre cruzaba su cara enmarcando la ceja. El olin se llevó una mano a la frente.

Por puro instinto, Hyrran blandió su labrys protegiéndose antes de que otra de esas piedras saltase hacia él y lo golpease en el pecho. Cayó de espaldas, pegando un costalazo contra el duro suelo que por unos segundos lo dejó aturdido.

Ekim, que mantenía un ojo cerrado por la sangre, empuñó su lanza y se agachó junto al mercenario para ayudarlo a levantarse. Mientras, Saith blandió a Varentia e intentó identificar a sus rocosos enemigos en la oscuridad. Allí había decenas de piedras. ¿Cómo saber cuál atacaría a continuación?

Se concentró en identificar el movimiento. Recordaba los entrenamientos con Zurdo y Leonard en Aridan, cuando ambos atacaban a la vez sin previo aviso. Esos mismos reflejos deberían servirle para esquivar los ataques.

Una piedra se lanzó hacia él con fuerza. Siempre había tenido buena vista en la oscuridad, así que acertó a verla antes de que lo alcanzara y la repelió con Varentia como si de un arma enemiga se tratase. Sin esperarlo, una segunda roca, más grande, voló cerca de su cara. En un último momento pudo evitar el golpe y agacharse a tiempo. Miró a Hyrran y Ekim. Sus amigos parecían recuperados y miraban con miedo a su alrededor.

—¿Qué diablos son estas cosas? —dijo Hyrran con los ojos muy abiertos mientras se ponía en pie con dificultad.

—Rokom —contestó Ekim con voz grave.

—¿Rokom? —inquirió Saith en guardia.

—Piedra viva —informó Ekim—. En Olinthas no rokom, pero en Páramo de Uadi muchos.

—Vale —los interrumpió Hyrran llevándose una mano al pecho mientras veía como las piedras rodaban solas a su alrededor—. Ahora toca decirnos cómo nos los cargamos.

Ekim miró a Hyrran como si estuviese loco, lo que en el rostro del gigantesco olin fue casi más raro que ver a unas piedras moverse a su antojo.

—No puede matar. Es piedra —explicó con una mueca—. Y Rokom son inofensivos.

—¿Sí? Cuéntale eso a tu ceja y mi espalda.

Ekim agitó la cabeza contrariado.

—Tal vez algo los esté asustando —dijo Saith pensando en las voces que oyó en el lago.

Hyrran y Ekim lo miraron considerando sus palabras. Una roca volvió a saltar, pero el expaladín la repelió con Varentia. El duro sonido del metal contra la roca dejó su eco en el aire. Muchas de las piedras a su alrededor se agruparon con el característico sonido que hacían al arrastrarse por el suelo.

—Será mejor que salgamos de aquí. Esas cosas son peligrosas y si nos atacan todas a la vez no podremos esquivarlas —opinó Hyrran.

Contó hasta tres con los dedos, asegurándose de que sus amigos veían su mano iluminada por la antorcha, y cuando levantó el tercero salieron a correr con la esperanza de que la salida no estuviese lejos de allí.

Tras unos minutos de carrera llenos de órdenes, gritos y tropiezos en la oscuridad, la suerte los llevó a vislumbrar una luz en el horizonte. Allí el túnel se ensanchaba, como un enorme recibidor a la entrada de la mina. Saith pensó, incluso con lo urgente que se antojaba la carrera, que antaño podría haber sido un buen lugar para organizar el trabajo. Tenía techos mucho más altos que los túneles, y la estancia ofrecía una forma semicircular enmarcada por irregulares paredes de piedra. La luz del exterior ofrecía la suficiente claridad como para no necesitar las antorchas. Al llegar, suspiraron de alivio con la intención de recobrar el aliento, pero los rokom no se lo permitieron. Muchos de ellos llegaron desde los túneles, rodando con mayor velocidad de la que habría cabido esperar. Aceleraron su carrera en busca de la libertad, pero varias de las piedras que parecían descansar en aquel recibidor se movieron cerrándoles el paso e interponiéndose entre ellos y la salida. No parecían querer que escaparan.

Se detuvieron al comprobar que trataban de impedirles salir. Hyrran le lanzó a Ekim una mirada de soslayo.

—Sí que eran inofensivas... —gruñó.

—No, escucha —dijo Saith alzando una mano para que se callase.

Las rocas dejaron de rodar y el silencio pareció inundarlo todo. De pronto, un estruendo seguido de otro. Un alarido que parecía venir de las profundidades de la mina y que hizo que su piel se erizara. Las miradas de los tres fueron a parar al túnel desde el que habían llegado.

De la abertura, con otro estruendo que ahora pareció mayor, llegó una figura. Era como un olin de piedra que caminaba sobre dos rocosas piernas. Un gólem tan alto como Ekim que gritó furioso apoderándose del eco de la estancia.

—¡Por la bondad de Icitzy! —exclamó Hyrran atónito.

—Wargon.

—¿Wargon? —Saith miró al olin inquisitivo.

—Muchos rokom puede ser wargon —explicó Ekim sorprendido pese a su impasible rostro.

—Yo he escuchado hablar de eso —dijo el mercenario—. Ulocc me habló una vez de un enorme monstruo de piedra. La historia decía que era tan enorme como el árbol más grande con el que pudieras cruzarte, y tan duro como la montaña misma. —Hyrran miró incrédulo a la criatura antes de continuar—. Creí que eran cuentos para niños, aunque para ser sincero, por las historias lo imaginaba más grande.

Un nuevo grito de aquel ser los hizo callar. Los rokom a su alrededor comenzaron a rodar hacia él, subiendo por sus piernas e instalándose en el pecho del wargon. Otras rocas saltaron a su cabeza y sus piernas. También sus brazos. En pocos segundos, el monstruo de piedra que había tenido la altura de Ekim duplicó su tamaño, como un coloso capaz de aplastarlos de un pisotón.

Saith admiró con temor la altura de aquel gigantesco gólem.

—¿Te lo esperabas más así?

Hyrran asintió sin poder cerrar la boca. No podía dejar de mirar sorprendido a aquella criatura. El wargon volvió a gritar, esta vez fue más grave, como una tormenta cercana. Como si el tamaño hubiese cambiado su propia naturaleza.

—Huir. No se puede vencer rokom. Y menos wargon —apremió Ekim.

Saith asintió, pero al girarse comprendió que no sería tan fácil. Otros muchos rokom seguían situados entre ellos y la salida. Pese a todo, Hyrran corrió hacia el exterior. Las piedras que se interponían en su camino se agitaron saltando contra él. Intentó esquivarlas y repelerlas con su hacha, pero eran demasiadas. Una de ellas lo golpeó en el hombro y otra en la espinilla, haciéndolo trastabillar.

Huyendo de los rokom que aún lo atacaban, se rehízo volviendo a donde estaba y alejándose de ellos.

—Creo que no va a ser tan fácil —comentó frustrado llevándose una mano al hombro dolorido—. ¿Qué hacemos? No podemos luchar contra esa cosa.

—Tenemos que despistarlo y buscar una escapatoria. Ataquemos los tres a la vez —propuso Saith.

El wargon pareció olerse el plan, así que avanzó hacia ellos y atacó. No era especialmente rápido, de forma que no fue difícil escapar de sus golpes. El enorme gólem lanzó un mazazo contra el suelo que hizo retumbar toda la mina. Hyrran lo golpeó en una pierna con su hacha, pero apenas era un insecto para aquella cosa. El wargon ni siquiera notó el golpe. El mercenario saltó hacia atrás antes de que la enorme criatura lanzase un manotazo en su busca. Ekim fue por detrás e intentó empujarlo para hacerlo caer, pero pese a su enorme fuerza no pudo mover a aquel gigante de varias toneladas.

Tras varias intentonas infructuosas, esquivaron un nuevo ataque y Hyrran se reunió con Saith a varios metros de distancia. Ekim luchaba contra el monstruo de piedra sin opción alguna, pues ni su lanza ni su fuerza tenían nada que hacer ante aquella cosa.

—No podemos vencerlo —aseguró el mercenario entre jadeos.

—Lo sé, pero ¿cómo pasar por la salida si esas piedras nos cierran el paso?

Hyrran observó pensativo los movimientos de Ekim. Saith casi podía ver los engranajes de su cabeza buscando una solución. El olin esquivaba sin descanso, consciente de que atacar al wargon era inútil. La criatura movía sus pétreas extremidades buscando impactar en él. Era lento, pero un solo golpe de sus sólidos brazos podría matar a cualquiera. Tenían que actuar antes de que el cansancio los volviese lentos también.

Durante el combate, el olin esquivó un golpe rodando por el suelo y quedó atrapado contra la pared. Ahora el enorme gólem le cortaba el paso.

—¡Vamos! ¡Está en peligro! —gritó Saith saliendo a correr. Hyrran, sin embargo, lo agarró del brazo y le impidió avanzar—. ¿Qué haces? ¡Tenemos que ayudarlo!

—¡Ekim! ¡Agáchate! —gritó el mercenario con todas sus fuerzas.

El olin no hizo ningún gesto, pero cuando el wargon cargó el brazo y soltó el golpe contra él, se agachó haciendo que la criatura golpease la dura pared. El fuerte trompazo contra la roca hizo que su brazo se desintegrara y los muchos rokom que lo formaban salieron despedidos. Saith alzó las cejas sorprendido y miró a Hyrran mientras Ekim aprovechaba el momento para escapar.

—¿Cómo sabías que pasaría eso? —preguntó.

—No lo sabía —dijo encogiéndose de hombros—. Solo quería saber que pasaría. Una roca no se parte con el acero, pero sí puede romperse al golpearse con otra roca.

El wargon no tardó en recomponerse. Muchos de los rokom que lo rodeaban rodaron hasta regenerar su brazo. Hyrran no pudo ocultar su decepción.

—No lograremos vencerlo así. Es indestructible.

Saith supo que tenía razón. Por algún motivo, ver a todas esas piedras despegarse y volver a recomponerse le recordó aquel momento en la Jungla del Olvido, cuando apenas era un niño y se escapó con Ahmik y Maelon para ir a Nothen. Allí también había visto un montículo de rocas que se deshacía ante sus ojos por la magia amiathir. Magia como la que había visto utilizar en la guerra, o escondido tras la cascada ese mismo día. Tras esas piedras había visto a Kerrakj por primera vez. Débil y desnuda. Una imagen lejana a la de la reina que era ahora.

Había sobrevivido a ese encierro entre las rocas, lo que apoyaba la teoría de Hyrran sobre su inmortalidad tras las palabras de Gael. ¿Acaso era indestructible como ese wargon que ahora los amenazaba o realmente podían encontrar una forma de derrotarla? ¿Cómo abatir a una criatura inmortal?

Y como si la verdad se hubiese descubierto ante él habiendo estado siempre ante sus ojos, lo vio claro. No se puede matar lo que no puede morir, pero si se puede vencer. Sus recuerdos volvieron a aquel día en el bosque, cuando Maelon y Ahmik ayudaron a liberarlo de aquel grandullón que lo sorprendió por la espalda. Blandió a Varentia y la espada lanzó un apagado destello rojizo, reflejando la luz de una salida que estaba tan cerca y lejos a la vez.

—Hyrran. Yo atacaré con Ekim, tú colócate tras el wargon.

—¿Qué tienes pensado?

—Vamos a hacer que ese mastodonte caiga y se dé un golpe como nunca antes ha recibido. ¡Ekim, atráelo hacia aquí!

El joven mercenario frunció el ceño sin comprender, pero salió a correr con fe ciega, obedeciendo la idea de Saith. No tenían otra opción. El olin corrió hasta su posición y el wargon, furioso, lo siguió haciendo temblar la mina con sus lentos aunque contundentes pasos. Ekim miró a Saith interrogante y este esperó a que el enorme gólem se acercara. Tiempo suficiente para que Hyrran pudiera rodearlo.

—Ten cuidado con sus puños. Intentaremos golpearlo en la cabeza —indicó el expaladín.

—Demasiado alto, Ekim no alcanza.

—No te preocupes, de eso me ocupo yo. —Los ojos de Saith emitieron un brillo rojizo que hizo que el olin asintiera al instante con mayor confianza.

Cuando Hyrran estuvo en posición, Ekim avanzó hacia la criatura. El wargon era fuerte, pero tan lento que era incapaz de esquivar los golpes. Jamás le había hecho falta, pues su cuerpo de piedra era invulnerable. No obstante, Saith contaba con Varentia. La legendaria espada había sido capaz de cortar la piel del nocda en el desierto a su llegada a Olinthas. Habían creído que aquel lagarto era indestructible, pero no fue así. Confiaba en que, al igual que entonces, la sagrada hoja bendecida por Icitzy cumpliese su cometido.

Ekim se colocó frente al wargon. Confiaba en Saith, pues de no haberlo hecho, jamás se hubiese permitido estar tan cerca de la temible criatura. Un golpe de esa cosa podría destrozar también a un olin. El gigante de piedra se acercó hasta que estuvo a su alcance y levantó un brazo para atacar. Hyrran gritó tras el gólem y Saith corrió, saltó sobre Ekim, cuan alto era, y se impulsó sobre su espalda para llegar aún más arriba. Con Varentia desenvainada, preparó el golpe en el aire y lo descargó contra la cabeza del wargon. Durante un instante le pareció ver los sorprendidos ojos de la criatura bajo su gruesa coraza.

Varentia golpeó la roca con un sonido metálico que bañó aquella estancia inicial de la mina. Las chispas saltaron con el envite y la criatura se desequilibró. Hyrran había colocado su hacha junto a los talones del gólem y, pese a su dureza, cayó preso de la gravedad como lo haría una torre cuando fallan sus cimientos. El mercenario rodó para apartarse y el wargon cayó al suelo, rompiéndose en docenas de rokom que salieron despedidos por todas partes.

No obstante, el wargon no fue lo único que se hizo añicos. Ante su sorpresa, Saith vio cómo Varentia se quebraba. La legendaria hoja de rojizo acero que Aecen había empuñado en la batalla y que se presuponía tan indestructible como el propio wargon, se partió haciendo que la punta saltase por los aires.

Al aterrizar, el expaladín estaba estupefacto. No podía creer que hubiese roto el regalo de Zurdo. Aquel bendecido por los dioses. ¿Cómo era posible? Miró el trozo que se había desprendido y que ahora reposaba sobre el suelo de la mina. Parecía haber perdido color tras dejar de formar parte de un todo.

—¡Saith! —El grito de Hyrran sonó como una voz lejana en su cabeza, pero sirvió para hacerlo reaccionar—. ¡Es el momento! ¡Tenemos que irnos!

Cuando miró hacia la salida descubrió que su plan había funcionado. Los rokom que custodiaban la puerta y les habían impedido escapar, rodaron abandonando su posición para reconstruir al wargon con rapidez. Su táctica había salido casi perfecta, pero el precio también era demasiado alto.

Ekim y Hyrran corrieron para huir de las minas tan rápido como pudieron. Tuvo una última tentación de correr para alcanzar la parte perdida de Varentia, pero los rokom rodaban con velocidad y reconstruían al enorme gigante de piedra, que pronto volvería a estar en pie.

No. No había tiempo para nada más. Echó una última ojeada al trozo de metal que se había desprendido, casi un tercio de su hoja, y obligándose a marcharse, corrió resignado tras sus amigos escapando de aquella maldita mina que tanto le había quitado.

16. Tácticas desesperadas, silencios peligrosos

Es curioso cómo cambia la perspectiva con un simple hecho o una palabra, capaz de trastocar el mundo en el que vives y convertirlo en otro más hostil. Es así como se sentía Kalil que, tras el episodio en el puerto en el que había escuchado los planes de Ramiet Conav, tenía una visión diferente sobre su papel en Eravia. Antes de que todo ocurriera estaba enfadada con el hombre que había abandonado a su padre, a su hermano y a todo su reino tras la promesa de estrechar lazos durante la guerra. Se había sentido furiosa con el rey, pero tenía claro cuál era su papel: ganarse la confianza de Ramiet y el corazón de Gabre para ser la reina que Thoran necesitaba si lograban sobreponerse a la guerra contra Rythania.

Sin embargo, las palabras del monarca cuando hablaba a solas con su consejero en los muelles lo habían cambiado todo. «Jamás permitiré que acceda a mi corona. Si sobrevivimos a esta guerra me ocuparé de ella», parafraseó al rey en su mente mientras caminaba junto a Aaralyn y Ziade por los pasillos del castillo erávico. Palabras capaces de cambiar el mundo. Su mundo.

Esa frase le había hecho darse cuenta de que su protectora tenía razón. Quería reinar para ayudar a su gente, sí, pero en el fondo de su corazón comenzaba a percibir las ganas de vengarse del rey.

¿Ocuparse de ella? De repente tenía la sensación de que su enemigo iba más allá de Rythania y la reina blanca. El peligro también estaba allí, a su lado. Un tirano traicionero que no le permitiría cumplir con su destino de ser reina.

No obstante, Ramiet Conav no contaba con un detalle importante: ella era una princesa sin reino y sin familia. Ya no tenía nada que perder, y si el rey deseaba librar esa batalla, no se rendiría. Haría lo posible por sobrevivir a sus oscuras intenciones en pos de conseguir su objetivo: reinar. Y para conseguirlo tenía que recorrer el camino del amor junto a Gabre, a quien debía proteger, además de tomar una serie de medidas para su propia seguridad. No creía que Ramiet fuese a llegar tan lejos, al fin y al cabo la necesitaba para obtener el apoyo de los desertores kalloneses pero, de momento, la desconfianza la invitaba a llevar siempre sus dagas bajo el vestido.

—¿Qué te pasa? Hoy estás más callada que de costumbre —indagó Ziade interrumpiendo sus pensamientos. La paladín de la protección llevaba una brigantina que se había comprado en una de las armerías de la ciudad y la miraba suspicaz mientras caminaba a su lado.

Kalil sintió pena. Ziade la había cuidado desde que nació. Ya estaba allí cuando dio sus primeros pasos y la había acompañado durante toda su vida. No solo era su mejor amiga, sino que también era su confidente. Le dolía haber discutido con ella y le dolía aún más no poder contarle lo que se proponía. Lyn la miró suplicante, pero

Kalil negó con la cabeza.

—No me pasa nada. Es solo que estoy deseando saber por qué nos ha convocado Ramiet a todos en el salón del trono —mintió.

La amiathir le dedicó una mirada decepcionada, pero la princesa mantuvo la firmeza. Lyn opinaba que debían hacer partícipe a Ziade de todo: el diario de Daetis, su visita al puerto abandonado, la charla del rey... Sin embargo, Kalil la había hecho prometer que no diría nada. Si admitía que el sentimiento de venganza había entrado en el juego, la paladín la obligaría a alejarse de la corona erávica. La soldado entendería que era una forma más de protegerla, pero como heredera de la corona kallonesa no se planteaba nada que no fuese reinar junto a Gabre.

Ziade era directa. Entre todos los caminos, siempre elegía el más corto. El más sencillo. Las sutilezas y los juegos de la realeza no tenían lugar en su forma de hacer las cosas, pero ella sí sabía cómo hacerlo. Debía seguir con su plan. Ganarse la confianza del rey y el corazón del príncipe. Ahora, además, tenía la ventaja de conocer con antelación la jugada de su rival. Solo había que jugar las cartas con inteligencia y anticiparse a sus intenciones.

—Solo hay un motivo plausible para que el rey nos convoque en el salón del trono: nos necesita —afirmó Ziade—. Puede que el ejército rythano se dirija hacia aquí y necesite un golpe de efecto.

—¿Por qué lo dices? —intervino la amiathir.

—Se nota que has estado entrenando por tu cuenta, Lyn. Si hubieses visto prepararse a sus hombres no harías esa pregunta. Son ociosos, están desorganizados y son poco numerosos. Rythania podría pasar por encima de Eravia incluso sin ayuda de los féracen.

—Pero están llegando refuerzos de otras ciudades. Desde aquí mismo puede verse a la gente llegando a Ortea. —Lyn señaló el exterior de los altos orificios horadados en la fachada de la montaña y que hacían de balcones al frío cielo erávico.

—Gente obligada a alistarse que en la mayoría de casos no habrá empuñado ni un hacha para cortar leña —insistió Ziade con desdén—. Niños y ancianos. Gente pobre y hambrienta. Viste igual que yo al ejército rythano en acción junto al abismo. Apenas serán insectos aplastados bajo las furiosas botas del enemigo.

Aaralyn bajó la vista consciente de aquellas duras palabras. Kalil sabía por boca de Aldan la complicada situación que vivían en el reino. La pobreza, la desesperación, el vandalismo. Un malestar general que asfixiaba a su gente y que ahora no invitaría a luchar por el hombre que los puso en esa situación, por mucha corona que portara.

—La única esperanza son los supervivientes kalloneses. Gente con el suficiente orgullo guerrero como para luchar contra quienes aniquilaron su reino —intervino la princesa.

Ziade asintió.

—Y aun así no será suficiente como para combatir a esa reina blanca. Seamos realistas, la única posibilidad de vencer es encerrarnos y esperar que las defensas de la ciudad, apoyadas por las dificultades del terreno que suponen las montañas, jueguen a nuestro favor. Y pese a ello, nuestras posibilidades de alcanzar una victoria son ínfimas.

Kalil miró a Ziade sorprendida. Jamás había visto a su paladín tan pesimista. La realidad parecía haberle asestado demasiados golpes a su confianza.

Pronto llegaron al salón del trono. Pese a conocer las intenciones del rey, la princesa no pudo evitar que los nervios la invadieran. Al llegar miró a Ramiet, pero el monarca reposaba la vista en el resto de asistentes que inundaban la estancia. Más de los que cabría esperar. Los ojos de Kalil sí coincidieron con los de Gabre, azules como el cielo de verano. El joven príncipe llevaba un traje discreto de buena tela, sin tanta parafernalia como la vestimenta de la nobleza kallonesa. Un fiel reflejo de su estatus, pero también consciente de la situación de pobreza de su pueblo.

Al verla, su rostro dibujó una sonrisa cálida. En los encuentros que había tenido con él había sido siempre correcto y educado. Respetuoso, tal y como debía esperarse. La había escuchado y comprendido, aunque ella nunca le había expresado su malestar por los actos de su padre. De hecho, ni siquiera sabía si podía confiar del todo en él. ¿Podría hacerlo algún día? No creía que estuviese actuando, pero era athen después de todo. Para alguien con la inteligencia que se le presuponía a su raza sería fácil jugar con las mentes de la gente.

Kalil, acompañada de Lyn y Ziade como guardia personal, se colocó donde los guardias del rey le indicaron. Era un lugar cercano al trono, lo bastante lejos para dejar claro que ella no era parte de la realeza erávica, lo suficientemente cerca como para que todos pudieran verla. Un reclamo para los visitantes que llegaban desde Kallone antes de la guerra. Parecía decir: vuestra princesa está ahora con nosotros, luchad por ella.

Era una postura lógica. Tenían que reunir toda la fuerza que pudieran, y ella debía seguir los pasos que marcaban los Conav. La princesa alzó la barbilla con una sonrisa, dispuesta a interpretar su papel. Debía ofrecer esperanza a aquella gente y eso es lo que iba a hacer. Para su sorpresa, el príncipe se acercó hasta donde estaba.

—Bienvenida, Kalil. Me alegra veros aquí —saludó con una ligera inclinación de cabeza.

—Príncipe Gabre —contestó ella dedicándole una leve reverencia cortés—. No podía negarme a la invitación de vuestro padre. Sé de la importancia que tiene mi presencia aquí.

Él asintió.

—Sin duda. Sois esperanza para vuestro pueblo, y de alguna forma, también para el nuestro.

La princesa escudriñó los cerúleos ojos del príncipe, que le sonreían con sinceridad. Tal vez no fuese consciente de los planes de su padre después de todo. De reojo observó las marcas que surgían de su cuello.

—Veo que os llaman la atención las marcas athen —dijo llevándose la mano al cuello. Parecía incómodo—. No tienen más importancia que las que uno quiera darle.

—Os ruego que me disculpéis. Soy una persona curiosa y, a pesar de que por mi posición he tratado con mucha gente a lo largo de mi vida, son pocos los athen a los que he tenido el placer de conocer.

—En ese caso espero dejar alto el listón —sonrió.

—Lo hacéis, alteza —concedió ella devolviendo una sonrisa cordial.

—Disculpadme, majestad —interrumpió Ziade—. Imagino que vuestro padre nos ha reunido aquí para trasladar esperanza a vuestro pueblo de cara a la guerra que está por llegar. ¿Qué estrategia seguirá? Creo que, como participantes en la batalla de Lorinet, Aaralyn y yo podríamos ofrecer observaciones que serían útiles en el campo de batalla.

El príncipe desvió la mirada por primera vez de los ojos de la princesa para observar a su paladín.

—Estoy seguro de que vuestra experiencia nos será de utilidad, lady Ziade, aunque me temo que mi padre, a quien admiro profundamente, no es una persona que se deje aconsejar a menudo. Ni siquiera por su propio hijo —suspiró con una sonrisa resignada.

«No sabe nada», pensó Kalil. Conocía demasiado bien a su paladín para saber que aquella pregunta disfrazada de curiosidad era para medir al príncipe. También a ella le servía aquella conversación para medir la inocencia de Gabre en los planes de su padre.

—Ya empieza —anunció Lyn con un susurro.

El monarca caminó hacia la parte frontal del trono y lanzó una mirada seria a cuantos mantenían la vista en él.

—Pueblo de Eravia y viajeros de lugares lejanos —comenzó Ramiet. Por su delgadez, mayor que la de otros reyes presentes y pasados, y el sufrimiento que parecía consumir su piel y manejar sus expresiones, le pareció más viejo de lo que su edad debería decir—. Debo informaros de que he ofrecido la paz a Rythania. En estos momentos, un mensajero se dirige a encontrarse con la reina blanca para ofrecer nuestra rendición a cambio de continuar siendo un reino independiente. —Los murmullos inundaron la sala con expresiones entre la sorpresa, la esperanza y la orgullosa negación—. Sé que algunos no entenderéis mi postura, pero debéis saber que lo único que me importa es mi reino y la gente que vive en él. No tengo intención de acudir a la batalla y poner en riesgo las vidas de mis hombres salvo que me obliguen a ello.

Kalil resopló indignada y, al sentir la mirada de Gabre por el rabillo del ojo, se forzó a guardar la compostura. Los asistentes, sin embargo, amagaron con vitorear aquellas palabras. Era el miedo quien hablaba por ellos. El hombre al que escuchaban era quien condenaba a su pueblo a la pobreza y el bandidaje con impuestos abusivos con tal de incrementar su ejército. Su gente no le importaba más que los beneficios que pudieran traerle a sí mismo. Sus actos hablaban mejor que sus palabras, pero nadie allí necesitaba verlo en ese momento.

—No pretendo engañaros. La reina blanca es implacable y las opciones de que ceda a nuestras peticiones no son altas. Ya ha aniquilado la estirpe de los Edoris y casi lo ha hecho con los Asteller salvo por la princesa Kalil, gracias a Icitzy. —Kalil se resistió a componer una expresión irónica. Sabía que la alegría del rey por su supervivencia no era más que una máscara—. Los Conav somos los únicos que aún mantenemos nuestro trono y no desistiremos en nuestro afán por mantenerlo.

Los asistentes se miraron y Kalil pudo vislumbrar la duda en sus ojos. La inseguridad. El miedo. Allí había gente de Ortea, de otras ciudades de Eravia. Incluso viajeros procedentes de Kallone. Gente de todas partes de Thoran que buscaban hacer frente a la invasora, pero estaban atemorizados. Necesitaban una esperanza a la que agarrarse. Algo más que los linajes reales nombrados por la diosa.

—Sé lo que pensáis —anunció Ramiet—. Tenéis en mente todos esos rumores y habladurías. Teméis a esos demonios de los que todos hablan, pero además de contar con un ejército entrenado y preparado para librar cualquier batalla, en Eravia contamos con algo a lo que Rythania jamás tendrá acceso. La sabiduría de los athen. —Los asistentes intercambiaron miradas de sorpresa ante las palabras del rey—. Mi propio hijo, el príncipe Gabre, viajará a Acrysta para convencer a nuestros vecinos de que nos ayuden a librar la posible batalla. Mientras tanto, ya he iniciado el reclutamiento de soldados. Eravia estará preparada para enfrentarse a cualquier amenaza.

Kalil observó los gestos del príncipe. Pese a parecer sereno y no borrar la sonrisa, una mirada fugaz a su padre descubrió que era la primera noticia que recibía al respecto. Entre aplausos de los asistentes, el monarca desapareció en el interior del castillo seguido por sus consejeros.

—No sabía que iríais a Acrysta para negociar con los athen —dijo Kalil con tono inocente mientras los asistentes abandonaban la sala.

—Yo tampoco —admitió él—. Venid conmigo. Creo que el futuro de Eravia es ahora el futuro de Thoran, y en ello tenéis vos tanto interés como yo mismo.

Gabre acudió con paso decidido hacia la puerta tras el trono, aquella por la que Ramiet había desaparecido. Kalil, Ziade y Lyn lo siguieron. Alcanzaron al rey en los pasillos que parecían entrar al corazón de la montaña.

—¡Padre!

Ante la llamada de su hijo, Ramiet se detuvo. El capitán de la guardia real y sus hombres se colocaron frente al rey, pero al ver que era el propio príncipe quien se acercaba se apartaron con una inclinación de cabeza. El monarca clavó sus implacables ojos en su hijo y después lanzó una mirada a Kalil, Ziade y Lyn. Su barba castaña pareció ocultar una mueca de desprecio hacia las invitadas kallonesas.

—¿Qué ocurre, Gabre?

—¿Cuándo pensabais decirme que viajaría a Acrysta en busca del apoyo de los athen? Sabéis bien que mi tía no nos escuchará. Los athen no se inmiscuyen en los conflictos de los humanos.

—Lo sé. Pero si hay alguna oportunidad de que lo hagan pasará porque se lo pidas tú. —El rey puso una mano sobre el hombro de su primogénito—. La última vez que Arual estuvo aquí, aún existía la posibilidad de que hiciéramos frente a Rythania. Había una fuerte alianza y un enemigo común. No obstante, la situación ahora es desesperada. Si la reina blanca no acepta el acuerdo y decide atacar será nuestra perdición. Los necesitamos.

—Arual no me escuchará.

—Rythania ha acabado con el resto de linajes de Thoran, Gabre. Si no aceptan nuestra rendición es porque quieren nuestro trono a toda costa, y no se arriesgarán a dejar con vida a ningún Conav como semilla de la sublevación. Los athen no se inmiscuyen en asuntos humanos, pero es tu tía y tú mismo eres mitad athen después de todo. No permitirá que te maten —sentenció mirándolo con seriedad.

Kalil presenció la escena apretando los puños con furia. Ramiet hablaba de una fuerte alianza con Kallone cuando había abandonado a sus aliados en el campo de batalla, y ahora utilizaba a su hijo como chantaje emocional para conseguir la ayuda de los athen. Sin embargo, debía admitir que era una buena jugada. Ziade había advertido de la debilidad del ejército erávico y Ramiet demostraba ser muy consciente de ello. Sin los athen estaban perdidos. Ella misma sucumbiría como los Conav bajo la espada de la reina blanca si nada lo impedía.

—Yo iré con él —intervino la princesa.

—¿Qué haces? ¿Estás...? —Ziade se detuvo al percatarse de que le estaba hablando con la familiaridad de una amiga a la princesa de Kallone frente al propio rey de Eravia—. Sería demasiado peligroso, alteza.

—También será peligroso para Gabre entonces. De hecho, dudo que sea más peligroso que quedarse aquí —objetó con una mirada irónica al rey erávico—. Rythania atacará en cualquier momento.

—Lo lamento, princesa. No puedo permitir que salgáis de Ortea. Sois el único nexo de unión para viajeros y soldados procedentes de Kallone. Sin vos, la mayoría no tendría motivos para luchar por Eravia en esta guerra.

Kalil compuso una mueca de sorpresa y decepción ante los impedimentos de Ramiet, aunque esperaba esa reacción. El rey jamás permitiría que fuese ella quien se ganase el favor de los athen y estrechara lazos con Gabre a solas. Quería tenerla controlada, y para eso su lugar estaba en Ortea. En cualquier caso, estar en el castillo le permitiría vigilar más de cerca los movimientos de su velado enemigo.

—Lo comprendo —admitió Kalil—. No obstante, me gustaría que una representación de Kallone acudiera en la comitiva del príncipe.

—Es buena idea —aprobó Gabre con una sonrisa cómplice—. Los athen escucharán más receptivos la representación de dos de los tres reinos.

Ramiet asintió sonriente. Esa era su intención.

—Está bien, podéis mandar a vuestra paladín si así lo deseáis —contestó.

Ziade le dedicó una mirada agria.

—No soy cualquier soldado. Juré ser la paladín de la protección y lo seré hasta el día de mi muerte. No me separaré de la princesa.

—¿La protección? —terció Riusdir. El capitán de la guardia erávica presenciaba la conversación tras el rey—. Deberíais replantearos vuestra vocación en vista de los resultados. El linaje Asteller pende de un hilo.

—Al menos mi princesa sigue viva —repuso Ziade—, veremos qué sois capaces de hacer cuando el ejército rythano invada Ortea. En esta ocasión no podréis huir como hicisteis en el Valle de Lorinet.

Riusdir sostuvo la severa mirada de la paladín con media sonrisa.

—No es momento de reproches —aseveró el príncipe—. Debemos estar juntos en esto. Aliados frente a un enemigo común.

—Decidido entonces. El príncipe viajará a Acrysta acompañado de Riusdir y alguno de nuestros soldados. También irá Kavan, cuya experiencia estoy seguro de que ayudará en las negociaciones con los athen —anunció el rey. El anciano consejero refunfuñó algo inaudible tras el monarca.

—Y de Aaralyn —añadió Kalil. El rey le lanzó una amarga mirada a la amiathir—. Habéis dicho que era buena idea que acudiese también una representación de Kallone y es la persona en quien más confío tras Ziade.

Lyn le dedicó una reverencia, consciente de la responsabilidad y las intenciones de la princesa. Ramiet las observó como si intentase dilucidar cuáles eran sus intenciones. Luego suspiró y, con una mueca hastiada, asintió mientras se daba la vuelta y desaparecía por los pasillos.

—Está bien, preparemos el viaje entonces. Saldremos al amanecer. Si la reina blanca no acepta el acuerdo, el tiempo será un nuevo enemigo —concluyó Gabre.

Sonrió a Kalil, guiñando un ojo, y con una reverencia cortés se perdió por los pasillos tras dar unas leves instrucciones a sus soldados.

—¿Por qué ese interés en que Lyn los acompañe? ¿Qué pretendes con todo esto? —inquirió Ziade.

Kalil se encogió de hombros con expresión inocente. No quería admitir que temía por el príncipe, pues él era su única llave al trono erávico.

—Quiero tener a alguien presente en esa reunión con los athen y asegurarme de que el acuerdo alcanzado no solo responderá ante Eravia, sino también ante Kallone.

Que los athen acepten ayudar es una idea remota, pero por muy pequeña que sea esa posibilidad, si se da, también deberá servirnos para recuperar Kallone. —Mantuvo firme su mirada ante el ceño fruncido de la paladín—. Será duro, pero confío en ti, Lyn.

La amiathir compuso una expresión indescifrable, a todas luces incómoda de no poder sincerarse con Ziade. La princesa deseó que su viaje llegase a buen puerto. A partir de ese momento, Lyn sería clave para sus planes.

El ocaso ya filtraba anaranjados rayos de sol entre los picos de las Montañas Borrascosas mientras Lyn vagaba entre las calles de Ortea. Una vez más, su vida había cambiado en pocas horas. Entretenida con los problemas de Kalil, no solo había perdido de vista a Leonard y sus tejemanejes con esos Hijos de Aecen desde hacía días, sino que con el viaje inesperado a Acrysta podría estar lejos de Ortea cuando comenzara la batalla. En principio habría tiempo suficiente para ir y volver de la tierra de los athen, sobre todo si Kerrakj aceptaba la paz propuesta por el rey, pero había leído sobre las montañas nevadas y sabía que no sería ningún paseo. Allí las tormentas solían ser intensas, sus pasos se ralentizarían y podrían toparse con cualquier dificultad inesperada.

Además de esto, cada día que pasaba estaba más preocupada por Saith y Hyrran. En caso de estar vivos, lo lógico habría sido encontrarlos en Ortea, el único reino que escapaba al control de Kerrakj. Que no estuviesen ya allí la preocupaba. Puede que sus esperanzas hubiesen sido en vano y no siguieran con vida, aunque prefería no pensar demasiado en ello.

Por si esto fuera poco, aunque la idea había surgido de la propia princesa, el viaje le impediría protegerla de las dudosas manos que acechaban entre las sombras bajo el mando del rey, que había hablado de quitarla del medio. Lyn pensó que se refería a hacerle perder valor en la corte, pero con Ramiet Conav todo era posible, y Ziade ignoraba lo que ella sabía. Negó con la cabeza para despejarse y continuó caminando.

Miró a Mesh, que cada vez estaba más bajo. Sus rayos pronto dejarían de iluminar las calles de la ciudad y los comercios cerrarían. Llevaba dinero en la bolsa y la firme intención de equiparse bien para el viaje que tendría lugar a la mañana siguiente. La amiathir se acercó a una mujer que caminaba por las calles. Dos niñas pequeñas correteaban jugando a su alrededor.

—Disculpe, señora. ¿Sabría decirme dónde comprar ropa de abrigo?

La mujer la escudriñó con la mirada y señaló en una dirección.

—Si vas por esta calle y giras a la derecha encontrarás una sastrería. Es curioso, acabo de mandar a un par de forasteros a la armería de al lado. Por la bondad de Icitzy, se ve que no sabían a dónde venían —dijo mientras miraba a los críos.

—Muchas gracias —contestó Lyn mientras la mujer seguía su camino.

Era de esperar que algunos visitantes llegasen procedentes de Kallone. Especialmente soldados dispuestos a luchar por la única superviviente Asteller. También gente cuyo orgullo o estupidez les impidiera ver que, hoy por hoy, estaban más seguros en sus propias ciudades que en Ortea, el lugar de la próxima guerra.

No obstante, que la mujer hablase de dos forasteros le hizo pensar en Hyrran y Saith una vez más. ¿Y si…?

Lyn caminó con brío en busca del lugar que le habían indicado. No tardó en dar con una sastrería cuya cristalera dejaba ver varios conjuntos y abrigos. Comprar ropa cálida en un lugar como la capital sobre las montañas debía estar a la orden del día.

Compró un abrigo de pelo de gimha, perros salvajes muy habituales en Eravia, y unas botas altas que, como el tendero le aseguró, eran impermeables y le serían útiles en la nieve. Cuando terminó decidió que le vendría bien visitar la armería de la que la mujer le había hablado, pues debía renovar las cuerdas de su arco de cara al viaje. Cuando entró, vio cómo el armero conversaba con un anciano delgado cuyas canas bañaban su cabeza y una mujer de largo cabello moreno que le llegaba a media espalda. Se sintió decepcionada al ver que aquellos forasteros no eran quien ella deseaba.

—Le digo que no quiero una cota de malla nueva, solo arreglar la que tengo —porfiaba el viejo.

El armero recogió la prenda sobre el mostrador y la observó con detenimiento dándole varias vueltas sobre sus manos. A menudo levantaba una ceja observando a sus clientes.

—Algunos de los anillos se han soltado por el uso. Calculo que debe tener al menos veinte años —afirmó.

—Tiene más de treinta, pero luché en la Guerra por las Ciudades del Sur con ella puesta y lo haré también en la guerra que está por venir. ¿Puedes arreglarla o no? Si no te ves capaz, déjame usar tu forja y yo mismo lo haré —pidió quisquilloso.

El armero negó con la cabeza. Parecía descolocado por la petición del anciano.

—No pienso dejarte usar mis herramientas. Los kalloneses siempre creéis ser dueños de todo —gruñó el tendero.

—¡Maldita sea la diosa! Si no sabes arreglarla dámela, ya me buscaré otro sitio. Lucharía contra esos desgraciados rythanos aunque fuese en ropa interior.

El anciano se giró y Lyn observó, para su sorpresa, que le faltaba un brazo. Entonces cayó en lo familiar que le resultaba aquella forma de hablar. Lo que jamás había esperado es que aún lo sería más la voz que oyó a continuación.

—Vamos, Zurdo. Estamos perdiendo el tiempo.

La mujer que venía con el viejo se giró altiva. Su cabello voló en el aire y sus oscuros ojos negros coincidieron con los de Lyn. La mirada de Dracia fue como el tacto de una manta en pleno invierno. Cálida y hogareña como el crujir del lecho tras un duro día de trabajo. Agradable pese al tono, como el hálito previo a un beso. Se quedaron congeladas la una frente a la otra, como si tuviesen ante sí a un espíritu rodeado de tímidos silencios.

La mujer amiathir dio unos pasos hacia ella, abrió los brazos y la rodeó con ellos sin mediar palabra. La apretó con la fuerza con la que agarraría una esperanza para que no escapase de su lado. Estrujó su mejilla contra la de quien fue su aprendiz durante años.

—Estás viva —susurró sin separarse de ella.

Lyn cerró los ojos y le devolvió el abrazo con fuerza. Desde que supo que Rythania había invadido Aridan, había pensado en ella muchas veces.

—¡Niña! —dijo Zurdo alzando la voz desde el mostrador y acercándose a ellas—.

¡Estáis vivos! Lo sabía.

Dracia la apartó, cogiéndola de los hombros con una sonrisa cálida, y Lyn se la devolvió.

—No ha sido fácil. Lorinet, la guerra, los feroces soldados rythanos, enfrentarme a la magia amiathir... —Bajó la cabeza ante los oscuros ojos de su mentora.

—Lo importante es que estás bien —la tranquilizó ella.

Mientras las ideas se ponían en orden dentro de su cabeza, cayó en la cuenta de que Dracia lo habría dejado todo para llegar allí.

—¿Dónde están Ethel y las chicas?

—En Aridan. Pese a lo que pueda parecer por la invasión, más allá de los destrozos que dejó la guerra la ciudad permanece en cierta paz. Los cambios en el trono apenas se han dejado sentir en las ciudades.

—Y si todo está bien, ¿qué hacéis aquí? ¿Por qué ese largo viaje hasta Ortea? La guerra está por venir... y no tardará en llegar.

—Necesitaba saber que estabas bien. Estaba preocupada. —Levantó una mano y acarició su cara—. ¡Cuánto has crecido en este tiempo!

Lyn sonrió ante las maternales palabras de Dracia. Luego miró a Zurdo, que sonreía de oreja a oreja contrarrestando su habitual gesto enfurruñado.

—¿Tú también estabas preocupado?

Zurdo alzó una ceja como si Lyn estuviese bromeando.

—¿Preocupado? Yo vengo a luchar, muchacha. No permitiré que esa reina blanca se salga con la suya y destruya los tres reinos —dijo apretando el puño de su única mano con convicción—. ¿Cómo están los demás? ¿Dónde está el rapaz?

La amiathir negó bajando la cabeza y la expresión de Zurdo cambió.

—Leonard está vivo. Nos encontramos aquí en Ortea hace unos días, pero Saith y Hyrran... No sé qué fue de ellos. —Decirlo en voz alta hizo que se le formara un nudo en la garganta, como si no quisiese aceptar esa realidad.

El viejo volvió a sonreír arrugando las comisuras de los labios.

—¡Qué susto, muchacha! Por tu cara creí que ibas a decir que estaban muertos —le reprochó el armero.

—No sé si lo están —se sinceró ella.

—Ese muchacho es la reencarnación de Aecen, hija. Créeme cuando te digo que está vivito y coleando en algún lugar de Thoran.

Sonrió contagiada por el optimismo del anciano. Dracia la imitó cogiéndola de la mano y llevándola hasta la puerta.

—Vamos, Aaralyn. Hay muchas cosas que tienes que contarnos... y no sabemos cuánto tiempo tenemos para escucharlas.

17. Solo hay una paz posible

Ahmik se colocó los guanteletes y los encajó en las sobrevestas. Cogió el yelmo y lo alzó para admirarlo de cerca. Tenía grandes cuernos, similares a los de un demonio, y su estructura apenas dejaba un hueco para los ojos. Cada vez se sentía más cómodo con la armadura, y eso lo notaba en sus movimientos, más ágiles y menos forzados.

Después de varios días en Rythania, que había aprovechado para seguir entrenando con Gael, había llegado el momento de su marcha. Kerrakj le permitiría dirigir sus tropas contra Eravia y acabar con la guerra de forma definitiva. Había luchado tanto por ganarse el respeto de la reina, que obtener ese reconocimiento resultaba gratificante. En un giro de los acontecimientos que jamás habría esperado, sería él mismo el encargado de devolver la paz a Thoran.

Salió de sus aposentos camino a la salida del palacio. Según le había informado Gael, un nuevo escuadrón de soldados féracen con sangre de yankka estarían esperándole. Soldados veloces, fuertes e implacables que harían de aquella última batalla un paseo. De camino a la salida se asomó a una de las ventanas del gigantesco castillo blanco y entornó los ojos con la mirada fija en el cielo.

—¿Has visto, Aawo? Me he convertido en uno de los soldados más importantes de Rythania tal y como te dije. En unos días haré de este mundo un lugar mejor —aseguró rompiendo el más completo de los silencios. Después de una última mirada al firmamento, bajó aquellas interminables escaleras para no demorar más su partida.

Al llegar a las puertas de la enorme construcción vertical que suponía el palacio rythano, Ahmik comprobó que lo que había imaginado era real. Allí estaba Gael, sonriente. Junto a él, filas de hombres en formación esperando órdenes. Debían ser al menos doscientos, y todos ellos llevaban túnicas blancas e iban armados. Muchos habitantes de la capital los rodeaban y murmuraban a su alrededor. Era como estar en el interior de un panal de abejas de incesantes y curiosos zumbidos.

Caminó con el yelmo bajo el brazo e intentó no parecer nervioso ante los ojos que se clavaban en él. La vaina de Vasamshad resonó contra el quijote de su armadura con cada paso. Lanzó una fugaz mirada a los nuevos soldados. Sus semblantes, serios como una roca en la pradera, lo observaban con ojos rojos como la sangre y felinas pupilas. Aquellos soldados habían sido creados para ser letales y ahora estaban a sus órdenes.

—Enhorabuena —lo saludó Gael en voz baja. Luego cambió la expresión al intuir sus dudas—. No te preocupes, estás preparado. Has mejorado mucho con esa espada. Tanto que ya me es casi imposible vencerte —sonrió—. Serás el líder de nuestro ejército en la invasión a Eravia y lograrás tu objetivo.

Ahmik sonrió también, alzando la barbilla con orgullo mientras volvía a observar, esta vez con mayor seguridad, a sus nuevos hombres. Las miradas de los curiosos habitantes de la capital rythana, que en otros momentos lo habrían intimidado, ahora le resultaban reconfortantes. Aquello que sentían al verlo no era solo miedo, sino admiración. Ahora no era solo una bestia. Era el guerrero que había derrotado al paladín del rey en Nothen. Un prestigioso comandante de Rythania. Y todo gracias a Gael.

Al poco tiempo, de las puertas de palacio surgieron tres figuras que caminaron hacia ellos. Kerrakj portaba un largo vestido blanco, digno de una reina. Su escote abierto en forma de uve se unía por lo que parecía una telaraña bordada en hilo de plata, y la falda se abría desde su cintura hasta el suelo como una flor de cala segada y colocada del revés. El bordado, en forma de cinturón plateado, hacía juego con su pelo y el gris claro de sus ojos. Sonreía con seguridad, lo que a su vez dio aún más confianza a Ahmik. A su izquierda iba Crownight, con su sempiterna túnica negra y sus extraños andares influenciados por la pequeña joroba de su espalda. Lo avieso de su aspecto contrastaba con la belleza natural de la reina blanca. Junto a ellos, un soldado ataviado con una armadura, similar a la del propio Ahmik, caminaba con sobrios pasos.

—Me alegra ver que estás listo —dijo Kerrakj al llegar—. Como ves, Crownight ha trabajado duro para aumentar la fuerza de nuestro ejército, y más concretamente de tu batallón féracen.

—Será un honor dirigir a estos hombres a la victoria en vuestro nombre, alteza —contestó él.

Kerrakj sonrió, complacida con su respuesta.

—Sé que lo lograrás.

—¿Estáis segura de que no preferís que Gael me acompañe, majestad? Estoy convencido de que juntos lograríamos una victoria incontestable.

—No será necesario. Mis informadores me han hecho llegar los últimos avances del ejército erávico. Apenas cuentan con unos miles de soldados pese a que han estado reclutando por las ciudades del reino. Harán luchar a ancianos y niños. Maldito egoísta. ¿Qué clase de rey maltrata así a su pueblo? Al menos esos Asteller cuidaban de su gente y la batalla suponía un desafío. —Kerrakj apretó los puños con un destello furioso en los ojos. Luego suspiró calmándose y miró a Ahmik dedicándole una sonrisa seca—. No te preocupes. Lograremos liberar a Eravia de ese tirano al que llaman rey. Tú lo lograrás. Te he visto luchar a mi lado para conquistar Lorinet y sé que has trabajado duro de la mano de Gael. No necesitas que él supervise lo que haces.

—Este es tu momento, Ahmik. Demuestra tu determinación. Estoy seguro de que marcarás la historia de Thoran.

El expaladín colocó una mano sobre el hombro de su pupilo. Tantos días de duro adiestramiento les había proporcionado algo parecido a una amistad. Una fuerte confianza mutua.

—Parece que tenemos visita —anunció Crownight con la mirada puesta en el frente.

Allá donde acababa la multitud se abría un pasillo por el que llegaron varios caballos al galope. Dos de los jinetes llevaban ropajes azules y blancos, los colores distintivos de Eravia. El resto de monturas eran rythanas y parecían escoltarlos. Antes de que pudieran acercarse a la reina, los soldados los detuvieron y los enviados erávicos descendieron de los animales para acercarse caminando. Kerrakj observó impasible cómo llegaban hasta donde estaban, ambos se inclinaron ante ella con una reverencia.

Uno de los soldados rythanos los presentó como enviados por Ramiet Conav. Los erávicos esperaron a que la reina, con un gesto, les indicase que podían hablar.

—Majestad, mi nombre es...

—Tu nombre es irrelevante, mensajero. Di lo que debas decir y atente a las consecuencias de tus palabras.

El hombre se puso en pie y detuvo el instinto de secarse el sudor de la frente con la manga. Su acompañante, un joven que debía tener la mitad de sus años, no pudo evitar el temblor de sus piernas pese a sus evidentes esfuerzos por permanecer sereno.

—Me envía el rey, Ramiet Conav, a traeros una propuesta de paz —anunció alzando la voz para que todos pudieran escucharlo—. Su majestad os propone una tregua. Os ofrece la paz a cambio de seguir reinando bajo vuestro mando.

—¿Bajo mi mando? —Kerrakj sonrió irónica.

—El rey acepta ser vuestro subordinado, pues sabe que sois poderosa y sabia. Él también desea la paz de Thoran —confirmó el erávico.

La reina caminó alrededor del mensajero, examinándolo como si fuese comida que devorar.

—¿Y ese deseo de paz es más por mi sabiduría o por mi ejército?

—Mentiría si dijera que no es por ambas cosas, mi señora —se apresuró a contestar con una sonrisa forzada.

—Y si tanto desea la paz, por qué está reclutando soldados en sus ciudades. Acumula inocentes con la esperanza de reforzar su irrisorio ejército y hacerme frente sin importarle las vidas de su gente. ¿Creéis que dejaría sentado en el trono a alguien capaz de hacer eso a sus propios súbditos? —Kerrakj chasqueó la lengua mientras negaba con la cabeza. Después caminó hacia el joven muchacho que acompañaba al mensajero—. No. Vais a llevarle un mensaje de vuelta a vuestro rey. Mi ejército féracen partirá hoy rumbo a Eravia con la única finalidad de derrocar a los Conav y matar a la princesa Asteller. Thoran tiene la suficiente historia como para haber aprendido que solo hay una paz posible: la de un único trono que gobierne los tres reinos.

El joven aguantó tembloroso la mirada de la reina.

—Podéis evitar una matanza, majestad —insistió el primer mensajero.

—Evitar una matanza a cambio de revueltas, rebeldía y una confrontación futura —aseveró ella cortante—. La única posibilidad de evitar esta batalla es que Ramiet y su hijo se entreguen. ¿Estará dispuesto a hacer eso por el bien de su pueblo?

—¿Proponéis que entreguen su corona? —preguntó el mensajero incrédulo.

—No. Lo que deseo es que entreguen sus vidas —aseveró tajante.

El hombre rechazó la idea con la cabeza dando un instintivo paso hacia atrás y alejándose de ella.

—El rey Ramiet jamás aceptará su muerte sin luchar.

Kerrakj se encogió de hombros resignada y se alejó del joven muchacho pasando junto al mensajero.

—Era lo que suponía. Enviarme esta propuesta no es más que una pérdida de tiempo si no pretende asumir sacrificios. Tal vez deba mandarle un mensaje de vuelta que aclare cuál es mi postura al respecto. —La reina observó al soldado de blanca armadura que esperaba solícito junto a Crownight—. Mátalo.

Lo que ocurrió a continuación dejó a Ahmik sin habla. El soldado desenvainó su espada sin pensar y se plantó frente al mensajero soltando un tajo horizontal. Todo ocurrió a tal rapidez que incluso a sus experimentados ojos féracen les resultó complicado seguir sus movimientos. Una línea apareció en el cuerpo del mensajero tiñendo de rojo su vestimenta. Con la boca abierta por la sorpresa gorgoriteó de forma casi inaudible hasta caer de rodillas ante la sorpresa de todos.

Tras matarlo envainó su hoja con indiferencia mientras el mensajero se agitaba espasmódico sobre el suelo. Kerrakj se acercó una vez más al joven acompañante, que temblaba junto al cuerpo del mensajero. Mientras la reina se acercaba, el muchacho no pudo evitar que el orín empapase sus pantalones. Kerrakj continuó impasible y se situó a pocos centímetros de él.

—Lleva el mensaje a tu rey de que se prepare para la última guerra. Su muerte está cercana y ese será el fin de esta era. El principio de la nueva Thoran.

El chico asintió titubeante. Parecía congelado ante la presencia de la reina y no se inmutó hasta que uno de los soldados rythanos lo empujó para que caminara. Kerrakj observó el cuerpo del mensajero mientras sus soldados lo arrastraban para quitarlo de su vista. Ahmik clavó la mirada en el rastro de sangre que el cadáver dejó trazado en el suelo.

—De nada —dijo sonriendo a Ahmik, que la miró sin comprender—. Ahora te esperarán listos para luchar. Una batalla de improviso es mucho menos exigente. Esto no es más que una muestra de lo mucho que confío en tus cualidades. —Él asintió con seriedad—. Ahora ve, dirige a los soldados hasta Kallone y reúne al resto de tu ejército féracen. Ya he mandado órdenes a Cotiac y Radzia para que dejen la búsqueda de los ladrones de Varentia y se unan a vosotros. Tardarás unos veinte días en llegar, pero dudo que la batalla dure con la ayuda de los amiathir. Ese mensajero sonaba desesperado —añadió con desdén.

La reina caminó hacia el palacio y Crownight la siguió.

—¡Ah! —añadió girándose antes de marcharse—. Él será tu segundo al mando.

El soldado que había segado la vida del mensajero dio un paso hacia él y agachó la cabeza en un gesto de subordinación.

—¿Es quien creo que es? —preguntó Gael sorprendido.

Kerrakj sonrió.

—Sí. Puedes llamarlo Canou.

El soldado se quitó el yelmo y el impermeable rostro de Canou Amerani apareció ante ellos. Llevaba una barba canosa que endurecía aún más su rostro y sus ojos, antes azules, eran ahora rojos. Tal y como imaginaba, Crownight lo había convertido en un féracen. La indiscutible habilidad del espadachín más hábil de Thoran estaba ahora potenciada por la sangre de yankka. La perfección en el uso de la espada aderezada de una velocidad y fuerza sobrehumanas. Un guerrero imparable a sus órdenes.

—¿Vienes, Gael? Estoy segura de que Ahmik y Canou tienen mucho de qué hablar.

El expaladín asintió y, colocando la mano sobre su hombro, se despidió caminando hacia Kerrakj. Pronto desaparecieron en el interior de la enorme torre blanca. La gente a su alrededor asistía estupefacta al espectáculo. El más afamado guerrero de Thoran estaba ahora con el imparable ejército de la reina blanca, por si no fuesen ya suficientemente poderosos.

—¡Está bien, no hay tiempo que perder! —gritó Ahmik sin vacilar—. Partimos hacia Eravia. Tenemos un reino que conquistar.

Y seguido por dos centenares de fieros soldados y el legendario Canou Amerani, el ejército rythano puso los pies en el camino para cambiar el mundo, derribar las fronteras y traer, por fin, la ansiada paz que el mundo anhelaba.

18. El destructivo poder de Glaish

Saith abrió los ojos. Sentía cómo la lluvia golpeaba en su armadura dorada. El pelo mojado se le pegaba a la frente y dejaba caer el agua enmarcando su cara. Pese a que las precipitaciones ya formaban charcos de barro, veía con nitidez cómo la muerte se adueñaba de todo a su alrededor. Veía el caos, olía la sangre, escuchaba los gritos y notaba como su corazón latía a mil por hora, pero no había tiempo para pensar. Había vuelto a aquella lluviosa noche en el Valle de Lorinet, junto al Abismo Tártaro. Kerrakj, frente a él, ofrecía su hoja sagrada a Ahmik para que luchase.

Pese a que no quería enfrentarse a él, debía sobrevivir y luchar por aquellos que no podían. Debía proteger Thoran de la asesina de su familia. Agarró la empuñadura de Varentia y el recuerdo de sus padres lo ayudó a blandir la sagrada hoja. Ahmik se acercó con paso firme mientras Kerrakj sonreía tras él.

«¿Por qué? ¿Qué te lleva a luchar por ella?». Su amigo ya no era tal. Estaba cambiado. Sus orejas eran peludas y puntiagudas como las de un animal, y sus ojos rojos y fieros, como los de un demonio. ¿Era así como los demás lo veían a él cuando lo invadía ese misterioso poder? No. No había tiempo para divagar. Recordó su infancia. Tumbado en la playa, en la costa de Riora, con el aire meciendo las olas y haciéndolas romper unos metros más allá. Ahmik sonreía con los ojos cerrados y los brazos por detrás de su cabeza. ¿Estaba su amigo en algún lugar dentro de aquella mente que ahora lo veía como un enemigo?

Ahmik alzó la hoja para golpearlo y Saith reaccionó agarrando con más fuerza su espada, pero al querer levantar el arma, sus manos estaban vacías y Varentia se había volatilizado. Bajo la rojiza mirada de lo más parecido a un hermano que había tenido, la hoja cayó sobre él sin compasión ofreciéndole un dolor que iba más allá del de cualquier herida, rompiendo sin piedad su corazón.

—¿Saith? ¿Estás bien?

Al abrir los ojos asustado, gritó y vio la cara de Hyrran, que se encontraba en cuclillas junto a él. Miró a su alrededor y observó que aún estaban en el bosque, durmiendo sobre sus raídas mantas que, con toda seguridad, habían pasado tiempos mejores. A su lado estaba Ekim, que aún dormitaba sobre la hierba. Todo estaba oscuro y, a juzgar por la altura que alcanzaba la brillante Crivoru, el amanecer aún los haría esperar unas horas. Saith se encontraba empapado, pero no por la lluvia de aquel día en la batalla, sino por su propio sudor. Comprendió que todo había sido una pesadilla tan real como su propia vida, pues su amigo ya no lo era y Varentia no se había evaporado en sus manos, pero se había roto tras la lucha con el wargon. Miró el arma, envuelta en una camisa vieja que descansaba junto a él. No sabía cómo había sido capaz de romper una de las siete espadas legendarias, pero si en algún momento había guardado la ilusión de que su vida tuviese algo que ver con Aecen, como había creído Zurdo o incluso Hyrran, la ruptura de la hoja había mermado también esa esperanza.

Asintió ante la mirada preocupada del mercenario.

—No te preocupes. La arreglaremos —lo consoló desanimado ojeando la camisa vieja que Saith observaba.

—¿Arreglarla? ¿Cómo? —lo cuestionó apenado—. ¿Llamaremos a Icitzy para que nos de otra espada sagrada bendecida por los dioses? ¿O se la pediremos a Aecen? Ah, no. Que Aecen soy yo —gruñó sarcástico mientras se tumbaba una vez más sobre la hierba y apoyaba la cabeza sobre sus manos.

—Comprendo cómo te sientes, pero sin lo que hiciste no habríamos podido escapar de las minas. Encontraremos una solución.

Saith negó frustrado. Le costaba ver esperanza a su situación actual.

—Humanos ruidosos gruñen más que olin —se quejó Ekim incorporándose sobre la hierba. Bostezó de tal forma que incluso con poca luz pudieron ver sus molares. El aspecto del gigantón, con la boca abierta y los enormes colmillos que nacían de su cuello, habría resultado intimidante para cualquiera que no lo conociera—. En Olinthas, costumbre dormir hasta que Mesh sale. Si no dormir, guarda silencio.

Hyrran sonrió, y al ver los ojos entrecerrados del olin observándolos con evidente sueño, Saith no tuvo más remedio que hacerlo también.

—Lo siento, Ekim —se disculpó—. No quería despertarte.

El olin agitó una mano con la que parecía indicar que no tenía importancia. Hyrran se puso en pie, cogió su labrys y se sacudió los pantalones haciendo volar algunas hebras de hierba.

—Bueno, ya que estamos todos despiertos deberíamos ponernos en marcha. No hemos vuelto a ver a los soldados por el bosque y es probable que nos estén buscando en Estir. Deberíamos aprovechar y cruzar el Puente Sur hasta Eravia.

Ekim y Saith asintieron. El olin se levantó agarrando su lanza y él hizo lo propio con los restos de Varentia.

—¿Estás seguro de que no quieres descansar antes? Llevas toda la noche haciendo guardia...

Hyrran abocetó media sonrisa.

—No te preocupes, estoy bien. Será mejor aprovechar la poca visibilidad.

Sin más demora y a la carrera, parando solo a recuperar el aliento, los tres amigos aprovecharon la nocturnidad para avanzar en su camino, ocultos en las sombras. Un poco más y estarían en Eravia. Tras la importante amenaza de Kerrakj y el escaso poder militar erávico las fronteras no parecían tan importantes, pero salir de Kallone les daría un respiro frente a sus perseguidores, que ya no podrían avanzar con total impunidad por terreno enemigo. Tras varias horas de camino llegaron a orillas del Puente Sur, una vetusta construcción de enormes proporciones que unía ambos reinos. Junto al Puente de Zarathor, al norte, aquellas plataformas eran las únicas que unían la isla de Eravia a Thoran, como cadenas que impidiesen al reino perderse en las profundas aguas del océano.

Los tres se escondieron tras unos arbustos cercanos antes de llegar a la entrada del puente para examinarlo con detenimiento. Mesh se mostraba muy débil al suroeste, atrapado entre espesas nubes de tonalidad grisácea que le impedían deslumbrar al mundo a esa hora de la mañana como los tenía acostumbrados. Saith ojeó cuanto había a su alrededor, pero la poca visibilidad que les servía como aliada también jugaba en su contra y la niebla les impedía ver más allá.

—En la entrada del puente no hay soldados para cortarnos el paso. Eso es buena señal. No habrán llegado hasta aquí —dijo Hyrran.

—¿Cómo podemos saberlo? No se ve nada —dijo Saith entornando los ojos.

El mercenario volvió a escudriñar el puente, que se perdía en los bancos de niebla impidiéndoles ver el horizonte. Con un gesto resignado hizo coincidir su mirada con la de Saith y Ekim. Sabían que era su única posibilidad para llegar a Acrysta. Tras un instante de duda, Ekim caminó y ambos lo siguieron. Por suerte, y como habían supuesto, la entrada del puente estaba desierta. Tal vez los rythanos buscaban evitar las trifulcas fronterizas... Al menos de momento. Un gigantesco arco de piedra daba paso a la enorme construcción de sólida piedra gris pulida. Era tan imponente que por el puente podrían pasar sin problema hasta tres carretas a la vez. La tímida mañana envuelta en la neblina invadía el puente de silencio y soledad.

—Esto me da mala espina. Tal vez deberíamos plantearnos cruzar a nado.

Saith se acercó al borde y observó cómo el agua dibujaba ondulaciones unos metros más abajo, jugueteando entre los sólidos pilares del gigantesco puente.

—Es imposible —contestó Hyrran—. Los puentes que unen Kallone y Eravia son demasiado largos. No aguantaríamos. Además, Ekim ni siquiera sabe nadar.

El olin compuso una mueca culpable y se encogió de hombros. Pese a que en su raza eran expertos pescadores y navegantes, su amigo ya había dejado claro durante la huida de Olinthas que nadar no era una de sus habilidades.

Saith asintió con decisión. Debían cruzar antes de que el ejército rythano los alcanzara. Echó un último vistazo al puente y caminaron rumbo a Eravia. Con un poco de suerte llegarían a Acrysta sin más dificultades y pedirían a los athen que compartiesen su sabiduría sobre los seren. Era algo que había deseado desde el día que arrasaron Riora. Todos los caminos que podrían llevarlo a reencontrarse con Kerrakj y vengar a sus padres cruzaban por aquella enorme construcción de piedra.

Tras unos pasos la niebla se hizo más pesada. Era como si la densidad del aire lo atenazara. Como si la humedad tuviese vida propia y lo rodease modificando la gravedad. Aunque no eran más que partículas de agua que sus manos podían quebrar con un gesto, sintió la misma pesadez que ante la cascada sobre el lago, si bien esta vez no había ninguna voz.

Saith estiró el brazo y golpeó con él a Ekim, que caminaba a su lado. Hyrran se detuvo al verlos y llevó la mano a su hacha, en guardia. La niebla se desintegró ante sus ojos, desapareciendo y convirtiéndose en densa humedad que oscureció el suelo. Pese a que el día seguía encapotado y cuanto veían adquiría un tono grisáceo, a su alrededor todo se tornó nítido. A varios metros de ellos, apoyada sobre la barandilla del puente, una figura se incorporó y se colocó en pie frente a ellos. Llevaba una túnica negra cuya capucha retiró dejando ver su cara.

La reconoció al instante. Era la chica amiathir que acompañaba a Cotiac en Zern. Por puro instinto miró a su alrededor y se dio la vuelta. Aquello debía ser una trampa. Una emboscada con la que rodearlos, pues el puente no les dejaría escapatoria alguna.

—No hace falta que busques —dijo ella—. No he venido acompañada.

Saith frunció el ceño, extrañado con la revelación de la muchacha. Había previsto que aparecerían Cotiac y su ejército cerrándoles la salida y forzándolos a luchar, pero jamás hubiese imaginado que intentaría detenerlos sola.

—Apártate. No tiene por qué morir nadie hoy —dijo Hyrran con un gesto apaciguador—. Estás sola y nosotros somos tres hombres armados. Te dejaremos marchar sin más. Solo queremos cruzar este puente.

—No he venido hasta aquí para dejaros pasar. Pese a haber recibido órdenes de la reina para regresar a Lorinet, mi misión era deteneros y recuperar a Varentia, la espada que arrebatasteis a esos soldados inútiles. No me marcharé sin que me la entreguéis.

La chica amiathir les lanzó una mirada llena de seguridad. Sus oscuros ojos negros parecían no tener fin, y mientras hablaba apenas gesticulaba con los brazos. La rotundidad de sus palabras estaba aderezada por una sonrisa rebosante de confianza.

—¿Quién eres? ¿Por qué los amiathir obedecéis a Kerrakj? —indagó Saith intentando comprender sus motivaciones.

Esta lo miró con la indiferencia de alguien para quien no era más que un leve obstáculo.

—Mi nombre es Radzia Vodag, y debes saber, humano, que los amiathir no obedecemos a nadie. Apoyamos a la reina como castigo por la tiranía que hemos sufrido durante siglos.

—¿Tiranía?

—Los reinos humanos destrozaron nuestra ciudad, nos arrebataron a muchos de nuestros seres queridos y prohibieron nuestra magia, haciendo que olvidásemos quiénes somos. Puede que la mayoría de los míos, exiliados y esparcidos por Thoran, no sepan lo que son capaces de hacer, pero los que venimos de Amiathara se lo recordaremos. Lucharemos por restituir nuestra sociedad y nuestras costumbres una vez más.

—¿A cambio de matar a cientos de hombres, mujeres y niños? —preguntó Saith.

Radzia compuso una mirada irónica y la oscuridad de sus ojos relampagueó de furia.

—No os preocupabais cuando éramos los amiathir quienes moríamos. Supongo que las lecciones moralistas solo son válidas cuando son los tuyos los que perecen frente a ti.

—Comprendo lo que debéis haber pasado —intervino Saith—. Pero estoy seguro de que debe haber una solución que traiga la paz a ambos pueblos.

—¡No! —Radzia negó vehemente—. La confianza es algo que cuesta años ganar y un solo segundo perder. No obstante, sí que existe una forma de traer la paz a Thoran como deseas. Rendíos ante Kerrakj y dejad que gobierne sobre los tres reinos. Eso acabará con la guerra actual y también con las futuras.

Los ojos de Saith se abrieron con sorpresa. Mirando a la amiathir, con la determinación de no dejarlos pasar, sintió lo mismo que al encontrarse con Ahmik. Ambos mostraban su deseo de traer la paz, y eso le ofrecía la sensación de que aquella chica no era su enemiga. No del todo. Saith luchaba por el mundo que conocía, por proteger Thoran de quienes querían cambiarlo. En su caso, además, lo hacía por ese deseo de venganza sobre la persona que había matado a sus padres y que le había arrebatado a su mejor amigo. Sin embargo, Radzia luchaba con la misma convicción por un nuevo orden que veía representado en Kerrakj. Por una realidad que deseaba cambiar en un mundo que le resultaba injusto. Esa chica que tanto le recordaba a Lyn era su rival, pero no su enemiga. Vivían una misma realidad, pero la percibían de una forma muy distinta.

—Sal de nuestro camino. ¡Nuestra lucha no es contigo! —dijo Hyrran alzando la voz.

—Me temo que no puedo apartarme sin más. Si queréis marcharos tendréis que derrotarme o entregarme esa espada.

Hyrran agarró su arma con fuerza. También Ekim colocó ambas manos sobre su lanza. Saith tuvo el reflejo de blandir a Varentia, pero la legendaria hoja, rota como estaba, no los ayudaría a salir de esta.

—La rodearemos. Manteneos a cierta distancia y su magia no podrá alcanzaros —ordenó Hyrran.

Radzia sonrió antes de alzar las manos. Saith había visto esos gestos en el amiathir que protegió a Maelon en el bosque de Gelvis. Debía ser la forma que tenían de controlar su extraordinario don.

El puente tembló, como si sus cimientos se debatieran entre seguir en pie o sucumbir a la gravedad. Saith colocó bien los pies sobre la piedra para evitar desequilibrarse. Ekim y Hyrran se miraron sorprendidos. La amiahir volvió a agitar las manos y la brisa mañanera se tornó ventisca a su alrededor. Saith sintió cómo el pelo se agitaba sobre su cabeza. Minúsculas gotas de agua provenientes del mar se instalaron en su piel. La amiathir sonrió, aparentemente satisfecha con las expresiones de sorpresa de sus rivales.

—Manteneos agachados para evitar la fuerza del viento. Los amiathir pueden controlar la naturaleza a su alrededor. Usará el viento y los temblores de tierra para pillarnos en un renuncio —dijo Hyrran.

Ekim asintió y salió a correr hacia ella. El viento no era tan fuerte como para desequilibrar el peso del olin y sus pasos retumbaron sobre la piedra. Saltó con todas sus fuerzas alzando la lanza hacia la amiathir, pero esta reaccionó dirigiendo hacia él las palmas de las manos. Sin que nadie lo esperase, el agua surgió de sus brazos. No fueron solo unas gotas, sino un enorme chorro que empujó al olin con tal violencia que lo hizo caer de espaldas y resbalar sobre el húmedo puente. Ekim chocó con fuerza contra la barandilla, empapado y sorprendido.

—El agua... ha salido de sus manos —dijo Hyrran atónito—. Es una de esos.

—¿De esos? —inquirió Saith.

—Lyn me dijo que los amiathir tenían el poder de utilizar la naturaleza a su alrededor, pero hace años, en Tesia, vi a un amiathir capaz de desprender esquirlas eléctricas de sus manos.

Las palabras de Hyrran fueron una llave entrando en una cerradura que abrió la mente de Saith. Al igual que en su sueño, llovía, pero en esta ocasión no era un soldado listo para empuñar la espada, sino un niño indefenso que protegía a su amiga en el interior de un tronco. Y más allá, en el exterior, estaba Maelon junto a otro amiathir, uno capaz de provocar una tormenta eléctrica y enfrentarse a Kerrakj por protegerlo.

—Sí. Yo también vi a alguien así. Un amiathir capaz de controlar la tormenta.

—¿Conocisteis a Dredek? —La voz de Radzia sonó curiosa mientras Ekim hacía esfuerzos por levantarse.

Saith reconoció el nombre del mercenario que se reveló contra Kerrakj aquel día. A pesar de que su mente parecía haber borrado los dolorosos recuerdos, descubrió que en algún lugar de su memoria los tenía muy presentes. La muerte de sus padres, las llamas arrasando Riora, los cadáveres del señor y la señora Rennis. Maelon y

Ahmik huyendo para protegerlos.

—Él... fue quien liberó a Kerrakj —murmuró Saith—. Lo sé porque yo estaba allí.

La amiathir asintió. Sin duda era algo que ya sabía.

—Luego vinieron a mi aldea y lo arrasaron todo —continuó el expaladín—. Quemaron el poblado, mataron a todos. A los padres de Lyn. A mis padres. Después nos persiguieron como en una cacería.

—Saith... —dijo Hyrran atónito. Jamás le había contado lo ocurrido con tanto detalle.

—Lyn y yo logramos escondernos. Su hermano Maelon se sacrificó y entonces fue cuando ese amiathir, Dredek, se enfrentó a Kerrakj.

Radzia chasqueó la lengua con incredulidad.

—¿Enfrentarse a Kerrakj? Mientes. ¿Por qué Dredek haría algo así? La reina blanca nos ayudará a restituir Amiathara.

—¿Y eso lo crees porque lo ha dicho ella? —intervino Hyrran sarcástico.

Radzia lo miró entornando los ojos con furia contenida.

—Kerrakj quiso matar a Maelon. El mercenario amiathir, Dredek, quiso evitarlo. Habló de proteger a su raza y se negó a ejecutarlo —prosiguió Saith inmerso en sus recuerdos—. Lo recuerdo bien. Fue en el Bosque de Gelvis. El amiathir concentró esquirlas luminosas en sus brazos. La reina corrió hacia él y este descargó aquella impresionante fuerza contra ella, pero no antes de ser atravesado por su hoja. Pese a la descarga, Kerrakj se levantó como si nada. Una pesadilla de la que aún no hemos despertado.

Saith permaneció quieto. Hyrran hizo el amago de acercarse a él. Estaba demasiado cerca para soportar uno de los ataques de Radzia, pero no le importaba. Durante un instante sintió que volvía a ser un niño indefenso y que sus amigos morían ante sus ojos sin que él pudiera evitarlo.

—Kerrakj nos dijo que los soldados rythanos habían matado a Dredek al descubrir que podía usar la magia —susurró Radzia confusa.

La amiathir, inmóvil, parecía atar cabos y unir piezas de un puzle que llevaba mucho en su cabeza sin ser resuelto.

—Os ha utilizado —la apaciguó Hyrran—. Ha jugado con vosotros para que la ayudaseis a conquistar Rythania e hicierais lo mismo con Kallone. Habéis reforzado su ejército y servido a sus planes por una mentira. Los humanos no somos vuestros enemigos.

—¡No! —gritó como si buscara convencerse a sí misma—. ¡Sí que lo sois! Mi raza ha pasado siglos escondiéndose injustamente. Huyendo de la atención de los reyes humanos como criminales. Puede que Kerrakj no sea mejor que ninguno de ellos, pero es la única que ha hablado de devolver su poder a los amiathir.

—¡Os está engañando! ¡Os matará cuando no os necesite como hizo con ese mercenario!

—Tal vez no pueda hacerlo —lo contradijo la amiathir—. ¡Mírame! Ahora soy una dómine de Glaish. La diosa me eligió en aquel lago y me dio este poder. Si me hago tan fuerte como para que la propia Kerrakj me respete, liberaré a mi pueblo y los llevaré a su propia paz como reina de Amiathara.

El agua empezó a surgir de sus manos y rodeó sus brazos, trepando por su cuerpo como una húmeda serpiente. La rodeó por completo haciéndose cada vez más grande.

Saith recordó lo que sintió a orillas del lago. La pesadez de su cuerpo. Aquella voz que sus amigos no habían escuchado. ¿Era aquel ente quien le había otorgado tanto poder? En manos de un amiathir con la determinación de esa chica, aquel increíble poder era demasiado peligroso. Pudo ver a Hyrran hacer un gesto a Ekim, que ya se había repuesto del golpe. El olin volvió a correr hacia Radzia, y esta vez ella no pudo verlo. Al embestirla, ambos cayeron al suelo y el agua de desvaneció en diez mil gotas de lluvia que humedecieron todo a su alrededor.

—¡Vamos! ¡Tenemos que escapar de aquí! —ordenó Hyrran saliendo a correr por el puente.

Saith asintió y, sin perder un segundo, salió a correr seguido de Ekim.

—¡No podéis escapar al poder de una dómine! —gritó Radzia poniéndose en pie.

En una última mirada atrás, Saith observó cómo la amiathir levantaba los brazos. Sus ojos seguían siendo negros como una noche sin luna, pero ahora su iris lo ocupaba todo. En ellos no había expresión, pero Saith pensó que irradiaban la más profunda cólera.

Corrió tanto como le permitieron sus pies. Hyrran iba delante y Ekim junto a él. Entonces oyó un estruendo. Era como el sonido de una tormenta lejana. Cuando alzó la vista más allá de la pétrea barandilla del enorme puente, vio una inconmensurable ola que se dirigía hacia ellos. Era un acuático muro de más de quince metros, tan enorme que sería capaz de enterrar bajo el agua a todo un pueblo. ¿Qué diablos era ese inimaginable poder?

—¡Corred! ¡No miréis atrás! —Oyó gritar a Hyrran.

La ola alcanzó el puente con tal virulencia que todo se agitó a su alrededor. El agua los golpeó con la fuerza del acero y los lanzó por los aires golpeándolos contra la piedra. Parte del puente se desprendió a causa de la poderosa magia. Sin posibilidad de reacción y preocupado por sus amigos, Saith perdió el conocimiento.

19. Esperanza

Aaralyn se quejó de forma casi inaudible mientras ascendía por el escarpado paso de las montañas. Hacía tres días que había abandonado Ortea como escolta de Gabre Conav, y con cada paso que daba, su curiosidad aumentaba. Es cierto que siempre había sentido curiosidad por Acrysta y los athen. Había oído y leído historias sobre ellos, sobre su legendaria ciudad y sus costumbres. Había aprendido su lengua en los estudios con Dracia en Aridan y le fascinaba su sociedad, pero no podía evitar la preocupación. Se alejaba de Ortea cuando el futuro pasaba por la capital. Tenía la intuición de que Kerrakj no tardaría en atacar, y el ejército erávico no era lo bastante fuerte como para soportar una ofensiva. Por otra parte, y aunque varios soldados protegían al príncipe, estaba intranquila por el viaje. Los Hijos de Aecen, los soldados y espías rythanos, los descontentos ciudadanos del reino... Gabre podía ser objetivo por muchos motivos, y por él pasaba la esperanza de Kalil de recuperar su corona.

También la atormentaban los peligrosos juegos políticos de Kalil y Ramiet. Lo que debería ser una alianza impenetrable para afrontar la guerra por la paz se había convertido en un juego de intereses que los dividía en lugar de unirlos. Mientras el monarca parecía verla como un obstáculo en lugar de una ayuda, la princesa también creía que el futuro de Eravia sería mejor sin el rey. Si no estuviesen atados por motivos de dependencia, ambos se desterrarían el uno al otro con tal de continuar solos. Y a ella todo le parecía una alfombra roja tendida al enemigo.

—Pareces pensativa —la abordó Dracia acercándose.

Lyn sonrió amable mientras sorteaba los pedruscos del camino al ascender la montaña. Que la amiathir estuviera cerca la alegraba. Cruzarse con ella en Ortea le había resultado reconfortante. Una forma de encontrarse a sí misma. De recordar de dónde venía, ahora que el mundo parecía girar demasiado deprisa. Le traía el aroma a su etapa en Aridan, que había sido más feliz de lo que en su momento había creído.

—Es esta misión. No estoy segura de estar en el sitio adecuado —se sinceró.

Dracia la observó con detenimiento mientras caminaban. Sus profundos ojos negros eran tan intimidantes como siempre y bajo el peso de su mirada sentía que podía leerle la mente.

—¿Temes que la guerra estalle mientras estamos aquí?

Lyn compuso una mueca.

—Supongo que es eso. Creo que podría ser más útil en palacio.

¿Hasta qué punto podía contar a Dracia todo cuanto pasaba? La conspiración de los Hijos de Aecen, la división entre las casas reales...

—No sé qué crees que podrías hacer quedándote en Ortea —dijo la amiathir—, pero la misión que te han encomendado es más importante. Acompañar a un príncipe a Acrysta para convencer a los athen de que nos ayuden en la guerra podría marcar la diferencia entre vivir o morir.

La mujer amiathir sonrió y Lyn se contagió de su estado de ánimo. La Dracia que se había encontrado en Eravia era muy diferente de la Violet que dejó en Ortea. Había dejado los vestidos lujosos y su actitud altiva para mostrar una sencillez que pocas veces había visto en ella antes. Tras encontrarla junto a Zurdo en la ciudad, Lyn los había llevado a palacio para que se alistaran a las fuerzas de la resistencia. El viejo armero ansiaba luchar, así que Kalil le dio la bienvenida como antiguo soldado kallonés. Dracia, sin embargo, se había resistido a quedarse en la capital sabiendo que Lyn emprendería el viaje. Ni Kalil ni Ramiet se opusieron a que formase parte de la comitiva. Era una hechicera dispuesta a proteger al príncipe después de todo, y su magia podría hacer frente al poder de los amiathir. No obstante, Lyn se había percatado de que Riusdir, el capitán de la guardia, no les quitaba ojo de encima. Algo lógico teniendo en cuenta que los únicos amiathir capaces de controlar sus capacidades mágicas estaban del lado de Kerrakj.

Observó la cima de las montañas, que ya empezaban a vislumbrarse desde donde estaban. Allí todo parecía oscurecerse un poco. La nieve cubría los picos tiñéndolos como gigantescos colmillos. Pronto cambiarían el verde y gris propio de las piedras y árboles por el blanco inmaculado del agua helada. No sería un camino fácil llegar hasta los athen.

—¿Por qué decidiste acompañarnos, Dracia? —dijo poniendo voz a una pregunta que había tenido en la garganta desde que salieron de Ortea.

—No os acompaño a vosotros, Aaralyn. Te acompaño a ti. —Durante unos segundos guardó silencio y se limitó a caminar. Luego suspiró antes de continuar—: Los años que estuviste en La compañía divina fueron una liberación. Me hiciste dejar a un lado al personaje de Violet. A su forzada seguridad y su indiferencia. Volví a ser yo de una forma que aún no sé explicar y me reencontré con la Dracia del pasado. La que se preocupaba por los suyos. —Observó a Lyn, que la miraba atenta, por el rabillo del ojo—. El día en que los rythanos invadieron Aridan fue como despertar de mi letargo. Volvieron las preocupaciones y los miedos. Vi a los amiathir luchar por la reina y cómo las llamas de los míos lo invadían todo. Los gritos de los soldados caídos, los celuis desprendiéndose de los cuerpos en cada rincón de la ciudad... ¡Está utilizando a mi gente para sus fines! ¡A nuestra gente! No pude evitar sentirme culpable. ¿Tan mal lo hice como responsable de Amiathara que los entregué a la maldad de esa mujer?

Lyn negó con la cabeza mirando al frente con firmeza.

—No. No es culpa tuya. Es de todos. Kerrakj ha utilizado la voluntad de liberación de los amiathir para usarlos en su favor y convertirse en una enemiga temible.

—Esa voluntad se alimenta del sentimiento de venganza que hemos arrastrado desde hace siglos. Prohibirnos usar la magia tras la Guerra Conjurada fue un error que ahora ha desembocado en esto —se lamentó Dracia negando con la cabeza.

Lyn se sintió culpable al instante. Pensó en la guerra y en cómo cada bando tiene sus propias motivaciones, a las que considera justas, para luchar. Intereses contrapuestos que solo llevaban al camino de la muerte.

—Tengo que contarte algo —se sinceró la joven tras un leve titubeo. Dracia alzó una ceja curiosa—. Sé que durante mi estancia en Aridan me dijiste que todos los amiathir debemos actuar como uno solo, pero la batalla sobre el Valle de Lorinet me llevó a enfrentarme a la magia de los nuestros. Tuve una relación con uno de ellos que resultó ser un traidor y lo herí para huir con la princesa.

Dracia retiró la vista con expresión solemne.

—No es tu culpa. La vida sitúa frente a nosotros caminos que debemos recorrer, y no siempre podemos elegir el resto de senderos con los que este se cruzará. Cada uno debe asumir las consecuencias de sus decisiones. —La amiathir formó una fina línea con los labios, pensativa, y tras una pausa preguntó—. ¿Cómo pudiste hacer frente a las fuerzas naturales?

—Devolví el ataque —admitió Lyn.

—¿Lo devolviste? —Dracia arqueó las cejas sorprendida—. ¡¿Al fin conseguiste controlar las fuerzas naturales!?

Lyn dudó arrugando la boca.

—Lo hice, pero valiéndome de la sangre de una niña.

—¿Sangre?

Asintió.

—Es algo que quería hablar contigo. Una chica cayó herida en el cruce de ataques. Toqué su sangre y eso me volvió tan poderosa como para devolver un ataque ígneo. Aldan...

—¿Aldan?

—Era un consejero de Eravia —se explicó entre susurros—. De camino a Ortea me contó que la sangre de los niños humanos potencia las habilidades de los amiathir. ¿Tú lo sabías?

Dracia vaciló evitando una mirada llena de culpabilidad. Lyn la miró interrogante y ella suspiró con resignación.

—Ya te conté que cuando recibí aquella carta de Crownight, en la que nos emplazaba a ayudarlo, tuve que investigar en los archivos de Amiathara. Ahí no solo descubrí que ese tipo ayudó a fundar Nevene. También encontré notas antiguas sobre cómo potenciar nuestro poder con la sangre joven de los humanos. Teniendo en cuenta el odio creciente en los amiathir y la sed de venganza, pensé que lo mejor era mantener ese conocimiento en secreto. Enterrado en palabras que me aseguré de que nadie volviese a consultar jamás.

Aaralyn caminó en silencio durante un rato junto a la mujer amiathir. El príncipe y su escolta, con Riusdir y el anciano Kavan a la cabeza, estaban lo bastante separados de ellas como para no oír aquella contestación. Utilizar la sangre humana para potenciar su poder le parecía deleznable, pero Dracia confirmaba que la historia que Aldan le había contado era cierta. Recordó la conversación que había mantenido con él antes de que este abandonase Ortea:

—También me dijo que fue eso lo que desató la Guerra Conjurada. Los humanos tenían miedo a ese poder que ponía en riesgo la vida de sus niños y decidieron aliarse para acabar con la amenaza. ¡No lo hicieron por un motivo racial, sino por defender a los suyos! —Lyn agitó la cabeza como si quisiese negar sus propias palabras.

—En los archivos no había nada que hiciese referencia a eso. Supongo que destruyeron esos documentos para eliminar la culpa de los actos amiathir, pero explicaría muchas cosas —concedió Dracia mordiéndose el labio.

—¿Y no sería mejor que los nuestros conocieran la verdad? Quizás empatizaran con los humanos. Puede que dejasen de verlos como enemigos, que...

—¡No! —Dracia negó con rotundidad—. Lo único que conseguirías poniendo ese conocimiento en sus manos es que los más radicales lo utilizaran para marcar más diferencias en la guerra.

Lyn observó a Dracia frunciendo el ceño, aunque en el fondo sabía que tenía razón. Imaginó a Cotiac, sabiendo cómo incrementar su poder y vengar años de ostracismo. No atendería a razones.

—Es mejor así, Aaralyn. Ese conocimiento debe morir con nosotras.

Un soldado se acercó y ambas se obligaron a mantener silencio y cortar la conversación.

—El capitán me envía a deciros que acamparemos aquí. Pronto llegaremos a zonas nevadas y las temperaturas serán aún más frías de camino a Acrysta. Repondremos fuerzas y partiremos al alba.

Ambas asintieron y el soldado, tras una mirada de satisfacción, volvió con el grupo.

—Has dicho que me ayudarás y lucharás por Eravia. ¿Y si eso te lleva a enfrentarte al resto de amiathir? —preguntó Lyn de pronto. Era algo que la había intrigado desde que se encontró con Dracia en Ortea.

El semblante de su maestra cambió, y la seriedad de sus facciones mientras caminaba subiendo la ladera parecieron tristes por un instante.

—Haré lo que tenga que hacer, Aaralyn. —Tras unos pasos volvió a mirarla y le dedicó una sonrisa discreta—. Aunque confío en poder convencerlos de apoyar la causa correcta antes de llegar a ese punto.

Una vez que llegaron al lugar donde descansarían, en una hondonada junto a la sólida pared de la montaña, Dracia se encargó de encender el fuego, lo que sorprendió a los soldados que las acompañaban. Tras lograr una pequeña llama con yesca y pedernal, un simple movimiento de los dedos logró prender las ramas y secó su humedad para arder sin apagarse. Si la belleza de la amiathir ya los había dejado embelesados tras su partida, sus habilidades los tenía hechizados.

Lyn había sentido miedo de utilizar su magia y no poder controlarla tras el incidente en su huida de Lorinet. No obstante, recordó cómo ella misma había dominado el calmado oleaje en el puerto de Ortea para distraer al rey y su consejero antes de escapar junto a Kalil. Pese al pesimismo durante el aprendizaje con Dracia en Aridan, su evolución era palpable en el control de las fuerzas naturales, y mucha culpa la tenía Cotiac y su consejo para usar las emociones. Se preguntó si se habría recuperado de sus heridas tras combatir contra ella en el panteón de los Asteller. Pese a todo lo que había pasado, sentía culpa. Como si en el fondo de su corazón sintiese que fue ella quien lo traicionó. Tanto a él como a los suyos.

—¿Por qué no me hablaste del control de las emociones para dominar las fuerzas naturales? —le había preguntado a Dracia durante el camino.

—Porque no quería que las usaras —había aclarado—. Quería que aprendieses a dominar tu don desde la razón. Con las emociones es más fácil conectar, porque es algo que poseemos desde que nacemos. Sin embargo, son inestables, difíciles de controlar. No podemos evitar el llanto, la risa, la alegría, la tristeza o el enfado. Esos sentimientos nos permiten utilizar nuestra magia con más facilidad, pero nos arrebata el control total de lo que hacemos.

Tras pensar mucho en aquellas palabras, Lyn llegó a la conclusión de que el ataque a Cotiac había escapado a su control. Por eso no quería volver a utilizar esa fuerza. No obstante, también era consciente de que la guerra la llevaría a utilizar ese poder una vez más. ¿Sería esta vez capaz de controlarlo?

Antes de que arribara la noche decidió ir con Riusdir y algunos soldados a cazar.

Pese a cargar con provisiones, sabían que necesitarían más comida cuando la nieve cubriese las montañas. Su buena puntería le permitió acertar a una liebre y un ave. No eran muy grandes, pero servirían para ofrecer un bocado extra a la comitiva del príncipe. El capitán de la guardia la felicitó, sorprendido por su pericia. Parecía contento de contar con una arquera de sus cualidades. Con el arco había notado una evolución aún mayor que la de su magia.

Al volver descansaron alrededor del fuego mientras se asaban las presas de la cacería. La amiathir los observó a todos. A Riusdir y la visible cicatriz que cruzaba su cara. Tallaba un trozo de madera con una navaja. El capitán se asemejaba a un animal salvaje que fingía indiferencia y aguzaba el oído ante el posible peligro. Despegarse de Gabre Conav no parecía opción para él. Observó también al viejo Kavan, que parecía dormitar de brazos cruzados. Su barba se movía de forma leve y sin control, como si tiritase por el frío. Aquel hombre desganado parecía no sentir pasión por nada de lo que hacía. No pudo evitar pensar en los secretos que el anciano podía esconder. Después de todo, los consejeros se reunían a escondidas y eran conocedores de las intenciones de su rey.

Los cinco soldados que escoltaban a la comitiva se mantenían apartados de ellos unos metros. Entre sus comentarios en voz baja había risas acompañadas de lujuriosas miradas a Dracia y a Lyn en menor medida. El príncipe Gabre la observó, haciendo que sus miradas coincidieran, y ella se ruborizó al comprobar que la había pillado mirándolo.

—Gracias, Aaralyn —dijo sorprendiéndola—. Riusdir dice que eres una experta cazadora. Y gracias a ti también, Dracia. Esas habilidades que tienes nos serán muy útiles en este viaje. Ya lo han sido avivando este fuego para protegernos del frío.

Lyn hizo una tímida reverencia a la sonrisa del príncipe asintiendo cortés.

—¿Mis habilidades? ¿Os referís a esas que vuestro linaje lleva prohibiendo desde hace siglos? —contestó Dracia cortante—. Supongo que la magia solo está bien si la tienes a favor.

Lyn observó la reacción del príncipe, que parecía sorprendido.

—Cuida esa lengua, mujer. Ser útil no te convierte en imprescindible —gruñó Riusdir sin levantar la vista de la madera que tallaba junto al fuego.

—¿Y qué vas a hacer? ¿Vas a prohibirme hablar como prohibisteis a mi pueblo utilizar sus dones?

En esta ocasión, Riusdir levantó su único ojo sano de lo que estaba haciendo y apuntó a Dracia con su navaja.

—No quieras saberlo —amenazó con una sonrisa retadora.

Dracia alzó un solo dedo, lo agitó en el aire y las ascuas de la hoguera repiquetearon frente a ellos. Algunas de las brasas saltaron hasta donde estaba el capitán, haciendo que este apartase los pies unos centímetros.

—¿Veis, alteza? Os avisé de que no era buena idea traer a unas amiathir a este viaje. Nos guste o no son el enemigo. Sus artes oscuras están fuera de la ley —gruñó Kavan. El consejero apenas abrió los ojos un instante y siguió haciendo como si durmiese.

—¡Ya basta! Son nuestras aliadas y no aceptaré discusiones al respecto. No estamos aquí para cuestionar a quienes desean ayudarnos, sino para tender la mano a toda la ayuda disponible. Ese es el mensaje que debemos llevar a Acrysta.

Kavan apenas reaccionó, dormitando indiferente una vez más. Riusdir bufó mordiéndose la lengua mientras seguía con la ardua labor de tallar la madera.

—Comprendo vuestra frustración y lamento lo que habéis pasado —dijo Gabre dirigiéndose a la amiathir—. Supongo que eso es lo que ha llevado al pueblo amiathir a apoyar a nuestro enemigo, pero no me hagáis partícipe de lo que hizo la humanidad en el pasado. Mi intención es tender puentes. No derribarlos.

—Domináis la palabra, alteza. Si sois tan hábil con los hechos, puede que seáis un buen rey —adujo Dracia conciliadora.

—Decís que vuestra idea es tender puentes, pero ¿por qué ahora? Puede que la guerra que está por venir y este viaje desesperado pudiesen haberse evitado con vuestra participación en el Valle de Lorinet. —Lyn se sorprendió a sí misma por el ímpetu de sus palabras.

—Tal vez tengas razón, Aaralyn. Me he enfrentado a esa pregunta en boca de Kalil y sé que ninguna respuesta os dejará satisfechas. —El príncipe suspiró resignado—. Nada me hubiese gustado más que ayudar a Kallone en la guerra y que el rey Airio y el príncipe Halaran siguiesen vivos, pero debéis poneros en el lugar de mi padre. Hablamos de sacrificar todo un ejército en una batalla que parecía perdida. Creíamos que el mismísimo Aecen estaba del lado rythano. ¿Cómo combatir contra eso? —Gabre negó con la cabeza.

—Lo normal ante una batalla perdida es reagruparte y pensar en cómo ganar la guerra. Es lo que hacemos ahora. Lamentarse por las derrotas solo llevará a cosechar la siguiente —intervino Riusdir con seriedad.

Lyn apretó los dientes. Comprendía tan bien a Kalil. Sin embargo, en el fondo de su corazón estaba convencida de que ni el ejercito erávico hubiese evitado aquella derrota. Es probable que solo la hubiese retrasado y Kerrakj gobernara ahora sobre los tres reinos. De igual forma, la retirada erávica solo suponía añadir días a una derrota anunciada. Un sino que ahora quedaba en manos de los athen, pues obtener su ayuda era la única posibilidad.

Uno de los soldados se levantó de su asiento lanzando a Dracia una mirada que esta despreció girando la cabeza. Después anduvo hasta el fuego para apartar la carne de la hoguera. El primer trozo fue para el príncipe, el siguiente para Kavan y el capitán de la guardia. Luego lo ofreció a sus compañeros y por último a ellas. Las raciones fueron pequeñas, pero a Lyn no le importó. La conversación sobre el incierto futuro que asolaba Eravia le había cerrado el apetito.

—¿Qué te ocurre? —preguntó Dracia en voz baja—. Tienes que comer. El viaje a partir de aquí será mucho más duro.

Si había alguien que conociera aquellas montañas era ella. Después de todo, las había cruzado buscando a los athen para salvar Amiathara hacía años. Y lo había hecho sola.

—¿Crees que nos ayudarán?

Su maestra masticó el trozo de carne unos segundos y tragó sin dejar de mirarla a los ojos.

—Sabes que los athen no son partidarios de interceder en los asuntos que transcurren fuera de sus fronteras —contestó encogiéndose de hombros. Era la respuesta que había esperado. Con cada paso, el viaje le parecía más inútil. Sin embargo, Dracia dibujó una enigmática sonrisa—. ¿Quién sabe? A mí me ayudaron.

Siguió comiendo y Lyn se forzó a imitarla. El príncipe. El capitán y sus soldados. Kavan. Ellas mismas. ¿Acaso no era esa esperanza la que los empujaba a seguir luchando? Probablemente era la misma sensación la que, en algún lugar de su corazón, le decía que Saith y Hyrran seguían vivos.

—¿Creéis que el ejército erávico está preparado para contrarrestar la poderosa ofensiva rythana? —preguntó de pronto. Era solo una pregunta al aire en voz alta. Aunque no pensaba dejarla salir de su mente, necesitaba creer en algo más sólido que una esperanza efímera.

Gabre Conav levantó la vista de la comida junto al capitán de la guardia.

—Estos kalloneses siempre infravalorándonos —dijo el soldado escupiendo un trozo de comida al fuego.

El príncipe compuso una sonrisa tranquilizadora que parecía estudiada.

—Somos un pueblo fuerte. Superviviente. Hemos estado preparando a nuestros hombres y Wabas ha reclutado soldados en cada rincón del país. Vamos de camino a Acrysta para encontrar el apoyo de los athen y tenemos a los soldados kalloneses que continúan llegando a Ortea para luchar por Kalil —enumeró convencido—. Tenemos nuestras armas y aún guardamos algún as en la manga.

—¿Algún as? —indagó Dracia curiosa.

—Aldan me contó antes de marcharse cómo Kallone contó con los mercenarios en la última batalla —relató el príncipe sin borrar la sonrisa—. Eravia puede contar también con un grupo de guerreros: los Hijos de Aecen.

Lyn se atragantó con un trozo de carne al escuchar el nombre de la orden, tosiendo sin poder remediarlo durante segundos.

—¿Los Hijos de Aecen? —preguntó exaltada.

Gabre asintió.

—Llevamos mucho tiempo recabando informes de su orden. Pese a que teníamos sospechas sobre sus principios, son hombres que buscan la justicia. Han accedido a ayudarnos para hacer frente a Rythania, así que mi padre los recibirá estos días para comprobar sus cualidades como guerreros y entrenar en palacio, junto a nuestro ejército.

Lyn lo observó alterada. Meter a los miembros de la orden en palacio era una locura, pues su objetivo no era otro que matar al rey. Sin embargo, delatarlos haría que Ramiet Conav los ajusticiara por traición a la corona, y Leonard estaba con ellos.

—No deberíais meter a cualquiera en palacio, alteza —dijo intentando disimular su nerviosismo—. Tal vez no sea buena idea.

Gabre hizo un gesto con la mano restando importancia a su preocupación y sonrió confiado.

—No podemos negarnos a recibir ayuda. Confiad en mí y en mi padre. Lograremos hacer frente a esos demonios rythanos y devolveremos la paz a Thoran.

Y con una sonrisa confiada, ignorante ante las intenciones de la orden, el príncipe se terminó su pieza de carne. Lyn, sin embargo, apartó la suya ofreciéndosela a Dracia.

—¿No quieres más? —preguntó la mujer amiathir frunciendo el ceño.

Ella negó con la cabeza, y durante toda la noche pensó en que ese viaje podía terminar con la inesperada muerte del rey, lo que pondría la victoria a Kerrakj en bandeja de plata.

20. La justicia no siempre es justa

Kalil se dirigió a los patios del palacio de Ortea, en la parte baja del castillo. Era imposible no sorprenderse por la enorme construcción tallada en la montaña. No admirar sus pasillos de piedra pulida y sus enormes balcones. El sol se desperezaba tras las nubes y sus rayos aún eran débiles, pero suficientes para deslumbrarla cuando por fin llegó a la puerta.

Se había aventurado a acudir a la presentación de los nuevos soldados, pues no eran pocos los hombres que, cada día, llegaban a palacio para ponerse a las órdenes de Ramiet Conav. Algunos de ellos habían llegado de forma voluntaria a Ortea. Esos eran fáciles de distinguir, pues caminaban con la cabeza alta y relativa seguridad. Muchos eran exsoldados kalloneses que se cuadraban o la reverenciaban cuando pasaba junto a ellos. Hombres leales. Luchadores. Tal vez supervivientes de la guerra en Kallone. La atormentaba no conocer a todos esos valientes que lucharon por su padre y ahora venían a hacerlo por ella, por Thoran y por la justicia, pero les profesaba un profundo agradecimiento.

Sí. Todos ellos suponían una gota más al vaso de la esperanza que, por otra parte, estaba casi vacío. Rythania era demasiado poderosa, y no había nadie que no fuese consciente de ello. Se podía observar en los ojos de muchos de los nuevos soldados que se daban cita allí. Aunque muchos de ellos eran guerreros preparados y valientes, la mayoría acudían obligados por el llamamiento del monarca bajo pena de muerte. Jóvenes, ancianos e incluso mujeres sin experiencia en batalla. Acudían a la llamada de su rey con el miedo por bandera.

A estos también resultaba fácil distinguirlos. Poseedores de miradas perdidas con las que buscaban asimilar su nueva vida... o su futura muerte. La obsequiaban con expresiones inseguras como asustados pajarillos enjaulados que, atrapados por la realidad, no podían echar a volar aunque quisieran.

Kalil no pudo evitar sentir pena al pasar junto a los patios y verlos formar. Allí había granjeros, mercaderes, pescadores... Gente que jamás se habría prestado voluntariamente a coger un arma y jugarse la vida contra los demonios rythanos. Había ancianos en el ocaso de sus vidas y niños que apenas la habían empezado. Todos ellos empuñarían una espada y se entregarían a su caprichoso destino.

Kalil vio, paseando entre ellos con una sonrisa orgullosa, a Ramiet Conav acompañado de sus consejeros, Wabas y Ronca. Parecían examinar a sus nuevos hombres como si fueran ganado. Meras armas que utilizar en batalla. Hablaban entre los tres decidiendo en que batallón lucharían, mas lo único que parecían elegir era el orden de sus muertes.

«Pobres. Qué injusta es la vida con ellos», pensó Kalil. Echó de menos tener cerca a Aaralyn o Ziade. Ellas eran las únicas personas con las que tenía confianza suficiente para dejar de ser una princesa y ser solo ella. Algo que parecía tan insignificante y tan importante al mismo tiempo.

La primera había ido acompañando a Gabre en busca de los athen. Cuánto cambiaría la situación con ellos de su lado. Tal vez le quedase un trono en el que sentarse junto al príncipe si lograban convencerlos. Ziade, por el contrario, seguía enfadada por su fijación con los Conav. No aceptaba el camino que había elegido, pero ella estaba convencida de que era su mejor opción para reencontrarse con su destino y liberar a su gente.

Kalil suspiró. Tarde o temprano tendría que aceptar que fue educada para reinar. Nació para ello. ¿Qué sentido tenía su vida si se negaba a afrontar su destino? Su obligación era ayudar a la gente. ¿Por qué no lo entendía?

Resopló comedida mientras observaba los patios de entrenamiento para el ejército. Eran mucho más pequeños que los del palacio dorado y, al contrario que aquellos, no se encontraban en el interior del castillo, sino entre muros de piedra a las afueras. Además, los soldados del ejército no vivían en el interior como en Lorinet, sino en la ciudad. Solo los miembros de la guardia real habitaban dentro del palacio.

—Buenos días, majestad.

Kalil se sobresaltó. Junto a ella había un muchacho que la observaba abocetando una sonrisa tímida. En un rápido vistazo pudo comprobar que estaba armado y que no llevaba distintivos erávicos. Se palpó el vestido a través de los estratégicos cortes ocultos en el pliegue de la tela y sus manos sintieron el duro metal de las dagas que siempre llevaba fijadas a las piernas. Ahora que el enfado la había alejado de Ziade, se sentía más segura sabiendo que las tenía cerca.

Pese a todo, aquel muchacho no parecía una amenaza. Estaba quieto junto a ella y ahora miraba al resto de reclutas. Kalil sintió que algo en él le era familiar.

—Solo quería presentaros mis respetos —añadió él percibiendo sus dudas—, y deciros que fue un honor combatir por vos y vuestro padre.

La princesa se relajó, permitiéndose dedicar más tiempo a observarlo. Pese a que una de las mangas de su casaca la tapaba, pudo ver que le faltaba una de sus manos.

—Te recuerdo. Eras un portador de línea escarlata. El muchacho que salvó a Halaran en las pruebas de acceso —concedió ella rebuscando en sus recuerdos.

Afirmó con una sonrisa apesadumbrada.

—Mi nombre es Leonard Mons.

—Leonard... —Kalil cayó enseguida—. ¡Eres el amigo de Aaralyn!

Asintió con seriedad. Lyn le había hablado de él aquel día en el que le enseñó el puerto oculto en la montaña.

—Sí. Ella es una de las pocas cosas buenas que me quedan tras la derrota de Lorinet —dijo él observando la ausencia de su extremidad.

—Podría decir lo mismo —convino la princesa con tristeza.

—Oh, no quería haceros pensar en ello. —Se apresuró a asegurar—. Miradme. Yo aquí quejándome por una mano estúpida. —Alzó el muñón envuelto en un pañuelo y lo miró con desprecio—. Vos habéis perdido todo un reino además de a vuestra familia y seguís luchando. Deseo que Icitzy los tenga en el Vergel.

Kalil agachó la cabeza unos segundos. Luego volvió a alzarla con la sobriedad que le permitían los años de práctica evitando mostrar sus sentimientos.

—¿Has venido a alistarte para volver a luchar, Leonard? —indagó. En parte por curiosidad. También por cambiar de tema.

—En cierto modo —concedió—. En realidad formo parte de los Hijos de Aecen. Nuestra orden alcanzará hoy un acuerdo con el rey para combatir en su nombre.

—¿Hijos de Aecen? —cuestionó ella haciendo como si ignorase la naturaleza de su orden.

Lyn le había hablado de ellos y sabía de sus intenciones. Había estado esperando su aparición en la actualidad erávica, aunque jamás imaginó que sería el propio Ramiet Conav quien les abriría las puertas de su ejército.

—Un grupo de hábiles guerreros que luchamos por las causas justas —explicó con un deje de orgullo.

Kalil asintió.

—Supongo que a Ramiet le vendrá bien contar con vuestra fuerza si realmente sois tan hábiles y justos.

Leonard asintió sin percatarse de la ironía de sus palabras. Ella sabía que su objetivo era detener a Ramiet, no ayudarlo. Pensó en lo que supondría la muerte del rey. Estaba convencida de que con Gabre en el trono todo iría mejor. Estaba segura de que tomaría decisiones más sabias y la tendría a ella como reina para ayudarlo. Las palabras de Ziade volvieron a resonar en su cabeza, insistiendo en que era su deseo de venganza, y no de justicia, el que la impulsaba a guardar secreto sobre las intenciones de aquella orden clandestina.

¡No! Era el mismo rey quien había hablado en los muelles de librarse de ella. ¿Pretendería desprestigiarla ante Gabre? ¿Hacer que el príncipe rehusara contraer matrimonio con ella? Fuese lo que fuese lo que el monarca tenía en mente, no le vendría mal tener cerca a esos Hijos de Aecen.

—¿Crees que con vuestra ayuda el ejército erávico podrá hacer frente a Rythania? —preguntó sin dejar de mirar cómo el rey y sus consejeros caminaban entre los nuevos soldados.

—Tal vez —dijo con una mirada suspicaz.

—Parecéis confiado de vuestro papel en esta guerra.

Leonard compuso una fina línea con los labios.

—Solo confiamos en que la justicia prevalecerá.

—Leonard... Alteza —saludó un segundo hombre al aparecer junto a ellos.

Llevaba una loriga a modo de peto y también iba armado. Era mayor, mucho mayor de lo aconsejable para combatir en la guerra, y para sorpresa de la princesa, también le faltaba una de sus manos.

—¡Zurdo! —dijo el joven alzando la voz con alegría y sorpresa—. ¿Qué haces aquí? ¿Cuándo has llegado?

El viejo se acercó más y su cara se arrugó con una sonrisa a la que parecía no estar acostumbrado.

—Vine hace unos días junto a Dracia —contestó—. Nos hemos alistado para luchar contra esa maldita reina. ¿Qué diablos te ha pasado, muchacho?

La mirada del viejo se detuvo en la extremidad mutilada de Leonard.

—La batalla en el Valle de Lorinet —dijo él apartando la vista con vergüenza.

—Lo importante es que estás con vida —lo consoló el anciano posando la mano sana sobre el hombro del Hijo de Aecen—. ¿Y Saith? ¿Pudiste verlo en la batalla?

Kalil abrió los ojos con sorpresa al escuchar el nombre del paladín. No era de extrañar que los amigos de Aaralyn se conocieran, pero en sus pesadillas rememoraba en ocasiones la imagen de aquel muchacho prometiendo proteger a su padre y su hermano.

—Fue increíble. Tendrías que haberlo visto. Se movía a una velocidad sobrehumana. Aún más rápido que esos demonios. Y su fuerza... —Su voz se fue apagando mientras relataba lo ocurrido—. Acabó con cuantos le salieron al paso e incluso luchó contra esa reina blanca. Recuerdo que la vista se me nublaba por el dolor, pero pude ver cómo se abalanzaba sobre el enemigo sin temor por su vida.

Kalil sintió que el corazón le latía cada vez más fuerte por la sorpresa. Había pensado en que aquella promesa no habían sido más que sonidos que el viento se llevó hasta hacerlos desaparecer, pero el testimonio de aquel soldado demostraba que Saith intentó cumplir con su palabra hasta el final.

—Pero ¿qué pasó? No lo entiendo. —El anciano negó vehemente con la cabeza—. Las cosas no debían haber sucedido así. Aecen decanta la batalla a su favor siempre. ¿Cómo es posible que el rapaz saliese derrotado?

«¿Aecen?», pensó Kalil frunciendo el ceño sin saber a qué se referían.

—Algo pasó, Zurdo. Me sacaron a rastras del campo de batalla, pero había un soldado que igualó su fuerza. Tenía su misma velocidad y habilidad. He oído a soldados erávicos hablar de que Aecen estaba en el bando rythano.

—Eso es imposible, chico. No puede haber dos Aecen —dijo el viejo desechando sus palabras.

—Puede que se confundiesen o que creyesen ver algo que no era —concedió Leonard—. O puede que los confundidos fuésemos nosotros. Eran auténticas fuerzas de la naturaleza. Demonios como los de las historias sobre la Voz de la Diosa. Desde la distancia pude ver cómo uno de ellos se lanzó con él por el abismo —relató apesadumbrado.

—Sí. Lyn me lo contó —dijo Zurdo apretando los dientes—. Pero sigue vivo. Lo sé.

Leonard negó frunciendo el ceño.

—Haces lo mismo que ella. Te aferras a una realidad que solo está en tu cabeza. ¡Puede que Saith esté muerto! Que nunca fuese quien crees que es. ¡Asúmelo! Yo también quise creer en ese ritual y en una intervención divina, pero ni Icitzy ni Aecen nos salvarán de esta guerra.

—Reza para que no sea cierto lo que dices —gruñó Zurdo malhumorado—. Mira a esta gente. Están asustados. Se mearían encima si se encontrasen a esa reina blanca frente a ellos. Nunca podrán ganar esta guerra sin ayuda.

—No. No podrán. Por eso la mejor forma de evitar que sigan con su sufrimiento es no librar esta batalla.

El anciano observó a Leonard y dibujó una sonrisa irónica que contrastaba sobremanera con su perpetuo ceño fruncido.

—No librar esta guerra. Esa es mucha fe para alguien que ha dejado de creer en los dioses.

—No reniego de los dioses —lo contradijo Leonard—. Lo que he dejado de creer es en que estén de nuestro lado.

—¿Crees que están de lado del enemigo? —intervino la princesa inmersa en la conversación.

—No lo sé —dijo un titubeante Leonard rascándose la parte posterior de la cabeza—. Lo único que sé es que estarán del lado de la justicia, y es a ella a la única que rendiré pleitesía a partir de ahora.

Kalil sintió un extraño peso sobre los hombros. ¿Era buena idea dejar que aquella extraña orden infiltrase a sus hombres en palacio? Si Lyn estaba en lo cierto, la vida de Ramiet correría peligro. Sintió la tentación de ir en busca del monarca y contarle por qué aceptarlos en su ejército no parecía buena idea.

No hizo falta ir en su busca. Después de examinar a sus nuevos soldados, Ramiet caminó hacia ellos seguido de sus consejeros y de un hombre de baja altura y serio semblante. Los ojos de la princesa coincidieron con los del monarca. A pesar de su animadversión hacia el rey, su muerte sería un duro golpe para el reino en vísperas de la cruenta guerra. También para Gabre, que debería reponerse y asumir las responsabilidades de la corona rodeado de dificultades.

Kalil dio un paso al frente, decidida a convencerlo para que no incorporara a sus filas a esos hombres de peligrosas intenciones.

—Majestad. Me gustaría hablar con vos, si me lo permitís —dijo saliendo al paso.

Ramiet le lanzó una mirada implacable llena de indiferencia.

—Por supuesto, pero más tarde. Ahora voy a rubricar mi compromiso con los nuevos soldados. Es un momento grande para Eravia —dijo con una sonrisa confiada—. Wabas, sella el acuerdo al que has llegado con estos hombres. Nos hará bien tener a nuestro lado a estos guerreros de reconocida habilidad.

—Pero, alteza —insistió Kalil consciente de que se refería a los Hijos de Aecen—. Son soldados desconocidos. Por muy hábiles que sean, ellos…

—Ah, y asegúrate de sellar bien el pacto. Que sus responsables permanezcan en palacio a las órdenes de Riusdir para facilitar la comunicación —dijo ninguneando sus opiniones—. No me gustaría que me pasase como a Airio y esos mercenarios que dicen que contrató. Los rumores cuentan que lo dejaron en la estacada cuando los necesitó. Asegúrate de que no nos ocurrirá lo mismo.

Ramiet lanzó a Kalil una mirada fugaz con una irritante sonrisa que borró al instante. Kalil apretó los dientes.

—No tendrá ese problema con nosotros, majestad. Nunca abandonaríamos Ortea antes de cumplir nuestro cometido —lo asaltó Leonard.

Ramiet lo miró de arriba abajo, examinando al soldado en un vistazo rápido. Wabas, el consejero, lo observó enarcando una ceja. Ronca ni siquiera lo miró, centrando su atención en el viejo Zurdo.

—¿Es uno de tus hombres, Toar?

—Sí, majestad —contestó el hombre que los acompañaba a regañadientes—. Es una de nuestras últimas incorporaciones. Un exlínea escarlata kallonés con experiencia en batalla.

Ramiet escudriñó a Leonard, esta vez con mayor interés, y se percató de que le faltaba una de sus manos. También pudo ver que a Zurdo le ocurría algo similar.

—¿Cómo de útiles seréis en batalla imposibilitados por vuestras carencias? —se preguntó en voz alta.

—Dudo que Eravia pueda permitirse dudar de todo aquel que quiera luchar en vuestro nombre, alteza —contestó Leonard rotundo.

Ramiet arqueó las cejas, sorprendido por el descaro del muchacho. También el anciano Zurdo pareció sobresaltarse por la respuesta.

—Cuida tus palabras, soldado. Recuerda que ahora también representas a tu orden —le instó Toar con seriedad.

Los consejeros hicieron el amago de continuar con su camino, pero Ramiet permaneció inmóvil. Una sonrisa se dejó ver en la comisura de sus labios.

—Me gusta este muchacho. Alguien sincero con los pies en la tierra será una buena incorporación. Toar, elige a tres hombres en representación de la orden.

Vivirán en palacio y ofrecerán comunicación con el resto. Preocúpate de incluir a este chico entre ellos. Estoy convencido de que nos será útil.

Y con esas palabras se marchó, seguido de Wabas y Ronca. Ninguneando a Kalil había demostrado, una vez más, que su presencia allí no era más que un llamamiento a fuerzas kallonesas. En lo que respectaba a la realeza, ella no tenía ninguna importancia para Ramiet. Leonard pareció ligeramente sorprendido por la actitud del rey. La princesa, sin embargo, estaba convencida de que la decisión de tener a Leonard cerca respondía al hecho de que estuviese hablando con ella. Tal vez pretendía sonsacarle información o mantener a alguien de la orden a su lado para controlarla. En cualquier caso, no creyó que el amigo de Lyn supusiera una amenaza.

—¿Vos creéis que ese hombre sería capaz de traer la paz a Thoran? —preguntó Leonard cuando se hubo alejado—. ¿Que los dioses se pondrían de su lado en esta batalla? —Negó con la cabeza y Kalil calló.

—Si no lo apoyan a él, lo harían con la reina blanca. Iría en contra de los linajes bendecidos por Icitzy y, por tanto, en contra de los propios dioses —respondió ella con menos seguridad de la que habría querido.

Leonard se encogió de hombros.

—No hay nada como estar en el campo de batalla, rodeado de muerte, para ver la vida tal y como es. Injusta en su propia esencia. —Leonard puso su mano sana sobre el hombro de Zurdo a modo de despedida y se giró ofreciendo una breve reverencia a Kalil—. Tal vez por eso es tan importante que nosotros mismos nos encarguemos de hacerla un poco más justa. Nos volveremos a encontrar, princesa.

Y dicho esto se marchó para encontrarse con el grupo de los llamados Hijos de Aecen, que ahora lucharían para Eravia. O eso pensarían quienes no conocieran sus verdaderas intenciones.

—¿Qué está tramando este rapaz? —preguntó el anciano como si lo dijera para sí mismo.

—No hay nada malo en luchar por la justicia —intervino Kalil.

Zurdo la miró como si hubiese olvidado que estaba allí, a apenas un par de metros de él.

—El problema de la justicia, majestad, es que no todo el mundo considera justo a quien la imparte, por eso históricamente nos hemos escudado tras los dioses para ello. Sin el Rydr y la ausencia de ley, no existe baremo alguno para medir lo justo, pues solo respondería a nuestra propia percepción.

—Tal vez sea posible basarse en la objetividad para diferenciar la justicia de la injusticia.

Zurdo sonrió triste.

—Sois lista, pero joven.

—No son cualidades contrapuestas —refunfuñó abstraída alzando la vista hacia Ramiet y sus consejeros, que se perdían ya en el interior del palacio.

—No, no lo son. Pero la edad os llevará a daros cuenta de que lo que un día creísteis justo no os lo parecerá después —sentenció el anciano—. Y aún hay algo más importante.

—¿Y qué es?

—Que no todos los caminos para llegar a la justicia son justos.

21. Encuentro inesperado

Saith se colocó el antebrazo a modo de visera para aplacar la furia de la tormenta de nieve. Hacía varios días del encuentro con Radzia en el Puente Sur. Allí la amiathir les había mostrado un poder inesperado que sería capaz de arrasar aldeas. Había controlado el propio mar, como en las historias que Lyn le contaba durante sus ratos juntos en Riora cuando eran niños. Estaba convencido de que, fuese lo que fuese semejante poder, lo había obtenido durante su episodio en el lago. De alguna forma que no alcanzaba a entender, él lo había sentido antes de que ella lo consiguiera.

Por suerte parecía una magia difícil de controlar. Eso y solo eso los había salvado de morir arrasados por el enorme tsunami creado por Radzia, que había resultado ser incontrolable incluso para ella. Cuando la gigantesca ola llegó al puente lo hizo con tanta fuerza que acabó alcanzándolos a todos, incluida la chica amiathir. Habían conseguido huir, pero, aunque Radzia había hablado de la retirada de los comandantes amiathir, algunos de esos soldados rythanos podían estar pisándoles los talones.

—No camina. Tormenta peligrosa —dijo Ekim en voz alta para acallar los murmullos que el fuerte viento dejaba a su alrededor.

—Aquí no hay dónde parar. Tenemos que encontrar una cueva o una hendidura en la montaña para guarecernos —exclamó Saith.

—¿Dónde es Hyrran? —gritó Ekim caminando con pesados pasos sobre la espesa nieve.

«No lo sé», pensó Saith exhausto mientras negaba con la cabeza. El mercenario se había separado del grupo para comprobar si los seguían.

El único camino para llegar a Acrysta era a través de las montañas. La huida los había llevado a no parar para descansar durante la última noche, y no habían tenido tiempo de cazar o comer bien. Por si fuese poco, las dificultades del terreno no ayudaban en su travesía. La dura roca y la escasa vegetación habían dado paso a una nieve densa que le llegaba hasta las rodillas y de la que apenas surgían escasos árboles desnudos. Los pies se hundían en el blanquecino suelo haciendo más pesados sus pasos y, ahora que la noche acechaba, la nevada amenazaba con convertirse en tempestad. Su ropa estaba humedecida por el sudor, y el frío le calaba los huesos. El mismo Ekim, que siempre presumía de la dureza de su piel olin, se había echado por encima una de las mantas que utilizaban para dormir protegiéndose de las bajas temperaturas.

Saith echó una vez más la vista atrás. Si seguían avanzando, teniendo en cuenta que la tormenta acabaría borrando sus huellas en la nieve, Hyrran no podría seguirlos. Por suerte, una sombra apareció más abajo, en la ladera de la montaña, caminando con dificultad.

—¡Hyrran! —llamó Saith agitando una de sus manos.

Ekim también se volvió para observar a su amigo, que se acercaba hundiendo los pies sobre la nieve.

—Veo que lo estáis pasando bien. Viajar con Hyrran nunca decepciona —comentó irónico a pesar de la ventisca.

Pese a las inclemencias del tiempo, el cansancio y el hambre, Saith sonrió como respuesta. Ekim los miró a ambos con su inexpresiva mirada olin y frunció aún más el ceño.

—Ríen bobos en mitad de tormenta. Ekim amigo de humanos tontos —farfulló.

Ambos lo miraron y soltaron una carcajada al unísono que acabó sacando una sonrisa al gigante.

—Escuchad —dijo Hyrran apremiante—, tenemos que buscar un sitio para resguardarnos. Los soldados rythanos han desistido. Estarían teniendo las mismas dificultades que nosotros para avanzar y habrán decidido que no vale la pena arriesgarse a morir congelados.

—¿Estaba Cotiac? —preguntó Saith.

—No, estaban solos. Esa chica, Radzia, no nos mintió. Los amiathir habrán viajado de vuelta a Lorinet para reagruparse, y eso solo puede significar una cosa...

—Que la guerra es inminente —afirmó Saith con preocupación.

Hyrran asintió.

—Ekim no soporta frío. Hay que llegar ciudad athen.

—Míranos. —Hyrran extendió los brazos. Tenía la nariz y los pómulos enrojecidos por el frío—. Estamos cansados, llevamos más de un día sin dormir y casi sin comer. Tenemos el cuerpo entumecido, estamos débiles y Saith ni siquiera va armado. —Negó con la cabeza—. Tenemos que escondernos hasta que remita la tormenta.

El expaladín lanzó un vistazo a su alrededor. No había árboles en los que cobijarse, así que decidieron caminar junto a la rocosa pared buscando una abertura lo bastante grande para los tres. Que los soldados hubiesen desistido de perseguirlos les ofrecía tranquilidad y la tormenta no azotaba con la misma virulencia cerca de la roca, pero tras unos minutos caminando helados por la nieve temieron morir congelados.

—Es inútil. Este saliente debe tener varios kilómetros de longitud. No podemos caminar tanto.

—Tenemos que buscar más. No podemos seguir avanzando sin saber si la tormenta empeorará —objetó Hyrran.

Saith lanzó una mirada a la montaña. Hacia arriba aún había un buen trecho, y no sabía si cuando llegasen encontrarían un pico aún más alto que sortear. Suspiró bajando los hombros resignado y se preparó para seguir buscando, pero antes de que diera un paso más, un gruñido hizo que se girase sobresaltado. Una manada de gimhas, lobos de pelaje azul con blancos e inmaculados dientes, los rodearon en un abrir y cerrar de ojos. Hyrran sacó su hacha y Ekim empuñó su lanza. Saith se mantuvo detrás, impotente a sabiendas de que la quebrada Varentia no le serviría para hacerles frente. Siete. Ocho. Aquellas criaturas no paraban de llegar. Caminaban a su alrededor como tiburones rodeando una frágil embarcación, intuyendo su cansancio. Tenían la mirada fija en ellos como si estuviesen decidiendo el momento exacto para atacar... y no tardó en llegar.

Un gimha saltó sobre Ekim y este lo golpeó, agarrando la lanza con ambas manos para que sus feroces colmillos no lo alcanzaran. Sin esperarlo, otro de esos perros salvajes se abalanzó sobre él encaramándose a su espalda. Sus fauces se abrieron y mordieron al olin haciéndolo gritar de dolor. Su sangre salpicó la nieve y su amigo se agitó dolorido llevando los brazos atrás, pero no logró alcanzar al animal.

Hyrran agarró su labrys y decidió que no esperaría a que lo atacasen también. Golpeó a uno de ellos lanzándolo contra el nevado suelo y la criatura dibujó un amplio surco sobre el inmaculado blanco que cubría la montaña. El aullido de dolor del animal pareció llamar a la tormenta. El mercenario lo intentó con otro, que evitó el tajo, y con el tiempo ganado corrió hacia Ekim para liberarlo del mordisco. Los gimhas, animales salvajes que podían triplicar el tamaño de un perro grande, eran criaturas listas que atacaban en manada sabiéndose en superioridad. Se adelantaron a Hyrran, pues estaban más habituados a correr por la nieve, y se pusieron entre él y el olin. Uno de ellos consiguió morderle la pierna, pero el joven mercenario se lo quitó de encima con un tajo de su hacha. Viendo a su compañero herido, los otros gimha se lo pensaron antes de atacar, mostrando sus rosadas encías y sus afilados dientes con un gruñido. Sabiendo que no sería posible acercarse, Hyrran lanzó su hacha hacia Ekim a la desesperada, alcanzando al gimha y ofreciendo un respiro a su gigantesco amigo, que lo agradeció con la mirada. El animal herido se alejó cojeando entre aullidos con el hacha del mercenario clavada en el lomo. Herido, y ahora también sin arma con la que defenderse, el mercenario pareció lamentarse de su idea.

Cerca de la montaña, uno de los lobos fue hacia Saith. Era el más grande de todos. Durante un segundo, pensó en si el resto de la manada estaría entreteniendo a sus amigos para permitir al macho alfa atacar al rival más débil. Al único que no iba armado.

El gimha lo miró a los ojos y le enseñó los dientes en actitud retadora, pero Saith no se inmutó. ¿Qué podía hacer? Correr no solucionaría nada, pues no quería darle la espalda y sabía que lo alcanzaría en pocos segundos. El animal titubeó. Por algún motivo se detuvo como si sopesara los riesgos de enfrentarse a él pese a estar indefenso. Fue un solo instante de duda, pues poco después el gigantesco lobo se lanzó sobre él y lo derribó. Sus patas delanteras sobre los hombros de Saith mantuvieron el cuerpo del expaladín sumergido en la espesa nieve. Agarró desesperado el pelaje del animal para evitar que se le acercase. El vaho tomó forma frente al hocico de la criatura a causa del intenso frío, como una amenazadora nube que dejara a las claras sus intenciones. Sus dientes estaban tan cerca que casi podía verse reflejado en ellos.

El gimha hizo fuerza. Una dentellada resonó frente a él acompañada de un gutural sonido salvaje. Sosteniéndolo con tanta fuerza como pudo, miró a sus amigos buscando ayuda. Ekim había logrado librarse de la mordedura, pero su mano sangraba por otro de los ataques. Hyrran, por su parte, le daba la espalda mientras se defendía, sin su hacha y rodeado de tres de los cánidos.

Entonces le vino a la mente su aprendizaje de Arena. Aquellas semanas en Zern le habían enseñado a luchar desarmado. A defenderse con sus propias manos de situaciones desesperadas como aquella. Continuó aferrándose al pelaje con fuerza, colocó una pierna sobre el esternón del animal y lo impulsó lanzándolo por los aires. Pese a su tamaño, la pose de Saith le permitió ejercer como palanca y librarse de su amenaza.

Apenas fue un segundo, pues el gimha giró en el aire y posó sus patas sobre la nieve volviendo hacia él furioso.

«Si al menos tuviese a Varentia...».

Esquivó un mordisco que castañeó en el aire, pero una segunda dentellada lo alcanzó al colocar instintivamente la mano entre él y el animal. Al sentir los colmillos atravesando su piel, gritó por el dolor. La criatura agitó la cabeza con violencia, como si pretendiese desgarrar la carne de la extremidad. Saith se dejó arrastrar por temor a que eso pasara y un segundo animal apareció para ayudar al primero. Supo que nunca sería capaz de hacerle frente a varios de esos perros salvajes. Lo devorarían en pocos minutos. De repente sintió una sacudida extraña y el enorme gimha dejó de moverse. Observó que sus fauces seguían clavadas en él, pero sus ojos no parecían tener vida. Echó una ojeada al segundo gimha, que asistía a la escena sin ser consciente de lo que pasaba. Una silenciosa flecha quebró la tormenta de nieve para atravesar uno de sus cuartos traseros. El animal aulló a la cima de la montaña, dolorido, y se marchó a duras penas por la nieve.

Saith dirigió la mirada a la noche y descubrió a Lyn, que corría por la nieve cargando una nueva flecha en su arco. Iba acompañada de dos tipos con largos abrigos que llevaban las espadas desenvainadas y venían en su ayuda. La alegría por verla calentó su entumecido cuerpo y, pese al dolor de su mano, no pudo evitar sonreír.

Una tercera flecha detuvo a uno de los gimha contra el que Ekim se protegía. Los animales, que de pronto se sintieron en inferioridad, se alejaron despavoridos de la batalla para sorpresa de Hyrran, cuya cara estaba manchada de sangre.

—¿Estáis todos bien? —dijo Lyn parando a su lado. Se agachó y arrancó su flecha del cadáver de la criatura que lo había mordido.

Ekim y Hyrran la miraron estupefactos. El mercenario no pudo evitar una sonrisa al verla. Saith ojeó a los hombres que la acompañaban. Por la forma en la que cogían el arma habría jurado que se trataba de soldados. Luego volvió a mirar a su amiga.

Había cambiado tanto. En ella no había rastro de la indefensa niña muda que abandonó Riora tras perderlo todo. No era solo por su pericia como arquera. Era su pose erguida. Su mirada segura. Saith se levantó, dio un paso en la nieve y la abrazó. La rodeó con tanta fuerza que la mano en la que había recibido el mordisco se quejó con una punzada de dolor. La chica amiathir se detuvo sorprendida mientras él la apretaba contra sí.

—Me alegra saber que estás bien —le susurró él al oído.

—A mí, más bien, me sorprende —sonrió ella sin ocultar su alegría—. ¿A quién se le ocurre trepar por la montaña con esta ventisca y sin ropa de abrigo?

—A tres locos desesperados por llegar a Acrysta —dijo Hyrran. Caminó un par de titubeantes pasos dejando un sangriento paso en la nieve por el mordisco en su pierna. Luego se arrodilló dolorido—. ¡Mierda! Creo que ese mordisco ha sido más profundo de lo que esperaba. Y encima ese gimha se ha llevado puesta mi hacha.

Ekim y Saith se apresuraron a ayudarlo. Lyn le lanzó una mirada preocupada, pero el mercenario le dedicó media sonrisa tranquilizadora.

—Se pondrá bien. Solo necesita descansar y comer algo —aseguró Saith—. No pierde la vida con tanta facilidad como pierde sus armas...

Hyrran le lanzó una mirada furibunda.

—Si hubiese estado descansado y con el estómago lleno me habría enfrentado a ellos mejor —contestó.

—En ese caso estáis de suerte. No se nos ha dado mal la caza —sonrió ella echando una ojeada a los ensangrentados cadáveres de los gimha sobre la nieve.

Con un gesto de cabeza, los soldados cogieron dos de ellos, asegurándose de que estaban muertos, y los cargaron a la espalda. Saith y Ekim ayudaron a Hyrran a caminar. El viento arreciaba y la tormenta de nieve era cada vez más violenta pese a estar resguardados por la enorme montaña.

—¿Y tú? ¿Qué haces aquí en mitad de la nada? —preguntó Hyrran.

—Es una larga historia —aseguró ella—. Os la contaré por el camino. Los gimha podrían volver y la tormenta va a más. Os llevaré a un lugar seguro.

Mientras caminaban, Lyn les resumió la situación en Eravia. Su misión de llegar a Acrysta escoltando al príncipe y pedir ayuda a los athen para luchar contra Kerrakj. Los insuficientes refuerzos del ejército erávico. Saith se alegró de saber que Zurdo y Leonard habían llegado a Ortea y estaban bien. También se sintió aliviado por Kalil. Haberla dejado en el panteón Asteller junto a Cotiac, consciente de que el amiathir estaba ahora del lado rythano, le robaba el sueño. Saber que estaba en palacio acompañada de Ziade lo tranquilizó. Aún había una esperanza para Kallone.

Hyrran y Ekim, por otra parte, le explicaron cómo habían sacado a Saith del río tras su caída por el Abismo Tártaro. Lyn no se mostró sorprendida porque siguiera con vida tras una caída como esa, pero lo miró con seriedad, como si contuviera pensamientos que no quisiera desvelar. Ella no habló de lo ocurrido en el Valle de Lorinet y ellos tampoco tenían gran interés en sacar el tema.

Pronto llegaron a una hendidura en la roca desde la que emanaba una tenue y bailarina luz. Era amplia, como una pequeña cueva en la montaña, y el frío se aplacaba en su interior. El príncipe los recibió de buen grado en su comitiva, pues Lyn afirmó que eran grandes guerreros y los acompañarían a Acrysta. El capitán de la guardia, un tipo llamado Riusdir, se mostró reacio, pero desistió al comprender que no evitaría la nueva compañía. Un anciano llamado Kavan, que según Lyn era consejero del rey erávico, recibió la noticia con relativa indiferencia, aunque Saith advirtió en sus ojos un brillo curioso. El hombre no dejaba de mirarlos, como si no creyese que hubiesen aparecido de la nada, especialmente a Hyrran, que cojo como estaba y con la cara embadurnada de sangre ofrecía un aspecto perturbador.

Una vez hechas las presentaciones, varios de los soldados se dedicaron a desollar a los gimhas y cocinar su carne. La amiathir que los acompañaba avivó el fuego con su magia. Saith reconoció a la mujer que había acogido a su amiga en Aridan. Verla utilizar tales dones habría sido más sorprendente si no hubiesen visto lo ocurrido en el Puente Sur. Lyn no dudó en acercarse a ellos mientras todo sucedía y se sentó junto a Saith.

—Creía que los amiathir de Kerrakj eran los únicos capaces de dominar la magia —dijo él en voz baja. Entonces pensó en Radzia y cayó en la cuenta de quién era el otro comandante de la reina blanca—. Lyn, Cotiac... Bueno... Ahora está del lado de Kerrakj.

Ella sonrió apenada mientras asentía y le contó lo ocurrido en el panteón de los Asteller. Saith se sintió perturbado al encajar las piezas en su cabeza. De pronto todo tenía sentido. No es que ahora Cotiac estuviese del lado de Rythania, sino que siempre había sido así. Era uno de ellos. Observó preocupado a su amiga, que mantenía la vista fija en el fuego. Ella había mantenido una relación con él sin saber que era un traidor. Abrió los ojos con sorpresa al comprender que él mismo lo había dejado al cuidado de Kalil durante la batalla y se había tragado su engaño.

—Lo siento. Yo no...

—No. No pasa nada. Cotiac también me engañó para traicionar al reino. —Miró de reojo a Hyrran al decirlo.

—Lo vi en Zern junto a una amiathir llamada Radzia. Tenía la cara quemada. Estaba casi irreconocible —dijo el mercenario en voz baja.

Lyn agachó la vista culpable.

—Se lo hice yo.

—¿Le quemaste la cara? —preguntó Hyrran incrédulo.

—No lo hice aposta. Cuando nos traicionó quiso matar a Kalil utilizando el fuego. Yo se lo devolví... Todavía no sé cómo —murmuró escupiendo las palabras con dificultad.

—¡Utilizaste la magia! —exclamó Saith exaltado—. Lo has logrado. ¡Has cumplido el sueño de dominar los dones de tu raza! Y además protegiste a la princesa.

Lyn miró incómoda a su alrededor, aunque salvo Hyrran y Ekim nadie les prestaba atención. Hizo un gesto para que bajase la voz.

—Aún estoy aprendiendo —susurró—. No quiero decirlo para que los erávicos no crean que podré combatir la magia de los otros amiathir. Aún no lo domino. —Dirigió la mirada hacia la mujer amiathir y vio cómo avivaba el fuego con un simple movimiento de sus dedos—. Necesitaré años de práctica para controlarlo como Dracia.

Saith asintió comprendiendo y bajó la voz.

—Pero lo hiciste. Por algún lado había que empezar. Y eres una arquera genial. Te has hecho muy fuerte.

Lyn sonrió con orgullo ante las palabras de su amigo.

—No lo suficiente como para enfrentarnos a Rythania. —Saith volvió a asentir, de acuerdo con sus palabras, y Lyn dibujó la esperanza en su rostro—. Pero ahora estáis aquí. Nos ayudaréis a derrotar a Kerrakj, ¿verdad?

Era una pregunta que solo tenía una respuesta posible. Uno de los soldados los avisó de que cogieran parte del asado cuando el príncipe, el consejero, el capitán de la guardia y sus compañeros se habían servido. Saith y los demás se levantaron para coger un trozo. Tras un rato comiendo en silencio, su amiga se impacientó.

—¿Verdad?

Saith asintió mientras observaba que las heridas de su mano por el mordisco del gimha casi habían desaparecido tras las manchas secas de sangre.

—No será fácil —contestó pensativo.

—Y antes tenemos que descubrir cómo frenar a Kerrakj —aseguró Hyrran—. Descubrir qué son los seren y si hay algún modo de acabar con ellos.

—¿Para eso queréis ir a Acrysta? —indagó Lyn.

El mercenario asintió mientras masticaba un trozo de carne. Saith la notó algo correosa, pero tras varios días de escasa comida le pareció que sabía a manjar de los dioses. Tras un buen rato de masticar en silencio y terminar la comida, su amiga compuso una mueca de aprobación.

—Bien pensado. Si alguien puede conocer la verdad, esos son los athen. Entre los muchos libros que Dracia tenía sobre ellos en La compañía divina, leí que en Acrysta se encuentra la biblioteca más grande del mundo. Allí deben recoger toda la historia de Thoran. Seguro que tienen algo sobre ese tema —comentó animada.

Hyrran asintió con una sonrisa, aunque la amiathir volvió a endurecer su semblante y se dirigió a ellos con seriedad.

—En cualquier caso, hay algo más que quería hablar con vosotros. Es sobre una orden con la que me encontré en Ortea. Sobre sus creencias —continuó bajando la voz hasta que apenas fue un susurro—. ¡Sus teorías podrían explicar el porqué de los extraños poderes de Saith! Tiene que ver con un ritual dedicado a Aecen y...

Cuando Lyn miró a sus amigos, ellos ya no la observaban. Ekim descansaba, sentado con los ojos cerrados por el cansancio. También Saith se había tumbado en el suelo, donde hasta hace unos segundos había estado comiendo, y su respiración parecía sonreír al sueño más profundo. Hyrran, también con los ojos enrojecidos por el cansancio, miró a sus amigos y después hizo lo propio con Lyn. Se sonrieron y, sin cruzar palabra alguna, decidieron descansar junto al fuego y dormir hasta el siguiente día, pues aún les esperaba una dura travesía hasta llegar a Acrysta. Una vez allí, vislumbrarían la forma de poner fin a la amenaza que se cernía sobre el mundo.

22. Recuerdos olvidados, Dioses encontrados

Resulta extraño ver cómo la costumbre torna lo extraño en familiar. Lo raro lo es porque se hace pocas veces, pero si se da de forma continuada, acaba por dejar de serlo y convertirse en habitual. De esta forma, Ahmik galopaba a lomos de uno de los corceles que le habían cedido en el palacio rythano y el aire, que azotaba su cuerpo, agitaba su pelo al viento como si volara con la brisa. Recordaba sus muchos viajes con Aawo a la Jungla del Olvido, de cacería. Su parte animal había odiado con todo su ser la acción de cabalgar. Sin embargo, ahora cada vez se sentía más cómodo a lomos de su caballo.

Tiró de las riendas con fuerza y el equino resopló cabeceando mientras giraba sobre sus patas. Debía esperar a sus hombres, que caminaban tras él. Una majestuosa marea de doscientos soldados modificados con sangre de yankka. Féracen con tanta velocidad y fuerza como él mismo. Letales y sanguinarios, pero leales gracias al equilibrio que Crownight había encontrado. Fieras humanas. Implacables e inmisericordes.

Pese a que la victoria estaba decantada de antemano, pues Eravia no podría hacer frente a semejante amenaza con su débil ejército, la reina blanca se había guardado una fuerza de trescientos féracen más en Rythania. Si la contienda se alargaba y necesitaban refuerzos, ella misma viajaría a oriente para aniquilar al reino y a los Conav. Ahmik sabía que no haría falta. Acabaría con la guerra en su nombre y volvería para servir a su majestad con la tranquilidad de ser uno de sus hombres de confianza en un contexto de paz infinita.

Pese a que los soldados aún estaban lejos, un caballo se acercó hasta donde estaba. Era Canou Amerani, con una armadura escarlata que Kerrakj había encargado especialmente para él.

—¿Por qué escarlata y no blanca como los demás? —le había preguntado Ahmik a Gael.

—Es por una cuestión psicológica. Durante años, Amerani ha sido el guerrero más laureado de Thoran. Su armadura escarlata ha sido venerada en la batalla y recibida por el enemigo como una maldición. Verlo aparecer en el campo de batalla hará temblar las rodillas de los soldados erávicos con su mera presencia.

Al llegar, Ahmik entendió a qué se refería. Recordaba haber combatido contra él en el Valle de Lorinet. De alguna forma, su imagen le evocaba respeto a su figura y su habilidad. Imaginó las caras de los soldados erávicos al verlo galopar por el campo de batalla. La moral de las tropas desmoronándose ante la fuerza féracen, encabezada por él y el expaladín del rey.

—¿Qué ocurre? —preguntó Amerani al percatarse de la mirada de Ahmik.

—Nada.

—Miras como si no te creyeses que estoy aquí —dijo él serio—. Te has quedado como la gente de Nothen cuando el ejército pasó por la ciudad exhibiendo la fuerza rythana. Muchos me miraron y me reconocieron. ¿Por qué? ¿Quién era yo antes de tener tanta fuerza? —Se miró la mano izquierda mientras sujetaba las riendas con la derecha.

—Eso no importa. Yo tampoco recuerdo quién era antes de esto —recordó la cara de aquel infeliz junto al Abismo Tártaro que pareció reconocerlo—. Lo que importa es que ahora somos lo que somos gracias a la reina.

Amerani asintió.

—Era simple curiosidad —comentó con seriedad.

—Lo único que debe importarte es terminar con esta guerra. Después disfrutarás de la paz suficiente para buscar tus recuerdos si aún los sigues queriendo. Tal vez yo haga lo mismo.

Amerani asintió con más determinación.

—¿Queda mucho para llegar a nuestro destino? —inquirió de nuevo.

—Así es. Después de haber pasado Nothen nos reencontraremos con Cotiac y Radzia por orden de la reina, seguiremos Reridan-Lotz para llegar hasta Aridan y más tarde hasta Lorinet. Allí descansaremos, nos uniremos al resto del batallón féracen junto a la fuerza de los amiathir, y marcharemos a Eravia para terminar con esta guerra.

Ahmik espoleó a su caballo y tiró de las riendas haciendo que el animal girara. Al paso, seguido del expaladín del rey, continuó su camino. Pronto llegaron a una bifurcación con un indicador de madera.

«Taronar. Riora», leyó para sí mismo en los carteles que indicaban el sur.

—¿Qué te ocurre? ¿No sabes qué camino debemos seguir? —preguntó Amerani observando los indicadores. Luego señaló el camino que se dirigía a Aridan.

—No es eso. Es este lugar. Esos nombres —entornó los ojos pensativo—. Es como si me resultasen familiares.

Amerani lo observó. También el camino que se perdía en esa dirección.

No tardaron en comprobar que, del camino que debían seguir, otras dos monturas aparecieron de la nada. Ahmik reconoció enseguida a Cotiac y Radzia. Los dos amiathir llegaban galopando y, al verlos, se dirigieron hacia ellos. Cotiac entornó los ojos escudriñando a Amerani con relativa sorpresa.

—Otra vez esa mirada. La odio —gruñó el expaladín del rey.

El amiathir, cuya cara quemada por el fuego le ofrecía una inquietante inexpresividad, echó un vistazo a los ojos de Amerani.

—Comprendo —dijo con una media sonrisa que quedaba algo extraña en su cara.

—¿Dónde vais? —terció Ahmik—. Las órdenes de Kerrak eran volver a Lorinet para reagruparnos y partir hacia Eravia. Debisteis esperarnos en el camino hacia Aridan. ¿Encontrasteis esa espada al menos?

Radzia negó con la cabeza.

—No la hemos encontrado —dijo Cotiac—, y cumpliremos las órdenes de Kerrakj, pero antes tengo algo que debo hacer.

—¿Y qué es tan importante que te lleva a contradecir a tu reina? —intervino

Amerani.

«Pese a la sangre modificada, su personalidad y sentido del deber siguen intactos», pensó Ahmik. Se preguntó si también él guardaría la misma personalidad que antes de su conversión en féracen.

—Radzia me ha ofrecido una información y debo comprobarla. Para hacerlo tengo que llegar a un lugar conocido como Bosque de Gelvis, cerca de una aldea llamada Riora.

Ahmik lanzó una ojeada a los indicadores de madera que señalaban el sur. Otra vez esos nombres que, de alguna forma, le resultaban familiares. El ceño fruncido de Amerani se posó en Radzia, en Cotiac, y más tarde en Ahmik.

—Nos retrasará —protestó.

—No os retrasaré. Iré a caballo y os alcanzaré antes del anochecer —dijo Cotiac agitando las riendas de su montura sin esperar una respuesta.

—Yo iré contigo —ordenó Ahmik—. Te ayudaré a encontrar lo que buscas y me aseguraré de que no te retrasas. Radzia, Canou. Dirigid a los hombres. Os alcanzaremos en unas horas.

Radzia asintió y Amerani se giró de mala gana colocándose ante sus soldados y guiándolos hacia Aridan. Unos minutos después, Ahmik y Cotiac cabalgaban por el camino que se dirigía al sur de la pequeña península.

«Ayudaré a Cotiac y saciaré mi curiosidad», se dijo.

Por un instante recordó a Aawo. Su amigo siempre quiso saber quién era, y eso se reflejaba en dudar sobre todo lo que hacía. Esa fue también su debilidad. Puede que incluso lo que lo llevó a la muerte.

No obstante, ahora que no estaba ansiaba comprenderlo. Saber por qué murió y qué significaban sus últimas palabras. ¿Encontraría respuestas en ese lugar que parecía llamarlo en el fondo de su mente? ¿En esa aldea llamada Riora?

Espoleó a su caballo y aumentó el ritmo de la carrera. Los cascos sobre el camino de tierra dejaron el polvo suspendido en el aire a su paso.

—¡Eh, espera! ¡No es por ahí!

Cotiac gritó a su espalda. Ahmik sabía que buscaría desviarse hacia ese Bosque de Gelvis del que había hablado, pero allí no estaban las respuestas que él buscaba. El amiathir cabeceó malhumorado y lo siguió. La aldea bordeaba el camino alejándose un poco de aquel bosque, cerca de la costa. Sin pensarlo entró en ella, detuvo su caballo y dejó que Cotiac lo alcanzase. Las casas se alzaban frente a ellos presididas por un enorme y viejo faro en la lejanía. No obstante, había algo extraño en aquel lugar. Era la hora del almuerzo, pero los olores a comida no eran captados por su extraordinario olfato féracen. No olía a pescado en un pueblo costero. Ni a carne de caza. Los campos no ofrecían el perfume de las flores que anhelan ser frutos, ni de la fruta madura que espera ser recolectada. Los niños no jugaban o reían, los vecinos no gritaban, los caballos no relinchaban.

La curiosidad lo hizo bajar de su caballo, pero nada quedaba allí más que ruinas.

—¿Qué diablos ha pasado aquí? —se dijo con un susurro.

Cotiac escudriñó la aldea desde su montura, junto a él.

—Nada queda. Parece que hace mucho que esta aldea fue pasto de las llamas.

—Como tu cara...

El amiathir le lanzó una mirada asesina tras el largo flequillo de pelo negro que cubría su frente.

—Siempre has sido muy gracioso. Me pregunto cómo gritaría un féracen al arder como hicieron estas casas —dijo con una mirada desafiante—. ¿Me puedes decir qué hacemos en esta aldea abandonada?

Ahmik caminó por aquella plaza buscando algo, aunque no sabía qué. Las casas estaban derruidas en su mayoría, y lo que antes fueron construcciones de madera, o eso intuyó, se habían volatilizado. Echó una ojeada a su alrededor intentando comprender qué lo había llevado hasta allí, pero si algún momento de su vida había tenido lugar en esa aldea, ya no estaba en su memoria. Tampoco había nadie allí a quien preguntar. La frase que Aawo le había dicho al morir no se esclarecería en aquel lugar abandonado por los dioses.

—Nada. No tenemos nada que hacer aquí —sentenció decepcionado—. Vayamos a tu bosque.

Cotiac puso los ojos en blanco y tiró de las riendas de su montura, que giró mientras Ahmik montaba. El lugar que Cotiac quería visitar no era más que un pequeño bosque al otro lado del camino. Ahmik respiró hondo cuando se sumergió en él. Siempre se había sentido cómodo en comunión con la naturaleza. Más que entre casas y humanos. Ataron los caballos a un árbol, cerca de la entrada, y decidieron continuar a pie.

Cotiac parecía nervioso. Su inexpresiva cara, quemada casi por la mitad, se movía como la de un pajarillo, examinando cada rincón como si le fuera la vida en ello.

—¿Qué buscas exactamente? Tal vez pueda ayudarte.

—No lo sé —dijo sin dejar de mirar a su alrededor.

—Entonces seguro que lo encuentras.

El amiathir volvió a dedicarle una mirada gélida ante la que Ahmik solo se limitó a encogerse de hombros.

—He oído rumores. Rumores sobre mi padre. Radzia oyó decir a quienes perseguíamos que lo mataron en este lugar —se sinceró el amiathir. La seriedad de sus palabras hizo que Ahmik cambiase su actitud.

—Debe haber pasado mucho tiempo. Si lo enterraron ya se habrá descompuesto.

—Si Radzia está en lo cierto y su asesina fue Kerrakj, no se molestaría en enterrarlo —dijo él airado.

—¿Kerrakj? —Ahmik emitió una voz más aguda de lo habitual—. ¿La reina mató a tu padre?

—Eso es lo que he venido ha averiguar —sentenció Cotiac examinando el bosque.

Ahmik decidió guardar silencio. Veía a la reina capaz de acabar con cualquiera que se interpusiera entre ella y sus ambiciones. Por otra parte, si el amiathir descubría que Radzia estaba en lo cierto sería peligroso. Puede que la reina perdiese el apoyo amiathir en la próxima batalla, y tener al grupo de hechiceros en contra reforzaría al ejército erávico. Podría ofrecer al enemigo una oportunidad en la guerra.

Durante un rato caminaron por el bosque, pero no encontraron más que algún mazavelón o aves incautas. Debían haber pasado años de lluvias, animales carroñeros... Sería imposible encontrar indicios de lo que había pasado.

Los sensibles oídos de Ahmik escucharon una voz en la lejanía. Colocó un brazo ante Cotiac, que lo miró de mala gana. Se llevó un dedo a la boca para indicar que guardara silencio y el amiathir aguzó el oído. Después, con un gesto para que lo siguiera, ambos caminaron hacia la voz. Un anciano regaba un colorido manto de flores que crecía alrededor de una de las estatuas de la diosa Icitzy, similar a las que había por todo Thoran. El hombre llevaba un cubo con agua hasta la mitad, y con la otra mano la esparcía sobre las plantas.

Observaron al viejo escondidos tras los árboles. Llevaba una túnica raída de color marrón, como si fuese un monje. Pese a que en un primer momento no lo percibió, el anciano rezaba entre lágrimas. De repente alzó la cabeza y dirigió su mirada hacia ellos.

—¿Quiénes sois y qué hacéis aquí? —preguntó asustado.

Cotiac salió de detrás del árbol y alzó las palmas de las manos en una pose inofensiva. El anciano, sin embargo, desconfió al ver la vaina de su cimitarra.

—Tranquilo, buen hombre. Solo estamos de paso.

Más calmado, el cuidador de flores bajó los hombros, pero entornó los ojos al ver la cara quemada de Cotiac. Cuando vio aparecer a Ahmik se quedó mirando sus puntiagudas orejas y sus ojos rojos con temor, aunque no dijo nada. Por un instante, el féracen guardó la esperanza de que aquel anciano resolviese algunas de sus dudas.

—¿Vives en esa aldea que hay junto a la costa? —preguntó con el corazón latiendo fuerte en su pecho. Nunca se había planteado que fuese tan importante para él conocer algo de su pasado. Una vez más, el recuerdo de Aawo acudió a su mente. De alguna forma comprendía su curiosidad ahora más que nunca y, tal vez, sus últimas palabras tuviesen algún significado en ese lugar.

—No. Ya nadie vive en Riora —aseguró el viejo con tristeza. Las esperanzas de Ahmik se desvanecieron como lo hace un charco ante la presencia del intenso sol—. No desde que ocurrió aquello.

—¿Aquello?

—Un incendio como nunca antes. Las casas ardieron con sus habitantes en el interior. Una desgracia. Nadie quedó con vida. Nadie.

—¿Por eso lloras? —insistió el féracen.

—Lloro porque la muerte de Riora también fue la mía. Murieron mis dioses y con ellos murió mi fe.

Cotiac miró a Ahmik de soslayo y el féracen supo lo que estaba pensando. Aquel anciano que regaba flores en mitad del bosque estaba loco.

—¿Por qué rezas a la diosa si tu fe ha muerto? —insistió.

—Rezo porque en mi anciana cabeza ya no puedo recordar cómo se hacen otras cosas. Mi vida era venir aquí y educar a los niños en la fe del Rydr. Y lloro porque ya no hay dioses a los que rezar ni niños a los que enseñar. No me queda nada.

—¿Sabes al menos quién hizo esto? —gruñó Cotiac hastiado.

—Daretian. ¿Quién si no? —dijo el viejo extrañado por la pregunta.

Ahmik frunció el ceño al escuchar el nombre del diablo. Cotiac hizo un gesto de desprecio con la mano y se marchó caminando.

—Vámonos. Este viejo ni siquiera sabe de lo que habla.

Ahmik, sin embargo, sintió una extraña simpatía por aquel anciano.

—Adiós, señor...

—Mertz. Mi nombre es Darius Mertz, aunque hace mucho que nadie lo pronuncia.

—Adiós, señor Mertz —se despidió Ahmik. Su nombre le resultó familiar al salir de sus labios, aunque no sabía por qué—. Enhorabuena por las flores.

El viejo se quedó mirándolo mientras se marchaba. Pensó que un hombre religioso como aquel asociaría su aspecto a los demonios de Daretian, pero nada de eso pasó. El viejo incluso se permitió sonreír en su despedida, un gesto que contrastaba con la lágrima que descendía por su arrugada piel.

—Adiós, hijo. Que Icitzy te guarde.

Cuando Ahmik alcanzó a Cotiac, este examinaba el bosque con la misma rigurosidad con la que lo había hecho antes. Lo siguió mientras buscaba sin saber qué y sin quitarse de la cabeza a aquel extraño anciano cuya mente parecía haber perdido la cordura.

—¿Qué harás si descubres que fue Kerrakj quien mató a tu padre? —preguntó para romper un silencio quebrado únicamente por los sonidos del bosque.

—Aún no lo sé.

—Yo sí. Querrás venganza.

Cotiac se detuvo y se volvió hacia él. Sus oscuros ojos lo escudriñaron como si mirasen en sus entrañas.

—Mi vida es una continua venganza —afirmó—. Desearé vengar a mi padre, pero también querré hacerlo de los humanos por maltratar a mi pueblo. Antes que mi cruzaza personal, está la de mi gente.

—¿Ayudarás a Kerrakj a conquistar Thoran para que os permita vivir en paz en Amiathara? —El amiathir asintió. Ahmik le dedicó un gesto aprobatorio—. Me alegro. No querría tener que matarte.

Cotiac lo observó, aunque esta vez divertido.

—¿Crees que te dejaría matarme?

—Que me dejes hacerlo o no es irrelevante. Lo que debes saber es que lo haría si Kerrakj me lo pidiera. Puede que domines la magia, pero no tienes tanto poder como para hacerme frente, y la paz llegará a Thoran contigo o sin ti.

El amiathir se limitó a sonreír y continuó buscando. Ahmik también sonrió. Caminó junto a él y aparentó concentrarse, aunque seguía sin saber qué buscaban. Mientras lo hacían, alzó la vista y vio un árbol. Era un tronco grueso cuyas malas hierbas crecían a su alrededor. Un árbol tan viejo y arrugado que parecía sacado de un viejo cuento. No obstante, había algo distinto en él. Algo que lo atraía, como le había ocurrido con el nombre de aquella aldea.

Echó una ojeada a Cotiac, que seguía explorando los alrededores. Se acercó y examinó la corteza, quebrada en varios puntos. A través de las ramas vio una abertura. Puede que fuese una madriguera. Retiró el ramaje y observó aquel hueco, pero no había nada en su interior. ¿Qué lo había llevado hasta allí?

—Aquí hay algo —dijo Cotiac alterado.

Ahmik caminó hasta él y comprobó que estaba en lo cierto. Había huesos esparcidos por el lugar, puede que por algún animal salvaje.

—¿Crees que son de tu padre? —dijo sin ningún tacto.

—¿Cómo saberlo? —respondió malhumorado.

—Lo son —sentenció una voz.

Ahmik miró a Cotiac, pero este parecía tan sorprendido como él. El ambiente se volvió tenso, como si la humedad se pegase a su cuerpo. Sintió que los brazos le pesaban. También las piernas. Hizo un esfuerzo por no arrodillarse, pues de repente, la gravedad parecía atraerlo con el doble de fuerza hacia la tierra.

—¿Qué... qué ocurre? —acertó a decir.

Cotiac no contestó. A él parecía no afectarle esa extraña fuerza que ahora casi paralizaba al féracen. Y de la nada, como si se formase a través de una inexistente bruma, un extraño felino se materializó ante ellos. Era como un gato, aunque más grande que un garra cerril. Su pelaje era de un azul brillante, liso como el metal, y en él había destellos blanquecinos. Su vientre era claro, así como el hocico. La cola era larga y hacía giros imposibles, como los de un relámpago, y sus ojos eran amarillos con negras pupilas. Parecían chispear en su interior, como una tormenta lejana.

Estaba tan sorprendido que no pudo moverse, aunque si hubiese querido hacerlo, tal vez no lo hubiese logrado. Fuese lo que fuese aquel animal ejercía un extraño efecto en él.

—¿Eres... quien creo que eres? —musitó Cotiac incrédulo.

Aunque su cara marcada por las llamas era siempre inexpresiva, Ahmik pudo ver la irremediable sorpresa en los oscuros ojos del amiathir.

—Eso depende de quién crees que soy.

Pese a que la voz sonaba clara en su cabeza, la boca del animal no se movía. Ni siquiera parecía estar hablando, pues el extraño felino se tumbó en el suelo con los ojos cerrados lamiéndose una de sus patas delanteras.

—Rhomsek.

La criatura emitió un ronroneo que pareció afirmativo.

—Y tú eres el hijo de Dredek. ¿No es así? Has crecido mucho. Si no fuese imposible diría que hace eones que te espero.

—¿Me esperabas a mí? —contestó Cotiac atónito.

—Sí y no. No le debo nada a nadie. Tampoco a tu padre, que ni siquiera fue capaz de desatar todo mi poder... —dijo el extraño animal. Ahmik dedujo que debía hablar de forma telepática—, pero le prometí esperarte por si aparecías, y por fin ha llegado el día. ¿Estás listo?

Cotiac no contestó. Con una rapidez tan extraordinaria que los ojos féracen de Ahmik no pudieron seguirlo, el felino se puso en pie y, con un salto antinatural, se metió en el cuerpo del amiathir fundiéndose con él, que se arrodilló debilitado. Poco a poco el ambiente se fue calmando. Ahmik notó que su cuerpo se tornaba más liviano. La gravedad lo liberó y el ambiente se rehízo, volviendo los sonidos del bosque que, sin que se diera cuenta, se habían ausentado durante aquel episodio. Ahmik se puso en pie sin comprender lo que había pasado.

Echó una ojeada hacia el lugar en el que aquel extraño gato se había acostado y luego miró hacia Cotiac. Este ya se encontraba en pie, mirándose las palmas de las manos y moviendo los dedos, como si comprobase que todas sus facultades estaban en orden. De repente, de sus dedos comenzaron a surgir esquirlas luminosas. Primero más débiles y luego más potentes, como anguilas eléctricas que rodeasen sus extremidades con un extraño chirrido.

El amiathir alzó la vista. Los iris negros de Cotiac cubrían ambos ojos casi en su totalidad. De él emanaba tal energía que el vello de Ahmik se erizó en su piel. El féracen alzó un dedo y sintió un leve calambrazo pese a estar a un par de metros de distancia. Cotiac sonrió al ver su expresión de sorpresa.

—Creo que he obtenido algo más de lo que buscaba. La herencia de mi padre —rio en voz tan alta que las aves iniciaron su vuelo desde algunos árboles cercanos. Una risa tétrica que parecía reflejar un profundo odio.

—En ese caso deberíamos irnos... —murmuró Ahmik sin dejar de mirarlo.

Cotiac asintió sin parar de reír.

—Podemos seguir la conversación si quieres. Esa en la que afirmabas que no tengo el suficiente poder para enfrentarme a ti —continuó amenazador.

Sus miradas se cruzaron y Ahmik supo al instante que las alianzas de Kerrakj, ahora tan poderosas, amenazaban con resquebrajarse al ritmo del trueno en la tempestad.

23. Sangre en la sombra

«Hoy he dado el paso más importante en el porvenir de Eravia desde mi coronación como reina. He comunicado a Ramiet que estoy encinta. Estoy alegre, pero también nerviosa. El niño que llevo en mi vientre será el primer rey con sangre athen del mundo humano y temo por él. Pese a ello, espero que su sabiduría y sus buenas decisiones cambien a mejor la historia de este reino y sea una pieza clave en la construcción de la paz definitiva para Thoran.

Ramiet ha dado un salto cuando se lo he dicho. Ha sonreído con tanta felicidad que durante un momento creí que se le desencajaría la mandíbula. Ha puesto sus manos en mis mejillas, me ha acariciado con la misma dulzura con la que yo misma acariciaré a este bebé, y me ha besado con fuerza. Me ama más que a su vida y yo... cumpliré mi promesa. Lo ayudaré a reinar y a convertir Eravia en un reino más próspero de lo que nunca fue».

Kalil observó la elegante letra de Daetis en su diario y cómo esta se extinguía con el final de la página. Se había aficionado a leer todas las noches antes de sucumbir al sueño. Aquellas letras estaban llenas de verdad y le permitían conocer la historia del reino de mano de la propia reina athen. Una realidad que no aparecía en los libros que había estudiado y que la prepararían ante su propia coronación si la guerra se lo permitía.

Sacó la punta de la lengua y se lamió la yema del dedo para pasar la página. Los relatos eran salteados en el tiempo y a veces pasaban años entre que Daetis escribía un suceso u otro. Ella solía repasarlos a menudo por si algo se le escapaba. Había leído cómo Ramiet, acompañado de Aldan, había viajado a Acrysta a pedir su mano. Sobre lo difícil que fue abandonar su ciudad y las costumbres athen. La incertidumbre por separarse de su familia e involucrarse en un mundo que conocía y desconocía a la vez. Las reticencias de su propia raza, celosos de su saber y poco partidarios de ser partícipes en la vida humana.

«Año 1325. Mi querido Gabre ha cumplido su primer año», leyó Kalil para sí.

Alargó el brazo para alcanzar la pluma, humedeció la punta en el tintero y escribió en un papel sobre el escritorio. Allí hizo los cálculos pertinentes. Si Gabre tenía su edad y cuando Daetis escribió eso tenía un año, debió haberlo escrito en el año 689. Por algún motivo, los athen no contaban el tiempo desde los hechos acontecidos en La Voz de la Diosa como se hacía en el resto de Thoran. Esto hacía que tuviese que calcular las fechas de cada escrito para situarlo cronológicamente. Este texto se escribió seis años después de que Kallone derrotase a Eravia en la Guerra por las Ciudades del Sur. Imaginó el contexto histórico de una sociedad que busca recuperarse de la derrota, moral y económicamente. Compuso una sonrisa, satisfecha consigo misma. Luego dejó la pluma y siguió con la lectura.

«Es un niño listo para su edad. Es capaz de hablar con cierta corrección y su dicción es excelente. También sabe leer construcciones de frases poco complejas y conoce algunas palabras en lengua athen. No obstante, lo más importante es que es muy cariñoso y que adora a mi esposo. Cuando juega con él, Ramiet me observa y me sonríe. Parece no creerse que tras una guerra como la que vivió y el dolor por la muerte de su padre, Olundor Conav, sea capaz de sonreír y ser feliz».

El texto paraba y continuaba en un párrafo diferente. También tenía otra fecha, pero la tinta estaba corrida y Kalil no supo distinguirla bien para calcularla. No obstante, no pasó por alto las virtudes de los genes athen. Que con solo un año supiese hablar e incluso leer algo le pareció asombroso.

Decidida, continuó leyendo:

«Ramiet por fin se ha decidido a completar la terna de consejeros. Es costumbre en Eravia que sean tres los miembros del consejo, pero desde que llegué, solo Aldan y Ronca lo han acompañado. Parece ser que el puesto para tercer miembro del consejo estaba reservado a un hombre llamado Kavan, consejero de Olundor, pero desapareció durante la guerra y ya hace años de eso. Ramiet cree que tal vez esté muerto.

Aunque pretendía que yo misma fuese quien le prestase consejo, todos le hemos insistido en que necesitaba a otra persona para completar la terna. En Acrysta tenemos un órgano de gobierno numeroso que impide que una sola persona haga y deshaga a su antojo, asegurándonos así que el bien común está siempre por encima de los intereses personales. A pesar de las diferencias con los reinos humanos, un mayor número de consejeros podrá ofrecerle puntos de vista que por sí solo no alcanzaría a contemplar. No obstante, mi visión estaría comprometida por los sentimientos. Ramiet me ha pedido que sea yo quien elija a ese consejero. Es tan dulce conmigo que cree que jamás me equivoco. Piensa que la inteligencia athen es algo así como una intuición o sexto sentido que nos permite tomar siempre las decisiones acertadas, pero...».

Al pasar la página, Kalil observó que esta era ilegible, pues estaba salpicada por enormes manchas de tinta. Imaginó que, con Kavan desaparecido, Ramiet Conav completó el consejo con la incorporación de Wabas, siendo este una sugerencia de Daetis.

Suspiró lamentándose y pasó la hoja. En las siguientes páginas la reina hablaba de Gabre. De sus logros, de sus metas, de su educación, de sus esperanzas para él. Lo hacía también de Ramiet, de Aldan, de Kavan, que regresó tras años desaparecido y a quien el rey volvió a aceptar en el consejo como homenaje a su padre formando el conocido consejo de cuatro. También hablaba de las dificultades económicas de Ortea y de toda Eravia. De cómo quiso acercarse al pueblo, salir del palacio y tratar con su gente. Fue eso lo que la llevó a la muerte después de todo, aunque Kalil admiraba esa valentía que muchos confundirían con ingenuidad.

Conforme pasaba las páginas del diario de Daetis, pudo ver que el libro estaba en peor estado de lo que esperaba. Había muchas hojas arrancadas, y en otras tantas todo estaba escrito en lengua athen. ¿Se volvería descuidada la reina con el paso del tiempo? ¿O arrancó esas páginas y las escribió en otro idioma por desconfianza? Con Ramiet a su lado, eso no le habría extrañado. Kalil suspiró resignada y cerró el diario. Tantos años de educación y a nadie se le había ocurrido enseñarle más lengua athen que los cantos y rezos al Rydr. Palabras sueltas que a todas luces eran insuficientes para traducir lo que Daetis escribía.

No obstante, la realidad que la reina describía era tan real como subjetiva. El rey Ramiet que ella describía, tierno y cariñoso, ya no existía. Ahora solo era un tirano que maltrataba a su gente a cambio de poder y fuerza militar. Un hombre que había hablado de deshacerse de ella para evitar que una Asteller reinase en Eravia. Ese corazón lleno de amor ahora estaba negro por el odio. Ni siquiera podía fiarse de las palabras de Daetis, por muy identificada que pudiese sentirse con ella.

De repente, escuchó cómo llamaban a sus aposentos.

La princesa se sobresaltó y miró hacia la puerta. ¿Quién podía ser a esta hora? La cena ya había sido servida en su misma habitación, tal y como había pedido, y los platos habían sido recogidos. En el interior del montañoso palacio solo había tenido trato con Ziade y Aaralyn. La amiathir debía estar a días de distancia, y era muy tarde para una visita de la paladín, de quien se había distanciado debido a las últimas discusiones. No podía esperar a nadie más en su habitación. ¿Habría vuelto Aldan a palacio?

Se palpó los puñales bajo el vestido. Sabiendo lo que sabía de los planes del rey, no estaba de más ser precavida. No creía que fuese a llegar tan lejos, pues Ramiet la necesitaba para atraer a todo aquel que quisiera luchar por Kallone a defender Eravia, pero no podía fiarse de nadie.

—¿Quién va? —preguntó.

—Alteza, aquí hay un olin que quiere veros —dijo la voz de uno de los soldados que custodiaban la puerta.

«*Una* olin», pensó con una sonrisa en la cara.

—Dejadla pasar.

La puerta se abrió y Lasam entró, agachándose para no chocar con el arco que enmarcaba la puerta de sus aposentos. La olin llevaba una túnica que tapaba su cuerpo, algo poco común en Olinthas. Con su altura, la cabeza al cero que solo adornaban dos grandes argollas en sus orejas y los pequeños cuernos que sobresalían de su cuello, parecía un ser de otro mundo. Llevaba una lanza atada a la espalda que el soldado ojeó con desconfianza antes de volver a dirigir su vista hacia Kalil.

—¿Deseáis que deje la puerta abierta, majestad? —preguntó echando un suspicaz vistazo a la olin.

—No es necesario. Gracias, soldado.

El tipo echó un último vistazo a la invitada, cuan alta era, y se encogió de hombros saliendo y cerrando la puerta tras de sí.

—¿Qué ocurre, Lasam? ¿Qué haces aquí a estas horas? —preguntó la princesa una vez que se habían quedado solas.

—Lo siento. Es tarde... —dijo la olin titubeante—, pero Lasam no duerme. No puede. Piensa en Ekim. Muchos días sin saber.

Kalil asintió comprensiva y le indicó que tomase asiento, pero esta rehusó su invitación con discreción. Sabía que los olin no eran muy dados al mobiliario humano. Para ellos el suelo era más cómodo que la almohada más mullida. Ella, por el contrario, sí se sentó sobre el lecho.

—Entiendo cómo te sientes. Estás preocupada por tu hermano.

Lasam asintió.

—En Eravia nadie preocupa por lo que pasa en Kallone y Olinthas. Solo preocupados por futuro. Yo no puede preguntar nadie, solo a ti. Por eso...

—Por eso has venido a verme con la esperanza de que yo tuviese buenas noticias.

—La olin asintió con vehemencia—. Lo siento Lasam, no sé nada. Pero quiero que sepas que el nombre de tu hermano está en mis plegarias. Espero que Icitzy lo cuide y lo traiga de vuelta.

La mujer olin asintió con resignación y se dio la vuelta para marcharse.

—No, por favor. Quédate —suplicó Kalil—. Ahora que Aaralyn se ha marchado no tengo a nadie con quien hablar, y me temo que Ziade sigue enfadada conmigo.

Lasam vaciló, como si luchase contra su timidez y el deseo de desaparecer de allí. Luego asintió y se quedó frente a ella sin articular palabra, callada como una piedra e incómoda cual gusano en nido de aves.

—Podemos hablar sobre lo que quieras —insistió la princesa ofreciendo una sonrisa cordial.

La olin se frotó las manos sobre la túnica como si las tuviese húmedas.

—Lasam no educada para hablar con realeza —dijo sin tapujos—. No educada para hablar con humanos.

—¡Oh! ¿Es por eso? —Kalil sonrió—. No te preocupes. A mí tampoco me gusta que me hablen como a la realeza.

Los ojos de la olin se abrieron con sorpresa, demostrando que sus emociones eran más humanas de lo que había esperado.

—Pero Kalil reina pronto.

—No eres reina por cómo te hablan los demás, sino por lo que haces con el poder que te otorga la corona —aseveró la princesa.

Lasam pareció relajar los hombros y Kalil le dedicó, de nuevo, una sonrisa cálida. La princesa volvió a invitarla a tomar asiento y la olin, menos tensa, se sentó en el suelo. Pese a que habían hecho un largo viaje juntas al huir de Kallone, no había tenido demasiado tiempo para hablar con ella.

«Algo es algo», se dijo satisfecha.

Si cualquier dama se hubiese sentado en la misma postura de Lasam, con las piernas cruzadas sobre el suelo de la habitación, habría resultado extraño, pero las costumbres de otras culturas siempre la habían fascinado y despertado su curiosidad. La túnica dejó sus pantorrillas al descubierto y Kalil pudo observar dos heridas recientes que aún estaban enrojecidas.

—¿Te las has hecho entrenando?

Lasam observó sus piernas para saber a qué se refería.

—Si. Lasam aprende usar lanza. Quiere ayudar.

Kalil asintió. Con tanto ir y venir por los pasillos, comidas y reuniones en el salón del trono, más las conspiraciones y lecturas de diarios secretos, había descuidado su entrenamiento. Echaba de menos esos ratos con Ziade en los que dejaba de ser una princesa para ser ella misma. Momentos en los que era libre, en los que nadie la obligaba a vivir como los demás esperaban. Con los últimos cambios en su vida se sentía menos libre que nunca. Esclava de un destino que ella misma había elegido por el bien de Thoran.

—Creía que en Olinthas todos sabíais usar la lanza —dijo Kalil ausente.

—Todo olin grande y fuerte, pero no todo olin guerrero —dijo Lasam frunciendo el ceño.

—No quería decir eso. Me refería a la pesca. Tenía entendido que, como pueblo pesquero, a todos os enseñaban a navegar y usar la lanza para aportar a la aldea desde que sois niños. No debe ser fácil subsistir en el desierto.

—No fácil, pero acostumbra —admitió ella apartando la vista con timidez—. Olin enseñan niños. Padre sí enseña a Lasam a navegar, pero no Ekim.

—¿Entonces os enseñó a usar la lanza?

La olin miró a la princesa con ojos serios.

—No. Ekim aprende solo. Lasam aprende en Ortea.

—Pero has dicho que los olin enseñan a los niños. ¿No os enseñan a usar la lanza? ¿Ekim ni siquiera sabe navegar?

Lasam volvió a apartar la cabeza. Parecía incómoda, pero Kalil tenía verdadera curiosidad.

—Complicado. Lasam hermana mayor. Padre enseña a navegar. Siguiente paso enseñar a Ekim a llevar barco. Luego ambos aprender usar lanzas. —La olin se detuvo para tragar saliva—. Cuando Lasam y Ekim niños, mi padre pesca. Cae de barca y muere ahogado. Mar tiene muchos peligros. No puede enseñar a usar lanza. Nunca.

—Lo siento, no sabía que habíais perdido a vuestro padre tan jóvenes.

—Ekim miedo agua. Miedo barco. Aprende solo a usar lanza, pero no nada. No agua.

—Pero salvasteis a mi padre en Olinthas. Tú guiaste el barco para escapar de allí. Sé que debió ser muy difícil para vosotros y os estaré eternamente agradecida.

—Enemistad olin y Asteller —dijo ella lanzando una mirada fija a los verdosos ojos de la princesa—. Es estúpido. Vida corta para vivir con rencor.

Kalil asintió. De alguna forma, la visita de la olin le dejaba una nueva razón para replantearse las cosas. Ese tira y afloja continuo con el monarca erávico no les ayudaría en la batalla. La sed de venganza que sentían ambos no los ayudaría a sobrevivir y tampoco le facilitaría el camino al trono.

Lasam se levantó para despedirse y la princesa la imitó. De pronto, un golpe sordo llegó desde el exterior de la habitación. Un grito que se ahogó antes de poder ser construido. La puerta se abrió de sopetón y alguien apareció tras el umbral. Iba vestido de negro, y una capucha cubría su cabeza haciendo que los rasgos de su cara no pudiesen ser vistos. Llevaba un puñal del que parecía emanar un líquido escarlata que goteaba.

Lasam miraba a la puerta tan sorprendida como ella. En el suelo se podía vislumbrar el pie inerte de uno de los soldados. Tal vez el mismo que había dejado pasar a la olin minutos antes. El encapuchado entró en la alcoba y pareció sorprenderse al ver que no estaba sola. Kalil pudo ver cómo su ropa, ajustada con correas, guardaba otro puñal a la espera de más víctimas.

La mujer olin corrió a agarrar su lanza, pero, al poco de liberarla, el guerrero sombrío se encaró con ella. Pese a la diferencia de altura, el asaltante se movió con la soltura de quien lo ha hecho cientos de veces. Una patada en la pierna de Lasam impidió un buen apoyo. Con un golpe de su mano, el asaltante eliminó la lanza levantándola y, con rapidez, lanzó un tajo que alcanzó el vientre de la olin. El puñal salpicó sangre sobre la cortina como si el cuerpo la escupiera. Luego golpeó a Lasam empujándola con la planta del pie y haciendo que cayese dolorida sobre la cama.

El intruso se dio la vuelta y miró a Kalil. No era más alto que ella, aunque parecía fornido. Por su forma de luchar, habría jurado que era un experimentado mercenario. Tal vez un soldado. Se acercó a ella y la princesa se apresuró a sacar los puñales que tenía escondidos bajo el vestido. Agradeció en silencio a Ziade haberla preparado durante años para ese tipo de situaciones arriesgándose al castigo de su padre.

Su atacante titubeó y detuvo uno de sus pasos. Debió sorprenderse de que su víctima no estuviese tan indefensa como habría pensado. Ella se quejó para sí de no haberse quitado aquel pomposo vestido aún, pues le imposibilitaría moverse como quería, pero ni siquiera tuvo tiempo de lanzar una plegaria a Icitzy o Aecen. El tipo de la capucha se acercó y lanzó un tajo. No parecía querer alcanzarla, sino medir su habilidad. Kalil fingió torpeza y dejó que rasgase su vestido.

«Ahí va uno de los vestidos más bonitos que me habían dado», pensó resignada.

El tipo pareció confiado y se acercó de nuevo. Era lo que había esperado y su estrategia había funcionado. Ahora que estaba cerca, Kalil atacó. Dibujó un arco con el puñal de su mano derecha que el asesino detuvo con el suyo, pero inmediatamente atacó con el izquierdo. Fue un movimiento punzante que pareció coger desprevenido a su agresor. No obstante, fuese quien fuese era muy habilidoso. Con su otra mano agarró la muñeca de Kalil impidiendo que la hoja se hundiese más en su piel.

Con las extremidades inmovilizadas lanzó una patada que buscaba sus piernas para desequilibrarla, tal y como había hecho con Lasam. Lo que no había previsto es que ese pomposo vestido del que la princesa se había quejado con anterioridad imposibilitaba distinguir sus pies bajo la tela. Esquivó el golpe y fue ella quien usó ese mismo movimiento, haciendo que el asaltante perdiese el equilibrio. Eso lo obligó a poner una mano sobre el suelo.

Sin dejar que se recuperase, la princesa se agachó y punzó de nuevo el cuerpo del asesino. Pese a que sus rápidos reflejos hicieron que retrocediera en el último momento, la hoja del puñal alcanzó a cortar una de sus correas y su ropa se soltó. Cuando se separó, el fulgor de la esfera de luz que iluminaba la habitación le permitió ver la sonrisa de su agresor. Una sonrisa que parecía admitir haberla subestimado.

Cuando llevaba una mano al otro puñal, Lasam se levantó de la cama. También se oyeron gritos en pasillos cercanos. La guardia no tardaría en llegar. El atacante, viéndose rodeado, negó con la cabeza antes de escapar a la carrera.

Kalil lo siguió, saliendo de la habitación, pero una vez fuera no vio nada más que sombras. Aquel tipo había apagado las antorchas antes de iniciar su ataque valiéndose de las sombras, y ahora no sería capaz de distinguir el lugar por el que se había marchado. Varios soldados llegaron a la carrera.

—¡¿Qué ha pasado aquí?! —inquirió uno de ellos blandiendo su hoja.

—Un asesino. Iba vestido de negro y ha intentado matarme. Creo que ha huido por allí. —La princesa señaló el final del pasillo.

—Vamos. Tenemos que encontrarlo —ordenó el soldado. Tras la orden todos salieron a correr por el lugar que ella había indicado.

Kalil los vio desaparecer mientras asistía a las caras de asombro de soldados y sirvientes desvelados por los gritos. Ronca y Wabas, consejeros reales cuyos aposentos estaban cerca, también llegaron para ver qué ocurría.

—Princesa —dijo la mujer. En su rostro se dibujaba la sorpresa al verla armada—, ¿estáis bien?

—Viviré una noche más —saludó ella de mala gana sin dejar de mirar al lugar por el que se había marchado su agresor.

Sintió la impotencia de no poder decir lo que pensaba. Ese era un ataque en el mismo palacio, en sus aposentos. Era poco probable que alguien del exterior lo hubiese llevado a cabo. Observó a la consejera llamada Ronca, a quien había visto aquel día en los muelles hablando con Ramiet a escondidas. También a Wabas, el orondo consejero elegido por Daetis que se había ocupado de reclutar a los nuevos soldados. ¿Cómo podía saber que ellos no estaban enterados de ese ataque? ¿Cómo confiar en nadie cuando el propio Ramiet había hablado de deshacerse de ella? ¿Era a esto a lo que se refería?

—Estrechad la vigilancia. Relevad a los soldados de la princesa y que le pongan a los más hábiles. Reforzad también la guardia del rey. Debemos asegurarnos de que esto no vuelva a ocurrir —ordenó Ronca.

—Traed también a los representantes de los Hijos de Aecen —añadió Wabas—. Que sus hombres peinen la ciudad buscando al agresor.

—¿Queréis que llame a un médico, alteza? —insistió Ronca.

—Sí, pero no por mí. Que atienda a Lasam. —Señaló a la olin, que aparecía por la puerta con una ensangrentada mano en el vientre—. Yo... necesito descansar.

La consejera asintió y comenzó a dar indicaciones a los guardias. Wabas acompañó a Lasam mientras le preguntaba por su herida que, pese a lo aparatoso de la sangre, era a todas luces superficial.

Entre las sombras surgió la imponente silueta de Ziade. La cara de la paladín de la protección se iluminó ante las antorchas que los soldados volvían a encender. Kalil vio la preocupación en sus ojos.

La soldado, sin embargo, no se acercó. Sus ojos se endurecieron y sus labios formaron una fina línea. En su expresión había reproche y sus ojos fueron los que hablaron: ella se había buscado esta situación con los peligrosos juegos de palacio y ahora tendría que salir sola.

Kalil cerró la puerta con el cuerpo rebosando de adrenalina por el combate y tristeza por la reacción de su paladín, pero de pronto sintió una ira que apenas pudo reconocer. El enfado de la impotencia a la que bañaban sus silencios. Habían intentado matarla esa misma noche, y solo había alguien con el poder y la maldad suficiente para llevar a cabo tal acción. Alguien que la odiaba a ella y a todo su linaje: Ramiet Conav.

Apretó los puños con fuerza mientras miraba las manchas de sangre sobre la alfombra. Ella se había sentido culpable por callar sobre las intenciones de esa maldita orden mientras el rey intentaba matarla. Puede que Rythania estuviese a punto de llamar a las puertas del reino, pero antes había otra guerra que librar. Una que solo acabaría con la muerte de un miembro de la realeza. Una que se libraba desde hacía años entre Asteller y Conav. Una guerra que debía ganar, por el bien de Eravia... y también por Kallone.

24. Soportar el odio

Mesh aún trepaba por el cielo de la mañana mostrando sus tímidos rayos cuando la comitiva de Gabre Conav, incluidos sus nuevos miembros, bajaron de la montaña. Habían sido días de travesía cruzando la densa nieve, tempestades imprevisibles y peligrosos desprendimientos. Pese al descenso de las alturas, el agua helada no abandonó el paisaje. Tras la amplia cordillera todo seguía siendo blanco. Hacía frío, aunque los vientos no los azotaban con tanta violencia y la sensación térmica era más suave de la que habían sufrido en lo alto de la montaña.

Habían comido lo que habían podido en esos días, dada la escasez de animales que habitaban la parte alta de las montañas. Su dieta se había basado sobre todo en incautas liebres de cellisca. No eran fáciles de ver debido a su pelaje blanco y su capacidad para escapar a gran velocidad rodando cual bola de nieve, pero la pericia de Lyn con el arco les había sido muy útil.

Hyrran observó a la amiathir mientras daban dificultosos pasos sobre la espesa nevada. Iba hablando con Saith. Seguramente de los athen o sobre lo que ambos habían pasado tras la batalla en el Valle de Lorinet. Aquella niña indefensa que un día rescató enmudecida en las praderas de Kallone se había convertido en una guerrera fuerte y valiente. Sin embargo, veía en ella una ternura que iba más allá de su nueva personalidad, llena de seguridad. Sus ambarinos ojos coincidieron con los suyos un segundo y el mercenario desvió la mirada para observar el terreno por donde pisaba.

—Hyrran deja ojos bajo manta —dijo Ekim caminando a su lado.

Miró al olin, que se había despojado de la manta que había portado sobre sus hombros durante su travesía por las cumbres nevadas. Pese a que las temperaturas aún eran bajas, volvía a lucir el torso desnudo cruzado por la correa en la que ataba su lanza. Su enorme amigo lo observaba con una extraña mueca que el joven mercenario interpretó como una sonrisa socarrona.

—¿De qué hablas?

—Desde que chica salva de manada de gimha, tú no quitas ojos de encima. En Olinthas decimos dejar ojos bajo manta, porque en la oscuridad no ves nada más. —El olin entornó los ojos en una mueca similar a una sonrisa—. Lyn gusta Hyrran.

Hyrran lo miró de soslayo.

—Solo estoy ojeando al grupo. —Observó a los soldados que caminaban junto al príncipe para ratificar sus palabras y volvió a posar la vista en el olin—. Ahora te estoy mirando a ti y te aseguro que no me gustas ni una pizca. De hecho, estabas mejor con la manta por encima de la cabeza.

Ekim rio con un graznido y él sonrió también.

Echó un vistazo a la cordillera que dejaban a su espalda. Al enorme manto blanco que la cubría hasta la cima. Lo habían conseguido. Habían cruzado las peligrosas montañas nevadas y pronto llegarían a Acrysta. Podía ser el último paso para descubrir cómo vencer a Rythania. Puede que, de alguna forma, salvar a los tres reinos. Había perdido la fe en muchos momentos durante el largo viaje hasta allí, pero, ahora que tenían tan cerca la sabiduría de los athen, volvía a creer en un futuro mejor. Libre de la reina blanca.

Hasta hace poco ni siquiera se hubiera planteado hacer frente a semejante ejército. A la magia amiathir. A bestias de habilidades tan peligrosas. No. Hubiese huido, como siempre. Se habría marchado a Rythania, a algún pueblo norteño lejos de la guerra. O se hubiese escondido en La Rivera. Tal vez se hubiese mantenido oculto en los suburbios de Aridan. Habría hecho todo lo posible por permanecer con vida, pero ahora viajaba en compañía del príncipe de Eravia y principal enemigo del ejército blanco.

Sin embargo, no lo hacía por el rey o por los reinos. Ni por la justicia. Estaba allí por Saith. Él sí tenía esa fijación por las causas justas. Sabía que no se detendría hasta vengarse por la muerte de sus padres. Intentaría recuperar a ese amigo suyo, ese tal Ahmik del que a veces hablaba en sueños. Lo observó mientras buscaba Acrysta a su alrededor sin parar de hablar con Lyn y suspiró con una sonrisa. Sabía que jamás se rendiría, y si ese era su destino, lo acompañaría hasta el final. Se sorprendió de tener tan claro tan extraño propósito. Jamás había creído tanto en algo.

Más allá de eso, se sentía bien. Después de varios días sin comer y casi sin dormir, huyendo sin descanso de los soldados rythanos que los perseguían, haberse encontrado con los hombres del rey era un regalo. Otros hacían guardia por ellos, pues ese tal Riusdir no terminaba de fiarse. Podían comer y preocuparse solo de las inclemencias meteorológicas para llegar a su destino.

Miró más detenidamente al príncipe, que caminaba con cierta altivez sobre la nieve. Lo conocía poco, pero por algún motivo le caía bien. Dentro de lo que suponía la realeza, parecía un joven sencillo y de principios. Sus marcas athen eran la principal esperanza del reino para convencer a su raza de ayudarlos en la devastadora batalla que se avecinaba. Junto a él, como siempre, iba un anciano llamado Kavan, consejero de su padre.

Su mirada coincidió con la del viejo y este entornó los ojos. Hyrran había observado que no le quitaba el ojo de encima. Solía hacerse el despistado cuando eso ocurría, pero esta vez clavó sus ojos azules en el anciano. Este pareció ponerse nervioso al ver que lo miraba y apresuró el paso para colocarse tras el príncipe. Él sonrió. Para un mercenario, levantar sospechas y enfrentarse a miradas suspicaces era algo a lo que estaba acostumbrado.

El grupo siguió caminando. El sol hacía brillar la nieve a su alrededor. Los árboles mostraban ramas pintadas de blanco helado, y algunas aves curiosas miraban desde lo alto cómo el grupo cruzaba lo que bajo el blanquecino manto debía ser un valle o una pradera. En el horizonte, la costa que hacía terminar Eravia por el sur colindando con el mar de Tanan no tenía nada parecido a una playa, sino que estaba compuesta por acantilados de varios metros de altura. Incluso por mar, Acrysta sería inalcanzable. Sin embargo, por más que miraba a su alrededor no encontraba la ciudad. Tampoco en la distancia.

—Hemos llegado —anuncio Dracia extrañada. La mujer amiathir colocó los brazos en jarra y miró a uno y otro lado.

—¿Llegado? No veo Acrysta —dijo el príncipe—. Aunque debe estar aquí. Los mapas la colocan a los pies del volcán Tesco.

Hyrran miró hacia las alturas. El enorme manto blanco cubría toda la cordillera salvo una montaña, intocable por el agua gélida. Era la más cercana a ellos y desprendía una columna de humo que se perdía en las alturas. Sin embargo, la ciudad que debía estar a sus pies no existía. No había más que nieve por todas partes.

—Cuando vine hace unos años estaba aquí —aseguró Dracia incrédula.

—No lo entiendo —dijo el capitán de la guardia apretando los dientes—. Aquí no hay nada.

—Espera, Dracia. Me dijiste que los athen te habían otorgado una tecnología capaz de ocultar Amiathara al ojo humano, ¿no es así? —intervino Lyn—. Tal vez la hayan usado también para ocultar su ciudad.

—¡Claro! Eso es. Han invisibilizado la ciudad para no ser encontrados. Los talk'et deben estar ocultos bajo la nieve —concedió la amiathir alzando ambas cejas—. Puede que ya sepan que estamos aquí.

—¿Insinuáis que conocen nuestra presencia y no salen a recibir al príncipe? ¿Qué afrenta es esta? —rezongó Riusdir molesto.

—Acrysta es una ciudad-estado. Que sea vuestro príncipe no significa que ellos le deban lealtad alguna —aseveró la amiathir cortante.

—Pero me recibirán —dijo Gabre con una sonrisa segura—. ¡Tía Arual! ¡Soy yo, Gabre! ¡Si estás ahí, muéstrate!

—¡Ayudad al príncipe, inútiles! —ordenó el capitán.

Los soldados obedecieron titubeantes y comenzaron a llamar y hacer señas. Hyrran se acercó a Lyn mientras el príncipe y su séquito continuaban gritando a los vientos.

—Los athen son la sociedad más avanzada del mundo, ¿no?

—Sí. Su tecnología es superior a la de cualquier otro lugar —contestó ella sin dejar de observar a los soldados.

—¿No es un poco contradictorio pedir la entrada a un lugar así gritando como un mercader con buenas ofertas?

La chica amiathir frunció el ceño y arrugó la boca evitando una carcajada.

—Tal vez, pero parece que funciona —dijo señalando al frente con la barbilla.

El aire se onduló frente a ellos. El silencio cambió para abandonar su esencia y la ciudad se materializó como por arte de magia. Edificios de varios metros de altura surgieron de la nada, altos como si buscasen rasgar el azul del cielo, y unos caminos, lisos y perfectos, aparecieron rodeándolos y subiendo por los aires, como senderos volantes. Las viviendas estaban construidas en piedra blanca, y sus tejados eran de un verde esmeralda que brillaba reflejando la tímida luz que Mesh ofrecía. Sus materiales reflejaban la luz ofreciendo un efecto arcoíris en varios puntos. Era la ciudad más pulcra y con los edificios más altos que había visto jamás.

Hyrran estaba tan sorprendido que le resultó difícil cerrar una boca que había abierto inconscientemente. Lyn, a su lado, miraba a su alrededor entusiasmada. Sus ojos brillaban con la belleza de Acrysta. Algunas de sus edificaciones eran como una semiesfera sobre la tierra, amplias y de bordes redondeados. Dracia sonreía satisfecha mientras el príncipe y los demás, incluidos Saith y Ekim, observaban la ciudad tan estupefactos como el joven mercenario. De alguna forma, la tecnología athen permitía hacer invisible e indetectable a toda una ciudad.

Por uno de los caminos que descendía frente a ellos, amplios y de un color anaranjado, bajó una plataforma circular que parecía levitar. Sobre ella iba un hombre delgado, de pelo negro peinado hacia atrás. Las arrugas de su fina cara lo situaban cercano a los cincuenta años, con una nariz picuda y un traje rojo que terminaba en una especie de faldón, similar a una saya, pero ajustado y con almillas de color dorado en su parte superior. Llevaba marcas athen que ascendían por el lateral de su cuello y llegaban a rozarle la barbilla.

La plataforma en la que se movía se frenó antes de llegar al final del camino que daba entrada a la ciudad.

—Os doy la bienvenida, príncipe Gabre y compañía —saludó el hombre. Pese a la cordialidad de sus palabras, su rostro era serio y comedido—. Mi nombre es Bespej, miembro del gobierno athen. Vuestra tía Arual os espera en el parlamento.

—¿Parlamento? —inquirió Riusdir pasmado por la enorme ciudad que acababa de aparecer ante sus ojos.

—Allí es donde tomamos las decisiones importantes —explicó el athen—. Mientras los humanos os centráis en un monarca como órgano de gobierno unipersonal, nosotros gobernamos en base a varias voces y decidimos juntos sobre el futuro de Acrysta. Allí debatiremos vuestra propuesta y os ofreceremos un veredicto.

—¿Cómo sabes que tenemos una propuesta que haceros? —preguntó Gabre sorprendido.

Bespej lo observó y, por primera vez desde su aparición, se permitió algo parecido a una sonrisa.

—Vivimos al sur de Eravia, lejos de toda civilización. Habéis cruzado las montañas exponiéndoos a peligros y bajas temperaturas en un momento especialmente delicado para vuestro reino, amenazado por una inminente guerra. Es obvio que traéis una propuesta. ¿O acaso venís por turismo?

—Yo vine por la comida —bromeó Hyrran encogiéndose de hombros.

Bespej lo miró con cara de pocos amigos y Lyn le dio un codazo que hizo que el mercenario se encogiese. El athen, sin embargo, se permitió una nueva y escueta sonrisa.

—A los athen nos gusta la risa. El humor denota inteligencia. No obstante, te recomiendo seriedad para tratar con el gobierno de Acrysta —sentenció dando un paso a un lado de la plataforma y señalándola con la palma de la mano.

El príncipe fue el primero en subir, seguido de Kavan, Riusdir y algunos de sus soldados. Dracia también subió tras ellos. La plataforma circular debía tener un diámetro de unos cuatro metros, por lo que todos pudieron subir sin problema apretándose un poco. Un par de soldados permanecieron en tierra por orden del capitán.

—¿Soportará el peso de tanta gente? —dudó Saith mientras miraba de reojo a Ekim.

—No te preocupes. Esta plataforma funciona mediante tecnología imantada. Los caminos de la ciudad y sus bordes están imantados, haciendo que ambos enfrenten un mismo polo. De esta forma, en lugar de atraerla repelen la superficie permitiendo que esta flote sobre el suelo. Como puedes comprobar, el tamaño de esta es también el tamaño del imán, por lo que ejerce una fuerza capaz de soportar toneladas de peso.

Hyrran anduvo hasta la plataforma y se subió sin pensar. Saith se encogió de hombros y lo imitó junto a Ekim. Lyn fue la última en subir.

—Lo ha explicado y continúo sin saber cómo vuela esta cosa —se quejó el expaladín con un susurro.

—No os preocupéis. No alcanza demasiada velocidad —los tranquilizó el athen.

Y dicho esto, colocó sus dedos sobre el panel que sobresalía del suelo y dibujó varios glifos con los dedos. Un pitido anunció que la orden había sido recibida y el disco volador comenzó a moverse. Pese a que al principio los sorprendió, la suavidad de deslizamiento les permitió desconectar y observar los alrededores de la ciudad. No tener que andar tras tantos días era un ligero alivio para sus cansados músculos.

—Es extraño. Desde que entramos en la ciudad he dejado de tener frío. Ni siquiera noto el vaho salir de mis labios —comentó Lyn con cierta sorpresa.

—Eso es por el sistema de calefacción interno de Acrysta. Esos tejados verdes que ves son, en realidad, placas que retienen el calor. Aquí los rayos de sol llegan débiles, pero esas placas los convierte en una calefacción ambiental que reduce el frío natural. Yo me hice la misma pregunta la primera vez que vine —explicó Dracia sonriente. Parecía ilusionada por estar de vuelta.

—Así es. Los athen creemos que el conocimiento de una sociedad debe ser puesto al servicio de su gente —convino Bespej.

La plataforma subió deslizándose por los caminos y tomó una bifurcación a la izquierda, llegando hasta un edificio de gran altura cuya parte de arriba, según le pareció a Hyrran, tenía forma de haba. Cuando se detuvo, el athen descendió del disco y caminó hacia el interior indicando al resto que lo siguieran. El edificio era mucho más grande de lo que le había parecido desde el exterior. Dentro todo era de color blanco y los muebles destacaban por su ausencia, contrastando con las coloridas calles de la ciudad y sus reflejos multicolores. Amplios ventanales dejaban entrar la luz del exterior, y había distintas salas en los que los athen parecían ocupados haciendo cosas a uno y otro lado.

En su camino pasaron junto a una estancia en la que algunos de ellos observaban unas esferas que proyectaban algo parecido a unos hologramas. En aquellas imágenes aparecían las montañas, el volcán bajo el que se situaba Acrysta, los alrededores de la propia ciudad...

—¡Es una especie de sala de vigilancia! —susurró Lyn deteniéndose sin ocultar la sorpresa.

—Sabían que estábamos ahí, por eso mandaron a Bespej a buscarnos —añadió Saith.

—No solo sabían que estábamos ahí. También sabían que veníamos desde hace días —dijo Hyrran señalando unos hologramas que reflejaban los caminos sobre las montañas.

—Nos vieron soportar tempestades, hambre, frío... ¿y no nos ayudaron? —preguntó Saith incrédulo.

—Los athen no participan en los asuntos fuera de sus fronteras. Es una filosofía que debemos aceptar y comprender si pretendemos negociar con ellos —dijo Dracia acercándose tras ellos mientras el príncipe y los demás se alejaban por el pasillo.

—Pero de eso va este viaje, ¿no? —insistió Lyn—. Hemos venido a pedirles justo aquello que se niegan a hacer. Que nos ayuden en la guerra que está por llegar.

Dracia negó con la cabeza.

—Ese es el objetivo, pero hacer que rompan con su filosofía de no interceder en el destino del mundo es improbable. No será fácil convencerlos.

—A ti te ayudaron. Te dieron esos talk'et para esconder Amiathara y salvar a tu gente. Tal vez logremos que vuelvan a hacerlo —repondió Lyn esperanzada.

Dracia se encogió de hombros.

—¿Venís? —dijo Gabre desde la distancia.

Riusdir, Kavan y sus soldados lo acompañaban a él y a Bespej sobre una plataforma, similar a la que los había llevado hasta allí, aunque más pequeña. Hyrran anduvo hasta ella junto a los demás sintiendo la mirada de ese tal Kavan, que empezaba a incomodarlo. ¿Qué le pasaba a ese anciano con ellos?

Una vez que todos hubieron subido, la plataforma fue rodeada por un cristal grueso que los dejó encerrados para sorpresa del capitán de la guardia.

—¡Por la bondad de Icitzy! ¿Por qué nos encerráis? —dijo señalando al athen con el dedo.

—Es por seguridad. Esta plataforma es un ascensor.

—¿Ascensor? —repitió el soldado entornando los ojos.

—Nos llevará hasta el último piso de este edificio. Allí nos espera el gobierno de Acrysta, incluida Arual. Relajaos, capitán. Estáis en la ciudad más infranqueable de Thoran. En ningún lugar del mundo estaréis más a salvo que aquí —contestó Bespej.

—Eso habrá que verlo —refunfuñó chasqueando la lengua mientras su cabeza afeitada brillaba por las luces que atravesaban el cristal mientras subían.

Al llegar arriba un amplio salón se abrió ante ellos. Era una estancia similar a las anteriores, de amplios ventanales que dejaban pasar la luz y escaso mobiliario. De hecho, en ella solo había una larga mesa blanca con siete sillas del mismo color. Seis personas estaban sentadas en ellas, y al llegar, Bespej se sentó en la séptima tras indicarles que debían permanecer en pie frente a ellos.

Los miembros de aquel parlamento permanecieron imperturbables, observándolos y escudriñando cada centímetro de ellos. Cuatro mujeres y tres hombres cuyas edades iban desde la mediana edad a la vejez. Hyrran se sintió incómodo ante sus miradas.

—Pasad y compareced ante el gobierno athen. Os pido que solo uno de vosotros tome la palabra y exprese vuestra propuesta. No obstante, todos podréis oír la deliberación —dijo Bespej. De alguna forma, su guía parecía también una especie de portavoz del resto.

El príncipe Gabre compartió unas palabras con Kavan y Riusdir antes de situarse frente a la mesa. El capitán ordenó a los soldados que se colocasen en la parte de atrás de la sala, y Kavan se situó junto a Dracia y Lyn. Hyrran, Saith y Ekim permanecieron a un lado.

Gabre carraspeó y anduvo con decisión hacia el centro de la sala. Alzó la cabeza con firmeza y comenzó a hablar.

—Hola, tía Arual —dijo con una leve reverencia a una de las mujeres athen de las cuatro que componían el gobierno de Acrysta—. Saludo a todos los miembros del consejo.

—Bienvenido, príncipe Gabre —saludó un hombre anciano cuyas marcas athen entraban en su cara como tribales que inundaran buena parte de su rostro. Sus símbolos estaban tan marcados por las arrugas que, en la distancia, su cara parecía bicolor—. Sabemos de vuestro viaje y vuestras intenciones, pero queremos oír de vuestra propia boca los motivos que os han llevado hasta aquí.

—¿Para qué oír si sabe lo que príncipe quiere? —dijo Ekim en voz baja.

—No lo sé. Aún no me creo todo lo que hemos visto desde que entramos en esta ciudad —susurró Hyrran displicente.

El príncipe anduvo unos pasos para colocarse ante la mesa. Las inquisitivas miradas de los siete gobernantes, que destacaban sobre el fondo blanco de paredes y luminosos ventanales, parecían empequeñecerlo. No obstante, consciente de lo que significaba para él y su reino el ansiado apoyo athen, Gabre mantuvo una pose digna.

Después de un leve carraspeo, expuso los motivos de su viaje.

Explicó la situación del reino, la petición de paz que habían mandado a la reina rythana, el anhelo de una paz próspera para su gente. Valoró la debilidad de su ejército con sinceridad, ensalzando la superioridad rythana, sus impredecibles bestias y la poderosa magia de los amiathir. Los athen asistieron a su discurso con un conservador silencio.

—Es por todo esto que os pedimos ayuda y piedad. Sois la única esperanza para nuestro reino. Sin vosotros, Rythania nos aniquilará sin remedio —concluyó el príncipe.

Hyrran observó las caras de Riusdir y sus soldados. Rostros llenos de esperanza en su petición, pero también de miedo. El miedo de oír a un miembro de la realeza aceptar la incontestable debilidad de su reino.

Los athen se miraron e incluso susurraron entre ellos de forma inaudible para Hyrran y los demás. Deliberaban sobre su petición, aunque no parecían tener posturas contrapuestas. Salvo alguna aislada observación, era una actitud de consenso.

—No van a aceptar —dijo Saith en voz baja. Estaba a su lado, junto a Ekim, observando con tanta curiosidad como él lo que allí acontecía.

—¿Cómo lo sabes?

—Lo he oído. Ya tenían la decisión tomada desde antes de que entráramos en esta sala, y solo la tía del príncipe parecía dispuesta a tomar en serio sus razones.

—¡¿Los has oído desde aquí?! Es imposible. Apenas han susurrado y estamos al otro lado de la sala.

Su amigo se encogió de hombros y tanto Hyrran como Ekim se miraron sin comprender. Lyn los observó junto a Dracia con mirada interrogante, como si se preguntara qué murmuraban. Más allá, Kavan los observaba con ojos entornados, como si despreciara su presencia.

—Príncipe Gabre —comenzó una de las athen. Era una mujer de rostro estrecho y pelo moreno recogido en una trenza que se enredaba tras su cabeza—. Comprendemos la situación y vuestra desesperación. Sin embargo, los athen acordamos en su momento no inmiscuirnos en asuntos humanos, y no somos una sociedad conocida por renunciar a nuestros principios. Hubo una época en la que lo hicimos, y los males que tratamos de evitar han vuelto multiplicando su gravedad. La tecnología de Acrysta es nuestro orgullo, pero protegerla es también una obligación. Mostrarla al mundo y utilizarla en la guerra podría ser el fin de Thoran.

—Ya estamos ante el fin de Thoran, tía Arual. Los Edoris y los Asteller han sucumbido, y ahora nos tocará el turno a los Conav si no nos prestáis vuestra sabiduría —contestó el heredero del trono.

Hyrran observó de nuevo a aquella mujer que tomaba ahora la palabra. Así que esa era la tía del joven príncipe.

—Eres mi sobrino, Gabre. Te quiero como hijo de mi adorada hermana y haría cualquier cosa por ti, pero esta no es mi decisión, sino la de mi pueblo. Los athen ofrecieron a los humanos las esferas y su energía para igualar la magia amiathir y fueron utilizadas para la guerra. Las entregamos a los humanos para evitar la desventaja ante la magia y acabó siendo culpable de un genocidio que casi acaba con dicha raza. —Hyrran miró a Lyn, que asistía a la conversación con los ojos muy abiertos—. Compensamos a los amiathir tras la visita de la que era su líder. —Arual miró a Dracia, que tensaba el cuello y cerraba los puños—, y eso ha desencadenado esta misma guerra. Siempre que hemos intervenido, por muy pequeña que fuese nuestra participación en vuestra historia, los seres humanos han utilizado lo que les otorgamos para empeorarlo todo. ¿Quién nos asegura que, si os prestamos una fuerza suficiente para hacer frente a esta batalla, Thoran no acabará peor de lo que ya está?

—¡Yo lo aseguro! Soy athen también —dijo Gabre desesperado—. En esa ocasión no solo ayudáis a los humanos, sino a uno de los vuestros.

Arual lo miró con ojos compasivos, aunque firmes.

—Eres athen, pero también humano. Estás bajo la influencia de un padre al que admiras y que además tiene el poder de guiar a todo un reino. Lo siento, Gabre. Lo que deba pasar, pasará sin la intervención athen —sentenció. A Hyrran le pareció que intentaba ocultar el dolor impregnado en su voz.

El joven mercenario se percató de la decepción en los ojos del príncipe. Aquel muchacho debía tener un par de años menos que él. Quizás la edad de Saith o Lyn. Sin embargo, llevaba a sus espaldas el asfixiante peso de todo un reino. La responsabilidad de convencer, por el bien de su gente, a toda una raza reacia a ayudarlos. Aquellos ojos decepcionados eran los de un hombre derrotado.

—No puedo volver con las manos vacías —musitó el príncipe bajando los hombros ante sus hombres.

—Lo sentimos, joven príncipe —dijo una de las mujeres athen sentadas a un extremo de la larga mesa. Sus múltiples arrugas la hacían parecer mayor que Arual o el propio Bespej—. Entendemos vuestra situación, pero no actuamos por el bien de un reino, sino por el bien del mundo. Debéis respetar nuestra decisión.

Hyrran apretó los puños. Dio un paso al frente y se acercó a Gabre Conav. Algunos soldados se envararon, amagando con intervenir, pero Riusdir alzó una mano con la palma abierta y todos se detuvieron. Soportó la cara de sorpresa de Lyn, de ese anciano llamado Kavan y de Dracia. Solo Ekim y Saith parecían acompañarlo en esos pasos que lo acercaron al heredero de la corona erávica y lo colocó también frente al gobierno athen.

—¿Quién eres y por qué interrumpes nuestro veredicto? —demandó saber Arual. Su voz fue tan severa que podría haber cortado un árbol por la mitad si se lo hubiese propuesto.

—Mi nombre es Hyrran Ellis y no soy nadie. Solo un mercenario al servicio de sí mismo que tiene un grave problema para cerrar la boca cuando debe —admitió en un alarde de sinceridad.

—Los procesos tienen una línea de actuación clara, Hyrran Ellis —reprochó la anciana athen que había contestado al príncipe con antelación—. No podéis interrumpir nuestra deliberación sin permiso de palabra. Aquí hay normas que debéis cumplir, y ya os avisamos de que solo oiríamos a uno de vosotros.

—Esperad —terció Arual intrigada por su actitud—. Dejémoslo hablar. Han hecho un largo camino hasta aquí y merecen que al menos les ofrezcamos las explicaciones pertinentes sobre nuestra negativa a participar en el conflicto.

La anciana arrugó la boca disconforme, pero la tía del príncipe extendió la mano hacia Hyrran ofreciéndole la palabra. Este lo agradeció dando un paso más hacia ellos ante la sorpresa del príncipe.

—Todo el mundo habla de actuar por el bien de los demás, pero nadie da el paso para ayudar al resto. Desde que cruzamos esa puerta, todas vuestras contestaciones han resultado ser una negativa. No aceptáis las soluciones que propone el príncipe, pero tampoco ofrecéis alternativas. Hablamos de personas que van a morir en uno y otro bando. —Hyrran hizo una pausa valorando la compasión de quienes lo escuchaban—. Habéis enumerado las veces que habéis fracasado ofreciendo vuestros conocimientos a la humanidad, pero no habéis tenido en cuenta aquellas que salieron bien. La tecnología athen también ha protegido durante generaciones los muros al norte de Rythania.

—Un oasis en el desierto no cambiará nuestra decisión, muchacho —participó Bespej.

—No. Nada cambiará vuestra decisión. Vivís aquí, ajenos a todo cuanto pasa en el resto del mundo, protegidos por las montañas y la nieve. Ausentes al amparo de vuestra fantástica tecnología que parece cosa de magia. No sois conscientes del sufrimiento de aquellos que perdieron a sus familias —extendió el brazo hacia Lyn, Ekim y Saith haciendo que los ojos de Arual reparasen en ellos.

—Cuidado, mercenario. No permitiremos que una petición se convierta en acusación. Tú no entiendes cuáles son nuestros motivos —le reprendió uno de los hombres athen que se sentaba junto a Arual y había permanecido en silencio hasta entonces.

Hyrran negó con la cabeza vehemente. Su largo pelo rubio tapó parte de su cara.

—No. No los entiendo, pero comprendo que tengáis miedo a romper de nuevo el equilibrio con vuestra tecnología. —Arual entornó los ojos frente a él—. Debemos aceptar que no nos cedáis vuestra ayuda, pero ofrecednos al menos el conocimiento para no estar indefensos ante semejante poder.

—Ofreceros el conocimiento para armaros sería incluso peor que ofreceros nuestras propias armas.

—No os pido el conocimiento para crear armas, sino para vencer a la reina blanca. De camino hacia aquí, Bespej nos dijo que el conocimiento de una sociedad debe ser puesto al servicio de su gente. —El guía athen pareció rebullirse en su asiento—. Decidnos cómo matar a un seren y nosotros nos encargaremos de decidir esta guerra. —Hyrran apretó los puños con fuerte determinación y clavó sus ojos en cada uno de los miembros sentados en aquella mesa.

Arual abrió los ojos por la sorpresa. Como había imaginado, los athen sabían bien de lo que hablaba. Sabían de la existencia de los seren y su presencia en Thoran. Los otros miembros del consejo enmudecieron, igualmente sorprendidos por la intervención del mercenario.

—¿Seren? —murmuró el príncipe junto a él.

El silencio inundó la sala como lo hacía la bruma en la mañana. Era espeso. Tan lleno de tensión que casi se podía palpar. Duró un largo minuto que bien pudo ser una eternidad en la que Hyrran mantuvo la mirada de todos y cada uno de los athen.

—Está bien —concedió el anciano athen que se sentaba junto a Arual con una sonrisa extraña—. Si lo que queréis es conocimiento, tenéis a vuestra libre disposición la biblioteca histórica athen. Si existe algo sobre esos seren de los que hablas estará allí, aunque como estudioso de las razas de Thoran os prevengo de que vuestra búsqueda será inútil.

Arual observó al athen con una mirada decepcionada. Hyrran se preguntó si realmente habría consenso en aquella decisión.

No obstante, asintió lleno de confianza pese al pesimismo del athen. Estaba seguro de que en algún lugar de Acrysta podrían encontrar la forma de vencer a Kerrakj. Miró a Saith y Ekim. Su viaje había tenido recompensa, aunque fuese como contraprestación por la negativa ofrecida a la realeza erávica. Había aprovechado su oportunidad.

Gabre, sin embargo, apretaba los puños cabizbajo en una furia silenciosa.

—¿Qué has hecho? —murmuró. El príncipe levantó la vista hacia él apretando los dientes—. Hemos hecho el viaje para pedir su ayuda, no para leer libros. ¿De qué servirá saber cómo matar a la reina si con su poderoso ejército somos incapaces de llegar hasta ella?

Hyrran observó cómo los demás habían llegado a esa misma conclusión. Riusdir lo miraba con auténtico odio y el anciano consejero, Kavan, entornaba los ojos acrecentando la desconfianza que le había tenido desde el primer día. Los últimos ojos que vio eran los de Lyn. Cálidos como una manta en una fría noche. Soportaría el odio del resto mientras sus amigos creyesen en él. Después de todo aún tenían a Saith. ¿Quién le iba a decir que, por una vez, ponía todas sus esperanzas en los dioses y en la fe?

Se giró, evitando el enfado del príncipe y sus hombres, y caminó hacia la salida. Encontraría la forma de derrotar a Kerrakj aunque tuviese que poner patas arriba la biblioteca athen. Por una vez, dedicaría su vida a hacer algo bueno por los demás.

25. Solo hay un camino

Al día siguiente de su llegada a Acrysta, las cosas no pintaban mucho mejor. El príncipe y su guardia seguían enfadados con la indiferencia de los athen. El futuro de Thoran estaba en juego y su ayuda en la contienda no llegaría. Al menos les habían ofrecido alojamiento y comida tras el largo viaje, de forma que Gabre Conav había previsto pasar tres días en la ciudad para que sus hombres se recuperasen del largo viaje y después volver a Ortea. A su vuelta le esperaría la ira y la decepción de su padre. No obstante, todos sabían que no había tiempo que perder, pues si Kerrakj no aceptaba la paz propuesta por Ramiet, la guerra no tardaría en llegar a Eravia.

También Saith y los demás se tomarían ese tiempo, aunque no para descansar, sino para investigar en la biblioteca histórica athen. Así habían pasado toda la tarde anterior y la mañana de ese mismo día. Por desgracia, la tarea era más complicada de lo que habían previsto. La biblioteca athen tenía un tamaño descomunal. Encuadraba tres pisos unidos por interminables escaleras y multitud de pasillos enredados por estantes y más estantes repletos de libros. En la planta baja había una sala de lectura con seis mesas, de varios metros de longitud, construidas con madera de Galoisa y rodeadas de sillas individuales. Amplios ventanales ofrecían luz natural, aunque no eran pocas las esferas athen que iluminaban la estancia en enormes lámparas de araña. No obstante, lo que realmente dificultaba la búsqueda no era solo el tamaño de aquel nido de sabiduría, sino que solo Lyn podía bucear entre sus libros.

—No entiendo en qué momento se os ocurrió venir a Acrysta para visitar la biblioteca athen cuando ninguno de vosotros sabe leer —resopló mientras se pasaba las manos por el pelo y se recogía de nuevo una cola que le despejase la cara.

Hyrran sonrió encogiéndose de hombros mientras Saith se rascaba la parte posterior de la cabeza y apartaba el libro que ojeaba con una mano. Al segundo, ambos intercambiaron una mirada culpable.

—La verdad es que ni siquiera lo pensé —admitió el expaladín con un sonoro suspiro.

—Yo creía que los athen nos hablarían de los seren, no que nos soltarían en mitad de esta marea de libros para que nos buscásemos la vida —se quejó Hyrran con una mueca.

—En cualquier caso, saber leer no hubiese solucionado nada. La mayoría de estos libros están escritos en lengua athen —volvió a decir Saith pasando una de las hojas con desgana.

Lyn chasqueó la lengua disgustada. Tenían razón. Aunque supiesen leer, la lengua athen imposibilitaría una búsqueda eficaz. Incluso para ella, que la había estudiado en Aridan durante años, era un nivel del idioma demasiado avanzado.

Dracia apareció por las escaleras con tres libros más, tan gruesos como su propia mano. Los trajo a la mesa y los situó en uno de los extremos con una expresión de tedio.

—Esto es lo mejor que he podido encontrar —dijo pisándose el labio superior con el inferior. Como una niña pequeña que hiciera pucheros—. Pregunté a Bespej para que me orientase y me ofreció este libro. Son unas crónicas sobre el pasado athen. También he traído estos sobre la historia de Thoran. Tal vez en alguno haya menciones sobre los seren que nos permitan orientarnos. Ahora iré por un par más. No podía cargarlos por el peso —admitió bajando los brazos cansados.

—Gracias, Dracia. Sin ti estaría sola entre este mar de libros —agradeció Lyn.

Que la amiathir supiese hablar la lengua athen a la perfección era una ayuda crucial en una situación como aquella.

—Para un amiathir es esencial aprender la lengua athen. En Amiathara nos enseñan desde que somos pequeños, pues las esencias de la naturaleza se entienden mejor en la antigua lengua —explicó. Después, como si hubiese recordado de repente lo que debía hacer, se giró de nuevo hacia las escaleras con presteza—. Voy por el resto de libros. Solo tenemos tres días para examinarlos a fondo antes de volver a Ortea.

Lyn asintió mientras veía cómo se volvía a marchar escaleras arriba. Saith se levantó de la silla mientras lo hacía y estiró las piernas, entumecidas por mantener la postura durante tanto tiempo.

—Voy a salir a tomar el aire y buscar a Ekim. Tanto tiempo aquí encerrado me está embotando el cerebro —dijo. Luego, dirigiéndose a Hyrran añadió—: ¿Vienes? Aquí lo único que hacemos es entorpecer a Lyn y Dracia.

—No —negó el mercenario con la cabeza—. Creo que me quedaré a hacerles compañía. Lyn me ha enseñado un par de glifos para identificar escrita la palabra seren. Intentaré ayudar en lo que pueda.

Saith miró a los ojos de su amigo y después a los de Lyn. Se encogió de hombros con un suspiro y caminó hacia la salida.

—Dadme unos minutos y vuelvo a la carga... Aunque no esté haciendo nada útil.

Lyn observó cómo se marchaba y decidió centrarse en las páginas que tenía delante. Era un resumen sobre los linajes reales en Rythania. Había pensado en que, si Kerrakj era una seren y había optado por invadir el país al oeste, tal vez hubiese alguna conexión con ella. Fue inútil. Nada en aquellas páginas parecía evidenciar la presencia de razas diferentes a las ya conocidas.

Tras varias páginas con nombres y anécdotas de la realeza resopló frustrada. Aquello no les serviría para vencer al ejército blanco. Se pasó las manos por los ojos cansados y miró a Hyrran. Este reposaba la cabeza en un brazo apoyado sobre la mesa y la observaba de hito con una sonrisa. Lyn se ruborizó un poco bajo la atención de sus profundos ojos azules.

—¿Qué? —dijo ladeando la cabeza.

—Nada.

Lyn evadió su mirada cerrando el libro y tratando de elegir su siguiente lectura.

—No me ayudas mirándome fijamente. Yo no voy a darte las claves para ganar la guerra —sonrió señalando las páginas de un libro abierto.

—No sé leer, ¿recuerdas? Además, me prometiste que cuando no supiese leer algo tú lo harías por mí —dijo con una sonrisa inocente.

Lyn le lanzó una mirada de soslayo.

—Le has dicho a Saith que mirarías los símbolos por si los reconocías, no a mí.

Es importante encontrar algo o volveremos a Ortea con las manos vacías.

Hyrran asintió condescendiente, aunque continuó lanzándole miradas de reojo. Al tiempo, Dracia regresó con otros dos libros que consultar y se sentó junto a ellos. Así pasaron las horas, con las idas y venidas de Saith y de Ekim para ayudar en una búsqueda infructuosa. Los ventanales de la enorme biblioteca comenzaron a tornarse anaranjados con el paso del tiempo y la frustración hizo acto de presencia en el grupo.

—Es inútil —farfulló Dracia presa del tedio—. No parece haber nada entre estos libros sobre esos seren.

Lyn echó la cabeza hacia atrás e hizo girar los hombros. Notó especialmente cargados los músculos del cuello y le dolía la cabeza. Saith y Ekim habían vuelto a salir, pues su ayuda no era demasiado útil en aquella situación. Tampoco la de Hyrran, aunque el mercenario se esforzaba en buscar los glifos que la amiathir le había enseñado. De vez en cuando preguntaba con curiosidad y ella le ilustraba sobre lo que significaban.

—Es extraño. Es obvio que los seren existen, así que resulta difícil creer que los athen no hayan recogido nada sobre ellos a lo largo de la historia —dijo Lyn resoplando.

Hyrran asintió dándole la razón.

—Puede que terminásemos antes preguntándoles a ellos mismos. Son eruditos al fin y al cabo, ¿no? Dudo que pasasen por alto algo de tanta importancia en sus investigaciones como unos seres que no pueden morir.

Lyn alzó la vista y sonrió con alegría. Tenía razón. Ofrecerles vía libre para visitar la biblioteca parecía más una estrategia para contentarlos que una verdadera ayuda.

—No parecían muy convencidos de ayudar durante la intervención del príncipe —terció Dracia—. ¿Qué os hace pensar que nos dirán lo que necesitamos saber?

—No perdemos nada por probar. No será peor que estar aquí perdiendo el tiempo —dijo Hyrran.

—Tiene razón. No lograríamos encontrar nada aunque tuviéramos semanas. Será mejor que acortemos el camino de alguna forma —dijo Lyn antes de sonreír mirando a Hyrran—. Has tenido una buena idea después de todo.

Él se encogió de hombros aceptando el chascarrillo con media sonrisa.

—A veces pasa... Pero tampoco te acostumbres.

—Bueno... —los interrumpió Dracia alargando la palabra y levantándose de su asiento con una sonrisa pícara—, creo que yo también saldré a estirar las piernas. No quisiera interponerme entre vuestras miraditas.

La mujer amiathir cerró su libro y se marchó, dejándolos en el interior de la estancia.

—¿Qué ha querido decir? —preguntó Lyn. Sintió cómo sus mejillas ardían mientras disimulaba retirándose un mechón de pelo y colocándoselo tras la oreja.

—Habrá notado cómo me mirabas —dijo él restándole importancia con la mano y dedicándole una sonrisa traviesa.

—¡¿Yo?! —exclamó ella indignada—. Eres tú quien no ha dejado de mirarme desde que os salvé de los gimha.

Al decirlo hizo especial hincapié en el hecho de que los salvara. Como esperaba, él se percató del matiz y sonrió de nuevo.

—Supongo que es cierto —admitió llevando sus dedos hasta el rostro de la amiathir para apartar un mechón de su cabello y colocarlo tras su oreja—. Por eso te has ganado un sitio en mi corazón y atraes mis miradas hasta cuando no quiero que se note.

Lyn torció el gesto y ojeó con seriedad el libro que tenía ante ella, haciendo que Hyrran vacilara y dejase de hablar.

—Siento si he dicho algo que te haya molestado —se disculpó él.

—No... —La amiathir cerró el libro y lo apartó de su lugar en la mesa—. Es solo que creía que tenías una roca minúscula por corazón. Tan duro que nadie puede traspasarlo. Tan pequeño que no hay lugar para nadie más que para ti mismo.

Hyrran suspiró con una sonrisa impotente mientras echaba la cabeza hacia atrás, mirando a los altos techos de la biblioteca athen. Era lo que él le había dicho aquella noche en Aridan, cuando ella le descubrió sus sentimientos.

—Vas a recordarme esas palabras siempre, ¿no es así?

Ella se encogió de hombros con indiferencia.

—No fui yo quien las dijo.

—Lyn... he cambiado mucho y...

La amiathir se levantó de su asiento, se colocó bien el arco a la espalda y lo miró sonriendo.

—Las cosas tienen un lugar y un momento, Hyrran. Creo que el nuestro pasó. —Él bajó la vista. Decir aquellas palabras y cerrar la puerta le costó más de lo que habría esperado, pero tras el desengaño con Cotiac necesitaba un tiempo para sí misma. Saber qué necesitaba y qué quería de verdad—. Ven. Estoy cansada. Busquemos a Saith y probemos suerte hablando con los athen. No tenemos mucho tiempo.

El mercenario endureció el rostro buscando ocultar su decepción, pero enseguida sonrió y fue el mismo de siempre. Se levantó de su asiento y asintió con energía.

—Está bien. Y mientras puedes contarme lo de ese ritual que podría explicar los poderes de Saith y que nombraste la otra noche en la cueva. Si no encontramos nada sobre los seren, necesitaremos de esa fe para hacer frente a Rythania.

El ocaso amenazaba con hacer desaparecer el sol en el horizonte sumergiéndolo en el mar de Tanan, y el anaranjado brillo de sus rayos lo bañaba todo.

Saith esperaba junto a Ekim y Dracia en la puerta de la biblioteca. Los anaranjados caminos flotantes de Acrysta unían unos edificios con otros y, pese a ser anchos, desde los bordes podía verse lo alto que se encontraban. Era como una ciudad construida sobre puentes.

Saith se apoyó en la barandilla y fijó la vista en la línea que separaba el mar del cielo. El confín del mundo ya empezaba a tocar la parte inferior de Mesh.

—Me pregunto por qué andar, si cuentan con esas plataformas para ir de un sitio a otro sin esfuerzo. —Oyó decir a Dracia como si de una pregunta retórica se tratase.

—Por ejercicio —contestó Ekim. Ante la mirada curiosa de Dracia explicó—: athen son listos. Persona lista sabe que cuerpo es tan necesario como mente.

Dracia alzó las cejas aprobando su hipótesis.

—No lo había pensado desde ese punto de vista —reconoció. Luego sonrió—. Parece que los olin también sois bastante listos.

Ekim sonrió orgulloso. Fue una de las sonrisas más sinceras que Saith había visto en su gigante amigo. Supuso que los olin no debían estar muy acostumbrados a recibir piropos relacionados con su inteligencia. Eso también lo hizo sonreír a él.

Sin embargo, sus pensamientos pronto lo llevaron a desconectar, inmerso en sus propias preocupaciones. Si la reina blanca no aceptaba la paz ofrecida por el rey, la guerra no tardaría en orillar en las cumbres borrascosas. Tal vez ni siquiera tuviesen el tiempo necesario para llegar a Ortea. Esas habían sido las palabras de Lyn cuando hablaron de ello la noche anterior.

Saith cabeceó disgustado. De nuevo una guerra, y esta vez tenían aún más probabilidades de perder. Pensó en Kerrakj y su ejército. En Ahmik. En los amiathir y su magia, incluida esa chica, Radzia. Su poder era terrorífico.

Ortea era un lugar con buenas defensas gracias a la orografía, pero no aguantarían mucho ante semejante amenaza. Tenían que encontrar algo sobre los seren y su punto débil para poder hacer frente a Kerrakj, y tenían que hacerlo ya.

Absorto en sus pensamientos, sintió una mano sobre su hombro y miró a Hyrran, que llegó junto a él acompañado de Lyn. Saith supuso que necesitaban dar un descanso a la mente tras pasar todo el día en el interior de aquel edificio.

—Decidme que habéis encontrado algo útil —suplicó.

Lyn negó con la cabeza arrugando la boca en una expresión llena de pesimismo.

—No hay nada. La biblioteca es tan grande que necesitaríamos años para examinarla al completo —se quejó el mercenario.

—Por no hablar de que la mayoría de libros están escritos en lengua antigua —convino Lyn—. Puedo entender muchas palabras, pero tardo demasiado tiempo en traducir. Creo que acabaríamos antes preguntando directamente a los athen.

Saith lanzó un sonoro suspiro y se dejó caer sobre sus brazos, apoyado en la barandilla.

—Creía que, tratándose de una raza que ha vivido tanto, habría más sobre ellos en los libros de historia.

Los tres amigos guardaron silencio con la mirada perdida en ese horizonte que había estado observando para despejar sus pensamientos.

—¿Y si no hay una forma de matarlos? —pensó Dracia en voz alta.

—¿Te refieres a que, además de gozar de una vida interminable, sean inmortales? —La amiathir asintió a la pregunta de Hyrran—. Lo he pensado. La primera vez que vi a Kerrakj, un mercenario la atravesó con una espada cerca del corazón y se levantó como si nada. A los pocos días ni siquiera tenía la herida.

—¿Cómo matar a alguien que sobrevive a una estocada en el corazón? —preguntó Lyn.

Saith negó con la cabeza. No se podía. Y pensar que aquel día en el Valle de Lorinet creyó poder acabar con ella... Era una pesadilla.

Estaban en un punto muerto, y para colmo el poderoso ejército rythano no les permitiría llegar a ella sin la ayuda de los athen.

—Tal vez estemos buscando una forma racional de vencerla y lo que debemos buscar es algo extraordinario —dijo Hyrran con energía. En sus profundos ojos azules, Saith podía ver que realmente creía en lo que decía.

—¿Algo extraordinario como la magia amiathir? —intervino Saith—. Es inútil. El día que arrasaron Riora la vi luchar contra aquel amiathir. La vi sobrevivir al impacto de un rayo. Se levantó como si nada y acabó con su vida.

—¡Espera! ¿Has dicho un rayo? —preguntó Dracia alterada. Saith asintió y ella desvió la mirada pensativa—. Dredek... Entonces fue él quien comenzó con esto... y ahora está muerto. No puedo creer que los ayudase.

La amiathir negó apesadumbrada.

—¿Lo conocías? —preguntó Lyn.

—Tuvimos una relación y se convirtió en el padre de mi hijo —confirmó ella con un hilo de voz—. Pero más allá de eso, era un gran amigo. Jamás debí abandonar la ciudad...

—No puedes culparte por eso. Hiciste lo que consideraste mejor para tu gente, ocultaste la ciudad y huiste para que no pudiesen culpar a tu pueblo...

Dracia agachó la cabeza evitando las lágrimas.

—Por si te sirve de consuelo, ese hombre, Dredek, se rebeló contra ella. —La amiathir levantó la vista sorprendida—. Defendió a Maelon, el hermano de Lyn, cuando Kerrakj quiso matarlo. Por desgracia, ninguno de los dos sobrevivió.

—¿Por desgracia? El tipo de los rayos fue quien mató a Yanest. También a Jisoa —murmuró Hyrran apretando los dientes—. Lo siento, pero...

Dracia asintió apenada.

—No te preocupes. Entiendo vuestros sentimientos. La guerra nos convierte en enemigos incluso cuando ambos bandos creemos luchar por causas justas.

Saith no pudo evitar pensar en Ahmik ante las palabras de Dracia.

—No veríais por casualidad a un amiathir llamado Ielaid, ¿verdad? ¿En la guerra tal vez? —indagó la mujer con curiosidad. Su rostro se relajó cuando todos negaron la posibilidad—. No. Ielaid no se prestaría a los planes de esa mujer. Si él no está del lado de Rythania, al menos sabemos que no cuentan con ningún dómine.

—Pero son peligrosos. Hay una chica con la que nos encontramos en el Puente Sur, esa tal Radzia. Estuvo cerca de sepultarnos bajo un tsunami.

—¡¿Radzia?! —dijo Dracia sorprendida.

—Digamos que esa chica nos vio cara de peces e intentó sumergirnos bajo el agua para siempre. —Hyrran se encogió de hombros—. Yo creo que fue por culpa de Ekim. Es el más parecido a un monstruo marino.

El olin golpeó el hombro del mercenario con tanta fuerza que casi lo deja caer por el borde del camino athen.

—Si fue capaz de dominar las mareas es que Radzia se ha vinculado con Glaish —musitó Dracia preocupada.

—¿Glaish? —preguntó Saith.

—Para que lo entendáis, Glaish es la diosa amiathir del agua. Cuando un amiathir se vincula a un ídore se convierte en dómine. Entonces deja de necesitar las fuerzas de la naturaleza que lo rodean para crear su propia fuerza.

—Pero tú la conoces —dijo Saith—. Tal vez puedas hablar con ella y que luche de nuestra parte. Sería un arma muy poderosa para hacer frente a Rythania.

Dracia observó a Saith como si estuviese loco.

—No. Radzia solo responderá a su propia ambición. No lo entendéis... Ella es imprevisible. Y me odia —admitió con una mueca.

—¿Te odia? ¿Por qué? —quiso saber Lyn.

—Es una larga historia... Radzia desciende de la estirpe de los Vodag. Uno de sus antepasados fue elegido líder amiathir, tal y como lo fui yo, pero quiso ir más allá. Mava Vodag se autoproclamó rey de Amiathara y retó a los humanos. Él era el encargado de dirigir a mi gente durante la Guerra Conjurada.

—Descubrió el poder de la sangre humana y lo utilizó —dijo Lyn cariacontecida.

—Es la misma conclusión a la que yo llegué cuando me contaste lo que ese tal Aldan te había dicho —asintió Dracia—. La cuestión es que Radzia era la aprendiz de mi mejor amigo, Ielaid. Siempre fue una chica con un talento extraordinario para controlar las fuerzas naturales. Es por eso que todos pensaban que sería mi sucesora al frente de Nevene, y esas opiniones hicieron crecer en ella una competitividad desmesurada.

Saith no tenía ni idea de lo que hablaban, pero por algún motivo supo que el poder amiathir sería más peligroso tras el encuentro de aquella chica con el ente del lago. Si Radzia no necesitaba el agua para atacar con ella y podía generarla de la nada, las escabrosas cumbres de Ortea no la detendrían.

—Yo me refería a algo aún más extraordinario que la magia amiathir —las interrumpió Hyrran procurando acabar con el pesimismo reinante entre sus amigos—. Sea lo que sea lo que le pasa a Saith, es más poderoso.

El expaladín negó con la cabeza. Ni siquiera con una mayor fuerza o velocidad sería capaz de sobrevivir a uno de esos ataques amiathir. Fuese lo que fuese lo que ocurría con él, cada vez parecía menos decisivo. De repente, algo llamó la atención cerca de la puerta del edificio.

Del interior de la biblioteca surgió una figura que reconocieron al momento. Arual, la tía del príncipe y líder athen, apareció con un traje blanco que se cruzaba en el pecho con botones dorados y se abría hacia los pies a modo de falda larga sobre unos pantalones del mismo color. Iba acompañada de una joven con marcas sobre las orejas que llegaban hasta sus muñecas. Llevaba una túnica amarilla y varios libros entre los brazos. Saith ya había visto a varios niños con túnicas parecidas durante la lectura en el interior del edificio.

La athen se acercó a ellos y después se giró hacia la niña.

—*Viudain aetain* —le dijo colocando una mano sobre su cabeza.

La niña les echó un vistazo, asintió y se marchó llevándose los libros con ella. Arual volvió a mirarlos y compuso una sonrisa amable.

—¿Son aprendices? —preguntó Lyn.

—Así es —dijo ella.

—Supongo que el color de la túnica marca el nivel de aprendizaje o erudición que tienen —prosiguió la amiathir.

Arual asintió complacida.

—Eres inteligente, si no fuese por tus rasgos, casi podrías pasar por una athen —la elogió sonriendo.

—*Ain Oimoir* —dijo Lyn devolviendo el gesto.

Arual arqueó las cejas visiblemente sorprendida, pero no dijo nada al respecto.

—Mañana cumpliréis el tercer día en Acrysta. Mi sobrino y sus hombres prepararán las cosas para volver a Ortea. ¿Habéis encontrado algo que os ayude en vuestra lucha?

—Nada útil —confesó Saith decepcionado—. Es extraño que unos seres que han vivido durante siglos no hayan dejado ni rastro de su presencia.

—Puede que para la humanidad sea mejor no saber ciertas cosas —murmuró la líder athen como si hablase sola.

Lyn y Saith se miraron al escucharla. Saltaba a la vista que sabía más de lo que decía. Más de lo que les contaría cualquier libro que encontrasen allí, pero ¿por qué les ocultaban lo que sabían? Y lo más importante, ¿cómo podían sonsacarle esa información?

—¿Crees que podremos encontrar algún libro que nos hable sobre los seren en este lugar? —preguntó Lyn.

Era un juego complicado dada la naturaleza athen y su inteligencia.

—No lo sé. Pese a las habladurías sobre los athen en el resto de Thoran no somos perfectos. No he leído todos los libros de este lugar —dijo ella encogiéndose de hombros con una expresión culpable.

—Puede que no, pero sabes más de lo que dices —la abordó Hyrran. Saith sonrió ante la sutileza de su amigo.

Arual fijó la mirada en sus ojos y el joven mercenario la sostuvo con suspicacia. Había dado en el clavo y todos los sabían.

—Por supuesto que sé más de lo que digo, jovencito. Soy una athen después de todo.

—¿Y por qué no nos cuentas nada sobre los seren? —indagó Lyn—. La reina blanca mató a nuestras familias, arrasó nuestra aldea y casi ha despojado a Thoran de dos de sus linajes reales. ¿Por qué lo permitís?

—Porque el conocimiento no nos convierte en jueces. Kerrakj está arrasando los reinos de Thoran para unificarlos, y lo hace porque puede hacerlo. Quiero mucho a mi sobrino, pero ¿crees que su padre no habría invadido Kallone tras la muerte de mi hermana si tuviese la fuerza militar suficiente para hacerlo? —La athen hizo una pausa—. Si tomamos partido en esta guerra tendríamos que hacerlo en todas las que se sucedan a lo largo de la historia. ¿Eres consciente de lo peligroso que es lo que nos estáis pidiendo?

—Entonces admitís que conocéis cosas sobre los seren, ¿no es así? —Arual asintió ante la pregunta de Hyrran—. ¿Y por qué no nos lo habéis dicho? Hemos perdido día y medio enterrados entre libros.

—Ningún tiempo dedicado al conocimiento es tiempo perdido —lo corrigió la athen. El joven mercenario entornó los ojos en una mirada que la hizo sonreír con discreción—. Y tampoco me lo habíais pedido. Dijisteis que queríais información sobre cómo matar a un seren y no dispongo de ese conocimiento, pero si lo que queréis es saber qué son, sí puedo ayudaros.

Saith sintió cómo los nervios recorrían su cuerpo. Habían hecho un largo viaje. Habían pasado frío, hambre y sueño. Habían cruzado las peligrosas montañas nevadas y ahora, por fin, tendrían las respuestas que siempre buscaron.

—Los seren son una de las razas de Thoran —prosiguió la mujer athen apoyándose en la barandilla junto a ellos—. Cuentan las historias que ya existían en los primeros recuerdos del mundo y que no eran una raza cualquiera, pues siglos atrás reinaron en esta tierra.

—¿Eran reyes? —preguntó Lyn sorprendida.

Arual asintió.

—Eran reyes y vivían en lo que hoy conocemos como Rythania. Se podría decir que el castillo blanco en el que ahora se escuda la reina blanca era también su hogar en el pasado. Por lo que sabemos, los seren tienen la capacidad de vivir una vida sin fin. Una existencia imperecedera en la que no importan los años que pasen. Y dentro de esa vida que parece no terminar, todo nos hace suponer que Kerrakj era la heredera de la corona.

—Entonces... no es una usurpadora —susurró Dracia atónita—. ¿Es la verdadera reina de Thoran?

Saith y Hyrran la miraron sin poder creer lo que decía, pero Arual asintió.

—Así es.

—Pero Icitzy otorgó los tres tronos a reyes humanos y nombró las ciudades-estado de Amiathara y Acrysta —se apresuró a intervenir Lyn de nuevo—. ¿Fue ella la que arrebató la corona a Kerrakj para otorgársela a los humanos?

—Me gustaría poder contestar a tu pregunta, pero no lo sé. En esa vida infinita que poseen los seren, uno de ellos se encargó de borrar el paso de su raza por la historia. También quemó ejemplares en la biblioteca athen, y por eso, probablemente, no encontraréis nada sobre ellos. Podría decirse que con el final de su reino también se esfumó su memoria. Acabando con los pocos libros que hablaban de ellos han sellado sus secretos —afirmó Arual arrugando la barbilla—. Lo que sí puedo decir es que a día de hoy apenas quedan seren, por lo que es un hecho que: o bien se han marchado de Thoran, o pueden perder la vida. Lo que no sabemos es cómo, y es por eso por lo que no podemos responder a vuestra pregunta. No sabemos cómo podéis vencer a Kerrakj.

Saith miró a todos lados y a ninguna parte. Su cabeza daba vueltas tras las palabras de la líder athen. No habían averiguado cómo vencerla, pero ahora sabían algo más: la reina blanca no estaba arrebatando sus reinos a los humanos, sino recuperando lo que creía que era suyo.

Recordó la cara de Ahmik cuando se lanzó a protegerla y luchó contra él junto al abismo. Él luchó por el bando que creía acertado. Por la que sería la verdadera reina de Thoran. La idea de la justicia que había tenido para presentarse ante Kerrakj se desmoronaba como un pequeño castillo de fina arena bañado por el agua en la playa. Siempre había luchado con el convencimiento de que hacía el bien. La creencia de que la justicia estaba de su lado. No obstante, las palabras de Arual habían traído incertidumbre a su mente.

—Estamos donde empezamos —musitó Lyn.

—No. Estamos en un punto muerto. Odio a Kerrakj por lo que le hizo a nuestra gente, pero su lucha es legítima. Solo intenta recuperar lo que cree que es suyo, como están intentando hacer Kalil o el príncipe —la contradijo Saith.

—¡No! —gritó Hyrran. Saith y Lyn se sobresaltaron ante la contundencia del mercenario—. No podéis dudar ahora de lo que hacemos. No importa quien sea ella o la nobleza de su sangre. Es una tirana que mató a vuestras familias. Mató a Jisoa, a Yanest. Arrasó vuestra aldea sin ninguna explicación.

Saith recordó, como tantas veces, aquel doloroso día que su mente insistía en no olvidar. Reminiscencias que le recordaban quién era y lo que debía hacer. Las llamas, el humo entrando en su garganta, el olor a madera quemada, el picor de sus ojos. La expresión perdida de Lyn frente al cadáver de sus padres y la muerte de los suyos ante la sonrisa de su asesina. La sorpresa de Maelon cuando escuchó aquellas palabras que helaron la sangre de su cuerpo:

«Dime dónde está el muchacho que sobrevivió al espina óbito y te dejaré ir. Te doy mi palabra».

—Sí que hay una explicación —dijo Saith. Sentía la cabeza palpitar como si le fuese a explotar—. Me buscaba a mí...

Hyrran volvió la cabeza hacia él con incredulidad. También Lyn.

—¿Por qué eras tan importante como para arrasar toda una aldea y exponerse ante el enemigo para buscarte? —preguntó Arual pensativa.

—Porque es Aecen —dijeron Hyrran y Lyn al unísono.

Mientras la amiathir parecía cauta, el joven mercenario lo decía con una ilusión inaudita en él. Nadie diría que era la misma persona que se reía de Zurdo por pensar eso años atrás.

—¿Aecen? —preguntó Arual frunciendo el ceño—. Esto va a sonar extraño viniendo de una athen, pero me he perdido.

—Saith tiene el poder de Aecen. Una velocidad y una fuerza inimaginables para cualquier ser humano —explicó Hyrran—. Yo tampoco lo creía, pero tras verlo en acción no he podido más que rendirme a la evidencia.

—Habláis de Aecen el dios, ¿verdad? —dijo Arual arqueando una ceja—. Reconozco que soy un poco escéptica al respecto, aunque supongo que, si realmente fuese el dios, él lo sabría, ¿no?

—A no ser que, de alguna forma, los poderes de Aecen aparezcan en una persona común de forma inesperada —aclaró Lyn.

—Parece una locura —se sinceró Dracia.

Saith se llevó las manos a la cara y se frotó los ojos. Todo le resultaba tan difícil de asimilar que era inevitable reflejar el cansancio de su agotada mente.

—¿Un poder que pasa de una persona a otra? —preguntó Arual—. Eso significaría que las leyendas sobre Aecen serían ciertas, pero, al contrario de lo que estas cuentan, no se trataría del dios, sino de diferentes personas con sus mismos poderes. Como athen no puedo negar lo que desconozco, pero ¿sois conscientes de la poca base científica que tiene esa teoría?

—De eso quería hablaros desde que nos encontramos en las montañas —intervino Lyn excitada—. Tal vez esos poderes no sean espontáneos ni recaigan sobre alguien escogido por los dioses. Es posible que haya algo más.

—¿Qué quieres decir? —inquirió Saith.

Mientras Lyn carraspeaba, todos tenían la atención puesta en su nuevo descubrimiento e incluso Arual parecía atrapada por la madeja de teorías que manejaban.

—Durante mi estancia en Ortea descubrí una orden llamada Hijos de Aecen —comenzó la amiathir—. Ellos tienen una idea muy particular de la justicia y veneran al Caballero de la Diosa por encima incluso de Icitzy.

—Como una secta —intervino Arual.

—La cuestión es que ellos defienden la presencia de Aecen como un poder que se traspasa, tal y como os decía. Al tener un bebé practican un ritual de rezo al dios. Le piden que bendiga al niño con sus poderes para que la justicia predomine sobre la tierra. —Lyn negó con la cabeza, aunque parecía nerviosa—. Al principio a mí también me pareció una locura, pero ellos creen que el dios otorgará su poder a uno de esos niños para traer la paz a la tierra. Puede que ese poder se manifieste cuando el mundo lo necesita. Al fin y al cabo, los poderes de Saith comenzaron a manifestarse cuando Kerrakj comenzó a agitar la calma de Thoran.

—Pero para eso los padres de Saith deberían haber sido Hijos de Aecen y llevar a cabo ese ritual —intervino Hyrran.

—Puede que lo hicieran y que, de alguna forma, Kerrakj lo supiera —añadió Dracia.

Saith estaba demasiado conmocionado para pensar con claridad. Todo le resultaba tan extraño. Su madre y su padre eran personas sencillas que vivían en una humilde aldea pesquera. Era incapaz de imaginarlos en un ritual que bendijese a su hijo para cumplir esa hipótesis, pero explicaría tantas cosas... Sus extraños poderes, la forma en la que se curaban sus heridas. Explicaría el interés de Kerrakj para encontrarlo al entender que era una amenaza para sus planes. Durante todos sus ataques en Rythania y Kallone conquistó sus ciudades con los menores daños posibles. Sin embargo, arrasó Riora convirtiéndola en cenizas. La enrevesada historia de Lyn y esos Hijos de Aecen tenía más sentido del que querría admitir, aunque le resultaba especialmente doloroso pensar que todos habían muerto por su culpa.

—Tal vez eso explique tu nombre —dijo Arual interrumpiendo sus pensamientos.

Saith la observó con curiosidad.

—¿Qué quieres decir?

—Bueno, Saith en lengua athen significa luz. Parece un nombre muy apropiado para alguien de quien esperas que sea un dios.

Su cara no se inmutó, pero llegó a percibir cómo Hyrran habría la boca y la dejaba así por la sorpresa. Lyn se llevó una mano a la frente.

—Es cierto —dijo ella cayendo en la cuenta—. Aquel día en la posada, cuando te afectó el veneno del espina óbito, tu madre dijo que por eso te pusieron ese nombre. Ahora comprendo la tranquilidad con la que hablaba. ¡Su sonrisa incluso cuando estabas postrado en la cama! Dijo que su hijo aún tenía mucha luz que ofrecer a este mundo.

—Ekim sí dado cuenta de nombre. Entre olin normal dar nombres athen a los niños —dijo el gigantón con indiferencia.

—Reconozco que me resulta difícil creer esta historia —admitió Arual tras unos segundos—, y sin embargo habéis despertado mi curiosidad. La religión y la fe en el Rydr siempre ha sido un tema controvertido en el estudio athen. Hay demasiadas piezas que han permanecido ocultas durante siglos, pero habéis traído con vosotros algunas teorías interesantes y, como estudiosa, admito que me gustaría ver el puzle completo.

—Parece que eres un dios después de todo —dijo Hyrran con la exasperante sonrisa de quien sabía que tenía razón.

—No sé qué soy, pero si realmente tengo algo que ver con Aecen, nadie lo creerá sin Varentia. —Saith sacó la espada envuelta en la manta que siempre llevaba a su espalda y la mostró. La hoja estaba rota por la mitad.

—¡¿Has roto la espada?! ¡¿Cómo?! —dijo Lyn alzando la voz.

—Se puso a picar piedra con ella en las minas... —La amiathir observó a Hyrran frunciendo el ceño con incredulidad. Él restó importancia a lo que decía con un gesto de su mano—. Es una larga historia.

—La cuestión es cómo pretendes arreglar una de las siete espadas forjadas por los dioses —insistió su amiga.

—Sobre eso si puedo arrojaros algo de luz —intervino Arual una vez más—. Esas espadas no fueron forjadas por los dioses, sino por nosotros, los athen. Nabin Ysafa acudió a la Gran Guerra sin la capacidad de luchar, pero con la intención de aportar sus conocimientos. Aunque vuestra historia, influenciada por el Rydr, habla de que fue Icitzy quien ofreció las espadas sagradas a los reyes del futuro, lo cierto es que fue nuestro antepasado quien las forjó. Lo hizo con un material especial que solo se encuentra en el volcán Tesco, y solo allí podrías repararla.

Arual señaló con la barbilla en dirección al volcán y Saith observó la impresionante montaña, que terminaba con una espesa columna de humo que se perdía en el cielo. Desde la ciudad se podía observar cómo se alzaba imponente junto a las montañas nevadas. En su falda, algo más arriba de la mitad de su ladera, se abría una enorme abertura que parecía servir de acceso a su interior.

—¡¿Eso quiere decir que es posible reparar a Varentia?! —preguntó Saith ilusionado.

Arual arrugó la boca.

—Lo siento. En los últimos años el volcán se ha vuelto inestable. Se ha activado y hay ocasiones en las que ruge como una bestia. Aunque no podemos saber cuándo, su erupción parece inminente. Pese a que siempre hemos entrado en él para fabricar artefactos, ahora es imposible.

—¿Cómo es posible que podáis trabajar desde el interior de un volcán? —dijo Dracia asombrada—. El calor debe ser insoportable.

—Accedemos a él gracias a unos trajes especiales que guardamos en el almacén. —La *raedain* señaló un edificio de un solo piso que se vislumbraba abajo, cerca de la entrada de Acrysta—. Pese a ello, apenas aguanta unos minutos por el insoportable calor desde que el volcán está en este estado. Lo cierto es que nos ha estado retrasando mucho. Pensamos que sería temporal, pero ya hace cuatro años que está activo y no parece estar cerca de parar.

Saith observó cómo sus amigos no podían evitar la decepción en sus rostros, pero él no desfalleció. Ahora que por fin creía en que su destino podría estar ligado al del dios, gracias a la historia de Lyn y esos Hijos de Aecen, tenía una cosa clara: repararía a Varentia, y si para ello debía entrar a solas en el peligroso volcán y utilizar los conocimientos que Zurdo le había otorgado en la armería para arreglar la espada en su forja, lo haría. Sería entonces cuando se prepararía para enfrentarse con Kerrakj, y esta vez haría realidad el deseo de sus padres de traer luz al mundo.

26. Fuego en el corazón

La noche cayó sobre Acrysta y Crivoru se alzó en el cielo, haciendo reflejar su fulgor en los verdosos tejados de la ciudad athen. Lyn se revolvió en la cama con suavidad, suspirando en silencio. El sueño no la acompañaba esa noche. Su mente estaba en demasiados sitios y eso le impedía relajarse.

Llevaba toda la noche pensando en Saith y en sus padres. En su madre, Irania, tan aficionada a cocinar dulces. Tranquila e inteligente. Llena de simpatía. En Jícaro, tímido y comedido. Con su afán por ayudar al pueblo y sus necesidades, siempre de acá para allá, sosegado y servicial. Pensando en ellos parecía imposible la teoría de que sometieran a su bebé a un ritual como el que llevaban a cabo los Hijos de Aecen. Sin embargo, eso explicaría que su amigo hubiese sido bendecido por los dioses y explicaba sus extraños poderes.

Pese a la ausencia del sueño, estaba contenta. Tras años de incertidumbre sobre lo que le pasaba a Saith, ahora sabían que había sido elegido para ser un héroe. Y, por otra parte, sentía miedo. Miedo por el peso que debía soportar sobre sus hombros. Le habían dado la responsabilidad de salvar Thoran cuando él no había pedido nada. Ser un dios. Era tan difícil de creer... ¿Cómo enfrentarse a semejante destino sin desfallecer? ¿Cómo luchar contra el peligroso ejército rythano solo? Si ella fuese más fuerte para ayudarlo...

Se incorporó sobre la cama, liberando sus piernas de las sábanas, y se frotó la cara con frustración. Compartía su estancia con Dracia. La amiathir parecía cómoda entre los athen, sin duda agradecida por la ayuda que le prestaron en el pasado. Lyn se levantó y fijó la vista en la ventana. Las esferas de luz athen de la habitación estaban apagadas, de forma que la única claridad llegaba desde allí. Anduvo hasta ella y se asomó al exterior.

El edificio en el que se alojaban era una construcción de dos plantas que permanecía vacía salvo por ellos. Como una posada destinada únicamente a los visitantes de la ciudad, que no debían ser muchos en aquel recóndito rincón del mundo. Pese a que el horizonte resplandecía con sutileza por la luz de la luna sobre la nieve, la temperatura dentro de Acrysta no era fría. La tecnología athen era cómoda y útil en detalles como ese, aunque en cierta forma, Lyn echaba de menos las vicisitudes propias de la madre naturaleza.

Observó durante un par de minutos las copas de los altos árboles bajo la ciudad, cerca de su ventana. La nieve acumulada en sus ramas desnudas resistía el envite de los vientos con estoicismo, como si retase a la misma brisa. Aaralyn se concentró. Había logrado dominar el fuego cuando se vio atacada en el panteón y el agua aquel día en el puerto abandonado, junto a Kalil. No podía ser tan difícil controlar el viento.

Lo intentó sin resultado y se forzó a concentrarse más. Pensó en lo que Cotiac le había dicho de utilizar los sentimientos. Tenía sentido. La ira aquel día en que él la atacó. El miedo y el nerviosismo cuando casi la descubren bajo la montaña. Dracia le había aconsejado dirigir su entrenamiento hacia el raciocinio y no utilizar los sentimientos, pero Lyn necesitaba aquella magia con demasiada urgencia. Después de todo quería controlar la naturaleza, ¿y qué había más natural que los sentimientos?

Pensó en la frustración que sentía por no ser tan fuerte como para ayudar a Saith. Si consiguiera dominar la magia como esa tal Radzia que los había atacado de camino a Acrysta, podría hacer frente a los poderosos enemigos a los que debían enfrentarse. Podría rebajar algo de ese peso que ahora llevaba Saith. Así no estaría tan solo.

Alzó la mano con esos pensamientos en la cabeza, se concentró, y aunque al principio el viento hizo caso omiso, de repente cambió de dirección y ella le dijo hacia dónde acudir. El aire viró y agitó uno de los árboles, haciendo que se sacudiera y la nieve cayese al suelo.

Sonrió feliz, satisfecha con su avance. No era suficiente, pero era más de lo que esperaba. Si seguía practicando, estaba segura de que lograría ser útil en la batalla que estaba por llegar.

De repente, algo llamó su atención. Una figura parecía encaramada a la pared de otro de los edificios. Descendió con agilidad y corrió sobre la nieve, bajo los caminos volantes de Acrysta. Lyn entornó los ojos para distinguir aquella silueta en la oscuridad, pero no supo identificarla. Fuese quien fuese tramaba algo, o no tendría necesidad de escurrirse a hurtadillas al cobijo de las sombras. Pensó en los hombres del príncipe. ¿Sería posible que los Hijos de Aecen hubiesen infiltrado a uno de sus miembros entre los soldados? Pero de ser así, ¿qué pretendía?

Observó durante el tiempo suficiente para ver que no se encaminaba hacia su edificio, donde también se alojaba el heredero de los Conav, sino a la salida de la ciudad. Conforme se acercaba a esta, se detuvo y se introdujo en el edificio de techo plano que Arual había identificado como el almacén. Sobresaltada, se dio la vuelta y se colocó las botas. Echó un rápido vistazo a Dracia, que murmuró algo en sueños y se revolvió entre las sábanas, cansada tras días de viaje. Se acercó a la puerta, cogió el arco, se colocó el carcaj y salió al pasillo. En la habitación de al lado dormían sus amigos, y en la contigua el príncipe Gabre, cuya puerta estaba custodiada por una pareja de soldados que hablaban entre sí. Como no quería llamar la atención optó por marcharse sola antes de que la viera la guardia, relajados por el ambiente tranquilo que reinaba en Acrysta.

Salió a correr por los desiertos caminos de la ciudad dispuesta a dar con aquella silueta nocturna. Si se trataba de alguien que acompañaba al príncipe y no de un athen, que parecía lo más probable, tendría que explicar sus motivos. ¿Habría enviado el propio Gabre Conav a uno de los suyos para robar algún arma que los ayudase en la batalla? Tal vez ni siquiera fuese cosa del príncipe, sino del rey. No obstante, un acto como ese, fruto de la desesperación, podría hacer que los athen perdiesen la confianza en ellos y quién sabe qué medidas tomarían.

Corriendo por los caminos volantes llegó al almacén en poco tiempo. Era mejor que correr por la nieve. Una vez allí encontró que la cerradura había sido forzada. Empujó la puerta de hierro, que apenas chirrió, y entró sin pensar lo que estaba haciendo. El lugar tenía enormes estanterías a modo de pasillos y, pese a contar con una sola planta, era enorme. Un sonido la guio entre la oscuridad hasta dar con un resplandor. Identificó al momento la sobria luz de una de las esferas athen. Sin saber lo que iba a encontrar, sacó una flecha y la cargó en su arco. Si el ladrón era un soldado de Ramiet no se tomaría a bien que lo descubriese. Escuchó escondida tras la estantería y cogió aire antes de salir.

—Sal de ahí, Lyn. Sé que eres tú. —La sobresaltó una voz.

No pudo evitar la sorpresa al asomarse y ver a quién había estado persiguiendo.

—¡Saith! —Los ambarinos ojos de la amiathir lo observaron con incredulidad—. ¿Qué diablos crees que estás haciendo?

—Pues busco algo que necesito, pero este lugar es enorme —suspiró frustrado dejando caer los hombros mientras llevaba la caja que tenía entre manos a su lugar en la estantería.

—¡Estas loco! Si los athen nos pillan aquí no obtendremos nada de ellos.

—No vamos a obtener nada de ellos de todas formas, Lyn. No nos han dado nada con lo que afrontar la guerra y no tienen información sobre cómo vencer a Kerrakj.

—¿Y qué es lo que pretendes entrando aquí? ¿Vas a robar un arma?

—¿Robar? ¿Acaso crees que soy Hyrran? —La cara de indignación de su amigo le sacó una sonrisa incluso en un momento como aquel—. Solo voy a coger prestado uno de esos trajes para soportar el calor de los que habló Arual. Voy a reparar a Varentia en el único lugar donde puede hacerse: en el interior del volcán.

Saith caminó por los pasillos mientras escudriñaba las estanterías buscando aquellos trajes especiales. Lyn lo siguió titubeante, mirando a uno y otro lado con cautela. Había pasado de ser una justiciera a cómplice de robo, pues no pensaba delatar a su amigo. Volver a forjar a Varentia era indispensable para enfrentar la batalla. Lo sabía, y teniendo en cuenta que era su propia espada, no podría considerarse robar.

—Por la bondad de Icitzy, Saith. ¡Piénsalo! —suplicó ella—. Si los athen, con todos sus recursos y sus medios, no han podido seguir trabajando en el volcán es por un motivo. Arual dijo que está activo y es peligroso acercarse.

Saith se detuvo, giró sobre sus pies y la miró con determinación.

—Escúchame. No sé si es cierto lo de ese ritual y lo de los poderes de Aecen, pero por primera vez en mi vida las piezas encajan. Tal vez no fuese casualidad que Varentia acabase en mis manos y Zurdo tuviese razón desde el principio. No lo sé. Lo que sí sé, y estoy seguro de ello, es que no podré hacer lo que debo sin mi espada. Si mi verdadero destino es tomar el relevo de Aecen, la necesito y haré lo que sea por repararla.

—¿Incluso arriesgar tu vida?

—¿Qué es una vida comparada con salvar Thoran?

Lyn mantuvo la mirada de Saith. Pensó en aquel niño despreocupado e irresponsable que solo pensaba en travesear con sus amigos por las callejuelas de Riora. Desde el momento en que perdieron a sus familias no había dudado un solo instante en protegerla, y ahora que la responsabilidad parecía condenar su vida, estaba dispuesto a arriesgarla por proteger también al resto del mundo. Sonrió al comprender que su amigo solo estaba siendo fiel a sí mismo.

—Si vas a hacerlo, yo voy contigo.

—No. Es peligroso.

—Lo dices como si te estuviese pidiendo permiso —dijo ella caminando por delante de él y revisando las estanterías. Saith suspiró condescendiente, ella sonrió, y él le devolvió la sonrisa.

Durante un tiempo buscaron los trajes, y cuando los encontraron en el interior de un armario, cogieron un par de ellos y salieron a escondidas del almacén poniendo rumbo al volcán.

Por suerte, los athen habían habilitado un camino en la ladera para facilitar el acceso. En los puntos más empinados había escaleras sobre la piedra, de forma que lo que habían temido como una escalada de varias horas apenas fue un rato de subida. Cuando llegaron a la entrada habilitada en la ladera del Tesco el calor ya se dejaba notar. Era un contrapunto fascinante al frío que habían sentido tras su salida de la ciudad. Una vez que se pusieron los trajes junto a la entrada al volcán, de un tejido parecido al cuero, pero mucho más grueso, dejaron de sentir tanto calor. El traje llevaba una capucha que apenas dejaba una abertura en los ojos y unas gafas que se ajustaban a sus cabezas. Tanto Saith como Lyn estaban maravillados por las bondades de aquel tejido que hizo descender la sensación térmica del corazón de fuego de la montaña.

Listos para entrar, Saith la miró e hizo un gesto, como si preguntase si estaba lista. Lyn alzó una de sus manos con el pulgar hacia arriba y ambos se introdujeron en la montaña. Cerca de la entrada había un pequeño almacén que contenía herramientas de trabajo para la forja. Saith cogió algunas de ellas y quitó la manta alrededor de Varentia por miedo a que ardiera ante el intenso calor.

—¿Preparada? —dijo con la voz amortiguada por la capucha que le rodeaba la cara.

Lyn no contestó y comenzó a caminar. Al fondo había una puerta con unas escaleras que supuso que darían con la forja. Cuando descendió por ellas descubrió que había estado en lo cierto. Por encima de la lava, a una distancia que bien podría haber sido un edificio athen, había una plataforma semicircular de varios metros de anchura. En uno de sus bordes había una especie de bañera a modo de fragua que conectaba mediante una tubería a la lava volcánica. A su alrededor había yunques, tenazas y martillos para trabajar el metal, y de la estructura salía un estrecho puente que entraba en otra abertura en la ladera interior. Tal vez una especie de mina, pues Arual les había dicho que el metal de aquellas espadas legendarias, más fuerte y duradero que el acero, había surgido del interior del Tesco.

Lyn se acercó al borde, dando gracias porque aquel traje le mantuviese el cuerpo a la temperatura habitual. Sin aquel extraordinario tejido el calor sería insoportable. Observó la burbujeante lava y cómo la tubería se introducía en ella. Cuando Saith activó la fragua mediante un mecanismo que apenas entendía, la lava líquida subió por la tubería. Se preguntó qué clase de metal era ese capaz de soportar el alma del volcán. Puede que fuese el mismo material de las espadas.

Saith esperó a que la fragua estuviese llena y detuvo la salida de lava. Cogió unas tenazas y hundió a Varentia en el calor infernal surgido del corazón del volcán. El metal, que debía surgir brillante por el fuego, apenas parecía inmutarse por el calor. Su amigo la miró y Lyn se encogió de hombros exageradamente para que él pudiera ver su expresión con el traje puesto.

De repente hubo un temblor de tierra. Parecía el rugido del mismo volcán a punto de entrar en erupción. Saith mantuvo el equilibrio y Lyn se alejó del borde de la plataforma. Sin embargo, el temblor no quedó ahí. El calor aumentó, incluso con el traje puesto, y la chica amiathir se asustó. ¿Qué estaba pasando allí?

Se acercó a Saith visiblemente asustada. No podía ver su cara, pero por cómo miraba hacia todas partes parecía preocupado.

—¡¿Lo notas?! —gritó. La voz amortiguada por el traje.

—¿Qué? —preguntó ella.

No sentía nada más que ese intenso calor, si bien el rugido había parado. Sintió que sudaba bajo la gruesa tela del traje. Lyn no entendía a qué se refería, pero decidió hacerle caso. Debían marcharse de allí. De repente Saith se arrodilló, como si su cuerpo pesase una tonelada.

—Tenemos que... irnos —dijo. Parecía pretender que fuese un grito, pero no era más que un hilo de voz para sus oídos—. Esta sensación. Es la misma que en la cascada. Es... peligroso.

—¿Qué te ocurre? —dijo ella entrando en pánico.

Intentó levantarlo sin éxito. Parecía encadenado al suelo. No sabía qué ocurría, pero no podría cargar con él para salir de allí y los esfuerzos de Saith por levantarse eran inútiles.

Y de repente, su amigo dejó de intentarlo. Con la rodilla clavada en la tierra fijó la vista en la entrada y ella siguió su mirada. Ante ellos, tapando la única salida posible, había una terrorífica criatura como nunca antes habían visto.

Un auténtico demonio.

Era más alto que tres olin, y parecía tan fuerte como diez de ellos. Grandes y flamígeros cuernos surgían de su cabeza, y la boca parecía contener lava en su interior. Las cuencas de sus ojos estaban llenas de llamas que brillaban con una intensidad que jamás había visto. Su cuerpo era del marrón oscuro del magma solidificado y estaba quebrado por flamígeras arterias incandescentes que palpitaban sobre su piel. Sus manos eran enormes garras capaces de atrapar una cabeza humana entre sus dedos.

Con su presencia el calor se intensificó hasta hacerse insoportable. El volcán pareció vibrar y rugió como una bestia molesta a la que han despertado. Lyn sintió cómo su cuerpo se tornaba pegajoso.

—¿Una amiathir? Qué sorpresa. Hacía siglos que no veía a alguien de tu raza. —La voz era profunda y gutural, y surgía de sus entrañas como si hablase a la mente de aquellos que lo veían.

Lyn aún sostenía a Saith. Ambos estaban agachados frente a aquella criatura a merced de su voluntad. Indefensos. No podía creer lo que veía, pero que pudiese comunicarse era una buena señal. Tal vez también fuese capaz de razonar y mantener así la posibilidad de escapar.

—¿Escapar? —La criatura, que había leído sus pensamientos, lanzó un graznido ronco—. Habéis molestado mi sueño, y esa falta de respeto no quedará sin castigo.

—No pretendíamos despertarte. Solo queríamos arreglar esta espada —dijo Lyn señalando a la quebrada Varentia. Esta vez habló en voz alta para evitar que la traicionasen sus pensamientos.

—¿Tú también puedes oírlo? —preguntó Saith mientras hacía un esfuerzo titánico por levantarse. Aaralyn lo miró como si no entendiese a qué se refería. ¡Claro que veía a semejante demonio frente a ellos!

Asintió.

—En el lago, cerca de la cascada, tuve esta misma sensación. Oí voces que no sabía de dónde provenían y mi cuerpo pesó tanto como ahora. Hyrran y Ekim no oyeron nada, pero por alguna razón, tú sí puedes —murmuró él con dificultad—. Después llegó aquella amiathir... Radzia. El lago actuó por su cuenta y la siguiente vez que la vimos tenía un poder mayor que el que habríamos podido imagi...

Su amigo tosió a causa del esfuerzo. El calor parecía aumentar y se hacía casi insoportable. Si no llevasen aquellos trajes athen ya se habrían abrasado sin remedio. Si el calor continuaba aumentando no tardarían en sucumbir incluso portando aquel bendito invento. No obstante, las palabras de Saith inundaban su cabeza como un vaso que se llena. Un episodio como ese y un poder inigualable solo podía significar una cosa. Algo sobre lo que había leído en infinidad de ocasiones desde que apenas era una niña y que ya aparecía en las historias que su padre le contaba al ir a dormir. Algo de lo que había hablado con Dracia ese mismo día junto a la biblioteca.

—¿Eres... Illeck?

La criatura volvió a lanzar ese peculiar graznido.

—Que formules esa pregunta no hace más que evidenciar lo débil que eres, niña. —Tras una pausa añadió—: Sí. Soy Illeck. Dios del fuego y rey de las llamas. Ahora este es mi hogar y habéis osado profanarlo. Esos athen comprendieron que era mejor alejarse, pero vosotros habéis sido demasiado estúpidos.

—No sabíamos que este volcán era tuyo —explicó Lyn alzando las manos—. Déjanos irnos y prometemos no volver.

—¡No! —chilló Saith arrodillado ante la criatura. Levantó la mirada con dificultad—. Tengo que arreglar a Varentia. El destino de Thoran depende de ello.

Illeck observó a Saith. El fuego que surgía de sus ojos se volvió más intenso y graznó una vez más.

—Parece que tu amigo no está dispuesto a marcharse. Tal vez cambie de idea si lo sumerjo en lava...

Pese a que la presencia de la criatura parecía afectar al expaladín, Lyn no sentía nada más que el intenso calor aumentando con cada segundo. Saith se puso en pie con esfuerzo. Era como si la gravedad fuese mucho más fuerte para él debido al poder de aquel demonio.

—En aquel episodio en el lago no pude ver quién me hablaba, pero ahora te veo, aunque sea como un borrón en el horizonte. ¡Óyeme! ¡No dejaré que hagas daño a Lyn!

Saith blandió a Varentia, solo la mitad de su hoja, la que tenía la empuñadura. Una espada sin punta y extremadamente corta con la que cualquier ataque sería difícil. Anduvo con la determinación de quien protege lo que más quiere.

Lyn gritó, aunque ni ella misma se oyó por el nerviosismo y el rugido del volcán. Saith atacó a la criatura y esta reaccionó. Le sacaba más de tres cuerpos a su amigo, por lo que librarse de él fue tan fácil como soltar un manotazo. Un revés que impactó en Saith y lo lanzó contra la rocosa pared del volcán. Lo hizo con tanta facilidad, que Lyn sintió que su final estaba cerca.

El demonio anduvo hasta Saith, que permanecía tumbado en el suelo. Inmóvil. Se puso en pie frente a él y lo cogió del traje ignífugo como si fuese una inservible manta. Su amigo no reaccionó. Illeck se acercó al borde de la plataforma y extendió el brazo para soltarlo sobre la lava.

—¡Déjalo!

La criatura giró la cabeza y dirigió sus llameantes ojos a la amiathir, que había cogido una de sus flechas y tensado la cuerda apuntando a su cabeza. La boca de Illeck pareció sonreír, bajó el brazo y mantuvo a Saith agarrado como si de un

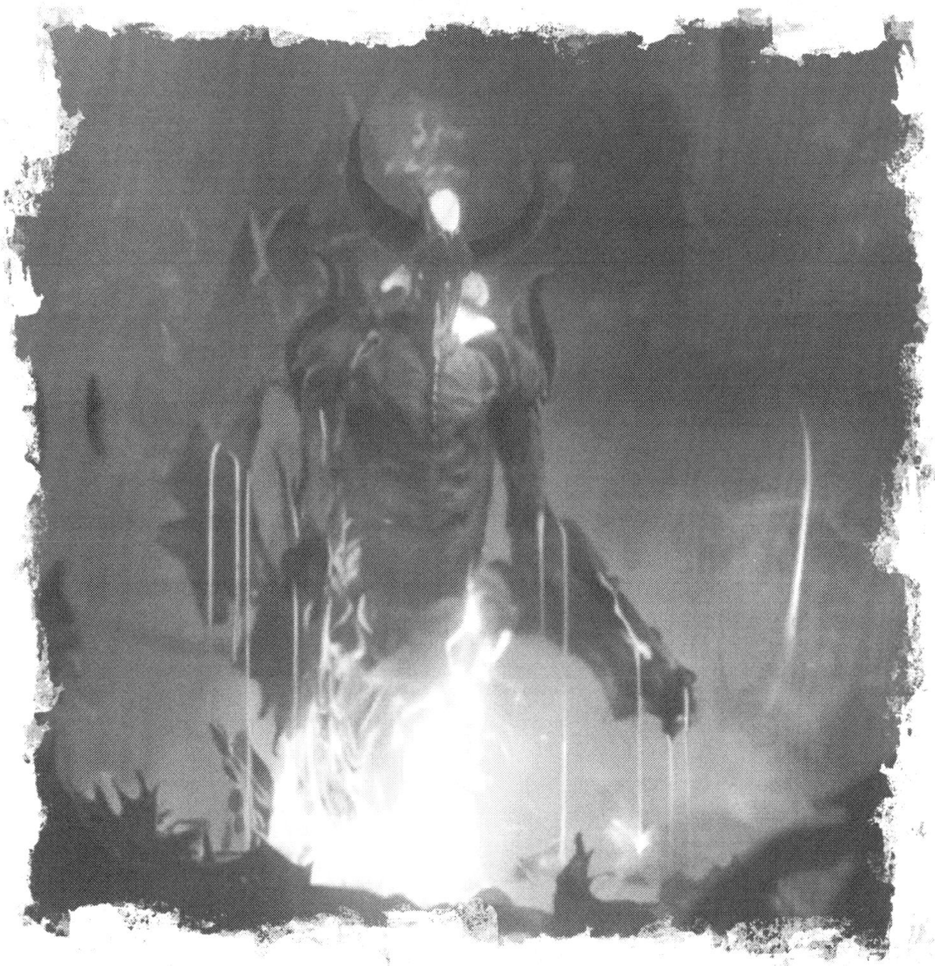

conejo indefenso se tratase. Con su mano libre alzó un solo dedo y Lyn sintió su calor. La flecha que tenía apuntándolo se incendió obligándola a soltarla.

—¿Atacas a un ídore con un arco y una flecha? —graznó—. Definitivamente los amiathir no sois lo que erais. Cómo echo de menos a Marne. Él sí que era un poderoso hechicero.

—¿Marne fue tu último amo? —preguntó Lyn con curiosidad real sin dejar de mirar a Saith por el rabillo del ojo.

—¿Crees que soy un perro? —Con la ira de Illeck el calor se intensificó haciéndose insoportable. Incluso con el traje athen cubriendo su rostro y regulando la temperatura de su cuerpo, Lyn se sentía como si un dragón respirase ascuas sobre ella—. Pero sí. Él fue el último amiathir que osó vincularme. Debo admitir que se ganó mi respeto.

Lyn bajó el arco, consciente de lo inútil que sería en una situación como esa. Ahora estaba frente a un ídore. Uno de los dioses amiathir. Los había estudiado con Dracia durante los años que estuvo en La compañía divina. Rhomsek, señor de los rayos; Eshira, la diosa del viento; Troszk, el titán de la tierra; Glaish la diosa del agua e Illeck, el señor de las llamas. Era la magia más poderosa que un amiathir podía controlar. Una fuerza de la naturaleza. Inigualable.

Según Dracia, los estudios de los amiathir indicaban que cada uno de ellos tenía una personalidad relacionada con su poder. Illeck parecía imprevisible. Intenso como una llamarada y orgulloso como un rey. El poder de todos ellos era devastador.

Y de pronto lo entendió. Miró a Saith, que arriesgaba la vida cada día por cumplir su destino y comprendió que también ella debía hacer frente al suyo. Había soñado desde que era pequeña con dominar la magia amiathir, con saber utilizar los poderes con los que su raza había sido bendecida. Esa misma noche, antes de su incursión en los almacenes siguiendo a su amigo, había deseado ser más fuerte. Poder ayudar a todos más allá de sus habilidades. Si lograba vincular a Illeck, ella sería el arma definitiva que el príncipe y su comitiva habían venido a buscar a Acrysta. De esa forma no volverían con las manos vacías. Tenía que intentarlo. Por Saith, por Hyrran, por Kalil, por todo Thoran.

Illeck rio. No fue un graznido como las veces anteriores, sino una carcajada, ronca y profunda como el eco desde el fondo de un pozo.

—¿Pretendes vincularme? —Volvió a reír con más fuerza—. Una niña como tú jamás podría controlarme.

—Ponme a prueba. ¡Déjame intentarlo!

El ídore caminó hacia ella un par de pasos y soltó a Saith, que se quedó tirado en el suelo. Inconsciente.

—¿Intentarlo? ¿Crees que esto es un juego? —Illeck pareció componer una sonrisa irónica—. Me he encontrado con más amiathir después de Marne. Otros antes que tú pidieron vincularse conmigo y acabaron engullidos por el fuego. ¿Para qué querría una inútil como tú convertirse en dómine? ¿Para hacer galletas? ¿Encender una hoguera? No venderé mi libertad a cambio de una vida intrascendente.

—No lo será —intervino Lyn con seriedad—. Se acerca una guerra como nunca antes la ha habido. Una contienda mayor que la de hace siete siglos cuando luchaste junto a Marne. Solo los más poderosos saldrán adelante y te aseguro que yo seré una de ellos.

Illeck dibujó algo parecido a una sonrisa en su rostro. Con desconfianza, pero también con curiosidad.

—¿Por qué estás tan convencida de que sobrevivirás? Tú no tienes el poder de Marne —añadió el ídore desdeñoso.

—No. No tengo su poder. Pero con tu ayuda me acercaré a ello.

—Solo dices tonterías.

Illeck escupió una bola de fuego con los dedos, sin esfuerzo, y esta voló hacia Lyn. No era especialmente grande, pero eso la hizo volar más rápido. Lyn alzó los brazos para intentar controlarla. Tuvo la idea de detenerla en el aire y devolverla, como aquella noche en el panteón real cuando se enfrentó a Cotiac. Sin embargo, sin la sangre de la joven humana bañando sus manos, su poder no era tan grande. La esfera ígnea, en lugar de pararse, se desvió lo suficiente para perderse en la pared del volcán.

El ídore graznó divertido.

—Ni siquiera eres capaz de controlar algo tan sencillo como eso.

—Por eso necesito tu ayuda en esta guerra.

Illeck gruñó enfadado.

—No te ayudaré.

Lyn bajó los hombros, pero en lugar de darse por vencida, probó suerte una última vez. Si quería obtener la ayuda del ídore necesitaba tocar sus puntos débiles, y una vez que había hablado con él, sabía identificarlos a la perfección. La soberbia y el orgullo.

—Tienes miedo —aseguró la amiathir. El ídore entornó los ojos con furia, pero también con curiosidad—. Fue fácil acompañar a Marne. Era un shadwer. El amiathir más poderoso de la historia. Su poder no tenía límites. Sin embargo, se necesita mucho poder y valor para vincularse con una amiathir que aún no domina las fuerzas naturales a la perfección. Después de todo, con Marne lo tenías todo a favor y conmigo tendrías que enfrentarte a otros ídore. Si mi amigo está en lo cierto... —Lyn señaló al cuerpo inmóvil de Saith—. Glaish está con el enemigo. Es normal que temas enfrentarte a ella. Después de todo llevas mucho tiempo vagando solo y sin emplear tu poder.

—¡Yo no temo a nadie! —gritó con un rugido que pareció escapar del mismo volcán—. Nunca he conseguido vencerla, pero estos años me han hecho más fuerte.

—¡Demuéstralo! —Lyn se acercó al ídore en un alarde de valentía y se colocó frente a él, mirando hacia arriba para hacer coincidir sus siniestros ojos con los de ella. El calor se hizo cada vez más insoportable y tuvo que hacer enormes esfuerzos por no desfallecer—. Ven conmigo y demostraremos al mundo tu verdadero poder.

La criatura la miró en silencio durante unos segundos en los que Lyn no bajó la vista. No se permitiría volver a ser pequeña, por gigantesco que fuese aquel demonio. Tras unos minutos el calor pareció descender pese a tenerlo tan cerca.

—¿Estas segura de esto? —preguntó él hablando a su mente—. Mantener las llamas ardiendo en tu interior podría acabar con tu vida en cualquier momento. Incluso tu personalidad se verá afectada por mi presencia. Mi poder es el más complicado de controlar de los cinco ídores que habitamos en este mundo.

Lyn calló pensativa. Sabía que Saith no podría soportar todo el peso del mundo sobre sus hombros bajo esa supuesta bendición de Aecen. Todos los caminos la llevaban hasta allí, y ahora que lo tenía tan cerca no quería perder la oportunidad de ayudarlo. A él y a todos.

—Estoy dispuesta a asumir ese riesgo si con ello logro ayudar a mis amigos —dijo con la determinación de quien olvida las dudas.

—Que así sea.

Illeck se miró las palmas de las manos y su cuerpo se tornó ceniza. Las candentes grietas de su piel dejaron de brillar. Las llameantes cuencas de sus ojos se apagaron haciendo ascender sendas columnas de humo, y sus cuernos se apagaron calcando el oscuro gris del resto de su cuerpo. Luego se volatilizó en un tornado negro que se desvaneció como el humo del volcán al contacto con el viento.

El calor descendió lo suficiente para eliminar el sentimiento de asfixia que había sentido al acercarse al ídore. Se acercó a Saith, se echó un brazo sobre ella, cansada como estaba, y salió de allí cargando con su amigo rumbo a Acrysta.

—*Me debes un buen enfrentamiento contra Glaish. Ese es el motivo por el que he accedido a acompañarte. Recuérdalo y no me falles, niña.* —Oyó en su mente antes de salir hacia el exterior del volcán.

27. Un ejército demoníaco

Ahmik giró sobre sus pies y asestó un tajo con su espada. El soldado que lo enfrentaba cayó al suelo sin remedio, bañando en sangre el suelo bajo sus pies. Recibió el corte con los ojos abiertos por la sorpresa, aunque en el brillo interior de su enemigo, también percibió resignación. Otro más apareció frente a él. Como su antecesor, también iba ataviado con los cerúleos colores del reino de Eravia.

El nuevo soldado alzó su espada, pero vaciló antes de atacar. Él se mantuvo allí, imponente bajo la protección de su armadura blanca, sin yelmo, blandiendo su hoja. Esperando a que su enemigo se decidiera. Como en su rival anterior, en él había orgullo y el valor que aflora desde el propio miedo, pero no estaba preparado para una lucha como aquella.

Un féracen pasó corriendo, cambió de dirección y clavó su hoja en la espalda del soldado negándole aquel combate. La punta del arma surgió de su pecho con el inconfundible crujir de huesos. Aquello empapó de rojo escarlata la túnica del enemigo, cuyos ojos se volvieron blanquecinos mientras la vida escapaba de su cuerpo y los celuis, luminosas esferas de las que se decían que contenían el alma de los fallecidos, se alzaron al cielo en errante vuelo. El féracen colocó una mano en el hombro de su víctima y tiró con fuerza liberando el metal ajusticiador. Luego corrió hacia otro grupo que luchaba unos metros más allá, ansioso de sangre.

Ahmik bajó la espada ante la malograda lucha y miró a su alrededor. Había gritos. Unos de rabia, otros de pánico. El olor a sangre y ceniza lo inundaba todo. Hacía menos de una semana que habían salido de Lorinet y solo tres días desde que habían cruzado la desprotegida frontera erávica. No temían a nada porque sabían que no existía rival en Eravia capaz de hacerles frente. Comprendió en ese momento que Kerrakj se había quedado con Gael en Rythania porque sabía, mejor que él mismo, que no necesitaría su ayuda para ganar esta guerra. Ahora lo veía claro.

Habían llegado al templo de Icitzy y allí los esperaba una avanzadilla del ejército erávico. Un puñado de soldados para tantear al enemigo y proteger a sus venerados dioses. Apenas mil hombres abandonados a su suerte.

O más bien a su muerte.

Ahmik vio cómo uno de ellos dudaba antes de lanzarse a atacar a un soldado féracen. Vaciló y, tras pensarlo un instante, atacó a la desesperada. Con valor, pero sin esperanza. Ignorantes al hecho de que solo estaban allí para retrasarlos. Negó con la cabeza al verlo caer un instante después.

Durante el viaje, Cotiac le había contado que el templo de Icitzy había sido un edificio dedicado a venerar a la diosa que fue construido hacía siglos. Una enorme construcción de altas escaleras de piedra, con estatuas talladas en el mismo material a su alrededor, del cual había crecido una ciudadela hasta convertirse en la pequeña ciudad que tomaba el nombre del templo. Todo ello era un homenaje al Rydr en una sociedad tan religiosa y supersticiosa como la erávica. Ahmik lamentó estar inmerso en ese baño de sangre. Ni siquiera les hacía falta atacar aquel lugar, pero sería un golpe a la moral de las tropas enemigas y un buen entrenamiento para las propias. O eso había creído.

Ahora, sin embargo, se arrepentía de su decisión. Aquello no era un buen entrenamiento, sino una matanza. Los soldados erávicos estaban vendidos. Indefensos. Los féracen eran menores en número, pero mucho más duchos en combate. Cada uno de los nuevos miembros de su ejército, soldados con sangre de yankka de excelente habilidad, era tan bueno como diez enemigos.

Sus hombres corrían de un lado a otro a una velocidad endiablada acabando con todo cuando encontraban a su paso. El fuego visitaba algunas casas al fondo, lo que se podía entrever por las negras columnas de humo que se elevaban al cielo. Civiles o soldados. Para la crueldad de los féracen, sedientos de sangre, no había distinción entre unos y otros.

Ahmik observó cómo los amiathir se quedaban al margen. Cotiac y Radzia parlamentaban apartados de todo a las afueras de la ciudad con el resto de hechiceros. Él lo agradeció en silencio. No era necesario incrementar el desastre. Mejor reservar las energías para la verdadera batalla. Entrar en Ortea no sería tan fácil debido al terreno.

—¿Quieres que quememos el templo?

Amerani apareció a su lado. Tenía una sonrisa inhumana que mostraba sus dientes y la espada desenvainada cubierta de sangre. No era fácil recordar, viendo su aspecto actual, al soldado de honor que había sido hasta hacía poco. Lo único que conservaba de esos tiempos era su armadura escarlata. Otro golpe moral para las tropas enemigas.

—No. No es necesario. Los erávicos no pueden hacernos frente y la reina no acostumbra a masacrar las ciudades que conquista. Retira a los hombres, ya nos hemos retrasado suficiente. Cuanto antes lleguemos a Ortea, antes acabará esta maldita guerra.

Amerani trocó su expresión y su rostro se tornó serio. Asintió dócil y se marchó a anunciar la retirada.

«Su ejército es tan débil que han tenido que dejar desprotegida la frontera a nuestro paso y apenas han apostado mil hombres a defender esta ciudad —pensó mientras el expaladín se marchaba—. Kerrakj tenía razón. Eravia no es rival para nosotros. Tal vez por eso confió en mí para guiar a las tropas y llevarle la victoria definitiva».

Se dio la vuelta y salió de la ciudad. Había dejado su caballo apostado a cierta distancia para evitar que huyese, pues a pie se sentía mejor en el campo de batalla. Allí esperaban los amiathir.

—No deberíamos perder tanto tiempo. Este maldito templo de dioses humanos no necesita tanta atención —se quejó Cotiac dibujando una mueca de hastío en su cara abrasada por el fuego.

Estaba diferente. Su instinto féracen le permitía percibir que algo había cambiado con su visita al bosque. Según él ahora era un dómine, significase lo que eso significase. Y también lo era Radzia. Tal vez fuese por su instinto animal, pero Ahmik sentía que el aura que ambos desprendían era más poderosa. Los amiathir siempre habían tenido personalidades misteriosas, pero ahora que los secretos parecían envolverlos, lo eran mucho más. Él mismo había visto a ese felino de pelaje azul que le había otorgado su eléctrico poder. Si de por sí el ejército féracen era imparable, la fuerza de los amiathir los convertía en una amenaza temible.

—Cotiac tiene razón. Deberíamos emprender ya el viaje a Ortea. Acabaremos con esto y devolveremos a Amiathara la grandeza que nos pertenece —convino Radzia. Los amiathir a su alrededor, todos ellos ataviados con túnicas negras salvo sus comandantes, asintieron a las palabras de su líder iniciando el camino hacia las afueras de la ciudad.

—Acabemos con esto de una vez y saldemos todas nuestras deudas con la reina —dijo Cotiac más serio.

—Me pregunto si, ahora que sabes que fue Kerrakj quien mató a tu padre, una de esas deudas es vengarte de ella —lo abordó Ahmik.

Cotiac le lanzó una mirada gélida.

—¿Por qué? ¿Acaso pretenderías evitarlo? —El amiathir levantó su mano derecha y de sus dedos surgieron pequeñas esquirlas eléctricas que se volatilizaron al instante.

Ahmik sonrió ante la amenaza y alzó las manos en señal de calma.

—No, solo era curiosidad. Pero debería recordarte que es una seren, y que tu padre ya intentó matarla con tus mismos poderes. Yo que tú tendría cuidado con mostrarte en contra de la reina.

Cotiac bajó el brazo con un movimiento similar al que haría cortando el viento. Sus ojos, negros como el alma de un traidor, evitaron su mirada.

—No soy tan estúpido. No obstante, deberías dejar de preocuparte por mi futuro y empezar a cuidar de tus tropas.

—¿Mis tropas? —indagó Ahmik extrañado.

—No parecen hacerte mucho caso. —El amiathir señaló hacia el templo.

Ahmik se giró para mirar la ciudadela y observó, aterrorizado, que sus tropas féracen no se estaban retirando. Los gritos seguían elevándose al aire al igual que las columnas de humo, que ahora eran más de una decena.

«¡Que me lleven a Condenación!», maldijo mientras corría de nuevo rumbo a la ciudad.

Al atravesar la entrada de la misma, todo lo que había temido tomó forma. Los cadáveres inundaban las calles, pero no solo los de los soldados enemigos. Tanto los hombres como las mujeres y niños eran asesinados sin compasión. La sangre lo bañaba todo. Un féracen frente a él introducía su hoja una y otra vez en el cuerpo inerte de un hombre con fiereza.

Sus soldados, implacables bestias de ojos rojos sin remordimientos, corrían de un lado a otro arrasando con la más mínima vida que encontrasen en el lugar. El mismo Amerani batallaba al final de la calle principal.

—¡Retirada! —gritó Ahmik—. ¡Nos vamos! Dejad a esta gente. No tenemos nada que hacer aquí.

Si alguien lo escuchó, hizo caso omiso a sus palabras. Nadie cesó en su empeño por arrasar con cada palmo de la ciudadela.

Ahmik corrió hacia Amerani furioso.

El soldado de roja armadura era la bestia más letal de cuantas se reunían allí. Su enorme talento en el manejo de la espada ahora era incrementado por la velocidad y la fuerza féracen, pero además de ello, su personalidad parecía totalmente distinta a la de su yo humano. Pese a que no estaba atacando a civiles, con una sonrisa demoníaca hacía frente a los soldados erávicos ensañándose con ellos por su poca pericia.

Ahmik se interpuso en la lucha, desenvainando la hoja y parando la de su compañero. Sus rojizos ojos, que hasta ese momento parecían poseídos, enmarcados por la terrorífica expresión de su cara, parecieron volver a ser racionales por un instante.

—¡¿Qué diablos haces?! ¡Te dije que nos retirases de la batalla!

Amerani lo observó imperturbable, aunque al cabo de unos segundos soportando su mirada, asintió.

—Lo lamento, general. No sé qué me ha pasado.

—Ayúdame a parar al resto, y esta vez asegúrate de que se retiran de la batalla —ordenó furioso.

El expaladín del rey asintió y se marchó a la carrera. Ahmik hizo lo propio, parando la lucha de cuantos soldados féracen encontró a su paso. Lo hizo hasta que no vio más de los suyos a su alrededor, pero era tarde. La ciudad estaba aniquilada. El fuego se extendía a causa del viento, trepando por árboles y viviendas. El mismo templo estaba bañado por las llamas, que arrasaban con todo a su paso. Pronto quedaría reducido a cenizas.

Desolado, escudriñó la ciudad por si veía o escuchaba con sus agudos oídos a alguien que necesitase ayuda. No podía creer lo que habían hecho. Estaban allí para traer la paz a esa gente bajo el reinado de Kerrakj, no para matarlos. Él no quería destruir sus vidas. Los soldados bajo su mando habían perdido el control y lo habían destrozado todo. Miró la infinidad de cadáveres que se extendían por el suelo entre rastros de sangre y armas perdidas que nunca más serían blandidas por sus dueños.

Una mano agarró su pie. Los dedos apretaron aferrándose a su tobillo, pero fueron perdiendo fuerza al poco tiempo. Miró hacia abajo y vio a un hombre. Un anciano de túnica marrón que esputaba sangre en un hilillo que se perdía en el suelo. Sobresaltado, Ahmik sacudió el pie para librarse de su agarre. El hombre no pudo mantenerse agarrado a su armadura y sus débiles dedos resbalaron por el metal.

—¿Por... Por qué? ¿Por qué la muerte me persigue? —musitó en voz baja. Ahmik observó que su cristalina mirada se perdía en ninguna parte. No le quedaba mucho tiempo de vida—. Soy un buen hombre. Siempre he predicado la palabra de Icitzy. Trabajé para el rey Airio y me refugié en el templo para pedir consuelo a los dioses. ¿Por qué han vuelto los implacables demonios de Daretian? ¿Qué hemos hecho mal esta vez?

Ahmik se agachó junto a él. Pese a su postura de superioridad como líder el ejército rythano, no pudo evitar sentir el dolor de aquel anciano. El sufrimiento de todos los cadáveres que bañaban las calles dejando escapar luminosos celuis de sus cuerpos inertes.

—¿Cuál es tu nombre? —dijo sobreponiéndose a su devastadora visión.

El moribundo intentó enfocar la vista en él, pero sus ojos y movimientos ya no parecían responder a su mente.

—Me llamo Belbem —sollozó.

—Lo que habéis hecho mal, Belbem, es rendiros a la ambición. Traicionaros. Guerrear sin descanso. Desterrar a los olin. Confinar a los amiathir. Subestimar a los féracen —le dijo. El anciano mantuvo la mirada perdida sin cambiar la expresión—. No temas. Pese a este desafortunado episodio, los demonios traeremos la paz que vuestros dioses no supieron daros.

Y dicho esto, Ahmik desenvainó a Vasamshad y la clavó en el cuello del viejo. El tajo fue tan potente que la hoja legendaria separó la testa del cuerpo del anciano. Se levantó con un suspiro, limpió la hoja en la ropa de su víctima y la envainó de nuevo. Después caminó hacia la salida mientras la ciudad quedaba reducida a cenizas sobre un cementerio de cadáveres.

Encarnar a un demonio, aunque fuera en las mentes de sus enemigos, lo impresionaba. Nunca quiso que la gente lo viese como un diablo pese a su aspecto, y ahora que casi lo había conseguido, todo se desmoronaba ante sus ojos por el intratable ejército que comandaba. Se preguntó si Kerrakj les perdonaría lo que habían hecho. Si los castigaría o lo pasaría por alto tras conquistar los tres reinos. Salió de la ciudad con la cabeza dando vueltas a la situación, a las muertes cosechadas y al hecho de no saber si podría comandar tan desmedida fuerza o arrasarían también Ortea. Mientras caminaba para encontrarse con sus hombres y los amiathir, cayó en la cuenta de que Aawo tenía razón: ¿la paz? No se puede traer la paz al mundo mediante violencia y muerte.

28. La Traición de quien fue traicionada

Kalil anduvo por los pasillos del castillo en los riscos, escapando de la luz para poder imbuirse en las sombras. En Kallone, entre los ornamentados pasillos del palacio dorado con sus iluminadas estancias y la potente luz de las esferas athen, hubiese resultado misión imposible. En Ortea, sin embargo, la pobreza estaba a la orden del día incluso para el rey. Solo tenía que esquivar las arcaicas antorchas que adornaban las paredes para evitar ser vista por la guardia. Pese a esto, hacerlo no le resultó fácil.

Las medidas de seguridad, que ya de por sí eran fuertes por la cercanía de la guerra, se habían incrementado tras el intento de asesinato. Las parejas de soldados se relevaban con mayor asiduidad para mantenerse alerta y no solo custodiaban su puerta, sino que patrullaban por todo el castillo sin descanso a cualquier hora. Es por eso que, en lugar de salir de su cuarto una vez caída la noche, se había excusado de la cena aludiendo estar indispuesta. Luego había tenido que despistar a la patrulla que la seguía. Si la encontraban, solo debía argumentar que quería tomar el aire para recuperarse.

Iba descalza para que nadie escuchase el sonido de sus pisadas, pero su largo vestido ocultaba sus pies y nadie se había percatado durante la cena. Era hora de jugar. Si Ramiet Conav era capaz de contratar un asesino para matarla y evitar que reinase, ella podía ser partícipe del mismo juego. Sin el rey, Gabre sería coronado, ella sería reina, y juntos conseguirían mejorar las vidas de los habitantes de Eravia, que ahora eran maltratados por los impuestos, el despotismo y la ambición del monarca. Todo sería más fácil si lograban retrasar la batalla con Rythania y la maldita reina blanca.

«Icitzy, si estás ahí, en alguna parte, haz que la reina acepte la paz que Ramiet propuso. Danos tiempo para prepararnos y sobrevivir a lo que está por venir», pensó mientras se escondía con nerviosismo de una patrulla de soldados que se acercaba.

Pegó la espalda a los muros, formados por la esculpida piel de la montaña, y mantuvo la respiración en la oscuridad. Los guardias pasaron a varios metros de ella, pero no se percataron de su presencia. Una vez que los perdió de vista siguió su camino. Echaba de menos a Ziade. Su amistad y sus consejos. Recordaba la mirada que le lanzó la noche del ataque. En ella había preocupación, pero también reproche. Y echaba de menos a Lyn. Su ausencia la hacía sentirse sola. No obstante, tenía claro que el bien del reino y su propia vida pasaban por la muerte del actual rey y la coronación de su hijo. También tenía la certeza de que ninguna de ellas le hubiesen permitido continuar con ese plan. Sin embargo, no había otro camino. El intento de asesinato demostraba que sus enemigos no solo venían, sino que ya estaban allí.

«Es o él o yo», se justificó en silencio para acabar con la voz de su conciencia.

Pronto llegó al lugar indicado. Uno de los pasillos en la zona oeste del castillo, donde el silencio se hacía fuerte y las patrullas se ausentaban. Una parte olvidada por la mayoría que conocía gracias al diario de Daetis.

—¡Shhht! —Un siseo llamó su atención e hizo que se sobresaltara. Instintivamente se llevó las manos a los puñales que escondía bajo el vestido. Tenía los nervios a flor de piel desde el ataque en sus aposentos.

De las sombras surgieron dos siluetas. En una de ellas, con pelo largo recogido en una pequeña cola sobre la cabeza y poblada barba, reconoció a Leonard, el amigo de Lyn. Junto a él iba un muchacho joven de pelo rubio oscuro, apuesto y de complexión atlética.

—Buenas noches, princesa —saludó el primero con su única mano.

—¿Quién es? —se apresuró a preguntar desconfiada—. Te dije encarecidamente que debías venir solo.

—Él es Soruk. Un amigo y mi superior en los Hijos de Aecen. Si queréis hablar de asuntos de la orden como dijisteis, él debe estar presente. Yo no tengo poder para cerrar acuerdo alguno —se apresuró a explicar.

Kalil relajó los hombros y centró su atención en el muchacho. Este sonreía, aunque su mirada era suspicaz. Parecía tener dudas de estar allí. Curiosamente eso la tranquilizó, pues ella no había dejado de tenerlas desde que había tomado aquella difícil decisión.

Por otra parte, tratar con desconocidos a escondidas del rey de Eravia en su propio castillo era peligroso. Había que darse prisa. Lanzó una nueva mirada a aquellos muchachos que tenían la justicia como premisa. Tenía que asegurarse de que Gabre estaba a salvo de sus pretensiones, pues el bien de Thoran pasaba por acabar con el rey para coronar al príncipe, y es algo que no podría hacer sola.

—Antes de decir nada, quiero que sepáis que estoy al tanto de vuestros planes.

El muchacho llamado Soruk se envaró ante aquellas palabras mientras que Leonard frunció el ceño, probablemente preguntándose cómo y hasta cuánto sabía.

—Parece que Lyn ha hablado de más —farfulló el muchacho acariciándose la barba con su única mano.

Soruk lo miró y, formando una fina línea con los labios, permaneció callado escuchando lo que Kalil tenía que decir. Ella alzó la barbilla, intentando aparentar mucha más seguridad de la que sentía en aquel momento, y los observó a ambos con seriedad.

—Antes de seguir esta conversación necesito que me aseguréis dos cosas: la primera, que el príncipe Gabre Conav no es vuestro objetivo. La segunda, que lo que hablemos aquí jamás ha ocurrido. Si algo se descubriese lo negaré.

Durante unos segundos el silencio lo inundó todo como la misma oscuridad, que apenas desaparecía ante el débil resplandor de una antorcha lejana que bailaba sobre sus rostros llenos de sombras. Leonard sonrió ante aquellas peticiones.

—No temáis, princesa. El príncipe no es objetivo de nuestra orden. No son sus actos los que han hecho sufrir durante años a nuestro pueblo —aseguró Soruk con un gesto tajante de su mano. La princesa vio sinceridad en aquella mirada—, y nadie sabrá jamás que habéis estado aquí.

Kalil asintió con gesto firme. Los tres se sobresaltaron ante un murmullo que parecía acercarse y se fundieron en las sombras tras un pasillo poco iluminado. Al fondo, un par de sirvientas caminaban ajenas a la reunión que allí tenía lugar. Cuando se hubieron marchado, Kalil se relajó y observó cómo los Hijos de Aecen también lo hacían.

—Venid —atajó la princesa mientras Leonard miraba nervioso al pasillo por el que habían desaparecido las sirvientas—. Conozco un lugar en el que podremos hablar sin temer a las patrullas.

Ambos muchachos se miraron con cierta desconfianza, pero la siguieron sin rechistar. Los tres tenían mucho que perder si los descubrían, y en el aire se palpaba el miedo a ser traicionados. El hecho de que Leonard fuese un exlínea escarlata a las órdenes de los Asteller y amigo de confianza de Lyn hizo que Kalil se decidiera a llevar a cabo aquella locura.

La princesa los dirigió por los pasillos hasta la escondida escalera de acceso a los muelles. Tras hacerse con una antorcha que iluminase sus pasos, bajó los interminables escalones que llevaban al pie de la montaña y salió para comprobar que todo estaba en orden. El oleaje era tranquilo, y la abertura de la caverna dejaba ver el estrellado firmamento al fondo. El viento dejaba un suave susurro mientras que el olor a salitre inundaba sus fosas nasales.

Pese a haberse tranquilizado, no debía olvidar que el rey y su consejo conocían aquel lugar. Debían darse prisa. Se colocó en uno de los extremos de los muelles para evitar visitas inesperadas, como le ocurrió la vez que bajó con Lyn, y ellos la siguieron. Una vez allí relajó los hombros con un suspiro.

—¿Qué es este sitio? —indagó Leonard para romper el hielo.

—Es un puerto abandonado. Hubo un tiempo en el que el rey Olundor pensó que podía evitar las fronteras con Kallone mediante el mercadeo en barco. Fue antes de descubrir que los mares son demasiado peligrosos y que sus naves eran atacadas y aniquiladas sin remedio por bestias marinas, piratas argios y tormentas.

—¿Nadie baja ya aquí? —preguntó el exsoldado dando un par de pasos y escudriñando el lugar. La luz de la antorcha jugueteó entre las cajas y barriles que se amontonaban en esa parte del muelle.

—Me consta que el rey y algunos de sus consejeros saben de su existencia, pero dudo que nadie más conozca ya este lugar.

—Perfecto, en ese caso podremos hablar con tranquilidad —dijo Soruk observándola de arriba abajo—. Hemos accedido a vuestras condiciones, princesa. Leonard me ha asegurado que podemos confiar en vos, pero me temo que necesito saber por qué estáis interesada en nuestro propósito. Os aseguro que si lo que pretendéis es libraros de Ramiet para hacer daño a nuestro pueblo, vos misma acabaréis siendo objetivo de los Hijos de Aecen.

Kalil vio la furia en sus ojos y, por algún motivo, eso la tranquilizó más. Aquel muchacho tenía como firme objetivo el bienestar de los suyos. Si había sentido dudas de los ideales de la orden, su mirada se las despejó como lo hace el sol ante la neblina en la mañana.

—Yo también deseo la felicidad de vuestro pueblo. Creo con firmeza que Gabre Conav está más preparado que su padre para reinar con sabiduría. Es un muchacho íntegro e inteligente, y estoy convencida de que dirigirá este reino mejor que su predecesor.

—Y con ese paso volveréis a reinar —añadió él—, y lucharéis por reconquistar Kallone aprovechando vuestra posición en el trono.

Kalil miró al muchacho con gesto grave. Este dibujó una sonrisa, convencido de haber dado en el clavo.

—Volveré a reinar y lucharé también por Kallone. La guerra, después de todo, es inevitable. Mi objetivo es que los habitantes de ambos reinos sean felices y puedan vivir en paz, y no me rendiré hasta conseguirlo.

Soruk y Kalil se mantuvieron una mirada seca durante un tiempo. Sus intenciones y objetivos estaban sobre la mesa. Sin secretos o tapujos.

—Entonces nuestros objetivos son los mismos —adujo Leonard mirando a ambos de forma alternativa.

Soruk asintió y Kalil volvió a relajarse.

—Eso está bien, pues no disponemos de mucho tiempo. Tenemos que encontrar la forma de acabar con la vida del rey en los próximos días —apremió el Hijo de Aecen.

—¿Co... Cómo? ¿Es que pretendéis hacerlo ahora? —se sorprendió una titubeante Kalil. Había pensado mucho en acabar con la vida de Ramiet, pero hablar de su muerte inmediata la angustió más de lo que habría esperado.

—Si pudiera lo haría esta misma noche —aseguró Soruk apretando los puños con fuerza—. Por desgracia, pese a que Ramiet ha contado con nuestra orden confiando en nosotros para la batalla, solo mi hermano Toar y yo como representantes de la orden y Leonard como línea escarlata kallonés tenemos acceso al castillo. No contar con nuestros hombres limita nuestros movimientos, pues no podemos batallar solos. Queríamos aprovechar que el capitán de la guardia está custodiando al príncipe en Acrysta para asaltar sus aposentos. Por desgracia, el intento de asesinato que sufristeis y la cercanía de la guerra han convertido el palacio en una fortaleza. Las guardias se han incrementado y el número de soldados se ha triplicado.

—¿Cuál es vuestro plan entonces? —indagó Kalil incómoda. Incluso allí, en un puerto abandonado lejos de todo, sentía que las paredes tenían oídos.

—Mandar a un asesino está descartado —dijo Leonard con seriedad—. No podría esquivar a tantos soldados. Tenemos que conseguir infiltrar en palacio a más miembros de la orden. Organizar una revuelta en los pasillos para entretener a la guardia y llegar hasta el rey.

—¡Pero eso costará vidas! —exclamó ella exaltada—. Esos soldados no tienen culpa del despotismo de su rey.

—Habla bien de vos ese sentimiento... Intentaremos no matarlos —la tranquilizó Soruk levantando las manos en pose inofensiva—, pero haremos lo necesario para llegar hasta Ramiet. ¿Qué son unas vidas a cambio de las de todo un reino?

Kalil arrugó la boca. Sabía que tenía razón. No había guerra, por pequeña que fuese, sin muerte. Las vidas de todos dependían del asesinato de Ramiet y la coronación de Gabre, incluida la suya propia. Sin embargo, ella más que nadie conocía el dolor de una traición. Pensó en cómo se sentiría Gabre con la muerte de su padre y tuvo la sensación de que algo oprimía su estómago.

—Sé que no es una decisión fácil —la consoló Leonard—. Pero es necesario. Thoran necesita la unión de los Asteller y los Conav en una alianza que ofrezca esperanza a su gente y haga tambalear el trono de la reina blanca. Además, ahora que nos habéis mostrado este lugar, quizás tengamos una forma de hacer entrar a los Hijos de Aecen en palacio sin ser vistos.

—¿Queréis utilizar este puerto? —preguntó ella arqueando las cejas.

—Es un acceso al castillo desconocido por los soldados, y las barcas no necesitarán alejarse de la orilla para llegar hasta aquí, evitando los peligros del mar. Es la mejor baza para que nuestros hombres lleguen a palacio —admitió Leonard encogiéndose de hombros con indiferencia. Soruk lo acompañó con un gesto aprobatorio.

Tras un largo silencio en el que sintió que ese nudo la aprisionaba con más fuerza, Kalil asintió. Tenían razón. No era el momento de echarse atrás. Había pasado toda una vida preparándose para asumir ese tipo de responsabilidades y, ahora, Thoran no solo la necesitaba, sino que le suplicaba su ayuda con un último hilo de voz.

Como futura reina debía aceptar que había que renunciar a ciertas cosas para obtener algo más importante. La cuestión que se le planteaba era si podía confiar en esos Hijos de Aecen. Lyn había mostrado sus reticencias, y estaba segura de que si Ziade se enteraba no la apoyaría con este asunto, pero una cosa sí la tenía clara. El futuro de Eravia no podía quedar en manos de una persona como Ramiet. Alguien que había traicionado a su padre y a ella misma intentando asesinarla. Culpable de tanta pobreza, desgracias y muerte.

—¿Estáis seguros de esto? —preguntó pese a sus conclusiones haciendo que las dudas flotasen en el aire como la melodía de un instrumento de viento.

—Majestad, el rey asfixió a mi pueblo con sus impuestos para mejorar a su ejército —dijo Soruk apretando los dientes—. Siendo yo un niño, mi padre se colgó por ser incapaz de hacer frente a las deudas que les dejaba su granja debido a las malas cosechas. Mi madre murió años después tras no superar su ausencia. Nuestros propios vecinos nos robaron todas nuestras posesiones, asfixiados por la necesidad. Mi hermano Toar y yo nos quedamos en la calle, obligados a robar para sobrevivir. Tuvimos suerte de dar con la orden años después y que nos enseñaran a lidiar con la injusticia que asoló nuestras vidas. No dejaremos que nadie más pase por esa situación mientras podamos evitarlo. Ramiet Conav debe pagar por lo que nos hizo, no solo a nosotros, sino a muchas familias en Eravia.

Kalil observó el dolor en los ojos de aquel muchacho. Ramiet no solo había traicionado a los Asteller prometiéndoles una ayuda en la batalla que nunca llegó. Había traicionado a la gente a la que gobernaba y a los que juró proteger con su ambición.

Asintió de nuevo. Esta vez más convencida. Gabre obtendría el trono y reinarían juntos para hacer de Eravia un reino próspero bañado por la esperanza. Esa era la justicia que debían obtener con la ayuda de los Hijos de Aecen.

—Entonces todo está acordado —dijo Leonard con una sonrisa cordial—. Os acompañaremos a vuestros aposentos para asegurarnos de que llegáis bien. Los soldados deben estar buscándoos.

—Me fio más de vosotros que de los soldados de Ramiet. Tengo la sospecha de que tiene más que ver en mi intento de asesinato de lo que parece. Es el motivo que me ha llevado a apostar con tanto ahínco por vuestra causa.

Soruk asintió con seriedad sin mostrar sorpresa. Era obvio que esperaría cualquier cosa del monarca, por muy enrevesada que fuesen sus artimañas.

—En ese caso démonos prisa. Esta misma noche trazaremos un plan de actuación. Debemos hacerlo pronto —apremió Leonard.

—¿Por qué las prisas? —dijo Kalil, que ya se dirigía a las escaleras para abandonar el muelle.

—¿No lo sabéis?

—¿Qué debería saber? —La princesa frunció el ceño extrañada.

—El ejército rythano ha pasado la frontera —intervino Soruk—. La reina mató al mensajero enviado por Eravia y negó la paz a Ramiet. Ya han arrasado el templo de

Icitzy y se calcula que llegarán a Ortea en tres días.

Kalil se detuvo con rostro pétreo. No podía creerlo. No quería. ¿Cómo era posible que el enemigo avanzase con tal rapidez?

—¿Es que Ramiet no apostó ejércitos en la frontera para vigilar y retrasar al enemigo?

—Mandó mil hombres al templo para proteger su ciudadela —dijo Soruk negando con la cabeza—. Mil soldados enviados a morir sin remedio.

—Posiblemente lo hizo por simple superstición. Para ver si la diosa se apiadaba de Eravia —reprochó Leonard desdeñoso.

—No pudieron hacerles frente —continuó Soruk escupiendo las palabras—. El rey dejó todo su ejército para proteger Ortea. Como siempre, Ramiet Conav no mira por los cadáveres de sus hombres, sino por salvar su propio culo.

Mientras caminaban, Kalil intentaba asimilar la novedosa información que ambos le brindaban. Si estaban en lo cierto, la paz propuesta por el monarca había fracasado y la reina blanca estaría cerca de atacar Ortea. Ramiet debía haber apostado su ejército vigilando la montaña para evitar el paso del enemigo, aunque a todas luces sería insuficiente.

Por otra parte, si el rey caía asesinado ahora, el ejército quedaría sin orden de mando. Gabre y el capitán de la guardia ni siquiera estaban para dirigir a unos hombres que no escucharían a una princesa extranjera. Si ya de por sí tenían pocas posibilidades de ganar, la actuación de los Hijos de Aecen les arrebatarían las que quedaban. La presencia de Rythania en Eravia lo cambiaba todo. Ella nunca sería reina y su traición a Ramiet no salvaría a aquella gente. Las condenaría.

—No podemos derrocar al rey en mitad de la guerra. ¡Arrasarán con Eravia! —dijo pensando en voz alta mientras llegaban de nuevo a los pasillos de palacio. Las voces de los soldados alarmados, seguramente buscándola tras su desaparición, llegaban amortiguadas desde los pasillos del castillo.

—La justicia debe prevalecer sin importar las circunstancias del ajusticiado —relató Soruk como si fuese una regla aprendida de memoria.

—Pero lo hacéis por la gente, y serán ellos quienes sufran las consecuencias —apostilló ella.

—No será peor que lo que han sufrido hasta hoy —defendió el Hijo de Aecen con seriedad—. Lo que ocurra más allá de nuestra misión escapa a nuestro control.

Y dicho esto desapareció por los pasillos. Su traje negro pronto lo convirtió en una sombra de la que apenas quedó rastro. Leonard observó a la princesa y torció el gesto con aire resignado.

—Debéis prepararos. Si los dioses así lo disponen tendréis un papel importante en el destino del reino. Estoy seguro de que, sean cuales sean las circunstancias, seréis capaz de ofrecer mejor futuro a esta gente del que les espera en la actualidad.

El soldado lanzó una última mirada al gesto preocupado de Kalil, se dio la vuelta y desapareció, como había hecho su compañero minutos antes, dejándola en el silencio de la noche. Aún turbada, caminó alejándose del acceso a los muelles. Las voces se acercaron y pronto dieron con ella. Los soldados de Ramiet la alcanzaron entre sudores nerviosos y suspiros de alivio. Eran buenos hombres. Hombres que ahora se encontraban en peligro, tanto por el enemigo que asediaría la ciudad en tres días, como por los miembros de la orden que, infiltrados en palacio, llegarían hasta el rey. Y todo gracias a ella, que les había mostrado el puerto abandonado descubierto en el diario de Daetis.

Buscando justicia se había convertido en lo que más odiaba. Había condenado la traición de Ramiet, retirando sus tropas en mitad de la batalla más importante de la historia reciente para Kallone, y ahora ella hacía lo mismo, debilitándolo antes de que la guerra se decidiese con la batalla más importante para Eravia. Con sus decisiones no solo no conseguiría reinar en Ortea junto a Gabre, sino que derrocaría al rey actual y ofrecería su sangrienta cabeza en bandeja de plata a la reina blanca.

Pronto llegó a sus aposentos custodiada por la guardia. Cerró la puerta tras de sí y apoyó la espalda en ella como si aguantase todo el peso del palacio sobre su espalda. Todo el peso del reino, que ante la amenaza parecía desmoronarse como un manto de hojas secas agitado por el viento. ¿Qué estaba haciendo? Echaba de menos Ziade. Su amistad y sus consejos. Había querido ir por su cuenta para encontrarse con su destino y, ahora que asomaba tras las montañas, no era el que había esperado. Sintió la tentación de salir y contarle todo al rey, aunque eso le ofrecería la excusa perfecta para matarla sin necesidad de mandar a ningún sicario. Una lágrima asomó en su mejilla resbalando sin remedio hasta su barbilla.

«Lyn. Gabre. Volved pronto con ayuda. Yo no sé cómo afrontar esto sola».

29. Fortaleza mental

Cuando Saith recobró el conocimiento se sentía descansado. Estaba en una cama mullida y cómoda. Movió los dedos comprobando que se encontraba en perfectas condiciones para después mirar a uno y otro lado. Las paredes y techos eran de un beis suave y se sentía ligero, como si no llevase ropa. Se incorporó sobre la cama y descubrió que tenía un aparato junto a él del que salía un tubo transparente. Este conectaba con una máscara que cubría su boca y hacía un extraño sonido, como si inhalara el aire con fuerza. Asustado, se arrancó la pequeña máscara semitransparente y el material del que estaba hecha se quejó chasqueando el aire. Entonces descubrió que esa sensación de ligereza era porque de verdad no llevaba más ropa que una fina bata sin mangas atada con un lazo sencillo. ¿Dónde diablos estaba?

Se puso en pie. Flexionó las piernas para comprobar que todo estaba en orden de nuevo y caminó. Lo último que recordaba era esa sensación de pesadez. Como un aumento de la gravedad que lo atraía hacia el suelo y le impedía moverse con naturalidad. Recordaba el calor del volcán, aquella silueta ondulante y borrosa que surgió ante sus ojos. La había atacado, pero había sido incapaz de alcanzarla. Apenas recordaba nada más de lo que sucedió. Solo que estaba con... ¡Lyn!

Se apresuró a salir de allí para buscar a su amiga con urgencia. Los símbolos athen de la puerta le indicaron que se encontraba en Acrysta, y eso lo tranquilizó. Sobre una silla, cerca de la puerta, se encontraba su ropa. No el traje ignífugo de regulación de temperatura que había robado de los almacenes, sino su ropa habitual. Echó una ojeada a su atuendo y decidió que, antes de buscar a su amiga, sería buena idea vestirse. Cuando salió observó que se encontraba en algo parecido a un hospital, como cuando despertó tras encontrarse con el gigantesco yankka en la Jungla del Olvido. En esta ocasión no vio camas por todas partes y pacientes moribundos, sino largos pasillos de blancas paredes iluminados por abundantes esferas de luz. Había puertas cerradas de color rojo oscuro, cercano al burdeos, y en ellas había carteles en lengua athen.

Caminó a paso veloz con la esperanza de encontrar a alguien que le explicase qué había pasado. En uno de los pasillos dio con un athen que iba acompañado de otro más joven. Casi un niño. El adulto lo observó con los ojos entornados sobre las gafas que reposaban en la punta de su nariz y él lo reconoció en seguida. Era Bespej, el miembro del consejo que los había recibido tras su travesía por las montañas.

—Veo que ya has despertado —saludó anotando algo en una carpeta que llevaba entre las manos.

Él asintió cortado mientras se rascaba la cabeza.

—¿Lyn? ¿Dónde...?

—Tu amiga está bien. Fue ella quien te sacó del volcán. Es una chica fuerte. —Saith lo miró sin ocultar su sorpresa—. No debisteis subir allí. Y mucho menos robar en nuestro almacén —concluyó severo.

Saith asintió pensativo en lo que pareció una disculpa indiferente. Lyn lo había sacado de allí, pero ¿qué hay de esa criatura con la que se encontraron? ¿Acaso fue ella quien la enfrentó? Sabía que se había hecho fuerte, pero ¿tanto?

—Ve a avisar a los demás, que se preparen para el viaje. Deben abandonar Acrysta hoy mismo —dijo Bespej al muchacho que estaba con él.

El niño asintió y salió apresuradamente del pasillo. Saith, sin embargo, sintió las palabras como un golpe en el estómago.

—¿Nos echáis de la ciudad por lo que hicimos?

El athen le dedicó una mirada despistada, como si no supiese lo que quería decir. Luego sonrió.

—No. Claro que no. Lo que hicisteis estuvo mal y en Acrysta tenemos normas que seguimos a rajatabla. Después de todo, el orden es la única manera de evitar el caos. No obstante, entendemos que vuestros actos vienen motivados por la ignorancia de nuestras normas y la desesperación por evitar el propio caos en el resto del mundo. —Hizo una pausa encogiéndose de hombros—. Nos llevamos un disgusto porque pudo ocurrir una desgracia, pero no estamos enfadados.

—¿Y por qué esa prisa en que nos marchemos?

—Claro, acabas de despertar y no te has enterado... —caviló pensativo frotándose la barbilla—. El ejército rythano ha cruzado la frontera y llegará pronto a Ortea. Recibimos la noticia en el día de ayer. El príncipe y su séquito partieron de inmediato por el miedo a llegar a una batalla finiquitada. Tu amiga Aaralyn se fue con ellos.

Él asintió comprendiendo.

—¿Hyrran? ¿Ekim?

—Tus amigos se quedaron esperándote. Tenían fe en que te recuperarías pronto... y tengo que admitir que incluso a mí me ha sorprendido tu capacidad de curación. Cuando te encontramos en brazos de la amiathir tenías graves quemaduras en buena parte de tu cuerpo. Inexplicablemente horas después apenas quedaban marcas, pero estabas agotado y te dejamos descansar. Es una pena no tener más tiempo para investigar a qué se debe ese fenómeno —admitió con un deje de admiración.

—¿Puedes llevarme hasta ellos? Si el ejército rythano ya ha cruzado la frontera será imposible atravesar las montañas antes de que la batalla comience.

—Bueno, quizás haya una forma de...

—¡Varentia! —lo interrumpió Saith al recordar que había perdido su espada—. Fui al volcán para forjarla de nuevo, pero aquella criatura lo impidió. Sin mi espada no podré luchar.

—¿Criatura? —Bespej pareció extrañado. Luego agitó la cabeza como si buscase despejarse—. No quieras correr antes de andar. Uno de los principales defectos de los humanos es la impaciencia, os hace perderos cosas que entenderíais mejor desde la calma. Ven. Te llevaré con tus amigos y podrás poner en orden tus ideas a su debido tiempo.

Poco después, Saith se encontraba junto a Hyrran y Ekim en la entrada de Acrysta. Bespej los observaba charlar, impacientes por partir, y pronto se le unieron otros miembros del consejo athen, incluida Arual.

—¿Has podido ver a Lyn antes de que se fuera? —preguntaba Saith cuando el resto de athen llegaron.

—Sí, estaba bien. Quizás más seria y pensativa que de costumbre —admitió el mercenario encogiéndose de hombros—. ¿Por qué lo dices? ¿Qué ocurrió en el volcán? No tuve tiempo de hablar con ella antes de que se marchara.

—Fue una sensación como la de la cascada en el Bosque de Maca, solo que esta vez sí pude percibir el origen de la voz. Una criatura de gran poder. Como un demonio que surgiese del interior del volcán.

Hyrran entornó los ojos como si estuviese decidiendo si creerlo o no.

—No debiste solo —dijo Ekim frunciendo el ceño con mucha más intensidad de lo que solía hacerlo.

—Ekim tiene razón. No debiste ir sin decírnoslo. ¡Y desarmado! Por la bondad de Icitzy, ¡en qué diablos estabas pensando!

—Tenía que reparar la espada... —se excusó.

—Hablando de eso... —Arual dio un paso adelante y se acercó a ellos.

La *raedain* cogió uno de los objetos que cargaban los demás athen y se lo entregó a Saith. Cuando este lo recibió le impresionó ver que se trataba de Varentia. La hoja estaba cubierta por una vaina especial fabricada para ubicarla en su interior.

Saith alzó la vista para mirar a Arual. Esta amagó con lanzar una sonrisa que aplacó hablando:

—El departamento de tecnología avanzada athen ha construido una vaina que se acopla a su extraña forma. Se retira mediante dúctiles metales retráctiles que se esconden al blandirla. De este modo te será más fácil transportarla.

La athen agarró la empuñadura de la hoja, pulsó un saliente que dejó escapar un casi inaudible clic y la vaina pareció retraerse sobre sí misma formando una plancha de metal de un par de centímetros de grosor y de la que sobresalían un par de correas. Varentia estaba como nueva, y su hoja tenía un extraño brillo rojizo que resplandecía en sus afilados bordes pese a que el sol no le daba directamente. Saith recordó las leyendas sobre Aecen y ese fulgor que otorgaban a la legendaria hoja.

Se ató las correas al torso, llevó la espada a la espalda y, como si tuviese vida propia, la vaina surgió de nuevo reteniéndola tras él y cubriéndola por completo. Arqueó las cejas mirando a Arual y al resto de athen con asombro. Agradecido. La *raedain* habló antes de que pudiese articular palabras de agradecimiento alzando el dedo índice a modo de regañina:

—Hicisteis mal. Robasteis dos trajes de nuestro almacén y abusasteis de nuestra confianza. Subisteis al Tesco sin permiso pese a que os avisamos de que era peligroso y desoísteis nuestras advertencias. Sin embargo, no sé qué hicisteis, pero vuestra presencia allí ha apaciguado al volcán y lo ha devuelto a su estado natural. —Arual hizo una pausa como si esperase a que Saith se explicase, mas ni siquiera él sabía lo que había pasado o si Lyn había logrado vencer a aquella criatura. Al ver que no la sacaría de dudas, la athen continuó—: En cualquier caso, lo que hicisteis nos ha devuelto la forja e impulsado de nuevo nuestro desarrollo tecnológico. Aunque no creemos que el fin justifique los medios, nos pareció justo reforjar tu espada y devolvértela. Esperamos que tenerla de nuevo traiga suerte en tu empresa.

Saith asintió feliz.

—Os lo agradezco, aunque yo no hice nada. Fue Lyn quien, de alguna forma, aplacó la ira del volcán.

Arual alzó una ceja y después chasqueó la lengua negando con la cabeza.

—También le ofrecimos forjar un nuevo arco para ella, pero no quiso. Parecía disgustada por algún motivo, aunque nos dio una alternativa.

La *raedain* alzó su mano izquierda y uno de los athen que aguardaban tras ella acercó un manto similar al que retenía a Varentia. Al retirar la tela, surgió un hacha de mano y una extraña pulsera cubierta con extrañas runas. Saith miró a Hyrran y este observó atónito lo que les mostraban.

—¿Es… para mí? —dijo dando un paso al frente.

—Vuestra amiga nos dijo que ella ya tenía un arco y que, si queríamos forjar un nuevo arma, hiciésemos un hacha para ti —dijo Arual—. Está hecha con el mismo material que esas que los humanos denomináis espadas divinas. Te presento a Ukreimdaren.

—Ukreimdaren —repitió él con un hilo de voz y una inevitable sonrisa—. ¿Qué significa?

—Matademonios —explicó Bespej.

Hyrran se acercó y la agarró por la empuñadura. Hizo un par de movimientos en el aire que dejó entrever la ligereza de sus materiales. Era una labrys de doble hoja brillante como la plata, con glifos athen grabados en color rojo como la lava. Parecían marcados a fuego sobre el metal. El mango estaba recubierto de piel en la parte de la empuñadura y tenía un aro en su extremo. El mercenario introdujo uno de sus dedos por él y la giró alejándola de los demás.

—¡Oh! Ahora comprendo por qué tu amiga insistió tanto en ese detalle —rio Arual al verlo—. También viene con esto.

La athen señaló a Bespej y este se acercó mostrando el brazalete acerado con runas propias de su lengua y gemas engarzadas. Parecía el guantelete de una armadura. Hyrran frunció el ceño y dejó que el athen se lo colocase en el antebrazo.

—¿Para qué sirve? —preguntó.

—Tu amiga nos dijo que eres bastante bueno perdiendo tus armas —contestó Arual encogiéndose de hombros—. Nos dio pena que todo este trabajo acabase en el fondo de un abismo.

—O en boca de lagarto —observó Ekim. Saith rio.

Hyrran les lanzó una sonrisa sombría, pero no dijo nada.

—Este brazalete te permitirá recuperar el hacha cuando la lances. Lleva la poderosa tecnología imantada de las plataformas que nos permiten desplazarnos por la ciudad, pero bastante más potente y enfocada a los materiales exclusivos que la componen —explicó la *raedain*—. Vamos, pruébalo. Tírala lejos.

El mercenario lanzó el hacha a unos diez pasos y esta se hundió en la nieve.

—Dale un par de golpes a cualquiera de las miniesferas que lleva incrustada. Eso activa el mecanismo.

Hyrran golpeó las esferas rojizas con uno de sus dedos y el hacha surgió de la nieve, como lanzada en su contra, regresando a su mano. Él la agarró por la empuñadura y sonrió como un niño con un juguete nuevo.

—Es increíble —susurró.

—No podemos asegurarte que vuelva si te alejas demasiado —previno uno de los athen tras ellos.

—En todo caso, dale las gracias a tu amiga —instó Arual.

—Lo haré.

Hyrran colocó el hacha atada al cinto y miró hacia las montañas, que se elevaban como gigantescos dioses de blancas cabezas. No sería fácil volver a cruzarlas para llegar a tiempo a Ortea. Saith supo que tanto Hyrran como Ekim pensaban lo mismo.

—No lo lograremos —dijo el expaladín.

—Sí, si utilizáis el paso athen —dijo uno de los ancianos miembros del consejo.

—¿Paso athen?

—¿Creéis que nosotros escalamos y descendemos las montañas cada vez que queremos ir a una ciudad humana? —rio Bespej.

Saith miró a Arual y esta sonrió.

—¿Hay un paso bajo las montañas? —preguntó.

—Es obvio que sí. Ya lo abrimos al príncipe y vuestros amigos para que pudiesen llegar a tiempo a la capital. Si queréis participar en la defensa a Eravia debéis utilizarlo también. Os llevan un día de ventaja y la batalla es inminente, pero tal vez aún podáis llegar a tiempo.

Saith asintió con determinación.

—Entonces será mejor que nos vayamos ya —apremió Hyrran.

—Hay una cosa más —dijo Arual antes de que emprendiesen el camino.

Saith, Hyrran y Ekim miraron a los athen impacientes.

—Arual os acompañará —anunció Bespej—. Ha decidido renunciar a su puesto como *raedain* en Acrysta a cambio de acompañaros hasta Ortea.

Saith y Hyrran compartieron una mirada de sorpresa.

—¿Por qué? Ya decidisteis que no nos ayudaríais. ¿Por qué perder tu puesto y arriesgarte así? —preguntó el expaladín dirigiéndose directamente a ella. No podía más que sentir gratitud por aquella mujer.

—Decidí no ayudaros como athen, porque es la filosofía de mi gente. Decidí no inmiscuir a mi pueblo en disputas que le son ajenas porque es nuestra forma de subsistir. Sin embargo, he tenido demasiado trato con los humanos. Mi opinión está condicionada y es contraria a esta postura. Mi hermana era la reina de las tierras que hoy se encuentran en peligro y la vida de mi propio sobrino está en peligro. No puedo hacer oídos sordos al sufrimiento de la gente que ellos juraron servir. Si en algo puedo ser de ayuda, no dudaré en hacerlo.

Hyrran se acercó a ella, puso una mano sobre su hombro y asintió con decisión.

—Si eso es lo que quieres, te ayudaremos a cumplir los deseos de tu hermana.

—Os ayudaré. Los athen no somos tan inútiles en la batalla como vuestra gente cree —Arual devolvió la sonrisa.

Cogió la bolsa que Bespej le tendía y se despidió con un sentido abrazo a cada uno de los suyos. Luego partieron caminando por la pesada nieve y se alejaron de la fabulosa ciudad athen.

—Esperaba una ceremonia de despedida para la marcha de su líder, no un modesto abrazo... —comentó Hyrran curioso mientras se alejaban de Acrysta.

—¿A qué te refieres? —preguntó ella mientras se despedía con la mano.

—No sé. Sois la raza más inteligente de la tierra. Esperaba algo un poco más sofisticado.

Ella lo miró con una sonrisa compasiva.

—Precisamente es esa inteligencia la que invita a despedirnos expresando nuestro cariño. En los gestos que salen del corazón es donde encontrarás más sabiduría, porque en ellos se esconden nuestros verdaderos sentimientos. —Hyrran calló razonando la respuesta—. Venid, cogeremos el atajo. Con un poco de suerte, tal vez cuando lleguemos no esté todo decidido.

El túnel era enorme. La cóncava superficie que daba lugar al techo del kilométrico pasillo potenciaba el eco de voces y susurros. Esferas de luz se disponían en una larga línea iluminando sus pasos y ofreciendo un aspecto elegante a la construcción de piedra pulida. Había que admitir que los athen les llevaban siglos al resto de pueblos en lo que a evolución se refiere. Habían sido capaces de construir ese enorme túnel atravesando las montañas con un perfeccionamiento que rozaba lo divino. El suelo era liso y regular, así como las paredes. Una enorme cueva que nada tenía de natural, pero que les permitiría cubrir una travesía de varias jornadas con temperaturas extremas escalando la montaña en apenas día y medio, lejos de dificultades climáticas.

Lyn observó al príncipe, que caminaba con paso decidido sin ofrecer tregua al cansancio. Sus soldados lo seguían con evidente preocupación en sus rostros.

—Vamos. Ya no debe quedar mucho. ¡El rey nos necesita! —animó el capitán de la guardia con el ceño fruncido.

—Puede que no tengamos la ayuda de los athen, pero nosotros mismos seremos los refuerzos de mi padre —corroboró Gabre apretando los puños.

La amiathir observó a los soldados, que caminaban decididos a dar sus vidas por su reino. Ya había vivido esta situación en Kallone. En aquella ocasión las fuerzas estaban igualadas, pero esta vez… sería una masacre. Solo había una persona capaz de ofrecer un refuerzo real al ejército erávico, y no eran esos hombres, sino ella misma. O al menos lo sería si lograse controlar a Illeck antes de llegar a Ortea.

—*¿Controlarme? Debes estar de broma. Una niña debilucha como tú jamás podría usar todo mi poder.*

Lyn bajó los hombros con resignación y hastío. Desde que sacó a Saith de aquel volcán, el ídore no había parado de hablar. Era como un murmullo constante en el interior de su mente. No había podido explicar su experiencia a los athen porque las voces en su cabeza la estaban volviendo loca. Apenas la dejaba dormir, y todo lo que decía estaba repleto de una negatividad inaguantable.

—¿Otra vez leyéndome los pensamientos? —se quejó.

—*No necesito leerte la mente para saber lo que piensas. Desde el momento en el que me pediste que te acompañara formo parte de ti. Ahora eres mía.*

La voz sonaba en su cabeza con tanta fuerza que parecía susurrarle al oído. ¿Era esto lo que significaba ser un dómine? ¿Vivir con una voz que pusiera en duda cada paso que daba?

—Si soy una niña debilucha, ¿por qué elegiste venir conmigo?

—*Por aburrimiento…, y porque me prometiste un combate con Glaish.*

—Para llegar a eso tendrás que prestarme tu poder —negoció intentando llevar al ídore a su terreno.

—*Créeme. Nunca querrás saber hasta dónde llega mi poder.*

La carcajada de Illeck resonó en la cabeza de Lyn como si surgiese de las profundidades de la tierra y la hizo torcer el gesto.

No era lo que había esperado aquella noche al vincularse con el ídore, pero tenía que servir. Tenía que lograr hacer frente a la poderosa magia de sus enemigos.

Durante la noche anterior había probado su nueva habilidad. Ahora no necesitaba el fuego para manipularlo, pues ella misma era capaz de crearlo. Las llamas surgían de sus manos con suma facilidad, y apenas necesitaba concentrarse para controlarlas. Era como si el propio Illeck leyese su mente para saber qué quería hacer y él dominase las llamas por ella. No obstante, gozar de semejante poder tenía una contrapartida importante. No sabía si era ella quien dominaba al elemento o lo hacía el ídore. Además, debía ocultar el martilleo constante de su voz para que los demás no creyesen que estaba loca. A veces le dolía la cabeza, como una fuerte punzada cerca de la sien. Había pensado en Rielth Marne en numerosas ocasiones desde que salió de Acrysta. ¿Cómo podía soportar tener a los cinco ídores a la vez metidos en la cabeza? ¡Ella estaba cerca de volverse loca con uno de ellos! Y solo hacía dos días que la acompañaba.

—*Tú no eres Marne* —dijo Illeck desdeñoso en el interior de su mente.

—Lo sé. Me lo has dicho varias veces —concedió malhumorada.

—¿Ahora hablas sola? —La voz de Dracia sonó diáfana junto a ella, acallando las risas del ídore.

Lyn se sobresaltó. La presencia de la criatura en su cabeza la hacía perder capacidad de observación y concentración.

—No. Solo pensaba en voz alta —la tranquilizó.

La mujer amiathir levantó una ceja y la observó con interés.

—Estás... distinta. Como preocupada. ¿Es por tus amigos? ¿Los que se quedaron en Acrysta? Ese amigo tuyo... —Se tocó la frente como si intentase recordar—. Saith. Parecía herido. No debisteis entrar en aquel volcán en mitad de la noche.

Lyn bajó la cabeza. Si había alguien cuyas heridas no le preocuparan después de lo que había averiguado sobre los Hijos de Aecen, ese era Saith.

Miró a Dracia. La amiathir había sido un gran apoyo para ella y deseaba contarle lo de Illeck, pero no parecía ser un buen momento. Debían tener la mente puesta en hacer frente al ejército rythano y no deseaba preocuparla. Además, sentía vergüenza. Había estudiado todo lo que ella le había enseñado sobre la magia y se había convertido en su discípula. Para un amiathir era un motivo de orgullo convertirse en dómine. Era algo deseado por toda su raza y ella, ahora que poseía ese poder, deseaba sacarlo de su cabeza para no volverse loca.

—Oye, Dracia... ¿Un dómine podría dejar de serlo? —preguntó cambiando de tema.

La irritante risa de Illeck era como si pinchasen su cerebro con punzantes agujas a cada momento. La amiathir la observó extrañada por la pregunta.

—No lo sé. Nunca se ha dado el caso de un dómine que lo haya hecho. ¿Por qué querría hacer eso? Vincular un ídore es uno de los dones más preciados para un amiathir.

La culpabilidad asomó al rostro de Lyn, clara como el fondo de un estanque de agua cristalina. En realidad, ni siquiera quería librarse de él. Era una de las pocas bazas a las que podría aferrarse para salvar Eravia de la devastación del ejército enemigo y llegar hasta Kerrakj. Sin embargo, abrazar la posibilidad de poder dejarlo la habría ayudado con la ansiedad que le producía tener al ídore en su interior. Cayó en la cuenta de que Dracia había sido la líder de los amiathir y se había criado en Amiathara entrenándose para controlar las fuerzas naturales. Si había alguien que pudiese saber algo sobre aquel ente era ella.

—¿Qué sabes sobre ese vínculo? ¿Qué efectos tiene en el dómine? —Lyn sacó una flecha del carcaj y, acariciando las remeras con la punta de los dedos, fingió indiferencia mientras caminaba. Mirar a la flecha evitaría tener que hacerlo a los oscuros ojos de su tutora.

—Dredek, el padre de mi hijo, era un dómine de Rhomsek. Ielaid, mi mejor amigo, lo era de Eshira. Probablemente ese poder fue lo que hizo que ese Crownight se interesara en nosotros. No obstante, a ninguno de los dos pareció afectarle de alguna forma.

Lyn bajó los hombros decepcionada. Una vez más sentía que ella era la que no encajaba en todo aquello. Los otros amiathir se convertían en dómine sin consecuencias. Obtenían un poder incomparable sin más. ¿Acaso era la única a la que se le hacía difícil soportar esa nueva presencia en su interior?

—De todas formas, ¿recuerdas que te dije que al recibir el mensaje de ese viejo estuve revisando la historia de los amiathir y de Amiathara? —continuó Dracia. Lyn asintió—. También encontré algunos documentos muy interesantes sobre los ídores. Eran unas notas de un amiathir que vivió antes de La Guerra Conjurada. Su nombre era Ferllo. Milagrosamente sus compilaciones no se perdieron en la guerra, como tantas otras partes de nuestra historia y conocimientos.

—¿Y qué decía en sus notas? —preguntó intrigada haciendo girar la saeta entre sus dedos.

—En ellas decía que no todos los ídores producen el mismo efecto y no todos los dómines obtienen de ellos el mismo poder. Recuerdo que me llamó la atención porque aseguraba que no eran simples fuerzas de la naturaleza, sino verdaderos dioses. Con sentimientos y su propia personalidad, como sabes. En sus notas afirmaba que el vínculo entre un ídore y un amiathir no es solo elemental, sino personal. Que un ídore tiene la capacidad de comunicarse e incluso recordar.

Lyn recordó las conversaciones que había tenido con Illeck. El ídore, pese a los muchos años de letargo que llevaba en el interior del volcán, había recordado a Marne, a Glaish. Puede que ese Ferllo diese en la clave. Tal vez no todos los ídore eran iguales y por eso a ella la afectaba de forma diferente. De alguna manera escuchar eso fue un alivio para Lyn, aunque no solucionaba el problema de las insistentes voces en su cabeza.

—¿Decía algo concreto sobre esas características?

Dracia negó vehemente.

—No. Es imposible que Ferllo viviese tanto como para ver a más de un ídore. Las investigaciones sobre este tema siempre han estado condicionadas a los amiathir que se hayan vinculado a uno y expresasen su experiencia. Ni siquiera sé si podemos fiarnos de sus notas o son solo teorías sin fundamento. ¿Un ídore que vive, piensa y recuerda? —Lyn compuso una mueca decepcionada—. No obstante, hubo algo en sus hipótesis que me llamó la atención.

—¿Y qué era?

—Ferllo aseguraba que el ídore más dócil para el dómine era Rhomsek —recordó

Dracia—. Sin embargo, el más peligroso para el propio amiathir era Illeck.

Lyn detuvo sus pasos y dejó caer la flecha, que rodó por el suelo alejándose de ella. Su moreno rostro amiathir se tornó blanco y una gota de sudor bajó desde su cabello anidando en su sien. Disimulando, se agachó y recuperó el proyectil caminando de nuevo junto a Dracia.

—¿Peligroso? —dijo tras unos pasos para recomponerse.

—Según Ferllo, es el más irascible de los ídore. Inestable incluso tras vincularlo. Piensa en el poder de destrucción del fuego, capaz de engullir bosques enteros y reducirlos a cenizas. Enciende una sencilla hoguera en el bosque y una ligera ráfaga de viento será capaz de traer el caos. Él afirmaba que así era la personalidad de Illeck.

Lyn tragó saliva de forma inconsciente. ¿Y si esas teorías estaban en lo cierto? ¿Y si ese nuevo vínculo pudiese ser peligroso para ella? Aceptaba ese poder porque podía ayudarlos a salvar Thoran, pero si su vida peligraba, nada de eso serviría para nada.

—*Descuida, no tomaré tu vida...* —La voz de Illeck pareció lejana en el interior de su mente—. *A no ser que seas demasiado débil para soportar mi poder.*

Lyn mantuvo la vista fija al frente. Delante, el príncipe y los soldados mantenían el paso para llegar a Ortea. El final del inmenso túnel debía estar cerca y apenas un día después podrían llegar a la capital. No dejaría que el ídore ganase la batalla. Había demasiada gente que dependía de su nuevo poder. Ahora ella era la esperanza para Eravia.

—¿Te ocurre algo, Aaralyn? Pareces pensativa. Estás rara desde que abandonamos Acrysta —insistió Dracia suspicaz.

Tuvo ganas de contárselo todo. Lo que le ocurría. Las voces en su cabeza. El miedo a que las notas de Ferllo fuesen ciertas e Illeck resultara ser un peligro para ella. Miró a los oscuros y preocupados ojos de la amiathir y separó los labios, como si las palabras lucharan por salir de su interior. Luego titubeó, volvió a cerrarlos y miró al frente una vez más. Tenían pendiente una guerra que debían afrontar y que era más importante que ella misma.

—No me pasa nada. Debemos darnos prisa. La batalla debe estar a punto de comenzar.

«Y este es un peso que debo soportar sola —añadió para sí. La risa de Illeck volvió a resonar en su interior, esta vez más lejana—. Ríe si quieres. No me permitiré ser débil. Juntos haremos frente a todo el ejército rythano y encontraremos el camino para traer de nuevo la paz a este mundo».

30. La batalla del terror

Cuando el ejército comandado por Ahmik vislumbró Ortea entre los riscos, una sonrisa contrariada se dibujó en su rostro. Durante mucho tiempo había buscado la confianza de la reina. Esta le había correspondido convirtiéndolo en general. Las hordas féracen estaban ahora a sus órdenes y su confianza reforzada por las enseñanzas de Gael. Tenía que admitir que su habilidad con la espada tras entrenar con él era mucho mayor. Estaba más preparado, y no basaba su estilo en la velocidad y la fuerza, sino que también lo hacía en la técnica. Tenía ganas de ponerse a prueba, pero ahora que Amerani caminaba a su lado y que aquel paladín que lo superó junto al Abismo Tártaro estaba muerto tras caer al vacío junto a Aawo, sabía que no encontraría en mil guerras un rival a su altura.

Por otra parte, la preocupación lo rodeaba como la neblina de aquella mañana gris. Su paso por el Templo de Icitzy había demostrado que los féracen eran incontrolables. Pese a que su raciocinio y comprensión eran humanos, la fiereza con la que actuaban los volvía imprevisibles. Ellos no entendían de jerarquía en la batalla. Eran como depredadores ante una presa debilitada. Él mismo había tenido esa sensación alguna vez, ese instinto que ni siquiera era animal.

Miró a los soldados, que esperaban órdenes tras él. Sus rojizos iris destellaban de furia y los dientes chirriaban ansiando entrar en batalla. No le extrañaba que sus enemigos los viesen como demonios. Se preguntó por qué él no se sentía como ellos. Quería ser importante, comandar su ejército y lograr una victoria. Deseaba que la reina reconociese su valía, pero no tenía esa ansiedad por matar. ¿Por qué ellos sí? El propio Amerani parecía ansioso por la sangre del enemigo, demostrando que incluso el más íntegro soldado sucumbía a la sed de sangre. Tal vez fuese Aawo quien ofreció una visión más humana a su instinto.

«Parece que, después de todo, sí que me pegaste algo de tu bondad, amigo».

A lo lejos pudo ver las murallas de la ciudad talladas en la piedra. La altura sería un problema también, pero ya habían pensado en ello.

—¿Estás listo? —dijo al aire.

Cotiac se acercó a él con una sonrisa confiada. Asentía. Estaba cambiado desde su visita a aquella aldea fantasma enterrada en cenizas. Más seguro de sí mismo. Su cara abrasada por las llamas arrugaba su piel ofreciendo un aspecto siniestro, pero la sonrisa había vuelto a sus labios con su nuevo poder. A su lado iba Radzia, la otra comandante amiathir. Un escuadrón de ochenta hechiceros la seguían unos metros tras los féracen. Un ejército mágico liderado por dos de esos dómines de poder incomparable. Eravia contaba con el terreno, pero jamás podría hacer frente a semejante ataque.

El escarpado paso imposibilitaba el acceso a la capital, haciendo que los hombres tuviesen que caminar más cerca unos de otros. Casi apretados.

«Es el lugar perfecto para una emboscada», pensó.

Como si su propia mente hubiese dado luz verde a la teoría, una flecha silbó cerca alcanzando a un féracen en el pecho, cerca del hombro. Al alzar la vista, Ahmik vio cómo las siluetas se alzaban sobre la montaña.

Arqueros. Al menos una treintena. Las flechas comenzaron a surgir de las alturas cortando el aire y tapando el sol. Un par de amiathir y algunos féracen, que caminaban más adelantados, cayeron sin remedio alcanzados por los proyectiles enemigos.

—¡Permaneced en posición! —gritó Ahmik dirigiéndose a sus hombres.

Amerani asintió tras él y tanto féracen como amiathir se agacharon reduciendo el objetivo al enemigo. Todos salvo Cotiac y Radzia, que siguieron en pie identificando la posición de los arqueros. Lo que sucedió a continuación lo dejó sin habla.

Las manos de Cotiac comenzaron a brillar, como aquel día en el Bosque de Gelvis tras el encuentro con el felino de pelaje azulado. Un extraño sonido llegó hasta sus sensibles oídos féracen, el chirrido de la electricidad que se acumulaba en sus manos. No obstante, la que atacó fue la muchacha amiathir. De sus manos surgió agua, como en el nacimiento de un río. Al alzar los dedos hacia los arqueros, el chorro cambió su intensidad y salió disparado a metros de distancia empapando a sus enemigos. Estos se agazaparon, mojados, ocultándose entre las rocas. Sorprendidos por semejante poder. Pese a que el agua ya no parecía alcanzarles, Radzia siguió empapando todo a su alrededor.

Cuando paró, algunos de los arqueros se asomaron cautelosos para comprobar la situación. Los más valientes se atrevieron a cargar el arco de nuevo y apuntar a los generales amiathir. Fue entonces cuando Cotiac desató su poder. Los rayos surgieron de sus manos en dirección a las alturas. Allí, el agua de Radzia hizo de agente conductor, electrocutando tanto a quienes apuntaban como a los que aún estaban a cubierto. Fue suficiente para que los féracen, de fuertes extremidades, escalasen la roca con sobrenatural agilidad en busca de los supervivientes. Allí los ajusticiaron sin piedad, dejando que la sangre derramada se fundiese en la piedra de la montaña. Los gritos de los soldados de Ahmik desde las alturas ofrecieron un eco irregular entre las rocas. Gritos terroríficos de insuficiente victoria. Los batallones que esperaban en el estrecho paso también gritaron al escucharlos, como si desearan estar arriba y matar junto a ellos.

Ahmik asistió a la pasión por la batalla de aquellos hombres y se estremeció. Estaban ansiosos por detener la vida de cuantos se interpusieran en su camino. Era más que obvio que Eravia sucumbiría ante la fuerza féracen, pero ¿de qué forma? Había estado en las conquistas de Aridan o Lorinet junto a Kerrakj. Habían tomado el control de las ciudades sin excesivos daños a su gente. ¿Podría él controlar a estos féracen más poderosos y locos por entrar en combate? ¿O arrasarían con cuanto pudieran como ocurrió en el Templo de Icitzy? Pese a sentir cerca la victoria notó una fuerte sensación de desasosiego, pues la muerte llamaba a las puertas de toda una ciudad y él no era cerrojo alguno para evitar que estas se abrieran.

Por suerte sería la última vez. Thoran sucumbiría y, por fin, la paz sería para todos.

Desde el interior del palacio, en los balcones más altos y desde los que podía vislumbrarse toda la ciudad, Kalil observó el horizonte temiendo el destino más próximo. Nada había salido como esperaba.

Desde que llegó a Ortea había deseado un matrimonio que le permitiese reinar como siempre había soñado. Una situación de poder que, junto a Gabre, la hubiese llevado a luchar por rehacer su vida y recuperar su reino. Por ayudar a toda esa gente que lo pasaba mal o que lo había perdido todo. El odio de Ramiet había pretendido desviar su camino, pero, lejos de dejarse avasallar, le había plantado cara a sus intenciones conspirando contra su tiranía.

Sin embargo, la guerra llamaba hoy a su puerta y todo seguía igual. No solo no reinaba, sino que Gabre ni siquiera había vuelto a tiempo para la batalla con la esperada ayuda athen. Ramiet continuaba al frente del reino para librar una guerra en clara inferioridad y ella... Ella estaba más sola de lo que jamás había estado.

Había peleado por la corona de un reino que desaparecería si perdían la guerra, e idear su propia venganza contra Ramiet la había alejado de Ziade. Tampoco Aaralyn estaba para brindarle su apoyo. Ni siquiera los Hijos de Aecen habían tenido tiempo de llevar a cabo el plan contra el rey. Estaba sola. Impotente. Y no tenía el poder suficiente para encauzar la situación.

En los balcones de palacio la brisa de la mañana era fría. Lejos del calor de la sangre derramada, del sudor y los nervios, del tintineo de las armaduras. Entre las calles se expandía la niebla tornando las subidas y bajadas de la capital de un gris ceniza. Pronto la neblina abandonaría esas mismas calles que se inundarían de soldados debatiéndose entre la vida y la muerte. De nuevo la alcanzaba la triste realidad de un mundo que agonizaba.

Por el amor de la diosa, ¿qué diablos hacía allí? Llevaba años preparándose para reinar y desde su llegada no había hecho nada bueno por la gente del que esperaba que fuese su nuevo reino. Otra contienda decisiva en el futuro de Thoran que pasaría confinada entre los muros de un castillo mientras los soldados daban la cara por ellos en el campo de batalla. ¿Y todo por qué? ¿Por llevar un apellido de alta alcurnia? ¿Era ese motivo para refugiarse mientras peligraban las vidas de los demás? Escuchó unos pasos tras de sí y se giró mientras su mente daba vueltas como un remolino en mitad del mar.

Frente a ella apareció Ramiet Conav. Iba ataviado de una armadura de azulado metal sin yelmo en contraposición con sus soldados, cuyos yelmos eran la única protección más allá de sus cerúleas túnicas con el blasón erávico bordado en el pecho. Tenía la conocida espada otorgada a su estirpe por la diosa, Erosphatos, atada al cinto. El rey iba acompañado de sus consejeros, Ronca y Wabas.

—¡Princesa! Qué alegría veros sana y salva. ¿Disfrutáis del espectáculo?

—exclamó Ramiet con una sonrisa irónica.

—Parecéis divertiros mientras vuestro reino se hunde —contestó ella mordaz.

—No seáis insolente —aseveró él, aunque no parecía molesto—. Este reino es lo único que tengo y daría todo por él. Es solo que la vida me ha enseñado a aceptar mi destino.

—¿Y vuestro destino es morir hoy aquí?

El rey negó resignado y la sonrisa con la que la había saludado volvió a aparecer. Kalil no pudo evitar sorprenderse por su actitud. Había vivido el sufrimiento de su padre buscando soluciones para hacer frente a la reina blanca. Su viaje suplicando un apoyo desesperado en Olinthas o la petición a la propia Ortea de manos de Aldan. Ver a Ramiet resignado le resultaba imposible de comprender.

—Mi destino es encomendarme a los dioses, princesa. Como dicen las sagradas escrituras del Rydr, si Icitzy desea que Eravia gane, mandará al Caballero de la Diosa y decidirá la guerra con su inmenso poder. Si como parece, quiere que sea Rythania quien venza en esta guerra, el dios aparecerá del lado enemigo y nada podremos hacer. Mi destino ya está escrito, y sentarme a llorar en un rincón no cambiará eso. Así que bajaré al salón del trono y esperaré a que pase lo que deba pasar. Si es mi muerte a manos de esos demonios la aceptaré con la cabeza alta, pero no la venderé barata.

Kalil apretó los puños escuchando el pusilánime discurso del monarca. La indignación la inundaba con tanta furia que clavó sus uñas en las palmas de las manos hasta sentirlas doloridas.

—No sois más que un cobarde. ¡Vuestros hombres se están jugando la vida por vos mientras os rendís hundiendo vuestro culo real en el trono! Deberíais blandir vuestra hoja, bajar ahí y comandarlos con valentía en busca de la victoria. Al menos así moriríais con honor, como...

La princesa se detuvo mientras el rey hacía visibles esfuerzos por permanecer con calma.

—¿Como vuestro padre queréis decir? —continuó su frase Wabas.

Kalil asintió con furia.

—Vosotros sois sus consejeros, pero desde que llegué no habéis hecho más que darle la razón en todo. ¿Creéis que ayudáis con vuestra actitud? No es labor de un consejero hacer feliz a su rey, sino a su reino. Vos mismo, lord Wabas. Fue la propia Daetis quien os recomendó para este cargo. ¿Acaso habéis olvidado por qué lo hizo?

—No, princesa. No lo he olvidado, pero es osado hablar de lo que desconocéis —contestó él desoyendo sus palabras.

La princesa giró la cara alzando la barbilla orgullosa, negándose a seguir mirando a las personas que daban la espalda a su reino.

—Veréis —dijo Ramiet en un desquiciante tono paternalista—. Cuando apenas era un imberbe viví la locura de mi padre por hacer frente al vuestro. Vos ni siquiera habíais nacido aún. —Kalil lo miró a los ojos al escuchar la referencia a Airio Asteller—. Viví sus ansias de poder. Vio la oportunidad de controlar las ciudades del sur. Aprovecharse de sus riquezas. De la explotación de sus minas. El anhelo de mostrar a Kallone y sus paladines que no vivían solos en Thoran. Ante semejante ambición, no dudó en haceros frente a sabiendas de que la guerra sería dura y, pese a vuestra increíble fuerza militar, fuimos capaces de poneros frente a las cuerdas. Incluso logramos cierta ayuda de los olin aprovechando su odio a los Asteller. Sin embargo, los dioses no estuvieron de nuestro lado. Aecen luchó por Kallone y decidió con su fuerza las batallas más importantes. Mi padre, Olundor Conav, buscó apoyos, luchó en el frente de batalla y encabezó la lucha, y ¿sabéis para qué?

—Para morir —dijo Ronca sombría. La consejera colocó las manos como si fuese a rezar y bajó la cabeza.

Ramiet se limitó a asentir.

—Lo único que consiguió fue esto. Un reino a la deriva, tan débil que jamás sería capaz de afrontar con éxito una guerra como esta. Mi padre vio que los dioses estaban en nuestra contra y pese a ello luchó contra su destino. Yo no cometeré sus mismos errores.

—¿Y qué pasa con Gabre? Lo mandasteis a buscar la ayuda de los athen para que os ayudaran a ganar esta batalla.

Ramiet rio con fuerza, aunque sus carcajadas no eran más que la voz de la desesperación.

—Lo único que quería era alejarlo de aquí. Sabía desde el primer momento que la reina blanca no aceptaría paz alguna y que no conseguirían cruzar la montaña para volver a tiempo. Conozco bien a Arual y a los athen, y sé que jamás nos prestarán su ayuda. Son una raza soberbia y supremacista que me retiraron su mano cuando peor lo pasé. —Ramiet negó vehemente—. Hacedme caso, princesa. Nadie puede hacer frente a los dioses. Serán ellos quienes decidan esta guerra como han hecho desde los albores de los tiempos.

Kalil apretó los dientes furiosa una vez más. Tal vez ese loco hubiese abandonado a su pueblo, pero ella no. Se levantó el vestido hasta las caderas ante la atónita mirada del rey y sus consejeros. Sacó las dagas que escondía en las pequeñas vainas fijas a sus piernas y rajó su falda, convirtiendo un vestido largo y pomposo en uno corto por encima de las rodillas. Los jirones de tela cayeron rozando sus piernas con vaporosa desigualdad. No tenía con qué recoger su elegante y cepillado pelo, así que lo agarró con una mano y, utilizando la daga, lo cortó con un solo tajo. Su fino cabello rubio cayó en un solo mechón y se pegó al suelo sin remedio mientras el resto de su pelo se dejaba caer por encima de sus hombros.

Ramiet la observó arqueando las cejas con una mirada no exenta de sorpresa. Hizo el amago de hablar, pero apenas pudo articular palabra.

—¿Se puede saber qué hacéis? —dijo por fin.

—Lo que vos no os atrevéis a hacer. Lo que debe hacer un rey por su pueblo. Luchar hasta que la muerte venga a cobrarse su verdadero destino.

La princesa se dio la vuelta, sin despedirse, y se marchó por los pasillos con la firme intención de unirse a la batalla. Sus pasos seguros fueron reflejo de su indignación. No podía creer que Ramiet se sentase en su trono a esperar y aceptar el resultado de la batalla cuando su ejército, reforzado con ancianos, mujeres y niños, luchaba sin tregua protegiendo su ciudad. Se había dado por vencido antes de empezar.

Estaba tan irritada que apenas prestó atención a los sirvientes que corrían por el castillo, atareados y asustados ante la batalla que tenía lugar en las murallas exteriores de la ciudad. Había voces y pasos acelerados, puede que por eso, lo que más llamó la atención fuesen los silencios. Al fondo del pasillo, entre la gente, dos hombres caminaban con la cabeza gacha y pasos rápidos. Sus miradas nerviosas observaban cuanto acontecía a su alrededor, aunque su caminar era decidido. Imperturbable. No tardó en reconocer a los Hijos de Aecen: Leonard y Soruk. Sus aliados en lo que debía haber sido la caída del rey para coronar a Gabre.

Y pese a que su corazón la invitaba a salir al exterior y pelear por lo único que le quedaba, decidió seguirlos y ver hacia dónde la llevaban aquellos enigmáticos pasos en mitad de una batalla.

31. El dolor de un corazón roto

Debía estar por allí. Lyn caminaba entre las resbaladizas piedras con sumo cuidado. Sus pasos eran cautelosos pero urgentes, como el de todo el grupo que protegía al príncipe Gabre. Se aferraban a las rocas con cautela, pues el paso era estrecho. Demasiado.

Las rocas brillaban al ser bañadas por el agua del mar, que rompía con fuerza contra ellas. La batalla comenzaría pronto, si es que no lo había hecho ya, y no podían entrar por las puertas principales de la ciudad, pues los caminos estarían atestados de soldados rythanos deseosos de darles muerte. Especialmente al heredero de la corona.

Sabiendo esto, la amiathir había propuesto entrar por el puerto oculto de palacio. El lugar que Kalil le enseñó y que tenía una abertura al mundo tras la montaña, por mar. Kavan se había sorprendido de que la amiathir conociera aquel recóndito puerto, pero dadas las circunstancias había aceptado que era su mejor opción. También el príncipe y sus soldados, sorprendidos, habían visto con buenos ojos rodear la montaña pese a su peligrosidad. Al fin y al cabo, la entrada principal era una muerte segura.

—Ha sido una buena idea dar un rodeo. Si lo logramos podremos llegar a palacio sin necesidad de entrar en combate y ayudar a mi padre —dijo el príncipe asiendo las rocas con dificultad—, pero ¿cómo sabíais de la existencia de este lugar? Mi padre nunca me habló de él.

Lyn tragó saliva pensando en cómo explicarse. No había respuesta posible que no fuese la verdad.

—Me lo enseñó Kalil, alteza. La princesa encontró el diario de vuestra madre, la reina Daetis. En él hablaba sobre este puerto abandonado.

Gabre frunció el ceño con incredulidad.

—¿El diario de mi madre? No sabía que existiese uno.

—Kalil lo encontró en sus aposentos, con el resto de libros.

—¿Hay una entrada secreta al castillo y no se ha informado de ello a la guardia? —se indignó Riusdir—. ¿Vos lo sabíais, lord Kavan?

El anciano hacía evidentes esfuerzos por no caer al mar, cuyas olas rompían con fuerza bajo sus pies. Una de ellas alcanzó a mojar las bajeras de su túnica, pues el descenso de la montaña ya los situaba cerca del agua.

—Solo el rey y los consejeros lo sabíamos. Me sorprende que la difunta reina conociera este lugar.

—¡¿Y no dijisteis nada?! —gritó Riusdir mostrando su indignación.

—¡Qué más da! Este lugar lleva años sin recibir ninguna embarcación. No es más que un proyecto fallido del difunto rey Olundor. No está hecho para entrar a pie, sino en barco. Lo que estamos haciendo... —El consejero perdió pie y apretó los dientes agarrándose con todas sus fuerzas a la roca con un grito de pánico—, es una locura.

—¿Hubieseis preferido atravesar las tropas rythanas para entrar por las puertas de la ciudad? —preguntó Dracia con ironía.

La amiathir intentaba mantener la calma pese al rugido del agua bajo el peligroso desfiladero. Kavan gruñó algo inaudible ante la falta de argumentos mientras seguía avanzando por los senderos escarpados de la enorme cordillera.

Sin duda era arriesgado. La montaña no estaba hecha para pasar entre aquellos precipicios, y había zonas en la piedra por las que se hacía difícil mantener el equilibrio. No obstante, era la única manera de entrar sin enfrentarse a los peligros rythanos. Lyn observó el mar bajo las rocas. No debía quedar demasiado para alcanzar la abertura en la montaña que daba lugar al puerto.

—*Mira al suelo y no te vayas a caer* —la interrumpió Illeck.

«¿Ahora te preocupas por mí?», pensó Lyn a sabiendas de que el ídore la escucharía en el interior de su mente.

—*No. Es solo que si caes me mojaré y odio el agua. Además, si mueres no podré encontrarme con Glaish.*

Uno de los soldados, que iba primero tanteando el terreno para el príncipe, se detuvo de nuevo, como hacía cada vez que no tenía claro por donde avanzar. El paso era estrecho, pero la roca mantenía ciertos salientes en los que agarrarse. Por detrás, los otros soldados aguantaban el equilibrio. Parecía un milagro que ninguno de ellos hubiese caído al agua. De ser así, y dado el fuerte oleaje, difícilmente sobrevivirían al impacto y la furia del mar.

—¿Qué diablos pasa? Por la bondad de Icitzy. ¿Por qué paramos ahora? —refunfuñó Riusdir concentrado en no caer y lanzando miradas preocupadas al príncipe.

—Es un barco, señor —anunció el soldado que hacía de guía.

El capitán de la guardia alargó el cuello, afianzando los dedos de sus manos a las rocas, para observar por encima del hombro de su soldado.

—Un bote —corroboró—. ¿No decíais que hacía años que este puerto no se utilizaba?

El viejo Kavan frunció el ceño e hizo un movimiento parecido a encogerse de hombros, aunque, dado que sus manos estaban fijadas a la piedra, no fue fácil distinguirlo.

—Nadie lo ha usado en años que yo sepa.

—Tal vez sean argianos —teorizó el primer soldado haciendo alusión al único pueblo capaz de navegar los peligrosos mares—. Puede que el rey les pidiese ayuda para la guerra.

—Los argianos usan grandes embarcaciones de vela. Dudo que vengan desde sus islas en un pequeño bote de remo —desechó la idea Riusdir.

Lyn alcanzó a ver cómo los extraños remaban y llevaban el bote hacia el interior de la caverna. No parecía que los hubiesen visto. La buena noticia es que ya rozaban la abertura y podrían entrar en palacio. La mala, que no sabían quiénes eran esos hombres y qué hacían allí. No parecían el enemigo, pues no llevaban distintivos rythanos.

Con las ganas de ver de quién se trataba, Lyn perdió pie, resbaló y cayó por la resbaladiza pared. Intentó agarrarse con su otra mano, pero le costó mantener todo su peso. Gabre estiró el brazo y agarró su muñeca con fuerza mientras se aferraba a la roca con su otra extremidad. La amiathir pudo ver las marcas athen de su piel agarrándola con fuerza. Riusdir agarró el brazo del príncipe para ayudarlo a subir, y

Dracia la ayudó a incorporarse, de forma que volvió a asir la dura piedra con fuerza.

—Cuidado. Estas rocas están más cerca del mar y resbalan mucho —dijo el príncipe con sincera preocupación.

Tenía razón, pese a que debían estar a tres metros del nivel del mar, la humedad ya alcanzaba sus pies.

—¿Estás bien? —preguntó Dracia. Lyn asintió sintiéndose torpe.

—*Cerca de morir de la forma más ridícula* —reprochó una voz sarcástica en su interior—. *No sé por qué accedí a acompañarte.*

La voz de Illeck martilleó su cabeza como una potente migraña.

—Déjame en paz, ¡maldita sea!

Dracia soltó su mano con sorpresa, extrañada por su contestación. Lyn se percató de que sus palabras parecían contestar a ella, pues la amiathir no podía oír la voz del ídore. Su mirada, de repente, también pareció preocupada.

—Lo siento —se disculpó—. No quería...

—*¡Qué irascible!* —rezongó el ídore con una risa maligna. Luego su tono se volvió solemne—. *Al menos ten la decencia de no morir en el mar. No me gusta el agua.*

Pese al dolor de cabeza que le provocaba la voz en su interior, se obligó a seguir avanzando. Cuando todo acabase tendría muchas explicaciones que ofrecer a Dracia, a quien evitaba mirar presa de la culpa. Al llegar a la abertura de la cueva, la roca hacía una pequeña hondonada que les permitió bajar. Pegados a ella descendieron hasta sumergir la mitad de su cuerpo en el agua, donde el oleaje ya no llegaba con tanta fiereza. A nado evitarían llamar la atención.

Había dos botes de remo junto a los otros barcos abandonados. Los hombres habían desembarcado y esperaban en pie sobre los muelles. Iban armados y miraban los techos de la enorme hendidura en la roca con admiración. Había murmullos y voces varias que pronto fueron acalladas por autoritarios siseos.

Lyn se aferró a las rocas para avanzar con el cuerpo sumergido, oculta tras Gabre y Riusdir. Tras ellos iban los soldados, Kavan y Dracia. Por algún motivo, el agua acalló la respiración de Illeck en su cabeza. Su voz. Su risa. Sonrió con ironía al comprobar que el autodenominado Dios del fuego no era tan brabucón en remojo. Sin embargo, las miradas preocupadas de Gabre y Riusdir junto a los muelles la devolvieron a la realidad. ¿Quiénes eran aquellos hombres y por qué estaban en los muelles abandonados que Kalil le enseñó? Al acercarse un poco se percató de que llevaban túnicas azules con símbolos erávicos.

—¿Soldados del rey? —susurró sujeta a las rocas.

—No... Esos no son mis hombres —contestó Riusdir frunciendo el ceño.

—¡Callad! —gritó una voz desde los muelles—. No tenemos un segundo que perder.

La docena de hombres armados que se agolpaban en el puerto guardaron un respetuoso silencio.

—¿Por qué no entramos ya? —se impacientó uno de ellos. Lyn identificó al hombre a quien se dirigía, que no era otro que Toar, el hermano de Soruk e intermediario de los Hijos de Aecen—. Las tropas rythanas están a las puertas de la ciudad. Si acabamos ahora con el rey, tal vez podamos negociar la paz con ellos y evitar la masacre.

—Debemos esperar a que Soruk y Leonard nos confirmen que todo está en orden. Si nos pilla la guardia real estamos perdidos —comentó frunciendo el ceño con enojo.

«¿Leonard? ¿Qué diablos estás haciendo?», pensó sorprendida mientras negaba con la cabeza.

—Hablan de acabar con mi padre —susurró Gabre haciendo el amago de salir del agua.

Riusdir se apresuró a colocar una mano sobre su hombro y volvió a sumergirlo haciendo que perdiera el equilibrio. El agua salpicó y el capitán de la guardia tapó la boca del príncipe empujándolo contra las rocas.

—No podéis salir ahí, alteza. Si nos pillan saliendo del agua nos atacarán. ¿Es que no veis que nos superan en número?

Poco a poco los ojos del príncipe parecieron entender sus palabras y Riusdir apartó la mano. Gabre lanzó una nueva mirada a los hombres que amenazaban la vida de su padre en plena guerra.

—¿Qué podemos hacer? —susurró Gabre.

—Esperar. No se quedarán ahí mucho tiempo —contestó el capitán.

—¿Y luego?

Riusdir frunció el ceño con una nueva mirada a los invasores.

—Proteger el reino. Y a nuestro rey.

Kalil bajó las escaleras, dejando atrás el alterado movimiento de los pasillos, y siguió a Soruk y a Leonard. Ambos se dirigían a los muelles que ella misma les había mostrado. Al llegar abajo observó cómo se reunían con una docena de hombres armados.

La princesa se sobresaltó al verlos. No podía creer que hubiesen utilizado el muelle abandonado para introducir a los Hijos de Aecen en mitad de una batalla como esa cuando el sino de Eravia pendía de un hilo tan fino que no necesitaría ser cortado para romperse. ¿Es que pensaban asesinar a Ramiet en mitad de la batalla? Gabre ni siquiera estaba en el castillo para tomar el control del reino y comandar a las tropas. Se sintió estúpida por haberles ofrecido en bandeja de plata la estrategia para entrar a palacio y desestabilizar aún más el reino en un momento tan complicado. Asustada, a la par que sorprendida, se encaminó hacia ellos con decididos pasos.

—¿Se puede saber qué hacéis? —dijo alzando la voz más de lo que pretendía.

Soruk y Leonard se giraron como tocados por el rayo y varios de los hombres que allí se reunían llevaron las manos a las armas al verla aparecer.

—¿Princesa? ¿Qué hacéis aquí? —preguntó Leonard sin comprender.

Su mirada la recorrió de arriba abajo. Con el pelo corto por los hombros y la falda rasgada por sus propias dagas debía ofrecer una extraña imagen.

—Os vi cuchichear por los pasillos del castillo y decidí seguiros. ¡Explicadme que estáis haciendo aquí! —La normalidad con la que hablaban incrementaba su nerviosismo. ¿Acaso no eran conscientes de lo que el reino se jugaba?—. ¡Fuera hay una guerra! ¡La gente está muriendo!

—Precisamente eso es lo que pretendemos evitar.

Toar dio un paso al frente y la miró con seriedad. Sus ojos le resultaron extrañamente familiares. Kalil recordó al hombre que había negociado con el rey la inclusión de su orden entre las fuerzas del reino.

—¿Matando al rey en mitad de la batalla? ¡Deberíais estar luchando por el reino contra las fuerzas rythanas!

El tipo soltó una risa seca que apenas tuvo recorrido en el eco de los muelles. A su mente acudió la historia de Soruk sobre su infancia y la de su hermano.

—La mejor forma de luchar por este reino es acabar con la familia real que tanto mal nos ha causado y con todo aquel que nos impida cumplir ese objetivo. —Giró la cabeza hacia sus hombres y cortó el aire con la mano ofreciendo una única orden—: ¡Apresad a la princesa!

Alarmada, Kalil llevó las manos a las dagas, pero fue tarde. Dos hombres la retuvieron agarrándola con fuerza de los brazos. Eran más altos y corpulentos que ella, por lo que sus forcejeos no ofrecieron resultado.

—¡Qué hacéis! ¡Soltadme! No tenéis autoridad para...

—Nuestra autoridad es la justicia, princesa Asteller. Todo aquel que se interponga en el camino de lo que es justo es enemigo de los Hijos de Aecen, como lo es Ramiet Conav.

—Vamos, Toar. Fue la princesa quien nos habló de este sitio y nos descubrió cómo introducir a los hombres en palacio sin ser vistos. Ella está de nuestro lado.

Leonard miró a los ojos a Kalil mientras alegaba a su favor. Parecía incómodo por verla apresada. Era el amigo de Lyn y un línea escarlata después de todo. No dejaría que la retuvieran.

—Es cierto, hermano. La princesa nos ayudó a conspirar contra el rey. Ella también desea acabar con la tiranía de los Conav.

Kalil sintió una punzada en el pecho al escuchar sus palabras. Una dolorosa contradicción que pesaba en su interior. Tenían razón, todo era por su culpa. Cegada por la idea de justicia personal y obnubilada por el bien que pretendía hacer a los habitantes de Thoran, había dinamitado los cimientos del reino que pretendía salvar. Ahora que el poderoso ejército rythano amenazaba la vida de sus gentes, todo se balanceaba ante el inevitable destino de caer en el caos.

—No podéis matar a Ramiet ahora... Dejaréis el reino a merced de la reina blanca. —Kalil arrugó la boca ante la presa de uno de los soldados, que le doblaba el brazo por la espalda con excesiva fuerza.

—¿Es que no lo veis? Los deseos de la realeza son volátiles, carentes de la determinación necesaria. Un día quieren una cosa y otro día desean lo contrario sin importar a quién hacen daño. —Toar le dedicó una mirada de desprecio—. El momento es indiferente. Lo que debe importar a nuestra orden es traer la justicia a este mundo. ¿Dónde está el rey?

—En el salón del trono. —Leonard miró compasivo a Kalil mientras contestaba.

—Sentado mientras su gente muere a las puertas de la ciudad —escupió su superior con desprecio—. Subid. Rápido. Si logramos ajusticiarlo pronto, tal vez podamos negociar la rendición con los rythanos.

Leonard asintió titubeante mientras el resto de Hijos de Aecen se preparaban para tomar el castillo. Soruk colocó una mano sobre su hombro y, tras un último vistazo a la cabizbaja Kalil, subió las escaleras en busca del monarca para acabar con su vida antes de que la masacre inundase Ortea. El resto de hombres desenvainaron sus armas y subieron tras ellos.

—No. ¡No! Esto no debía pasar así —sollozó ella mientras los miembros de la orden desaparecían escaleras arriba.

—No hay más camino que este para alcanzar el deseo de los dioses, princesa.

—Entregar Eravia a la reina blanca no es el deseo de los dioses. ¿Qué justicia divina es esa que reniega de los linajes que la propia Icitzy bendijo?

Toar la observó con los ojos entornados e irónica sonrisa. En los muelles ya no quedaban más que los dos hombres que la sujetaban, la princesa y el líder de la orden.

—No os engañéis. En la Guerra por las Ciudades del Sur, Aecen luchó por Kallone en el ejército de vuestro padre. Ir contra los linajes reales no implica ir contra los dioses, pues son los propios dioses quienes combaten contra la injusticia. —Toar abrió los brazos caminando a uno y otro lado mientras sus hombres inmovilizaban a Kalil con fuerza—. Hace más de veinte años, mi padre combatió a las órdenes de Olundor Conav. Era un hombre valiente, con sentido del deber y un fuerte sentimiento de pertenencia a la corona. Religioso como buen erávico. Siempre pensó en luchar con el apoyo de los dioses. Estoy seguro de que, pese a ver a Aecen en vuestro ejército, luchó con valentía. Tras volver a casa, Ramiet Conav lo asfixió con sus impuestos.

»Se suicidó. Mi madre no lo pasó bien con dos niños que sacar adelante en un reino en crisis. Yo apenas tenía ocho años y mi hermano Soruk cuatro. Puede que por eso yo recuerde con mayor claridad su sufrimiento. El rey subió los impuestos año tras año, haciendo imposible la supervivencia de nuestra familia. El clima que se respiraba en el reino acabó siendo insoportable en las aldeas más modestas, que no podían subsistir con una mala cosecha ante las exigencias reales. Dos años después de la muerte de mi padre, entraron a robar en nuestra modesta granja. Ni siquiera culpo a aquellos hombres. Al igual que nosotros, era gente agobiada por una vida que les exigía hasta la última moneda.

»Mi madre nos escondió en un arcón bajo la ropa para protegernos. —Toar apretaba los puños con tanta fuerza que los tendones de sus manos sobresalían como si fueran a romperse—. Aún recuerdo sus gritos. Los oigo cada noche. Chillaba pidiendo a aquellos hombres que se fueran de allí. Les decía que no tenía nada. Llamó a mi difunto padre hasta que su voz se quebró y las voces se acallaron...

Kalil observó al hombre que paseaba a uno y otro lado mientras hablaba absorto en sus recuerdos. Pese a la situación que vivía, no pudo evitar sentir compasión por lo que Toar y su hermano habían sufrido.

—Al final se marcharon —prosiguió él—. Cuando Soruk y yo salimos de nuestro escondite, mi madre yacía sobre el suelo. Sin vida.

—Pero el rey no envió a esos hombres —argumentó ella sin convencimiento—. No fue culpable directo de lo que os pasó.

—¡Él lo propició todo! —gritó rojo por la ira—. Nos arruinó haciéndonos la vida imposible como hizo con aquellos ladrones, obligándolos a robarnos. No os engañéis princesa. No existe nada más peligroso que un hombre que lo ha perdido todo y busca permanecer con vida. Quitadle el pan a una familia y harán todo lo posible por sobrevivir. Claro que tuvo la culpa. Por eso acabaremos con su vida hoy mismo y liberaremos a nuestro pueblo.

—¿Liberarlos? Entregaréis Eravia a la reina blanca. ¿Qué le impedirá actuar como una tirana con vuestra gente?

Toar negó vehemente con la cabeza.

—Lo sabremos cuando lo haga. No podemos prever el futuro, pero sí castigar los hechos que ya han ocurrido. La justicia prevalecerá con aquellos que actuaron mal con los demás.

—No podéis matar a Ramiet. No ahora.

—¿Ah, no? ¿No fuisteis vos quien nos enseñó este lugar? ¿Quién ofreció a los Hijos de Aecen esta estrategia para llevar a cabo nuestros planes? El único motivo por el que no queréis que pase ahora es porque si la reina blanca conquista Eravia os impedirá gobernar. —Kalil alzó las cejas al ver la suspicaz mirada de Toar—. ¿Os sorprende que lo piense? La heredera Asteller nunca quiso lo mejor para nuestro pueblo. Solo busca un nuevo trono en el que sentarse.

—¡Te equivocas! No quiero el trono de Eravia, sino recuperar el mío. ¡Estaba enfadada por el odio de Ramiet y me dejé llevar al ver que intentaba matarme, pero quiero lo mejor para esta gente!

—Es curioso. —Toar desenvainó su espada y miró la hoja pasando un dedo sobre el acero con delicadeza, casi con devoción—. Creo que lo mejor para esta gente es empezar de nuevo y, para ello, los linajes nombrados por Icitzy tienen que dejar de dirigir los reinos. Corren nuevos tiempos para Thoran a las órdenes de la reina blanca.

—Por la bondad de Icitzy, ¿qué quieres decir con eso? —musitó Kalil atemorizada.

El líder de los Hijos de Aecen caminó con lentitud y colocó el rostro junto al suyo, dejando que sus labios quedaran a tan solo unos centímetros del oído de la princesa.

—Kerrakj será la reina de todo y, para que no haya dudas sobre ello, todos los que os habéis aprovechado de lo ocurrido en la Voz de la Diosa para tener una vida privilegiada con la que abusar de los débiles debéis perecer. Con vuestra muerte y la de la realeza erávica, nada quedará que impida a la reina convertirse en quien debe ser.

Kalil se agitó violentamente y la presa de los hombres que la agarraban se hizo más fuerte. Toar se separó de ella con una amenazadora sonrisa.

—Os contaré un secreto —dijo colocando la punta de su espada junto al cuello de la princesa—. Puede que fueseis una molestia para el rey, pero no fue él quien intentó mataros. Sino yo.

La sorpresa inundó su cuerpo ante la revelación con un escalofrío que recorrió cada vello de su piel. Era por eso que conocía tan bien aquellos ojos. Las palabras apretaban su corazón por la culpabilidad. Ramiet no había intentado matarla pese a su odio a los Asteller, y los Hijos de Aecen tenían una idea muy distorsionada de la justicia. Su objetivo era colocar a Kerrakj en el trono y ella los había ayudado a conseguirlo. Intentó soltarse, pero fue inútil, pues los soldados la agarraban con fuerza.

Toar echó la espada hacia atrás para atravesar su corazón. Una lágrima de impotencia descendió por la mejilla de Kalil.

Hizo un último intento de liberarse con todas sus fuerzas para evitar la estocada y, para su sorpresa, de repente sus brazos fueron libres como pájaros que surcaran el cielo tras un tiempo enjaulados. Gracias a sus reflejos y a los movimientos aprendidos por el adiestramiento con Ziade, esquivó en el último momento llevándose un rasguño en lugar de una estocada mortal. Aprovechando la confusión se alejó y vio cómo los hombres de Toar caían al suelo con ensangrentadas flechas atravesando sus cráneos.

El líder de la orden los observó estupefacto y se dio la vuelta cuando Riusdir y sus soldados se abalanzaban sobre él. El intento por defenderse fue inútil. Lyn llegó hasta Kalil con el arco en la mano acompañada de la mujer amiathir con quien partió a su viaje. Su amiga acababa de salvarle la vida.

—¿Estás bien? —dijo la arquera colocando las manos sobre sus hombros y mirándola a los ojos.

Kalil se palpó la herida que tenía a la altura de la cintura y frotó la sangre con sus dedos. Por suerte era una herida leve.

—¿De dónde salís? —preguntó mientras veía cómo Riusdir apresaba a Toar. Todavía no asimilaba lo ocurrido.

—Acabamos de llegar de Acrysta. Desde la distancia vimos el ejército rythano a los pies de la montaña y decidimos dar un rodeo para entrar por el embarcadero. Sé que era un lugar secreto, pero...

—Gracias —dijo Kalil colocando una mano sobre el hombro de la amiathir.

Tras ella, Gabre se acercó con mirada severa.

—Sé que mi padre ha hecho muchas cosas mal y que odió durante años a vuestra familia. Siempre creyó que ordenasteis el asesinato de mi madre y jamás pudo sacarse esa espina del corazón. Me esperaba de él casi cualquier cosa por la rabia que siempre lo ha consumido contra vuestra estirpe, pero no de vos. No puedo creer que conspiraseis con los Hijos de Aecen para asesinarlo. —Gabre cabeceó contrariado dedicándole una mirada implacable—. Creía que erais diferente. Si salimos de esta, tendréis que aceptar las consecuencias por vuestros actos.

La princesa bajó la mirada, desbordada por los últimos acontecimientos. Había dudado del rey, creído que había querido asesinarla y conspirado contra su vida. Sintió cómo la culpabilidad inundaba su pecho y entendía lo traicionado que el príncipe se sentía. Había estado tan equivocada que se preguntó si, en el fondo, Toar tenía razón. ¿Quería el bien de la gente de Eravia o solo un trono en el que sentarse? Después de todo, eso es lo que la había alejado de Ziade, la amiga más fiel que había tenido nunca. Se había centrado tanto en el odio que Ramiet sentía por los Asteller que no había prestado atención al rencor que ella misma albergaba por la retirada en la batalla de Lorinet.

—Aceptaré cualquier castigo derivado de mis actos.

Gabre relajó un poco las facciones de la cara. Estaba enfadado, pero en ese gesto se le intuyó compasión. Kalil se preguntó si, más allá de los beneficios políticos por su unión, realmente sentía algo más profundo hacia ella. Había estado tan sumergida en la política de la corte que no se había permitido el lujo de sentir y corresponder a esos sentimientos.

—Eso ya se verá cuando todo termine. Primero debemos ganar esta guerra para poder vivir un día más —apremió él.

Lyn asintió y Kalil supo, no sin cierta tristeza por lo sucedido, que Gabre sería mejor rey de lo que jamás fue Ramiet.

—Majestad, debemos ir al salón del trono y detener a esos traidores. —La urgente voz de Riusdir interrumpió sus pensamientos.

Gabre asintió, consciente de que con cada segundo que perdían en aquel puerto abandonado peligraba la vida de su padre.

—Llevad a este hombre arriba. Allí deberá responder por sus crímenes —ordenó con una mirada inflexible a Toar.

—Es demasiado tarde —anunció el Hijo de Aecen con una sonrisa triunfal.

El empujón del soldado que lo custodiaba y lo llevaba hacia las escaleras lo hizo trastabillar. Antes que él, Riusdir y el resto de soldados desaparecieron a la carrera seguidos del príncipe. Lyn, Kalil y Dracia subieron tras ellos. Con un poco de suerte,

Toar estaría equivocado, sus hombres no habrían vencido a la guardia real aún y no sería tarde para Eravia.

32. Culpa sangrienta

Las murallas rocosas de Ortea no fueron complicación alguna para la impetuosa horda féracen. Los arqueros sucumbieron en pocos minutos al impresionante poder mágico de los amiathir con Cotiac y Radzia a la cabeza. Los rayos y el agua surgían de sus manos como si hubiesen hecho un pacto con Daretian. Un poder sobrehumano al que ni siquiera los féracen serían capaces de hacer frente. El resto de hechiceros, envalentonados por el extraordinario poder de sus generales, creaban pequeños sismos y duplicaban la fuerza del frío viento que azotaba la cumbre de los riscos.

Los soldados erávicos, ataviados con túnicas celestes y portando el ruk bicéfalo como emblema de su ejército, caían bajo la imbatible magia con expresiones de terror. Ahmik y sus féracen llegaron hasta las puertas de la ciudad cuando los arqueros sucumbieron al poder de los hechiceros y ya no había peligro para ellos.

Alzó una mano ordenando a sus soldados que abrieran la puerta. Ojos rojos que parecían destellar con la sangre de yankka lo observaron asintiendo. Cuatro de ellos dieron un rodeo y, aprovechando los salientes del terreno, escalaron por los muros. Se había llevado todo el camino pensando en anular la ventaja orográfica de los erávicos, pero no imaginó la facilidad con la que sobrepasarían sus defensas. La poderosa magia amiathir había abierto la entrada a su sanguinario ejército sin encontrar oposición, y ahora eran las puertas de hierro de la ciudad las únicas que separaban Ortea de los féracen. Ahmik sabía que cuando se abrieran perdería el control de sus hombres, sedientos de sangre. Los habitantes de la capital morirían sin remedio ante la crueldad de sus tropas.

Había terminado por aceptar que la catástrofe era inevitable aun sabiendo que a Kerrakj no le gustaría semejante masacre, pero él no podía detener a doscientos soldados ansiosos por ofrecer la muerte a sus enemigos. Esperó que la reina, al menos, aplacase su ira con la victoria. Thoran empezaría de cero bajo su nueva corona.

—¿Alguna orden a los hombres antes de entrar en la ciudad? —preguntó Amerani con la vista puesta en la entrada. Parecía ansioso por comenzar la lucha.

—No importa lo que les diga. Cuando sus presas estén frente a ellos nada los detendrá. He visto esa ansia de combate antes.

Amerani asintió, consciente de la verdad de sus palabras. Era el fin de Ortea y su gente. La fuerza rythana, más poderosa con la sangre de yankka recorriendo sus venas, era como un maremoto. Pronto lo inundaría todo destrozando cuanto tocase.

Ahmik miró al cielo. Allí un ruk, ajeno a lo que acontecía en tierra, giraba en el cielo tras un águila. Debía medir al menos cuatro metros entre las puntas de sus alas, de grisáceas plumas y enorme pico dentado. Cada aleteo ofrecía una majestuosa cadencia que le permitía planear por pura inercia. Un movimiento poderoso que, pese a la agilidad de su presa, la convertía en inofensiva para él. Jamás escaparía de su depredador. Era una cuestión natural, la primigenia ley del más fuerte. El ruk alcanzó al águila con una dentellada de su enorme pico y esta dejó de volar. Tras una bajada de varios metros la atrapó en el aire y voló con ella entre sus fauces. Tal vez fuese a devorarla en un lugar más tranquilo, sobre las montañas.

Las puertas de hierro chirriaron y se abrieron. Tras ellas, una ristra de cadáveres que cambiaban las tonalidades azules de su ropa por el escarlata de la sangre humana esperaba inerte sobre el suelo. Ni siquiera habían entrado y ya había un manto de muerte para recibirlos. Los féracen que había mandado a despejar la entrada de la ciudad los habían matado en pocos minutos.

Sus soldados resoplaban a su lado con furia. Impacientes por entrar en combate. Al fondo, varios erávicos aún aguardaban en pie. Sentía que podía escuchar el castañear de sus rodillas y veía el miedo en sus ojos. Una primera avanzadilla llena de soldados inexpertos. Entre ellos había ancianos y niños reclutados para la ocasión. Ahmik sintió una extraña pena al comprender que a todos ellos les esperaba una muerte prematura.

Uno de los féracen amagó con salir a correr y varios actuaron impetuosos, frenándose al ver que Ahmik no ordenaba el ataque. Resoplaron impacientes mientras él observaba el miedo en su enemigo. Matar a niños y ancianos no era ningún reto. Quiso saber si era este el motivo por el que Kerrakj le había ofrecido semejante privilegio.

«¿Qué honor hay en una batalla como esta? Los soldados humanos de la reina habrían podido acabar con ellos sin esfuerzo», pensó con una desconocida sensación de culpabilidad.

—General… ¿Atacamos?

Amerani lo observó con la espada desenvainada. En sus rojizos ojos se reflejaban las dudas que debían tener también el resto de soldados. Seguían a un general incapaz de dar la orden de ataque ante la debilidad de su rival.

«¿Cuánto de ti hay ahora en mí, amigo mío?», pensó recordando a Aawo y en cómo se sentiría él en aquella situación. También recordó las palabras de Gael alentándole a abandonar su recuerdo y aceptar su nueva realidad.

Rythania era ese ruk que surcaba el aire tras el águila erávica y devoraba a su presa sin ofrecerle opción alguna. Pura naturaleza. No había vuelta atrás en los planes de la reina blanca.

Alzó la mano y, reacio, la hizo descender. Una simple señal que hizo que los féracen corriesen a la batalla bajo un grito feroz. Pasaron junto a él a tanta velocidad que agitaron el aire a su alrededor. La sangre salpicó con cada muerte. Las hojas rythanas se bañaron de rojo y la avanzadilla erávica desapareció en pocos minutos.

—Me sorprende que no andes por ahí dando muerte al enemigo en plena batalla.

Ahmik se giró y observó a Cotiac. Llevaba una armadura blanca como la suya, principal distintivo de los generales rythanos, aunque la del dómine de Rhomsek estaba ya salpicada con la sangre de sus rivales. Cogió el yelmo que portaba bajo el brazo y se lo colocó mientras veía al resto de amiathir invadir la ciudad por los pasillos libres de enemigos dejados por la avanzadilla féracen. A su lado estaba Radzia, que ya llevaba el yelmo puesto y observaba el avance de las tropas con sus enigmáticos y oscuros ojos.

—No me necesitan. Esta batalla estaba ganada desde antes de empezar.

Echó una ojeada a los cadáveres del ejército erávico que bañaban el suelo de sangre. Los féracen ya acababan con la oposición en el interior de la ciudad y corrían calle arriba, de donde empezaron a surgir más soldados enemigos para cortarles el paso. Algunas de las fieras trepaban a las casas o se desviaban oliendo sangre, aunque la mayoría se apilaba en la entrada haciendo frente a la defensa de la capital.

—En ese caso vayamos al castillo y terminemos con esta guerra de una vez. Tú tendrás la gloria por la victoria y nosotros podremos volver a Amiathara y vivir en paz, como siempre debió ser —sentenció el amiathir.

Ahmik lo miró de hito. Bajo el yelmo apenas se apreciaban las quemaduras de su cara desfigurada, pero incluso le pareció que sonreía al contemplar aquella posibilidad.

—Id vosotros. Yo intentaré que los féracen no maten a demasiada gente inocente. La reina no aprobará tanta crueldad.

Cotiac asintió junto a Radzia y ambos corrieron hacia el palacio en busca de los Conav, el último linaje que quedaba en pie sobre Thoran. Con la muerte del rey y su heredero, Kerrakj reinaría por fin en los tres reinos y estos serían uno solo. Tal vez la sensación de culpa que sentía lo abandonase entonces, cuando percibiera la paz que él ayudó a traer.

33. Comida para pájaros

Saith, Hyrran, Ekim y Arual continuaron subiendo. Apenas habían descansado mientras atravesaban el paso secreto athen de camino a Ortea. Por suerte para ellos, desde que llegaron a los pies de la montaña no se habían cruzado con soldados féracen. El ejército rythano estaba tan convencido de su victoria que ni siquiera guardaba vigilancia en los caminos.

Por precaución recorrieron un sendero alternativo al paso principal utilizado por el peligroso ejército rythano. Caminaron agazapados y escondidos del enemigo a mayor lentitud de la que habrían querido. Después de todo, si los veían estarían muertos. Pese a la reforjada Varentia y al nuevo arma de Hyrran, no serían rival para un ejército formado por la alianza de los amiathir y los féracen, como les había advertido Arual.

Hyrran oteó el camino esperando no encontrar exploradores rythanos por los alrededores. Pese a que los senderos que llevaban a Ortea podían ser varios escalando la montaña, solo había una puerta a la ciudad, y no conseguirían cruzarla si el ejército enemigo estaba apostado a sus pies.

—Jamás podremos entrar en mitad de la batalla —dijo pensando en voz alta.

Ekim asintió con su habitual ceño fruncido mientras Saith echaba ojeadas desesperanzadoras a las cumbres más altas.

—Es la primera vez que vengo a Ortea —dijo el expaladín jadeando por la subida a los riscos—. ¿No hay alguna forma de entrar en la ciudad sin pasar por la puerta principal? En Aridan había cuatro puertas.

—Montaña muro natural. No entradas como en muro humano —negó Ekim.

—¿Entonces cuál es el plan? ¿Irrumpimos en el ejército enemigo como un fárgul en una armería y arrasamos con todo lo que veamos? —se quejó Saith.

Hyrran observó el hacha que Lyn había pedido para él a los athen. Era una artesanía como jamás había visto. El puño era de cuero y parecía adaptarse a su mano como si formase parte de su cuerpo. Le habían ofrecido a la amiathir un arco forjado por los seres más inteligentes del mundo y ella le había cedido el obsequio a él. El metal pulido reflejó su cara llena de dudas.

«¿Qué he hecho para merecer este trato de tu parte?», se preguntó mientras caminaba escalando la escarpada ladera. Pensó en aquellos ojos, brillantes como la miel al sol, y en cómo lo miraba desde el día que lo conoció. De alguna forma, cuando más solo se sentía, ella siempre estaba allí, con aquella mirada comprensiva y cariñosa que sacaba en él las ganas de ser mejor. De ayudar y demostrarle que no estaba sola. Sin darse cuenta, con la distancia y el paso del tiempo llegó a comprender mejor lo que significó para él que Lyn y Saith aparecieran en su vida aquella noche. Lo habían cambiado.

—¿Cómo lo habrán hecho Lyn y los demás? —La voz de Saith lo sacó de sus pensamientos. Al ver que Hyrran lo miraba extrañado se explicó—: Entrar en la ciudad. ¿Cómo habrán evitado encontrarse con el enemigo?

—No sé cómo lo habrán hecho ellos, pero sí cómo podemos hacerlo nosotros —intervino Arual.

Los tres se giraron para observar a la mujer athen, que parecía acusar el esfuerzo de subir las empinadas cuestas y sudaba ostensiblemente. Su pelo, siempre recogido cuidadosamente, ahora tenía mechones desordenados surgiendo sin control.

—¿Conoces otra entrada a la ciudad? —preguntó Hyrran curioso.

—Bueno, la gente utiliza los caminos por comodidad, pero es una montaña —dijo encogiéndose de hombros mientras recuperaba el aliento—. Si escalas lo suficiente acabas llegando a la cima.

Saith arrugó la boca al escucharlo.

—Es peligroso. Un mal paso y no habrá batalla en la que luchar, y es un riesgo sobre todo para ti, Arual.

Ella sonrió con cierta ternura a pesar de la dureza de sus facciones.

—No escalaremos por cualquier lugar. Cuando mi hermana Daetis vino a vivir con los humanos me encargué personalmente de trazar mapas de las Montañas Borrascosas. Creí que algún día los podría necesitar si la sacaba de aquí y volvía a Acrysta —relató con una sonrisa apenada—. Conozco un paso exterior que nos dejará cerca de Ortea, bordeando la montaña. Solo hay un inconveniente.

Hyrran arqueó la ceja con un gruñido que dejó la duda en el aire.

—¿Cuál es? —apremió Saith.

—Hay que cruzar los nidos de ruks.

—¿Ruks? Son pájaros, ¿no? Pasamos corriendo y listo —dijo el expaladín comenzando a caminar.

—No has visto nunca un ruk, ¿verdad? —terció Hyrran—. No es como caminar por un estanque de peces de colores...

—Peligro. Pero no camino mejor —razonó Ekim.

—Tienes razón. Es la mejor opción que tenemos... —aprobó el mercenario girándose hacia la athen—. Guíanos, Arual. Nosotros te protegeremos.

La athen sonrió y, sin perder un segundo, caminó por un sendero a su derecha que se alejaba de la puerta principal de Ortea. Tras varios minutos de camino intransitable y precipicios ante los que temer por la propia vida, el paso se ensanchó unos metros, como una cornisa natural.

Hyrran observó el lugar, que estaba lejos de ser un camino seguro. En el suelo había ramas quebradas y plumas grisáceas que debían tener la medida de su brazo. Todo estaba bañado con una pringue verdosa que, si bien en algunas partes estaba seca, en otra aún parecía fresca.

—¿Qué diablos es esto? —Saith se agachó para tocar el espeso líquido—. Es resbaladizo, debemos tener cuidado.

Ekim lo observó abriendo tanto los ojos que su expresión fue casi cómica. Luego arrugó la boca mientras Hyrran reía. El mercenario alternaba entre los ojos de Saith y sus dedos manchados.

—Es mierda de ruk, obviamente.

Saith agitó la mano al instante como si las heces de ave le hubieran mordido para luego limpiarse en el pantalón con repugnancia.

—No hagáis ruido. Los ruks no son tan peligrosos si no los molestas, pero sí muy protectores con su territorio. Si nos descubren aquí no dudarán en atacar —los interrumpió Arual.

Hyrran asintió. Nunca había visto una de esas aves de cerca, pero por el tamaño de las plumas que había esparcidas por aquel lugar, prefería seguir sin hacerlo.

Caminaron con cuidado por el saliente de la montaña las abundantes ramas secas para no hacer ruido. Posiblemente los ruks las habían traído para construir sus nidos. En el horizonte no se veía más que montaña, mientras que en la parte interior del saliente había enormes hendiduras en la roca. El mercenario jamás habría imaginado que los ruks hicieran sus nidos en cuevas.

Tras unos pasos, Ekim, que iba comandando el grupo, se detuvo extendiendo el brazo para que el resto parase. De una de las cavidades en el rocoso muro apareció un ruk. Caminaba sobre sus dos patas sin reparar en la presencia de los viajeros, inmerso en sus asuntos mientras escudriñaba el suelo en busca de comida. Tenía el plumaje de un gris claro, aunque la escasez de este dejaba ver su piel clara. Los ojos eran negros como ópalos, sin distinción del iris, y su pico largo y grueso como un brazo humano. Hyrran pensó que así, en pie, era casi tan alto como él.

—No mueve —susurró Ekim.

—Los ruks no se toman bien cuando se les invade, por eso nadie usa nunca este camino para llegar a Ortea —añadió Arual en voz baja.

—Parece una cría. Tal vez podamos pasar a su lado sin llamar su atención— opinó Hyrran.

—¿Una cría? ¡Es casi tan alto como nosotros! —intervino Saith con un susurro.

—No tenemos tiempo para esperar a que vuelva a su cueva. Lyn ya tiene que haber llegado y el ejército rythano debe estar a las puertas de la ciudad, si es que no las ha rebasado ya —se impacientó Hyrran apretando los puños.

Saith asintió pese al reacio rostro de Arual y Ekim. Sabía tan bien como él que cada segundo perdido era ventaja que ofrecerían al enemigo. Con la magia amiathir y las avanzadillas féracen no tardarían en superar las defensas de la capital erávica.

El expaladín avanzó, decidido a cruzar el estrecho paso junto al ruk. Sus pies toparon con algunas ramas secas que quebraron el silencio y que dejó inmóviles a sus compañeros de travesía. El ruk giró la cabeza con la rapidez con la que un conejo alza las orejas ante un ruido desconocido en mitad del bosque. Sus ojos negros lo observaron y repararon pronto en la comitiva que lo acompañaba.

Fue entonces cuando graznó. Un sonido que pareció amenazador, aunque Hyrran lo interpretó como una llamada de auxilio. El pequeño, pero gran ruk, caminó a uno y otro lado sin parar de emitir aquel graznido, extendiendo sus desplumadas alas intentando hacerse más grande y manteniendo la distancia.

—Será mejor que nos vayamos. No podemos perder el tiempo con esto —apremió Arual con unos pasos seguros con los que pretendió rodear al ruk.

Lo habría conseguido de no ser porque desde el interior de la cueva apareció una nueva ave, mucho más grande y visiblemente enfadada. Debía ser la madre del pequeño pájaro, que en seguida se escondió tras ella. El graznido del nuevo animal era terrorífico y resonó en el eco de la enorme cordillera. Era más grande que Ekim, y al alzar sus alas y agitarlas dejó caer a la athen, que estuvo cerca de precipitarse por el borde de la montaña.

—¡Arual! —Saith blandió a Varentia con velocidad y la vaina creada por los athen se encogió sobre sí misma dejando al descubierto su brillante hoja roja.

Ekim fue el primero en llegar a la ayuda. Empuñando su lanza lanzó un par de acometidas para espantar al ruk, pero solo consiguió enfurecerlo más. El pájaro lanzó un par de picotazos al aire que dibujaron el sonido de su duro pico en las paredes de la montaña. Sus dientes eran largos como dedos humanos, y parecían afilados.

Saith corrió a ayudar a Ekim, aunque Hyrran no desenfundó el arma. Se acercó a Arual, la ayudó a levantarse y la alejó del peligroso borde.

—¡Vamos, tenemos que marcharnos! —gritó la *raedain* athen una vez fuera de peligro.

Tenía razón, no había tiempo para perderlo con aquella criatura. En uno de sus picotazos el ave alcanzó a Ekim, que seguía moviendo su lanza para espantarlo. Los dientes del ruk rozaron la dura piel del olin haciéndolo sangrar y obligándolo a dar un paso atrás.

Saith no lo pensó dos veces. Agitó a Varentia en el aire intentando alejar al ave del olin, pero en un desafortunado movimiento, el ruk agitó sus alas y Varentia cortó con la facilidad con la que lo haría con el mismo viento. Sin oposición. La enorme extremidad del ruk cayó al suelo como lo haría una hoja seca en otoño, presa de la gravedad. El animal graznó de dolor, dejando a un sorprendido Saith sin poder apartar la vista de él y de su cría.

La sangre brotó sin remedio, tiñendo el sucio suelo repleto de heces y ramas. El gigantesco ave, que tan imponente se había mostrado, ahora agonizaba de dolor intentando caminar con sus últimas fuerzas y proteger a su cría antes de exhalar su último aliento. Un simple movimiento de la hoja había terminado con su vida demostrando, una vez más, lo frágil que era ante la muerte.

Hyrran observó a un Saith como nunca antes lo había visto. Estaba cariacontecido, viviendo en su propia piel el dolor del ahora indefenso animal.

—Es Varentia. Al ser reforjada en el volcán se le han devuelto las facultades que tenía al principio de los tiempos. Un corte limpio capaz de romper cualquier material —dijo Arual apenada junto al mercenario.

Saith parecía congelado. Sus ojos iban de los sufridos graznidos del gigantesco ruk hasta el pequeño. Hyrran pudo ver cómo a la abertura de la cueva asomaban otras de sus crías, escondidas por el miedo, escuchando los gritos de su madre.

Ekim dio un paso al frente, alzó la lanza y la dejó caer con todas sus fuerzas atravesando la cabeza del animal. El ruido cesó. El sufrimiento de aquella criatura terminó con el ataque que acabó con su agonía. Su cría apenas emitía un arrullo de fondo, como un llanto encadenado en el silencio.

El olin clavó una rodilla en tierra postrándose junto al cadáver ante la mirada anodina de Saith. Arual también se acercó colocando una mano sobre la otra en una pose de respeto, como si fuese a rezar.

—*Vasamem vaidaedeanem. Kain vearoir kain raem saean asheim. Raem eayiudean eayean raem daitaemoir. Ra mesh ukreim eakaer.*

Al pronunciar aquellas palabras, los celuis, partes del alma perdida que se aferran a la tierra y a los sentimientos dejados en otras personas, se elevaron abandonando la tierra en un breve espectáculo de ondulantes luces.

—¿Qué significa? Vi recitar esos versos a Kalil cuando Kallone perdió Aridan… —dijo Saith con voz queda.

—Es rezo. Respeto. Muertos pueden ir en paz —murmuró Ekim.

Arual asintió con seriedad.

—Vamos, no tenemos tiempo que perder o este pobre animal no será la única muerte hoy —anunció Arual girándose hacia Hyrran.

El joven mercenario asintió, aunque sus ojos no pudieron despegarse de Saith, que seguía observando a las huérfanas crías de ruk con la ensangrentada Varentia en las manos. No había tiempo para lamentaciones. Anduvo hasta el expaladín y puso una mano sobre su hombro. Este no lo miró, así que apretó los dedos para hacerle ver que estaba a su lado. A continuación se giró y siguió a Arual, dejando a su amigo unos segundos más de duelo.

Debía quedar poco para alcanzar ese atajo que les permitiese entrar en Ortea y que solo Arual parecía conocer. No sería fácil, pero Hyrran había abandonado las ganas de huir para siempre. Ansiaba volver a encontrarse con Lyn y, si la diosa estaba de su parte, tal vez salvar al último reino de Thoran.

34. El origen de los Hijos de Aecen

Kalil corrió tras el príncipe, que subía las escaleras a toda velocidad siguiendo los pasos de Riusdir y el resto de soldados. Lyn iba a su lado con zancadas llenas de agilidad que le impedían quedarse atrás, si bien lanzaba miradas urgentes a Dracia, que acudía rezagada junto a los soldados que, a empujones, hacían subir a Toar. También el anciano Kavan, que no podía seguir el rápido ritmo de la guardia real.

Debían darse prisa. Los Hijos de Aecen estaban ahora dentro de palacio y podrían haber asaltado la sala del trono. Desde el momento en el que habían decidido atentar contra la vida del rey en mitad de la batalla se habían convertido en aliados de Rythania... y ella les había servido en bandeja de plata la cabeza de Ramiet Conav.

Había visto la decepción y la desilusión en los azules ojos de Gabre. Ella solo había querido ofrecer un trono y un futuro mejor a Eravia. Apartarla de las manos del rey. ¿De verdad lo había hecho por él o por sí misma? ¿Tanto anhelaba ser reina? Por otra parte, pese a que estaba segura de que el futuro del reino sería mejor en manos del príncipe, ¿tan malo era el rey ahora que sabía que no fue él quien ordenó su asesinato? Su cabeza daba vueltas mientras los escalones eran sobrepasados uno tras otro a toda velocidad.

No tardaron en llegar al salón del trono. Gabre abrió las puertas con fuerza desmedida y entró impetuoso con cara de preocupación. Junto a él, Riusdir, Lyn, Kalil y el resto de soldados irrumpieron en el enorme salón.

Los Hijos de Aecen, encabezados por Soruk y Leonard, habían apresado al rey y sus consejeros, Wabas y Ronca. Sus hombres habían desarmado a los guardias aprovechando que la atención del ejército estaba en resistir a las hordas rythanas en el exterior.

—¡Quietos!

El grito de Soruk resonó entre las paredes del amplio salón y Gabre detuvo su carrera apretando los puños por la impotencia. Riusdir avanzó con la espada desenvainada, pero varios miembros de la orden le cerraron el paso con desafiantes miradas.

—Será mejor que tire el arma, capitán. No tiene por qué morir nadie más hoy —dijo Leonard sosteniendo la espada con su única mano.

—¡Leonard! Por la bondad de Icitzy, ¡¿qué estás haciendo?! —La voz de Lyn rebosaba sorpresa.

—Lo que debió hacerse hace mucho tiempo, Lyn. Acabar con la tiranía de los Conav para liberar a la gente de Eravia.

Mientras los rodeaban, Kalil aguantó la mirada acusadora del capitán de la guardia. No obstante, lo que le hizo bajar la mirada presa de la culpabilidad fue una fugaz mirada de Gabre, dolido con lo que había hecho su prometida y por la situación de su padre.

Poco después llegó Dracia. También Kavan, que miró a su alrededor con incredulidad. Una espada en el cuello detuvo al soldado que custodiaba a Toar cuando cruzó el umbral y el líder de la orden fue liberado por sus compañeros. Él se sacudió la camisa y le dedicó una soberbia mirada al capitán de la guardia, que apretaba los dientes por la impotencia.

Sonrió con la seguridad de sentirse respaldado por la situación. Bañado en la superioridad moral de quien cree que todo lo que hace está bendecido por los dioses. Luego caminó por el salón del trono con total impunidad, observando a los asistentes uno por uno, y pareció disfrutar de su protagonismo. Su recorrido lo llevó hasta el trono, cerca de donde se encontraban el rey y el resto de consejeros. Echó un vistazo indiferente a Ronca, sonriendo soberbio, saludó a Wabas asintiendo con la cabeza y se detuvo ante Ramiet, obsequiándole con una reverencia irónica y una mirada con la que parecía perdonarle la vida.

—No sé quién eres —dijo el rey con la espada de Soruk apuntando a su pecho—, pero si lo que pretendes es...

—¡No! —lo interrumpió Toar. El grito fue tan fuerte que acalló al monarca, poco acostumbrado a que lo interrumpiesen cuando hablaba—. No sabes quién soy. ¡Ese es el problema! Igual que no sabes quiénes son las muchas familias que has perjudicado con tus impuestos abusivos. Con la pobreza originada por tus malas decisiones y tu estúpida ambición. —El Hijo de Aecen negó con la cabeza cegado por el odio—. No. No sabes quién soy. Si lo supieras... Si por un momento pensaras en alguien más que en ti mismo, tal vez no estaría aquí, sino ahí fuera luchando por mantener esa estúpida corona que llevas sobre la cabeza.

—No sabes lo que haces. ¡Estás entregando este reino a la reina blanca! ¿Descabezar a un ejército durante la batalla más importante de su historia? ¡Estáis locos! —intervino Riusdir acercándose un paso.

Las armas de los Hijos de Aecen se acercaron al rostro del capitán de la guardia.

—¿Y? —Toar sonrió con hastío—. ¿Qué hará la reina con esta corona? ¿Acaso nos tratará con tiranía? ¿Cobrará impuestos abusivos empujando a la gente a una vida criminal para sobrevivir? ¿Nos dejará morir de hambre? ¿En qué difiere eso de la actual vida de un erávico?

Pese a la culpabilidad y a lo mal que se sentía por todo lo ocurrido, Kalil comprendía sus palabras. Lo que hablaba era el sufrimiento de años, y no solo lo hacía por él y por su hermano, aunque eran sus labios los que se movían. Hablaba por toda esa gente cansada. Por boca de un pueblo oprimido.

—¿Qué es lo que buscas? ¿Dinero? ¿Tierras? —dijo Ramiet—. Yo te lo daré. Te haré un hombre rico y nunca más tendrás que preocuparte por nada.

Toar alzó la vista clavando sus ojos en los del rey. Kalil creyó ver el odio en su mirada llena de dolor.

—¿Me devolverá ese dinero a mi familia? ¿Me devolverá la infancia? ¿Volveré a sentir el abrazo de mi madre como lo hacía antes de que muriera por la desesperación que como rey provocaste? —Los músculos del cuello de Toar se tensaron al hablar de su familia. El rencor y la rabia contenida parecía querer salir de su cuerpo poniéndose en relieve bajo su piel. Arrancó la espada de Leonard de sus manos y la acercó al monarca hasta tocar su cuerpo—. Nada de lo que pudieras hacer ahora lograría que desaparecieran las ganas de matarte.

Kalil pudo sentir cómo, a pocos centímetros, Gabre se estremecía. El príncipe hizo el amago de avanzar hacia su padre, pero uno de los hombres de Toar chasqueó la lengua negando con la cabeza. Moverse en esas circunstancias era demasiado peligroso, y los soldados del rey estaban rodeados. El príncipe apretó tanto los puños que sus nudillos se tornaron blancos, y la culpabilidad de Kalil creció en su pecho, asfixiándola. No podía creer lo que había hecho. Se había dejado llevar tanto por la venganza hacia Ramiet que había propiciado todo aquello. La vida del monarca pendía de un hilo y ella era la principal culpable. No le extrañaba que Gabre no quisiese ni mirarla a los ojos, pero su principal preocupación pasaba ahora por detener a Toar y dar la vuelta a la situación. La cuestión era cómo.

—Leonard... No puede ser que haya llegado a esto. Tenemos que hacer algo para detenerlos —susurró Lyn a su lado como si hubiese leído sus pensamientos.

—Sí, pero ¿qué? —contestó Kalil.

—Tal vez haya una manera. —Ambas se giraron en dirección a Dracia, que miraba a Lyn con sus intensos ojos, negros como la misma oscuridad.

Lyn asintió con preocupación. Kalil no supo a qué se referían, pero si había alguna forma de salvar al rey ayudaría, aunque solo fuese por aliviar el enorme peso de la culpabilidad de su corazón.

No había más remedio que utilizar la magia. Rodeados como estaban, solo las fuerzas naturales podrían distraer a los hombres de Toar y ofrecer el tiempo suficiente a la guardia del rey para rearmarse. Si conseguían esa distracción, ella misma podría liberar al rey con un certero tiro de su arco. Gracias a su exigente entrenamiento en Kallone podría alcanzar a Toar y a Soruk de un único disparo. Esperó que Leonard entrase en razón y no reaccionase al ataque.

Dracia la miró sabiendo a la perfección que eran la llave para desbloquear aquella situación. Los Hijos de Aecen jamás esperarían algo así. Sin embargo, algo la incomodaba.

—*¿De qué tienes miedo?* —La voz de Illeck resonó en su cabeza entre risas veladas.

—No tengo miedo —mintió con un susurro.

Él rio en voz baja. Si el ídore era capaz de leer sus pensamientos, debía saber que no era cierto. La realidad era que, desde que se había convertido en dómine, la envolvía la inseguridad. Lo que se debería traducir en un poder inimaginable se había convertido en incertidumbre. No sabía hasta qué punto podía desatar el poder del dios del fuego y cómo afectaría eso al resto de fuerzas naturales.

—¿Estás bien? —Dracia la miró con suspicacia mientras susurraba—. ¿Crees que podrás hacerlo?

Ella asintió con mayor convicción de la que tenía.

—*No. No puedes. Eres débil.*

Lyn resopló ignorando las voces en su cabeza. De seguir así acabaría volviéndose loca. Intentó concentrarse en las muchas antorchas que había en la sala. Que Eravia fuese más pobre que Kallone y no abusara de las esferas de luz athen sería una ventaja.

—¡Ahora!

Dracia alzó las manos y el fuego voló desde las paredes en dirección a los Hijos de Aecen. Lyn también lo hizo. Usó su propio miedo para canalizar la energía tal y como Cotiac le había enseñado. No era un sentimiento fuerte, pero sería suficiente para usar algo de fuego teniendo en cuenta el propio poder que Illeck le otorgaba. Pese a todo, sintió un extraño respeto por las llamas y evitó crearlas por sí misma.

—*¡¿Qué haces?! ¡¿Teniéndome vinculado te limitas a hacer saltar pequeñas chispas?!* —Lyn intentó desoír los gritos que inundaban su cabeza.

Los Hijos de Aecen, sorprendidos, buscaron la forma de esquivar las llamas. Los gritos se sucedieron y el descontrol de la situación llegó a ambos bandos. Los guardias reales, pese a su propio temor, aprovecharon para rearmarse y actuar cuando vieron que el fuego no los tenía como objetivo. Toar, sin embargo, no quitó la vista de Ramiet.

Lyn alzó el arco y cargó un par de flechas con tanta rapidez que apenas pensó en ello. Tensó la cuerda con fuerza y apuntó al líder de los Hijos de Aecen.

—*Fallarás y el rey morirá por tu culpa.*

—¡¡Cállate!!

Soltó las saetas y las puntas de sus dedos acariciaron las remeras por última vez. Los proyectiles volaron con violencia e impactaron en sus objetivos. Toar recibió la flecha en el pecho, haciendo que la inercia del golpe lo alejase de Ramiet con un doloroso grito de sorpresa. Su hermano Soruk, a apenas un metro de él, consiguió verla venir y tan solo fue alcanzado en el hombro, tropezando y siendo agarrado por Leonard antes de caer.

Los soldados desenvainaron las armas y combatieron contra los Hijos de Aecen que, obnubilados por lo inesperado, intentaban asimilar lo ocurrido. Gabre aprovechó el desconcierto para correr y socorrer a su padre. Kalil y Lyn lo siguieron mientras Dracia seguía controlando las llamas. La amiathir también fue capaz de generar ráfagas de viento y pequeños sismos para despistar y desequilibrar a los invasores.

Cuando Gabre llegó hasta su padre intentó agarrarlo por el brazo, pero este lo agitó furioso haciendo que lo soltase.

—¡Matadlos! Matadlos a todos, maldita sea la diosa. Mandadlos a Condenación y que sufran la ira de Daretian —gritó Ramiet rojo de ira.

Mientras lo hacía, Soruk se arrastró hasta su hermano con el hombro herido mientras este se debatía entre la vida y la muerte. La flecha de Lyn le había atravesado y la sangre bañaba su pecho. Toar no seguiría vivo mucho tiempo.

Las lágrimas de Soruk por su hermano hicieron que la culpa inundara a la amiathir. Como hacía ella, los Hijos de Aecen luchaban por lo que consideraban justo. Toda la orden lo hacía, creyendo que por ello tenían el favor de los dioses. Pensó en lo voluble que era la sensación de justicia, pues cambiaba con facilidad según los ojos que la observaban. Lyn observó a Leonard, que asistía a los últimos momentos de Toar con estupefacción. Parecía no creerse lo que veía.

—Toar. No te mueras. ¡No me dejes! —suplicó Soruk apretando los dientes por su propio dolor.

—Hermano… Siento no poder cuidar más de ti. Volveremos a vernos en el vergel… Allí seremos recibidos por Icitzy y estrecharemos la mano de Aecen. Hicimos este mundo más justo —farfulló con un hilo de voz.

—Malditos locos —rezongó Ramiet furioso como si escupiese las palabras—. ¡Yo soy la justicia! Los dioses jamás estuvieron de vuestro lado.

De pronto se detuvo y de sus labios brotó la sangre. Sus ojos fijos en ningún sitio por la sorpresa y los labios apretados por el dolor. Junto a él, Wabas, su consejero, clavaba la hoja de Leonard, aquella que Toar dejó caer al recibir la flecha, en el costado del rey. Ramiet apenas tuvo tiempo de girarse, con esfuerzo, a mirar los ojos de su asesino. Las piernas le fallaron y, cuando la hoja salió de su cuerpo de un súbito tirón, un murmullo sordo abandonó su cuerpo llevándose la vida con él.

—¡Padre! ¡No!

El grito de Gabre retumbó en los abovedados techos del salón del trono haciendo que los pocos combates a espada que aún quedaban a su alrededor entre la guardia y los Hijos de Aecen se detuvieran de inmediato. Las pocas antorchas que aún mantenían la iluminación parecieron fluctuar, y el aire se hizo pesado ante la sorpresa por la muerte del monarca. El príncipe se agachó junto a su padre. Sus ojos vidriosos nublaban la ira de su mirada, que se dirigía al orondo consejero

—¡Majestad! —musitó Kavan corriendo hacia el cadáver del rey.

—¿Wabas? ¡¿Qué diablos haces?! —le reprochó Ronca incrédula. Luego se giró hacia uno de los soldados de la guardia, que aguardaba anonadado por la situación, y lo señaló con el dedo—. Tú, ve a buscar a uno de los médicos de palacio. ¡Deprisa, por la bondad de Icitzy! ¡Riusdir, apresalo!

El capitán de la guardia se apresuró a acercarse tras las órdenes de su madre, pero el consejero agarró a Gabre por el cuello y lo retuvo con la espada ensangrentada sobre la nuca. Riusdir vaciló, deteniéndose al ver peligrar la vida del heredero al trono.

—¡Gabre! —gritó Kalil impotente.

Lyn cargó el arco a toda velocidad, pero el cuerpo de Gabre estaba entre ella y Wabas. Pese a su buena puntería, la vida del príncipe corría serio peligro por encontrarse en la trayectoria de su flecha.

—Si os movéis acabaré con la vida del príncipe y el trono de Eravia quedará huérfano para siempre —amenazó el consejero con una sonrisa no exenta de ironía.

—¿Wabas? ¿Por qué haces esto? —rezongó Kavan a apenas un metro de él. La voz del anciano tembló por la pena.

—¿Que por qué? ¡Llevo años esperando este momento! —rio—. He planeado cada paso. ¿Quién creéis que guio a los Hijos de Aecen durante estos últimos años? ¿Quién les ordenó que acabasen con la estirpe de los Conav? ¡Yo! Por supuesto.

Los ojos de Ronca y Kavan parecían incapaces de creer lo que oían. Lyn imaginó lo difícil que les resultaría aceptar que habían estado conviviendo durante años con un traidor. Recordó la traición de Cotiac, en quien ella había depositado su confianza. El dolor al pensar que había sido utilizada. La misma Kalil asistía estupefacta a la escena.

—Señor... —Un hilo de voz surgió de los pálidos labios de Toar.

—Has cumplido con tu cometido y has sido un fiel aliado. Descansa del lado de los dioses —contestó Wabas.

El hombre pareció recibir sus palabras con esa esperanza que solo otorga la fe. Sus ojos se tornaron cristalinos en los brazos de su hermano herido y, apenas un segundo después, dejó de estar ahí para siempre. Soruk agachó la cabeza y lloró la pérdida entre doloridos sollozos.

—¿Qué ganas tú con todo esto? —inquirió Ronca. La consejera lo miraba sin entender nada de lo que pasaba—. Hemos pasado años juntos.

—Justicia, mi querida Ronca. La verdadera justicia —contestó Wabas con aire soñador—. ¿No es poético? Los Hijos de Aecen fueron creados con los ideales de conseguir una vida justa después de todo. La cuestión es que no todos tenemos la misma idea de la justicia. Para estos hombres la justicia ha sido vengar las tropelías e injusticias que el rey hizo pasar a sus familias debido a sus malas decisiones. Para la mayoría de vosotros, la justicia es defender las casas reales bendecidas por Icitzy. Sin embargo, cada corazón esconde una forma de entender las cosas, y la justicia puede ser tan real como volátil. Para el príncipe, por ejemplo, la justicia es ver reinar a su padre hasta el día de su muerte y heredar la corona. —Wabas apretó con los dedos el cuello de Gabre mientras sostenía la espada sobre su cabeza—. Para la joven Asteller, por otra parte, la justicia era hacer pagar a Ramiet lo que hizo a su reino y ser ella misma quien se siente en su trono.

El consejero mostró una sonrisa insolente en dirección a Kalil que hizo que esta se rebullera culpable junto a Lyn. Mientras, Gabre apretaba los dientes bajo la presa de Wabas. Riusdir y el resto de soldados amagaron con avanzar, pero sabían que, en caso de hacerlo, aquel hombre no tendría reparo en poner fin a la vida del príncipe como había hecho con el rey.

—¿Y tú? Siempre fuiste un hombre religioso, Wabas —intercedió Kavan—. ¿Cuál es esa idea de justicia que te ha llevado a traicionar a la última casa real nombrada por la diosa?

El traicionero miembro del consejo torció el gesto al escuchar las palabras del anciano.

—He vivido siempre siguiendo los designios de la diosa. Serví en el templo de Icitzy, peregriné buscando respuestas a mi fe y jamás fui infiel a mis creencias —contestó—. Pero hay veces en las que no puedes cerrar los ojos ante lo que ocurre a tu alrededor. Cuando la vida te muestra una nueva fe. Más real. Más profunda... Entonces te das cuenta de que no puedes ignorar la verdad.

—¿Una nueva fe? —preguntó Ronca alterada sin quitar sus ojos del cadáver del rey.

—Hace muchos años, cuando yo aún era un muchacho inocente y asumía el Rydr tal y como nos lo cuentan desde que somos niños, conocí a un hombre en una taberna de Serva. Un anciano de extraño aspecto que se hacía llamar Crownight. La guerra entre Kallone y Eravia había terminado meses antes, pero nada de ello me importaba. La única búsqueda de interés para mí era la de los dioses. Quería encontrar mi propia fe y, en cierto modo, una justicia más absoluta que la que impartían reyes y soldados. Una justicia divina —dijo con voz musical—. Anhelaba creencias que no se basasen en lo que todos cuentan. Quería abrir los ojos a la verdad... y ese anciano me ayudó a conseguirlo.

—*Todo esto te viene tan grande como controlar mi poder, niña. Vete de aquí antes de que te maten*—. La voz de Illeck se hizo fuerte en el interior de Lyn y el dolor se intensificó.

«¡¡Cállate!!», se dijo llevándose las manos a la cabeza.

El gesto no pasó desapercibido para Wabas, que la miró y propició que Riusdir diera un paso hacia él.

—Oh, yo que tú no haría eso, soldado. Tu vida es proteger a una familia real que está cerca de perecer. Deberías darme las gracias por tu libertad en lugar de empuñar la espada deseando mi muerte —dijo el consejero sonriendo ante el intento de detenerlo.

El capitán de la guardia se detuvo enrabietado.

—Aún estás a tiempo, Wabas. Deja al príncipe y márchate. Estamos en mitad de una batalla y no te perseguiremos ahora. —Ronca hizo un gesto conciliador con las manos, como si apaciguase a un caballo salvaje—. Fuese lo que fuese lo que ese anciano te dijo te ha llevado hasta aquí. Solo te mostró lo que deseabas ver para sembrar en ti las ganas de asesinar al rey y dejarle el camino libre a esa reina blanca. Vete ahora y puede que algún día Icitzy te perdone.

El traidor observó a Ronca condescendiente, casi con pena.

—No lo entiendes. Has pasado tantos años haciendo piruetas al son que marcaba Ramiet que has perdido la capacidad de pensar por ti misma. Nos hablaron de Icitzy, de su bondad y su templanza en la voz de la diosa, pero ¿has visto alguna señal de su poder? —El silencio se hizo grande ante la expresión de Wabas—. ¡Nunca! Crownight me lo contó. Icitzy no era más que una simple mujer. No era ninguna diosa a la que la humanidad debiera servir. ¿Aecen? Fui a visitar a las tropas con la esperanza de conocerlo. Me dijeron que apareció del lado de Kallone en la Guerra por las Ciudades del Sur, así que acudí a su encuentro para cerciorarme de su existencia, mas cuando llegué todo había resultado ser una falacia. Se había retirado y abandonado a las tropas antes de que la guerra se decidiera. Esos supuestos dioses habían abandonado el mundo ante nuestros ojos. La única muestra real de la fe en el Rydr, el mal llamado Caballero de la Diosa, se había volatilizado antes de que yo pudiera verlo.

—Maldita sea, estás loco —farfulló Kavan impotente sin apartar la vista del príncipe.

—Estaba desolado hasta que oí las historias que Crownight me contaba —continuó el consejero sin prestar atención al anciano—. Historias sobre una diosa verdadera a la que el mundo daba la espalda. Kerrakj, a la que la humanidad había llamado injustamente Daretian, el Diablo Blanco.

Lyn asistió anonadada a la revelación de Wabas. Ronca, Kavan, Dracia, Riusdir o el propio Gabre, amenazado por la hoja que el consejero portaba, asistían atónitos a su historia. Ese hombre había pasado la mitad de su vida sirviendo a un rey al que odiaba y fingiendo profesar una religión contraria a su verdadera fe. Sus creencias debían ser muy fuertes para asumir una misión como esa y dedicarle toda una vida.

—Eres un demente —intervino Riusdir—. Pasaste de buscar la fe en el Rydr a venerar al diablo porque un viejo te lo propuso. ¡Mira a lo que te ha llevado! ¡Serás sentenciado con la muerte por matar al rey!

—¿Crees que temo a la muerte? —resopló divertido el consejero—. Crownight me enseñó lo que significa la bendición de Kerrakj. Me advirtió de su llegada y me mostró cómo la fe curaba sus heridas haciéndolo a él mismo cercano a la divinidad. Todo lo que me dijo hace años se ha cumplido, y ahora la reina blanca está a las puertas del reino, lista para sentarse en el trono de Thoran. Con la muerte de los Conav podrá erigirse por fin como lo que siempre debió ser: la única y verdadera diosa de este mundo.

Wabas presionó el cuello del príncipe con la espada y un hilillo de sangre descendió hasta su camisa. Gabre intentó soltarse, pero pese a su aspecto bonachón y su poco atlético cuerpo, el consejero lo mantenía inmovilizado por la espalda.

—Hay algo que no entiendo —dijo Kalil con tono urgente. Lyn observó la desesperación de la princesa por mantener con vida al príncipe haciéndole ganar unos segundos—. Daetis fue quien te eligió para ser consejero. ¿Por qué una athen, una de las personas más inteligentes de Thoran, elegiría a un traidor?

Wabas detuvo el corte y la observó suspicaz. Parecía un hombre listo, aunque tantos años guardando secretos escondían el irremediable ansia por revelarlo todo. Por sacarlo de su interior. Tal vez encerraba el anhelo de justificar lo que todos, menos él, veían como maldad.

—Princesa Kalil, ¿no habréis leído por casualidad el diario de la reina? —chasqueó la lengua varias veces en señal de desaprobación—. No debisteis ser tan curiosa, aunque debo admitir que también a mí me sorprendió aquella elección de la reina en su día. Crownight sabía que para facilitar el futuro camino de Kerrakj hacia la conquista de Thoran necesitaba sembrar la semilla de la desconfianza entre los reinos. La guerra por las Ciudades del Sur era su gran oportunidad. Los humanos tenemos muchos defectos, pero el principal es que no sabemos mantener la paz. Siempre queremos más de lo que tenemos, y eso nos hace frágiles ante nuestra propia ambición.

»El plan de Crownight era llegar a Eravia una vez que la guerra hubiese terminado y potenciar el miedo y la envidia. Ramiet era el recipiente perfecto para albergar ese odio. Un rey que había perdido a su padre a manos de Kallone y que se sentaba en el trono de un reino desolado. Sin embargo, cuando mi mentor llegó al reino para arar la personalidad del rey y alimentar ese rencor, se encontró con que alguien llegó antes que él para hacer lo contrario.

—¿De quién hablas? —preguntó Ronca. En su voz quebrada dejó ver lo exhausta que estaba por aquella situación de tensión constante.

—De Aldan, por supuesto. Su presencia aquí siempre fue un lastre a los planes de Crownight.

—Aldan... —susurró Kalil junto a Lyn.

La amiathir recordó al consejero que las había sacado del panteón de los Asteller y salvado la vida de la princesa ante la traición de Cotiac. El mismo que le había explicado los efectos de la joven sangre humana en la magia amiathir como origen de la Guerra Conjurada. Siempre había sentido que lo rodeaba un halo de misterio, y las palabras de Wabas dejaban claro que su sabiduría era algo excepcional.

—Cuando la desesperación parecía envolver a Ramiet con su oscuridad, él apareció para prestarle su ayuda y soportar parte del peso que atañe a la corona. Cuando la infelicidad por la pérdida de su padre lo aplastaba, Aldan le ofreció el amor de Daetis, y más tarde, aumentó con el nacimiento del joven heredero. —Wabas suspiró apretando el puño con rabia contenida y afianzando su presa sobre el príncipe Gabre—. La presencia de Aldan impedía a Crownight acercarse al rey, pues de haberlo hecho, sus planes para traer de vuelta a Kerrakj habrían sido descubiertos.

»Es por eso que me convertí en una herramienta vital para Crownight. Él no podía acercarse a Ramiet, pero yo podía ser sus ojos y oídos en la corte. Como Kavan había desaparecido tras la guerra, el rey vio con buenos ojos nombrar un tercer consejero además de Aldan y Ronca. Dejó que fuese su esposa quien eligiese entre los candidatos y ella tuvo a bien elegirme a mí —aseguró con un deje de orgullo en la voz—. Fue el peor error de su vida. Cuando Kavan regresó, yo ya tenía un puesto asegurado en la corte y eso me sirvió para fomentar el odio entre reinos. De esa forma me aseguré de que, cuando Kerrakj volviese, no se diese una alianza entre los reinos humanos.

—Pero yo leí el diario de la reina. ¡Daetis te eligió porque confiaba en ti!

Wabas rio con ganas ante las palabras de la princesa.

—La reina nunca confió en mí. Fui yo quien se encargó de que encontrases ese diario en la habitación, pero antes me encargué de arrancar las páginas en las que Daetis nos nombraba a mí y a los Hijos de Aecen. Eliminé mi rastro de su diario, logré que no sospecharas y te hice confiar en la orden. Eras una herramienta imprescindible para traernos hasta aquí. —Kalil abrió los ojos sorprendida, sintiéndose engañada y culpándose por no haber sospechado de aquellas hojas arrancadas del diario de la reina—. Lo cierto es que Daetis quiso elegirme como consejero para tenerme cerca y descubrir qué tramaba. Cuando me di cuenta de sus intenciones, pagué a un pobre desgraciado para que la asesinara. Le hice llevar un uniforme de soldado kallonés que no hizo más que incrementar el odio que Ramiet tenía a los Asteller. Una jugada maestra con la que conseguí que el rey sucumbiera a su propia oscuridad. De esa forma, ni siquiera la presencia de Aldan conseguiría trazar lazos de unión entre reinos.

—¡Tú! ¡Maldito seas! —gritó Gabre agitándose con rabia bajo él. Wabas hizo esfuerzos por mantenerlo agarrado y apretó el filo de la espada bajando hasta su espalda—. ¡Mataste a mi madre y envenenaste la mente de mi padre! ¡Aaaghh...!

El príncipe sintió la presión de la afilada hoja introduciéndose en su cuerpo, cerca de las costillas.

—Pero ¿por qué? ¿Por qué no matar a Ramiet cuando murió Daetis? ¿Por qué esperar tanto cuando podías descabezar el reino desde el interior de la corte? —insistió el viejo Kavan.

—¿Matar al rey y dar tiempo al reino a recuperarse? ¿A olvidar el odio de Ramiet y establecer una nueva alianza con Kallone? No, mi querido Kavan. Había que aprovechar la oscuridad en el corazón del rey y que esta lo abarcara todo, como una sombra que maldijese el futuro de este reino. Mi labor aquí era que Eravia jamás se recuperase de la última guerra.

»Todo iba según lo planeado hasta que los Asteller aceptaron el matrimonio del príncipe. Eso estuvo a punto de echar a perder mi cometido con el apoyo de Eravia a los Asteller en la guerra. Por suerte, Kerrakj y Crownight pudieron evitarlo en el último momento. Cuando la princesa llegó a Ortea pude comprobar que la oscuridad no solo estaba en Ramiet sino también en ella, dolida por la traición. Un diario manipulado la mantuvo a raya. No conseguí matarla cuando envié a Toar a asesinarla porque es más escurridiza de lo que su pequeño cuerpo auguraba, pero todo salió mejor de lo esperado. Ella entendió que había sido el propio Ramiet quien buscaba su muerte y jamás sospechó de mí o de la orden. —Wabas sonrió ante la turbación de Kalil, que lo observaba sin saber qué decir mientras se tapaba la boca con la mano. Ahora sabía que habían jugado con ella desde su llegada a la ciudad y parecía conmocionada tras su rostro de un gris ceniza.

Lyn examinó el salón en busca de algo que pudiera hacer. Ante la proximidad del consejero y el príncipe la magia no parecía opción, y no tenía un tiro seguro con su arco. Miró a Dracia, que permanecía inmóvil con, tal vez, pensamientos similares a los suyos.

Durante sus lecciones en Aridan, ella le había enseñado lo agotada que podía dejarla utilizar la magia amiathir, pero aún le quedaban fuerzas. Sentía la energía en su interior, posiblemente por la agitación que el propio Illeck le transmitía.

—¿A qué esperas, niña? ¡Usa mi poder de una vez! Eres tan cobarde que ni siquiera te atreves a utilizar los dones que te otorgo —rezongó el ídore resoplando exasperado en el interior de su mente.

Era demasiado peligroso. No podía fiarse de desatar el poder del dios del fuego sin haberlo probado. Ni siquiera sabía si sabría hacerlo. Se enfadó consigo misma por no saber controlar su fuerza. En lugar de ayudarla, ser dómine parecía limitarla. Se sentía inútil en una situación como aquella.

—¡No lo mates!

Lyn trató de agarrar la mano de Kalil para que no se acercase al consejero, pero era tarde. La princesa caminó hasta Wabas con determinación, haciendo que este apretase más la hoja contra el cuerpo del príncipe sin dejar de mirarla. Ella no pudo evitar lanzar un vistazo dolorido a Ramiet Conav, que yacía tendido en el suelo, desangrándose sobre las brillantes baldosas y tiñendo de rojo el suelo del salón del trono.

Anduvo hasta Wabas y se colocó al alcance de su espada.

—Mátame a mí —dijo—. Quieres acabar con los linajes reales bendecidos por Icitzy para que Kerrakj pueda reinar sin oposición, ¿no es así? —La princesa extendió los brazos ofreciéndose al arma de Wabas, que presenciaba la escena con una sonrisa incrédula—. Pues mátame. Acaba con los Asteller y permite que el último Conav haga frente a la batalla.

—¿Y por qué debería hacer eso? —preguntó el consejero aflojando la presión del acero sobre Gabre.

—Has visto el estado de las tropas erávicas. No tardarán en sucumbir ante la mayor fuerza de las hordas rythanas y pronto estarán aquí. Yo te ayudé a llegar a esto, aunque fuese inconscientemente. Concédeme ser la primera en morir.

—¿Y a qué se debe este repentino ansia por entregar tu vida? —Quiso saber él alzando una ceja desconfiada.

—A que la culpa me ahoga y no quiero ver morir a Gabre.

Su voz pareció estrangulada en el viento por un sollozo contenido. Las lágrimas brotaron de sus ojos y descendieron por sus mejillas mientras alternaba su vista entre Ramiet y Gabre. Los azulados ojos del príncipe la observaron con tristeza pese a no poder levantar la cabeza del todo, y Lyn supo cómo debía sentirse. Al igual que Ramiet, Kalil se había dejado llevar por el odio y el ansia de vengarse. Eso la había arrastrado a ver verdades ajenas a la realidad y, al mismo tiempo, cegarse frente a sus sentimientos. Un sentimiento real por el príncipe que iba más allá de la posibilidad de ser reina.

Había sido partícipe de lo que siempre pretendió evitar: la destrucción de la corona erávica.

—Está bien, si eso es lo que deseas —dijo Wabas encogiéndose de hombros—. Mi objetivo es acabar con ambos. El orden me es indiferente.

El consejero apartó el arma del príncipe, aunque lo mantuvo agarrado para evitar que escapase. No necesitaría más que un tajo para alcanzar a Kalil. Lyn sintió un pellizco de impotencia en algún lugar de su ser.

La espada dibujó un trazo en el aire buscando a la entregada princesa, que con los brazos extendidos esperó el fin de sus días para no ver morir ante ella al hombre con quien se iba a casar. Con aquel final acababa también su sueño de ser reina y ayudar a su pueblo.

Sin embargo, en el camino la hoja dibujó un trazo irregular que no alcanzó a Kalil. La princesa también se movió, desequilibrada y sorprendida a partes iguales. Wabas abrió las piernas para no caer al suelo y la presa sobre Gabre se desvaneció. Lyn observó los ojos incrédulos del consejero deteniéndose en Dracia. La amiathir tenía los brazos extendidos hacia él, jadeando por el esfuerzo con la frente perlada de sudor. Fue entonces cuando comprendió lo que había hecho. Había agitado la tierra hasta quebrar la losa, como Cotiac aquel día en las pruebas al ejército dorado. En aquella ocasión había salvado a Lyn de perder un combate, pero esta vez esa artimaña había salvado la vida de ambos herederos y la esperanza de sus reinos.

—¡Ahora Aaralyn! ¡Acaba con él! —gritó Dracia entre jadeos colocando una rodilla en el suelo agotada por el esfuerzo.

Los oscuros ojos de la amiathir coincidieron con los suyos y supo a qué se refería. Miró a Wabas, que también dirigió hacia ella su mirada. Pensó en el fuego, en utilizar a Illeck, pero desechó la posibilidad. Con aquel pequeño temblor de tierra, la desequilibrada Kalil no impedía su visión y Gabre ya no parapetaba al consejero protegiéndolo de su puntería. Alzó el arco con la increíble velocidad que le otorgaba el extenuado entrenamiento con Ziade en Kallone. Tensó la cuerda en menos de un segundo y apuntó al corazón de Wabas.

—¿*Por qué una flecha? ¡¿Por qué no hacerlo arder en llamas cuando lo estás deseando?!*—gritó el ídore en su cabeza.

Sin prestar atención a su propio caos mental, la saeta salió despedida y surcó la distancia entre ella y su objetivo. Alcanzó a Wabas cerca del estómago. El consejero recibió el impacto con ojos incrédulos que parecían no poder despegarse de la herida. Lyn chasqueó la lengua. Aquel hombre no merecía la muerte lenta que le proporcionaría aquel impacto. Al fin y al cabo, sus pecados fueron tergiversar la fe y dejarse manipular por Crownight para destrozar la paz de Thoran. Las voces de Illeck en su interior no solo empezaban a afectar a su uso de las fuerzas naturales, sino también a su puntería.

Gabre observó asustado al hombre que había amenazado su vida y que ahora se arrodillaba moribundo mientras Riusdir se acercaba a la carrera y lo ayudaba a ponerse en pie, aliviado porque al menos el príncipe siguiera con vida.

Kalil se acercó a Wabas y desenvainó una de las dagas cuyo vestido roto ya no ocultaba. El consejero alzó la vista y apretó los labios para ocultar el dolor por la flecha incrustada en su cuerpo.

—No importa lo que hagas conmigo. Mi destino en este mundo era facilitar el reinado de Kerrakj, y ahora que llama a las puertas del reino, mi objetivo se ha cumplid...

No terminó la frase a causa de una tos moribunda que parecía presagiar su final.

—Utilizaste a los Conav y me utilizaste a mí para tus fines. Enemistaste a dos reinos y sembraste el mal en el mundo. Creaste un ideal de justicia y convenciste a toda una orden de guerreros para seguir tus órdenes, pero con lo que no contabas era con los verdaderos designios de la diosa.

La mirada de Kalil denotaba una seguridad que segundos antes parecía haberla abandonado.

—¿Los designios de la diosa? —Wabas calló un segundo para colocar el cuerpo y hacer un vano intento de evitar el dolor—. Hace un momento estabas derrotada.

—Y ni así pudiste matarnos —le reprochó ella—. Es una señal de que el destino no es que Kerrakj reine, sino que Gabre y yo nos alcemos con nuestras respectivas coronas y luchemos contra el mal que defiendes.

—Mátame —dijo con la sangre llenando ya su boca—. ¿Por qué... por qué insistes con esto ahora?

—No quería que murieses pensando que habías conseguido lo que pretendías.

Kalil puso una de sus manos en la calva del consejero, llevó la daga al cuello y cortó, haciendo que la sangre bañase su vestido. El borboteo acalló los ruidos a su alrededor y Wabas murió con la expresión perdida en ninguna parte. La princesa se levantó y limpió la sangre de su hoja en los jirones del vestido.

Lyn se acercó a Dracia para ayudarla a levantarse, pues estaba agotada tras destruir parte del suelo del salón del trono, y observó el cuerpo sin vida del traidor. Gabre, Riusdir, Kavan y Ronca miraron a la princesa como si la viesen por primera vez. Los supervivientes de los Hijos de Aecen, extrañados y sin saber cómo actuar, se mostraron atónitos ante la nueva situación. Los dos hombres que habían movido los hilos de la orden, Wabas y Toar, estaban muertos y la organización descabezada.

—Que no escapen. Serán ajusticiados por conspirar contra la vida del rey —gritó Riusdir señalando a Soruk y Leonard.

El Hijo de Aecen apretó los dientes sin apartar la vista del cadáver de su hermano, al que mantenía entre sus brazos, mientras que Leonard alzó su única mano sana en una pose inofensiva ante la ira del capitán de la guardia.

—Tranquilo, Riusdir. —Gabre se puso en pie y se palpó la herida. Por suerte y pese a la sangre, los cortes que le había hecho Wabas eran superficiales—. Estos hombres han sido engañados para ayudar a Rythania utilizando su fe y sentido de la justicia, pero son buenos guerreros. No es el momento de construir muros que nos separen, sino de tender puentes que nos unan.

—¡No podemos confiar en ellos, majestad! ¡Son traidores!

—Son nuestros hombres. Valientes erávicos que han luchado por lo que creen. Ahora que mi padre ha muerto, que Icitzy lo tenga junto a ella en el Vergel, soy el rey de Eravia. ¡El rey de todos! —dijo alzando la voz para dirigirse a los hombres de la orden que lo observaban expectantes en el salón—. Nuestros hermanos están luchando fuera de los muros de palacio por proteger el reino que todos amamos. Ayudadnos a vencer y crearemos un lugar digno y justo para vuestras familias.

Leonard dio un paso al frente y se arrodilló frente al príncipe. Soruk, que no se había levantado del suelo velando a Toar, observó cómo los demás miembros de su orden seguían el gesto y se arrodillaban frente al nuevo rey.

—Permitidnos demostraros nuestra lealtad a la justicia, majestad. Lucharemos por vos y por la princesa, pues no sabíamos que la orden nos manipulaba en nombre de la reina blanca. Perdonadnos, por favor.

El heredero de la corona se acercó a Leonard y puso la mano sobre su hombro. Cuando este alzó la vista, Gabre sonrió y el exsoldado asintió con un deje de culpabilidad y devoción. Lyn se alegró por partida doble, pues no solo habían disuelto a los Hijos de Aecen y sus intenciones, sino que también había recuperado al Leonard entusiasta que tenía una razón por la que vivir.

De repente, el sonido de unos aplausos llegó desde la puerta. Cuando Aaralyn miró, su mente no quiso creer lo que sus ojos veían. Allí, junto a la entrada del salón del trono y aplaudiendo con una sonrisa irónica, estaba Cotiac. Vestía la armadura blanca propia de los generales rythanos, aunque sin yelmo. La mitad de su cara estaba desfigurada por tirantes quemaduras cuya visión pareció agrietarle el corazón.

Aquellas eran las heridas de la traición, pero también de su ruptura. Aquellas que ella misma le había propiciado. Junto a él iba una chica ataviada con una armadura similar a la suya. Aquella debía ser la dómine de Glaish de la que Hyrran y Saith le habían hablado.

—Es conmovedor observar la unión de un reino tras una desgracia —sonrió Cotiac sin apartar la vista de Gabre y el cadáver del rey. Luego sus oscuros ojos repararon en Lyn y su expresión se tornó fría—, pero será un placer ser quien os haga perecer para hacer caer a Eravia.

—Majestad, tenéis que escapar —gritó Leonard.

Riusdir asintió apoyando sus palabras.

—No iré a ninguna parte. Lucharé por los míos y defenderé mi trono —dijo Gabre armándose de valor.

—No seáis insensato. Habéis logrado sobrevivir a un loco, pero esto es diferente —intervino Dracia con urgencia mientras miraba al amiathir con ojos tristes. Luego suplicó—: Cotiac, ¿qué te ha ocurrido? No hagas esto.

Él lanzó una sonrisa que pareció siniestra tras las quemaduras de su cara.

—Lo siento, madre. Perdiste la capacidad de aconsejarme qué hacer cuando nos abandonaste a mí y a nuestra gente. Además, tengo cuestiones personales que debo solucionar —contestó él encogiéndose de hombros con una mirada desafiante hacia Lyn.

«¡Madre!». La arquera miró a Dracia, pero esta mantuvo la vista fija en Cotiac con una expresión indescifrable.

—¡Por el nuevo rey! —gritó uno de los Hijos de Aecen alzando su hoja y saliendo a correr contra los invasores amiathir.

Compañeros de la orden y soldados de palacio lo siguieron con gritos de ánimo corriendo hacia Cotiac y Radzia. La muchacha amiathir sonrió al verlos embestir, alzó sus manos y, como por arte de magia, una corriente de agua, poderosa como una cascada, surgió de sus manos arrastrando a los hombres y lanzándolos por los aires.

—Rápido, majestad. Tenéis que marcharos. Riusdir, saca de aquí al príncipe, a la princesa y los consejeros. Sus vidas nunca han peligrado más que en este momento. Aaralyn y yo somos las únicas que podemos enfrentarlos —ordenó Dracia haciéndose con el control de la situación.

Riusdir asintió y cogió el brazo de un reticente Gabre. Ronca y Kavan los siguieron, así como Leonard, que colocó sobre sus hombros el brazo del herido Soruk para sacarlo de allí.

—Os ayudaré —dijo Kalil con sus dagas desenvainadas.

—¡No! Sois la única esperanza de vuestros reinos. Si uno de vosotros muere no quedarán linajes a los que seguir y la esperanza de la gente desaparecerá para siempre —insistió Dracia.

Cotiac y Radzia observaron satisfechos cómo los soldados sucumbían a su dominio de las fuerzas naturales. Kalil vaciló, miró a Lyn y esta asintió con confianza.

—Estaré bien. Corre y cuida de tu prometido. El destino de Thoran está en vuestras manos —la animó.

Riusdir cogió al príncipe del brazo y lo sacó de allí a la fuerza seguido de los consejeros. También Kalil los siguió tras echar un último vistazo a la amenaza. Leonard, portando a Soruk, los siguió para ponerlo a salvo.

Cotiac se percató de la huida e intentó impedirlo. Alzó las manos y cargó electricidad en ellas en apenas unos segundos. Relámpagos luminiscentes surgieron de sus dedos en dirección al príncipe, pero impactaron contra un muro de tierra que Dracia levantó en el último momento. Las baldosas resquebrajadas dejaron lugar a la roca, y esta los protegió del ataque permitiéndoles escapar.

—Tantos años de ausencia y aún sigues negándome la diversión, madre —rio al comprobar lo infructuoso de su ataque.

Dracia, que continuaba con los brazos alzados, jadeaba por el esfuerzo.

—Para, Coti. No quiero pelear contigo.

—Quizás debiste pensar eso el día que traicionaste la confianza de nuestra gente.

—¡Lo hice para evitar esto! Para evitar esta guerra… —se excusó Dracia.

Cotiac alzó los brazos y sonrió señalando el reguero de cadáveres y hombres heridos que bañaban el salón del trono. Los cuerpos desperdigados por el suelo, algunos en poses inverosímiles tras el impacto de la corriente de agua. Había sangre bañando el suelo bajo algunos de ellos. Quejidos de dolor y profundas heridas, aunque ninguna tan dolorosa como la que parecía abierta entre madre e hijo.

—Parece que no te salió muy bien la jugada.

—Aún hay esperanza. Podéis luchar a nuestro lado y cambiar el destino de Thoran —suplicó la amiathir.

—El reinado de Kerrakj traerá una nueva era para nuestra raza —la interrumpió Radzia—. Una nueva época en la que no tendremos que esconder quiénes somos. Un tiempo en que los niños crecerán sin sentirse apartados y solos, defenestrados por una sociedad que no los acepta. Puede que tú dejases de lado a nuestro pueblo y huyeses como la cobarde que eres, pero nosotros no daremos la espalda a los nuestros.

Dracia bajó la cabeza aceptando las palabras de la muchacha amiathir mientras Lyn asistía atónita a la conversación bajo la dura mirada de Cotiac. Verlo con la cara quemada por las llamas le rompía el corazón. Lo había herido y, como el fuego, también el odio lo había consumido.

—Parece que no hay más salida. ¿Lista, Aaralyn? —susurró Dracia a su lado—. ¿Has visto lo que son capaces de hacer? Tienen el poder del agua y el rayo. Por muy poderosas que fuéramos no sobreviviríamos a un combate contra dos dómines. Su energía es mucho mayor que la nuestra y estoy agotada. Tenemos que evadir sus ataques para que ellos también sucumban al cansancio.

Lyn asintió mientras devolvía una mirada a Cotiac y Radzia. La chica amiathir reunía el líquido elemento alrededor de sus manos como serpientes de agua que se hacían cada vez más grandes. Ese era el verdadero poder de un dómine. Un poder que ella no había logrado controlar.

Las manos de Radzia se alzaron y el agua surgió de ella con la fuerza de una cascada. Dracia también levantó las manos y un nuevo muro de piedra se interpuso entre ellos, haciendo que el agua chocase contra la dura roca y miles de pequeñas perlas en forma de gotas volaran por los aires cayendo a su alrededor. La magia de Radzia las mojó como el rocío de la noche.

—¡Es inútil, madre! —gritó Cotiac al otro lado con la voz resquebrajada por la ira—. El destino está decidido, y no existe forma alguna de evitar lo inevitable.

35. La llegada de un dios

Muerte y destrucción. Cuando Saith llegó a la cima del muro tras trepar las rocas para entrar en la capital, apareció sobre uno de los edificios de Ortea. Echó un vistazo a las calles de la ciudad y la desolación se apoderó de él. El ejército rythano había sobrepasado las defensas de la montañosa urbe y la guerra lo inundaba todo como un río desbordado por feroces lluvias. La sangre teñía cada rincón, elevando al viento el griterío de la batalla.

Los féracen se movían a una velocidad vertiginosa. Daban enormes saltos que abrían las defensas enemigas imposibilitándoles defender la entrada a la capital. Eludían la gravedad y mostraban una fuerza descomunal. Mucho mayor de lo que él mismo había esperado.

Los valientes, aunque poco adiestrados guerreros del ejército erávico, aguantaban como podían las embestidas enemigas, pero era inútil. Sus implacables rivales no entendían de pausa u honor en la batalla. No les importaba si era soldado o civil, niño o anciano, mujer u hombre. Arrasaban con cuanto se interponía a su paso sin importarles nada en un crudo espectáculo de crueldad sin precedentes.

Conforme fueron llegando tras él, Saith observó a sus compañeros de viaje. Arual lo miraba todo con una mueca comedida. Con la consciencia del velo que cae permitiéndole ver por primera vez. Los athen lo juzgaban todo desde el conocimiento y la teoría, desde su ciudad invisible oculta sobre un manto de nieve virgen a los ojos del mundo. La visión racional y firme que facilitaba la lejanía. Desde la desconexión con la realidad humana. Sin embargo, ahora vislumbraba un paisaje que jamás habría querido tener frente a ella. La guerra es una de esas cosas que crees entender, pero no toma realidad en tu interior hasta que te ves inmerso en ella. Los gritos de dolor, los asustados rezos de cuerpos agazapados en las esquinas, el olor de la sangre en el viento frío de la montaña. Todo era diferente ahora que se percataba del sufrimiento de esa gente.

Ekim miraba con rostro imperturbable lo que acontecía a su alrededor. Pese a su impasible expresión, los tendones de su cuello eran más prominentes de lo habitual alrededor de los cuernos que surgían de su piel y mantenía la mandíbula apretada con fiereza. Hyrran compartió una fugaz mirada con Saith. En sus ojos azules había una preocupación que pocas veces había compartido con él, incluso en los momentos más peligrosos. El expaladín asintió, como si comprendiese sin palabras lo que pasaba por la mente de su amigo.

—Tenemos que ayudarlos —dijo volviendo a mirar las calles.

—Sí, pero ¿cómo? ¡Míralos! —repuso el mercenario.

Los féracen avanzaban sin detenerse, arrasando con cuantos se interponían en su camino. Los erávicos rehuían el enfrentamiento corriendo en dirección opuesta, escondiéndose y callejeando inútilmente por las calles de Ortea. Intentando huir de una muerte que no les era esquiva.

El núcleo de la batalla se encontraba cerca de la entrada de la ciudad, aunque no eran pocos los enemigos que habían pasado la barrera y buscaban víctimas entre sus numerosas cuestas. Los que decidían tirar de honor y luchar dejaban claro en poco tiempo que no estaban listos para lo que el momento les exigía. Unos segundos en la confrontación contra el poderoso enemigo era suficiente para verlos entregarse a la muerte. No estaban preparados para lo que les esperaba. Nadie lo estaba.

—Es una matanza —susurró Arual sin poder apartar la vista del caos con los ojos muy abiertos.

No. Saith no podía aceptar el fin de los tres reinos. No habían viajado tanto para ver a Kerrakj alzarse con la corona de Thoran. Tenían que ayudar a aquella gente.

—¡Allí! —exclamó Ekim de pronto—. Amiathir en palacio.

Todos los ojos se dirigieron a la entrada del castillo, tallado en la montaña como un gigantesco mural. Varios amiathir estaban rodeando la entrada y luchando contra los soldados que intentaban entrar.

—Si han alcanzado las puertas significa que la vida del rey corre peligro —aseguró Hyrran con urgencia.

—Gabre debe haber llegado y también estará allí —advirtió una preocupada Arual.

—También Lyn —afirmó Saith compartiendo una nueva mirada con el mercenario—. Y Kalil.

—En ese caso ya sabemos a dónde debemos ir. Salvar los linajes reales es salvar al reino —sentenció Hyrran.

Sin perder un segundo más descendieron del edificio para acudir a las puertas del castillo. El atajo de Arual los situaba casi a mitad de la ciudad. Saith desenvainó a Varentia. La vaina creada por los athen se abrió como si ansiase mostrar su contenido y se encogió hasta hacerse casi imperceptible en su espalda. Compuso una fina línea con los labios al ver la hoja en su mano y esta destelló con reflejos rojizos. Se había sentido desnudo desde que se quebró en la lucha con el wargon, y sostenerla de nuevo era como un cálido abrazo de vuelta al hogar. Hyrran agarró su hacha y Ekim empuñó la lanza que siempre llevaba a su espalda.

Las calles y los edificios parecieron más grandes desde el suelo. El olor de la sangre se hizo más intenso. También el del polvo del camino, suspendido en el aire y agitado por el combate. El ruido del metal encontrándose y los gritos a su alrededor se tornaron abrumadores.

Saith sintió la necesidad de proteger a quienes escapaban del peligro féracen. Durante un instante miró indeciso a uno y otro lado escuchando súplicas y gritos de auxilio. Notó un contacto y se giró con rapidez blandiendo a Varentia, pero ante él vio a Ekim, que posaba su gruesa mano sobre el hombro del expaladín. Lo miró a sus inexpresivos ojos olin y este no apartó la vista.

—No puede salvar todos.

Sabía que tenía razón, pero el peso de su corazón no se alivió con sus palabras. ¿Realmente tenía el poder de un dios? ¿Sería verdad que sus padres pusieron en él sus esperanzas con aquel ritual que llevaban a cabo esos Hijos de Aecen? Si Lyn y Hyrran estaban en lo cierto, ¿cómo podía un dios aceptar la pérdida de vidas inocentes a su alrededor? Mujeres, niños, ancianos. Campesinos disfrazados de soldados. Todos encontrarían la muerte ese día... y él no podía hacer nada por evitarlo.

Agitó la cabeza para despejar su mente y asintió a Ekim, que mantenía la mano sobre su hombro. El olin le devolvió el gesto y los dos corrieron tras Hyrran y Arual, que se dirigían hacia el castillo.

Un hombre surgió de los callejones a su alrededor. Su cabeza brillaba por la ausencia de cabello salvo una línea por encima del cogote, y su cuerpo mostraba una patente falta de ejercicio. Sus labios gritaban y sus ojos, abiertos como si encontrasen frente a ellos a la misma muerte, miraban a todos lados y a ninguna parte mientras sus atribulados pies parecían no saber a dónde llevarlo. Un féracen de blanca túnica y hoja en mano surgió del lugar por donde él había llegado.

El tipo tropezó, cayendo al suelo, consumido por el miedo como si se le hubiese olvidado la forma en que debía caminar. Rodó rindiéndose a la inercia y los ojos del enemigo se iluminaron oliendo la sangre. El féracen se acercó, pero antes de llegar al hombre se detuvo. Lo hizo en el momento justo para evitar el hacha de Hyrran, que había abandonado sus dedos buscando proteger al tipo. El arma pasó de largo y el féracen miró al grupo percatándose por primera vez de su presencia.

Olvidándose de su primera presa, el soldado rythano se acercó a Hyrran y Arual. Dibujó una sonrisa demoníaca al verlos desarmados frente a él y agitó su hoja en el aire con una filigrana. Sus ojos, rojos como la sangre, se centraron en sus nuevos objetivos con el palpable anhelo de darles muerte.

Hyrran agitó la mano vacía con el guantelete athen y el féracen frunció el ceño extrañado, pues no sabía qué pretendía. La sangre surgió del rythano cuando el hacha del mercenario llegó por la espalda y le asestó un golpe mortal que lo hizo arrodillarse. Sin entender de dónde había llegado el arma, el enemigo sucumbió a la inesperada muerte.

Hyrran se acercó y desencajó el hacha del cuerpo con un violento gesto. La tecnología athen le sería muy útil.

—Al menos ya sabemos que no son demonios, aunque lo parezcan. Solo son humanos cuya suerte fue maldita.

Saith y Ekim llegaron hasta donde estaban.

—Nunca había visto nada igual —dijo Arual.

La athen parecía intentar asimilar lo que ocurría a su alrededor. Acostumbrada a saberlo todo, aquellas criaturas la desubicaban. Probablemente había oído hablar de los fieros guerreros que Kerrakj utilizaba, pero verlos de cerca no era lo mismo que escuchar hablar de ellos.

—No te preocupes —dijo Hyrran mirando el arma que los athen le habían otorgado. La forma de atravesar el cuerpo del enemigo dejaba claro que aquel arma tenía unas cualidades similares a las siete espadas sagradas entregadas durante la Voz de la Diosa—. Te protegeremos, Arual.

—No te confíes. Estos féracen no son como los del valle de Lorinet —afirmó Saith preocupado—. Son más rápidos y, por lo que he visto, también más fuertes. Esta vez ha sido uno, pero si atacan varios no será fácil esquivarlos.

El mercenario asintió.

—Sigamos. Si estos diablos han entrado en el castillo, la guardia del rey no será rival para ellos.

Corrieron y corrieron, ocultos por las calles de Ortea. Sortearon a los grupos numerosos y apenas tuvieron enemigos que derrotar, pues la mayoría aún estaban en los muros de entrada a Ortea, donde se reunía ahora el grueso del ejército erávico. Buena parte de ese éxito evasivo la tuvo Arual, que los conducía por la ciudad como si ella misma la hubiese construido. Su cabeza parecía contener un mapa mental de la capital, y eso les permitió coger atajos con los que llegar pronto a los alrededores del palacio. Allí la tierra temblaba y el viento soplaba con más fuerza de lo normal. Los amiathir combatían a los soldados erávicos que luchaban sin éxito por entrar a proteger a su rey.

—Es imposible. No podremos acercarnos —resopló Hyrran frustrado. Oculto tras una esquina, apretaba los dientes mientras observaba los vanos intentos de los hombres por combatir a los amiathir—. En cuanto nos vean desatarán toda su magia contra nosotros.

—En ese caso, solo hay una forma de entrar. —Arual rebuscó en el zurrón que había traído desde Acrysta y sacó algo de él. Luego lo extendió con la palma de la mano hacia arriba y dejó ver cuatro esferas, no más grandes que una esfera de luz común. No obstante, estas estaban hechas de un extraño color anaranjado.

—¿Qué ser? —preguntó Ekim desconfiado.

—Son talk'et. Unos cristales que utilizaban en Amiathara en la antigüedad. Los amiathir cubrían sus casas con ellos para protegerlas dada la resistencia que tienen a su magia. Su descubrimiento permitió a mi gente desarrollar las esferas, pues además de soportar la magia permiten guardar esas fuerzas de la naturaleza en su interior.

—Eisan nos dio una de esas esferas cuando estuvimos en la Jungla del Olvido. Sus rayos nos permitían atacar o avisar de nuestra posición a los compañeros, ¿recuerdas? —dijo Saith.

Ekim asintió sin dejar de mirar con seriedad a los talk'et.

—Es un uso muy banal para esa tecnología, pero si habéis usado las esferas entenderéis mejor su esencia —aclaró Arual—. No obstante, estas no funcionan así. No solo las usamos como continente, también para desarrollar nuevas tecnologías. ¿Recordáis lo que visteis al llegar a Acrysta?

—No vimos nada... —dijo Hyrran con una mueca.

Arual sonrió.

—Exacto. ¡Estas esferas nos harán invisibles!

Saith arqueó las cejas, sorprendido ante la posibilidad. De esa forma podrían entrar al castillo sin ser vistos por los amiathir, esquivar la magia y ayudar a proteger al rey.

—Pueden alterar también la forma, tomando la ilusión de ver una piedra o un grupo de árboles, por ejemplo —explicó la athen—. Estos son muy pequeños. Para esconder una ciudad harían falta unos que al menos quintupliquen su tamaño, estos solo nos harán desaparecer. Tomad uno cada uno. Debemos formar un cuadrado y sostener las esferas en sus vértices o no nos cubrirá la tecnología del talk'et. Además, hay que mantener un ritmo constante y evitar los tropiezos. Un par de golpes con el dedo lo activan y el mismo procedimiento lo desactivará.

Saith cogió uno de los cristales que Arual les ofrecía. Lo colocó en el exterior de su cuerpo y sus compañeros hicieron lo mismo. Luego dio un par de golpes a la esfera para activarla. No pasó nada, pero ella asintió girando la cabeza.

—Recordad que debemos mantener un ritmo constante para evitar cambiar la forma del cuadrado. De hacerlo, el talk'et podría fallar y quedaríamos al descubierto. Yo iré marcando el paso. No os preocupéis, la tecnología de estos cristales modifica la percepción de los sentidos de quienes están fuera en el momento de su activación. Cuando llegasteis a Acrysta no podíais vernos, pero tampoco escuchar u oler la actividad de la ciudad.

El grupo asintió y, sin perder tiempo, comenzaron a acercarse a la entrada del palacio.

—Izquierda. Derecha. Izquierda. Derecha. Izquierda…

Arual marcaba el paso y todos la seguían a sabiendas de que un error los pondría en peligro. Avanzaron por la pequeña explanada pedregosa que había frente a las escaleras del palacio. Lo que antes debió ser una plaza, ahora estaba levantada por los escombros. La magia había destruido la uniformidad del terreno devolviéndolo a la irregular naturaleza de la montaña. Los amiathir parecían esperarlos sobre las escaleras con las palmas de las manos apuntando hacia ellos, aunque los oscuros ojos del enemigo no parecían percatarse de su presencia.

—¿Seguro que no nos ven? —dijo Hyrran leyendo los pensamientos de su amigo.

—Derecha. No os desconcentréis. Izquierda. Seguid el ritmo. Derecha. Para la protección de las ciudades los talk'et pueden permitir aislarlas y evadir también los sentidos de quienes están dentro. Izquierda. Pero en esta ocasión me pareció mejor coger estos prototipos que permiten ver lo que ocurre en el exterior.

—De esa forma podemos observar al enemigo —dijo Hyrran sonriendo al ver a Ekim marcar el paso. Sus piernas más largas lo obligaban a caminar más rápido de lo que hacía habitualmente y con pasos más cortos para no desequilibrar la formación.

Arual asintió mientras se acercaban a las escaleras. Con cada nueva instrucción todos subían un peldaño, de forma que el cuadrado que formaban no se veía modificado.

—¡Maldita sea! ¡Tenemos que entrar a salvar al rey!

A apenas un metro de ellos, un valeroso erávico se rindió entre gritos a la impotencia y la locura. Espada en mano subió las escaleras a la carrera buscando acercarse a los peligrosos hechiceros. Estos centraron su atención en él y alzaron sus manos. El suelo tembló, las escaleras parecieron agitarse y la piedra se levantó bajo los pies del bravo soldado haciéndolo caer. La mala suerte hizo que, con su cercanía, Saith tropezara. Ni el paso del soldado ni la percepción del amiathir podían intuirlo allí, pero el temblor de tierra si afectó a su equilibrio. Aunque reaccionó y pudo ponerse en pie, perdió el ritmo mientras Arual decía izquierda y el cuadrado modificó su forma.

—¡Se acabó el sigilo! —gritó Hyrran ante la sorpresa reflejada en los rostros amiathir.

Su hacha encontró el cuerpo de uno de ellos, como lo hizo la lanza de Ekim. Saith se lamentó por el tropiezo y corrió hacia otro de los hechiceros. Pese al intento del amiathir por detenerlo, estaba lo bastante cerca como para alcanzarlo con Varentia. En pocos segundos, los enemigos que protegían el palacio habían caído.

Arual resopló con fuerza secando el sudor de su frente.

—Eso ha estado cerca.

—Pero lo conseguimos —concluyó Saith—. Vamos. Tenemos que ayudar a Lyn y al rey.

—No. —Hyrran extendió el brazo y puso la mano sobre el pecho de su amigo—. Yo iré con Arual. Tu ve con Ekim a las puertas de la ciudad y ayuda a los soldados. Si salvamos al rey y el ejército cae no habremos conseguido nada. Los féracen alcanzarán el palacio y no habrá escapatoria para nadie.

—¿Ayudarlos? ¿Cómo? No puedo vencer a todo un ejército de esas criaturas.

—No sé. Algo se te ocurrirá. Tú eres el que tiene las habilidades de un dios —sonrió su amigo encogiéndose de hombros.

Saith formó una fina línea con los labios por la frustración. Quería proteger a Lyn, a Kalil y a los Conav, pero Hyrran tenía razón. De todos ellos, él era el más capacitado para ayudar en la batalla como hizo en el Valle de Lorinet.

—No te preocupes —añadió el mercenario tranquilizándolo—. Conseguiré ponerlos a salvo.

Los cerúleos ojos de Hyrran brillaron con aquellas palabras. Había algo distinto en él. Apenas quedaban vestigios del ladronzuelo que conoció en la pradera aquel día, cuando los ayudó a huir de aquellos bandidos.

Saith asintió más convencido. Después se dio la vuelta para volver a la batalla.

—¡Espera! —Arual se acercó y extendió el brazo ofreciéndole los talk'et. Saith los agarró sin saber para qué podrían volver a servirle—. Recuerda. Dos golpes con el dedo los activan o desactivan. Y estas otras —La líder athen le tendió un par de esferas con un extraño brillo rojizo—, son de ataque ígneo. Su impacto provocará grandes llamaradas. Tal vez te sean útiles... Ten cuidado.

Y sin dejarla terminar, metiendo aquellos obsequios en su bolsa, se giró y corrió allá donde la guerra era más cruel seguido de Ekim. Pese a que eran varios los féracen que habían sobrepasado las defensas erávicas, el grueso de las tropas enemigas aún estaba cerca de la entrada de la ciudad, combatiendo a los valerosos hombres que intentaban resistir cuanto podían. Eso hizo que apenas encontrasen enemigos a su carrera por las calles de la ciudad.

Pronto el panorama se torció ante sus ojos. Los féracen no tenían oposición en la mayoría de soldados erávicos que, inexpertos, aguantaban con inútiles formaciones defensivas los poderosos ataques del enemigo. Las fuerzas del rey, para su sorpresa, eran más numerosas, pero también más débiles. Supo al instante que, si la reina blanca hubiese llevado todo su ejército, habría llegado tarde. Estaba tan segura de su victoria que no necesitaba tal despliegue. Tampoco ella estaba allí comandando a sus bestias. Saith observó impotente cómo el ejército rythano cruzaba las defensas aliadas como un cuchillo caliente sobre la mantequilla. Por suerte, un grupo de valientes resistían con sus últimas fuerzas mientras otros tantos se retiraban, siendo perseguidos por los feroces hombres de la reina. Su mayor número les había proporcionado algo de tiempo.

—Cada vez son menos. Eravia no tardará en sucumbir y solos no podremos hacer frente a ese ejército —farfulló Saith entre dientes mientras corría hacia la batalla.

En la retaguardia del ejército de azulados ropajes, tres soldados parecían defender a quienes huían de los féracen dándoles una última esperanza de vida. Dos de ellos los protegían con cierta habilidad, aunque con dificultad, mientras el tercero, tan alto como un olin, los ayudaba a escapar y los auxiliaba. Saith entornó los ojos para identificarlos ante lo familiar de aquellos salvadores.

—¿Lasam? —Ekim abrió la boca con incredulidad deteniéndose en su carrera—. ¡Lasam!

Saith reconoció a la espigada hermana de su amigo ayudando a los soldados que huían. La mujer olin, que tan asustada había estado en el panteón real durante la batalla de Lorinet, estaba a pie de campo auxiliando a los aliados. Expuesta. Valiente. Aquella muchacha agazapada e inocente estaba ayudando como podía a la difícil situación del reino. Ekim la observaba anonadado, como si no reconociera a la persona en la que se había convertido.

Saith también supo al momento quiénes eran aquellos que la ayudaban a poner a salvo a los soldados atrayendo la atención féracen. Ziade, la paladín de la protección en Kallone, se mostraba alta e imponente ofreciendo su mejor versión en el manejo de la espada. Sufría para detener los ataques del enemigo pese a su incontestable habilidad. No obstante, un segundo soldado la ayudaba. Menos hábil, pero ducho en cualquier caso. Saith supo al instante de quien se trataba al ver su estilo, tan parecido al de sí mismo. Era Zurdo, su maestro y mentor. La ausencia de su mano derecha no le impedía mostrar el alma de un guerrero. La juventud que no reflejaba su piel parecía chisporrotear en sus ojos con un brillo que pocas veces había mostrado durante sus días en Aridan. Combatía como antaño hiciera en el ejército dorado representando a los reyes Asteller.

Pese su admirable disposición, no aguantarían el peso de aquella lucha. Estaban indefensos, y era cuestión de tiempo que las hordas enemigas atravesaran las defensas del reino y arrasaran la ciudad hasta sus cimientos. Saith y Ekim se miraron, asintieron y corrieron a ayudarlos. Desenvainó a Varentia con la velocidad del viento y golpeó a los enemigos que luchaban contra Ziade. Ekim también llegó a la carrera y barrió al enemigo con su lanza, haciéndolos volar en dirección contraria a donde estaba Zurdo. El anciano asistió a la llegada de los refuerzos y vio cómo el enemigo sucumbía momentáneamente. Las arrugas de su frente ante las cejas alzadas por la sorpresa acumulaban perlas de sudor. Miró a Saith y sonrió al verlo. Él le devolvió una sonrisa apurada y el anciano frunció el ceño un instante después.

—¡Ya era hora, rapaz! Sé que los héroes esperan para entrar en el momento justo, pero tú vas muy tarde —le espetó.

—Lo siento. Acabamos de llegar a la ciudad y tuvimos que buscar una entrada alternativa —contestó él.

Ekim acudió a ver a Lasam aprovechando aquel paréntesis en la lucha. El olin puso las manos en los hombros de su hermana y apoyó su frente en la de ella. Luego, ambos vinieron a encontrarse con los demás. Saith imaginó que las muestras de afecto olin debían ser muy distintas a las que tenían los humanos, pero ambos tenían una extraña alegría en los ojos que iba más allá de su imperturbable rostro.

—¿Conseguisteis el apoyo de los athen? —preguntó Ziade con urgencia mientras se secaba el sudor con el antebrazo.

Saith negó con vehemencia y la expaladín no pudo evitar una expresión frustrada que denotaba preocupación.

—Agradecemos la ayuda, pero no podremos hacer frente a esto. Ni siquiera con vosotros aquí. Los soldados más preparados de Eravia y los kalloneses que llegaron a apoyar la causa de Kalil aún resisten, pero no por mucho tiempo.

La soldado señaló con la barbilla a los aliados, que perecían ante un ejército féracen que cada vez igualaba más las fuerzas en el interior de Ortea.

—Intentamos salvar a cuantos podemos y ser un último filtro para esas bestias, pero no tardarán en imponerse y destruir la ciudad —intervino el viejo armero.

Supo al momento que Zurdo tenía razón. Los soldados más preparados aún estaban en pie, pero ya no combatían por ganar aquella disputa, sino por sobrevivir.

¿Acaso había manera de ayudarlos sin perecer en el intento?

—Necesita un plan.

Los ojos de Saith se giraron hacia la inocente voz de Lasam.

—No hay estrategia posible. Somos cinco y apenas un millar de hombres acorralados ante esos guerreros sobrehumanos —bufó Zurdo.

—Tal vez sí la haya —susurró Saith con una idea en la cabeza.

Rebuscó en su zurrón y mostró los talk'et que Arual le había entregado. Con esos artefactos habían logrado camuflarse para entrar en palacio sin que los amiathir se percatasen de su presencia. Tal vez lograse utilizarlos para conseguir una ventaja, por pequeña que fuera...

—¿Esferas athen? —dijo Ziade sin entender.

—Las rojas son esferas de fuego —explicó—. Las otras cuatro son talk'et, tecnología athen que permite ocultar algo a los sentidos de los demás.

La expaladín de la protección puso los ojos en blanco con un suspiro y volvió a mirar las esferas.

—Está bien —gruñó ella—. ¿Cuál es el plan? ¿Cómo piensas utilizar esas cosas?

—Miradlos —dijo Saith escudriñando la batalla—. La formación de ataque féracen es descuidada.

Todos observaron la desequilibrada lucha en la que los soldados erávicos que quedaban se defendían con su último aliento. Zurdo asintió vehemente.

—Es cierto. Están tan confiados en sus posibilidades que descuidan su defensa. Pese a ser poco más de un centenar nos tienen acorralados y luchan por ver quién de ellos conseguirá dar muerte a más enemigos.

Saith asintió y Ziade vio claro lo que pretendía.

—Quieres cambiar las tornas y que seamos nosotros quienes los rodeemos en una emboscada.

—Con la ayuda de los talk'et podemos evitar que nos vean y colocarnos tras ellos, cerca de las puertas de la ciudad. Jamás esperarán un ataque como ese —aseguró agitando a Varentia.

—Peligroso —refunfuñó Ekim.

—Pero necesario —replicó Saith.

—Si no hacemos algo ahora, el futuro del reino quedará en manos de esos féracen. El futuro de Thoran —dijo Ziade. Sus palabras parecían más una forma de convencerse a sí misma que al resto—. Pero no será suficiente con rodearlos. Se agruparán y defenderán hasta recibir ayuda de los que aún aguantan en la entrada de la ciudad.

Mientras hablaba, Saith ya había repartido los talk'et. Uno para Ekim, otro para Lasam, otro para Zurdo y un último cristal para Ziade.

—Eso es cosa mía. Yo iré oculto en el efecto de las esferas y apareceré en el interior de su formación. Haré de señuelo y los atraeré para que podáis rodearlos —aseveró Saith.

Sabía que aparecer entre ellos los enfurecería y pondría en riesgo su vida, pero si de alguna forma tenía que aceptar el peso de ser ese Aecen que todos veían en él, tenía que asumir ese riesgo.

—No. No solo —le recriminó Ekim.

—Sé que si alguien puede hacerles frente a esas bestias eres tú, rapaz. Pero son demasiados. Incluso para ti. En el momento en el que aparezcas frente a ellos y agites esa espada se echarán sobre ti como mendigos sobre un mendrugo de pan.

—No hay otra opción. Mientras yo permanezca dentro de las esferas no seré visible para ellos. Recordad mantener la formación, si uno de vosotros pierde el ritmo y avanza más rápido o lento que el resto, los talk'et dejarán de funcionar, nos harán visibles y perderemos el efecto sorpresa.

El resto asintió a regañadientes, conscientes de lo desesperado de la situación y del poco tiempo que poseían. Un minuto después ya formaban un cuadrado perfecto, tan amplio que podría albergar a buena parte del ejército féracen en su interior. Saith se quedó en el centro de la formación y les indicó que dieran un par de golpes a las esferas athen. No había forma de saber si había funcionado, así que desenvainó a Varentia y se preparó para la acción. Mientras sus amigos daban pasos sobre las calles de Ortea en dirección a la batalla, deseó que todo saliera bien. La sensación era la de estar metiéndose en la boca de un yankka. Si algo fallaba quedarían expuestos a la furia y la habilidad de sus rivales, y a tanta distancia sin Arual allí, nadie marcaría el ritmo de sus pasos.

No obstante, había algo que no había pensado hasta ese momento. Algo que, con cada paso, agitaba su estómago y lo llevaba a apretar los puños con tanta fuerza que sus manos dolían. La impotencia. Una sensación de insuficiencia que ya había tenido antes, tan familiar que asfixiaba su confianza. La había tenido en Riora cuando mataron a sus padres. En el Valle de Lorinet al tener que luchar contra su mejor amigo. Era la frustración de observar el sufrimiento a su alrededor y no poder hacer nada por evitarlo.

Los soldados erávicos suplicaban al cielo. Luchaban con caras ensangrentadas, ropajes rasgados y con el escozor de las heridas recordándoles que aún no habían muerto. Veía los ojos desencajados de hombres que luchan por su vida, que rebuscan en su interior buscando la energía para vivir un segundo más. Pedían ayuda a los dioses o gritaban, buscando sacar fuerzas de donde ya no tenían. Y él los veía caer bajo el acero enemigo. Ante soldados de túnicas blancas y crueles ojos rojos que no conocían la piedad.

Los gritos de dolor entraban en su cabeza para instalarse allí mientras él caminaba oculto por los talk'et. Supo que los recordaría siempre, como los ruegos. Sus amigos apretaban los dientes sin perder la formación, ocultos mientras esquivaban el caos de la lucha que se vivía a su alrededor. Fue así hasta que no pudo huir más de ese sentimiento que lo había atosigado toda su vida. No podía seguir sin hacer nada ante el sufrimiento y el dolor de aquella gente. Así que salió a correr escapando de la barrera de invisibilidad que le ofrecían los talk'et.

—¡No! —El grito de Ekim no fue más que un arrullo entre los alaridos de la batalla.

Para Saith solo fueron unos pasos. Para el resto de contendientes en aquella batalla por el futuro de Thoran fue algo más. La inesperada aparición de un guerrero que empuñaba a la legendaria Varentia y corría hacia la batalla a la vertiginosa velocidad sobrehumana de los propios féracen.

Por la cara de aquellas fieras al verlo, supo al instante que no lo esperaban... y que también sus ojos debían mostrar el brillo rojizo de otras ocasiones. No preguntaría a nadie si era así. Varentia danzó en su mano con el espectacular brillo rojizo que la reparación athen había dejado en ella y su muñeca dibujó extraños patrones en el aire. La hoja giró con fuerza y precisión, hiriendo a todos los féracen que osaron acercarse a él. Varios tajos más tarde la sangre bañaba su ropa, sus manos, su rostro... No aceptaría la impotencia de ver cómo herían a los suyos. Nunca más.

Luchó con todas sus fuerzas. Impetuoso, dejándose llevar por ese coraje indomable que crecía en su corazón. No obstante, sus enemigos no eran como los féracen contra los que había luchado en la caída de Lorinet. Eran más rápidos, más fuertes. También parecían mejor entrenados. No solo eran bestias de extraordinario poder, sino soldados preparados para el combate. Pese a su propia fuerza y la letalidad que le otorgaba la legendaria hoja restaurada por los athen, eran demasiados. Los féracen pronto se olvidaron del resto de soldados erávicos, que se reagrupaban en la distancia sin creer lo que veían. Los ojos de aquellos demonios se centraron en él y en su llamativa espada casi de forma exclusiva, atraídos por el reto y la dificultad de combatir ante un enemigo a su altura, presos de su propio ego.

Ya no sabía dónde estaban sus amigos, ocultos por la magnífica tecnología athen. Probablemente se apresuraban a alcanzar sus posiciones estratégicas para rodear al enemigo y seguir el plan. Mientras, él aguantaba ofreciendo un escudo humano a los soldados que huían de la batalla. Con algo de suerte, ahora que los féracen lo rodeaban a él la estrategia tendría éxito y podrían atacar su retaguardia. Solo tenía que aguantar un poco más.

Y de pronto, el aire pareció ondularse cerca de él. Una figura tomó forma, tendida en el suelo, abandonando la capa de invisibilidad que la protegía. Saith reconoció al momento el espigado cuerpo de Lasam apenas unos metros más allá. Su inexpresiva cara olin esta vez mostraba dolor tras haber tropezado y caído al suelo. Saith pudo ver cómo la esfera que la hermana de Ekim sostenía escapaba de sus manos y rodaba hasta perderse entre la maraña de piernas féracen que esperaban darle muerte a él. Al caer uno de los talk'et, la estrategia se vino abajo. Zurdo, Ekim y Ziade también se hicieron visibles junto a los féracen al tiempo que estos atacaban sin comprender qué pasaba.

—¡Luchad! La formación ha caído y los féracen nos ven. —Oyó gritar a Ziade en la lejanía entre los ruidos del metal al encontrarse.

Mientras Saith peleaba por defenderse de los poderosos ataques enemigos, también comenzaron a hacerlo Ziade y Zurdo. Ekim corrió a ayudar a su hermana. La expaladín y el viejo armero estaban lejos de las posiciones que habrían permitido rodear a los féracen mientras que los olin estaban demasiado cerca del propio Saith, metidos de lleno en las peligrosas filas enemigas. La estrategia había fallado.

No había tiempo que perder. Usó toda su habilidad para abrirse paso hasta Lasam y ayudar a Ekim. Aunque los féracen vieron a la olin, la ira los atrajo hacia él, quien podía ofrecerles una batalla más exigente. Eso permitió a Ekim llegar hasta Lasam, lanza en mano, echarse su brazo a los hombros y sacarla de allí con dificultad. Los erávicos huidos acudieron en ayuda del olin y le hicieron de escudo para ayudarlo a escapar, reuniendo toda la valentía que aún guardaban. Ekim asistió atónito a la ayuda de los humanos, conscientes del apoyo que ambos olin les prestaban en la batalla.

Saith aguantó las embestidas del enemigo como pudo, pero era imposible. No aguantaría el ataque de tantos rivales mucho tiempo más. Solo era cuestión de tiempo que el cansancio le impidiera seguir con vida y hacer frente al poder de aquellos diablos. Sin embargo, había conseguido reunirlos a su alrededor. En la enorme explanada que daba entrada a la ciudad estaba congregado más de la mitad del peligroso ejército féracen.

Zurdo y Ziade luchaban intentando atravesar las líneas enemigas sin éxito con la idea de ayudarlo. Estaban demasiado lejos de él, como Ekim, que había llevado a Lasam con el resto de soldados alejándola de la ira féracen. Saith agitó a Varentia en un movimiento giratorio que hiciese apartarse a sus enemigos. Necesitaba tiempo. Más del que sus rivales le darían. Desesperado, metió la mano en su zurrón y sacó las esferas ígneas que Arual le había dado.

«Su impacto provocará grandes llamaradas. Tal vez te sean útiles», le había dicho la *raedain* athen.

Asintió mientras veía a sus enemigos preparados para volver a atacar. En sus ojos había odio. Instinto asesino. Demasiada sed de sangre insatisfecha para no comprender lo que le esperaba.

Y entonces saltó.

Saltó tan alto y tan lejos que fue un pequeño vuelo de diez metros hacia atrás. Un impulso sobrehumano que lo alejó del caos de la batalla. Aún estaba en el aire cuando varios féracen saltaron tras él con su misma fuerza, anhelando su muerte. Saith agarró las esferas de fuego y las lanzó allá donde había estado hacía un segundo, rodeado. Volaban hacia las fieras que lo habían acorralado como a un conejo fuera de su madriguera.

El tiempo pareció detenerse mientras aún flotaba en el aire. Las esferas descendieron con fuerza y se estrellaron rompiéndose contra las empedradas calles de Ortea. Mientras él caía lejos de ese impacto, las llamas surgieron como si un volcán hubiese entrado en erupción bajo los pies de sus rivales. El fuego lo inundó todo ante la atónita mirada de los soldados erávicos y de sus amigos, que observaban aquel espectáculo de luz y dolor. Las llamas tocaron a sus enemigos, que comenzaron a gritar y agitarse para librarse de un fuego que no parecía querer que escaparan. Era el momento que había esperado. Cuando sus pies tocaron el suelo se impulsó con fuerza hacia las llamas aprovechando la sorpresa y el temor, hasta ese momento desconocido, de sus enemigos.

El calor se hizo más intenso, obligándole a cerrar los ojos, pero consiguió entornarlos y ajusticiar con Varentia a todo aquel féracen bañado por el fuego. En parte para darles muerte y evitar que se recuperaran, en parte para acallar sus aullidos al cielo. A algunos de ellos las quemaduras apenas los habían alcanzado, pero estaban tan sorprendidos por el giro que había dado una batalla que presumían ganada que la rojiza hoja de Varentia los alcanzó de forma inesperada. Ekim, Ziade y Zurdo se unieron a él de inmediato. Solo aquel despiste, aquella situación provocada por las esferas athen, les podía ofrecer una pequeña esperanza de victoria aprovechando la sorpresa.

Envalentonados, los soldados erávicos que huían volvieron a la lucha. Incluso los heridos parecían haber recobrado la fe perdida. Con el enemigo mermado por las llamas lograron ver, por primera vez, la posibilidad de ganar. Esta vez fue la sangre de sus enemigos la que roció el suelo tiñéndolo de un rojo carmesí.

Ziade ajustició al último féracen del lugar hundiendo la hoja en su cuerpo con fuerza, aunque había otros lejos de la masacre que aún luchaban.

—Ekim, ¿cómo está Lasam? —dijo Saith resoplando por el cansancio mientras se secaba el sudor.

El olin hizo un gesto afirmativo con el pulgar, aunque su hermana cojeaba visiblemente al andar.

—Lo hemos conseguido —dijo la expaladín de la protección con una alegría comedida y sincera—. Hemos vencido a esas bestias.

—Aún no —replicó Zurdo frunciendo el ceño y mirando a las puertas de la ciudad.

Allí los féracen seguían batallando y entrando en Ortea. Apenas tenían ya un tercio de su ejército y algunos amiathir, cuyas miradas se dirigían a ellos atraídas por las grandes llamaradas. Las puertas ya casi habían caído, y el resto de los soldados blancos entraban en la ciudad.

De repente, dos soldados atravesaron las puertas. Saith reconoció la armadura de los generales rythanos. No corrían o gritaban. Ni siquiera habían desenvainado sus espadas en un alarde de superioridad. Simplemente caminaban entre aquel reguero de muerte como si la batalla no tuviese nada que ver con ellos. Ambos miraron hacia donde estaban.

Saith sintió cómo, a pesar del calor en el fragor de la reciente lucha, la sangre se helaba en sus venas. Había esperado volver a encontrarse con Kerrakj. Con Cotiac. Con Gael. Incluso con Ahmik, aunque deseaba con todas sus fuerzas que no fuese así.

Por desgracia, su mejor amigo de la infancia, con quien ya había combatido en el Valle de Lorinet, estaba allí, pero no había venido solo...

—¿Amerani? —La voz de Zurdo sonó tan aguda que apenas pareció salir de su boca.

—Es imposible —gruñó Ziade sin creer lo que sus ojos veían—. Canou jamás daría la espalda a su reino y a su gente.

Ahmik y Amerani caminaban hacia ellos mientras el resto de féracen, los que quedaban, entraban en la ciudad con total impunidad para continuar la batalla. Saith negó con la cabeza.

—No. Ya no es él. —Ziade y Zurdo lo observaron extrañados mientras apretaba los puños con fuerza—. Le han lavado el cerebro y ya no recuerda quién es, al igual que hicieron con Ahmik. Ahora lucha para Kerrakj.

Sintió la ira recorrer su cuerpo. ¿Cómo podía utilizar a personas buenas y leales para lograr sus fines modificando sus recuerdos?

—¿Y qué haremos? Si una de esas fieras es dura de pelar con la fuerza de diez hombres y la rapidez de un animal salvaje, imagina con las habilidades para la lucha del mejor espadachín de todos los tiempos —gruñó Zurdo sin quitar la vista del expaladín del rey.

Fue la primera vez que Saith vio el terror reflejado en la cara de Ziade. También la tristeza por tener que enfrentarse a quien tanto admiraba. Él conocía bien esa sensación. Después de todo era Ahmik quien se acercaba. Aún no sabía cómo hacer para neutralizar sus sentimientos y luchar contra quien era más que un hermano.

—Marchaos. Defended la ciudad del resto de féracen y evitad que maten a todos. Ahora son menos y tal vez podáis detenerlos. Yo me enfrentaré a Ahmik y Amerani.

—¿Estás loco? ¡Son demasiado fuertes! —replicó Ziade—. No permitiré que...

Zurdo agarró la muñeca de la soldado deteniendo la réplica y esta calló, sorprendida por el gesto.

—Es su destino. Estar ahí cuando el mundo lo necesita —dijo el anciano.

Años atrás, Saith había creído que el armero estaba loco. Ahora que sus amigos confiaban en él y en que fuese ese Aecen al que agarrarse como evasiva esperanza en la batalla, sentía que tenía el deber de corresponderles con su propia vida.

—Marchaos y no os preocupéis por mí. Vuestro objetivo es salvar a la gente de

Ortea.

Pese a la preocupación reinante sus compañeros asintieron. Todos comenzaron a correr en distintas direcciones para ayudar al resto de soldados y los habitantes de la ciudad. Todos salvo Lasam que, herida, se alejó para ponerse a salvo. Saith esperó. Era el momento de enfrentarse a su verdadero destino.

Rodeado de soldados, de muerte, heridas y sangre, gritos de ánimo y dolor, e incluso con soldados erávicos y féracen corriendo a su alrededor y luchando por la vida, Saith solo tuvo ojos para Ahmik y Amerani, que se acercaban con seguros pasos. Sintió que el tiempo se detenía en aquel silencio personal, rodeado de múltiples gritos, en el que no solo tendría que luchar contra quien fue su amigo, sino contra su propio corazón.

36. Un poder inimaginable

El estruendo del agua al golpear con fuerza las paredes del salón del trono lo inundó todo, dando paso a una efímera calma que no duraría mucho. Lyn vio cómo pequeñas gotas volaban ante sus ojos pese a estar agazapada tras el ornamentado asiento del rey. Algunas de ellas se posaron en su oscura piel, humedeciéndola y recordándole que no estaba a salvo.

Era tal y como Saith le había contado. El poder de Radzia era mayor de lo que jamás habría imaginado. No controlaba las fuerzas naturales como el resto de amiathir, sino que la creaba por sí misma demostrando con cada ataque el poder de un dómine. Era como si luchase contra la naturaleza misma. Poderosa. Impredecible. Chorros de agua de una fuerza descomunal que parecían no tener fin seguían golpeando cuanto estaba a su alrededor.

A unos metros estaba Dracia, que también se ocultaba tras los muros levantados en el improvisado campo de batalla. El rostro de su mentora demostraba que estaba superada por la situación. No solo luchaba contra un enemigo, sino contra toda su raza... y contra su propio hijo.

Dracia salió de su escondite a toda velocidad, alzó las manos para domar las llamas de unas antorchas cercanas y las hizo volar hasta la dómine de Glaish. Con un simple gesto de sus brazos, esta levantó un muro de agua que detuvo el fuego sin esfuerzo. La muchacha sonrió a sabiendas de que su poder era muy superior al de sus rivales.

Dracia volvió a esconderse tras una columna evitando un nuevo ataque. Lyn pudo ver cómo la expresión de preocupación no abandonaba el ceño fruncido de la amiathir.

—¡Vamos, madre! —Era la irónica voz de Cotiac al otro lado del salón—. No es este el reencuentro que había esperado después de tantos años. ¿Es que no quieres dar un abrazo a tu querido hijo?

Dracia volvió a salir del amparo de la columna, pero antes de que pudiese atacar, un relámpago la hizo palidecer. El rayo pasó fulgurante junto a ella y la hirió en el brazo, haciéndola caer sobre las maltrechas baldosas del palacio. Lyn salió de su escondrijo para auxiliarla y, antes de que el agua de Radzia volviese a caer sobre ellas con fuerza, arrastró como pudo a su mentora hasta ponerla a salvo tras el trono.

La mujer amiathir se llevó la mano a la herida y dejó escapar el aire entre los dientes con un gesto de dolor. Sus oscuros ojos le lanzaron una mirada interrogante. Lyn se quedó helada al entender que la mujer más segura y decidida que había conocido en su vida estaba tan superada por la situación como ella misma.

—No te muevas o te dolerá más —le dijo sin saber qué hacer—. Aguanta un poco mientras intento detenerlos.

—*No puedes*. —La voz de Illeck retumbó en su cabeza como si fuese el propio castillo el que hablase, colapsando su sentido del oído—. *No puedes detenerlos. Ni proteger a esta mujer. Eres demasiado débil.*

Lyn negó con la cabeza intentando sacar aquella voz de su mente ante la expresión de dolor de Dracia.

—No podrás hacerles frente tú sola, Aaralyn. Son dos dómines y tú apenas has conseguido dominar las fuerzas naturales. Te matarán —aseguró intentando levantarse.

Lyn colocó la mano sobre el hombro de su amiga. Aquella mujer la acogió cuando no tenía nada. Cuando se quedó sin su familia, sin hogar… No podía dejar que le pasase nada. No mientras pudiese luchar.

—Yo también lo soy.

Dracia observó atónita la expresión culpable de su cara. Debía habérselo dicho en cuanto se vinculó a Illeck. Tal vez podía haberla ayudado como siempre hizo, pero no había querido admitir su propia debilidad. Ahora era tarde. Se levantó, lista para salir y protegerla con su propia vida, pero su mentora la agarró de la muñeca impidiendo que se alejara.

—¿Qué ídore? —dijo con seriedad.

—Illeck.

Los ojos de Dracia se abrieron como si ante ella pudiese ver al mismísimo espíritu de la ígnea criatura. Lyn se liberó de su mano, se levantó y salió de detrás del trono. Allí, Cotiac y Radzia la recibieron con una sonrisa confiada.

—Vaya, vaya. Parece que el ratón ha decidido salir y mirar a los ojos al garra cerril —la saludó Cotiac. Las llamas habían deformado la mitad de su cara y su rostro se tornó severo cuando vio que eso era lo que ella miraba—. Es curioso. Tengo frente a mí a las dos mujeres que más daño me han hecho en la vida y la posibilidad de vengarme por tanto sufrimiento. Bendita oportunidad del destino.

—Es tu madre… —dijo Lyn con una mirada de asombro ante tanta crueldad.

—La sangre no tiene valor salvo cuando es derramada. Nadie que te abandona y se marcha de tu lado puede considerarse familia.

—¡Dracia se marchó de Amiathara por tu bien! ¡Por el bien de todos! Quiso evitar que los planes de Crownight y Kerrakj siguieran adelante. Quiso que no utilizaran a los amiathir y los hicieran participar en esta guerra defendiendo sus intereses.

Cotiac cortó tajante el aire con la mano.

—¡Oh, qué altruismo! Que muestra de amor hacia su raza. ¡Hacia su hijo! Huir de Amiathara con el rabo entre las piernas y dejar la ciudad desamparada. Parece un acto de amor equiparable al que sentías cuando me traicionaste en favor de una princesa humana —ironizó con sorna. Luego señaló las quemaduras de su cara con ira contenida—. Estas son las marcas de tu traición.

—¡Tú fuiste quien me traicionó! Me utilizaste para engañar a Kallone y ayudar a la reina blanca.

—¡No te traicioné, maldita sea! No a ti. Yo te quería más de lo que he querido a nadie. Fuiste la única persona que me hizo dudar sobre lo que teníamos planeado… pero nuestra gente lleva siglos sufriendo la maldad de los reyes humanos. Estamos tan cerca, Aaralyn… Un paso más y Eravia estará en manos de Kerrakj. ¡Los amiathir seremos libres por fin! ¡Podremos vivir en paz!

Pese a que su rostro ya no era como lo recordaba, no pudo evitar percibir la súplica en sus ojos. El anhelo de encontrar su comprensión.

—Estás en el bando equivocado, Cotiac. La gente muere a merced de vuestro implacable ejército de bestias. Dracia me enseñó a amar las artes amiathir, pero para abrazar nuestra naturaleza no necesitamos hacer daño a los demás.

El amiathir aseveró su expresión, consciente de que no llegarían a ningún acuerdo. Ambos querían la mayor libertad para los amiathir, pero no compartían el camino por el que pretendían conseguirlo. Sus posturas estaban tan cerca y tan distantes a la vez que resultaba abrumador. Lyn supo que nunca verían las necesidades del mundo con los mismos ojos.

—Solo tendremos paz cuando este reino sucumba al dominio de Kerrakj —sentenció él con un susurro.

El silencio pareció envolverlos a ambos, evadiéndolos de la realidad durante unos segundos, profundos como los mares del este.

—Hablas demasiado, Cotiac. No vas a convencer a tu amorcito con palabras y el príncipe se escapa —interrumpió Radzia con frialdad—. Nos estás retrasando y ya conoces nuestras órdenes: eliminar a los linajes reales para que no haya represalias al trono de Kerrakj como reina de Thoran. Si no eres capaz de hacerlo, seré yo quien acabe con esto de una vez.

La amiathir alzó los brazos y el agua brotó del suelo, apareciendo de la nada como serpientes acuáticas que se enredaran a su alrededor cobrando vida, suspendidas en el aire. Lyn supo que no podía hacer frente a su inimaginable poder, pero tenía que intentarlo o todo su esfuerzo y el de sus amigos sería en vano. Levantó las manos para responder a su magia antes de que Radzia atacase. Solo si lograba desatar todo el poder de su interior conseguiría detenerla, y para ello necesitaba a Illeck.

«Ayúdame», pensó deseando que el ídore no desoyese sus súplicas.

Colocó las palmas de sus manos hacia arriba y de ellas surgieron llamas, formando dos bolas de fuego del tamaño de una cabeza humana. Sintió el calor de ambas en su piel y el poder fluyó entre sus dedos.

Radzia abrió los ojos por el desconcierto y pareció congelar el agua a su alrededor parando el tiempo. Cotiac asistió estupefacto al poder de Lyn. Ella misma estaba sorprendida por dominar el fuego de Illeck como nunca antes lo había hecho. El ídore parecía canalizar su fuerza a través de su cuerpo.

Cuando la general amiathir asimiló lo que ocurría, su rostro cambió de la estupefacción a la preocupación, y después a la ira. Sus brazos bajaron con fuerza y las columnas de agua a su alrededor salieron disparadas buscando a Lyn. No había tiempo de esquivarlas. Echó una mirada fugaz a Cotiac, que asistía a la batalla como un simple espectador, e impulsó las esferas ígneas hacia Radzia. Ambas salieron disparadas a toda velocidad, pero el acuoso ataque las hizo desaparecer en milésimas de segundo. El fuego se disolvió bajo el líquido elemento como si jamás hubiesen existido.

El agua la golpeó con tanta fuerza que la lanzó por los aires. Durante unos segundos perdió la referencia de cuanto ocurría a su alrededor. Era toda una cascada lo que caía sobre ella. Sintió el duro golpe al estrellarse contra el suelo y notó cómo la inercia la hacía resbalar hasta que una columna la frenó. Intentó levantarse colocando las manos sobre las resbaladizas losas, pero se sintió desorientada. Como si la oscuridad lo invadiese todo, haciéndole sentir impotente ante el temible poder de Glaish y Radzia.

—*Te lo avisé. Eres demasiado débil.*

Lyn abrió los ojos ante los reproches del ídore y vio con borrosa visión cómo

Cotiac y Radzia se alzaban frente a ella. El dios amiathir tenía razón. Había creído que convirtiéndose en dómine ofrecería una esperanza a Eravia. Al mundo. Pero era débil. Ella e Illeck no eran rival para tanto poder y, ahora, Thoran pagaría esa debilidad.

Hyrran corrió por el castillo empuñando el arma que los athen habían forjado por petición de Lyn. Tras él iba Arual, que jadeaba ostensiblemente. Pensó de forma fugaz en que los athen tenían una inteligencia superior, pero no les vendría mal algo de culto al cuerpo para mejorar su forma física.

Recorrió los pasillos de palacio temiendo encontrarse con los amiathir que se hubiesen colado en su interior, pero nadie había allí. Ni siquiera soldados erávicos. No vivos al menos. Algunos cadáveres se encontraban tirados en el suelo y todo estaba mojado, como si hubiese llovido en el interior de la montaña.

—Han pasado por aquí —afirmó Arual leyendo sus pensamientos.

Hyrran apretó el paso. Por suerte, la líder athen había estado multitud de veces en el castillo y pudo guiarlo hasta el salón del trono. El joven mercenario pensó que un rey ausente en la batalla esperaría su suerte sobre su trono. Tal vez lo encontrase allí.

Al llegar abrió las puertas y comprobó desolado que era tarde. Había columnas que no sujetaban los techos. El suelo se encontraba levantado en varios puntos, con baldosas rotas y rocosas protuberancias que surgían de las profundidades. Había cuerpos tirados por el salón y todo estaba mojado, como en el resto del palacio. Era como si un maremoto lo hubiese destrozado todo a su paso. Pronto se percató de que dos amiathir esperaban en el interior y, entonces, todo cobró sentido.

Frente a él estaba Radzia, la chica que casi acaba con sus vidas en el Puente Sur, cuando desató un fuerte oleaje del que perdió el control. Y junto a ella Cotiac, el general de Kerrakj que había traicionado a Kallone y que Lyn le había presentado antes de la batalla en el Valle de Lorinet. Hyrran recordó cómo la abrazaba y tiraba de ella agarrándola por la cintura durante su encuentro. Su sonrisa de superioridad tras la ostentosa armadura de paladín. Cómo los había perseguido hasta más allá de Zern.

—¡Ramiet! —Arual salió corriendo hacia uno de los cadáveres que yacía junto al trono. Hyrran la siguió sin perder de vista a los amiathir.

La athen se tiró al suelo agarrando la cabeza del que fuese rey de Eravia. Estaba empapado, y sus ojos no mostraban signos de vida.

—Hemos llegado tarde. Han matado al rey —susurró Hyrran manteniendo la mirada a los amiathir. Arual acarició la barba del cadáver que envolvían sus brazos.

—No. Aún no es tarde —aseguró Dracia saliendo de detrás del trono mientras se agarraba una herida en el brazo con una mueca de dolor—. El príncipe Gabre y la princesa Kalil han huido. Mientras sigan vivos hay esperanza para los tres reinos. Aaralyn y yo nos quedamos para retrasarlos y permitir que escaparan, pero son demasiado fuertes.

Hyrran miró con fijeza el inmutable rostro de Cotiac. Su cara quemada por las llamas otorgaba un aspecto amenazador a sus ojos oscuros, aunque su expresión parecía contrariada. Más allá, tirada en el suelo e intentando levantarse sin éxito, vio a Lyn. Su ropa estaba empapada y el pelo caía húmedo tapándole la cara. No parecía poder moverse con facilidad, pero seguía viva. ¿Quién sabía por cuánto tiempo?

—Ayudad a Lyn y sacadla de aquí —dijo entre dientes. Luego corrió hacia el lado opuesto del salón del trono, esquivando baches y cadáveres.

Confiaba en que Arual y Dracia pudieran auxiliarla, pero para ello necesitaba atraer la atención de ambos amiathir. Cogió la empuñadura de su hacha con fuerza y, sin parar la carrera, la lanzó hacia Cotiac. El arma voló rumbo al amiathir girando en el aire con fuerza, pero un chorro de agua surgió de la nada deteniendo su velocidad y haciéndola caer sobre un charco.

—Es inútil. No sois lo bastante fuertes como para detener nuestra magia —dijo Cotiac forzando un bostezo. Al hacerlo levantó una de sus manos y pequeñas esquirlas eléctricas parecieron surgir de sus dedos.

—¿Por qué no vienes y me lo demuestras? —lo retó Hyrran con fanfarronería.

Cotiac sonrió sarcástico y caminó hacia él. Mientras lo hacía, sus dedos continuaban brillando con controlada electricidad. El amiathir era como una nube de tormenta, oscura y amenazadora.

—Los humanos os creéis tan superiores a los amiathir que ni siquiera ante la superioridad manifiesta sois capaces de aceptar vuestra derrota —le recriminó chasqueando la lengua mientras se acercaba.

Cuando estuvo lo bastante cerca, Hyrran alzó la mano. Cotiac se detuvo y contempló a su enemigo. Rio con sorna sorprendido por el gesto.

—¿Vas a lanzarme un hechizo? —preguntó riendo.

Hyrran le devolvió la sonrisa.

—No. Solo voy a recuperar lo que es mío.

El hacha retornó rumbo a su brazalete, atraída por la tecnología concedida por los athen. Fue tan inesperado y fugaz que ni siquiera Radzia pudo reaccionar esta vez antes de que el filo del arma interceptara a Cotiac por la espalda y lo hiciera caer con un grito de dolor. El hacha no se clavó en él, pero lo hirió en el hombro antes de seguir su vuelo atraída hacia la mano de Hyrran, que la empuñó de nuevo sin apartar los ojos del traidor amiathir.

—Estúpido bastardo... —maldijo mientras se levantaba dolorido.

—No sirves para nada, Cotiac —le reprendió su compañera.

—No esperaba que el arma volviese a sus manos por sí sola —espetó él colérico.

—Tienes demasiadas dudas. Demasiadas cuestiones sin resolver. Primero la traidora de tu madre, luego esa chica... Te reprimes y no desatas el poder de Rhomsek. Desaprovechas los dones concedidos por tu ídore y lo único que haces es retrasarnos.

Hyrran intentó reaccionar lanzando el arma una vez más aprovechando la discusión de los amiathir. Sabía que acercarse sería demasiado peligroso. Sin embargo, sintió una fuerte sacudida que le hizo soltar el arma. Una descarga eléctrica que acabó desconcertándolo. El hacha cayó devolviendo al aire un fuerte sonido metálico tras golpear contra el suelo.

Al levantar la vista, Cotiac sonrió con superioridad mientras Radzia giraba la cabeza hacia el mercenario. El ataque no había funcionado y ahora se encontraba desarmado. El gesto de Cotiac y la descarga le trajeron dolorosos recuerdos de cómo

Jisoa y Yanest, los amigos más reales que había tenido antes de toparse con Saith o Lyn, murieron a manos de esa misma magia.

Se lanzó con rapidez al suelo para volver a alcanzar su arma, pero al acercarse, una tromba de agua con una presión exagerada chocó contra él alejándolo del lugar. La sacudida fue de tal magnitud que el impulso hizo que se estrellase con fuerza contra la pared.

Empapado y aturdido, fue cada vez más consciente del dolor por el fuerte golpe. Intentó levantarse, pero sus músculos no respondieron tan rápido como deseaba y se sintió lento. Torpe. Debía haberse golpeado en la cabeza a tenor del fuerte dolor que sentía. Permaneció sentado contra aquel muro a expensas de los enemigos más poderosos a los que se había enfrentado nunca.

Viéndolo indefenso y desarmado, Cotiac se acercó unos pasos.

—Creo que voy a disfrutar esto —anunció mirándose las puntas de los dedos sin perder esa soberbia sonrisa que había mostrado desde el día en que Lyn se lo presentó.

Los dedos del amiathir mostraron chispas fugaces que saltaban iluminando su rostro, deformado en parte por las llamas. Hyrran volvió a intentarlo. Encogió una pierna y puso la palma en el suelo para levantarse, pero el dolor por el golpe se hizo más intenso. Levantó la mano para atraer el arma gracias a la tecnología athen. No sabía qué hacer con ella ante semejante poder, pero siempre sería mejor que nada. Sin embargo, una fuerte descarga sacudió su cuerpo evitando que pudiese atraerla.

Chilló al sentir cómo la electricidad lo recorría.

El dolor era tan intenso que le impidió moverse. Quería huir, pero estaba encadenado a la cruel realidad de su angustia.

Cuando el dolor se detuvo y su calvario cesó, levantó la vista con dificultad. Cotiac estaba agachado junto a él, observándolo, como una serpiente que escudriñara el estado de una liebre indefensa. Sus dedos seguían chisporroteando con un extraño sonido mientras mostraba una sonrisa que más bien parecía una extraña mueca.

—¡Cotiac, no! —Oyó gritar a Dracia desde el otro lado del salón. Hyrran alcanzó a ver cómo la mujer amiathir los miraba mientras Arual auxiliaba a Lyn, que parecía desorientada.

—Lo siento, madre —contestó él con severidad—. Como ya dije, hace mucho que perdiste el derecho a decirme lo que debo hacer.

Acercó su chispeante mano al suelo y la electricidad tomo forma al impactar con el agua, pues todo el suelo estaba mojado a causa de la magia de Radzia. Los rayos parecieron felices de poder correr a su antojo y, en apenas un parpadeo, el dolor y el sufrimiento volvió a Hyrran haciéndolo chillar con impotencia. Un grito desgarrador que no paró hasta que el amiathir separó los dedos del húmedo suelo con una sonrisa divertida.

El mercenario abrió los ojos, pero le resultó imposible enfocar la vista con normalidad. Todo era confuso a su alrededor, como borrosa era la silueta de Lyn junto a Dracia y Arual al fondo del salón.

«¡Salvadla! —pensó—. Sacadla de aquí... por favor».

Podía sentir más que nunca su debilidad hacia aquel inhumano poder. Tanto que no supo hasta cuándo aguantaría con vida. Y en la imprecisión de su vista, ante una realidad velada por el dolor, volvió a observar cómo la silueta de Cotiac se agachaba ante sus ojos, como una tormenta que acecha en las alturas a una frágil balsa que se mantiene a flote sobre el mar embravecido.

Bajó la mano para volver a descargar su eléctrica ira sin que Hyrran pudiese hacer nada por evitarlo y supo, en ese mismo instante, que al igual que esa pobre embarcación se entregaría a la marejada para hundirse en las profundidades, pronto él también claudicaría al dolor y al sufrimiento víctima de la imparable magia amiathir.

37. La fuerza de un porqué

Saith miró a los rojizos ojos de su enemigo. Ahmik y Amerani lo observaron imperturbables a pocos metros de distancia. Era como enfrentarse a su pasado, pero con el desconocimiento que ofrece lo nuevo. En la mirada de quien jamás hubiese querido que fuese su rival no había nada familiar. Una recurrente pesadilla a la que se había enfrentado en la batalla de Lorinet y de la que aún no había conseguido despertar.

—No puedo creer que sigas vivo —saludó Ahmik con sorpresa cuando estuvo lo bastante cerca.

A su alrededor, los féracen que aún quedaban en pie combatían con fiereza. Los soldados erávicos, por otra parte, parecían imbuidos por el coraje que les había otorgado su aparición. Como un evento inspirador que hubiese cambiado el color de la batalla. Su desesperanza había dejado lugar al valor. Lo que antes parecía un grupo de civiles condenados a portar armas, ahora eran hombres valientes dispuestos a dar su vida por el reino. Saith se preguntó si aquel cambio se debía solo a los féracen abrasados por las llamas.

—Admito que no esperaba vuestra estrategia para mermar a mi ejército de esa forma, pero te advierto que no será suficiente. Mientras yo no anuncie la retirada como comandante seguirán atacando hasta aniquilaros.

—La muerte de la mayoría de tu ejército ya ha llegado, y también lo hará la del resto de tus hombres —dijo Zurdo agitando el puño.

Ahmik sonrió resoplando, como si no diera importancia a los soldados caídos.

—La guerra tiene consecuencias. Vidas que se van para no volver por el bien de nuestra causa. Pero no os preocupéis, Crownight creará tantos féracen como hagan falta. Un ejército infinito que nos permita conquistar Thoran y convertirla en una única nación.

—No lo conseguiréis, Ahmik. No os permitiremos destruir los tres reinos —declaró Saith con más convencimiento del que en realidad sentía.

Quien fuera su mejor amigo abrió los brazos con una sonrisa condescendiente.

—Mira a tu alrededor, paladín. La destrucción ya ha llegado y los reinos serán solo uno. No puedes cerrar la puerta al destino, y querer detenerlo no es más que un estúpido sueño.

Saith miró a su alrededor accediendo a la invitación de Ahmik. Tenía razón. La destrucción había alcanzado a Eravia y había acabado con Rythania y Kallone, pero allí donde él veía una victoria cercana, Saith sentía esperanza. La esperanza de aquellos hombres que daban su vida por el mundo que conocían. Por sus familias y amigos. Luchaban con ojos llenos de pasión. De deseo por proteger a quienes querían. No. No todo había acabado. Sin embargo, se le hacía difícil enfrentarse a quien un día fue como un hermano…

—¿Por qué haces esto, Ahmik? ¿Qué ganas con ello? ¿Reconocimiento? ¿Un trato de favor? Esta guerra le costará la vida a tus amigos como se la ha costado a los míos… Como te la ha costado a ti.

—Sueñas despierto. Yo aún sigo vivo —replicó el féracen.

—No. El Ahmik que conocí ya no existe, y no haberlo podido salvar es la mayor pena que me llevaré al Vergel.

Saith se puso en guardia. Varentia giró en su muñeca con rapidez, ofreciendo una de las poses que el propio Zurdo se había encargado de enseñarle durante sus años de adiestramiento en Aridan.

—¿Aún sigues con esas? —Ahmik también desenvainó su espada y sonrió desafiante—. No sé cuánto crees que me conoces, pero yo no necesito la protección de nadie.

Saith clavó su mirada en él. Su amigo parecía haber deseado que llegara ese momento tanto como él había querido evitarlo. De nuevo pudo ver en sus ojos que el muchacho con quien había compartido su infancia no estaba en ninguna parte. Supo que aquel enfrentamiento era el irremediable camino por el que debía pasar el futuro del mundo.

—Ten cuidado, rapaz. Esa es Vasamshad, una de las siete espadas legendarias. Varentia no tendrá ventaja sobre ese acero como lo tiene sobre las demás armas —anunció Zurdo observando la espada de Ahmik.

Saith asintió.

—Dejadme acabar a mí con él, comandante —dijo Amerani acercándose a Ahmik—. Vos tenéis que controlar la batalla y dirigir a las tropas.

—¡No! Esta es mi lucha —contestó su amigo con ojos ansiosos.

—No solo vuestra. Nuestra misión no es solo luchar aquí, sino acabar con el linaje de los Conav y ofrecer el reino en bandeja de plata a la reina blanca —insistió el expaladín del rey.

—He entrenado mucho esperando este momento, Canou. Dejé una batalla a medias con este paladín junto al Abismo Tártaro y es hora de terminar lo que empezamos. Le haré pagar el sacrificio de Aawo.

—Sois el último bastión de esta guerra, al igual que un rey solo entra en la batalla cuando no queda más remedio. A la reina no le gustará que desoigáis sus órdenes directas.

Ahmik mantuvo a Vasamshad en alto, reacio a retirarse. Sus ojos fijos en los de Saith, que asistía a la discusión de ambos deseando no tener que enfrentarse a él, aunque sabía que era la única forma de acabar con la invasión rythana. Pasados unos segundos, el féracen bajó la espada con un tajo rebelde.

—Está bien. Termina esto. Todo sea por acabar con esta guerra y traer cuanto antes la paz a Thoran —dijo con desafiantes ojos que observaban de hito a Saith.

Amerani desenvainó su hoja y se acercó tomando el lugar de quien ahora era su general. Saith suspiró aliviado por no tener que enfrentarse a su amigo, aunque sabía que tener como oponente al otrora paladín del rey podría ser incluso peor.

Zurdo silbó a su lado temiendo la batalla. No sería fácil salir de allí con vida. Amerani había sido durante años el mejor espadachín de los tres reinos. Su habilidad o la perfección de sus movimientos eran legendarios y ahora, además, contaba con la fuerza y la rapidez de los féracen.

Saith dudaba que fuese capaz de hacerle frente a un guerrero de tal magnitud.

Canou se abalanzó sobre él a una velocidad que jamás había esperado. Sus pasos resonaron sobre la dura piedra, imponentes como cascos de caballos que corriesen para embestirlo. En sus ojos destelleaba la fiereza de un felino a punto de saltar sobre su presa, y su hoja brilló a la luz del sol sobre las montañas. Menos de un segundo fue lo que tardó en reaccionar, apartándose de su camino y colocando a Varentia entre ambos a modo de protección. Ni siquiera vio venir la hoja cuando el acero rechinó al viento. Amerani frenó de golpe, giró sobre sí mismo y su hoja volvió a encontrar la de Saith. El ataque llevaba tanta fuerza que tuvo que afianzar bien los pies y apretar los dientes para soportar el empuje del enemigo. Aun así, retrocedió evitando un tercer golpe que tal vez no pudiese detener.

Todo era tan extraño que parecía una pesadilla. El Amerani de intachable honradez y amable seriedad había dejado paso a un féracen temible. Su famosa armadura escarlata seguía allí como símbolo del poder de Kerrakj, pero de la persona que la portaba no había más que su apariencia y unas habilidades para la lucha que, a menos que despertase el poder de Aecen en su interior, acabarían con su vida.

Amerani luchaba con fuerza, haciendo huir como un conejo asustado a aquel paladín que lo puso contra las cuerdas en el Valle de Lorinet.

«¡Qué patético!», pensó Ahmik. ¿Y este es el rival por quien tanto había esperado? ¿La persona por la que murió Aawo? Ni siquiera parecía capaz de vencer a un féracen cualquiera. Menos aún al expaladín del rey o a él mismo tras el exhaustivo entrenamiento con Gael. ¿Por qué merecía vivir más que Aawo?

—¡Canou! ¡¿Qué haces?! ¿Por qué nos atacas? Son ellos quienes acabaron con nuestro reino —gritó el anciano manco que lo acompañaba. Parecía desesperado. ¿Cómo pretendían esos débiles sensibleros hacer frente a alguien como Kerrakj?

Amerani hizo caso omiso a sus palabras. Lanzó un tajo buscando a Saith que estuvo muy cerca de herirlo, y luego le dedicó repetitivas estocadas que buscaron hacerlo sangrar. Él esquivó como pudo, intentando defenderse de su fuerza sobrehumana y su eléctrica rapidez.

—Es inútil, Zurdo. No te escuchará. Amerani ya no está con nosotros. Ese cuerpo es lo único que queda de él —dijo Saith mientras esquivaba entre jadeos—. Le han robado su identidad y sus recuerdos. Ya no es quien fue, como ocurre con Ahmik.

Ese chico hizo que, incluso inmerso en la batalla, sus miradas coincidieran. ¿Por qué diablos era tan insistente? ¿Por qué lo trataba como si lo conociese? Apretó los puños por la rabia que le daba su actitud.

Ese paladín creía que estaba por encima de todos, como un adalid de la justicia. Actuaba como si la razón solo le perteneciese a él porque sabía cosas que él no recordaba. Sintió ganas de acabar con su vida en ese mismo instante, pero también sentía intriga por su extraña mirada. Tal vez porque era la única conexión con su desconocido pasado y matarlo cerraría una puerta que jamás podría volver a abrir. O quizás era que, aunque no quisiese admitirlo, sentía la obligación de averiguar por qué Aawo no le había permitido terminar aquel combate.

Y en el fondo, pese a que jamás lo habría admitido, también sentía respeto. Pese a su evidente debilidad, Saith luchaba por lo que consideraba mejor para el mundo. Luchaba contra bestias infernales por lo que consideraba más justo con un valor que lo llevó a hacer frente a la mismísima Kerrakj sin pensarlo.

No obstante, era su deber demostrarle que estaba equivocado. La realidad es que la reina blanca tenía razón: el mundo estaba podrido. Los reinos y sus razas vivían enfrentadas irremediablemente. Culpaban a la reina de sus desgracias, pero la brecha social que invadía Thoran no la había creado ella. Siempre estuvo ahí, bajo la superficie. Dejándose ver solo en pequeñas guerras y disputas. A veces hacía falta abrir la herida y extraer el veneno para poder sanarla de forma definitiva. Solo uniendo los tres reinos bajo una única corona conseguirían una paz imperecedera. Una paz real. ¿Por qué le costaba tanto entenderlo a ese muchacho?

Amerani golpeó. Una vez. Otra. Tan rápido como cualquier féracen, pero con la precisión de un cirujano. Ese tal Saith lo esquivó como pudo. Por momentos parecía recomponerse, pero el expaladín del rey no le ofrecía un respiro. Parecía un ratón acorralado buscando una salida, saltando a un lado y otro en busca de un agujero en el que esconderse. Solo que ante un guerrero tan experimentado como Canou no había escapatoria. Su estilo era perfecto.

«¿Qué es lo que viste en él, Aawo? ¿Acaso dudaste de mi victoria? ¿De mí?». Estaba seguro de que habría podido vencerlo esa misma noche.

El chico agitó su extraña espada: Varentia. Kerrakj estaría contenta si se la llevaba de vuelta junto a la cabeza de los Conav. Esa sería la paz para Thoran, y él tendría su lugar junto al trono como el hombre de confianza de la reina.

Miró a través de las empinadas calles, hacia el castillo que se alzaba en lo alto de la montaña tallado en la piedra. Cotiac y Radzia ya deberían haber localizado al rey y al príncipe. Tal vez también a la princesa de Kallone, la última Asteller. Con los linajes extinguidos no les quedaría más remedio que aceptar a Kerrakj como la conquistadora de Thoran y su legítima reina. Sería el comienzo de un imperio imperecedero.

De pronto, Ahmik se percató de un amiathir que huía del campo de batalla. Parecía cojear, y en el suelo dejaba un rastro de sangre por las heridas. En la contienda, los pocos féracen que quedaban luchaban contra el ejército erávico, que parecía tener más ímpetu del que habría esperado antes de la batalla. De alguna forma lograban equilibrar con coraje su escasa preparación y experiencia.

Amerani parecía tener controlado el combate, por lo que decidió ir en busca del amiathir. Tenía una mala intuición. Si aquel tipo no estaba siguiendo las instrucciones de Cotiac y Radzia, era porque algo había pasado. Interceptar su huida era la única forma de saber qué. Salió a correr y logró alcanzar al hechicero herido.

—¿A dónde vas? ¿Dónde están tus generales? —preguntó impaciente agarrando al amiathir del cuello de su túnica.

—Co... Cotiac y Radzia entraron en palacio buscando a los miembros de la familia real. Defendimos la entrada tanto como pudimos, pero un grupo de soldados apareció de la nada y nos atacó —se explicó asustado al ver los rojizos ojos de Ahmik.

—¿Soldados?

—Sí... Con ellos había una athen. Pude ver las marcas en su piel. Y también un olin. —El amiathir miró a su alrededor y observó la lucha entre Amerani y Saith—. ¡Ese! ¡Ese de la extraña espada también estaba allí! —exclamó.

Ahmik apretó los dientes airado. Parece que no todo estaba yendo como habían planeado. Perder a más de la mitad de sus hombres entre las llamas en la emboscada erávica era un revés soportable siempre que consiguiesen su objetivo, pero el paso más importante era la llegada de los amiathir al castillo para eliminar a los Conav. Si lo que ese tipo decía era cierto, tal vez Eravia hubiese obtenido ayuda de los athen. Eso explicaría las llamaradas que habían acabado con sus hombres mermando sus tropas.

«¡Maldita sea! Esto se está poniendo feo», maldijo para sí. Sintió que el control de la batalla, que siempre había sentido entre las manos, se le escurría como arena entre los dedos.

Por otra parte, Cotiac y Radzia eran ahora dómines. Ni siquiera los athen podrían hacer frente a semejante poder. Agitó la cabeza para aclarar sus pensamientos. Debía confiar en la fuerza de sus aliados, pero también permanecer más alerta que nunca. Miró a su alrededor buscando detectar algún peligro inesperado. Si la inteligente raza entraba en aquella guerra, el ejército rythano se enfrentaría a un poder desconocido e inesperado.

La incertidumbre lo inundó todo. El rechinar de las espadas a su alrededor ya no ofrecía la misma seguridad. Los gritos, que antes escuchaba como una estudiada melodía, ahora no eran más que caóticas notas que escapaban de ese pentagrama que formaba la batalla. Echó una última ojeada al castillo. Ojalá pudiera saber lo que se cocía en el corazón de aquella montaña. Observó a Amerani, que seguía en su incansable combate contra Saith... Al menos aquello sí parecía recorrer el camino esperado. El paladín parecía un pelele en manos del habilidoso féracen y no lograría sobrevivir como hizo en las profundidades del abismo.

Comprendió que no tenía más remedio que esperar a que los amiathir cumpliesen con su cometido. Viendo que Amerani tenía la situación bajo control, desenvainó su hoja y ajustició a varios de los soldados erávicos que luchaban con valor por su reino, desahogando su rabia. Como Aecen, sería él mismo quien decantara de nuevo una batalla que ofrecía un futuro cada vez más incierto. Solo debía luchar para abrazar al tiempo... y ver si corría a su favor o en su contra.

38. Liberación

—¿Aaralyn? Vamos, tienes que levantarte. Tenemos que salir de aquí.

La voz de Arual llegaba amortiguada. Lejana. Era como si sus labios no estuviesen a un palmo de su cara. Como si no viese por ella misma cómo articulaba las palabras. La mente de Lyn parecía pertenecer a otra dimensión. Apenas podía pensar con claridad, como ocurría desde que Illeck aceptó acompañarla en las arterias del Tesco.

—*Maldita cría. Mira lo que me has hecho. Me has contagiado de tu debilidad.* —La voz del ídore era limpia y sin interferencias. Desdeñosa. Por momentos parecía que solo ellos estuviesen en el mundo—. *Glaish está ahí y no eres capaz de hacerle frente. Ha acabado con tu ataque sin esfuerzo. Esa amiathir sí que es una digna portadora. Te ha dejado en evidencia.*

Lyn bajó la mirada. Tenía razón. Había liberado el poder de Illeck y creado dos poderosas esferas de fuego que el poder de Radzia había neutralizado en un santiamén. Fue entonces cuando lo entendió. Comprendió que se había estado engañando. Un ídore te hace más poderoso, pero también depende de la habilidad del portador. Radzia era una dómine con un amplio conocimiento de las artes naturales y años de entrenamiento. Su poder ya debía ser enorme antes de vincularse con la diosa del agua. ¿Y qué poder tenía ella? Apenas había logrado hacer saltar una chispa o cambiar ligeramente la dirección del viento. Ni siquiera con la presencia de Illeck sería suficiente para vencer. Ni contra ella ni contra Cotiac.

«¿Qué puedo hacer? Tienes razón. No soy lo bastante fuerte para esta lucha».

—*Has tardado mucho en darte cuenta, niña.*

«¡Contéstame!».

—*Aún tienes una oportunidad.* —La voz del ídore en su cabeza, antes colérica, ahora se mostraba sosegada.

«¿Una oportunidad? ¡¿Qué puedo hacer?! ¡Dímelo!», gritó en su propia mente mientras Arual la zarandeaba intentando hacerla reaccionar.

El ídore rio en la lejanía con esa siniestra carcajada que tantas veces le había mostrado desde su vinculación en Acrysta.

—*Jamás podrás hacerles frente con tu poder. Tienes que liberarme.*

«¿Liberarte?».

—*Rompe el vínculo y seré libre para utilizar toda mi fuerza* —dijo Illeck—. *Sin estar limitado por tu cuerpo y tu poca habilidad podré hacer frente a Glaish y salvar este reino. Auxiliaré a tus amigos.*

Lyn miró a su alrededor. Veía a Arual. A Dracia. A Cotiac y Radzia en la lejanía, pero en su mente solo la voz de Illeck tenía sentido y los demás sonidos eran ininteligibles. Durante las lecciones de Dracia en Aridan habían tocado de forma leve las vinculaciones. Sobrevivir a una no era fácil, pero librarse de ella era imposible.

Romper el vínculo implicaría su propia muerte.

—Si rompo el vínculo moriré —dijo con lo que apenas fue un susurro.

—¿Qué? Aaralyn, tienes que volver en ti. Hay que salir de aquí o será el final —apremió Arual sujetándola por los hombros.

—No puede oírte. Ahora es una dómine, pero no parece preparada para controlar a su ídore —dijo Dracia cerca de ellas. Lyn creyó detectar una profunda pena en lo que decía. Casi culpabilidad. Tal vez por no prepararla lo suficiente para una situación semejante.

Lyn hizo oídos sordos a las voces, pues su mente se había rendido a la conversación con Illeck.

—*Mírate. Eres demasiado débil. Indefensa ante Glaish y Rhomsek de la mano de esos dómines. Vas a morir de todas formas.* —El desdén en la voz del ídore al contarle la cruda realidad que ella misma vislumbraba resultó lacerante—. *Liberándome, al menos tus amigos tendrán una oportunidad de sobrevivir.*

Salvar a sus amigos. Era, sin duda, un buen motivo por el que entregar su vida. Puede que el único por el que se lo habría planteado. Se preguntó si sería suficiente. Al fin y al cabo, Glaish era agua e Illeck fuego, dos elementos contrapuestos. Tenía dudas sobre si el ídore podría cumplir con ese difícil cometido incluso obteniendo su ansiada libertad.

Sintió tanta rabia... Tanta impotencia. Recordó la desesperación de sentirse débil, la esperanza que supuso encontrar a la criatura en aquel volcán. Apretó los puños con fuerza. No había sido más que una ilusión. Un deseo sin más fundamento que su propio anhelo.

«¿Por qué?».

—*¿Uhm?*

—¿Por qué elegiste vincularte conmigo si soy tan débil? ¿Por qué el más irascible de los ídore aceptaría acompañarme si no soy digna de su fuerza? —se preguntó desesperada.

Illeck guardó silencio durante unos segundos.

—*Tal vez me equivoqué. Vi algo en ti que no tienes. Supongo que sabía que estar a tu lado me permitiría encontrarme con Glaish y ofrecería una nueva aventura a mi infinita existencia* —explicó el ídore—. *Fui egoísta, pero eso no cambia la realidad de que ahora debes liberarme. Mira a tu alrededor y entenderás por qué.*

Lyn alzó la vista una vez más. A su lado Arual hablaba, pero para ella no eran más que murmullos lejanos. Su mente, que parecía carente de cordura, solo parecía oír al ídore con nitidez. Dracia se defendía como podía de los ataques de Radzia. Ambas parecían cansadas, pero el mayor poder de Glaish estaba agotando a su mentora, que apenas podía controlar las embestidas de su enemiga. Y más allá, al final del salón, Cotiac se agachaba ante un Hyrran que hacía ostensibles gestos de dolor y se agitaba espasmódico sobre el húmedo suelo. Verlo así fue lo más duro de todo. El sufrimiento del mercenario convertía la situación en desesperada. Solo había una salida.

—Si te libero, ¿acabarás con nuestros enemigos?

—*Te doy mi palabra* —aseguró el ídore. En su voz, habitualmente enfadada, había alegría.

No sabía cómo pensaba vencer, pero no tenía más opciones. Debía confiar en él, aunque eso le costase la vida.

—¿Cómo hago para desvincularte?

Illeck lanzó una risa seca.

—*Pronuncia estas palabras en voz alta: Aikeavean dain maer liniem.*

Lyn escuchó con atención. Recordó las enseñanzas de Dracia durante sus años en Aridan. Las interminables tardes aprendiendo la antigua lengua athen. Lecciones a las que jamás dio importancia y que ahora, sin embargo, le permitía entender sus últimas palabras antes de liberar al ídore y entregar su vida a cambio de la de sus amigos.

«Escapa de mi fracaso», tradujo para sí. ¿A eso se resumía su vida? ¿A un fracaso que la llevaba a la muerte?

Quiso dedicar un último vistazo a Arual, que aún la llamaba con desesperación. A Dracia, agotada. Huía de la magia de Radzia y esquivaba como podía su inmenso poder levantando muros de roca. Y a Hyrran. Sobre todo a él. Recordó el día en que los salvó a ella y a Saith en la pradera. Pensó en aquella noche paseando por los suburbios de Aridan en la que ella se desahogó furiosa. Él la detuvo para luego volver a salvarla presentándole a Dracia. En la noche en la que le confesó con timidez que sus sentimientos hacia él iban más allá de lo que creía, aunque el joven mercenario no sintiese lo mismo. ¿Se había extinguido lo que sentía por él como sus esperanzas de ganar la batalla?

Lo miró y algo tocó su corazón. Hyrran se retorcía gritando ante un Cotiac que parecía regodearse en su sufrimiento. Sus sentidos volvieron unos segundos. El tiempo suficiente para escuchar sus desgarradores gritos al otro lado del salón del trono. Los gritos de quien sufría un dolor insoportable. El sufrimiento de quien está cerca de perder la vida. ¿De verdad Illeck pensaba salvarlo o también sucumbiría al poder de sus enemigos?

—¿Aaralyn? —Por un instante pudo oír también a Arual con nitidez. La athen sonrió con sorpresa al ver que esta reaccionaba y la miraba, comprendiendo al fin lo que decía. Pronto cambió su gesto llenándolo de preocupación—. Hyrran y yo vinimos a ayudaros. Él está dando su vida por nosotros, por salvarte. Tenemos que salir de aquí.

De nuevo el grito de dolor de Hyrran inundó el húmedo ambiente. Luego se cortó, como si la inconsciencia por fin hubiese ganado la batalla.

«Está dando su vida por salvarte», repitió para sí. Por volver a salvarla como tantas veces lo hizo antes.

—*¿A qué esperas? Libérame o tu amigo morirá* —intervino Illeck con urgencia.

—No...

—*¿Cómo dices?*

—Tu mismo dijiste que Glaish es tu mayor enemiga. Que nunca habías conseguido derrotarla. ¿Acaso eso cambiará si te libero? —repuso ella.

—*¡Estúpida! Tampoco cambiará si no haces nada. ¡No tienes poder para enfrentarte a ella!*

Las palabras de Illeck la hicieron dudar. ¿Cómo saber cuál era la mejor opción? Pero entonces, algo pasó y removió su interior. Cotiac se giró y clavó sus oscuros ojos en los de Lyn. Esta vez no sintió pena por las quemaduras de su rostro, sino miedo. El miedo por la crueldad de la implacable sonrisa que le dedicó. Levantó la mano y esta brilló con un parpadeante fulgor, rodeada de electricidad. Se agachó para acercarla a su indefensa víctima y terminar con la vida de Hyrran, que parecía inconsciente. Sin embargo, su mirada se clavó en ella y le permitió comprenderlo todo.

Esa era su venganza por todo lo sucedido. Acabar con la persona que más quería.

«¡La persona que más quiero!», se dijo con un grito en el interior de su mente que acalló la voz del ídore.

—¡No!

Sorprendentemente, Lyn encontró la fuerza y la lucidez para ponerse en pie y se liberó del brazo de Arual, que intentaba ayudarla a levantarse.

Sintió el calor. La humedad de su cuerpo se evaporó en finos hilillos casi imperceptibles para la vista. Las llamas brotaron de su cuerpo. Las sintió aparecer en sus manos. En sus brazos. Sus piernas. Incluso su cabeza. El calor se hizo tan intenso que a su alrededor todo pareció ondularse. Era como abrir la puerta de Condenación. Como si ella fuese el mismísimo demonio.

La sensación térmica era tan insoportable que Dracia y Radzia pausaron su pelea, jadeantes y sorprendidas. El fuego surgió de Lyn apasionado e implacable como la erupción de un volcán. ¡No! No solo surgía de su cuerpo. El fuego era ella misma.

Al verla así, Dracia gritó algo que Lyn no pudo escuchar, pues no había más mundo que Hyrran para todos sus sentidos. Arual corrió a esconderse. Radzia empleó toda la fuerza que le quedaba en generar serpientes de agua. Seis. Siete. ¡Ocho! Altas como las columnas del salón del trono. Criaturas formadas por el líquido elemento que pretendían apagar su fuerza como había hecho antes con sus bolas de fuego.

Cotiac también se percató de lo que pasaba. Apretó los dientes en una mirada de odio y se agachó con premura, buscando electrificar a su enemigo por última vez y acabar con la vida de Hyrran. Radzia lanzó contra ella las serpientes acuáticas, pero antes de lograr alcanzarla Lyn abrió los ojos y todo estalló con un mar de fuego como jamás antes se había visto. Fue como una estrella que explotase a años luz de distancia, y el fuego lo inundó todo. El agua de Radzia, que debía apagar las implacables llamaradas, sucumbió al enorme calor evaporándose a la velocidad con la que este se expandía, y las llamas arrasaron con todo cuanto encontraron a su paso. Con todo lo que tocaron. Con todo.

Hyrran frunció el ceño intentando abrir los ojos. Sentía los músculos aletargados y débiles. Recordó la exposición a la electricidad y el dolor que los rayos de Cotiac habían generado en su cuerpo. ¿Seguía vivo? Sentía que hacía mucho que se había rendido al insoportable dolor y a la magia del amiathir. Un suplicio que debería haber acabado con su vida.

Logró abrir los ojos con lentitud y su instinto de supervivencia lo obligó a mover los dedos para ver hasta qué punto estaba herido. Cuando fue consciente de la percepción de sus sentidos le sorprendió ver un muro de tierra frente a él. El suelo se había levantado quebrando las losas del suelo. Era algo que ya había visto al llegar al salón del trono. Efectos de la poderosa magia amiathir a la que no había podido hacer frente. Ya no sentía la humedad del ambiente, como si el agua que antes lo inundaba todo se hubiese evaporado.

Con esfuerzo posó una mano en el muro que le impedía ver más allá y se levantó. Lo que vio ante él fue desolador. Cotiac yacía en el suelo, aparentemente inconsciente. Tal vez muerto. La propia Radzia estaba tumbada unos metros más allá y se movía aletargada. Confusa. Sus ropas parecían abrasadas por las llamas y pronto supo de dónde procedían. Al fondo del salón estaba Arual, que parecía intentar acercarse a Lyn sin éxito. Esta se encontraba arrodillada con los ojos fijos en el suelo. Las llamas surgían de su cuerpo sin control, ardiendo como si estuviese hecho de madera. Inmóvil.

Intentó caminar, pero sus piernas fallaron y lo hicieron trastabillar. Tenía que llegar hasta ella y entender qué había pasado. Había pedido a Arual y Dracia que la salvaran. Por eso había luchado y casi entregado su vida, pero no parecía a salvo. Poco a poco pudo incorporarse y caminar hacia la amiathir.

—No te acerques a ella —advirtió Arual—. Parece haber perdido el control de su poder. Tuve suerte de poder esconderme tras el trono y las llamas no me alcanzaron, pero Dracia...

Hyrran volvió la cabeza hacia la mujer amiathir, que permanecía tumbada con dificultad para respirar. Agonizando. Al igual que ocurría con Cotiac y Radzia, su ropa parecía hecha jirones por las llamas. Frente a ella había otro muro de piedra como el que lo había protegido a él, aunque en este caso apenas se levantaba un palmo del suelo. Insuficiente para protegerse.

—Me pondré bien... —dijo la amiathir con una mueca por el dolor de las quemaduras. Aparentaban ser muy graves y no parecía tenerlas todas consigo para hacer realidad sus palabras. Al ver a Lyn, Hyrran supo que era ella quien lo había provocado—. Tienes que ayudarla...

Dracia miró hacia su discípula unos segundos antes de volver a encogerse por el dolor.

—¡¿Cómo?! —preguntó Hyrran.

Los ojos del mercenario no podían dejar de mirar cómo las llamas surgían de su cuerpo. Parecía increíble que Lyn no se quemase. Ningún ser humano podría soportar algo así.

Intentó acercarse a ella, pero la amiathir desprendía un insoportable calor. Era como querer tocar el mismo sol. Se obligó a dar un paso y las llamas surgieron del cuerpo de Lyn con más fuerza. Como si la protegieran de él... o si quisieran destruirla.

Dracia no contestó a su pregunta. Sus heridas eran muy graves y de sus labios apenas surgía ya un hilo de voz.

—Ve con ella —ordenó Hyrran a Arual. La athen se tapaba el rostro con el antebrazo para evitar el calor—. Necesito que me diga qué hacer o no podré salvar a Lyn.

—¿Y si no podemos salvarla? Mírala. Ni siquiera parece estar en este mundo. —Hyrran observó la mirada perdida de Lyn. No parecía escucharles—. Si vuelve a explotar con la misma violencia que antes y nos pilla tan cerca...

—No voy a dejarla, Arual —concluyó él tajante—. Tengo que hacer algo. Ella también lo haría por mí.

La athen miró con fijeza a los ojos de Hyrran. En Acrysta, lejos de la humanidad y de otras civilizaciones, tal vez nadie se jugaba la vida de esta forma. Puede que incluso fuese irracional de alguna manera, pero ahora la necesitaba. La athen suspiró intentando infundirse determinación a sí misma. Luego asintió con resignación y Hyrran le dedicó una sonrisa apremiante. Cuando la *raedain* se arrodilló junto a Dracia, el joven mercenario volvió a centrarse en su amiga.

Las llamas surgían de su piel, pero no la quemaban. Como los rayos cuando rodeaban las manos de Cotiac no lo electrificaban. Se tranquilizó pensando que, de alguna forma, aquel fuego no le hacía daño. Eso le ofreció una esperanza a la que agarrarse.

Sin embargo, la Lyn que él conocía no estaba por ninguna parte. Sus ojos miraban al suelo, como si no tuvieran vida. La alegría de su amiga. Su inteligencia. Su bondad. Nada de eso estaba allí. Era como si la hubiese perdido.

—¡Lyn! ¿Lyn, me oyes?

No hubo respuesta.

—¡Hyrran! Dracia dice que es Illeck, el dios del fuego para los amiathir. Un ídore. Es por eso que Lyn puede controlar el fuego. Vincularse a él la ha convertido en dómine —gritó Arual unos metros más allá.

Él asintió tranquilizándose.

—Entonces es por eso que el fuego no la daña, como ocurría con Cotiac o Radzia —dedujo.

Arual asintió, pero Dracia, tumbada boca arriba sobre el maltrecho enlosado, agarró la camisa de la athen y tiró de ella para que se acercase. Hyrran observó cómo el rostro de la *raedain* se enseriaba conforme oía las palabras de la amiathir. Luego dejó de agarrar a la líder athen, dejándose caer débil, y esta se incorporó, mirándolo con expresión preocupada.

—¡Qué! ¡¿Qué te ha dicho?! —se impacientó.

—Dice que los ídore son esencias en sí mismas, y que al vincularlo también la personalidad de la criatura entra en su portador. Dracia teme que Lyn esté luchando en su interior contra su propio poder, y asegura que Illeck es también el ídore más indomable de los cinco. Su personalidad puede estar intentando acabar con ella para desvincularse y volver a ser libre.

—¿Y qué demonios significa eso? ¿Cómo la ayudo?

Arual se encogió de hombros con impotencia. Intentó hablar con Dracia, pero la amiathir no contestó, rendida al dolor.

—¡Lyn! —gritó él con todas sus fuerzas—. ¡Despierta, Lyn!

El fuego que surgía de su cuerpo desprendía tal calor que perlaba su frente de sudor y le abrasaba los ojos, que empezaron a llorarle obligándolo a cerrarlos. Intentó alargar el brazo, pero su propia mente lo hizo retirarlo al sentir el inmenso calor, como un instinto irrefrenable por la supervivencia.

Arual caminó hacia Hyrran y este se percató de la pena en su rostro. Los ojos de la líder athen le hicieron comprender que Dracia había muerto. Ahora nadie sabría cómo salvar a su amiga.

—A veces la vida termina antes de que el cuerpo lo sepa —dijo la athen colocando una mano sobre su hombro sin dejar de mirar a Lyn, que permanecía arrodillada sobre el suelo—. Es lo que los athen llamamos *vasam saer asreim*. Podría traducirse como almas sin vida. Quedarnos aquí es peligroso y solo ella puede luchar consigo misma por seguir viva. No podemos hacer nada para ayudarla...

—No voy a dejarla —replicó él testarudo.

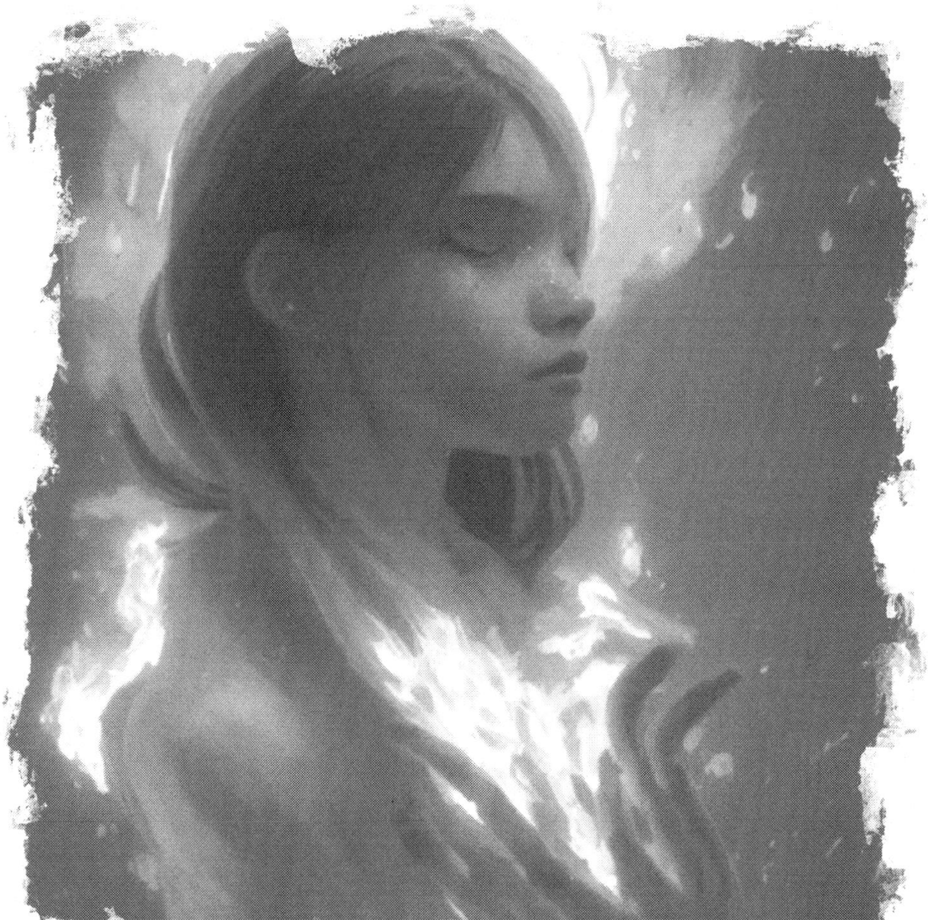

—Lo que ella querría es que cumplieses con lo que has venido a hacer y ayudases a Saith. Que salvases al príncipe y al reino.

Hyrran miró con seriedad a los ojos de Arual. Sabía que tenía razón. Que había que mirar por todo un reino en lugar de por una sola persona. Que era lo correcto. Lo que debía hacer. Lo que Lyn querría.

Miró a la llameante amiathir una vez más. Parecía perdida en sí misma, arrodillada sobre destrozadas losas envuelta en llamas.

—Hace pocos años habría escapado de aquí a la carrera. Habría puesto a salvo mi vida sin pensar en nada más que en mí mismo —susurró Hyrran—. Pero ese muchacho murió. Tal vez en una taberna de Tesia, o quizás en una pradera al oeste de Kallone al enfrentarse a unos ladrones. No sé cuándo fue, pero no soy la misma persona. Y eso es gracias a Saith, pero sobre todo a Lyn. Yo... no puedo dejarla. —El mercenario miró a Arual y le dedicó una sonrisa apenada—. Ve y ayuda a tu sobrino. Yo me quedaré a su lado, aunque no pueda hacer nada por salvarla.

La athen le mantuvo la mirada un par de segundos. Después asintió.

—*Lenhem saerean siteb* —dijo ella a modo de despedida.

—¿Qué significa? —preguntó él sin apartar los ojos de Lyn.

—Que los dioses te guíen hacia la gloria.

—Creía que los athen no creíais en los dioses —repuso él con un halo de tristeza.

Arual le dedicó una mueca contrariada.

—Es así. Pero hoy los necesitamos más que nunca.

Y se marchó dejándolo frente a Lyn que, totalmente inerte, como fuera de sí misma, permaneció inmóvil.

Seguía envuelta en llamas. Sin reaccionar a los gritos que amenazaban con rasgar la garganta de Hyrran y que la llamaban sin descanso suplicando una mirada más. Una sonrisa más. Un gesto, por sencillo que fuera, que le asegurara que seguiría a su lado.

Aaralyn caminaba por la más completa oscuridad. No podía ver nada. Ni a sus pies ni sobre ella. No existía el horizonte ni podía fijar sus ojos en objetos cercanos porque nada había a su alrededor. ¿Dónde estaba? En aquel lugar era como si no existiera. El más absoluto silencio. Pisaba y podía andar, pero sin saber a dónde iba. Tampoco sentía el tacto de sus pies al colocarlos donde debía estar el suelo. Era el vacío más absoluto, y así se sentía también.

«¿Dónde estoy? ¿Qué es este lugar?».

Todo lo que sus labios querían decir surgía de su mente y no de su boca. Allí no parecía haber sitio para sonido alguno.

«¿Dracia? ¿Arual? ¿Hyrran?».

Ni el eco ni el susurro del viento. Nada. ¿Dónde se habían metido Cotiac y

Radzia? Ni siquiera recordaba lo que había ocurrido.

«¿Illeck?».

Al cabo de un tiempo el ídore contestó:

—*Sí. Estoy aquí.*

Por primera vez sintió alivio al escuchar su voz. La criatura, que tantas veces parecía amenazar su cordura, era ahora su única conexión con la realidad.

«¿Dónde estamos?».

—*En tu cabeza. En tu interior.*

«¿Qué hago aquí? ¿Por qué no logro despertar?».

—*Porque de alguna forma, ya no existes.*

«¿He muerto?».

El ídore hizo un sonido gutural que pareció expresar duda. Como un extraño gemido.

—*No. Aunque tampoco estás viva. Este es un espacio perdido en tu mente que ahora está rota. Se quebró cuando liberaste mi poder para salvar a tu amigo.*

Lyn recordó el episodio. Los ojos de Cotiac mirándola mientras descendía para electrificar a Hyrran. Su odio. El enorme poder de Radzia intentando detener las llamas.

«¿Lo hice? ¿Logré salvar a Hyrran?»

El silencio se hizo espeso y envolvente como la niebla de la mañana.

—*No lo sé.*

Lyn se mordió el labio contrariada, aunque no sintió cómo lo hacía. Por algún motivo no tenía sentido del tacto, como si sus terminaciones nerviosas hubiesen dejado de funcionar.

«¿Estoy aquí porque te liberé?».

El ídore volvió a guardar silencio, como si sopesara la respuesta.

—*No me liberaste. Hicieras lo que hicieras fue cosa tuya. No mía. Y admito que me impresionaste. No recordaba haberme sentido tan poderoso desde... Marne.*

«Marne...».

El amiathir más fuerte de la historia. El único shawder conocido. Lyn imaginó cómo debió ser controlar a los cinco ídores a la vez. Ella solo había conocido a Illeck y lo había sufrido hasta quebrar su mente. Era incapaz de dominar su poder, de acallar su voz, de utilizar las fuerzas naturales por las interferencias de su fuerte personalidad.

—*No te compares con él* —le reprochó Illeck interrumpiendo sus pensamientos—. *Marne era un prodigio. Su poder no tenía límites porque él mismo no los tenía. Siempre pensaba en los demás. Amaba cuanto lo rodeaba y eso lo hacía increíblemente poderoso.*

«¿Amor?...».

Illeck hizo un sonido parecido a un carraspeo y después lo acompañó con un suspiro en la lejanía. Lyn sintió que el ídore estaba más tranquilo. Casi reflexivo. La soberbia que había mostrado desde que lo encontró en el interior del volcán había desaparecido por completo. Había dejado los chascarrillos sarcásticos a un lado para hablar con una seriedad desconocida para ella.

—*Cuando los ídore nos vinculamos no lo hacemos con el cuerpo del dómine, sino con su propia esencia. Tenemos acceso no solo a su cuerpo y su mente, sino también a lo más intangible: sus sentimientos. El sufrimiento, el odio, la esperanza, la alegría, la tristeza, la ira, el miedo... Todo ello nos alimenta y nos hace poderosos siempre que el dómine sea capaz de conducir nuestro poder y abstraer su mente.*

Lyn recordó aquella noche en la que conoció a Cotiac y compartieron historias. Él acabó con su frustración por no saber dominar las fuerzas naturales. Le habló de los sentimientos y cómo los utilizaba para controlar esa magia. Eso hizo que le fuese más fácil entender y dirigir los elementos. Esa parecía solo la punta del iceberg, pero tenía conexión con lo que Illeck le contaba.

«Has dicho que el dómine debe abstraer su mente. ¿Cómo se puede hacer eso?».

—*Gracias a esta sala. Es lo que llamamos Veaniusean. Un lugar perdido en la mente. Una especie de limbo desde el que no tenemos acceso a los pensamientos del amiathir. Desde aquí no podemos comunicarnos con el dómine ni interceder en su personalidad. Marne nos mantenía aquí. Sentíamos la fuerza de sus sentimientos y su poder nos alcanzaba incluso aquí, pero solo podíamos hablar con él cuando nos llamaba. Cuando nos necesitaba.*

Así que era eso. No había conseguido dominar el poder de Illeck porque había sido incapaz de aislarlo de su mente, y eso le había permitido estar siempre presente en su cabeza.

«Dices que en esta sala no eras capaz de leer los pensamientos de un dómine. Sin embargo, estás leyendo los míos ahora», interpeló.

—*Eso es porque tú también estás aquí. Marne jamás se encerró en el Veaniusean. Que estés aquí significa que has perdido la conexión entre tu mente y tu cuerpo. Desde aquí no puedes sentir nada de la realidad. Ahora eres como un ídore en tu propio cuerpo. Desataste todo mi poder a cambio de tu salud mental.*

«Ni siquiera sé cómo lo hice», pensó. Sentía ganas de llorar, pero tal y como el ídore decía, no había conexión alguna con su cuerpo. Las lágrimas no acudían a sus ojos pese a la tristeza que la invadía.

—*Lo hiciste con amor* —explicó Illeck—. *Desde que nos vinculamos me vi libre en tu cuerpo. Con acceso a tu mente intenté despertar en ti el odio, la rabia, la incertidumbre, el miedo. Sentimientos que se hicieran fuertes y te permitieran usar mi poder antes de encontrarme con Glaish.*

»*Cuando vi que no serías capaz de hacerlo, quise ser liberado. Abandonar el vínculo y luchar por mí mismo... Deseé tu muerte para volver a ser libre y sentirme poderoso otra vez. Pero algo en ti cambió al ver a aquel mercenario en peligro. El amor es el sentimiento más poderoso del mundo. El problema es que no puede despertarlo cualquiera y es imposible forzarlo. Debes sentir algo muy fuerte por ese muchacho para desatar tanta fuerza. Derrotaste a Glaish y a su dómine con un solo ataque. Jamás había sentido tal poder...* —Illeck guardó silencio unos segundos. En su voz incluso había respeto—. *Tú no supiste controlarme, pero yo tampoco supe intuir los límites de tu fuerza. Ahora me arrepiento.*

La voz del ídore parecía apenada.

«Déjame salir de aquí. Puede que no todo esté perdido», suplicó. Quiso sollozar, pero allí sus sentimientos no parecían tener cabida. Se sintió vacía una vez más.

—*No puedes salir de aquí. Estás encerrada en tu propia mente. En este lugar ni siquiera yo puedo ayudarte, porque el vínculo me mantiene a tu lado en el Veaniusean, aislado de la realidad.*

«¡Debe haber alguna forma de salir! ¡De volver al castillo!», gritó en sus pensamientos. Apretó los puños con todas sus fuerzas, como si quisiera clavarse las uñas, pero no sintió nada. Tal y como el ídore había dicho, sus sentidos no tenían cabida en aquel lugar.

—*No. No hay nada que puedas hacer más que morir. De hecho, ya eres una muerta en vida.* —Parecía sinceramente apenado por haber llegado a esa situación—. *Estás encerrada en tu mente y no se puede escapar de uno mismo. Pasé años con Marne y solo pude salir cuando él me llamaba, espoleado por sus sentimientos.*

«¿Qué puedo hacer? ¿Permaneceré encerrada para siempre en mi propia mente?».

—*Así será hasta que mueras. Hasta que te maten o me desvincules, perdiendo así la vida.*

Lyn bajó la cabeza contrariada. Una prisión mental de la que no podía escapar hiciese lo que hiciese. Sabía que esta vez Illeck no mentía. Ahora no pretendía matarla, pero morir era la única salida.

Intentó ver. Oler. Oír. Pero nada podía hacer. Era una muerta en vida, tal y como el ídore decía. Sintió que las lágrimas volvían a sus ojos, pero nada era real. En la más completa oscuridad, la soledad se tornó asfixiante. Una prisión sin barrotes más dura y sólida que cualquier otra de piedra o hierro.

Y de pronto sintió. Algo tocó sus manos, pero no había sido ella. Fue un contacto breve. Tenue. Un leve cosquilleo, pero suficiente para que sus ausentes sentidos volviesen durante una milésima de segundo.

«¿Qué ha sido eso?», pensó sorprendida. Illeck no respondió.

Y de pronto sintió un nuevo contacto. Una pizca más intenso, como si algo cogiese su mano un segundo y la soltase.

«¿Qué me estás haciendo?», llamó al ídore.

—*No soy yo. No deberías sentir nada aquí dentro* —intervino él confuso—, *pero aférrate a ello. Inténtalo de nuevo.*

En ese mismo instante sintió un tercer contacto, esta vez más arriba, en el brazo, por debajo del hombro. El apretón de una mano que la atraía. Y sin saber cómo o por qué, sus ojos se abrieron y volvieron a ver. Ante ella estaba el suelo del salón del trono. Ruinas llenas de escombros y baldosas rotas. Recordó la lucha con Cotiac y Radzia y vio su cuerpo arder, aunque sin sentir el calor. Estaba rodeada por una coraza de fuego que era incapaz de controlar.

Arrodillada en el suelo, pero no sola. También de rodillas, encontró a Hyrran. Se acercaba con cuidado y suma lentitud. Sus ojos mostraron una chispa de alegría al ver que ella también lo miraba. Volvía a ver, oír, a oler… y supo que era a él a quien había sentido cuando estaba encerrada en el *Veaniusean*. Intentó moverse, pero no pudo. Era como si parte de su ser siguiese encerrada en aquel lugar.

—Lyn, sé que me oyes —dijo Hyrran. Después de su encierro, la voz del mercenario fue como la primera melodía tras una eternidad de silencios. El sonido de la esperanza.

Quiso moverse. Gritar su nombre. Abrazarlo… Pero su cuerpo no respondía.

—Sé que estás ahí —continuó él—. Arual dice que posiblemente no estés en este mundo, pero yo sé que sí. Sé que no me dejarás… porque yo no te dejaré a ti.

La impotencia la invadió. Sintió que sus ojos se tornaban vidriosos. Quería levantarse. Tocarlo y secar el sudor de su frente. Decirle que todo estaba bien, aunque no fuese cierto. Quería hacerle saber que su vida había cambiado al conocerlo.

Y que lo amaba. Lo amaba aunque hubiese tenido que explotar como una bomba y quebrar su mente en mil pedazos para darse cuenta de cuánta verdad había en ese sentimiento.

—Di algo. Por favor... —Hizo una mueca al intentar acercarse y sentir el fuerte calor que la amiathir desprendía.

Ella intentó mover los labios con todas sus fuerzas, pero nada la hacía reaccionar y su cuerpo no paraba de arder. Era incapaz de mover un solo dedo. Tal vez Illeck tuviese razón y no fuese más que una muerta en vida. Incapaz de hacer nada más que desprender llamas eternas. Pero entonces lo miró a los ojos. Aquellos ojos azules que estaban tan cerca y tan lejos a la vez. El muchacho que siempre alardeaba de sobrevivir, de huir de todo lo que podía hacerle daño. Ese que ni siquiera parecía capaz de afrontar sus sentimientos. Ese a quien se declaró aquella noche en Aridan.

No había ni un metro entre ellos, pero las llamas formaban una barrera indestructible que no podía controlar. Lo miró anhelando volver atrás en el tiempo. A Acrysta, sentados juntos en la biblioteca athen, cuando él rozó su mejilla con los dedos. Ya nunca más podría hacerlo.

Y de repente sintió de nuevo que sus ojos se anegaban de lágrimas. Sintió cómo una de ellas recorría su cara y se evaporaba al instante por el incontrolable calor que desprendía su cuerpo. Fue suficiente para que Hyrran, que no apartaba la mirada pese al calor, se percatase de ello. Sus ojos se abrieron con sorpresa ante aquel llanto y en sus labios se dibujó una sonrisa. Una con la que ella había soñado más veces de las que habría reconocido jamás.

Y se acercó.

Hyrran se inclinó hacia ella. Cerró los ojos por el calor y giró la cara en un acto instintivo por protegerse, pero no se detuvo. Se acercó y la rodeó con los brazos. Su boca dibujó una incontrolable mueca mientras lo hacía. Su ropa empezó a desgarrarse y arder por el calor. Hizo el amago de retirarse, pero apretó los dientes y continuó hasta posar sus brazos sobre ella. Y gritó. Gritó de dolor por el fuego que abrasaba su piel.

«¡No! ¡Apártate!», pensó Lyn con chillidos desesperados en su cabeza.

Él no hizo caso. No podía oírla. Se acercó aún más mientras gritaba y ella pudo sentir su dolor. Hyrran prefería morir a dejarla allí sin hacer nada por salvarla.

«¡Illeck! ¡Por favor, para estas llamas!», suplicó dejando escapar más lágrimas que se evaporaron al instante.

¡No! El ídore no fue quien explotó venciendo a Cotiac y a Radzia. Él mismo le dijo que fue ella quien le permitió desencadenar semejante poder. Vio a Hyrran acercarse y se concentró en todo el amor que sentía en ese momento. Pensó en él, en sus conversaciones, sus ojos, su sonrisa. En qué era lo más importante para ella.

Sin saber cómo, el calor remitió. Él se giró con sorpresa y, esta vez, ella pudo devolverle la mirada. Y la sonrisa. Hyrran la envolvió en el abrazo más intenso que jamás había recibido. La apretó con tanta fuerza que hasta dolió, pero se sintió viva por volver a sentir el tacto, por el olor a quemado de su ropa, por oír su agitada respiración y sentir los latidos de su corazón junto a su cuerpo. Las llamas habían desaparecido y ella volvía a estar viva.

Hyrran no se movió durante segundos que se convirtieron en un largo minuto. De haber podido hubiese detenido el tiempo.

—Gracias por no abandonarme —susurró. Sintió aliviada cómo la voz por fin salía de su garganta y se fundía con el aire.

—Tú rompiste la piedra que envolvía mi corazón y yo tenía que apagar las llamas que abrasaban el tuyo.

Y lo besó como habría querido hacer desde el día en que lo conoció. Él pareció encogerse por el dolor que las llamas habían causado en su cuerpo, pero la apretó con fuerza y le devolvió el beso con tanta pasión que sintió cómo el calor volvía a su interior.

Luego Hyrran se levantó, atrajo para sí su arma con un movimiento y le tendió la mano.

Lyn oteó cuanto había a su alrededor. La pena la inundó al ver que Dracia yacía en el suelo junto al cadáver de Cotiac, su hijo. Un final descorazonador para dos personas tan importantes en su vida. Las lágrimas acudieron a sus ojos de inmediato. De Radzia no quedaba rastro alguno.

Hyrran apretó su mano y ella giró la cabeza hacia él. Pese a toda la pena que sentía, tenerlo cerca fue un consuelo.

—Ven —dijo él apretando los dientes por el fuerte dolor que causaban las quemaduras en su piel—, tenemos que ayudar a Saith a salvar el mundo.

Y aún desorientada, Lyn se dejó llevar. No sabía a dónde, pero había vuelto a nacer, y fuesen a donde fuesen, lo harían juntos.

39. Fantasmas en el trono

Kalil jadeaba tras subir las cuestas y escaleras a toda velocidad. A su lado estaba Ronca, la consejera de los Conav. Subía veloz tras los pasos del príncipe que, escoltado por Riusdir, huía junto a ellas del salón del trono. El príncipe Gabre se giró y sus preocupadas miradas coincidieron.

Lo entendía tan bien que su sufrimiento le dolía. Había visto cómo mataban a su padre ante sus ojos y ahora veía su reino desmoronarse como un alud en la montaña. Le estaba pasando lo mismo que a ella: la pérdida de su familia y su corona. Debía sentir una enorme impotencia por no poder detener el aciago destino de su gente y ver que todo se desvanecía ante sus ojos, como una ilusión de la mente tras una travesía por el desierto. ¿Cuándo habían empeorado tanto las cosas? ¿Y cuántas de las desgracias que ahora asolaban a su prometido habían sucedido por su culpa?

Se había centrado tanto en la ira que sentía el rey hacia los Asteller que había sido incapaz de ver su propio odio hacia Ramiet. Si ella no hubiese ofrecido la posibilidad a los Hijos de Aecen, tal vez nada de esto hubiese pasado. Al fin y al cabo, el monarca no había perecido a causa de las tropas rythanas, sino a mano de los hombres que ella misma había dejado entrar al palacio para asesinarlo.

Volvió a mirar a Gabre y sintió que el mundo se desmoronaba ante sus ojos. El príncipe la había tratado bien desde el primer día. Había dado la cara por ella ante su padre e intentado quererla tanto como merecía, ¿y cómo le pagaba ella? Destruyendo su vida.

—No te preocupes, querida. No es culpa tuya —susurró Ronca observando su aflicción.

Sabía que mentía para que mantuviese la calma, pero no quería estropear más las cosas, así que caminó sin decir nada con la cabeza baja, olvidando la altivez propia de la realeza. Eso hizo que la consejera sonriese preocupada y la ayudase a subir, agarrándola del brazo.

Cuando llegaron al piso más alto del castillo, cerca de la cima de la montaña, encontraron una enorme antesala que presentaba una doble puerta de acero. Riusdir empujó una de las hojas y apremió al príncipe para que pasara dentro. Después hizo lo propio con el resto. Ronca y Kalil entraron, y tras ellas lo hizo el anciano Kavan. Luego llegó Leonard, que había escapado de la batalla ayudando a Soruk. Este sangraba a causa de la herida provocada por la flecha de Lyn.

—¿A dónde creéis que vais? Esta sala es solo para el príncipe y sus consejeros. Vosotros deberíais ir abajo y luchar por vuestro reino para redimir vuestros pecados a los ojos de Icitzy —les espetó Riusdir.

Soruk resopló, apretando los dientes mientras aguantaba el dolor y apretaba la sangrante herida con su mano libre. Apenas podía mantenerse en pie por sí mismo.

—Está herido. Bajar a la batalla no hará más que acelerar su muerte —replicó

Leonard.

El jefe de la guardia los observó con seriedad. Su mirada dejaba claro que no le importaba lo más mínimo.

—Déjalos pasar, Riusdir. Dos hombres no cambiarán el destino de la batalla —ordenó el príncipe.

Kalil alzó la vista y vio con sorpresa la entereza de Gabre. Después de todo lo que había pasado, aún tenía el aplomo de mostrar compasión por quienes hace poco eran sus enemigos. No imaginó a Ramiet haciendo algo parecido. Tal y como Aldan le había contado en las muchas charlas que habían tenido durante años en los jardines del palacio dorado, aquel muchacho estaba hecho para reinar. Para llevar a Eravia a un nuevo futuro. Uno más esplendoroso. Un destino de sabiduría y buen hacer.

—Estos hombres conspiraron contra vuestro padre, alteza. Solo en el campo de batalla encontrarían la redención.

—Míralos, Riusdir. Uno cuenta con una sola mano y ni siquiera parece capaz de luchar. Al otro apenas le quedarán unas horas de vida.

El capitán bajó los hombros, se apartó y los dejó pasar a regañadientes. Una vez que todos estuvieron dentro cerró la puerta. Estaban en una sala con una gran mesa y amplios ventanales. Kalil identificó aquel lugar como una sala de juntas. Se acercó a las ventanas y observó que fuera había un gran balcón que daba a la ciudad. También en Kallone había uno como ese, aunque a menos altura. Desde allí, su padre había anunciado noticias para los ciudadanos de Lorinet. Aquel balcón, sin embargo, estaba demasiado alto. Parecía un lugar desde el que mostrarse sin necesidad de decir nada, muy acorde a la personalidad de Ramiet, tan despegada de los habitantes del reino. Un lugar para observarlo todo desde la distancia que le otorgaba el trono.

Pensó en Daetis. En cómo debió sentirse con lo que veía. Lo que sabía. Entendió al momento la necesidad de la reina de no quedarse observando cuanto pasaba desde aquella lejanía. Comprendió el deseo por bajar allí y decirle a aquella gente que sus reyes estaban a su lado.

El viejo Kavan se acercó a los amplios ventanales y los abrió saliendo al balcón. Ronca fue tras él y ambos volvieron a los pocos segundos. En sus caras se reflejaba una esperanza que no habían parecido tener hasta ese momento.

—Nuestras fuerzas resisten, majestad —anunció Ronca visiblemente alterada.

Riusdir corrió a los balcones para echar un vistazo a la batalla.

—Es increíble que nuestros soldados estén resistiendo a esos demonios rythanos —dijo Kavan sorprendido mientras se atusaba su perilla gris.

Al poco, Riusdir volvió a entrar en el castillo.

—¡Es cierto! —exclamó entusiasmado—. Estamos aguantando las embestidas rythanas y defendiendo las puertas de la ciudad. Incluso diría que nuestros soldados están representados en mayor número que el enemigo ahora.

Gabre sonrió tímido ante la noticia. Kalil se alegró de verlo sonreír de nuevo a pesar de todo.

—No cantemos victoria. Pese a que están retenidos a las puertas de la ciudad, los amiathir alcanzaron el castillo y luchan ahora contra Lyn y Dracia —dijo Leonard dejando a Soruk malherido en una de las sillas. Este gruñó algo incomprensible por el dolor. Su tez perdía color por momentos debido a la sangre vertida—. Si pierden, nada les impedirá llegar hasta donde estamos.

Ronca asintió.

—Nuestra esperanza es que el ejército acabe repeliendo la invasión y nuestros hombres puedan volver al castillo. Tal vez vuestras amigas logren entretener a esos poderosos hechiceros lo suficiente para que ocurra.

—La batalla se está alargando —anunció Kavan—. Dudo que nuestros soldados tengan tanto aguante como esas sanguinarias bestias rythanas.

Mientras hablaban, Gabre se acercó a Kalil. La princesa agachó la cabeza como pocas veces antes lo había hecho, avergonzada por todo el dolor que le había causado.

—¿Estás bien? —susurró él dejándose de formalidades.

Ella alzó la vista sobrecogida. Sus ojos azules parecían tristes, pero él se esforzaba por sonreír cuando estaba a su lado. Así había sido desde el primer día.

Asintió, aunque no fuese cierto. Él volvió a forzar una sonrisa evaluando la mentira.

—Sé que lo has pasado mal y que todo lo que has hecho es por el bien de nuestros reinos. Nuestras equivocaciones no tienen el valor suficiente para definirnos. Nuestras intenciones sí. No puedo perdonarte, pero sí entenderte.

Kalil sintió que luchaba porque sus lágrimas no se desprendieran de sus ojos. Ella le causaba un inimaginable daño y él solo le dedicaba palabras de aliento. ¿Cómo podía haber dudado de sus sentimientos? ¿De su compromiso? Gabre era el verdadero rey de Eravia.

—Necesitamos un nuevo golpe de efecto —anunció Leonard—. Algo que decante la batalla a nuestro favor.

—¿Y qué crees que podemos hacer desde aquí? —espetó Riusdir. A pesar de la alegría porque las cosas no fuesen tan mal como preveían, había desenvainado la espada y a cada momento miraba la entrada de la sala esperando la aparición de los poderosos amiathir que luchaban abajo.

—Si hay algo que podamos hacer por nuestros hombres lo haré sin dudarlo. Así sea blandir la espada y lanzarme a la batalla —afirmó Gabre con determinación.

Leonard titubeó. También los consejeros parecían pensar qué hacer sin exponerse al acero enemigo.

Entonces Kalil tuvo una idea. Recordó lo asustados que estaban aquellos hombres, mujeres y niños, civiles en su mayoría, empuñando la espada en los patios de entrenamiento. Recordó lo mucho que les ayudaba la tranquilidad de saber que todo iba bien más allá de sus miedos. Había que ofrecerles esperanza.

—Tienes que mostrarte, Gabre.

El príncipe la miró intentando comprender a qué se refería.

—No os esforcéis, princesa. No dejaré que el príncipe se una a esta batalla por mucho que pueda contribuir a subir la moral de las tropas —rezongó Riusdir frunciendo el ceño.

—Mi hijo tiene razón, alteza. Si los rythanos lo ven atacarán con todas sus fuerzas y nuestros soldados no podrán retenerlos —refrendó Ronca.

—No. No quiero que baje a luchar. Solo necesitamos que nuestros hombres lo vean —se explicó Kalil—. Sería suficiente con asomarse al balcón y llamar la atención de los soldados de alguna manera.

Riusdir se rascó la cicatriz por encima del parche que tapaba su ojo sopesando la opción.

—La princesa tiene razón —terció Leonard—. El objetivo del enemigo es acabar con la vida de los Conav. Es por ello que mandaron a los amiathir al castillo pese a que su ejército aún no había tomado la puerta principal. Conocen nuestras debilidades y saben que la confianza de nuestras tropas en la batalla es baja. Si conseguían asesinar al rey y a su hijo, nuestros soldados ya no tendrían por qué luchar y la batalla acabaría por la vía rápida. Sin embargo, si conseguimos que vean al príncipe y demostrar que la avanzadilla amiathir no ha dado resultado...

—Obtendremos el efecto contrario. Soldados más animados y dispuestos a luchar hasta el final —prosiguió Ronca pensativa.

Leonard asintió a la consejera haciendo como si se quitase un sombrero con su mano sana.

—Es una buena idea —opinó Gabre con un gesto aprobatorio hacia Kalil. La princesa se sonrojó.

—¿Pero cómo haremos para llamar la atención de los soldados? —preguntó Kavan.

—En estos balcones se encontraban los vigías. Aquí deben estar los cuernos de guerra con los que se avisó de la invasión rythana. Si volvemos a tocarlos, todos mirarán al balcón y allí estará el príncipe como símbolo de la esperanza —dijo Ronca.

Leonard salió al exterior y cogió uno de los cuernos. Gabre Conav salió tras él y desenvainó su espada para alzarla al cielo seguido del capitán de la guardia. Un plan que espolearía a las tropas en busca de la complicada victoria. Kalil sintió que, con su idea, por fin sería útil al reino.

Leonard cogió el cuerno con dificultad y lo apoyó en su muñón. Luego sopló, pero apenas pudo sacarle un pequeño aullido, inaudible para los hombres que combatían a las puertas de Ortea.

—Maldita sea, no sabéis hacer nada —dijo Riusdir caminando hasta él.

Lo empujó para arrebatarle el cuerno y lo colocó sobre sus labios.

—Kalil, ven a mi lado —pidió Gabre—. Muchos de los soldados que aún quedan en pie son kalloneses que llegaron aquí por ti. Hombres preparados que luchan con valentía. No soy el único que debe infundir valentía a las tropas. Tú también lo harás.

El príncipe extendió el brazo y le ofreció su mano. La princesa abandonó toda duda y se la estrechó, dejando que la arrastrase hacia el balcón.

—Ofreceremos a toda Eravia la imagen de una corona fuerte. De un futuro matrimonio que simbolice la paz entre los reinos, como siempre debió ser —dijo él.

Ella sonrió pese a todo lo pasado, apretó la mano de su prometido con fuerza y los dos se acercaron a la gruesa balaustrada.

Riusdir tomo aire para hacer sonar el cuerno y Kalil sintió que, pese a todos los inconvenientes, lograrían ayudar a su gente. Con aquella imagen ejercería por primera vez como reina de Eravia. Si vencían, juntos lograrían reponerse de la batalla y continuar buscando la paz. Tal vez recuperar su reino vislumbrando un futuro lleno de nuevas esperanzas.

Gabre alzó su hoja al cielo y esta resplandeció con los rayos de sol. Kalil observó a los hombres junto a las puertas de la ciudad. Valientes y diminutos en la lejanía. Esperaba que sus miradas llenas de ilusión se dirigiesen a ellos.

El sonido del cuerno empezó, pero apenas duró. Riusdir se detuvo para sorpresa de la princesa, que lo miró extrañada. Sintió que la fuerza con la que el príncipe apretaba su mano disminuía, y al girarse observó cómo la espada que Gabre alzaba se desprendía de sus dedos y caía como las hojas secas lo hacen en otoño. El sonido del metal repiqueteó en el suelo al golpear las losas del balcón y el príncipe perdió también la fuerza en las piernas, cayendo sobre ella.

Junto a él estaba Soruk, pálido como la misma muerte por la sangre perdida.

Sostenía un puñal hundido en el cuerpo de Gabre.

—¡No! ¡Noooo! —Kalil gritó desconsolada.

Apartó al Hijo de Aecen con un empujón tirándolo al suelo y agarró la cabeza del príncipe, que permaneció en silencio. Puede que por la sorpresa. Tal vez porque el umbral del dolor y el sufrimiento había sido traspasado hacía tiempo con la muerte de su padre y la traición de su amada.

Riusdir tiró el cuerno, agarró a Soruk por el cuello y lo apretó violentamente contra el suelo. El Hijo de Aecen, ya sin fuerzas, se dejó hacer. El capitán le arrebató el puñal de las manos sin oposición.

—Maldito bastardo. ¡Mira lo que has hecho! —chilló.

Soruk, con el rostro del color de la ceniza, hizo esfuerzos por mantenerle la mirada.

—Los Conav mataron a mis padres con sus decisiones y a mi hermano con sus órdenes. Mi vida ha estado condicionada por ello y abandonarla sin cumplir con mi cometido sería traicionar su memoria. Como Hijo de Aecen anhelo la justicia... y es justo que la realeza pague por sus crímenes —dijo con un hilo de voz.

—¡Gabre no ha hecho nada! —gritó Kalil llorando—. ¡El solo quería lo mejor para todos! ¡Te ha dejado entrar por compasión!

Soruk ya no la escuchaba. Murió en las manos de Riusdir sin necesidad de que este hundiese el acero en su cuerpo. Había perdido tanta sangre que derramar más no hubiese cambiado nada. Kalil lloró apretando a Gabre contra su cuerpo. Su vestido, rasgado por las propias dagas, se tiñó de rojo una vez más por el sufrimiento que ella misma había causado a aquel muchacho. El príncipe gruñía inconscientemente con dificultad para respirar, pues el arma había atravesado sus pulmones. No le quedaba mucho tiempo.

Kavan y Ronca también tenían los ojos anegados por lágrimas. Incluso el duro Riusdir sufría con ojos rabiosos sin poder apartar la vista del último miembro del linaje de los Conav. Había fracasado en su labor de protegerlos como ella lo había hecho intentando reinar sobre aquella gente mejor de lo que lo había hecho Ramiet.

—Lo siento. Todo esto es por mi culpa —susurró entre lágrimas.

La princesa se derrumbó bajando la cabeza y tocando con su frente la del príncipe, que respiraba a duras penas luchando por un segundo más de vida. No había prestado atención al amor que Gabre le profesaba. Había sospechado de él extrapolando en su figura el odio hacia su padre, al igual que Soruk lo había matado solo por el apellido que poseía. Había apoyado la entrada al palacio de los Hijos de Aecen y les había dado las claves para irrumpir en el castillo evitando a los soldados. El final de Eravia era su culpa tanto o más que de esas bestias que luchaban por Rythania.

Gimió desconsolada sorbiéndose la nariz. Toda su vida la habían enseñado a no mostrar en público sus sentimientos, pero de qué servía eso cuando la tristeza la invadía hasta doler.

—Ka... lil —Oyó que decía el príncipe.

Levantó la vista con los ojos enrojecidos por el llanto y lo miró. Él hizo el esfuerzo de girarse un poco para que sus miradas coincidieran.

—Al igual que yo... solo querías lo mejor para tu gente. —Tosió esputando sangre y esta resbaló por su balbuceante barbilla—. Yo... te... perdono.

Y con sus últimas palabras, Gabre dejó caer la cabeza sobre ella hundiendo la nariz en su vestido manchado de sangre. Y Kalil chilló. Gritó por el dolor de sus actos y de sus palabras. Sollozó al ver cómo Eravia perdía entre sus manos al último de los

Conav. El mejor rey que podrían haber tenido.

No sabría decir cuánto tiempo pasó allí. Los consejeros reales y el capitán de la guardia parecieron congelados por el tiempo en una pesadilla de la que no despertarían.

La puerta de la sala se abrió, alertándolos y sacándolos de su letargo. De la entrada surgió la figura de una mujer que pareció sorprendida por la escena e intentaba asimilar lo que veía. Era delgada y tenía el pelo negro recogido en un moño descuidado. Tenía marcas en la piel, como las de Gabre, que bajaban por su cuerpo como interminables tatuajes. Una athen.

Sin mediar palabra se acercó a Kalil y se agachó colocando los dedos sobre el cuello del príncipe. Las lágrimas también parecieron inundar sus ojos antes de retirar la vista.

—¿Qué ha ocurrido? —dijo con seriedad—. Creía que habíamos impedido que Rythania llegase hasta él…

—El enemigo estaba dentro de nuestro ejército —respondió Ronca pasándose las manos por los ojos—. No necesitaron atravesar las murallas del castillo para llegar al rey… Ni al príncipe. Lamento lo ocurrido, Arual.

«Arual».

Kalil levantó la cabeza con sorpresa para observar a la athen que ahora se arrodillaba junto a ella velando el cadáver del príncipe. Había leído sobre ella en el diario de Daetis. Era la hermana de la reina y líder de los athen la que ahora lloraba a su sobrino en el más amargo de los silencios.

—¿Por qué estás aquí, Arual? ¿Es que los athen recapacitaron sobre participar en esta guerra? —dijo Kavan.

La athen negó vehemente.

—He venido por decisión propia. Sentí que era mi obligación ayudar a mi familia, aunque mi raza permanezca neutra al futuro de los reinos. He llegado tarde.

Se levantó secándose los ojos humedecidos con los dedos y miró la batalla más allá de la baranda de piedra tallada en la montaña.

—El reino está acabado —murmuró el anciano Kavan mirando el cadáver del príncipe.

—No. No mientras haya hombres valientes luchando bajo el estandarte del ruk bicéfalo. No están ahí jugándose la vida para pagarles con la rendición —lo contradijo Arual.

—¿Y qué haremos? ¿De qué servirá ganar cuando el reino no tiene ya futuro alguno? —preguntó Riusdir.

—Siempre hay un futuro para aquellos que desean vivir —contestó la athen.

—En ese caso me uniré a mis hombres, aunque solo sea por perecer luchando —sentenció el capitán de la guardia. Salió corriendo mientras blandía su espada con la rabia del fracaso burbujeando en sus venas.

—¡Riusdir! —El soldado se giró al escuchar la voz de su madre—. No hables con nadie de lo ocurrido aquí. Si los hombres se enteran de que el rey y el príncipe han muerto, no encontrarán motivos por los que luchar.

El capitán asintió con seriedad, se dio la vuelta y desapareció por los pasillos del castillo. Un inestable silencio inundó la sala, roto por el único sonido del viento recorriendo los riscos junto al balcón.

—No valdrá con eso —dijo Leonard tras unos segundos.

—¿Qué quieres decir? —inquirió Ronca con una mirada suspicaz.

—Cuando los soldados vean aparecer a Riusdir sin el rey o el príncipe sabrán que algo ha pasado. Las dudas son un enemigo más en la batalla, y aumentarlas no hará ningún bien a las tropas.

—¡Este traidor no tiene ni idea! —gruñó Kavan airado—. Deberíamos ajusticiarlo tanto a él como a todos esos Hijos de Aecen que estaban a las órdenes de Wabas.

—No. Lo que dice tiene sentido —lo detuvo Arual—. ¿Qué harías tú para evitar esas dudas sobre el campo de batalla?

Leonard dejó de mirar a Kavan para hacer coincidir sus ojos con Arual. Kalil pensó que la athen, incluso en aquella situación y la pérdida de su amado sobrino, parecía una líder fuerte y racional.

—Cumpliría los deseos que el príncipe tenía antes de morir. Iba a mostrarse desde los balcones del castillo para animar a los hombres que luchan por él.

—¿Es que no ves que el príncipe ha muerto? ¿Cómo quieres que se muestre en este estado? Tendría el efecto contrario en nuestros hombres —desechó Ronca.

—Desde abajo nadie verá un cadáver, sino al príncipe animando a las tropas desde la cima de la montaña —porfió él.

Ronca y Kavan fruncieron el ceño desconfiando de Leonard y su idea.

—Tal vez funcione —dijo Arual. La sorpresa se dibujó en la cara de los consejeros ante las palabras de la athen—. No tenemos más opciones que utilizar el engaño para aumentar la moral de nuestras tropas.

Arual se acercó, agachándose de nuevo ante Kalil, y miró a los verdosos ojos de la princesa, que se mostraban enrojecidos por el llanto. La líder athen sonrió afligida junto a ella y acarició su cara húmeda por las lágrimas.

—Necesito que me ayudes a levantarlo, princesa. Tenemos que hacer que los soldados lo vean. —Ella sollozó mientras asentía dubitativa—. Y límpiate esas lágrimas. También deben verte a ti y alimentar la esperanza en un futuro mejor. Muchos de los hombres que hay abajo son kalloneses y, si no estoy equivocada, tú eres la única representante de los linajes reales que queda en Thoran.

—No merezco corona alguna —repuso ella bajando la cabeza avergonzada.

—La merezcas o no, el pueblo te necesita ahora. Ellos si merecen que les otorguéis esperanza para afrontar esta batalla.

Kalil volvió a alzar la vista hacia Arual y esta cogió a Gabre. Asintió y ambas lo levantaron con esfuerzo acercándolo al balcón. La princesa resistió las ganas de ponerse a llorar de nuevo. Recibió la ayuda de Ronca y Kavan para llevar a cabo el plan de Leonard y esperó que, de alguna forma, todo aquello funcionara. Por Gabre. Por Eravia. Y por ella misma.

40. Dudas sobre sangre

La hoja de Amerani golpeó por un costado. Su vertiginosa velocidad apenas permitió protegerse a Saith. El rechinar de las espadas se elevó en el cielo como si retasen al resto de combatientes en el interior de la ciudad. Un segundo después, el expaladín del rey ya golpeaba por el lado contrario. Sabiendo que no podría detener aquel golpe, Saith esquivó con un salto que lo alejó de su contendiente.

Amerani lo observó altivo, como si evaluase sus movimientos y se sintiese decepcionado por sus continuas evasiones. Sin embargo, era la única forma de luchar contra él. A su lado se sentía lento. Incluso torpe. El nivel de perfección de sus movimientos resultaba abrumador, y a su excelente estilo de lucha se le sumaban ahora la fuerza y la velocidad de un féracen. Contra él, Varentia apenas resultaba una ventaja, pues no era capaz de alcanzarlo y, como ocurrió ante el wargon en las minas, apenas sentía ese burbujeo en la sangre que le ofrecía la batalla. Aprovechando la tregua tácita que su rival le ofrecía con su pausa jadeó cansado y se secó el sudor con el brazo.

«Si la cosa sigue así no podré vencerle», pensó. Se sentía superado. Si al menos conociese la forma de despertar su ira interior... Tal vez así lograría que la batalla se igualara un poco.

Miró a su alrededor y sintió una aplastante responsabilidad. Gracias a los talk'et y las esferas ígneas las fuerzas se habían equilibrado, pero él era la maza a un extremo de la cadena. La esperanza final. Era la herramienta que debía descabezar al ejército enemigo venciendo a Amerani y a Ahmik ahora que los soldados aguantaban con sus últimas fuerzas la acometida féracen. La cuestión es que no era capaz de hacer frente a la habilidad del enemigo, y si las cosas seguían así, todo habría sido para nada.

Inmerso en sus pensamientos, reaccionó al ver que el expaladín del rey volvía a la carga.

—Eres una burda imitación del poder féracen —gritó asestando un poderoso tajo que se estrelló en Varentia—. ¡Ni siquiera eres capaz de detener mis golpes!

Amerani giró enseñando su hoja en un lado, pero cuando Saith colocó a Varentia una vez más para hacerle frente, el exsoldado hizo girar el arma por debajo de su muñeca y la espada cambió de dirección ofreciendo un movimiento punzante.

La punta de su hoja se dirigió a su pierna y lo alcanzó en el muslo, hundiéndose en su piel. Saith reprimió las ganas de gritar cuando su rival retiró la espada con una sonrisa de satisfacción. No tener armadura era un hándicap demasiado peligroso. Sin darle un segundo de respiro volvió a hacer girar el arma, esta vez en dirección a su cabeza. Pese al dolor, Saith logró esquivar y la espada apenas dibujó un arañazo en su mejilla.

Al tercer golpe de Amerani, Saith se obligó a huir de nuevo con un salto hacia atrás. Sintió la quemazón en su pierna y se rozó la mejilla con los dedos tiñéndolos con el rojo de su sangre. Apretó los dientes, impotente ante la habilidad de su enemigo. Lo cierto era que, pese a sus entrenamientos, Saith no era tan bueno con la espada como su rival, y su fuerza y velocidad eran inferiores. El tiempo y el cansancio también parecían jugar en su contra.

Observó a Ahmik, que tras luchar intentando ayudar a sus tropas había vuelto a ver cómo iba el combate. Lo miraba con ojos serios e indescifrables, lanzando veladas miradas al castillo. Parecía preocupado, aunque probablemente solo esperaba la señal de que los reyes erávicos habían muerto.

El expaladín del rey se preparó una vez más. Atacaría en cualquier momento y Saith no sabía si podría detenerlo. Pensó en Hyrran y Lyn. En la confianza que ambos habían depositado en él. Si tuviesen razón con su teoría sobre los Hijos de Aecen y fuese heredero del poder del dios, ¿por qué se sentía tan inferior a sus enemigos? ¿Por qué su fuerza nunca era suficiente para proteger a los suyos?

—Piensas en cómo hacernos frente, ¿no es así? —Saith arqueó una ceja ante la voz de Ahmik—. Míranos. Somos más fuertes y rápidos que vosotros. Una evolución del ser humano. Gracias a tus artimañas somos menores en número y, pese a ello, seguís sin ser capaces de detenernos.

Saith oteó cómo los valientes soldados erávicos aguantaban luchando contra las mermadas tropas féracen. Los feroces guerreros rythanos se habían recompuesto y luchaban sin piedad.

—No dejaré que acabéis con este reino. No tocaréis al rey ni al príncipe. Daré mi vida a cambio si es necesario —respondió a quien fuera su amigo.

—Darás tu vida, pero no lograrás nada con ello. —La voz de Ahmik evidenció la seguridad de sus palabras—. Cotiac y Radzia ya están dentro del castillo y su poder es imparable para la guardia. Probablemente ya están todos muertos —sonrió cortando el aire con la mano.

Saith negó con la cabeza. ¡No! Sus amigos no lo permitirían. Hyrran, Lyn, Arual, Leonard... No dejarían que eso pasara.

—Eso no ocurrirá, Ahmik. No dejaremos que Kerrakj reine sobre Thoran.

Su amigo pareció sorprendido por la determinación con la que hablaba, aunque pronto relajó de nuevo sus facciones y volvió a mostrar su confiada sonrisa.

—Pues espero que los tuyos tengan más aguante que tú —rio—. Mírate. No serías capaz de detenernos ni aunque fuésemos un solo rival.

Saith miró de hito a quien fuese su mejor amigo. Tenía razón y lo sabía. Amerani era demasiado bueno, y si no hubiese intervenido aquel soldado rythano lanzándose con él al abismo, también Ahmik habría acabado venciéndolo en el valle de Lorinet.

De repente los cuernos sonaron. Las paredes naturales que la montaña ofrecía a Ortea parecieron hacer rebotar sus ecos y los riscos empujaron los sonidos con la brisa. Saith recibió el sonido con tanta sorpresa como Ahmik y Amerani. Las cabezas de todos los presentes se volvieron hacia el palacio. Aliados y enemigos parecieron detenidos en el tiempo. Éxito o fracaso parecieron vecinos separados por una línea tan fina, que una sola imagen haría recobrar o perder el sentido de su lucha. Todo dependía de lo que hubiese pasado en el interior del palacio y de quién hubiese hecho sonar los cuernos.

El nerviosismo se apoderó de él. Y entonces, en las alturas, donde los nidos de ruk tomaban forma y Mesh bañaba antes los muros con su luz, apareció una figura.

Su brazo sostenía una espada alzada al cielo que reflejaba los rayos de sol.

—¡Es Gabre Conav! —dijo Zurdo alzando la voz cerca de él—. ¡El príncipe de Eravia sigue vivo!

Saith volvió a fijarse en la cima de la montaña. Allí el príncipe alzaba su hoja en señal de victoria pese a que sobre las calles de la ciudad la lucha continuaba. Sin embargo, los gritos de los soldados a su alrededor fueron de alivio. De alegría. De ánimo. Ver al príncipe vivo era una señal de que no todo estaba perdido. Una señal de que su esfuerzo estaba sirviendo. De que su valor estaba consiguiendo el objetivo de mantener una esperanza para el reino.

Junto al príncipe apareció Kalil Asteller. La princesa caminó por el balcón, saludó con la mano y se abrazó a su prometido como si, desde los cielos, vieran a sus hombres luchar por ellos y por su futuro.

Saith sintió un extraño calor al volver a ver a la princesa. De sus labios surgió una sonrisa triste por la promesa que no pudo cumplir, la de proteger a su padre y su hermano, acompañada de una mirada de esperanza por la vida que continuaba. Eso significaba que Hyrran y Arual habían logrado detener a los amiathir.

A su alrededor los gritos de júbilo inundaron las calles y los soldados lucharon con energías renovadas. Kalloneses y erávicos, ahora juntos, veían su destino con el color de una nueva ilusión. Saith giró la cara para observar el rostro incrédulo de Ahmik. Amerani también fijó en él sus rojizos ojos.

—Os dije que no dejaríamos que Kerrakj reinase sobre Thoran. Vuestro ejército está ahora débil, nuestro objetivo se ha cumplido venciendo a vuestros amiathir y yo no os dejaré pasar. Daré mi vida si es necesario.

Esta vez no esperó a que Amerani atacase. Colocó los dedos con cuidado sobre la empuñadura de Varentia, e ignorando las heridas y el cansancio, como el resto de soldados que luchaban por una nueva esperanza, se lanzó a la carrera en busca del prestigioso expaladín.

Kalil sollozó sintiendo que su mundo se derrumbaba a sus pies. Por suerte, desde abajo nadie vería sus infinitas lágrimas por la pena y el amor perdido. Tampoco verían la sangre en el cuerpo de Gabre ni que era Arual, escondida tras él, quien con su abrazo sostenía en alto la espada sagrada de la corona. Tras ella estaban también Leonard y Ronca que, agachados y escondidos tras el príncipe, lo sostenían en pie como si la vida aún inundara su cuerpo.

Aquel era un gesto que debía insuflar esperanza a los hombres que combatían, pero para ella no había más que absoluta tristeza. Sintió una vez más que el llanto descendía por sus húmedas mejillas. Aquel muchacho sincero y de buen corazón que podía haber llevado a Eravia y a Thoran hacia un futuro mejor se había ido para siempre. Lo miró a la cara, con ausencia de expresión alguna, y lo abrazó con todas sus fuerzas para ayudar a los demás a mantenerlo en pie.

Se oyeron los gritos de los soldados sobre las calles de Ortea. Animados ante la mentira reflejada en los balcones del palacio en la montaña. Ella continuó con un abrazo que para los soldados significaría esperanza y para ella una amarga despedida.

«Adiós, mi príncipe. Siento no haber estado a la altura de lo que merecías».

Y en lo que fue una señal de que el mundo no volvería a ser el mismo jamás, Kalil se despidió entre lágrimas de la que hasta ese momento había sido su vida.

No lo podía creer. Ahmik miraba incrédulo hacia los balcones del castillo sobre la montaña. El príncipe y la princesa de dos de los linajes reales de Thoran se abrazaban mostrando a la ciudad su optimismo y su felicidad como si una batalla repleta de muerte y sangre no aconteciera sobre sus calles en ese mismo momento. No obstante, más allá del hecho, lo que lo dejaba sin palabras era lo que eso significaba. Cotiac y Radzia, con ese inmenso poder que podría derrotar a todo un ejército, habían sido vencidos. Solo así se explicaba lo que veían sus ojos.

«Si Cotiac y Radzia han caído es porque los erávicos no son tan débiles como habíamos previsto».

Tal vez hubiesen obtenido ayuda de los athen después de todo. De algún modo habían neutralizado la magia de los amiathir, y de ser así, los soldados féracen que quedaban entre sus filas, apenas medio centenar, no serían suficientes para cumplir con su misión.

Apretó los dientes con rabia. ¿Cómo era posible que las cosas se hubiesen torcido de tal forma? Había estado convencido de que ganaría y volvería al lado de Kerrakj como vencedor. Ahora, sin embargo, la batalla parecía casi perdida.

No. No podía dejar las cosas así. Con Amerani ocupándose de Saith; él mismo encontraría el camino hacia el castillo para ver qué había ocurrido y, si era necesario, terminar con los linajes reales de forma definitiva.

Sintió la necesidad de salir a correr, pero algo había cambiado. Los soldados erávicos parecían envalentonados. Antes luchaban para sobrevivir, pero ahora lo hacían por las vidas de todo un reino. A pesar de que muchos de ellos no eran más que civiles armados sin habilidades para la guerra, los más preparados tomaban el peso de la batalla apoyados por el resto y las fuerzas féracen sucumbían. Los amiathir eran aún menos. Ahmik imaginó que la inseguridad se habría apoderado de ellos al ver que sus comandantes, dos poderosos dómines, no habían cumplido su objetivo. Por otra parte, si se olvidaba de todos para entrar en el castillo estaría atrapado. La fuerza que había vencido a Radzia y Cotiac también lo sorprendería a él. Ningún estratega apoyaría un ataque como ese.

Echó un vistazo a la batalla, cuyo color había cambiado el blanco ensangrentado por el azul de las túnicas erávicas. Amerani era el único que parecía no sucumbir al enemigo. Y entre una marabunta de hombres, gritos y sangre, una armadura blanca llegó cojeando, débil, atravesando las tropas enemigas.

Era Radzia, que caminaba con dificultad. Ahmik corrió hacia ella, auxiliándola de los erávicos que pudieran atacarla y sacándola del fragor de la batalla. Ella era la única poseedora de las respuestas que buscaba.

—¿Qué ha ocurrido? ¿Dónde está Cotiac? —Ella negó con la cabeza, haciendo una mueca de dolor, y supo que el otro comandante de Rythania había muerto—. ¿Cómo han podido hacer frente a vuestra magia?

—Ellos también contaban con una dómine. Nos cogió desprevenidos —dijo mirándolo colérica con sus oscuros ojos.

—Vuelve ahí y lucha. No podemos volver con las manos vacías. El príncipe aún sigue con vida.

—Sería inútil. He utilizado todo mi poder y me encuentro muy débil. No sería capaz de volver a luchar. La magia tiene límites que no deben ser sobrepasados.

Ahmik observó a Radzia. Parecía agotada y se dejó caer en el duro suelo de piedra. Supo que decía la verdad. Se acercó a uno de los otros amiathir que aún quedaban en pie y este detuvo sus ataques al instante para escuchar las nuevas órdenes.

—Lleva a tu comandante a la entrada de la ciudad y sácala de aquí. No está en condiciones de pelear.

El amiathir observó a Radzia con preocupación, asintió frunciendo el ceño y la ayudó a salir de allí.

No había otra salida que ocuparse por sí mismo de los linajes reales si quería ofrecer una victoria a Kerrakj. Se uniría a Amerani, vencería a sus rivales y entrarían juntos en palacio para llevar a cabo su objetivo. Puede que las cosas se hubiesen torcido, pero con las enseñanzas de Gael, él era la única persona capaz de lograr cumplir la misión y ganar esa batalla. Era hora de marcar la diferencia.

Saith sintió el cansancio y la superioridad de Amerani con el escozor de sus heridas. Era el espadachín más laureado de todos los tiempos y los cortes de su cuerpo parecían evidenciar su destreza. Él no era rival para un luchador como ese. Con su incorporación, Kerrakj había obtenido un arma valiosa con la que hacer más fuerte su ejército.

—¡Saith! ¡Aguanta! —Ziade alzó la voz corriendo hasta él y alzó la espada, en guardia hacia Amerani. Ekim y Lasam también llegaron corriendo.

—¿Qué hacéis aquí? Id a ayudar a los soldados. Yo aún puedo aguantar.

No era cierto. La realidad era que Amerani podría acabar con él en cualquier momento, pues su habilidad para el combate no tenía comparación posible.

—Está bien. Color de batalla ha cambiado —intervino Ekim.

El olin le mostró algo parecido a una sonrisa y Saith miró a su alrededor. Los féracen ya no eran superiores al ejército erávico. Eran menores en número y sus aliados parecían más motivados. Luchaban con mayor seguridad y determinación.

—¿Qué te ocurre, rapaz? ¿Por qué no utilizas todo tu poder? —Zurdo había estado a su lado durante todo el combate y, aprovechando ese respiro que Ziade le otorgaba enfrentándose a su enemigo, se acercó a él.

Saith negó vehemente.

—No puedo hacerlo. No sé controlarlo. Las otras veces simplemente pasó. No creo ser capaz de derrotar a alguien como él. Más rápido. Más fuerte. Más hábil.

Sus compañeros observaron al guerrero que tenían en frente. La armadura escarlata de Canou Amerani destelló con los rayos del sol mientras sus ojos, también rojos como la sangre, observaban a Ziade acompañando su serio y confiado semblante.

—Nosotros ayuda. No tiene que hacer solo —dijo Ekim alzando su lanza hacia el expaladín del rey.

—¡Eso es! Déjanoslo a nosotros, rapaz. Tú recupérate de esas heridas.

Saith asintió reacio, sintiendo el escozor de los cortes. No quería exponer a nadie a una lucha como aquella, pero no era tan estúpido como para insistir caminando solo contra una batalla perdida.

Ziade se lanzó a por Amerani. La espada silbó al viento y el soldado rythano la detuvo con su hoja. Luego volvió a intentarlo, pero él volvió a detenerla y contraatacó. Su velocidad no tomó por sorpresa a la paladín, pero solo consiguió esquivarlo a duras penas. Cuando parecía que Amerani tomaba ventaja para atacar, Ekim barrió con su lanza obligándolo a saltar. Esto hizo que se alejase de la soldado y permitió que Ziade se recompusiera.

El féracen guardó una distancia prudencial evaluando a Ekim. El olin le sacaba dos cabezas y su fuerza podría ser comparable a la de un féracen o incluso mayor. Atacó con la lanza alternando movimientos punzantes a uno y otro lado. El expaladín esquivó con habilidad, deteniendo alguno de sus movimientos con su espada. En cuanto Ekim se alejó un poco de Ziade, Amerani pasó a la acción. Puede que no tuviese la ventaja de la fuerza bruta ante el olin, pero seguía siendo tres veces más rápido. Avanzó esquivando la punta de su lanza y la agarró por el cuero, sorprendiendo a su rival y evitando el ataque. Intentó agredirlo con su hoja de nuevo, pero Ekim soltó la lanza separándose y manteniéndola con una sola mano. Ese momento fue aprovechado por Ziade y Zurdo, que volvieron a la carga logrando que Amerani soltase el arma de Ekim.

—Lamento que tenga que ser así, mi admirado capitán —dijo Zurdo mientras embestía con su hoja—, pero el futuro de Thoran pasa por tu derrota.

El anciano armero atacó, aprovechando que Ziade lo embestía por el otro costado. El expaladín del rey esquivó, aunque no sin problemas. En su cara, por primera vez desde que comenzó la batalla, había dudas. Las dudas de quien no sabe cómo vencer. Saith comprendió que, pese a su intención de ayudar y protegerlos a todos, la forma de vencer a un rival superior pasaba por hacerlo juntos, como hicieron ante el wargon en las minas.

Echó una ojeada a Varentia. La espada de hoja rojiza brillaba con un tenue resplandor. El brillo que había mostrado desde que los athen la refundieron en la fragua del volcán. Puede que no tuviese el incontrolable poder de Aecen, pero tenía la ayuda de los suyos.

Con más convicción de la que había sentido hacía un momento, echó a correr hacia su enemigo. Aquel hombre ya no era el paladín del rey, sino un arma de Kerrakj cuya vida anterior había dejado en el pasado. La esperanza de hacer recordar a Ahmik se había reflejado en Amerani restándole voluntad de vencer. Aunque en algún lugar de su interior sentía la esperanza de que la memoria volviese a los féracen transformados por Kerrakj, el tiempo no hacía más que demostrarle que todo era una absurda ilusión. Una vana esperanza por volver a una época que jamás regresaría.

Llegó hasta Canou, que esquivaba las embestidas de Zurdo, Ziade y Ekim con tanta habilidad como podía. Varentia giró en el aire como un trueno rojo y la espada de Amerani, que lo observó sorprendido, fue a su encuentro. Un choque. Dos. El sonido del metal danzó al viento. El expaladín del rey intentó golpearlo furioso, pero esta vez Saith no esquivó. Se acercó más a él evitando el golpe de la forma más peligrosa. Puede que no tuviese tanta habilidad como su adversario, pero su tiempo tampoco había pasado en balde. Recordó el entrenamiento de Arena y, olvidando las espadas por un momento, giró sobre su cuerpo y efectuó un agarre sobre el féracen. El peso de la armadura escarlata jugó en su contra y Saith pudo lanzarlo al suelo. Mientras caía, pudo ver la expresión de sorpresa en su, hasta entonces, impasible rostro.

El golpe contra el suelo empedrado de las calles de Ortea fue fuerte, pero Amerani no se rindió. Se levantó con agilidad y volvió a empuñar la espada. Lo que no esperó es que Saith también se hubiese repuesto. Con un tajo vertical volvió a intentar alcanzarlo.

El expaladín del rey volvió a levantar la hoja para impedir que le alcanzase, pero esta vez no hubo rechinar de metales. No hubo hoja que rebotase sobre el arma del rival, pues Varentia cortó el acero de su hoja como si estuviese hecha de papel. La espada de Amerani se rompió como los grilletes de Ekim en Olinthas, mostrando el verdadero poder del arma athen tras pasar por la forja del Tesco.

Una vez rota su guardia, Varentia siguió su implacable curso y golpeó la cara de Amerani rasgando su rostro, que giró con el impacto y escupió sangre al suelo de la montaña. En el trazo de la espada, también su armadura se quebró en una grieta que atravesó su pecho.

El laureado espadachín levantó la vista. Por primera vez sus rojizos ojos de féracen mostraban temor. La cara enrojecida por la sangre también reflejaba extrañeza. Incluso cierta fascinación. Una expresión que se convirtió en definitiva cuando la espada de Ziade atravesó su cuerpo.

—Lo siento, Canou. Pero el día que pasaste a formar parte del ejército de Kerrakj también abandonaste este mundo para siempre. No dejaré que esos bastardos te utilicen manchando tu memoria —dijo la paladín de la protección formando una fina línea con los labios.

Ignorando sus propias lágrimas de rabia, Ziade retiró la hoja y Amerani cayó al suelo sin vida.

Saith observó el cadáver de quien fuera hombre de confianza del difunto rey kallonés. Un símbolo caído. El doloroso final a una vida de honor. Pensó en lo curioso que era cómo un solo acto podía nublar toda una vida de buenas acciones para quienes no conocían el pasado. Pensó en lo injusto que era no permitir que alguien muriese fiel a lo que pensaba para utilizarlo en su propio beneficio, tal y como había hecho Kerrakj con él. Lo mismo que hacía con Ahmik.

Los ojos de Saith observaron a su amigo, que se acercaba a la carrera. Se frenó al ver el final de Amerani a manos de Ziade. Sus miradas coincidieron y un brillo de rabia apareció en sus ojos.

—Retirada —gruñó entre dientes. Al igual que él mismo, parecía haberse dado cuenta de que no podría lograr vencer por sí solo. Luego insistió alzando más la voz—:

¡Retirada!

Los pocos féracen que quedaban, apenas una veintena superados por el pundonor erávico, oyeron la orden sorprendidos. Tras unas últimas estocadas corrieron rumbo a la salida de la ciudad. También algunos amiathir, apenas un puñado de ellos que aún seguían combatiendo con sus últimas fuerzas.

Cuando la mayoría de rythanos habían huido, Ahmik le lanzó una última y furiosa mirada que Saith recibió con tristeza. El cadáver del expaladín del rey sobre la piedra era también un mensaje para él mismo. No había forma de salvarlos a todos. El final de su amistad llegaría con la victoria de uno de los bandos y, probablemente, con la muerte en el campo de batalla de uno de los dos.

La ira en los ojos de quien fuera como un hermano para él parecía desear un nuevo encuentro. Saith deseó con todas sus fuerzas que eso no ocurriera. No obstante, supo al momento que sería inevitable.

Ahmik se giró y salió corriendo de la ciudad junto al resto de su ejército. Cuando abandonaron la batalla, gritos de alivio y júbilo se alzaron al cielo junto a la sorpresa de una victoria inesperada. Los supervivientes se abrazaron. Lloraron y rieron emocionados liberando la tensión acumulada. Dando la bienvenida a un inesperado camino que ofrecía una esperanza al futuro de Thoran. Habían defendido al rey y al reino que, como ellos, sobrevivirían al menos un día más.

Saith observó el balcón del palacio en la montaña, pero ni el príncipe Conav ni Kalil estaban ya allí para ver la victoria. ¿Cuál sería el siguiente paso en esa incansable lucha por la paz de los reinos? Solo Icitzy lo sabía.

41. Un reino en ruinas

Kalil salió del castillo en la montaña y encontró una multitud a sus puertas. Había pasado solo un día desde la retirada del ejército rythano, pero no disponían de más tiempo. Se sentía como si estuviese en el ojo de un huracán. Un momento de calma efímera antes de volver a entregarse al caos. Había que cerrar las páginas del pasado para afrontar el inmediato destino de un reino en ruinas. Pero no era fácil.

Se aferró con fuerza al cayado de plata que Ronca y Kavan le habían entregado. En ausencia de los Conav, ambos consejeros habían asumido una regencia temporal hasta dar con una solución a los designios del reino.

Kalil dio dos pasos que pretendió que pareciesen seguros, aunque su corazón no hacía más que titubear en una espiral de emociones que lo forzaban a latir a toda velocidad. Alzó la vista y la fijó en un punto inconcreto del horizonte. A su alrededor debían estar todos los habitantes de Ortea. Hombres y soldados, ancianos, mujeres y niños. Todos observaban lo que ocurría con ojos tristes. Algunos mantuvieron la mirada fija en ella. Otros inclinaron la cabeza esforzándose por aguantar las lágrimas. También ella lo hacía.

Durante toda su juventud había recibido estrictas lecciones sobre cómo comportarse. Clases para esconder sus emociones y aparentar seguridad. Un lenguaje verbal neutro que tranquilizase a todos cuando la viesen en público. Sin embargo, esa seguridad se había esfumado como el sol tras las nubes grises. Mientras caminaba, sentía que tenía puesta una máscara que se resquebrajaría con una sola palabra. Con una mirada. Tragó saliva y continuó avanzando.

Ataviados con sus mejores galas vio a los hombres que la rodeaban. Soldados kalloneses y erávicos, improvisados aliados que parecían buscar un mismo camino. Algo que les mostrase el objetivo a conseguir en un reino descabezado tras conocer la muerte del rey y el príncipe. Vio a Arual, la tía de Gabre. Pese al pragmatismo athen, Kalil descubrió que su raza también lloraba. Riusdir, Kavan y Ronca la esperaban con expresión solemne. Vio a Ziade, que se mantenía seria. Impasible a cuanto ocurría a su alrededor. La princesa sintió la tristeza de una amistad dañada con una punzada en el corazón. Inclinó la cabeza levemente en un gesto de disculpa que, según su padre, una princesa no debía permitirse en público. Ya no le importaba el qué dirían. Quien fuese su protectora y mejor amiga asintió con seriedad. Un velado y frágil «hablamos luego» que la animó a continuar.

Se había despegado de Ziade y había hecho oídos sordos a unos consejos que, tal vez, hubiesen evitado el final de un reino. Una lágrima resbaló por su mejilla antes de obligarse a no pensar más en lo que había hecho.

Junto a Ziade estaba Lyn. Había oído que ella había acabado con los generales amiathir enviados por Kerrakj para matar a los Conav. Su cara demostraba cansancio, pero, pese a ello, le dedicó una sonrisa triste para animarla en su caminar.

También los amigos de Lyn estaban allí. Leonard, cuya idea de asomar al príncipe al balcón había infundido valor a los hombres en la batalla; y también ese chico llamado Hyrran, que había ayudado a la amiathir en el combate librado en el salón del trono. O eso es lo que había llegado a sus oídos.

También estaba Saith. Observó al paladín que la había tranquilizado aquel día en el panteón y que se sumó con valentía a la lucha en el Valle de Lorinet.

Tras unos pasos y dejadas atrás las escaleras, llegó hasta el centro de la plaza frente al castillo. Allí esperaban dos montículos con los cadáveres de Ramiet Conav y su hijo, el príncipe Gabre. Había llevado a cabo ese ritual muchas veces ante los soldados. La danza con el bastón para hacer descansar los espíritus de los muertos era una tradición en todo Thoran, y tras el ataque al Templo de Icitzy al norte de Eravia, no había muchas sacerdotisas que pudiesen oficiarlo. No obstante, para Kalil era un momento complicado. No era tan fácil mantener una expresión gélida y carente de emociones cuando las personas a las que tenía que despedir eran su prometido y al mismísimo rey. Ante el sufrimiento de todos debía hacer ascender al Vergel a las personas predestinadas a marcar el futuro de un reino. Dada la guerra con Rythania, el futuro de todo el mundo.

Vasamem Vaidaedeanem.
Kain vearoir kain raem saean asheim,
Raem eayiudean eayean raem daitaernoir.
Ra mesh ukreim eakaer.

Una vez dichas las palabras en lengua athen que daban comienzo al ritual, Kalil agitó el bastón entre tímidos murmullos. Lo hizo girar sobre su muñeca y luego cogió el cayado con la mano, haciéndolo danzar entre los dedos. La plata relampagueó con los giros en los tímidos rayos de sol de la mañana y su mente dejó paso a un estado de introspección que hizo que se olvidase de todo lo demás.

«Almas perdidas. Que el coraje que os guio en vida os ayude a encontrar vuestro destino. Tu día termina aquí», tradujo para sí. Se preguntó quién les ayudaría a ellos a encontrar su propio destino, pues solo con valor no sería suficiente.

Giró sobre sí misma. Su vestido, largo hasta los tobillos, alzó el vuelo con su baile siguiendo los movimientos del bastón plateado. Una lágrima surgió de sus ojos como lo hacía el sudor por su frente, pero se perdió en el aire gracias al continuo movimiento, como una estrella que cruzase fugaz el oscuro cielo nocturno.

Los celuis escaparon de los cuerpos elevándose al cielo. También lo hicieron de algunos de los asistentes. Se dice que los espíritus de los muertos dejan restos en aquellos con quienes mantuvieron una conexión profunda. Compañeros de batalla, familiares... Kalil evitó pensar en las pérdidas de tantas vidas. El sufrimiento de tantas familias. Había que poner límites a la empatía si no quería enloquecer en situaciones tan duras como esa.

La velocidad fue disminuyendo. El vuelo de los celuis también lo hizo. Era la tercera vez en dos días que hacía el ritual. En el exterior del castillo para los soldados caídos y en el interior para los Hijos de Aecen y la guardia que murió durante las trifulcas en el salón del trono.

Estaba harta de llevar la muerte a donde iba y en esta ocasión, además, era la principal responsable. Una vez que los espíritus de los Conav habían abandonado sus cuerpos, un soldado incendió la pira haciendo que el fuego los engullera. El humo negro se elevó al cielo reflejando la desesperanza de los asistentes.

Con la vergüenza de sus culpables pensamientos, Kalil dio la vuelta y caminó de nuevo hacia el palacio. El capitán de la guardia y los consejeros la siguieron. También Arual.

—Será mejor que no vayamos al salón del trono. El suelo está destrozado —dijo Ronca. Llevaba un sobrio vestido negro y dorado de seda, con manga larga para combatir el frío de la montaña, y el pelo moreno, que ya dejaba ver algunas canas, suelto sobre los hombros.

—Su reparación no corre prisa. No hay nadie que pueda sentarse en el trono ya —refunfuñó Riusdir. Pese a su carácter irascible se le notaba alicaído. La cicatriz que le cruzaba la cara y esos rasgos que tan fiero lo hacían parecer, ahora solo reflejaban tristeza.

—No podrá estar mucho tiempo así —dijo Arual. Parecía haberse recompuesto un poco de la tristeza mostrada en la ceremonia—. Un reino sin rey es como una barca sin tripulante. No debemos dejar que navegue a la deriva hasta que la tormenta lo hunda.

Kalil giró la cabeza para mirar a la líder athen. Su cara delgada y facciones duras dejaban paso a unos ojos negros y pequeños. A la princesa le costó asimilar las palabras de la mujer.

—¡Gabre está aún ardiendo ahí fuera! —replicó furiosa consigo misma por la facilidad con la que las lágrimas volvían a sus ojos—. ¡Sois su tía y ya estáis pensando en reemplazarlo!

—Los hombres no lucharán por un reino destronado. Ha sido una enorme desilusión la muerte del príncipe tras animarlos en la última batalla. Han obtenido una sufrida victoria que, sin embargo, les dejará un regusto a fracaso; pero la guerra no ha terminado. Kerrakj se repondrá, recompondrá sus tropas y volverá a la carga. Más aún cuando sepa que el linaje de los Conav ha sido aniquilado.

Kalil mantuvo la mirada de hito en Arual. La athen era más cabal y pragmática de lo que ella podría serlo en un momento como ese. Sabía que tenía razón, pero el simple hecho de buscar a alguien a quien coronar en tan dolorosos momentos le parecía una falta de respeto a la memoria de su prometido. También miró a Ronca, que asentía apenada; y a Kavan. El anciano consejero parecía incómodo por la conversación y alternaba el peso de una pierna a la otra con cierto nerviosismo. Aquella situación no debía ser fácil de asimilar para nadie.

—El problema es a quién colocar esa corona —continuó Arual—. Con la muerte de Ramiet y Gabre, la única opción que se me ocurre es coronar a Kalil. Es la única descendiente de los linajes reales bendecidos por la diosa.

—El pueblo erávico guarda aún mucho rencor hacia los Asteller. El odio de Ramiet se extendió por el país, y muchos culpan a la realeza kallonesa de sus males. La habrían aceptado como reina si el trono fuese ocupado por el príncipe como símbolo de paz, pero no asimilarán bien que una Asteller reine en Eravia en solitario —repuso Ronca.

Kalil asintió. Propiciar revueltas y la rebeldía de la gente no era conveniente en mitad de una guerra como esa. Puede que los migrantes de Kallone lo vieran con buenos ojos, pero Eravia no era lugar para ella. Lo había sabido siempre. Además, ¿cómo asumir un trono tras ser la principal artífice de la muerte del anterior linaje? No. Puede que fuese la persona más preparada para reinar, pero jamás soportaría el peso de esa corona.

—En ese caso solo nos queda una opción —contestó Arual tras unos segundos en silencio—. Someterlo a votación. Los athen hemos seguido un sistema electoral que nos ha reportado muchas ventajas. Abandonamos la monarquía para elegir al más preparado en función de su conocimiento y decisiones, no de la sangre que corre por sus venas. Tal vez esta desgracia nos permita implementar ese sistema en Eravia, ahora que su linaje real ha caído. —Pese a su serenidad, las últimas palabras las dijo claramente compungida.

Ronca negó vehemente con la cabeza. La veterana consejera frunció el ceño ante sus palabras, aunque en su voz había respeto.

—Eravia es un país extremadamente religioso. Construimos en el norte el mayor templo dedicado al Rydr para venerar a Icitzy, nos retiramos de la batalla en Lorinet por miedo a que el enemigo contase con la ayuda de Aecen. Nuestro pueblo reza cada día y, pese a las estrictas ideas políticas de Ramiet, jamás dio la espalda a su rey por creer que representaba a los dioses. Jamás aceptarán a un rey que no haya sido bendecido. Y no te lo tomes a mal, Arual, pero tampoco acogerán de buena gana el sistema de gobierno de una raza que no se dignó a ayudarnos cuando más lo necesitábamos.

—Yo estoy aquí —replicó la athen.

—Por tu familia. No por nuestro pueblo —objetó la consejera.

Ambas mantuvieron una mirada seria. El ambiente crispado por la batalla y la difícil situación parecía pasar factura en cualquier conversación. Ahora que los consejeros reales regentaban la corona en busca de un nuevo rey, sus decisiones resultarían decisivas.

La athen retiró la mirada con resignación. No parecía una mujer fácil de vencer en una disputa dialéctica, pero sabía que la decisión no dependía de ella.

—En ese caso estamos como al principio. Kerrakj no dudará en volver a atacar antes de que el reino se recomponga —farfulló Riusdir.

—Tal vez no todo este perdido. —La voz quebrada del viejo Kavan surgió de sus labios como si prefiriese permanecer escondida.

Ronca y Arual giraron la cabeza a la vez, haciendo que el anciano se empequeñeciera un poco.

—¿A qué te refieres, Kavan? ¿Se te ha ocurrido alguna idea? —apremió la consejera.

Kavan acarició su larga perilla cana y sus pequeños ojos parecieron brillar ante la curiosidad del resto.

—Dejadme hablar con Riusdir. Os emplazo a vernos en unas horas, tras la comida, en el salón del trono.

—El salón del trono está destrozado —repuso el capitán de la guardia.

—Lo sé, pero es el lugar apropiado para decidir sobre el destino de un reino y su futuro rey.

Los olores a estofado y licor flotaban en el ambiente. Más dulce y apetecible de lo que los había percibido jamás. Hyrran estaba en una taberna del centro de Ortea. Era enorme y muy concurrida. Volaban los platos de comida que la posadera, una mujer pelirroja y bien parecida, servía a uno y otro lado junto a sus jóvenes hijas. Había brindis por todas partes. Chascarrillos, gritos. Alegría comedida tras la tristeza por el entierro de sus reyes. Puede que el reino estuviese de luto, pero las bebidas espirituosas ayudaban a olvidar. Con el paso de los minutos pareció imponerse más la celebración por estar vivos que la pena por lo ocurrido en palacio.

Era mediodía, pero la gente parecía más interesada en beber que en alimentarse. No era para menos. Todos habían dado por victoriosa a Rythania antes de la lucha y ahora, milagrosamente, vivían para luchar un día más. Hyrran había pasado por más momentos así. «Cuando crees que tu vida pende de un hilo, la tristeza apenas cobra sentido. Solo deseas vivir con alegría un día más» pensó.

Miró a su alrededor. Estaba acompañado por Saith, Lyn, Ziade, Ekim, Lasam, Zurdo y Leonard. Una larga mesa los reunía a todos después de mucho tiempo. Demasiado.

Saith hablaba con Zurdo y Leonard, tal vez recordando viejos tiempos en Aridan. El día anterior fue duro para él. Tal vez por la batalla, por la muerte de Amerani o por encontrarse con Ahmik, pero ahora parecía de mejor humor. Bromeaba con que Zurdo pudiera cederle su mano buena al exlínea escarlata. El anciano le dio un capón que le hizo escupir la bebida por la nariz. Leonard sonrió al verlo, aunque en sus ojos solo había tristeza. No parecía el mismo muchacho al que acompañó a Lorinet hacía cerca de un año. Ese que soñaba con ser paladín.

Junto a él estaban Ziade y Lyn, que charlaban sobre lo ocurrido en la batalla. Las esferas athen, la magia amiathir, la fuerza féracen. Solo había pasado un día y parecía que todo había ocurrido hacía cien lunas, si bien sabía que Lyn aún no lograba sobreponerse a la pérdida de Dracia. Ekim y Lasam también compartían anécdotas, felices a su manera. Supo verlo pese a que las expresiones olin eran tan distintas a las humanas.

El mercenario sonrió mientras alargaba el brazo para agarrar su jarra con la intención de llevarse un sorbo a la boca. Sintió un ligero dolor por las quemaduras que tenía en la piel y que sanaban lentamente gracias a un ungüento que Arual le había proporcionado. Una receta athen que permitía sanar las quemaduras con mayor rapidez, aunque el dolor seguía siendo insoportable. Apretó los dientes con un inaudible silbido para que nadie notase lo que le tiraba la piel. Sabía que Lyn se culpaba por ello y no quería darle más motivos de preocupación. Ella, sin embargo, se giró dejando la conversación con Ziade y buscó sus ojos.

—Te duele, ¿verdad? —dijo como si intuyera sus pensamientos.

—He estado peor —afirmó sonriendo mientras se llevaba la jarra a la boca para disimular las muecas de dolor.

—Mentiroso —respondió ella con una sonrisa apagada mientras buscaba su propia bebida.

—No te sientas mal. No tienes la culpa de lo que pasó.

—Sí la tengo, Hyrran. Perdí el control. Casi acabo con tu vida, y Dracia... está muerta porque no supe contenerme. Es algo que jamás podré perdonarme.

—Pero no eras tú, sino esa criatura que llevas dentro. Fue ella quien lanzó ese ataque.

Lyn negó con la cabeza y formó una fina línea con los labios. Su expresión se tornó solemne.

—Fui yo. Tenía a Illeck en mi mente volviéndome loca, pero fui yo quien desaté su poder. Fui yo quien mató a Dracia. —Su voz tembló al pronunciar su nombre—. Quien mató a Cotiac y quien casi te mata a ti…

—No te culpes. Puede que fueras tú quien desatase esa explosión, pero no lo hiciste a conciencia. Violet… O mejor dicho, Dracia, dejó Aridan para luchar en esta guerra. Puso su vida en riesgo combatiendo contra Cotiac y esa otra chica. Puede que muriese a causa de tu poder, pero de no ser por ti habría tenido esa batalla perdida igualmente. Y yo habría muerto también.

—Lo sé, pero… —Lyn apoyó apenada la cabeza sobre él.

—Pero nada —aseveró Hyrran tajante. Reprimió una mueca ante las quemaduras de su brazo, pero habría pagado mil escudos de oro por evitar que la amiathir levantase la cabeza de su hombro—. Dracia sabía a lo que se exponía y combatió con valentía.

—Te protegió, ¿sabes? —Apenas fue un murmullo lo que surgió de sus labios—. Con su dominio de las fuerzas naturales levantó aquel muro de tierra que te protegió del fuego. Pudo hacerlo para ella o para su hijo, pero lo hizo para ti.

Hyrran recordó la pared de piedra que tenía ante él cuando abrió los ojos en el salón del trono. Mientras Cotiac lo torturaba con indiscriminadas descargas eléctricas nada los separaba, pero al despertar, aquel muro había evitado que las llamas lo abrasaran.

—Me protegió —dijo él en voz baja cayendo en la cuenta de la verdad que había en esas palabras.

—Y también me protegió a mí evitando que te hiciera daño. Jamás me lo habría perdonado y, si no fuese por ti, nunca habría escapado de la prisión de mi mente.

Hyrran guardó silencio. Cerca de morir por un ataque casi imparable, la mujer amiathir había destinado sus últimas fuerzas a salvarlos a ambos. Pensativo, dio un largo sorbo a su bebida.

—¿Sigues oyendo la voz de esa criatura? —preguntó cambiando de tema.

—¿A Illeck? —dijo ella levantando la cabeza y mirándolo a los ojos. Luego negó con suavidad—. No. Desde que me despertaste he dejado de oírlo, aunque de alguna forma siento su poder en mi interior. Debe seguir en el *Veaniusean*. Creo que al final he logrado que el vínculo no me afecte.

Él le dedicó una sonrisa aliviada. No sabía de qué hablaba, pero había tenido miedo de que volviese a perder el control. En realidad, todo le daba miedo con ella. Se preguntó qué había sido de aquel ladrón de los suburbios. Del mercenario que solo sentía interés por seguir con vida un día más. Ahora lo desbordaban los sentimientos hacia los demás. Tenía amigos por los que preocuparse y que ocupaban su cabeza buena parte del día.

En parte echaba de menos vivir sin preocupaciones. Se preguntó si esos pensamientos lo convertían en mala persona. Por otra parte, no cambiaría por nada lo que ahora sentía por Lyn. Mirarla era como un amanecer para un hombre que abre los ojos tras una eternidad de cautiverio. Como un plato de comida caliente para un mendigo errante. Como un baño en el mar durante el cálido verano. Ella abandonó la pena para dedicarle una sonrisa con sus ambarinos ojos y supo que no deseaba estar en ningún otro lugar.

De repente, los soldados irrumpieron en la taberna. Las puertas se abrieron acallando en parte los muchos gritos que inundaban el ambiente. Riusdir apareció en escena escrutando el interior de la estancia. Hyrran pudo observar cómo Saith se levantaba y Ziade fruncía el ceño con extrañeza. Se preguntó si habría noticias sobre Rythania. Aunque era demasiado pronto, Kerrakj era imprevisible y poderosa.

Cuando el capitán de la guardia los vio, se acercó a su mesa sin dilación y se colocó frente a ellos.

—Hyrran Ellis. Has sido convocado por el consejo real para presentarte cuanto antes en palacio. Una negativa a la orden de la regencia de la corona se entendería como desacato y...

—Descanse, soldado. —Hyrran se levantó de la silla soltando la mano de Lyn y le dedicó una sonrisa al capitán pese a que el dolor de las quemaduras aún era intenso—. No sé qué os traéis entre manos, pero ¿qué sentido tendría negarme a nada?

—Yo también voy. —La amiathir se incorporó poniendo las manos sobre la mesa.

—Lo siento, pero las reuniones del consejo no tratan temas públicos. De querer que alguno de vosotros estuviese presente, la regencia del reino os habría convocado también.

Lyn compartió una mirada con Saith y se tranquilizó cuando Hyrran puso una mano sobre su hombro con suavidad.

—Si ella no va, yo tampoco— anunció tomando un nuevo sorbo con indiferencia. Ella sonrió ante su respuesta.

Riusdir cabeceó contrariado, asintió reacio y el mercenario caminó hacia él seguido de Lyn. Luego se marchó y dejó atrás a todos sus amigos.

Apenas hablaron mientras recorrían escoltados las calles de Ortea. ¿Qué necesitarían de él? ¿Le pedirían cumplir alguna misión aprovechando su pasado como mercenario? ¿Querrían conocer más detalles sobre el poder de la amiathir que escapó? ¿Utilizarlo para contactar con Ulocc y sus hombres y contratarlos de cara a la batalla? Sería una pérdida de tiempo. Sus antiguos compañeros no aceptarían, y tampoco sabía cómo encontrarlos. Ahora no eran más que su pasado.

Absorto en sus pensamientos, subió las empinadas calles y entró en el salón del trono seguido de Lyn y los soldados. Si no hubiese sido por ellos, la estancia habría estado tan vacía como su mente.

Todo le resultó dolorosamente familiar. El suelo de losa resquebrajada, la tierra abriéndose paso y elevándose unos metros hacia el alto techo. Allí estaba el muro que Dracia había utilizado para protegerle cuando Lyn liberó aquel poder.

La amiathir también parecía agitada. Miraba a una y otra parte tamborileando con los dedos sobre sus muslos sin disimular su nerviosismo. Los cadáveres habían desaparecido, pero la sangre seguía sobre el suelo como la imborrable huella de un doloroso recuerdo. Las antorchas lucían encendidas, aunque todo cuanto los rodeaba era frío y poco halagüeño.

—Tranquila —dijo rozando la mano de Lyn pese a que él mismo sentía una extraña aprensión.

Ella sonrió incómoda. Hyrran miró hacia el destrozado trono. Hacia las carbonizadas maderas sobre las que, durante años, el rey habría sentado sus reales posaderas.

—Ese trono me salvó, ¿sabes?

Arual entró en la estancia caminando con energía y Hyrran se alegró de verla. Después volvió a observar el ornamentado y carbonizado asiento.

—Es el héroe más raro que he visto —dijo.

La líder athen le dedicó una mirada de soslayo y media sonrisa. Caminó hacia el asiento real y acarició su forma con la mano.

—Nunca había puesto en peligro mi vida como ese día —murmuró pensativa—. Es curioso cómo acercarte a la muerte te hace ser consciente de lo vivo que estás.

—Puedes venirte un día a pasear con nosotros. —La animó él—. Con Saith, con Lyn..., conmigo. Como siempre estamos cerca de morir, nos hemos sentido vivos tantas veces que ya no sabemos sentirnos de otra forma.

—¿Son tus bromas una forma de combatir el nerviosismo y la incomodidad? —preguntó Arual en tono bromista.

Hyrran se encogió de hombros.

—Es por el palacio. Supongo que las ratas no se encuentran cómodas entre el lujo —comentó indiferente—. ¿Qué hago aquí, Arual?

Ella le devolvió el gesto encogiéndose de hombros.

—Para serte sincera no tengo ni idea. No ha sido cosa mía, sino de Kavan.

Hyrran recordó al anciano consejero que acompañó al príncipe hasta Acrysta. Su pelo cano, sus ojos negros y pequeños. La forma de mirarlos cuando creía que no se daban cuenta.

Compartió una mirada curiosa con Lyn antes de que Ronca, Kavan y Kalil cruzaran la puerta y se dirigieran hacia ellos. Una vez reunidos, el silencio inundó la estancia de una forma que el mercenario percibió incómoda. La veterana consejera pasó un rápido y doloroso vistazo por la estancia y se centró en Lyn.

—¿Qué hace ella aquí? Las reuniones del consejo son solo para la realeza y las personas convocadas por sus consejeros o el propio rey.

—El mercenario no aceptaba asistir si la chica no lo acompañaba —respondió Riusdir anticipándose a las palabras de Hyrran y Lyn.

—Supongo que en este momento eso no es importante —intervino Arual—. Decidnos por qué hemos aplazado la reunión hasta ahora.

Ronca asintió reacia.

—¿Y bien, Kavan? ¿Para qué has hecho llamar al muchacho?

—¿No es obvio ahora que lo tienes aquí, Ronca? —dijo el anciano extendiendo la mano hacia sus invitados.

Hyrran frunció el ceño ante las palabras del viejo. La consejera le dedicó una mirada resignada y resopló con hastío antes de clavar sus ojos en el mercenario. Observó el arma que los athen le entregaron, su maltrecha ropa y sus desgastadas botas. También las heridas visibles en su cuerpo.

—¿Qué es lo que debo ver? —rezongó.

—Sus ojos. ¿No te recuerda a alguien?

Ronca observó a Hyrran sin entender mientras que Kalil, Lyn y Arual intercambiaban miradas interrogantes.

—¿Queréis que haga algo más? ¿Una pirueta sobre el suelo? ¿Algún baile para entreteneros? —intervino Hyrran con incómoda ironía ante las miradas de todos.

—Eso sería extraño, alabada sea Icitzy. Los bufones tienen como misión entretener a los reyes y no al revés. En todo caso seríamos nosotros quienes deberíamos bailar —aseguró el anciano consejero con una extraña sonrisa entre la broma y la timidez.

—¿De qué diablos estás hablando? ¡¿Es que te has vuelto loco?! ¿Qué tengo que ver? —preguntó Ronca alterada.

—No, no, espera antes de cambiar de tema. Lo de veros bailar me apetece bastante —bromeó Hyrran.

La consejera bufó enojada.

—Jamás he estado más cuerdo, Ronca —dijo Kavan ignorándolo—. Mira esos ojos. Es la mirada de un rey.

Las palabras del anciano resonaron en su cabeza como si golpeasen su cerebro. Como si estuviese en el interior de la campana de un templo y varias personas la golpeasen desde el exterior. ¿Qué diablos quería decir?

—Vale… Creo que la broma está dejando de tener gracia —dijo escudándose en la mirada de Lyn. Sus ojos ambarinos estaban abiertos como si hubiesen visto a los dioses en persona.

—Explícate, Kavan —demandó la athen.

El anciano no dejó de mirar a Hyrran sin prestar atención a quienes tenía alrededor. Se acercó a él y se inclinó levemente, como si examinase cada centímetro de su cara.

—Eres Hyrran Ellis, ¿no es así? —El mercenario asintió extrañado—. ¿Conoces a Seline Ellis?

—Es mi madre —farfulló bajando la mirada avergonzado—. ¿Qué tiene que ver ella con que yo esté aquí? Perder la cabeza no es ningún delito, y ser una prostituta tampoco.

—No estás aquí por tus delitos, sino por tu sangre. Aunque no lo sabes, tu verdadero apellido no es Ellis… Tú eres el último Conav vivo. —Lyn se llevó una mano a la boca y los ojos de Kalil se abrieron con sorpresa. Reacciones acordes a la incredulidad que él mismo sentía.

—¿Es… el hijo bastardo de Olundor? —balbuceó Ronca—. Había oído rumores sobre sus escarceos, pero no tenía ni idea de cuánta realidad había en ellos.

—Mira el azul de sus ojos, Ronca. Es la viva imagen de Olundor. Se parece más a él que el propio Ramiet —dijo Kavan con una amplia sonrisa.

—No. Lo que estáis diciendo es una locura. Yo solo soy un mercenario. Hijo de una ramera y nieto de un humilde luchador de Arena de Zern. Un ladrón.

—Somos lo que la vida nos impulsa a ser, muchacho —aseguró Ronca.

Hyrran negó vehemente dando un paso atrás y alejándose de los consejeros.

—Es imposible. ¿Cómo habría podido crecer sin saber que es el descendiente de una de una de las familias reales de Thoran? —inquirió Lyn.

—Hace más de veinte años, durante la Guerra por las Ciudades del Sur, Eravia y Kallone se disputaron las ciudades de Zern y Estir. En aquellos tiempos Ronca y yo éramos consejeros del rey, Olundor Conav. Ramiet era un príncipe joven que vivía a la sombra de su padre —relató Kavan—. Su majestad era ambicioso, tanto que osó desafiar al reino con el ejército más poderoso de Thoran. Así que, aprovechando la rebeldía de las ciudades que desafiaban a los Asteller por su autonomía, reivindicó las tierras como parte de Eravia. De esa forma aprovecharía el trabajo en las minas para aumentar la riqueza del reino y equilibrar así su poder con el de Kallone.

Hyrran tragó saliva, incómodo ante la historia de Kavan. No podía creer que todo eso guardase alguna relación con él. Siempre había preferido pasar desapercibido, y esa historia le otorgaba un protagonismo que no quería.

—La cuestión es que Olundor se instaló junto a sus tropas en Zern para echar un pulso a Kallone y, durante ese tiempo, antes de que todo estallara, se encariñó de una prostituta a espaldas de la reina —continuó Kavan—. Se llamaba Seline, y lo que empezó como un juego terminó convirtiéndose en una extraña relación de dependencia. En esa espiral de destrucción que supone una guerra, Olundor enloqueció de ambición. Se negó a retirarse y vencer a Kallone se convirtió en el sentido de su vida. Supongo que, para él, Seline fue un ancla al que aferrarse para mantener la cordura en tiempos difíciles. Lo sé porque en aquella época yo no solo era su más fiel consejero. También su mejor amigo. Su confidente.

—¿Es una forma de decir que lo acompañabas a los prostíbulos? —intervino Ronca componiendo una mueca de asco.

El anciano se ruborizó retirando la mirada e ignorando deliberadamente sus palabras.

—La cuestión es que su majestad se obsesionó con ella, y Seline se ilusionó con la posibilidad de ser algo más de lo que era. Ambos se buscaban y se necesitaban más de lo que al propio Olundor le hubiese gustado reconocer.

»La guerra duró años, y un buen día Seline confesó que estaba encinta. Ella le pidió vivir en palacio. Quiso que su hijo tuviera una vida propia de un príncipe, pero el rey se negó. La reina no sabía de sus escarceos, y lo último que necesitaba era una segunda línea sucesoria que se disputase la corona en el futuro. No quería tener la cabeza lejos de las batallas que libraba.

—Así que se marchó sin reconocer la existencia de su hijo —dijo Arual escuchando con atención.

Kavan carraspeó.

—No exactamente. Olundor se marchó porque la guerra requería de su presencia. Debía proteger Eravia de las avanzadillas kallonesas. No obstante, me ordenó permanecer en Zern y cuidar a Seline y a su hijo.

—¿Cuidarnos? ¿Cómo? No recuerdo haberte visto en toda mi vida —rio Hyrran con nerviosismo. Las palabras de Kavan no guardaban ningún sentido para él.

—Comprende que el rey quería que velara por vosotros, pero nadie debía saberlo. Ni siquiera la propia Seline o los otros consejeros de palacio.

Ronca miró a Kavan con los ojos muy abiertos, como si no conociera al anciano después de tantos años a su lado.

—En su diario, Daetis hacía referencia a la ausencia de Kavan como consejero durante años. A raíz de ello, Ramiet depositó su confianza en Wabas —dijo Kalil pensativa—. Fue el tiempo que pasaste en Zern con los ojos puestos en Hyrran, ¿no es así?

El anciano asintió rascándose su cabello cano con vergüenza.

—Velé por Seline y su hijo sin llamar la atención de nadie. Solo Boran supo de mi existencia, aunque jamás sospechó quién era yo ni en nombre de quién actuaba. Incluso invertí el dinero del rey en su escuela de Arena haciéndome pasar por un apasionado de su estilo de lucha. Con mi ayuda se convirtió en una de las más importantes de la ciudad. —Kavan sonrió orgulloso lanzando la vista a ningún punto concreto—. La guerra hizo que Olundor perdiese la vida, y Seline acabó enloqueciendo al ver cómo sus ilusiones morían con él. Al nacer Hyrran, solo ella conocía al padre de su hijo, pero nadie la creyó. Al fin y al cabo la cordura parecía haberla abandonado y solo era capaz de llamar a quien fue su amor, al que conocía cariñosamente como Oli para mantener la relación en secreto. Tu abuelo, Boran Ellis, te puso su propio apellido al no saber quién era tu padre. Estuve años intentando que fueras feliz, aunque con la resquebrajada mente de tu madre y sin el dinero de la corona, pues Ramiet no sabía nada de este asunto, resultó ser una tarea demasiado complicada para mí —se lamentó—. Un buen día, tras cumplir los ocho años, desapareciste y te perdí la pista para siempre. Te busqué por todo Zern. Estuve en Estir, en Qana, en Faris, en Weddar... Jamás te encontré. Sentí fallarle al rey al perder a su hijo, pero en el momento en que te vi de camino a Acrysta y oí tu nombre, supe que el destino me ofrecía una segunda oportunidad. Los dioses te han traído aquí en el momento en que el reino más te necesita.

Hyrran sintió que las miradas de los asistentes se clavaban en él una vez más. Cayó en que Riusdir y sus soldados seguían allí oyendo la conversación y sintió una extraña presión en el pecho.

—Espera —rio nervioso—. Vas demasiado rápido. Que esté aquí no significa nada, yo no puedo ser rey.

—¡Pero es tu responsabilidad! —lo avasalló Ronca—. Sabiendo lo que sabemos ahora, eres la única persona que puede hacer que este reino no se resquebraje y se entregue a Kerrakj. El último Conav. La persona que debe guiar a nuestro ejército a librar la última batalla.

Se sintió sorprendido por la vehemencia y la velada desesperación de la consejera. Buscó la mirada de Arual, Lyn y Kalil. Posibles aliadas que lo apoyasen en su intención de demostrar que aquello era una locura. Sin embargo, lo que encontró fue la curiosidad de la princesa y la resignación de la líder athen. La amiathir incluso lo observaba con un deje de orgullo.

—No puedo —negó con fuerza—. No soy ningún rey. Robaría la corona antes de llegar a ponérmela. Solo soy un ladrón.

—Serás lo que debes ser por el bien de tu pueblo —afirmó Ronca desafiante.

Hyrran mantuvo la seriedad de su mirada con actitud inexorable. Jamás le gustó que le impusieran lo que debía hacer. Por eso se marchó de Zern. Por eso se ganó la vida como un ladrón y entró a formar parte del anárquico grupo de los mercenarios de Ulocc. No podía guiar a todo un reino por muy desesperada que fuera la situación. No podía decidir sobre los designios de la gente cuando no estaba seguro de hacia dónde se dirigía él mismo.

—Está bien. No podemos obligar a una persona a asumir una responsabilidad que no desea sea cual sea la sangre que corre por sus venas —intercedió Arual.

—Pero el reino ahora está desprotegido —argumentó insistente la veterana consejera—. Pese a la victoria, la sensación es que ya no queda nada por lo que luchar. Un reino sin rey sucumbirá al enorme poder de Rythania... Por favor...

—Dirigid el reino como hacéis hoy —imploró Hyrran—. Desde la regencia. La gente luchará por Eravia, no por la corona que porte alguien a quien no conocen.

Ronca negó con la cabeza y su cabello se agitó a uno y otro lado. En las arrugas de su cara se reflejó tanta frustración como incomodidad invadía al joven mercenario.

—Eravia siempre fue un pueblo religioso. Seguían a Ramiet sin sentir simpatía por su forma de gobernar, y lo hacían por sentir que eran los designios de Icitzy. No lucharán por nadie que no posea un apellido con el respaldo de los dioses.

—En ese caso coronad a Kalil —dijo Hyrran. Su tono de voz casi sugería súplica—. Está mucho más preparada para reinar y posee uno de los linajes bendecidos por la diosa. Yo ni siquiera soy un Conav de verdad.

—Han sido muchos años de odio a Kallone. Como ha dicho Ronca, el pueblo no asumirá de buena gana a una reina Asteller si no está acompañando a un Conav en el trono —intervino Kavan.

—De hecho, la única posibilidad de vencer en esta guerra es que asumas el trono en función de tu linaje y contraigas matrimonio con la princesa Kalil —sentenció Ronca—. Solo así lograremos la alianza entre reinos que nos permita enfrentar esta batalla con algo de esperanza.

Las palabras de aquella mujer golpearon a Hyrran como si fuese un púgil con las manos atadas. Cada ruego en nombre del reino era un golpe difícil de digerir. Intercambió una mirada con la princesa, que parecía tan sorprendida como él. ¿Sentarse en el trono? ¿Portar la corona? ¿Contraer matrimonio con la princesa? ¡¿En qué se estaba convirtiendo su vida?!

Entonces cayó en la cuenta de que Lyn estaba a su lado. La amiathir miró a Kalil y después hizo lo propio con él. Parecía haberse quedado muda, como si volviese a ser la niña que un día conoció en las praderas kallonesas. Habían luchado tanto por dejar ver sus sentimientos...

—No. Es demasiado. Yo... —balbuceó él.

—Eres la esperanza de nuestra gente. El mundo depende de ti —alegó la consejera con urgencia una vez más.

Hyrran miró a Arual, pero incluso la athen mantuvo una actitud reservada ante lo que se le exigía. Comprendió que no quería presionarlo, pero también había llegado a la conclusión de que era el mejor camino para el reino. Lo mejor para todo Thoran.

—No puedo —se dijo en voz alta.

—Ve y piénsalo, Hyrran. Ha sido mucha información y comprendo que es difícil de asimilar. No tienes por qué contestar ahora —intervino la athen.

—Pero el tiempo corre en nuestra contra —insistió Ronca ganándose la mirada reprobatoria de la *raedain*. A ella no pareció importarle—. Cada día que pasa el ejército rythano se rearma haciéndose más fuerte.

Hyrran lanzó una mirada a todos los presentes. A la pensativa princesa, al aliviado Kavan o la suplicante Ronca. A los sorprendidos soldados que asistían a la conversación, incluido el capitán de la guardia real. A la impasible Arual, que lo observaba con empático respeto. A Lyn, que parecía tan sobrepasada como él por la historia del anciano.

—No soy ningún rey —dijo caminando hacia la salida.

—¡Hyrran, espera! —Oyó decir a Lyn.

No tenía ánimo para hablar. Tampoco necesitaba más asuntos ocupando su cabeza. Quería estar solo para poner en orden sus pensamientos. Huir como tantas veces había hecho en la vida. Sin dejar que nadie lo impidiera, salió del salón del trono y del palacio lanzándose a las calles de Ortea. Necesitaba pensar. Ordenar su mente y decidir si estaba dispuesto a asumir la enorme responsabilidad que le otorgaban los giros que había dado su vida. Hiciera lo que hiciera, sabía que jamás volvería a ser la misma.

42. Una verdad sobre la vida

Hyrran alzó la vista y vio que buena parte de Mesh se perdía ya tras la montaña. Crivoru, la luna mediana de Thoran, comenzaba a aparecer tenue en el cielo. ¿Cuánto tiempo llevaba caminando? Comenzaba a estar cansado. Cansado de pensar. De caminar sin rumbo. De estar solo, aunque hacía unas horas creía que era lo que más quería en esos momentos.

Necesitaba hablar con alguien de lo ocurrido. De lo que se le pedía y lo que se esperaba de él. Necesitaba gritar que no quería ser rey. No quería una responsabilidad que jamás le había pertenecido. Por extraño que pudiera parecer, tenía una sensación de fallar a la gente que le resultaba extraña. Jamás había asumido responsabilidades, ¿por qué debería hacerlo ahora?

Pensó en hablar con Lyn. Ella lo entendía mejor que nadie. Sin embargo, no sabía cómo explicar que tras tantas vueltas como habían dado sus corazones, el destino que habían elegido para él, por el bien del mundo, le pedía casarse con Kalil y establecer una alianza imperecedera entre reinos. ¿Debía hacer caso a lo que sentía y correr lejos de aquella responsabilidad que cambiaría su vida o velar por Thoran resignándose a cumplir los designios del caprichoso destino?

«¿Por qué todo tiene que ser tan complicado? ¿Por qué habría de aceptar algo que no he elegido?», pensó mientras caminaba meditabundo por las empinadas calles de la capital.

—Fue increíble. Jamás había visto nada igual.

Hyrran oyó lo que decía alguien cerca de él. Un hombre parecía contar una historia mientras una decena de personas lo rodeaban y escuchaban con atención lo que narraba. Parecían entusiasmados, como niños que escuchan un cuento por primera vez. El mercenario se apoyó junto a una pared cercana y aguzó un poco el oído con curiosidad. Tal vez una pequeña historia le permitiese evadirse de esas preocupaciones que le rondaban la cabeza. Necesitaba un pequeño remanso de paz en la tormenta que desataba su mente.

—¿Entonces cayó del cielo? —preguntó uno de ellos.

—No sé de dónde salió. Solo sé que un segundo antes no estaba allí, y en un instante se encontraba frente al enemigo. Yo estaba a poca distancia y lo vi todo con mis propios ojos.

Hyrran observó al contador de historias. Llevaba el emblema del ruk bicéfalo en el pecho y una cimitarra atada al cinto. Un soldado. Uno de los supervivientes de la batalla. Parecía bebido a tenor del color de sus mejillas, y su descuidada barba enmarcaba una sonrisa tan feliz que le hizo sentir aún más curiosidad por la historia.

—Eso es imposible, Yag. ¿Pretendes que crea que Aecen apareció de la nada para ayudaros a vencer a los féracen?

—¡Como te lo cuento! —exclamó el soldado ofendido por su incredulidad.

—Yo también lo vi, Rico. ¡Dice la verdad! Apareció de la nada como un soplo de viento. Llevaba la legendaria espada de hoja roja y soltaba llamaradas por los brazos.

El incrédulo oyente compuso una mueca y Hyrran sonrió inevitablemente al escuchar la historia.

—Aecen no lanza fuego —gruñó otro—. ¿Qué crees que es? ¿Un dragón?

—Te lo digo tal y como lo vi —repuso el otro—. Y una vez que derrotó a esos demonios rythanos luchó contra el soldado de armadura escarlata —prosiguió.

—¿No sería…?

El tipo llamado Yag asintió con una sonrisa de oreja a oreja llena de admiración.

—¡El mismo! El demonio de Canou Amerani, el paladín del rey que luchaba para los Asteller. Aecen luchó contra él y venció.

—Pues claro que venció. ¡Es un dios! Alabada sea Icitzy —corroboró alguien.

Los asistentes soltaron murmullos y silbidos de admiración.

—Entonces ahora Aecen lucha de nuestro lado —dijo uno de los oyentes—. Nuestra lucha tiene el apoyo de los dioses, no podemos perder.

—¿Pero de qué hablas? Por mucho que Aecen esté de nuestro lado, los Conav están muertos. Icitzy no permitiría que los reyes bendecidos por ella murieran en mitad de una guerra —repuso otro.

—Pero Aecen se unió a nuestra causa. Eso es porque nuestra lucha es justa.

—Supongo que sí, pero ¿por quién luchamos ahora? ¿Quién reinará si vencemos? Ganamos la batalla, pero el reino está perdido.

—Aún queda la princesa —dijo un hombre que se encontraba junto a otro escuchando la historia. El mercenario pudo ver distintivos kalloneses en su túnica. Uno de los soldados atraídos por la presencia de la joven heredera.

—Antes muerto que ver el reino bajo la corona de una Asteller —farfulló uno de los oyentes de más edad.

Hyrran se retiró de la discusión. Caminó sin rumbo por aquellas calles durante un tiempo. No necesitaba la presión que los sentimientos de aquellos hombres ejercían sobre él. Necesitaba olvidarse de todo, despejar la cabeza. Tal vez hablar con alguien… Sí. Y además, sabía quién era la persona indicada.

Surcó las calles de la montañosa capital y subió cuestas más empinadas de lo que recordaba. La luz del ocaso lo tornaba todo anaranjado cuando llegó hasta los edificios por donde habían bajado durante la batalla. La entrada alternativa que les descubrió Arual. La brisa empezaba a refrescar en las alturas. Puso la mano sobre el muro y trepó por él. A su mente vinieron sus tiempos como ladrón en Aridan, cuando apenas era un niño de diez años. Subió asiendo los salientes de las paredes talladas en la roca quejándose en silencio por las tirantes quemaduras que el ungüento de Arual sanaba con lentitud y, una vez llegó arriba, continuó por el atajo que habían cogido ese día para evitar las puertas de la ciudad.

Las rocas comenzaron a tornarse irregulares bajo sus pies y pronto tuvo que esquivar ramas y excrementos. Alzó la vista y allí estaba. La única persona que podía entender cómo se sentía en ese momento. Estaba sentado en el suelo, con la espalda apoyada en la pared de piedra. Frente a él, un par de ruks picoteaban lo que parecía un trozo de carne cruda mientras graznaban excitados.

—Sabía que estarías aquí —saludó Hyrran.

Saith levantó la vista un momento y después continuó mirando cómo las aves se peleaban por la comida. El joven mercenario se sentó a su lado. Había supuesto que su amigo se sentiría culpable por arrebatar la vida de la madre ruk y que vendría a cuidar a sus crías hasta que fuesen lo suficientemente mayores como para volar y buscar comida por sí solas. Saith era ese tipo de persona. Se preocupaba por todo y por todos. Se sentía responsable de lo que pasaba. En cierto modo, su amigo era todo lo contrario a él. Por eso necesitaba oír su opinión.

—¿Qué querían los soldados que vinieron a la taberna? —preguntó sin apartar la vista de las aves.

—Buscaban tirarme a una jaula de garras cerriles. Meterme en un lío del que no pueda salir.

Saith lo miró con ojos curiosos. Hyrran escudriñó a los ruks y abocetó una sonrisa cansada.

—Se podrían haber ahorrado el viaje. Ya te metes continuamente en líos tú solito —contestó el expaladín.

El mercenario resopló divertido, aunque no tardó en devolver a su rostro una expresión preocupada.

—Quieren que sea rey, Saith.

Su amigo mantuvo los ojos en él pese a que Hyrran se negó a mirarlo. Los ruks habían terminado de desmenuzar y tragar la carne, de forma que ahora correteaban erráticos buscando más comida.

—No lo entiendo —dijo al cabo de un rato—. ¿Por qué tú?

—Al parecer, ese Oli al que mi madre llama continuamente desde que perdió la cabeza es Olundor Conav, el padre de Ramiet. Eso me convierte en hermano del rey y único heredero por sangre de la corona erávica.

—Es complicado imaginarse algo así —se sinceró Saith.

—Coincido —dijo él.

—De hecho, sería difícil encontrar a alguien peor en Thoran para sentarse en un trono.

Hyrran le lanzó una mirada de soslayo y vio cómo su amigo sonreía.

—Sé que bromeas, pero yo no puedo ser rey de nada. No soy más que un ladrón. Un mercenario egoísta que solo mira por su vida y unas monedas. Soy...

—Eras. —Hyrran lo miró impertérrito y Saith suspiró cansado—. Eras todo eso, pero me temo que ahora eres el único que tiene esa imagen de ti. Desde que te conocí nos has ayudado a Lyn y a mí en todo lo que has podido. Nos encontraste un lugar en el que quedarnos para que saliéramos adelante cuando no teníamos nada. Me apoyaste en el Páramo de Uadi. Juntos salvamos a Ekim en Olinthas. Viniste a jugarte la vida al Valle de Lorinet cuando lo fácil hubiese sido permanecer sentado junto a Ulocc y mirar hacia otro lado. Fuiste a Acrysta para encontrar la forma de vencer a Kerrakj y después viniste a Ortea a defender la ciudad del ejército rythano. —Saith hizo una pausa y sus ojos coincidieron con los de Hyrran. Un chispeo rojizo apareció en su iris añadiendo un aire feérico a sus palabras—. Lyn me ha contado que arriesgaste la vida por salvarla de la lucha con Cotiac y Radzia. Me gustaría que me dijeras dónde está tu egoísmo, porque yo nunca lo he visto. Nosotros estamos aquí gracias a ti, y estaremos a tu lado decidas lo que decidas.

El mercenario negó con la cabeza, aunque con menos convicción.

—¿Cómo se puede cuidar de todo un reino?

—Mostrando al mundo cómo eres de verdad —dijo su amigo con indiferencia encogiéndose de hombros—. Antes solo bromeaba. Si yo tuviese que dejar todo un reino en manos de alguien, también te elegiría a ti.

—Pues vaya ojo tienes —rio. Tras unos minutos de silencio en el que vieron cómo las crías de ruk caminaban de un lado a otro jugando y picoteando, Hyrran volvió a agachar la cabeza envuelto en un mar de dudas—. El rey deberías ser tú. Eres valiente. Sacrificado. He oído a soldados hablar de tus hazañas, de tu valor y tu habilidad. Te admiran como a un dios. Serías un magnífico rey.

—Un rey sin linaje —bromeó Saith.

—¿Y de qué sirve mantener una dinastía? Yo soy un Conav desde esta mañana y no me siento diferente. Mi sangre no es azul, y dudo que Icitzy contase cuando designó las casas reales con que alguien como yo se sentaría en el trono. Ni siquiera creo aún que esa supuesta sangre real corra por mis venas. Y tampoco la quiero.

—Entonces sé tú ese rey sin linaje. El pueblo ya ha visto lo que puede hacer un Conav con la corona, pero no lo que puede hacer un Ellis.

Hyrran razonó aquellas palabras. Lanzó una mirada de reojo a Saith y vio que sonreía. Su amigo tenía una confianza real en que lo hiciese bien como rey. Su seguridad empequeñecía el reto en su cabeza pese al vértigo que había sentido horas atrás.

—No solo me han pedido que porte la corona. También quieren que me despose con la princesa Kalil y que afiance la alianza entre Eravia y Kallone de cara a la guerra.

La expresión de Saith se tornó más sombría. Casi triste. Apenas fueron unos segundos antes de volver a forzar una sonrisa.

—Supongo que ahora tienes que mirar por tu reino y por lo mejor para tu gente. La princesa aceptaría. Lleva toda la vida preparándose para reinar y superpone la felicidad de su gente a la suya propia, pero ¿qué opina Lyn de todo eso?

—¡Lyn! ¡Ni siquiera me despedí! —dijo levantándose de golpe—. Será mejor que la busque y hable con ella. ¿Vienes?

El expaladín negó con la cabeza.

—Me quedo un rato más.

Hyrran dio dos pasos alejándose de él y después se giró, como si acabase de recordar algo.

—Saith. —Su amigo hizo un gruñido interrogante—. No tuviste la culpa de lo que ocurrió con el ruk. Tienes que aceptar que es imposible salvar a todos.

Él asintió reacio. No parecía muy convencido, pero era una realidad que tendría que aceptar.

El mercenario se marchó por donde había venido. Tenía pendiente una conversación con Lyn que no sabía qué camino tomaría. Ni siquiera quería desposarse con la princesa, aunque tampoco quería sentarse en el trono. Habría huido de ambas responsabilidades sin pensarlo si no fuese por la cantidad de gente que dependía de su decisión.

Resopló resignado y se marchó con las mismas dudas con las que había llegado, aunque con el apoyo de corazón de su amigo. No era suficiente para tomar la decisión más importante de su vida, pero se sintió más seguro de sí mismo. Sonrió. No todos los días se obtenía la bendición de Aecen.

Cuando llegó al palacio ya había oscurecido. Lyn no estaba en su habitación, así que la buscó entre los largos pasillos del montañoso castillo. Pese al frío que hacía en las alturas, el ambiente le pareció extrañamente familiar. Soldados contentos tras la victoria, la magia de la luna dejándose ver entre las ventanas, la sombra de las columnas de piedra sobre los balcones con vistas a la capital. Tal vez su subconsciente aceptaba de alguna forma pertenecer a Eravia, aunque cuanto más lo pensaba, menos le convencía la idea de dirigir un reino.

«¿Dónde estás, Lyn? En este momento no quiero estar solo», pensó. Era una decisión demasiado grande para tomarla sin escuchar a la persona más importante de su vida.

Caminó a paso ligero buscando a la amiathir, pero al cruzar una de las esquinas chocó con una chica. Esta cayó al suelo y, cuando la miró, descubrió sorprendido que se trataba de la princesa Kalil. La descendiente Asteller lo miraba conmocionada, no tanto por el golpe y sí por la persona con quien se había topado.

Hyrran sonrió a modo de disculpa, extendió el brazo y se lo ofreció. La princesa sonrió también, agarró su mano y se aferró a ella para ponerse en pie. Las quemaduras de su cuerpo se quejaron por la tirantez de su postura.

—Gracias, majestad —dijo ella entre la broma y la cortesía.

—No me llames así, por favor. Todavía me cuesta aceptar esa historia que Kavan cuenta sobre mi madre y el rey.

—Tendréis que acostumbraros —dijo Kalil sonriendo.

—Aún no he decidido nada. No creo ser la persona adecuada para todo esto.

Hyrran caminó mientras hablaba y se apoyó sobre las pétreas barandas horadadas en la montaña. En el horizonte, la luna ya brillaba en el oscuro cielo y las parpadeantes luces de candiles tras las ventanas iluminaban las viviendas de la ciudad. Mirando al firmamento y a las estrellas que en él refulgían se sintió pequeño. Demasiado insignificante para reinar a nadie que no fuese a sí mismo.

La princesa se acercó y se apoyó en la barandilla también. Miró al exterior de la misma forma que él hacía. Llevaba un vestido oscuro con tonalidades rosáceas de manga larga, algo normal teniendo en cuenta el frío clima de Ortea y el luto por el fallecimiento de su prometido. Dibujos de encaje rodeaban su torso, mientras que su pelo, cortado de forma irregular, apenas llegaba a sus hombros. Ella suspiró posada en la balaustrada como un pajarillo cansado de volar. Los codos de ambos se rozaron y sus hombros se mantuvieron a pocos centímetros mientras vislumbraban el reino que todos esperaban que gobernaran juntos.

—Os sentís pequeño, ¿verdad? —Hyrran la miró extrañado por saber exactamente cómo se sentía. Ella sonrió—. Resulta abrumador saber que vos, y solo vos, debéis dirigir a tanta gente. Que de alguna forma tenéis en vuestras manos su futuro. En parte, incluso su felicidad. Sus vidas. Da miedo —susurró con una expresión seria. Sus ojos, de un verde oscuro reflejando la noche, se mantuvieron fijos en la ciudad.

Él cogió aire con fuerza y sintió una extraña ansiedad.

—Llevo toda mi vida huyendo de lo que puede hacerme daño. Hoy he estado luchando conmigo mismo por no marcharme y desaparecer para siempre —se sinceró.

—Pero no lo habéis hecho.

Hyrran se encogió de hombros.

—No por falta de ganas.

—No todo el que huye es un cobarde. A veces es la propia vida la que nos pide parar. Alejarnos y ver las cosas con otra perspectiva. No sois el único que teme a la responsabilidad. Yo llevo temiendo y callando toda mi vida —admitió ella. Luego agachó la cabeza y continuó con la vista fija en sus pies—. Quería reinar sobre todas las cosas. No porque me ilusionase hacerlo o porque creyese que era mi obligación, sino por ayudar a la gente. Es algo para lo que me han preparado desde que era niña y creo que sabría hacerlo, pero eso no quita que sienta miedo. Ganas de correr como las que vos tenéis. Yo también me he sentido pequeña muchas veces, así que en cierto modo os comprendo.

—Tú deberías ser la reina. Yo no soy más que un ladrón que afronta un destino que no le corresponde. No sabría tomar las decisiones correctas.

Kalil sonrió con timidez y cogió la mano del mercenario con un suspiro de resignación.

—Me enemisté con Ramiet cuando debía buscar una conciliación. Me obcequé en hacer cumplir mi matrimonio con Gabre y desoí las palabras de Ziade. Tomé la venganza por mi mano cuando creí que el rey buscaba asesinarme y ofrecí un camino a los Hijos de Aecen para llegar hasta él. —El semblante serio de la princesa se mantuvo mientras observaba el firmamento—. ¿Queréis que hablemos de tomar decisiones correctas? ¡Los Conav han muerto por mi culpa! Vos habéis sido la mejor noticia para mi conciencia. Para la esperanza. Yo no soy digna de portar esa corona después de lo que he hecho.

Hyrran observó a la princesa, que era un palmo más baja que él. Pese a su cuerpo fino y elegante era una luchadora que había soportado un enorme peso durante toda su vida. Hasta ese momento había visto siempre a la realeza como una panda de privilegiados. Gente que ve el mundo tras sus muros de cristal, lejos de las verdaderas dificultades de la vida. Jamás se había planteado hasta qué punto se sentían responsables de todo cuanto pasaba. Él solo llevaba un día como heredero al trono y ya quería rendirse.

—Yo no sería capaz de reinar, princesa. Ni siquiera sé por dónde empezar. No tengo tus modales ni el saber estar. Ni siquiera estoy hablando con la formalidad con la que debería hablar con la realeza. Tampoco…

—¿Puedo preguntaros algo? —lo interrumpió ella. Él asintió contrariado—. Cuando erais un niño y os marchasteis de Zern rumbo a Aridan, tal y como contó Kavan, ¿qué sabíais de sobrevivir?

Hyrran frunció el ceño.

—No sé. Lo básico supongo.

—¿Sabíais robar?

Él rio avergonzado.

—No. Aprendí a base de palizas. Si no eras cuidadoso lo único que conseguías eran ojos morados y brazos rotos.

—Luego os hicisteis mercenario, ¿no es así? Pero no lo habíais sido antes.

Hyrran asintió desconcertado.

—¿Sabíais usar vuestra arma?

—No. Ulocc me ofreció la posibilidad de mejorar con el hacha. Fue como un padre para mí. Él me enseñó.

Ella sonrió.

—Entonces no sabíais cómo robar, pero lo hicisteis. No sabíais cómo luchar, pero os preparasteis. Os enfrentasteis a ello porque la vida lo puso en vuestro camino y aprendisteis a caminar poniendo un pie ante otro hasta llegar a donde queríais. ¿Qué diferencia hay con colocaros esa corona que hoy se os presenta como opción y aprender a usarla en beneficio de la gente?

Hyrran alzó la vista hacia el cielo nocturno y suspiró.

—La diferencia es que en esta ocasión lo que puedo perder no es mi vida, sino la de mucha gente.

—Que penséis más en sus vidas que en la vuestra es el primer paso que debe dar un rey. Se podría decir que ya habéis comenzado vuestro camino —dijo ella sonriendo—. Y lo que podéis conseguir es más que vuestra supervivencia. Es la paz para todos ellos.

Hyrran alzó la cabeza y le dedicó media sonrisa.

—Me alegro de que no tengas reino. No querría negociar nada contigo.

Kalil sonrió entre divertida y complacida.

—Tengo experiencia. No es fácil ser la segunda hija mujer en una familia real. Yo te ayudaré a aprender todo lo que debes saber, aunque no tengamos mucho tiempo.

—Es cierto, no recordaba que pronto nos casaremos —recalcó el mercenario recordando las imposiciones de Ronca.

Un sonido rompió la calma, como si algo hubiese caído al suelo entre los pasillos del castillo y el eco lo hubiese arrastrado hasta donde estaban.

Kalil se recompuso del susto, lo miró y volvió a sonreír. Hyrran se alegró de haberse encontrado con la princesa. Saber que ella también sentía su mismo miedo lo tranquilizó y, pese al nerviosismo, supo que de alguna forma no estaba solo.

—Reinaré —dijo titubeante tras meditarlo unos segundos—. Seré la persona que este reino necesita que sea.

—Y yo te apoyaré —corroboró ella con una sonrisa perlada.

Ambos volvieron a centrarse en el horizonte y la charla se volvió distendida. Amistosa. Hyrran decidió abandonar todos aquellos prejuicios que siempre lo habían acompañado. Codearse con la realeza no estaba tan mal después de todo. Tal vez portar una corona tampoco lo estuviese.

Lyn se agachó y agarró su arco con el corazón latiéndole deprisa. No se atrevió a levantarse por miedo a hacer más ruido. Por suerte, la caída del arma no la había descubierto.

Se asomó con cuidado desde aquella oscura esquina. Hyrran y Kalil observaban la luna y las estrellas juntos, riendo. Hablando de su futuro. De casarse y reinar juntos. Se había sorprendido tanto al oírlo que se le había escurrido el arma de los dedos y su corazón se había desbocado sin remedio.

No recordó un solo instante en el que ella hubiese conversado así con Hyrran. No con tanta complicidad. Ahora que se había convertido en heredero de la corona, sin duda tenía muchas más cosas en común con Kalil que con ella.

Si antes era el corazón y la vida del mercenario quien los alejaba, ahora lo era su destino. Él era la única esperanza para Eravia al igual que la princesa lo era para Kallone. Ronca tenía razón. El matrimonio entre ambos era la mejor opción para sus reinos, para forjar una alianza de cara a la guerra contra Kerrakj.

Agitó la cabeza con fuerza. Necesitaba pensar y racionalizar su dolor. Sus sentimientos. A la mañana siguiente hablaría con Hyrran y le diría lo que pensaba. Lo que creía que era mejor para él y para su corona. Renunciaría a todo lo que sentía, con toda la pena de su corazón, por la paz de Thoran. Por tener una opción de vencer. Apoyaría la unión de ambas coronas por el futuro del mundo pese a estar destrozada. Más de lo que había estado nunca.

Una lágrima recorrió su mejilla y, durante un instante, deseó que aquel día Illeck hubiese terminado de quebrar su mente para siempre. Cualquier cosa con tal de no vivir para tener que renunciar a Hyrran.

43. UN REY EN EL QUE CREER

El día era más brillante que otras veces. Mesh parecía haberse dado prisa en elevarse sobre el cielo de Thoran y la niebla apenas había hecho acto de presencia. El frío se había dado una tregua e incluso la gente parecía más contenta. Los rumores sobre la pervivencia del linaje Conav habían corrido como la cerveza en nocturnas tabernas y la expectación casi podía palparse en el ánimo de la gente.

Hyrran esperaba tras las puertas del castillo. Eran enormes y férreas. Sólidas, aunque no tanto como para acallar los murmullos de la multitud que esperaba al otro lado. Llevaba un traje añil bordado en hilo de oro blanco con el emblema de Eravia en el torso. Una enorme capa del mismo color descendía por la espalda casi hasta sus talones. Pese a que el reino pasaba por una enorme crisis existencial desde hacía años, su tela era de mayor calidad que cualquiera que hubiese visto antes. Un tejido magnífico que debía tener un valor de al menos tres escudos de plata.

Lo odiaba.

Junto a Hyrran estaban todos sus amigos, y habría mentido de haber dicho que no necesitaba su apoyo. No había estado más nervioso en toda su vida. Hubiese querido mostrar esa actitud bromista e indiferente que siempre le había caracterizado, pero no podía. El hecho de pensar que toda esa gente dependería de sus decisiones y saber que esperaban impacientes sus palabras era como un peso atado a sus pies. Cadenas que no lograría quitarse durante el resto de su vida. Las ganas de abandonarlo todo y correr lejos de allí persistían. Huir antes de que Ronca y Kavan lo coronaran como consejeros regentes. Antes de asumir un reino que sentía que no le pertenecía.

Miró a Riusdir, que aguardaba a su lado. Contar con él en una posición privilegiada era una forma de dar confianza al capitán de la guardia. Ofrecer un brazo tendido a la herencia Conav ante el cambio en el trono de Eravia. Un consejo de la propia Kalil Asteller de cara a su gran día. Al otro lado esperaba Saith, un paso por detrás. Él mismo le había pedido que lo acompañase en su primera aparición en público. En parte por ser su mejor amigo y un apoyo moral que tranquilizase su inevitable nerviosismo, pero también como símbolo. Los soldados que lo vieron aparecer en batalla habían hecho correr el rumor por toda la ciudad de que Aecen apoyaba al nuevo rey y a Eravia en la guerra contra Rythania. Pronto esas voces recorrerían todo el reino. Todo Thoran.

Su amigo percibió que lo miraba y alzó una ceja interrogante. Apenas los

separaba un metro.
—¿Nervioso? —sonrió.
—No. Los temblores son por el frío —ironizó.
Saith rio bajando la vista al suelo. Luego volvió a compartir una mirada con él.
—Lo harás bien. Solo tienes que ser tú.
—Si hago eso no me dejarán reinar —bromeó con un profundo suspiro. Se secó las sudorosas manos en los lustrosos pantalones con los que sus consejeros le habían obsequiado y preguntó pensativo—: ¿Cómo ser yo bajo esta carísima tela que no tiene nada que ver conmigo? ¿Cómo ser rey cuando siempre fui un ladrón?
—¿Desde cuándo la ropa o el pasado define a una persona? —contestó el expaladín con una nueva pregunta.
Hyrran le lanzó una mirada de soslayo.
—Con ese tipo de reflexiones, cada vez te pareces más a Arual. —La athen aguardaba a un lado, oyendo en silencio a la multitud que se congregaba a las afueras del palacio.
Saith sonrió.
—Lo harás bien —repitió.
—¿Cómo puedes saberlo?
—Porque te conozco —dijo su amigo encogiéndose de hombros.
Hyrran negó con la cabeza. Pese a que a última hora del día anterior estaba seguro de afrontar ese destino, las dudas iban y venían a su cabeza cambiando la dirección de sus deseos como lo hacía el viento con las hojas secas en otoño.
—Toda una vida preocupándome solo por mí mismo para hacerlo ahora por todo un reino. Ser responsable de la felicidad de su gente cuando tenemos ante nosotros la mayor guerra que se recuerda desde La Voz de la Diosa. ¿Cómo podré dormir con semejante responsabilidad sobre mis hombros, Saith?
—El hecho de que os lo preguntéis habla por sí mismo del tipo de rey que seréis. Aún no lleváis esa corona y ya os cuestionáis sobre cómo hacerlo bien —los interrumpió Riusdir.
El alto capitán vestía una casaca de gala, también de buena tela. Por primera vez a sus ojos, su rostro marcado por las cicatrices fruto de las batallas libradas mostraron una sonrisa cordial.
—Lo lograrás luchando —continuó Saith—. Haciendo lo mismo que has hecho hasta ahora. Llevas una corona, ¿y qué? Eso no cambia nada.
Asintió titubeante. Con el apoyo de su escolta se sintió mejor, aunque no más tranquilo.
Miró a su alrededor para combatir su propia impaciencia. Tenía ganas de que el tiempo pasara y, al mismo tiempo, de que se detuviera para siempre.
A su espalda esperaban todos aquellos que eran importantes para él y le mostraban su apoyo. Arual, que aguardaba con rostro solemne. Ronca y Kavan, que no paraban de discutir y organizar su primera aparición en público. Mirarlos solo conseguía hacer que su nerviosismo aumentara. Kalil Asteller esperaba junto a ellos con aire pensativo. Pensó en el dolor que debía sentir. El miedo de haber perdido a su familia, su reino, su prometido, su futuro y supuesto destino. Aun así, la princesa sonrió con cordialidad cuando sus miradas coincidieron y él le devolvió el gesto. Deseó tener algún día ese saber estar.
Finalmente apareció Lyn, llegando desde la puerta tras el espacioso recibidor del palacio. Cayó en la cuenta de que finalmente no había dado con ella y no habían

podido hablar la noche anterior. La amiathir retiró la mirada al ver que él la observaba y Hyrran frunció el ceño. Pese a que estaba a unos pasos la sintió lejos. Más que nunca. Una sensación extraña. Era lo último que necesitaba antes de mostrarse ante una multitud.

Absorto en sus pensamientos, se sorprendió al ver que Ronca caminaba hacia él. La consejera le colocó bien el cuello y atusó su capa, como si la alisara. Se comportaba como una madre orgullosa de su hijo. Hyrran supuso que debía sentir una fuerte responsabilidad al apostar por su coronación.

—Las puertas se abrirán en unos segundos. Recuerda mostrarte seguro. Tienes que reflejar sinceridad, ser amable pero sobrio. Cordial, aunque no excesivamente bromista. Mantener una imagen lo es todo para la realeza. Tienes que preocuparte por ellos, pero dejando claro que son ellos quienes deben preocuparse por ti. Haz hincapié en la fortaleza del reino, puedes destacar la última batalla y dar valor a la victoria. Abogar por la valentía de tus hombres y agradecer su entrega. Recuerda dejar claro que el apellido Conav continúa. Que el linaje no está extinto. Debes remarcar que eres el hijo de Olundor y hermano de Ramiet. No debe haber dudas sobre ello, y de haberlas, se deberán tomar medidas para erradicarla. La fortaleza de un trono es la fortaleza de su reino. Agradece la ayuda a los soldados kalloneses y anuncia el matrimonio con Kalil para reforzar su apoyo. Esa alianza es lo único que puede permitirnos ver el sol un día más. Sin esos hombres no tendremos la fuerza suficiente para...

Hyrran interrumpió a Ronca marchándose de su lado. Desoyó la urgencia con la que lo llamaba para que volviese, pues el portón estaba a punto de abrirse. No necesitaba más nervios y sentía que tenía cosas más importantes que hacer. Caminó hacia Lyn y se paró a un solo paso de ella. Cuando alzó la vista para mirarlo a los ojos, él sonrió y ella giró la cara evasiva.

—Deberías volver a tu sitio. La gente espera ver al nuevo rey.

Pese a que forzó una sonrisa, Hyrran pudo ver la tristeza en sus ojos, ámbar como el brillo del sol en el mar al atardecer.

—¿Te ocurre algo? —dijo él. La amiathir negó con la cabeza, aunque él supo que mentía. La preocupación llegó a su mente—. ¿Ha vuelto la voz de Illeck?

—No, no es nada de eso —lo tranquilizó ella.

—¿Qué es entonces? No puedo salir ahí y actuar como se espera de mí si sé que no estás bien.

—Es por todo esto, Hyrran. Tu coronación, la gente. Mírate. ¡Eres un rey! —aseguró.

—Aún no. Nadie me ha puesto una corona sobre la cabeza. Si crees que esto es incompatible con nuestro futuro juntos daré un paso atrás y me marcharé contigo. No tengo que...

—¡No! —Lyn cogió su mano con rapidez y esta vez lo miró de hito—. No puedes hacer eso. ¿No lo entiendes? Te necesitan. Te necesitan más que yo.

—¿Qué quieres decir?

—Que este es tu reino. Aunque no lo supieras, siempre estuviste llamado a hacer algo más grande que huir o luchar. Hoy marcarás el futuro de Thoran para siempre.

—Lo haremos juntos —reivindicó él.

Lyn bajó la cabeza y negó con vehemencia. Cuando volvió a levantarla, sus ojos brillaban acuosos y apenados. Hyrran sintió que su corazón se quebraba al verla así. Había estado tan pendiente de sus propios sentimientos y dudas que no había tenido en cuenta cómo podía afectarle a ella la situación.

—Ahora no solo puedes mirar por ti o por mí. Representas a todo un reino. Te oí ayer hablando con Kalil sobre la alianza entre países. Sobre vuestro matrimonio.

Hyrran alzó las cejas con sorpresa.

—Solo bromeábamos, Lyn.

—Pero hay verdad en ello. Aunque al principio no me gustó, Ronca tiene razón. Eravia y Kallone han vivido una enemistad de años que puede tener su fin hoy mismo. Debes casarte con Kalil y componer una corona fuerte que refleje vuestro poder en el mundo, tal y como iba a hacer el príncipe Gabre. Una alianza que anime a la gente a luchar y apoyaros en la guerra que se avecina.

—Pero yo no deseo casarme con Kalil, Aaralyn. ¿Dónde queda entonces el corazón? —se excusó él.

—Un ladrón mercenario y una campesina huérfana —bromeó ella intentando forzar una sonrisa dulce—. Nadie apoyaría esa unión. Tal vez tu corazón de piedra se reservaba para esto. Para el momento en el que el mundo te necesitara.

Al fondo de la sala las puertas se abrieron con un crujido y el sonido de los cuernos llegó desde el exterior. Mesh entró con sus potentes rayos iluminando todo a su paso. Los ruidos se hicieron más fuertes. Los murmullos aumentaron y la expectación, que antes se intuía, fue una realidad. Allá afuera los ruks surcaban el cielo. Había gente asomada a los balcones de sus casas de piedra, y todos se amontonaban a los pies de las maltrechas escaleras que subían hasta la entrada de palacio, destrozadas tras la lucha con los amiathir.

—Majestad, la gente os espera —interrumpió Riusdir con voz solemne.

Ronca esperaba a su lado con gesto preocupado y un ruego silencioso que expresaba urgencia. Él volvió a mirar a Lyn, que asintió reforzando sus últimas palabras con seriedad y retiró la vista incómoda.

Hyrran sintió el empuje de la responsabilidad pese a que no quería alejarse de ella en ese momento. Apretó los puños, se armó de valor y salió al exterior seguido de soldados, consejeros y amigos.

La *raedain* athen fue la última que se acercó a él.

—Dales un rey en el que puedan creer —dijo colocando una mano sobre su hombro. Se retiró y lo dejó avanzar en solitario.

A sus pies, bajo las escaleras, una marea de expectantes cabezas bañaba la plaza y se perdía entre algunas calles de la ciudad. Si se había sentido incómodo por ser el centro de atención el día anterior, ahora todo se multiplicaba por diez. Por mil. Y, sin embargo, la conversación con Lyn había hecho que su mente se encontrase muy lejos de allí. Las piernas ya no le temblaban. Las manos no le sudaban. Miró al frente con más seguridad de la que había esperado tener.

—Bienvenidos todos, pueblo de Eravia. Alabada sea la diosa —dijo Ronca en voz alta—. Como sabéis, la muerte de Ramiet Conav y su hijo, el príncipe Gabre, ha sido un fuerte golpe para el reino. No obstante, como ya hemos hecho antes, Eravia siempre vuelve a resurgir con fuerza tras una batalla, volviendo a alzar el vuelo como el ruk que luce en los estandartes y blasones de nuestro reino. Es por eso que hoy os presento a nuestro nuevo rey. Hijo del difunto Olundor Conav y hermano de Ramiet. Un Conav de sangre cuyo trono estará bendecido por Icitzy para guiarnos hacia la victoria en esta guerra que, desgraciadamente, hoy nos toca vivir.

La consejera recibió la corona de mano del anciano Kavan y la alzó al cielo. El oro y las joyas incrustadas brillaron al sol haciendo que, incluso en la distancia, todos los asistentes pudiesen distinguir lo que pasaba. Hyrran mantuvo la mirada al frente, alternando entre los expectantes rostros y pensando en esa última conversación.

El anciano Kavan carraspeó disimuladamente para sacarlo de sus pensamientos. Cuando se giró, Ronca esperaba con una fina línea en los labios portando la corona que él debía recibir. Se irguió más y caminó hacia ella. Luego se arrodilló y esta le colocó la joya sobre su cabeza.

—¡Hyrran Conav! —dijo la consejera alzando más la voz—. Yo, como regente del reino, te reconozco como heredero de tu casa y te nombro rey de Eravia. ¡Larga vida al rey!

El último grito fue aplaudido por los asistentes, que también alzaron la voz mostrando su alegría. Alivio ante la perduración de un linaje que creían extinto.

Hyrran se levantó y se acercó al filo de los escalones. Allí lo esperaban Saith y Riusdir. Imaginó los rumores que habrían recorrido las calles sobre su casual aparición. La incredulidad y la sorpresa ante un nuevo miembro de la casa Conav. Lo oportuno de su presencia allí. Las habladurías sobre Aecen de las que él mismo había sido testigo.

Pensó en la imagen que debían ver desde las calles. Un rey salido de la nada cuando más esperanza necesita el pueblo acompañado de un dios. Se tranquilizó y liberó su mente. Ronca y Kavan habían insistido en que debía dirigirse a la gente y eso es lo que pensaba hacer. Cumplir con el protocolo. Aunque tal vez, no como ellos esperaban.

—Pueblo de Eravia —comenzó alzando la voz procurando no titubear—. Vosotros no me conocéis. Debo decir que incluso a mí me ha costado conocerme. Entiendo que no será fácil creer en un rey que ha aparecido de ninguna parte portando la sangre de uno de los linajes bendecidos por Icitzy. A mí también me ha resultado difícil de aceptar.

Hyrran pudo sentir las dudas de la gente. Los murmullos, la expectación. Ronca se agitó incómoda. Sus palabras no tenían nada que ver con el serio discurso que ella le había aconsejado dar, pero tampoco en él había seguridad con el paso que estaba dando. Fingir que era de otra forma habría sido más un obstáculo que una ayuda. Tuvo en mente las palabras de Lyn en las que le aconsejaba hacer lo que se esperaba de un rey.

—¿Qué haces? —susurró Riusdir entre dientes—. Estás poniendo en duda tu propia corona.

Hyrran miró a Saith. Este arqueó una ceja y sonrió con una mirada que parecía refrendar lo mismo que le había dicho la tarde anterior.

Según Ronca debía mentirles y mostrar a una persona que no era. ¿Cómo creer en él si hacía que su imagen se basara en una mentira?

«Sé tú mismo», pensó. Y de repente, las palabras de Saith le parecieron las únicas que tenían lógica. Aquellas que le impedirían construir una imagen frágil como el cristal.

—Yo no soy ningún rey. Soy un mercenario. Un ladrón —afirmó.

Los murmullos de la gente se hicieron más fuertes. Ofendidos, como si se sintiesen engañados. Las caras de quienes lo acompañaban debieron reflejar algo parecido. Riusdir, Ronca e incluso Kavan tenían la desencajada expresión de ser arrastrados por la marea sin remedio. Kalil y Lyn presenciaban ojipláticas el que podría ser el reinado más corto de la historia de Thoran. Todos ellos se sentían anonadados ante el suicidio regio que se estaba perpetrando. Solo Saith parecía comprender lo que decía, asistiendo al discurso con una mirada solemne ante el resto.

—Podría haber llegado aquí, ponerme ante vosotros y gritar a los vientos que poseo la sangre de uno de los linajes ancestrales y que soy legítimo heredero de este trono. Pediros obediencia e incluso devoción. Pero no, no soy ningún Conav pese a portar su sangre —continuó—. Mi nombre es Hyrran Ellis. Mi abuelo es un humilde luchador de Arena de Zern, y mi madre una mujer de vida alegre que tuvo un extraño romance con el difunto Olundor Conav. Pero llevar una sangre u otra no me convierte en rey.

»Soy como vosotros. Una persona que ha vivido en la pobreza, que ha mendigado en las calles o robado para comer. Alguien que aprendió a luchar para sobrevivir. Alguien que no está acostumbrado al dinero o a la vida en un palacio. Ni siquiera estoy seguro de querer sentarme en este trono o llevar este traje. —Las últimas palabras las dijo bajando tanto el tono que la gente apenas pudo oírlo.

Los murmullos crecían y los habitantes de Ortea que asistían a la coronación se miraban entre sí, intentando comprender lo que escuchaban. Se preguntaban unos a otros estupefactos.

Ronca se acercó para dar por finalizado su discurso, pero Hyrran alzó una mano y se paró con sorpresa. No podía quebrar de esa forma la autoridad de su nuevo rey pese a su evidente enfado. Reacia, se detuvo y apretó los puños esforzándose por mantener la compostura.

«Dales un rey en quien puedan creer», se dijo parafraseando a Arual y tragando saliva.

—Yo no he sido educado para ser rey. Ni siquiera para formar parte de la nobleza. Pero quizás eso no sea malo —dijo encogiéndose de hombros pensativo—. Puede que de esta forma entienda mejor a nuestra gente. Es por eso que mi primera medida como rey, es terminar con los impuestos abusivos que sufrís desde hace años. Solo seguirán adelante las contribuciones más básicas, pues la guerra es dura para todos.

»Por otra parte, sé que muchos de vosotros esperáis el anuncio de mi matrimonio con la princesa Kalil. —Hyrran sintió como Saith se erguía a su lado, intentando no cambiar el gesto—. Sé que deseáis una alianza fuerte que ofrezca una excusa a los kalloneses para apoyar a Eravia en la guerra que está por venir. Sin embargo, la unión prevista entre los Asteller y la familia real erávica no se llevará a cabo. —Se volvió para mirar a los ojos a Kalil y luego hizo lo propio con Lyn. La amiathir parecía desconcertada, pero la princesa asintió sonriendo a sus palabras—. Como ya he dicho, no comenzaré este reinado con mentiras, y mi corazón no encierra amor por la princesa, sino por Aaralyn Rennis, a quien pido ante los dioses y los tres reinos que se convierta en mi reina.

Hyrran alzó un brazo en dirección a Lyn y esta, atónita, se llevó una mano a la boca. Fue la primera vez que Saith mudó su expresión y mostró sorpresa. La amiathir miró a la princesa y esta asintió sin borrar su sonrisa.

—Ve con él —le susurró Kalil.

Lyn leyó sus labios y, superada por el momento, caminó sin pensar hasta colocarse junto a Hyrran. El rubor subió a sus morenas mejillas y pareció cohibida al sentir tantos ojos clavados en su persona.

—Sabiendo como sé que no quiero vivir sin ti, jamás podría reinar si no estás a mi lado —dijo él en un tono de voz más bajo. No eran palabras para Eravia, sino para ella—. ¿Quieres ser mi reina?

Hubo un instante en el que Lyn pareció congelada. Fue como si el tiempo se detuviese y buscase en los profundos ojos azules del mercenario el brillo de la realidad. Después asintió con suavidad y Hyrran la besó. Por un momento ambos olvidaron que estaban ante una expectante multitud. Luego, el nuevo rey se giró hacia ellos.

—Aprovecho este momento para abolir la prohibición de la magia amiathir —dijo en voz alta—. La raza de nuestra nueva reina no será perseguida nunca más en Eravia por los dones que han recibido de los dioses. No necesitarán ocultarse y serán libres de ser fieles a su naturaleza siempre que así lo consideren. Y al igual que con los amiathir, el reino de Eravia abre sus brazos a todas las razas de Thoran sin distinción. A los olin. A los athen —Hyrran dirigió la mirada a Arual y buscó entre los asistentes en la multitud las sobresalientes cabezas de Ekim y Arual, que asistían a su discurso—. El mundo se enfrenta a una guerra inimaginable y necesitamos una fuerte alianza capaz de hacer frente al ejército rythano como lo hicimos en la última batalla.

El mercenario colocó una mano sobre el hombro de Saith, que lo miró con una sonrisa amistosa. Su amigo sabía tan bien como él lo que significaba ese gesto.

Los asistentes los miraron expectantes. Hyrran sabía cuáles eran los rumores que recorrían la ciudad, y la presencia del expaladín junto a él durante la coronación sería el principal apoyo al trono. Como una bendición de los dioses. Saith asintió en su papel de Aecen y el nuevo rey de Eravia sonrió.

A continuación, fue Kalil Asteller quien se acercó con el beneplácito de Hyrran, que se hizo a un lado junto a Lyn para dejarla hablar.

—Yo, Kalil Asteller, legítima reina de Kallone tras la muerte de mi padre y mi hermano, el príncipe Halaran, ofrezco mi apoyo incondicional al nuevo rey, Hyrran Ellis, y a su reina Aaralyn Rennis. Son muchas las rencillas y disputas que han tenido nuestros reinos en los últimos años, pero los tiempos de enemistad deben terminar para siempre. Pido a todo aquel kallonés dispuesto a luchar por mí y por ayudarme a recuperar mi trono que lo haga también en nombre de Eravia y su nuevo rey, pues ambos caminamos hacia un mismo destino. Thoran no necesita disputas, sino una alianza similar a la que combatió en la Gran Guerra. Os aseguro que cuando llegue el momento estaremos preparados y lucharemos por la perduración de los tres reinos.

Los asistentes parecieron impactados por lo que ocurría a las puertas del palacio. De alguna forma todo lo que conocían, todo en lo que creían, había cambiado con unas palabras. El reinado de los Conav, la enemistad con Kallone, su relación con los amiathir y su magia, enemigos y causantes de muchas muertes en la última batalla. Todo había cambiado.

—¡Aecen! —gritó alguien desde la multitud. Los gritos con el nombre del dios resonaron como tambores de guerra entre la gente.

Hyrran los miró y sonrió. Querían reforzar la esperanza en un futuro mejor para Eravia.

—Creo que quieren que digas unas palabras —dijo el nuevo rey.

—¿Yo? —preguntó Saith—. No. No sabría qué decir.

—Por favor —susurró Ronca con una expresión de súplica—, si creen de verdad que eres Aecen, puede ser la única forma de salvar este discurso.

La consejera lanzó al joven mercenario una gélida mirada que él ignoró.

—Pero yo no sé qué...

—Sé tú mismo —dijo Hyrran devolviendo las palabras que él le había dicho.

Tras vacilar un instante, Saith dio un paso al frente empujado por la sonrisa de Kalil. Miró a la multitud y pareció sentir un sudor frío recorriendo su espalda. Era como si la valentía que mostraba en la batalla lo hubiese abandonado en aquellas circunstancias. Carraspeó y con un hilo de voz que fue aumentando dijo:

—Ganaremos esta guerra.

Muchos de los asistentes sintieron la esperanza inundando sus corazones. Sintieron la alegría de escuchar la voz de quien creían un dios. El poseedor de Varentia. El chico que apareció de la nada y bañó las calles de fuego para mermar las tropas féracen. Quien venció al ídolo kallonés, Canou Amerani, y ayudó a su ejército a expulsar al resto de tropas demoníacas de la capital. Sin quererlo, Saith se había convertido en un símbolo del nuevo tiempo.

Ronca y Riusdir tomaron el control aprovechando los vítores de la gente para evitar que la comparecencia se alargara. Hyrran alzó la mano a modo de despedida y dejó que la consejera lo arrastrase hacia el interior del palacio.

—¿Qué has hecho? Has tirado por tierra la legitimidad de tu reinado, has puesto en peligro la corona y dudado del origen de tu propia sangre. La princesa ha tenido que intervenir para evitar la debacle que hubiese supuesto no contar con el apoyo de los soldados kalloneses. ¿En qué diablos estabas pensando?

Hyrran miró a Arual, que caminaba a su lado con una sonrisa irónica. La athen negó con la cabeza.

—Les ha dado un rey en el que podrán creer. Les ha expuesto y resuelto todas las dudas sobre su pasado antes de que surjan por sí mismas y ha sentado las bases de lo que será la nueva Eravia. Un reino de alianza y brazos tendidos a la diversidad, nombrando a amiathir, olin y athen —explicó con una mirada cómplice—. Se ha referido a los dioses abrazando la religión, las creencias y las tradiciones del pueblo al tiempo que reflejaba el nuevo sendero por el que caminará como monarca. Ha demostrado sinceridad, ha ratificado la alianza con Kallone gracias a la intervención de la princesa y el apoyo de los dioses con la presencia de Saith. ¿Que qué ha hecho? —La *raedain* sonrió—. Ha reparado los cimientos de un reino que se caía a pedazos. Ahora toca reconstruirlo.

Ronca miró a Arual sopesando sus palabras. Luego hizo lo propio con Kavan y este sonrió mientras acariciaba su perilla canosa, comprendiendo que la líder athen tenía razón. Hyrran supo entonces que lo que un reino necesitaba para avanzar no eran soldados o impuestos, sino sinceridad, respeto y empatía hacia sus habitantes. Y por primera vez desde que supo que sería rey se sintió capaz de serlo. Aprender tal y como le había instado Kalil en su conversación del día anterior. Por una vez creyó poder hacerlo, aunque fuese por un instante. Miró a los ojos de Lyn, su reina, aún demasiado sorprendida para reaccionar, y supo que por muy difícil que fuese la tarea, ya nunca tendría que enfrentarse a la vida solo.

44. La princesa y el dios

Kalil paseaba por los jardines del palacio. Había transcurrido una semana desde la coronación de Hyrran y los días pasaban con cierta urgencia. Había que esclarecer cuál sería el siguiente paso del ejército aliado. Débil, pero con la ventaja moral que les ofrecía la última victoria y la supervivencia del reino.

Observó las altas paredes de piedra y las muchas enredaderas que caían entre bastidores. En aquel lugar sentía una extraña conexión con Daetis, la difunta reina erávica. En su diario relataba lo feliz que le había hecho la construcción de aquellos jardines. Ver las flores en persona por primera vez, los esfuerzos de Ramiet por complacerla y que se sintiese a gusto en Ortea...

No se atrevía a imaginar cómo era el rey antes de la muerte de su esposa. Las sonrisas, los abrazos. Kalil supuso que cuando el amor de su vida dejó el mundo, también su amor por los demás acabó extinguiéndose. Se preguntó si algún día le pasaría eso a ella misma y sintió una punzada en el pecho, fruto de la culpabilidad, por todo lo que había pasado desde su llegada a Eravia.

Sumida en sus pensamientos, alzó la mano para acariciar con suavidad los pétalos de las bromelias y las orquídeas, tan diferentes a las flores y jardines de Kallone por los que tanto le había gustado pasear desde que era niña. Que las flores creciesen bajo esas temperaturas, con tan pocas horas de sol y sin un lugar apropiado para consolidarse, le pareció un milagro, como el que sería que el amor perdurase en ella misma.

Ahora no tenía un reino sobre el que enraizarse ni agua que beber en forma del aprecio de sus súbditos. Al igual que a esas flores, le faltaba el brillo del sol para destacar como una princesa debía hacerlo. Había perdido a Gabre, la persona que debió convertirse en el amor de su vida, y con su desgracia había comenzado a sentirse como el cadáver de un viejo árbol: sobrio en apariencia, pero sin la vida que una vez tuvo en su interior.

Junto al príncipe habría podido encontrar el destino que su nacimiento como princesa le había otorgado. Deslizó las yemas de los dedos por los suaves pétalos y estos se encogieron en apariencia, dúctiles al tacto de la mano humana.

—Parecéis débiles, pero sois tan fuertes en realidad —susurró a las flores.

—Eso es porque son como tú —contestó una voz familiar.

Kalil se giró con sorpresa y vio a Ziade, que caminaba hacia ella haciendo tintinear la dorada armadura de la paladín que una vez fue. La princesa sonrió culpable y su protectora se detuvo a un par de metros de ella. En silencio.

Jamás había tenido reservas a la hora de hablar con su soldado y mejor amiga, pero tampoco había estado nunca tan lejos de ella como ahora. Volvió a girarse hacia las flores para robar algunos minutos al tiempo y pensó en cómo entablar la conversación que ambas tenían pendiente.

—Ortea te ha cambiado mucho. El mutismo nunca fue una de tus cualidades —ironizó la soldado rompiendo el hielo.

Kalil sonrió pese a las pocas ganas que tenía de hacerlo.

—Lo siento, Ziade. Siempre tuviste razón. Al igual que los Hijos de Aecen, disfracé mi propia ambición de justicia. Mis disputas con Ramiet casi acaban con Eravia y con la casa Conav. Yo...

—Basta. —La detuvo la soldado zanjando su discurso con un cortante gesto de la mano—. Sé por qué lo hiciste. Te conozco mejor que tú misma y sé que tu intención siempre fue ayudar al reino de Eravia tanto como a Kallone.

—Me dijiste que no forzase el amor. Que aprovechase la libertad que la vida me otorgaba a pesar de que todo lo que ocurriría parecía malo, pero no supe verlo. Solo contemplé la posibilidad de sentarme en el trono como siempre se esperó de mí. Lo deseaba por encima de todo, como mi padre esperaba de mí... Y mírame ahora.

—¿Te sientes mal por no optar al trono de Eravia?

Kalil negó con vehemencia haciendo que su cabello rubio y corto volase rebelde.

—No. Después de lo que he hecho no merezco sentarme en el trono. Y creo que Hyrran lo hará bien. Tiene cualidades que jamás he visto en un rey. Ni siquiera en mi padre... —La princesa suspiró al recordar a Airio Asteller con una sonrisa triste—. El hecho de mirar más los sentimientos y menos las apariencias. Ser fiel a sí mismo.

Ziade asintió.

—Quién iba a decirnos que nuestra pequeña Lyn se convertiría en reina —comentó con aire desenfadado. Pese a su seriedad habitual, sus ojos sonreían—. Cuando recuperes tu trono habrá una amistad sin precedentes entre ambas casas. Tal vez sí que podamos pensar en una paz duradera cuando todo esto termine.

Kalil miró a Ziade con un movimiento eléctrico y frunció el ceño con incredulidad. No era habitual ver en la soldado ese aire soñador.

—Puede que el mutismo no sea una de mis principales cualidades, pero el optimismo jamás fue parte de tu personalidad. ¿Cómo estás tan convencida ahora de que podemos hacer frente a Rythania?

—La última batalla —explicó—. Estábamos perdidos. Jamás he tenido más incertidumbre durante la lucha. Jamás he mirado a la muerte a los ojos durante tanto tiempo. Empuñé la espada sin ninguna esperanza, rodeada de un puñado de civiles armados, muchos de ellos imberbes y ancianos. Frente a nosotros había demonios como los de la Gran Guerra. Criaturas más poderosas de las que jamás he visto. Más rápidas y fuertes que las que enfrentamos en la batalla de Lorinet y que destrozaron al ejército dorado, el más poderoso de Thoran, en cuestión de días. Nunca me he sentido más perdida, pero entonces llegó ese chico... Saith. Tomó el control de la batalla, elaboró una estrategia en un instante y nos ofreció una luz que seguir para encontrar la esperanza que habíamos olvidado.

—¿Tú también crees que es Aecen? —preguntó Kalil casi divertida.

Pese a que esperó una negativa tajante, Ziade solo encogió los hombros.

—Qué más da lo que yo crea. Lo creen los soldados, el país entero y lo cree el mismo rey, aunque no lo diga abiertamente. Los hombres ven, por primera vez, un futuro en el que sus cuerpos no descansan inertes sobre el campo de batalla. —La soldado miró al suelo como si se avergonzara por pensarlo y agitó la cabeza sacudiéndose la incredulidad—. ¿Cómo explicar que siga vivo si cayó por el Abismo Tártaro como cuentan? ¿Cómo creer que posea a la legendaria Varentia cuyo rojizo brillo nos guio en la última batalla? Puede que se me esté pegando algo de la ingenuidad erávica... o que tal vez los dioses por fin hayan oído nuestras plegarias.

Kalil guardó silencio. Deseaba con todas sus fuerzas volver a creer, pero habían pasado demasiadas cosas como para ilusionarse con tal posibilidad.

—Si realmente los dioses nos hubiesen oído, ¿por qué ahora? Saith también estuvo defendiendo Kallone. Luchó junto a mi padre y mi hermano. ¿Por qué habría de ser diferente ahora?

—No lo sé, Kalil. ¿Alguna vez los designios de los dioses han respondido a la lógica? ¿Por qué nos apoyó Aecen en la batalla contra Eravia hace años? ¿Realmente nuestra lucha era más justa que la suya? Si entendemos la justicia como el equilibrio, ¿no habría sido más lógico apoyar a Eravia y compensar ambos reinos y ejércitos en lugar de dar tanta ventaja futura a Kallone? Tal vez todo esto debía pasar para que los humanos abriésemos las puertas a los olin o los amiathir, como hizo el nuevo rey en su discurso...

La princesa se giró una vez más hacia las bromelias, cuyos pétalos se abrían desde el centro para curvarse sin remedio. Vivas pese al clima, la ausencia de luz y escasez de agua. Sobreviviendo en las condiciones más adversas. Como ellos. ¿Había alguna posibilidad real de recuperar Kallone? ¿Debería volver a depositar su fe en Icitzy? ¿En Aecen?... ¿En Saith?

—Prometió que salvaría a mi padre... —susurró agachando la vista sin cruzar la mirada con Ziade.

—Hay veces que una promesa se vuelve condena. Ocurre cuanto más difícil es cumplirla. Sin embargo, las promesas que son fáciles de cumplir no tienen mérito, pues el hecho de prometer debe ser un reto que te haga creer. Y crecer.

Kalil suspiró de nuevo.

—También yo debería cerrar ese capítulo de mi vida. Este tiempo en Eravia me ha enseñado que las dudas y los rencores son tan peligrosos como el odio más intenso.

La paladín le dedicó una sonrisa.

—Está en el patio de prácticas. Ve y convéncete por ti misma. Lo vi enfrentarse al mismísimo fantasma de Amerani. Ese no es un chico cualquiera, pero sea o no un dios, no conseguirá nada sin nuestra ayuda.

La princesa asintió, dio un par de pasos por los jardines interiores de palacio y se detuvo. Luego se giró y abrazó a Ziade. La expaladín asistió al gesto incapaz de reaccionar. Los brazos suspendidos en el aire, las cejas arqueadas. Pese a una amistad que perduraba desde el nacimiento de la princesa, podía ser el primer abrazo que se daban en su vida.

—Gracias por estar siempre a mi lado —susurró Kalil.

Luego se marchó sin mirar atrás. Decidió recordar para siempre la sonrisa que mostraba la paladín en ese momento.

Bajó por los pasillos del castillo. Pese a lo exótico que resultaba caminar bajo la piel de la montaña, era un pesado esfuerzo tener que subir y bajar para ir a cualquier sitio. También ocurría con las calles de la capital.

Los patios de entrenamiento en Eravia eran mucho más pequeños de los que tenían en Kallone, pero recordaba su situación del día que habló con Leonard y Zurdo sobre la llegada de los Hijos de Aecen. Cuando llegó vio a varios grupos entrenando. Era obvio que la moral de las tropas estaba alta tras la coronación del nuevo rey y la victoria en la última batalla. Más allá había un corro de personas que cuchicheaban reunidos en una esquina del lugar.

Kalil adivinó lo que había despertado su curiosidad.

Se acercó y ratificó sus pensamientos cuando vio a Saith entrenando. Su pelo castaño estaba empapado por el sudor y pegado a la frente. Blandía la extraordinaria hoja de rojizo acero con habilidad mientras ejecutaba exigentes katas. Todos a su alrededor lo miraban con enorme admiración. Durante un momento lo observó y pensó en lo que hacía tan distinto a aquel chico. Por algún motivo era inspirador para el resto, pero ¿qué lo convertía en un referente? ¿Por qué incluso Ziade creía en él?

El muchacho giró sobre sus pies y la espada surcó el aire cerca de su cuerpo con fuerza. Tajos veloces y medidos. Los otros soldados parecían impresionados, pero ella había visto muchas veces el entrenamiento de Amerani, Eisan, Saemil o la propia Ziade en los patios del castillo kallonés. Seguía sin ver qué era tan especial en él.

Al cabo de varios minutos, Saith se detuvo. Se rascó la cabeza con timidez mientras lo abordaban con halagos y miradas de respeto. Él los recibió cortés. Parecía abrumado.

Luego levantó más la vista y la vio. Kalil se sorprendió al ver que su rostro cambiaba y que su sonrisa tímida se tornaba seria al verla. El expaladín se acercó y se detuvo a poco más de un metro. Había pensado en qué decir durante su travesía por los empinados pasillos de palacio, pero no había esperado aquella seriedad. ¿Qué decir? ¿Que no creía que fuese Aecen? ¿Que Ziade la había animado a apreciar algo que no veía?

—Lo siento —dijo él bajando la cabeza avergonzado.

Fue tan sorprendente que la princesa frunció el ceño y lo miró sin saber qué contestar.

—Siento no haber cumplido la promesa de salvar a tu padre y a tu hermano —continuó—. Lo intenté, pero no fue suficiente. Mi labor era protegerte y te dejé en manos de un traidor como Cotiac. Entenderé que estés dolida conmigo.

Sus palabras parecieron arañar su alma. Aquel chico había salido en mitad de la batalla más peligrosa para Kallone en siglos y había luchado por salvar a su reino y su padre. Había acudido a Eravia y se había metido en una batalla casi perdida para salvar a Ziade y a ella misma. ¿Dolor? Sí, sentía dolor por la muerte de su familia. No obstante, sintió un profundo alivio al sentir que no le guardaba una pizca de rencor.

Ella sonrió y acarició su sudorosa mejilla. No lo pensó, pues de haberlo hecho, no se hubiese dejado llevar así por el instinto de consolar una culpa injusta. Él la miró con sorpresa al sentir los dedos sobre su piel.

—Una buena amiga me ha dicho que las promesas difíciles de cumplir se vuelven condena. No te encierres en ellas. A veces las cosas pasan sin que podamos evitarlas. Yo no te culpo por lo que pasó, no lo hagas tú.

Él se giró contrariado.

—Es complicado no culparse por lo que ocurre cuando todos te tratan como a un dios. ¿No debería salvar a todos si lo fuera?

—¿No debería un dios hacer que vivan todos aquellos que tienen fe? Hacer que no exista la muerte o el sufrimiento para nadie... —cuestionó Kalil lanzando la pregunta al viento—. Puede que ser un dios no sea tan fácil después de todo.

Él le dedicó media sonrisa agradeciendo sus palabras, aunque no parecía del todo convencido. Envainó a Varentia colocándosela en la espalda y se secó el sudor con la manga.

—Me alegra ver que estás bien.

—Lo estoy, aunque no todos pueden decir lo mismo debido a mis errores —dijo ella suspirando mientras recordaba a Gabre.

—Dudo que esos errores sean tan graves como para que no puedas perdonártelos. A veces las cosas pasan sin que podamos evitarlas —sonrió al repetir sus propias palabras. Kalil también dejó asomar a sus labios algo parecido a una sonrisa.

—Supongo que ya no hay marcha atrás —dijo ella con pena.

—No —contestó él—. Pero sigue habiendo un camino hacia adelante. Solo debemos aprender y evitar cometer los mismos errores en el futuro.

Ella asintió y ambos caminaron juntos hacia la salida del patio de adiestramiento.

—Todos creen que eres un dios. Incluso Ziade dice que tienes algo especial. ¿De verdad eres Aecen?

Kalil alzó una ceja y él vio con claridad que no creía en lo que decía.

—No lo sé. Me pasan cosas extrañas y algo me ocurre. Es como una fuerza extraña que me invade a veces —se sinceró—. ¿Un dios? Quizá no, pero debe haber en alguna parte una explicación a lo que me ocurre. Hyrran y Lyn creen que puede haber algo de cierto en esas prácticas de los Hijos de Aecen.

Kalil ensombreció el rostro al oír hablar de la fatídica organización que acabó con los Conav y a quienes ella misma había ayudado.

—¿Prácticas?

—Lyn dice que los miembros pertenecientes a la orden celebran un ritual con sus recién nacidos para que Aecen les otorgue su poder. Oran con el fin de que el aura del dios imbuya a sus niños. Creen... Creemos que tal vez mis padres llevaron a cabo ese ritual y que, de alguna forma, tuvo efecto en mí y por eso poseo el poder de Aecen. Además, Zurdo conoció al dios durante la anterior guerra y asegura que también cambiaba su color de ojos, como me ocurre a mí. —Saith pareció percibir la incredulidad de la princesa, así que se apresuró a negarlo con rapidez—: Son solo teorías, pero tener una a la que agarrarme es mejor que el total desconocimiento sobre lo que me ocurre.

Kalil asintió comprendiendo. Mientras caminaban, percibió las miradas de cuantos se cruzaban con ellos. Había admiración en sus caras. Un extraño respeto. Una luz de esperanza que iluminaba sus rostros al pensar que Aecen había bajado a la tierra y estaba de su lado en la batalla.

—No sé si eres Aecen o no —dijo ella sin tapujos—, pero tengo claro que si esos demonios de los que me ha hablado Ziade son tan peligrosos como dicen, Thoran necesitará que los hombres crean tener a los dioses de su lado.

Él asintió como si hubiese llegado a la misma conclusión.

Un soldado llegó junto a ellos corriendo. Era joven. Quizá demasiado. Al ver a Saith, su cara reflejó la fascinación por el expaladín. Sus ojos iban desde la empuñadura de Varentia, que asomaba tras sus hombros, a su rostro; y lo hacía con la velocidad de un pajarillo que mira a su alrededor, como si haciéndolo así los demás no se percatasen de ello.

El soldado se recompuso y se puso firme con una forzada seriedad.

—Mi señor, el rey Hyrran desea veros en la sala del consejo inmediatamente. Si tuvierais a bien seguirme, os acompañaré hasta allí.

Saith asintió. Luego, el soldado pareció percatarse de que no estaba solo y su tez se tornó blanca al ver a Kalil.

—Por favor, disculpadme alteza. No os había reconocido —aseguró con rapidez—. Vos también habéis sido convocada por su majestad como aliada del reino.

—Descansa, soldado. Acompañaré a Aecen encantada —dijo ella con una sonrisa pícara y una mirada de reojo. Y agarrada del brazo de un sonriente Saith, caminó hacia el interior del castillo con la seguridad de ir junto a quien, fuese o no un dios, era la esperanza de toda Thoran.

45. Una estrategia y una dificultad insalvable

El joven soldado se mostró entusiasmado por estar junto al dios en la tierra del que todos hablaban. Kalil enredó su brazo en el de Saith y ambos caminaron hacia la sala del consejo. Una vez allí fueron anunciados y entraron ante la expectación de los asistentes.

Frente a ellos estaba el nuevo rey. Con una corona que le incomodaba llevar y una elegante casaca hecha a medida. También sus pantalones y botas eran nuevas. Estaba en pie frente a la mesa, ofreció asiento a los últimos invitados en sus respectivas sillas y se sentó también. Tras él, los ventanales dejaban ver la oscuridad de la fría noche en Ortea.

Kalil observó a Lyn, que le sonrió sentada junto al rey Hyrran. Parecía tan feliz... Jamás se hubiese perdonado un matrimonio que traicionase los sentimientos de su amiga. No habría querido perder a la amiathir ni por una alianza entre reinos. Todo lo ocurrido había cambiado sus prioridades. Por otra parte, que Hyrran hubiese preferido el amor a una alianza política no hacía más que apoyar su teoría de que sería un buen rey para Eravia.

Al otro lado estaban Ronca y Kavan, sus consejeros. También Arual. La líder athen se había convertido en una voz autorizada para el nuevo monarca, casi una tercera consejera. También estaba aquel olin que su padre llevó de enlace a Olinthas: Ekim, el hermano de Lasam. Saith y Kalil se sentaron junto a él.

—Muy bien. Ya casi estamos todos. Falta Leonard —anunció Hyrran apoyando la cabeza sobre una de sus manos en pose aburrida.

—Los soldados lo están buscando, majestad. La cuestión es que ese infeliz podría estar en cualquier taberna de Ortea —intervino Kavan.

—No entiendo por qué debería estar aquí. Las reuniones son cosa del rey y sus consejeros y esto parece una fiesta —añadió Ronca enfadada—. Además, os recuerdo que ese joven participó en la traición a Eravia perpetrada por los Hijos de Aecen. Debería ser desterrado del reino... o algo peor.

—Os recuerdo que ese infeliz del que habláis es nuestro amigo y, por lo que me ha contado Arual, también fue quien tuvo la idea de hacer que Gabre apareciese en los balcones de palacio durante la batalla, lo que acabó no solo sirviendo de aliento a nuestros soldados, sino siendo el motivo de que el enemigo se retirase. Su presencia aquí es mi decisión. Quiero oír su opinión sobre algo. —Hyrran alternó la mirada entre sus consejeros—. No obstante, podemos comenzar la reunión y trataremos los temas no principales de inicio... —Se rascó la cabeza dubitativo y después compuso una sonrisa inocente—. ¿Por dónde suelen empezar estas cosas?

Kalil y Saith sonrieron ante la sencillez del nuevo rey. Era un efecto que parecía causar también a Arual, que lo observaba con una sonrisa en los labios. La athen había participado en curar las quemaduras del joven monarca y parecía haberle cogido un extraño cariño pese a tomar la herencia que correspondía a su difunto sobrino.

—Lo ideal es pedir un informe a los consejeros con las novedades acaecidas en el reino y tratar los temas controvertidos para ofrecer una solución si es posible —dijo la erudita.

Hyrran arrugó la barbilla con un gesto aprobatorio.

—Está bien, a ver ese informe.

Ronca suspiró poniendo los ojos en blanco. Se puso en pie y comenzó:

—Pese al golpe anímico recibido por la muerte del rey y su heredero, el pueblo tiene la moral intacta por la retirada de Rythania, lo que consideran una increíble victoria bendecida por los dioses. —La consejera dedicó una mirada de reojo llena de curiosidad a Saith, que escuchaba atento—. Parece que, pese a que no seguisteis nuestras recomendaciones y arriesgasteis con vuestras palabras, por algún motivo que no alcanzo a entender el pueblo os apoya más que al propio Ramiet. Al menos de momento.

—Ha eliminado la mitad de los abusivos impuestos con los que mi cuñado asfixiaba a la gente y tendido puentes a todas las razas y naciones de Thoran. Además, el pueblo se siente identificado con todas las dificultades que Hyrran ha pasado en su vida —intercedió Arual—. El nuevo rey no es un aristócrata de vida cómoda que vive en una burbuja lejos del sufrimiento de su pueblo, sino un superviviente. Un hombre que ha luchado por abrirse camino en la vida como lo hacen la mayoría de ciudadanos erávicos. Es por eso que se sienten cercanos a él. Además, cuenta con el apoyo de Kallone gracias al discurso de la princesa durante la coronación. Los rumores han corrido por el reino y no son pocos los kalloneses que han llegado en este tiempo para reforzar nuestras filas. Hombres preparados, alentados por la última victoria y dispuestos a luchar por la princesa.

Kalil sonrió orgullosa. Pese a estar fuera de Acrysta, la autoridad de Arual era digna de mención. La princesa sintió admiración por el saber estar de la *raedain athen*.

—¿Hay novedades de Rythania? —preguntó Hyrran.

—Hemos enviado exploradores que siguen los movimientos del enemigo. Según nuestros informadores, lo que queda del ejército rythano ha salido de Eravia y podría dirigirse a occidente para reagrupar tropas —expuso Kavan.

—Ahora lo que necesitamos es una estrategia de guerra. No podemos relajarnos por una nimia victoria. Debemos defender nuestras fronteras, expandir nuestro ejército y proteger Eravia —arguyó Ronca.

En ese momento, las puertas de la sala se abrieron de sopetón y un soldado apareció seguido de Leonard. Kalil observó al Hijo de Aecen. Tenía el pelo suelto y largo sobre los hombros enmarcando una barba que comenzaba a crecer sin ningún cuidado. Sus mejillas estaban rojas por el alcohol y sus pequeños ojos observaban cuanto ocurría con desconfianza.

—Leonard Mons, majestad —anunció el soldado.

El muchacho compuso una mueca no exenta de sarcasmo, alzó su muñón y fingió un saludo militar mirando al nuevo rey. Ronca bufó indignada.

—¿Queréis castigarme sacándome de las tabernas cuando mejor lo paso? Sois crueles —dijo con la voz trastabillada por el licor ingerido.

No parecía encontrarse en las mejores condiciones para participar en una reunión como esa.

—Siéntate, Leonard. Has llegado justo a tiempo —invitó Hyrran extendiendo la palma de la mano en dirección a la silla libre que había junto a Kalil.

—Creo que prefiero permanecer de pie —dijo él. Acto seguido, y pese a estar quieto, pareció perder el equilibrio y se estabilizó con dificultad—. O mejor creo que sí me sentaré...

Cuando se acercó a la princesa, Kalil captó el olor a licor que surgía de su aliento. De su ropa. Incluso su pelo. Leonard se sentó abriendo las piernas y dejó caer la espalda sobre el respaldo con indiferencia.

Hyrran sonrió con ironía al verlo antes de continuar.

—Muy bien. Como dice Ronca, debemos esclarecer una estrategia que seguir en la guerra. Rythania ahora se encuentra debilitada tras la derrota. Han sufrido pérdidas en sus tropas féracen y apenas deberán quedarles un puñado de amiathir con habilidades mágicas tras las últimas batallas. Tal vez asomen en sus tropas las primeras dudas.

Kalil vio cómo Lyn componía un gesto compungido. No debía ser fácil para ella escuchar la masacre perpetrada hacia su raza por ayudar a la reina blanca.

—En cualquier caso —continuó el rey—, el tiempo no juega a nuestro favor. Si dejamos que los rythanos se rearmen volveremos a pasarlo mal. Necesitamos algo más en esta lucha. Anticiparnos a los movimientos del enemigo. Me gustaría oír vuestras opiniones antes de tomar alguna decisión.

—Esperemos —intervino Ronca—. Las montañas fueron nuestras aliadas en la última batalla. La orografía de Eravia jugará a nuestro favor una vez más. Conocemos el terreno y podemos vencer de nuevo. Rythania no podrá rearmarse continuamente. Cuanto más la debilitemos, más fácil será logar un ataque final con el que llegar hasta la reina.

Hyrran sopesó las palabras de su consejera enarcando una ceja y Kavan asintió de acuerdo.

—Arriesgarnos a combatir en otro terreno, dada la superioridad física del enemigo, sería una locura —sentenció el anciano.

—¿Qué opináis, princesa? —consultó el nuevo monarca.

—Tendría sentido volver a utilizar las Montañas Borrascosas, aunque ellos también conocerán los caminos ahora. Lo que sí es seguro es que tendremos más tiempo para preparar nuestra defensa y que los rumores sobre el apoyo de Aecen —Kalil miró a Saith con una sonrisa amable—, ayudarán a recibir más integrantes en nuestro ejército.

—¿Estás de acuerdo? —indagó Hyrran posando los ojos en el expaladín.

—Supongo que es lo más plausible —dijo Saith encogiéndose de hombros—, aunque no termina de convencerme la idea de que Kerrakj tenga tiempo para rearmarse. Ya visteis lo que hizo con Amerani. Si tiene el poder de crear soldados féracen con tal rapidez, darle tiempo puede ser una forma de cavar nuestra propia tumba. La reina blanca es demasiado peligrosa.

—Y una gran estratega, como demostró en Aridan o Lorinet —convino Lyn.

Hyrran observó a su reina mientras parecía evaluar todas las opciones. Tras la intervención de la amiathir el silencio se tornó duradero en exceso. Kalil supuso que el rey no parecía convencido de arriesgarse a un nuevo ataque sobre Ortea.

—Si hacemos eso moriremos todos —anunció Leonard. La princesa observó a quien fuera su propio soldado. Jugueteaba con el pulgar de su única mano, como un niño que no pudiese estarse quieto. Pese a su apariencia andrajosa y descuidada, había ojos vivos tapados por su desgreñado cabello. Ojos que, por otra parte, mostraban insultante indiferencia a la conversación.

El resto de miradas también acabaron posándose sobre el ebrio muchacho, que percibiendo la atención que los demás mostraban dejó de girar los dedos y permaneció con los ojos cerrados, dormitando. Hyrran sonrió ante la intervención como si hubiese estado esperándola durante toda la reunión.

—¿A qué te refieres, Leonard? ¿Podrías explicarte mejor?

—¿Para qué? —contestó él.

—Me interesa tu opinión —aseguró el exmercenario encogiéndose de hombros con una sonrisa inocente—. Por eso te hice llamar.

Leonard abrió los ojos, enrojecidos por el sueño acumulado y el alcohol. Puso su mano sobre la mesa y miró detenidamente a cuantos se encontraban rodeándola.

—Desde que era niño he soñado con ser paladín del ejército dorado —dijo con un vistazo fugaz a la princesa—. Entrené durante años. Estudié las más grandes batallas y admiré a los soldados más laureados. Llegué a formar parte de la brigada de la luz de lady Hamda y tener una línea escarlata, pero no pude evitar que la matasen. Luché en Lorinet y no pude evitar la muerte de mi rey. Perdí una mano, lo que me impide coger una espada con solvencia, aunque para lo que hacía con la buena, el mundo apenas notará la diferencia —admitió a regañadientes bajando la cabeza. Después continuó con lo que apenas fue un susurro—: Cuando llegué a Ortea encontré una justa causa amparada en los Hijos de Aecen. Sentí que no todo estaba perdido para mí pese a no poder combatir contra los rythanos. Que aún podía participar en el destino del mundo siguiendo los sueños de mi infancia.

»Los ayudé a cumplir sus objetivos y resultó que no seguían a la justicia, sino a la ambición de Wabas y Toar, marionetas de Crownight. Me convertí en traidor sin quererlo y tengo buena culpa de la muerte de Ramiet Conav y su único hijo y heredero. —Leonard se levantó del asiento y golpeó con todas sus fuerzas la gruesa mesa de madera con la palma de la mano. El inesperado sonido del golpe sobresaltó a Kalil—. ¿Por qué querría el nuevo rey la opinión de alguien que ha perdido a cuantos señores ha servido? Por qué escuchar a alguien que nació soñando proteger a los tres reinos y ha participado en la extinción de todos ellos.

Leonard alzó la barbilla y lanzó una desafiante mirada a Hyrran, que permanecía sentado a la mesa, impasible. Dentro de la urna de cristal en la que se había convertido el castillo dorado para ella desde que nació, Kalil no había visto a muchos hombres con esa mirada. Los ojos de quien cree no tener nada que aportar a la vida. Gente que ha perdido sus sueños y esperanzas. Pensó en cuántos habría en Eravia, y ahora también en Kallone, con ese sentimiento de desgracia.

Hyrran, sin embargo, no parecía atribulado por la actitud del exsoldado. No solo eso. Incluso parecía complacido. Mantuvo la desafiante mirada de Leonard con una sonrisa llena de seguridad.

—Lyn me dijo que con un simple vistazo a la batalla en Lorinet supiste captar las debilidades estratégicas del plan de Kallone. Supiste que si algo fallaba en los soldados que debían salir por la puerta oeste de la ciudad con el apoyo de los mercenarios de Ulocc, Kallone estaría vendido ante el enemigo. Algo que finalmente ocurrió.

Leonard echó un vistazo a la amiathir. Luego volvió a clavar sus ojos en los de Hyrran.

—También ayudaste a encontrar un resquicio en este mismo castillo para dar entrada a los Hijos de Aecen, aunque fuese con ayuda de Kalil. —La princesa bajó la cabeza avergonzada al sentir las miradas reprobatorias de los consejeros.

—Y ayudaste a ganar la última batalla —continuó Lyn—. Tuviste la idea de hacer que Gabre y Kalil apareciesen en los balcones de palacio dando un mensaje de optimismo a nuestras tropas y de derrota al enemigo. Todo fue gracias a ti.

—Yo no hice nada. Solo fue una idea insignificante.

—¡No! —Hyrran negó con la cabeza—. Tienes una gran visión estratégica, Leonard. Como bien has dicho, has estudiado el arte de combatir desde que eras un niño y has desgranado las más famosas batallas de la historia. Manejas variables que yo no sería capaz de ver y tienes en mente la experiencia de cientos de años transmitidas por los libros.

—Además del tiempo que estuviste a las órdenes de lady Hamda, una de las mayores estrategas de los últimos tiempos —completó Lyn sonriendo.

El muchacho pareció confuso. En cierto modo conmovido. Kalil imaginó la sensación de volver a sentirse útil, de notar que la gente le necesitaba pese a sus reticencias. La mirada del chico pasó por los asistentes con la indescifrable expresión de quien no sabe qué pensar. Era como si el efecto del alcohol hubiese desaparecido aportándole lucidez.

—Está bien, si eso es lo que queréis —dijo al fin con un suspiro—. Esperar a Kerrakj en Ortea podría ser nuestro fin. En realidad, siento ser yo quien os abra los ojos, pero cualquier cosa que hagamos tendrá más pinta de final que de principio.

Hyrran asintió con una sonrisa, como si no le importasen las apocalípticas palabras de su nuevo estratega.

—Continúa —le dijo.

—Si esperamos aquí, Kerrakj se rearmará. Según cuentan los soldados kalloneses que han sobrevivido a ambas batallas, los féracen que entraron en Ortea eran más fuertes y rápidos que los vistos en el Valle de Lorinet. Eso significa que la reina blanca no solo tiene la capacidad de crear a esos demonios, sino que también es capaz de mejorar sus cualidades. Si la dejamos volver a armar un ejército, quién sabe con qué tendremos que luchar la próxima vez.

—No había caído en ello —admitió Ronca—. Sabía que se recuperaría, pero no pensé en que pudiese volver con un ejército aún más temible.

—Y no solo eso —intervino Saith con gravedad—. También es capaz de quebrar la voluntad de los más honorables y convertirlos en siervos. Lo hizo con Ahmik, y también con Amerani.

—¡Es horrible! —dijo Kalil sorprendida.

Ni siquiera pudo imaginar cómo Canou Amerani, el soldado más ejemplar que había visto y el mejor amigo de su padre, podía haber luchado del lado de la reina blanca.

—Si cualquiera de los presentes cae en sus manos podríamos tener que enfrentarnos entre nosotros —añadió Lyn.

—Entonces tendremos que evitar que eso pase —dijo Hyrran desechando la idea con la mano—. ¿Qué propones entonces, Leonard?

Todas las miradas volvieron a posarse en el ebrio soldado, que continuaba en pie con su única mano sobre la mesa.

—Los rythanos ya conocen las montañas. Han subido hasta aquí después de todo. Si les damos tiempo, Kerrakj volverá a levantar un ejército más fuerte e implacable. Si sigue mejorando sus soldados volveremos a enfrentarnos no solo a sus fuerzas, sino a la incertidumbre. No podremos prevenir sus movimientos. —Leonard dedicó a los asistentes una mirada gélida que apoyó lo solemne de sus palabras—. Tenemos que atacar.

Durante unos segundos las palabras flotaron en el viento como motas de polvo que bailaran sobre las cabezas de los presentes. Pesadas en sus ánimos, pero livianas ante las pocas salidas que la guerra les dejaba.

—¡Atacar es una locura! —aseguró Ronca—. Pese a que sus fuerzas están mermadas siguen teniendo un ejército más preparado, con el triple de efectivos y con fieros soldados féracen. Exponernos a batallar en campo abierto supondría la aniquilación de nuestras tropas.

—La aniquilación llegaría igual si permanecemos escondidos —dijo Arual—. En eso el chico tiene razón. Kerrakj se rearmará y volverá a atacar con mayor contundencia. Ya es un milagro que no desplegase todo su ejército en la última batalla. No volverá a caer en el exceso de confianza. Si hay otro ataque, Eravia sucumbirá.

—Pero también caeremos si atacamos al desamparo de las montañas —masculló Kavan entre dientes antes de proseguir—. Nuestro ejército tiene la moral alta, pero son en su mayoría civiles ignorantes de lo que significa una guerra. Si los atacamos a campo abierto nos vencerán en cuestión de minutos y la reina blanca se hará con los tres reinos. Ronca tiene razón.

—Por eso nadie propone que batallemos a campo abierto —rechazó Leonard—. Esa sería la estrategia de un loco.

—¿Cuál es el plan entonces? —interpeló el rey. Kalil se extrañó de que tratase aquellos temas tan delicados sin apagar la sonrisa de su cara. Por extraño que pudiera parecer, resultaba reconfortante su optimismo. Era como si realmente se sintiese con posibilidades de ganar aquella guerra.

—Lo haremos por sorpresa y con un pequeño grupo, solo con los soldados más preparados. Igual que los Hijos de Aecen entraron en palacio para asaltar el trono de Eravia, nosotros entraremos en Kallone y reconquistaremos Lorinet. Una vez que tengamos la capital en nuestro poder, Kalil Asteller recuperará su trono y Kerrakj no podrá actuar con la suficiente rapidez mientras su ejército se debilita. De esta forma la princesa podrá reunir a sus fieles de cara a una última batalla. —Leonard lanzó una mirada cómplice a la sorprendida Kalil—. Será entonces cuando la alianza entre Kallone y Eravia sea más efectiva, y juntos tendremos que jugárnoslo todo a una carta. Una última ofensiva de ambos reinos contra Rythania.

—Conquistar Lorinet... —susurró Hyrran sopesando la estrategia.

Kalil se sorprendió aún más cuando vio que el rey se planteaba seguir el plan de su amigo. Un fuego que creía extinto creció en su interior. La esperanza de volver a reinar, de guiar a su pueblo hacia una victoria que el destino parecía haberles negado. La posibilidad de presentar batalla a la reina blanca y disputarle su corona. Algo que no habían logrado hacer ni Ramiet Conav ni su propio padre.

—Será imposible entrar en Lorinet con las suficientes fuerzas para una reconquista sin que Kerrakj se dé cuenta. La capital kallonesa es una ciudad fortificada. Nos verá venir, desplegará sus tropas y tendremos que entrar en combate —impugnó Ronca. Parecía incrédula ante la aceptación de aquella locura por parte del rey.

—Lo sería si fuésemos a entrar por las puertas de la ciudad con un pequeño ejército y tocando los cuernos de guerra, pero existen otros caminos para entrar en la capital. ¿No es así, princesa?

Kalil alzó la vista con la rapidez de un rayo mirando con sorpresa a Leonard mientras hablaba.

—Los túneles secretos... —murmuró ella arqueando las cejas. ¿Cómo no había caído en ello antes?

—¿Túneles secretos? —repitió el anciano Kavan frunciendo el ceño.

—Cuando me encontré con Lyn en Ortea después de huir de Kallone, me dijo que habían escapado del panteón real del castillo dorado a través de los túneles secretos que conectan con el sistema de alcantarillado de Lorinet. Si os sirvieron para salir, también nos servirán para entrar. Iremos con nuestros soldados más preparados y, aprovechando que Kerrakj estará reorganizando su ejército en Rythania, conquistaremos la capital desde dentro.

—¡Es brillante, Leonard! —festejó Lyn con una amplia sonrisa.

Incluso Ronca pareció receptiva con la idea. Kalil miró con admiración a aquel muchacho que había pensado en todo y planteado una estrategia sorpresa en cuestión de minutos. Su talento estaba fuera de toda duda.

—¿Qué opinas, Arual? —demandó saber Hyrran con una sonrisa sincera.

—Es arriesgado, pero en la guerra no existe acción que no lo sea —arguyó la athen.

El rey asintió.

—A mí tampoco me hacía gracia esperar mi muerte sentado en un trono, por muy cómodo que fuese a estar mi trasero —admitió él.

—Tendremos que hacerlo rápido —dijo Ronca—. Cada día que pasa es tiempo perdido. El ejército de Kerrakj se recompone.

—Comunicad el viaje a los soldados más preparados de nuestro ejército, con treinta será suficiente. Debemos evitar llamar la atención de los oteadores rythanos. Que se preparen bien. Saldremos camino a Kallone en tres días —informó el rey.

—¿Saldremos? —inquirió Ronca—. ¿Acaso insinuáis que vos también iréis? Os recuerdo que ahora sois el rey de Eravia. La pieza más importante de la partida. Si algo falla en esta misión, Thoran sucumbirá.

Hyrran mantuvo la mirada de Ronca con tranquilidad.

—Si queremos tomar Lorinet con un puñado de hombres tendremos que mandar a los mejores guerreros que hay en Eravia. Llevo peleando desde que tenía diez años, y dudo que el valiente panadero que acudió a la batalla con las piernas temblorosas y orín en el pantalón por la llamada de Ramiet ofrezca mayor fiabilidad. Una corona no cambiará eso —sentenció él levantando la mano ante la estupefacta consejera sin ofrecer lugar a réplica—. Kavan, trae un mapa de Thoran para que Leonard, Lyn y Kalil puedan situar la entrada que tomaremos. Espero que estén lo bastante lejos de la ciudad para evitar ser vistos.

—Lo están, majestad. Hay varias salidas, pero el túnel por el que escapamos de Lorinet atravesaba buena parte de Kallone hasta llegar a los bordes de la Jungla del Olvido, en el norte —explicó Kalil.

El rey asintió mientras su anciano consejero, reacio, rebuscaba en uno de los estantes junto a la pared en busca de un mapa.

—Parece el más cercano a la frontera de Eravia. Es perfecto —aprobó el joven monarca—. Una vez dentro seremos indetectables para los espías rythanos.

—Sigue habiendo un problema de cara a la guerra que no hemos solucionado

—intervino Saith, que había permanecido callado mientras planificaban la estrategia.

Su amigo asintió, consciente de ello.

—¿A qué os referís? —intervino Kalil con curiosidad.

Saith miró a la princesa y, perdido en las esmeraldas de sus ojos, pareció tener menos seguridad. Suspiró antes de hablar y carraspeó levemente.

—Podemos conseguir llegar a Lorinet, quién sabe si conquistar la ciudad y reunir la fuerza de ambos ejércitos para plantar frente a Rythania, pero no debemos pasar por alto que nos enfrentamos a Kerrakj, una seren.

—¿Seren? —preguntó Kavan al aire volviendo con los planos que el rey había pedido.

—Aunque parezcan humanos, son seres inmortales —explicó Hyrran.

—¿Cómo es posible? —preguntó Ronca claramente conmocionada.

Kalil también lo estaba. Había visto tan cerca la posibilidad de vencer a Rythania que aquello era un mazazo a sus aspiraciones. ¿De qué les serviría reconquistar Kallone si no iban a ser capaces de detener las ambiciones de la reina?

—Tal vez no sea necesario acabar con su vida. Podríamos encerrarla de alguna forma —dijo Lyn.

—Lo he pensado —intervino Saith—. Pero sería una forma de vivir con miedo durante el resto de nuestras vidas. El miedo a que regrese. A que llegue un día en que vuelva a ser liberada para tomar una nueva venganza... Tal vez sea dentro de diez años. Cien. ¡Mil! Pero puede que en un futuro no tengan tanta suerte como nosotros en caso de vencer. De hecho, ¿podríamos hablar de victoria cuando viviremos aterrorizados eternamente por el miedo a una nueva guerra?

El silencio se adueñó de la sala. Kalil sintió cómo la desesperanza volvía como una vieja amiga. Tan familiar que apenas la sorprendió, aunque dolía más tras la breve ilusión de volver a sentarse en el trono de Kallone.

—No puede ser. Tiene que haber algo que podamos hacer. Una forma de acabar con ella —dijo Leonard, viendo como su plan de batalla pasaba, incompleto, a un segundo plano.

—Saith, Ekim y yo viajamos a Acrysta con el fin de encontrar información sobre los seren y cómo vencerlos, pero no logramos nada —dijo Hyrran.

—Es como si todo sobre ellos hubiese desaparecido incluso en la biblioteca athen, donde la historia y los libros son sagrados —convino Lyn negando con frustración.

—Eso es porque, efectivamente, todo desapareció —se sinceró Arual con un suspiro echando la cabeza atrás y clavando la vista en el techo. Las marcas athen de su cuello quedaron a la vista de todos. No obstante, sonreía divertida como si recordase algo—. De hecho, creo que es hora de compensar esa afrenta a los athen, pues conozco a quien lo hizo. Esa persona puede ser la única que sepa cómo vencer a Kerrakj, pues todo apunta a que ya lo hizo una vez.

—¿A quién te refieres? —preguntó Hyrran sin ocultar su sorpresa.

—Todo a su tiempo, majestad. Aún quedan tres días para partir y debéis descansar. Tened listos unos caballos al alba e iremos a visitarlo. Os recomiendo que os preparéis.

—No te preocupes. Yo nací preparado. Convertirme en rey no me ha alejado del hacha que los athen me entregaron —aseguró el joven monarca contento con la posibilidad que la athen les brindaba.

—No, no me refiero a las armas. —Arual se levantó de la mesa dando la conversación por zanjada—. Debéis prepararos mentalmente, pues puede que cuando salgáis de esa conversación no seáis los mismos nunca más.

46. El origen de los dioses

El día amaneció lluvioso en Eravia. Saith cogió las riendas con la mano derecha y puso la palma de la izquierda hacia arriba, dejando que las gotas cayeran sobre ella y la mojaran en pocos segundos. Pese a que en lo alto de la montaña las lluvias apenas se habían dejado notar, cuando bajaron de Ortea por los caminos pedregosos y las nubes se alzaron más en el cielo, el suelo se empapó por la insistente, aunque débil, precipitación. También su ropa y el pelo. Por suerte el clima era menos frío cuanto más descendían de la montaña, con lo que el agua no fue más que una ligera molestia para la expedición.

A la cabeza de la misma iban Saith y Riusdir, principales responsables de la seguridad del rey. Tras ellos, Hyrran, Lyn, Kalil y Arual cubrían el camino al trote ataviados con largas túnicas que les cubrían la cabeza. En parte por la climatología, en parte para evitar que los reconocieran.

Kavan, Ronca y Leonard se habían quedado en la capital, así como Ekim, Zurdo o Ziade. Riusdir había protestado airadamente por llevar tan solo a dos soldados para proteger a tres miembros de la realeza. Incluso se había referido a Hyrran con la palabra inconsciente, aunque a su amigo no le había importado.

Saith creía que ambos tenían razón. Un grupo grande hubiese llamado demasiado la atención, y Rythania aún podía conservar espías en Eravia. Además, si alguien debía conocer los peligros a los que se enfrentaban eran las casas reales de forma directa. Por otra parte, en caso de un ataque sorpresa estarían desprotegidos más allá de sus propias habilidades y eso, siendo la única esperanza para comandar Eravia y afrontar la guerra, era un riesgo inasumible para el capitán de la guardia. No obstante, el viaje sería corto, pues se dirigían a Hasnaria, una pequeña ciudad al suroeste de Ortea, lejos de las montañas. Según Arual, allí vivía la persona que podía ofrecerles algo de luz sobre los seren. Y sobre Kerrakj.

Saith cerró el puño con fuerza y las gotas de lluvia resbalaron entre sus dedos. Pese a mantener una apariencia de tranquilidad absoluta, sus manos temblaban nerviosas. Si Arual estaba en lo cierto, esa persona podría ofrecerles la clave para enfrentarse a la reina blanca. Una posibilidad real de acabar con ella y, por tanto, con la guerra de forma definitiva.

La venganza era ya apenas una sombra en su mente. Había enterrado los recuerdos más dolorosos, incluida la muerte de sus padres, en lo más profundo de su ser. Se había centrado en proteger Thoran y en servir a la causa contra Kerrakj. En proteger a Kalil. A Hyrran. A Lyn. Ellos eran ahora la esperanza de los tres reinos. Un bien mayor que sus frustraciones personales.

La estrategia de ataque de Leonard ofrecía la perspectiva de dar un golpe definitivo a la guerra. Llegar al final por fin. Una batalla cuya consecuencia lógica lo colocaría a él mismo frente a la reina blanca y, ahora que la tenía más cerca, la imagen de sus padres a los pies de aquella asesina era más nítida que nunca.

Sacudió la mano con fuerza y las gotas de lluvia se sacudieron en el aire con violencia cayendo sobre el barro.

—¿Te pasa algo? Pareces ausente —dijo Lyn cabalgando junto a él.

Al volverse para mirarlo, mechones de pelo negro cayeron sobre su rostro, tapado por la capucha de su túnica. Sus ojos ambarinos eran brillantes incluso bajo el cielo grisáceo, y su sonrisa se mantenía permanente en su cara. La relación con Hyrran y su muestra de amor en la coronación parecían haberle devuelto el ánimo de antaño. El de aquella niña con la que pasaba las horas tumbado bajo las sombras de centenarios árboles en la campiña de Riora. Era otra Lyn. Más fuerte. Más segura. Pero en ella había algo familiar que le recordaba por qué hacían lo que hacían.

—No me ocurre nada. Solo estoy impaciente por encontrar un modo de acabar con esta guerra.

Ella asintió mirando al frente mientras acariciaba el cuello de su montura.

—No te presiones demasiado —dijo. Él la miró, pero la amiathir continuó con la vista fija en el horizonte—. Puede que Hyrran tenga depositada en ti toda su esperanza y te vea como a un dios. Que toda Eravia vea en ti a Aecen. Yo misma no sé si lo eres. —Tras esas palabras le lanzó una mirada velada—. Pero sí sé quién eres de verdad, y no quiero que mi mejor amigo sufra por un exceso de responsabilidad.

Saith sonrió con sinceridad. Miró a su alrededor y vio cómo Riusdir cabalgaba seguido de Arual. Hyrran y Kalil también charlaban amigablemente.

—No te preocupes, estoy bien. Descubriremos cómo parar los pies a Kerrakj, ganaremos esta guerra y restituiremos los tres reinos. Y entonces podrás estar con Hyrran en vuestro castillo y tener muchos principitos y princesitas con los que ser felices para siempre —bromeó.

Lyn alargó el brazo para golpearlo con una sonrisa y casi pierde el equilibrio.

—¡Eres tonto! —lo insultó ruborizada—. ¡Ningún dios haría pasar vergüenza a una amiga!

—Pero solo un dios podría hacerlo con una reina —la corrigió él sonriendo—. ¿Cómo es la vida desde el trono?

La amiathir se encogió de hombros.

—Me he sentado poco en él —admitió con un suspiro continuando con la broma—, pero me siento bien aun sabiendo que es una gran responsabilidad.

—A Hyrran no parece pesarle demasiado —dijo Saith con un movimiento de cabeza.

Lyn y él observaron al joven rey, que departía con la princesa Kalil bajo la lluvia como si el peso de sus coronas se hubiese desvanecido sobre sus cabezas.

—Ya lo conoces. Jamás mostrará debilidad. Solo esa sonrisa con la que se enfrenta a la vida, aunque esta gire como loca a su alrededor como un huracán. —Lyn giró de nuevo la cabeza hacia el camino—. Es curioso que una persona que lleva toda la vida tras un escudo invisible para protegerse de los demás solo haya mostrado sus verdaderos sentimientos el día de su coronación ante una multitud.

—Durante nuestro viaje cerró puertas del pasado que había dejado abiertas —explicó Saith—. Creo que todo eso le ha mostrado una nueva perspectiva sobre la vida. Una visión que le permite disfrutar más en lugar de ocultarse a los demás. Puede que se diera cuenta en ese tiempo de que lo que de verdad quería era estar contigo. Sabes que habría renunciado a esa corona por seguir a tu lado.

—Lo sé —convino Lyn—. Y estarás agradecido con ello, ¿no?

—¿Yo? —preguntó perplejo. Luego se encogió de hombros—. Mi vida ha pasado a ser la de un dios que vela por el nuevo rey. Creo que agradecimiento no es la palabra que buscaría.

—Pero dentro de la desgracia por la muerte de los Conav, que Hyrran se sentase en el trono y rechazase la mano de Kalil no te habrá disgustado —sonrió pícara.

Saith sintió cómo el calor ascendía por su pecho y se ruborizaba ante las insinuaciones de su amiga.

—Es una princesa, Lyn. Y yo un guerrero. Si todo va bien, ella se sentará en el trono de Kallone como reina y guiará a sus tropas junto a las vuestras.

—Tú podrías estar junto a ella... —repuso su amiga.

—Y lo estaré. Luchando sin tener nada que ver con la realeza más que el legítimo deber de defenderos a todos. Pertenecemos a mundos diferentes y así debe ser.

Alzó la vista al horizonte y agitó las riendas para acelerar su montura y evitar continuar con la conversación. Si realmente era un dios y el futuro de Thoran dependía de alguna forma de él, debía centrarse en acabar con Kerrakj y con la guerra.

Tras medio día a caballo, la comitiva real llegó a Hasnaria. Se trataba de una ciudad sencilla, con cierto encanto según le pareció. Estaba situada cerca de los bosques y, pese a la lluvia, la temperatura era agradable.

Al cruzar sus calles, Saith observó la belleza de lo mundano. Casas de teja gris y amplios ventanales que se extendían a uno y otro lado. Telares y talleres artesanos ocupados por gente atareada que vivían ajenos al mal que asolaba los tres reinos. Aunque la vida en Eravia era difícil y la pobreza cohabitaba a diario con sus habitantes, no observó nada de ello en la pequeña ciudad. Los brillantes charcos reflejaban las limpias fachadas de sus casas.

Arual tomó la delantera y el resto la siguió. Pronto llegaron a una enorme plaza que tenía la estatua de Icitzy más grande que Saith había visto nunca lejos de uno de sus templos. Un enorme pilar se elevaba al cielo y la imagen de la diosa lucía imponente, brillando por la lluvia como si las estrellas la tocasen.

—Es aquí —aseguró la athen bajando de la montura y atando el caballo a los pilares de madera que se extendían sobre la calle, a pocos metros de la estatua.

El resto hizo lo mismo y Saith también los imitó. Luego, la *raedain* se dirigió hacia una de las casas que daba a la plaza, empujó la puerta y descubrió que estaba abierta. Riusdir decidió permanecer vigilante en el exterior de la vivienda, no sin antes aconsejar a Saith, con un deje autoritario, que entrase el primero por la seguridad del rey, la reina y la princesa.

Él obedeció, se introdujo en la casa y observó el interior. Las ventanas estaban cubiertas con maderas que impedían el paso de la luz. Olía a azufre y papel, a especias que crecían en descuidados y secos maceteros junto a la ventana. Al polvo que jugueteaba en sus fosas nasales haciendo que le picara la nariz. No resultaba fácil ver en la oscuridad, así que, por puro instinto, Saith desenvainó a Varentia y el rojizo brillo de la espada ofreció una débil iluminación a la estancia. Arual, Hyrran, Lyn y Kalil entraron abriendo más la puerta y ofreciendo más luz al lugar. Los goznes crujieron con incomodidad por no haber ejercido su función durante largo tiempo.

Un fogonazo hizo que todo cobrase mayor nitidez ante sus ojos. El expaladín miró a Lyn, que alzaba una mano rodeada de fuego sin quemarse gracias a su magia. La amiathir lo miró con sus ambarinos y juguetones ojos iluminados por las llamas.

Sonrió ante la estupefacción de Kalil y Saith asintió.

—Parece abandonada —susurró Hyrran.

—Puede que hayamos llegado tarde —dijo Arual circunspecta—. Si se ha marchado no habrá forma de encontrarlo hasta que decida aparecer.

Saith sintió que el cielo caía sobre sus cabezas. Había vivido esperanzado en descubrir cómo vencer a los seren. Era algo que necesitaba saber desde el fatídico día en que descubrió que existían, y ahora que estaba tan cerca, la posibilidad se le escapaba entre los dedos. Bajó los hombros decepcionado, envuelto en el silencio de aquella mugrienta casona, y de repente oyó algo. El sonido de un casi inaudible quejido que venía de la parte superior de la casa.

—¿Habéis oído eso? —anunció alerta.

Arual lo miró extrañada y Hyrran negó con la cabeza. Tampoco Kalil y Lyn parecían haberlo escuchado, pero él estaba seguro. Miró a su alrededor buscando las escaleras. Era una casa vieja y la madera crujió bajo sus pasos mientras subía.

Arriba, un pequeño recibidor daba lugar a un sencillo baño y una habitación cuya puerta estaba encajada. Por la rendija pudo observar que en su interior había luz. El corazón pegó un brinco al retomar la esperanza. No estaba abandonada después de todo.

Abrió la puerta con energía y descubrió a un hombre tumbado sobre el lecho. Este se incorporó al verlo sobresaltado. El tipo tenía el pelo cano y expresivos ojos azules que le resultaron extrañamente familiares, y se mantenía a la luz de un par de velas encendidas pese a que apenas era la hora de almorzar. Durante un segundo el hombre lo examinó con los ojos muy abiertos y su vista recayó en Varentia, a la que aún empuñaba.

—¿Aecen? —preguntó con voz ronca. Su rostro de sorpresa pasó a reflejar enfado—. ¿Qué diablos estás haciendo tú aquí?

Que aquel hombre lo identificara como el Dios de la Guerra lo dejó tan sorprendido que las palabras abandonaron su mente sin salir por su boca. ¿Lo había dicho por Varentia? ¿Acaso había visto antes la espada? Y lo más importante, ¿por qué aquel tipo le resultaba tan familiar? Estaba seguro de haberlo visto en otra ocasión.

El tiempo que ambos permanecieron sin mediar palabra sirvió para que los demás subieran las escaleras y llegaran hasta donde estaban. Arual y Hyrran fueron los primeros en ingresar en la alcoba, seguidos de Lyn y, por último, Kalil.

—¿Aldan? —dijo la princesa sin ocultar su sorpresa.

El hombre los miró a todos sin comprender, sacudiendo la cabeza con incredulidad. Entonces Saith recordó a aquel tipo. Estaba en la reunión de Airio Asteller con los paladines, antes de la batalla en el Valle de Lorinet. Fue enviado por el rey a pedir la ayuda de Eravia.

—¡Princesa!... ¿Arual? ¿Qué estáis haciendo aquí?

—Es una larga historia, amigo mío. El mundo te necesita de nuevo... —contestó la *raedain* mirando a su alrededor y arrugando el gesto—. Y creo que tú necesitas al mundo.

—Yo no puedo servir a Thoran ya —replicó él—. Lo intenté todo y todo lo he perdido. Tal vez siempre debí seguir la filosofía athen y dejar que la humanidad siguiera su curso sin interceder. Hacerlo solo me ha traído desgracia y dolor. Hasta en eso fuisteis más sabios...

—Y sin embargo aquí estoy —afirmó la athen.

Aldan levantó la vista de nuevo y posó los ojos en el afilado rostro de la líder athen.

—¿Es que tu raza ha decidido participar en la guerra? —Arrugó el gesto extrañado.

—No los athen. Solo yo —le corrigió.

—¿Por qué, Arual? ¿Qué ha cambiado?

—Supongo que es una larga historia y veo que no estás muy al día —dijo la athen alzando una ceja ante la suciedad de la habitación—, pero de momento te presento al nuevo rey de Eravia, Hyrran Ellis; y a su reina, Aaralyn Rennis.

Arual señaló al joven monarca y Hyrran saludó levantando la palma de la mano. Lyn, por su parte, ya la tenía levantada, pues su mano aún ardía ofreciendo una luz más intensa a la estancia.

Aldan parecía tan sorprendido que balbuceó de forma casi inaudible.

—¿Ellis? —acertó a decir.

—Es hijo de Olundor, aunque oirás hablar de él como el rey sin linaje —explicó Arual.

Aldan se pasó las manos por el cabello de adelante hacia atrás, superado por la información. Luego observó pensativo las mantas de la cama sobre la que permanecía sentado y pasó la palma sobre ellas comprobando su suavidad.

—Eso significa que Ramiet... Gabre...

Arual bajó la mirada con tristeza ante los ojos del hombre.

—¿Por qué no te arreglas un poco y hablamos abajo? Comprendo que todo esto es... demasiado repentino. Te daremos algo de tiempo, aunque no tenemos mucho que perder.

Aldan asintió cansado y todos, incluido Saith, bajaron de nuevo rumbo al salón de la casa. Pensó en ese hombre al que Airio abrió las puertas del palacio dorado. ¿Quién era y por qué Arual tenía tanto interés en que hablasen con él? ¿Sabría realmente algo sobre los seren?

Tras unos minutos, Aldan llegó al salón vestido con una casaca formal de color blanco, pantalones negros y botas de piel. Pese a que su barba estaba algo descuidada y su cabello no estaba peinado, al menos lucía una imagen más digna que aquella con la que lo habían encontrado.

Miró a los asistentes con curiosidad, especialmente al nuevo rey de Eravia y a Saith, a quien examinó con una extraña mirada.

La athen no dudó en ponerlo al día. Le contó el viaje del príncipe a Acrysta, la negativa de los athen a ayudarlo y cómo ella había decidido acompañarlos por su cuenta. Le contó la dura batalla en Ortea y cómo habían logrado una victoria inesperada a pesar de la muerte del rey y su heredero. Le habló de Hyrran, de Lyn, de Kalil y de Saith. Le explicó la estrategia que pensaban seguir y por qué estaban allí. Saith imaginó que la líder athen debía tener plena confianza en aquel hombre para contarle todos y cada uno de los pasos que esperaban dar en la guerra.

—Entiendo —concluyó él cuando la athen hubo terminado—. Así que estáis aquí para que os cuente cómo dar muerte a Kerrakj. ¿Sabes lo que me estás pidiendo, Arual?

La athen bajó la mirada. Fue impactante para Saith ver dudar a aquella mujer que tan segura se mostraba siempre, pues actuaba a conciencia desde sus elaborados razonamientos.

—Mira este mundo, Aldan. Thoran pende de un hilo y, como bien sabes, la batalla definitiva es inevitable. Kerrakj no se rendirá hasta aniquilar el legado de Icitzy que durante tanto tiempo has intentado proteger.

El hombre pareció incómodo. Metió su mano derecha en una pequeña bolsa que colgaba de su cinto y se sentó tras una mesa que tenía sobre ella una taza vacía con café reseco y un par de libros. De su bolsa sacó una pequeña esfera de cristal anaranjado similar a los talk'et que Arual les había dado durante la batalla. Él la hizo bailar entre sus dedos con suavidad, acariciándola casi con dulzura.

—No te pediría algo así si pudiese obtenerlo de otra forma, pero estoy en el deber de recordarte que quemaste todos los libros de la biblioteca athen que tenían una mínima referencia a los seren. Es por eso que nuestro conocimiento es tan limitado —se excusó la erudita.

—¿Quemaste los libros de la biblioteca athen? —preguntó Kalil mirando incrédula al exconsejero real.

Aldan apretó los dientes con una mueca culpable.

—No me extraña que no encontrásemos nada en los días que estuvimos revisando los archivos en Acrysta —rio Hyrran divertido.

—Pero ¿por qué? —preguntó Saith—. ¿Por qué borrar el rastro de los seren?

Aldan clavó la vista en él. Pese a que estaba más relajado, aún quedaba un resquicio de ira en sus ojos cuando se centraban en Saith. El mismo enfado que había mostrado al ver a Varentia y confundirlo con el mismísimo Aecen.

—¿No es obvio? Quise borrar cualquier rastro de los seren en este mundo porque yo soy uno de ellos. El mundo no debía saber de nuestra existencia.

—¿Uno de ellos? —repitió Saith atónito. Había tenido a los seren en mente durante tantos años que su cuerpo se puso en guardia instintivamente.

—¿Pero por qué destruir el conocimiento? ¿Qué ganáis ocultándoos de esta forma? —inquirió Lyn.

—Es una larga historia, pero tiene que ver con vuestros dioses. Mi único objetivo en la vida fue, es y será proteger el legado de Icitzy —se explicó él.

—¿Qué tiene que ver proteger el legado de Icitzy con eliminar cualquier rastro de la existencia de los seren? —preguntó Kalil sin comprender.

—Los humanos no podéis vivir sin dioses. Sin pensar que bendicen vuestros actos, que estarán allí si los necesitáis. La religión forma parte de Thoran como lo hacen las montañas, las ciudades o los ríos. ¿Cómo creer en algo teniendo pruebas de que no es cierto? ¿Cómo mantendríais vuestra fe en el Rydr si descubrieseis que Icitzy no fue ninguna diosa? Que solo se trataba de una seren, al igual que lo soy yo.

El silencio se posó en cada mueble de la polvorienta estancia. En cada lámina del suelo de madera. En cada bailarina llama sobre las velas. Saith ni siquiera se percató de que había abierto la boca y la mantenía así. Sorprendido como el resto de oyentes. Todos menos Arual, que mantenía un semblante imperturbable ante las serias palabras de Aldan.

—¿Icitzy... era una seren? —dijo Hyrran con una voz aguda por la inesperada revelación.

—Eso es imposible— argumentó Kalil—. Los celuis que ascienden al Vergel...

—No son más que restos de las almas que abandonan los cuerpos sin vida. El lugar al que van no es más que una invención de los creyentes del Rydr —confirmó Aldan negando con la cabeza.

—Pero la Voz de la Diosa —dijo Lyn—. ¿Cómo es posible que una seren diese origen a los tres reinos? Si Icitzy no fue una diosa, ¿quién bendijo a las casas reales de

Thoran?

—Nadie —sentenció Arual—. La idea de un apellido bendecido para gobernar al resto de su especie es absurda. Es por eso que los athen elegimos a nuestros gobernantes entre personas preparadas en lugar de establecer un cargo que pueda heredarse por un motivo tan banal como la sangre.

Saith miró a Hyrran y Kalil sin poder creer lo que oía. Aquella revelación no solo ponía en duda el reinado de ambos, sino que también quitaba valor a las tradiciones, las celebraciones y las creencias de la humanidad. Que Icitzy fuese una seren ponía patas arriba no solo el Rydr, sino el mundo en el que habitaban.

—Hay algo que no entiendo —intervino Hyrran—. ¿Por qué ese interés en que el Rydr siga rigiendo como religión en Thoran? ¿Qué ganas tú con todo eso?

Aldan sonrió ante las sospechas del joven monarca. Por algún motivo parecía triste con que todo se supiera, pero también feliz de poder sincerarse. Era como si contar todo aquello fuese un peso que eliminaba de sus hombros.

—¿Yo? No gano nada con ello. ¿La humanidad? La tranquilidad de saber que hay quien vela por ellos. ¿Qué es la religión sino una creencia que nos permite sentirnos más pequeños? Quitarnos responsabilidades —razonó el seren—. No hay nada en el mundo que corrompa más que el poder, y tener un ente más poderoso que nosotros a quien debemos contentar nos hace mantenernos firmes y querer ser mejores cada día. La gente ayuda a los demás en nombre de Icitzy. Alimenta a los hambrientos con la esperanza de ganarse el favor de los dioses. Nadie les reza buscando el mal, sino deseando el bien al resto. La religión nos permite excusar la enfermedad y la miseria en que tal vez es lo que los dioses tenían preparado para nosotros. La mayoría evitáis el mal por tener un lugar junto a Icitzy en el Vergel. —Aldan guardó silencio durante unos segundos, luego sonrió y negó con la cabeza divertido—. No, no es por mí, sino por todos. Los seren debían permanecer ocultos por el bien de la humanidad.

—Tal vez deberías contarnos la historia completa, Aldan. Tal vez así todos entiendan mejor tus motivaciones —opinó la *raedain* athen.

—Jamás he contado la verdad a nadie, Arual.

—El fin de los tiempos parece una buena excusa para hacerlo por primera vez —lo animó ella con un suspiro resignado.

Saith observó cómo el exconsejero carraspeaba mientras agitaba nervioso aquella extraña esfera entre sus dedos.

—Supongo que tienes razón… —concedió tras una pausa—. Me remontaré a unos años antes de la Voz de la Diosa, pues hacerlo hasta el inicio de la existencia seren resultaría irrelevante. Dada nuestra naturaleza inmortal, hemos estado aquí desde el principio de los tiempos.

»Por aquel entonces no solo no existían los tres reinos, sino que Thoran apenas era un boceto sobre lienzo. Las sociedades humanas no eran más que asentamientos independientes que vivían con la sencillez por bandera. Los amiathir al norte, cerca de la Jungla del Olvido. Los athen al este en las tierras nevadas. Los humanos se expandían en pequeñas aldeas por todas partes y los olin lo hacían junto a ellos. Y además de las razas que convivís hoy día, también había una sociedad mejor definida fruto de los muchos años como nación. Los seren, que habitábamos lo que hoy sería Rythania sin apenas contacto con el resto de pueblos.

Aldan perdió la vista en algún lugar entre la pared y el techo, al fondo de la estancia. La luz de una vela sobre la mesa se agitó con un suspiro silencioso. Saith casi pudo ver a aquel hombre navegando entre los recuerdos de una vida infinita.

—En aquellos tiempos los humanos tenían una profunda admiración por las tierras del oeste. Los seren éramos seres de luz para ellos y pronto bautizaron nuestro reino, Serenia, como Tierra Sagrada. Pocos eran los que se aventuraban a viajar hasta allí, y los que lo hacían llegaban con la sensación de estar visitando a los mismos dioses. Nosotros, por nuestra parte, nos encargábamos de vigilar el norte, eternamente amenazado por el crecimiento del imperio dormido más allá de las fronteras.

—¿Un reino anterior a los tres conocidos que se encargaba de proteger Thoran? —dijo Kalil sin poder evitar cierto tono de incredulidad.

Para Saith también resultaba difícil de asimilar. Esos seren a quienes había buscado por todas partes, a los que había odiado desde el momento en que Kerrakj mató a sus padres y masacró Riora; esos a los que ahora intentaban derrotar fueron un día protectores de los humanos. De hecho, uno de ellos les estaba contando la historia desconocida de su propia tierra. Asimilar que todo eso fuese real no resultaba tarea fácil.

—Comprendo vuestra incredulidad —continuó Aldan—. Es precisamente por eso que fuimos los propios seren quienes borramos la historia. Conocer esto pondría en riesgo a los reinos humanos y sus linajes. Nosotros nunca quisimos eso.

—Entrar en Acrysta para destruir los libros sobre la historia seren fue una estupidez —añadió Arual con una mirada glacial—. Eliminar la historia es evitarnos aprender de ella. Los athen hemos tenido que transmitir los pocos conocimientos que teníamos sobre los seren de boca en boca, sin poder plasmarlo en libros dada su inexactitud tras aquel incidente. Por tu culpa apenas podemos abocetar la sociedad del pasado.

El exconsejero se hizo pequeño con una sonrisa culpable que pronto borró de su rostro.

—Era necesario, Arual —se excusó—. Permanecer en secreto ha sido la única manera de ayudar a los humanos acompañándolos en su propia historia.

—¿Ayudarnos? ¿Cómo y por qué nos ayudáis los seren? —indagó Lyn con la misma curiosidad que la había llevado a amar las historias cuando eran niños.

—Créeme. También a mí me costó comprenderlo —admitió Aldan—. La culpable de que todo sucediera así es Icitzy.

—¿Icitzy? —se sorprendió Kalil—. Pero has dicho que no fue una diosa, sino una seren como tú. ¿Acaso la conociste?

Aldan asintió, aunque su rostro pareció apagarse con la tristeza asomando a sus ojos. Saith no pudo evitar que el corazón le fuese a mayor rapidez. Si Icitzy existió de verdad, fuese seren o no, significaba que también lo hizo Aecen. ¿Tendría aquel hombre respuestas a su extraño poder? ¿Tal vez algo sobre ese extraño ritual del que hablaba la orden? ¿Confirmar que podría haber heredado los poderes de Aecen?

—La conocí, claro. La conocí tan bien que la tengo presente cada día de mi vida. —Aldan hizo rodar entre sus dedos aquella esfera athen que había sacado de su bolsa con nerviosismo—. Era bella como los campos de trigo al sol del atardecer. Desbordaba bondad en cada palabra y era sumamente inteligente. Inocente. Amaba el mundo y todo lo que en él había. A veces, cuando hablas con una persona, te das cuenta de que encierra un aura diferente. Es algo intangible que de algún modo sientes en tu propia piel. Icitzy era así.

—Parece que la conocías muy bien —dijo Kalil impactada por la descripción del hombre.

—Por aquel entonces yo creía que era quien mejor la conocía, como también creí que conocía a Kerrakj. Siempre pensé que todo estaba bajo mi control hasta que un buen día dejó de estarlo. —Hizo una pausa y mantuvo la mirada en la esfera que rodaba bajo sus dedos—. No lo vi venir. Ni siquiera siendo el rey de Serenia... y ellas sus princesas.

Saith levantó la vista como tocado por un rayo. Miró a los ojos de Aldan y este mantuvo clavados en él sus profundos ojos azules. Hyrran, Lyn, Kalil e incluso Arual parecían tan impactados con la historia como él mismo.

—Espera, ¡espera! —Kalil no pudo evitar una sonrisa nerviosa que pronto alternó con una mueca seria—. ¿Quieres decir que Icitzy era tu hija? ¿Qué Kerrakj también lo era y que ambas eran seren?

—Y las princesas de Serenia —corroboró Aldan sin una pizca de duda en la voz.

No lo decía en broma. Todo resultaba tan inverosímil que Saith apenas acertaba a articular alguna de las incesantes preguntas que acudían a su mente. La historia de aquel hombre era un huracán de emociones. Una explosión para su mente. Había odiado tanto a los seren por lo que Kerrakj hizo a sus padres... ¡A su pueblo! Que ahora no quería aceptar la realidad que aquel hombre intentaba dibujar en su cabeza. Icitzy y Kerrakj eran la expresión del bien y el mal en su esencia. Mientras una lo protegía todo, la otra ansiaba destruirlo. ¿Cómo podían ser hermanas?

—Tal vez deberías contar la historia de ambas. Puede que así todos entendamos mejor lo que ocurrió y cómo hemos llegado hasta aquí —opinó Arual cruzando los brazos.

Aldan asintió condescendiente. No parecía animado, pero tal vez sintió debérselo por haber quemado la biblioteca de Acrysta.

—Veréis, los seren éramos un pueblo complejo. No tan inteligente como los athen, aunque gozábamos del conocimiento aportado por siglos de vida. No tan fuerte como los olin, aunque en esencia inmortales, lo que nos confería un extraordinario poder en batalla y nos facilitaba una experiencia y adiestramiento infinitos. Y además, teníamos nuestras particularidades como raza.

»Cuando un seren nace, lo hace siendo un bebé, como cualquier ser humano. Nuestro crecimiento y desarrollo es similar al vuestro durante la niñez y la adolescencia. No obstante, cuando un seren llega a la edad de veintitrés años deja de envejecer y se mantiene así durante toda la eternidad. Esa peculiaridad hace que el proceso de natalidad fuese diferente en mi reino al que podría darse en cualquier asentamiento humano. Mientras los humanos tenían tres, cuatro o cinco hijos, nosotros nos limitábamos a tener uno o dos, y muy espaciados en el tiempo. Había hermanos que podían llevarse doscientos años de diferencia. Quinientos. Tal vez mil, aunque con el paso del tiempo era imposible distinguir su edad en función de su aspecto físico. De mis hijas, Kerrakj fue la primera en nacer, y unos ciento cincuenta años después, lo hizo Icitzy.

Aldan jugueteó con la esfera entre sus dedos mientras cavilaba sobre cuáles serían sus siguientes palabras. Saith no pudo evitar pensar en la longevidad seren y su inmortalidad. No podía creer que en el pasado hubiesen sido una raza más, habitando Thoran como cualquier otra.

—Eran muy diferentes —continuó el exconsejero con una dolorosa sonrisa pintada en la cara—. Cuando Kerrakj nació era el centro de todo. La gente la adoró desde el principio. Era la princesa de Serenia después de todo. La persona sobre la que recaería el peso del trono si en algún momento yo lo cedía. Ella no vivía con el reloj biológico de la realeza humana que asegura al heredero su acceso al trono. Nunca tuvo la certeza de que algún día le tocaría reinar, pues sabía que mi vida era eterna, pero se preparó para ello como era la costumbre. Recibió una educación basada en el respeto a todas las razas, en la confraternización y la hermandad de cuantas personas convivían en Thoran. Fue adiestrada con la espada hasta ser una guerrera formidable. La mejor que he visto jamás. Y era extremadamente inteligente. Tenía un don para la estrategia bélica pese a que el pueblo seren era pacífico, así que pronto le cedí el mando de las tropas y ella las guio al éxito cuando tocaba acallar las acometidas del imperio norteño. Nunca me ha gustado la guerra pese a que, como rey, era mi obligación dirigir a mis hombres, así que ella asumió aquel cargo con toda naturalidad.

—Respeto, confraternización, hermandad... —lo interrumpió Hyrran en tono burlón—. Hablamos de Kerrakj, ¿no? El sistema educativo seren necesitaba un reajuste, porque no pareció tener mucho éxito con ella.

Aldan negó con la cabeza y observó al exmercenario con seriedad.

—Para ella sois vosotros quienes no cumplisteis con esos ideales —afirmó—. Se les prohibió la magia a los amiathir sembrando la semilla del odio y el rencor tras la Guerra Conjurada. Los olin fueron apartados de la sociedad y condenados a vivir más allá del Páramo de Uadi tras la Guerra de la Rebelión, y los humanos habéis basado vuestra historia en intentar conquistaros unos a otros. En guerrear y daros muerte por riqueza o poder. Aunque os parezca difícil de creer en mitad de esta guerra, su interés final es acabar con todas esas desigualdades. Con lo que ella considera injusto. Puede que sus actos sean cuestionables, pero sus fines no son tan malos como pudiera parecer. Mi hija busca acabar con los tres reinos para establecer su propia paz. Una que considera mejor.

Saith no pudo evitar recordar la conversación con Ahmik. Su mejor amigo estaba convencido de servir a una causa justa. De luchar por el bien de Thoran. Pensó en cuánto de verdad había en aquellas palabras que en su día le parecieron cínicas. ¿Hasta qué punto los buenos eran buenos y los malos eran malos? ¿Se trataba todo de una cuestión de perspectiva? Le causó dolor pensar en que los actos de aquella mujer respondiesen a una retorcida justicia. La muerte de sus padres no podía responder a ninguna causa justa.

—Kerrakj pronto se convirtió en la mejor discípula de su maestro y capitán de mi guardia, Gael. En apenas unos años logró ponerse a su nivel e incluso superarlo pese a que él había sido hasta entonces el mejor espadachín que mis veteranos ojos habían visto.

—¿Gael? Ese traidor... —murmuró Hyrran ante los ojos sorprendidos de Kalil.

Aldan asintió afectado.

—Era mi mejor amigo, y al igual que yo intentó servir a la raza humana. Yo opté por la vía política, el camino de la razón, mientras que él lo hizo con el arte que más dominaba, el de la espada. Yo intenté influir en la vida humana como consejero en Eravia mientras que él intercedió en Kallone convirtiéndose en paladín del orden del ejército dorado.

—No debió hacerlo muy convencido si cambió de bando tan fácilmente —le reprochó Kalil.

—Jamás podré justificar sus actos, alteza. Solo quiero que entendáis que el tiempo que para vos han sido diecisiete años de realidad, para Gael y para mí han sido más de siete siglos. Setecientos años en los que ambos hemos velado por la paz en Thoran sin conseguirlo. Los humanos son una raza bélica por naturaleza. Tienden a conquistarse y guerrear por cuestiones nimias, como la identidad nacional o al dinero. No entienden que el mundo es un todo del que forman parte. Supongo que todo ese tiempo hizo que Gael desistiera en sus intentos y cada vez fuese más afín a la mentalidad de Kerrakj. La de imponer la paz al ser incapaz de guiarlos hacia ella.

—¿Pasó de querer defender a los humanos a aniquilarlos? —repuso Kalil airada.

—¿Aniquilarlos? —Aldan negó con la cabeza—. Los humanos no necesitan ayuda para hacer eso. Kerrakj no busca destruirlos, sino unificarlos. Volver a alzar el reino de Serenia conquistando el resto. Un nuevo imperio bajo su control imperecedero para limar todas sus diferencias a la fuerza.

Aldan guardó silencio. Fue un silencio tenso con un aura a dolor, incredulidad y una negación pasional a lo que el seren pretendía que el resto entendiese. Había demasiadas muertes y emociones para comprender las motivaciones de la reina blanca. Aceptar que Kerrakj no encarnaba el mal ponía patas arriba la realidad por la que luchaban. Saith se sintió confuso. En su mente se alternaban las palabras de Ahmik y los recuerdos sobre lo ocurrido en Riora. La guerra en la batalla de Lorinet. Su lucha contra la mismísima reina blanca.

—Explícame una cosa —exigió Lyn de pronto con la mirada clavada en el seren—: si los fines de Kerrakj son tan nobles o justos como intentas hacernos ver, ¿por qué tú no la seguiste como hizo Gael para restituir esa paz? ¿Por qué contarnos esto a nosotros que intentamos evitar que consiga su objetivo?

Aldan alzó la esfera con la que jugueteaba entre sus dedos y la observó perdiéndose en sus cristalinas curvas.

—Por Icitzy.

—¿La diosa estaba en contra de Kerrakj? —planteó Kalil.

—Oh, Icitzy no era ninguna diosa, aunque su aura era tan embriagadora que los humanos no tardaron en convertirla en una. Icitzy era mi hija pequeña. Nació como la segunda del eslabón Earfall y, fruto de ello, lo hizo en un segundo plano. Lo que Kerrakj sintió como una presión extra bajo la expectativa de alcanzar el trono algún día, en Icitzy fue paz. Tuvo una desenfadada infancia lejos de las presiones sobre lo que se esperaba de ella. Creció bajo la sombra de su hermana mayor, que la adoraba con todo su corazón.

»Recibió las mismas lecciones que Kerrakj sobre ética y pensamiento crítico. La misma educación salvo por sus lecciones con la espada, a las que se negó desde muy pequeña. Icitzy entendía que, si las motivaciones seren tenían como base la paz y el respeto, las armas no tenían cabida. Ni siquiera en la lucha contra el peligroso imperio del norte. Supongo que el sobrenombre de Diosa de la Paz que los humanos le otorgaron tras todo lo sucedido acabó encajando muy bien con su personalidad.

Hyrran se pasó las manos por el pelo con frustración, intentando comprender todo lo que Aldan decía. Negó con la cabeza resoplando, intentando encajar las piezas como si de un extraño puzle se tratase.

—Hay algo que no entiendo. Si los seren vivían en paz con el resto de razas y tanto Kerrakj como Icitzy eran felices con sus roles en el reino, ¿qué fue lo que hizo que todo se fuera al traste? Algo debió pasar para cambiar la realidad de Thoran —elucubró el joven monarca.

—La Gran Guerra —confirmó Arual desde una de las esquinas de la habitación.

Las miradas de todos acabaron en ella y más tarde volvieron a Aldan. Este asintió con aquella sonrisa culpable que mostraba siempre que hablaba la athen.

—Y todo por mi culpa —admitió con un peso que parecía no poder quitarse de encima ni en cien vidas eternas—. La vida seren es infinita, pero incluso de lo que más te gusta, si lo obtienes en exceso, te acabas cansando. Con los ataques del imperio controlados gracias a los actos de Gael y Kerrakj comandando nuestras fuerzas, sentí que mi momento había llegado y que mi hija mayor estaba preparada para asumir el trono. Así se lo hice saber y le prometí la corona. Aún recuerdo cómo se iluminó su cara cuando supo que sería reina y velaría por la paz del mundo como lo había hecho yo. —Aldan encerró la esfera en el puño con fuerza y la contuvo en su interior apesadumbrado—. Pero ella quiso ir más allá.

»Desde que era pequeña había sido un portento. Una niña prodigio. Pese a que todos me querían como monarca, las esperanzas con Kerrakj eran aún mayores. Todos asumían que sería una reina como jamás hubo, y ella quiso asumir una responsabilidad que creía inherente a su destino: reinar mejor de lo que yo lo había hecho. Fue entonces cuando conoció a Crownight, un joven científico cuyos progresos en las investigaciones y modificaciones genéticas podían incluso compararse a la evolución athen. Ambos idearon un plan para convertirnos en la raza más fuerte sobre la paz de la tierra, acabar con los recurrentes ataques del imperio norteño y traer una paz real a Thoran. Una paz duradera para todas las razas que compartían el mundo. Como veis, sus intenciones no han cambiado en todo este tiempo. Yo no supe darme cuenta de ello y acabó presa de una ambición que terminó por sentenciar a los seren... Y a nuestro reino.

»Kerrakj le ofreció recursos a Crownight para avanzar con sus investigaciones. Le consiguió los medios que necesitaba, y yo le concedí ese privilegio sin hacer preguntas. Confiaba en mi hija. Lo que no pude saber es que aquellos experimentos consistían en modificar el cuerpo con sangre de las criaturas más feroces de Thoran. Lograron hacerse con sangre de yankka, de los dragones ya extintos, de ruk... y experimentaron con todas ellas. Mi hija planeaba llevar el poder inmortal de los seren hasta límites insospechados. Imaginad la fuerza del ejército féracen que conocéis, pero mucho más temible. Criaturas que pudiesen volar como ruks, resistir el fuego como dragones o correr como felinos. Con la velocidad y la fuerza multiplicada por cien, bañados por la inmortalidad de un seren. Un ejército imbatible capaz de terminar con el imperio al norte y cualquier oponente del mundo conocido. Una fuerza capaz de traer esa paz que Kerrakj deseaba.

—Pero sus planes salieron mal —aseguró Arual—. Cambiar la genética es difícil, pero no imposible. Cambiar la naturaleza, sin embargo, habría llevado mucho más tiempo.

Aldan aprobó el comentario agitando la cabeza de arriba abajo.

—En cuanto consiguieron que el experimento saliera adelante lograron que lo mejor de ambas criaturas reluciese en una fusión genética sin precedentes. Encantada con los progresos de Crownight, Kerrakj comenzó a inyectar aquella fórmula en nuestra propia raza. Soldados seren de su confianza. Hombres preparados que ella misma comandaba. Logró criaturas temibles que habrían sido una pesadilla para cualquier contendiente en plena guerra, pero cegada por demostrarme que sería la mejor reina que Serenia podía tener, no se percató de que había inconvenientes imprevistos. Sus nuevos soldados eran demasiado peligrosos, y la fórmula de Crownight tenía un punto débil. Conseguía ofrecerles poder, pero también les hacía perder la memoria. Sin recuerdos y con un poder inimaginable, pronto olvidaron la causa por la que les habían otorgado esos dones y con ella la lealtad. Los nuevos y temibles féracen de Kerrakj no eran solo seren evolucionados, sino una raza nueva. Una más poderosa y que se creía mejor que las existentes. Pronto se alzaron en rebeldía para obtener su propio lugar en el mundo, y lo hicieron sembrando el caos y la destrucción en contra de los deseos de mi propia hija. Declararon la guerra total no solo a los seren, sino también al resto de razas que convivían en Thoran. Fueron años de horrores inimaginables. Su esperanza de sembrar la paz en el mundo acabó convirtiéndose en la guerra más sanguinaria jamás vivida. —Aldan suspiró recuperando el aliento—. Como ha apuntado Arual, ese fue el origen de lo que vosotros conocéis como la Gran Guerra.

—Pero entonces, Kerrakj está repitiendo lo ocurrido en aquel episodio de la historia. Está desencadenando una guerra similar a la de aquel tiempo —intervino Lyn.

—Supongo que sí, aunque estoy convencido de que Kerrakj cree tener un control total sobre los féracen que ahora posee a sus órdenes.

—¿Y qué pinta la diosa en todo esto? —preguntó Kalil curiosa.

Saith observó cómo todos daban por válida la historia de aquel hombre que ponía patas arriba no solo al Rydr, sino toda la historia de Thoran.

—Cuando me di cuenta de lo que ocurría, ya era tarde. Las criaturas que Kerrakj había creado invadían Thoran e incluso batallaban en Serenia, tierra sagrada. Es por eso que, quebrando mi corazón en mil pedazos, retiré la confianza en ella y le negué la promesa que le había hecho de otorgarle mi corona. Era una crisis como la que nunca antes había vivido el pueblo seren y decidí que no podía abandonar el trono en aquel momento. Kerrakj no se lo tomó bien. En lugar de entender y aceptar su error, discutió conmigo y siguió adelante con las investigaciones de Crownight. Ella estaba convencida de que podía mejorar la fórmula, encontrar la solución por su cuenta y dar el paso definitivo hacia la mejora de nuestra raza. Hacia la búsqueda de la verdadera paz. Pensó que no era el momento de recular y decidió enfrentarse por sí misma a sus propios errores. Le prohibí expresamente continuar con aquella locura, pero por aquel entonces ella ya se había ganado el apoyo de las tropas seren y no obedeció a mis deseos. No en vano, era ella y no yo quien había combatido con esos hombres. Muchos soldados sintieron miedo, pero otros la acompañaron en sus ambiciones y se prestaron a los experimentos de Crownight con el fin de convertirse en héroes. Sin embargo, los experimentos avanzaban con lentitud y, durante los años que duró la guerra, los féracen se multiplicaron. Al contrario que los seren, ellos no tenían control alguno sobre la natalidad, así que pronto se equipararon en número a nuestro propio ejército. No había que ser muy listo para ver que jamás seríamos capaces de hacer frente a una fuerza como aquella, y fue en ese punto donde apareció Icitzy.

»Mi hija pequeña odiaba la guerra, pero durante todos esos años se vio rodeada de ella. Al contrario de lo que ocurría con Kerrakj, que veía a los seren como una raza superior y protectora, Icitzy era una enamorada de la raza humana. Adoraba la forma que tenéis de negar vuestros sentimientos o rendiros a ellos. La pasión que a veces se contrapone a la razón más evidente. La entrega con la que vivís por saber que vuestra existencia terminará tarde o temprano. Al igual que su hermana mayor, amaba profundamente a las razas que habitaban en Thoran, pero de una forma diferente, pues no buscaba protegerlas sino enseñarlas a protegerse a sí mismas.

»Harta de la guerra y del sufrimiento en el mundo, Icitzy vino a hablar conmigo. Mi relación con Kerrakj estaba muy deteriorada por aquel entonces, y yo estaba sumido en una profunda tristeza por lo que mis decisiones habían provocado, pero ella me dio esperanza. Me hizo ver que la única forma de terminar con el mal que asolaba el mundo era hacerle frente, pero no solos. Debíamos ofrecer una oportunidad al resto de razas de Thoran. Permitirles ayudarnos, luchar y obtener juntos la paz, pues los seren, por primera vez desde nuestros inicios, habíamos sido superados.

—Y entonces, tal y como cuenta el Rydr, fue Icitzy quien creó la gran alianza entre razas para hacer frente a los demonios de Daretian —dijo Kalil.

—Solo que los demonios eran féracen como los que asolan nuestros reinos ahora y Daretian era Kerrakj —afirmó Lyn.

—Pese a todo lo ocurrido, me niego a compartir la visión del Rydr sobre la historia. Una religión necesita el bien y el mal para sentar las bases de lo que hay o no que hacer, pero mi hija nunca fue un diablo que buscase la destrucción. Se equivocó, pero solo buscaba demostrar que podía ofrecer al mundo una paz mejor.

—Justo lo que pretende hacer ahora —dijo Saith con un hilo de voz recordando a Ahmik. Se sorprendió de decirlo en voz alta, pues su cabeza no había parado de dar vueltas con aquella historia sobre los seren y el pasado de Thoran.

Aldan asintió.

—El resto de la historia ya la conocéis por La Voz de la Diosa. Ioler Edoris, Reikh Asteller y Svalnor Conav lucharon a nuestro lado comandando a sus tropas con valentía representando a los humanos. Así lo hizo también Bynoc Sean en representación de los olin, Rielth Marne como representante de los amiathir y Nabin Ysafa como *raedain* de los athen —dijo el seren con una significativa mirada a Arual—. Cuando la guerra terminó con la victoria de la alianza, los féracen fueron derrotados. Muchos de ellos murieron en batalla. Otros tantos fueron expulsados de Thoran, y otros solo se escondieron.

Saith recordó a aquella criatura encapuchada de ojos feéricos que evitó que diera muerte al yankka tras combatir en la Jungla del Olvido. ¿Podrían ser ellos los descendientes de los féracen de la época? Eso respondería a los rumores sobre la puerta a Condenación que se escondía en la enorme selva.

—Tras la victoria yo estaba desolado por lo ocurrido, pues Thoran se enfrentaba a una profunda reconstrucción. Decidí abdicar ante mi fracaso. No me veía capaz de reinar tras lo que había provocado. Fue entonces cuando tomé una de las decisiones más difíciles de mi vida: nombrar reina a Icitzy en lugar de a Kerrakj. En aquel momento me pareció la persona más apropiada para sentarse en el trono. Sin embargo, mi hija pequeña no deseaba la corona. Renunció a ella y decidió dividir el reino, ofreciendo ese obsequio a los humanos y demás razas de Thoran por ayudarnos.

»Fue así como surgieron los tres reinos y las ciudades-estado de Amiathara y Acrysta. Aún recuerdo la furia en los ojos de Kerrakj cuando vio que su hermana no solo no se sentaba en el trono, sino que acababa con el reinado de los seren y su propio linaje, de siglos de antigüedad. —Aldan alternó las miradas de todos los asistentes al finalizar la historia—. Con La Voz de la Diosa se sembró la semilla del mundo que hoy conocemos, pero también de la ira de Kerrakj.

—¿Por qué no se culpó a Kerrakj y Crownight de lo ocurrido si fueron ellos quienes provocaron la crisis y desataron la guerra? —inquirió Kalil.

—Oh... Los humanos pidieron la muerte de mi hija mayor. También los olin. Marne se mantuvo al margen y Nabin Ysafa, el líder athen, se negó. Puesto que ninguno de ellos tenía la potestad ni la capacidad de ajusticiar a un seren, era el pueblo seren quien debía tomar la decisión. Se decidió que lo mejor era encerrarlos como castigo a sus ambiciones. De esa forma también nos asegurábamos de que los experimentos de Crownight no seguían adelante, aunque él escapó antes de que pudiésemos aplicarle la pena.

—Encerrarla en una prisión de piedra a orillas del lago Ebor... —murmuró Saith contrariado mientras las piezas de su mente iban tomando forma.

Aldan lo observó con extrañeza, tal vez preguntándose cómo podía él conocer ese detalle.

—Fue un hechizo de sello de Marne. Utilizó el poder del ídore de tierra para realizar una prisión de piedra —dijo el exconsejero logrando la expresión de sorpresa de Lyn.

—Parece que no para siempre —evidenció Hyrran.

—¿Fue enterrada en vida? —preguntó Lyn con una mueca de disgusto—. Eso es muy cruel. ¿Cómo pudiste aceptar eso con tu propia hija?

—¡Porque tuve miedo! —dijo él alzando la voz y sobresaltando a la amiathir. Aldan se relajó, alzando una mano en señal de perdón, y su tono bajó hasta no ser más que un susurro—. Tuve miedo. Mis últimas decisiones como rey habían llevado a Thoran a sufrir la mayor guerra de la historia y había destrozado mi reino ofreciendo la corona a los humanos. ¿Y si al oponerme al castigo de Kerrakj la dejaba en libertad y continuaba con sus ambiciones? ¿Y si creaba criaturas a las que no pudiésemos detener? Había perdido la fe en mi hija y en mí mismo. La única que se negó al castigo de Kerrakj fue Icitzy, pero la decisión estaba tomada, y tras repartir la corona a los humanos desapareció. Se convirtió en leyenda, en una diosa para vosotros, mientras que su hermana no fue más que un demonio para todos. Aquel día perdí mi reino y a mis dos hijas. Durante siglos fui un alma en pena, vagando por las distintas ciudades de Thoran. Me hacía pasar por humano, cambiaba mi nombre, mi historia. Me culpaba por lo ocurrido hasta que llegué a la conclusión de que lo único que podía redimirme era ayudar a mantener el legado de mi hija. Ayudar a los humanos a autogobernarse y enseñarles el camino de la paz.

—Autogobernarnos bajo la tutela de los seren, manejándonos desde las sombras —añadió Hyrran irónico.

—Ayudaros a no destruiros a vosotros mismos. No sabes cuántas disputas he evitado en este tiempo. Cuántos reinos he ayudado a reparar. En eso Kerrakj tenía razón. Los humanos sois incapaces de mantener la paz por vosotros mismos.

—Si dices que los seren solo envejecen hasta los veintitrés años —preguntó Lyn haciendo cábalas—, ¿cómo es posible que tengas la apariencia de un hombre de cincuenta? También Gael parece mayor.

—Y no hablemos de ese anciano, Crownight... —convino Hyrran.

—Eso tiene fácil explicación. Los seren no morimos cuando se nos hiere, pero cada herida mortal que nos hacen nos deja una cicatriz en forma de paso del tiempo. Nuestro aspecto refleja las veces que deberíamos haber muerto, que no han sido pocas en los más de mil años de vida que tenemos muchos de nosotros. No en vano, hemos vivido todas las guerras de la historia. Algunas desde el mismo campo de batalla.

—¿Y qué hay de Aecen? ¿También era un seren? —Saith no pudo evitar la ansiedad en la voz al preguntar sobre el dios. Si Aecen era un seren y no un dios, era imposible que aquel poder fuese heredado.

—No. —Aldan negó vehemente con la cabeza y su rostro se tornó duro como el acero—. Nunca supe quién era y de dónde salió. Apareció de la nada poco antes de la guerra y ayudó a Icitzy a comandar las pocas tropas seren que quedaban tras los experimentos de Crownight. Lo que sí puedo asegurar es que no era un seren, pues como ya he explicado, mi raza guardaba un escrupuloso control de la natalidad, incluido un censo en el que aparecía cada nacimiento. Tampoco hubo jamás un seren con esas cualidades. Se hizo pasar por uno de nosotros hasta que la guerra se desató, y fue entonces cuando mostró ese extraño poder.

—¿Crees entonces que sí pudo ser un dios? —preguntó Lyn esperanzada.

—¿Después de lo que os he contado y de desmantelar el Rydr aún creéis en los dioses? —sonrió desganado—. No. No creo que fuese ningún dios, sino una criatura más de este impredecible mundo. El Rydr se refiere a los féracen como demonios, pero al menos ellos tienen un origen. Aecen nunca nos ofreció el suyo.

—Pese a todo, es al único que han podido ver en distintos sitios con el paso del tiempo —dijo Hyrran—. Su ayuda en la batalla y la justicia de Thoran está más presente que la de ningún seren.

Aldan resopló enfadado.

—Aecen apareció de la nada y se ganó el favor de Icitzy. Todos decían que mi hija se enamoró de él, pero jamás lo quise creer. Cuando ella desapareció, él se quedó deambulando por Thoran haciendo lo único que sabía hacer: guerrear y aparecer aquí y allá llevando la muerte por donde pasaba. Era lo más opuesto a Icitzy que se pueda imaginar y he tenido que aguantar durante siglos que el Rydr lo iguale a mi hija, cuya bondad no tenía parangón.

Saith intercambió una mirada con Hyrran. No podía creer que hubiese alguien en el mundo en contra de Aecen. Por otra parte, la historia de Aldan no tiraba por tierra ninguna de las teorías sobre el Caballero de la Diosa. De hecho, si no era un seren cobraba aún mayor peso el hecho de que sus poderes pudiesen ser heredados como defendían los Hijos de Aecen.

—Sigue habiendo algo que no nos has contado, Aldan —dijo la líder athen de pronto—. Si la inmortalidad de los seren fuera tal, el mundo estaría lleno de ellos a estas alturas. Pero ambos sabemos que no es así o ese conocimiento habría acabado llegando a los athen.

—Estás en lo cierto, Arual. No es así. La gran mayoría de los míos perecieron a manos de las hordas de temibles féracen creados por Kerrakj en la Gran Guerra —confirmó el exconsejero.

—¿Cómo? ¿Quiere eso decir que un féracen puede quitar la vida a un seren? —preguntó Kalil con extrañeza.

—No, la única forma de dar muerte a un seren es recibir esa herida mortal de alguien de su misma raza. Es decir, solo un seren puede dar muerte a otro seren. Aquellas criaturas fueron creadas a partir de los soldados seren fieles a Kerrakj, por eso podían matarnos. Fue una masacre sin precedentes, pues la única norma inquebrantable del reino seren siempre fue la prohibición de dar muerte a uno de los nuestros.

«Solo un seren puede dar muerte a otro seren», pensó Saith. Las caras de los allí presentes se enturbiaron como debía haberlo hecho la suya. Eso significaba que, por mucho que hicieran, no podrían ofrecer un final a la amenaza de la reina blanca. A no ser que...

—Si encontramos a alguno de los seren supervivientes, tal vez podamos pedirles ayuda en esta guerra.

Aldan negó con la cabeza.

—La masacre entre los míos fue de tal magnitud que apenas un puñado de nosotros logró seguir con vida. He pasado siglos buscando y he recorrido cada palmo del continente. Me atrevería a decir que en todo Thoran solo quedamos cuatro de nosotros. Kerrakj, Crownight, Gael y yo mismo.

—¿Tal vez un féracen con sangre seren? —insistió Hyrran.

—Es improbable. Si existiesen féracen de vida infinita ya habría llegado a mis oídos.

—¿Y si alguno de esos féracen hubiese tenido descendencia? Seguirían teniendo sangre seren —dijo Saith negándose a darse por vencido.

—No es tan sencillo gestar a un seren —explicó Aldan—. Para hacerlo no basta con la condición de uno de ellos. Ambos padres deben pertenecer a mi raza. Repoblar Serenia jamás fue una opción, pues es tan difícil para nosotros morir como nacer.

—En ese caso solo hay una salida para vencer en esta guerra —dijo Hyrran poniéndose en pie y clavando sus ojos azules en los de Aldan—. Hay que volver a encerrar a Kerrakj... o tendrás que matar a tu propia hija.

47. De dioses y demonios

Las nubes cerraron el cielo, pasando del gris al negruzco tono que ofrecía la noche. La tormenta se hacía más poderosa, haciendo brillar el firmamento con enfurecidos relámpagos que surcaban las alturas y, en ocasiones, desprendían su furia contra algún remoto lugar de Thoran haciendo resonar truenos feroces. Los fuertes vientos azotaban a Ahmik y su montura mientras la lluvia, que repiqueteaba en su blanca armadura desde hacía horas, lo calaba hasta los huesos.

Miró atrás como si quisiera asegurarse de que sus tropas, los pocos soldados que le quedaban, lo seguían. Claro que lo seguían. Eran féracen. Sus ojos rojos llenos de furia y ansia de sangre no serían admitidos en ningún lugar fuera de Rythania. Tampoco él.

A su espalda cabalgaba Radzia, cabizbaja y con serio semblante. Apenas habían cruzado palabra desde que huyeran de Ortea. La batalla no solo la había dejado extenuada, sino que ser derrotada había herido su henchido orgullo. Apenas le quedaban un puñado de hechiceros amiathir y Cotiac había muerto. Kerrakj no recibiría con agrado ninguna de aquellas noticias.

Continuó cabalgando sin descanso, entrecerrando los ojos como si eso lo escondiese de la lluvia. Así llegó a la capital rythana. Alzó la vista y observó la torre blanca, el palacio real que se alzaba al cielo siempre majestuoso. La climatología le otorgaba un aura menos luminosa y más lúgubre de la que había percibido nunca. Ahmik sintió que aquella tormenta era una extensión de su estado de ánimo.

Durante un instante mantuvo la vista fija en la cumbre de la torre, donde la reina debía estar esperándolos. Pese a que habían tardado algo menos de dos semanas en cubrir Thoran desde Eravia con una velocidad favorecida por la mengua de sus tropas, sabía que las noticias podían haber corrido más que ellos. Kerrakj estaría aguardando su llegada para recibir las pertinentes explicaciones por su fracaso. Probablemente furiosa con él por no conseguir reconquistar el reino y matar a sus reyes.

Un relámpago dibujó una línea irregular tras la enorme construcción de piedra y mármol sacándolo de sus pensamientos. Agitó la cabeza con violencia, sacudiéndose el agua de sus peludas orejas y su cabello, en un gesto parecido al de un perro abandonado a la intemperie. Una acción que asoció con su mitad animal.

Recorrió las calles de Rythania y atravesó la circular estructura de la ciudad blanca que rodeaba la torre. Una vez que llegó a los pies de la misma, hizo un gesto con la mano para que los soldados se marcharan. Había sido un largo viaje en el que apenas habían parado a descansar. Debían estar tan exhaustos y hambrientos como él mismo, y ellos no tenían por qué enfrentarse a la ira de la reina. Solo Radzia se decidió a seguirlo sin articular palabra alguna.

Dejó el caballo a uno de los mozos de caballerizas y se sintió extraño por volver a caminar. Pese a que nunca le gustó montar, tantos días cabalgando había dejado en él una sorprendente sensación de extrañeza. Una vez que se despidió con la vista del animal y que se llevaron también la montura de Radzia, cogió una bocanada de aire que exhaló con fuerza en un resignado suspiro antes de cruzar las puertas del castillo.

En el interior el ambiente era tan poco halagüeño como en el exterior, preso de los truenos y el viento. Los pocos sirvientes con los que se cruzó agacharon la cabeza y el silencio pareció apoderarse de todo, roto solo por la lluvia cuando se acercaba a los muros.

El contrapunto lo encontró al cruzarse con un grupo de sirvientas. Una de ellas parecía explicarle a las demás cómo debían proceder y cuáles eran sus tareas. Su público era joven, apenas niñas en la pubertad. Una de ellas, de pelo moreno y grandes ojos marrones lo observó curiosa. Llevaba ropa sencilla y un delantal blanco con sencillos ribetes en los bordes. La muchacha pareció percatarse de sus peludas orejas y, aunque él esperaba que arrugase la boca con repugnancia, solo sonrió.

La muchacha se acercó desoyendo las lecciones dirigidas al grupo y lo observó curiosa.

—Eres el general féracen... Ahmik, ¿verdad? —Sonreía como si realmente lo conociera. Después continuó presentándose—. Yo soy Caral. Deseaba conocerte. He oído hablar de ti.

La joven sirvienta alargó el brazo para tocar su cara. No parecía tenerle ningún miedo pese a sus facciones salvajes. Él apartó su mano con brusquedad. Extrañado. Sorprendido. No tenía tiempo ni ánimos para extrañas admiraciones. No cuando la reina aguardaba furiosa.

Lanzó una última mirada a la extraña joven y se giró para continuar su ascenso hasta la cima de la torre.

—Adiós, Ahmik —se despidió ella con una nueva sonrisa.

Radzia, que caminaba tras él, le dedicó una mirada de desdén. La perenne sonrisa de la chica, sin embargo, alimentó la curiosidad del féracen. ¿Deseando conocerle? ¿A él?

Agitó la cabeza y, sin más dilación, dejó atrás a la muchacha y subió las escaleras rememorando lo ocurrido en los últimos días. La reina querría los detalles de la derrota, así como explicaciones de lo que había ocurrido con Cotiac, Radzia y las tropas amiathir. La guerra en Ortea, las muertes, la estrategia. La visión del príncipe Conav y la princesa Asteller sobre el balcón que tanto había afectado a las tropas, la decisión de retirarse... ¿Cómo era posible que un ejército tan pequeño y poco preparado hubiese terminado con dos centenares de soldados féracen y con los magos amiathir? Sintió vergüenza por tener que presentar tal historia ante ella. Mientras subía los escalones sintió que la angustia se aferraba a su pecho como zarzas de grandes espinas. Había fallado, debilitado a su reina cuando esta esperaba una victoria incontestable... Debía asumir las consecuencias de su ira.

Sumido en sus pensamientos, estuvo varios minutos plantado frente al enorme portón de acero negro que daba acceso al salón del trono, en lo más alto de la torre. Radzia aguantó estoica a su lado sin decir palabra. Parecía tener la misma prisa que él por entrar y enfrentarse al enfado de la reina.

Ahmik observó el portón cohibido. Aquel lugar le causaba una sensación de desasosiego. Era lo único dentro de aquel palacio que no parecía hecho de nieve, con su color oscuro y los extraños símbolos que, suponía, expresaban runas en la antigua lengua athen. Por supuesto y al contrario que hubiese ocurrido en cualquier otro castillo, no había soldados custodiando la entrada. Era una muestra más, tan insignificante como inquietante, de la seguridad de una reina que no tenía miedo a la muerte.

Cerró el puño, llamó con fuerza alardeando de una seguridad que no sentía y abrió el pesado portón. Radzia caminó tras él sin vacilar.

En su interior todo era oscuridad. No había velas, antorchas o esferas de luz como en el resto del palacio. La única claridad entraba por las amplias ventanas, escasa ante la oscuridad de la noche y las negras nubes que ni siquiera dejaban pasar el fulgor de la luna. La sala era circular, como la torre, aunque mucho más pequeña que las estancias del resto del castillo, que se iban ensanchando hacia la base. La estructura, similar a un enorme cuerno, convertía la sala del trono en la habitación más pequeña. Una habitable punta de lanza que resistía el viento y la lluvia.

Ahmik imaginó que, en días soleados, desde aquel lugar habría una embriagadora vista del horizonte y las tierras de Thoran. No obstante, ahora no parecía haber nada más allá de los nubarrones. Al fondo de la estancia la oscuridad era aún más intensa. Sabía que Kerrakj estaba allí. Podía oír su respiración, pese a la lluvia que golpeaba los muros, gracias al prodigioso sentido del oído de los féracen. Incluso podía olerla desde donde estaba. Sin embargo, ni siquiera su extraordinaria visión le servía en aquel lugar.

Un relámpago surcó los cielos iluminando la estancia. Durante un segundo pudo ver a la reina blanca, sentada frente a él en el solitario trono con la mirada perdida en el inmaculado suelo. Vestía una armadura sencilla del blanco habitual y el pelo, que otras veces le había parecido platino, caía blanco sobre sus hombros. Ella golpeó con los dedos una de las esferas incrustadas en su trono e hizo que la luz inundase la sala.

Kerrakj levantó la vista y Ahmik observó que todo había cambiado. El grisáceo iris de sus ojos, que daba a la reina una expresión gélida, ahora era de un color rojizo como el del resto de féracen. Unos ojos de una ira y una furia inimaginable.

¿Cuándo se había sometido a los experimentos de Crownight? Pensó en las palabras de Gael durante su instrucción, esas que aseguraban que la reina era la mejor guerrera sobre la faz de la tierra. Pensó en que, si sus palabras fueran ciertas, la sangre féracen la convertiría en una luchadora insuperable.

Kerrakj alzó una de sus manos y con la otra golpeó algo con los dedos. La luz se hizo en la sala al prender las tres esferas de luz que llevaba. Luego las dejó caer al suelo con indiferencia haciendo que rodaran hasta diferentes puntos de la estancia. Una de ellas rodó hasta los pies del propio Ahmik.

—No temas —dijo con una sonrisa desganada que ahora era visible gracias al resplandor de aquellos artefactos athen—, Crownight por fin consiguió mejorar la fórmula y mi memoria sigue intacta.

Ahmik se sintió preso de sus impasibles ojos rojos. Así que era eso. Por fin había logrado el poder que tanto había buscado. Tardó unos segundos en reaccionar a sus palabras.

—Majestad, yo... No conseguimos el objetivo. Me temo que...
—Lo sé —aseguró ella con un gesto de desdén—. El viento corre más que los caballos, y también las noticias que llegan desde el Este. Debo admitir que me habéis decepcionado.

Su mirada acerada y la dureza de su tono consiguió que Ahmik se empequeñeciera.

—Nos relajamos ante el extraordinario poder de Cotiac y Radzia tras convertirse en dómines y la superioridad féracen. Jamás pensé que las fuerzas del enemigo pudiesen hacer frente a semejante amenaza. Nos confiamos víctimas de nuestra fuerza. Tal vez no supe…

—¡No! —zanjó Kerrakj con una mueca—. La culpa es mía por haceros ir solos. Debí acompañaros y acabar con esta guerra yo misma. Guardar tropas no fue la mejor idea. Me centré demasiado en continuar con los experimentos. —Ahmik alzó la cabeza sorprendido por la autocrítica de la reina—. Ahora que sus experimentos han dado resultado, me pregunto si valió la pena. Podría haber acabado esta guerra sin este nuevo poder.

Alzó las manos alejándolas de los reposabrazos del trono y observó sus dedos como si viese algo que no estaba allí. Tal vez evaluando su nueva fuerza.

—¡Pero la guerra no ha acabado! ¡Volveremos a atacar y esta vez acabaremos con los linajes reales y conquistaremos Eravia! —exclamó Radzia con lo que le pareció excesiva vehemencia.

—He oído que has perdido a la mayoría de tus hombres. Explícame, ¿cómo piensas hacer eso sin ellos? —dijo Kerrakj con una mirada desapasionada.

—Ahora soy una dómine de Glaish. Me haré más fuerte y encontraré la gloria buscada por mi pueblo. No volveré a perder —aseguró la amiathir.

—Y yo la ayudaré —dijo él—. Nos haremos con el control de Eravia si nos dais una nueva oportunidad.

—Lo haremos, pero yo seré quien comande a las tropas esta vez —aseveró la reina retirando la vista hacia los oscuros ventanales—. Azotaremos Thoran por última vez antes de establecer una paz verdadera que trascienda en el tiempo. Radzia, ve y evalúa nuestras pérdidas. Presenta un informe completo mañana a primera hora, cuando hayas descansado de tus heridas.

La amiathir asintió con una mirada indescifrable. Se dio la vuelta apretando la mandíbula y se marchó cerrando la puerta tras de sí.

—Dadme una última oportunidad —pidió Ahmik a solas con la reina—. Volveré a comandar a mis hombres y esta vez no fallaré.

—No. Definitivamente me confundí contigo. Será Gael quien comande las tropas bajo mi mando, como siempre hizo a las órdenes de mi familia —dijo Kerrakj bajando la vista.

Ahmik dejó caer los brazos desolado. Había peleado durante años por ser valorado por la reina, por comandar a las tropas y servir a sus fines. Por fin había encontrado un lugar en su ejército, había entrenado hasta la extenuación a las órdenes de Gael hasta convertirse en un guerrero temible, y nada de eso le había servido. Una sola batalla había bastado para destruir todo lo construido en torno a su persona y su estatus. Con los ojos fijos en Kerrakj pensó en Aawo y lo inundó una profunda tristeza por la memoria de su amigo. De algún modo sentía que con aquella degradación fallaba a su memoria.

—No te sientas mal. Esto es culpa mía —se sinceró la reina. Ahmik cambió una mirada dolida por la sorpresa. No era habitual ver a Kerrakj asumir errores de otros—. Hace muchos años, mi dulce hermana pequeña me arrebató mi destino: el trono de Serenia. Siempre quise lo mejor para el mundo, hasta el punto de interferir en la naturaleza y crear una nueva raza que nos ofreciese el

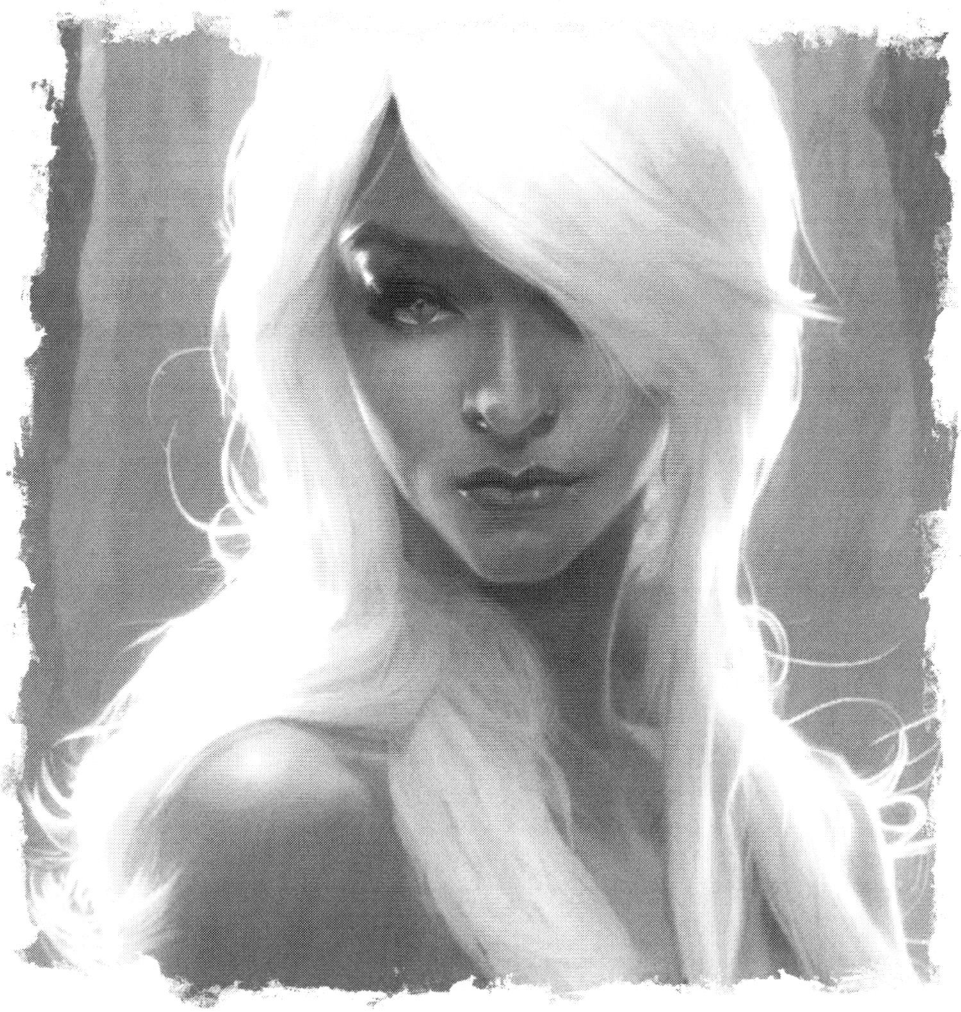

poder suficiente para establecer una paz definitiva.

—¿Los féracen? —comentó desconcertado.

Kerrakj siempre había hablado de ser la legítima reina de Thoran, de forma que, debido a su naturaleza inmortal, Ahmik había creído que lo fue en un pasado remoto. Debía ser así o estaba presa por la fantasía de una mente arañada por los tiempos.

La reina asintió a sus palabras y volvió a mirarse las manos con gesto solemne, como si buscase en ellas la explicación a todo lo ocurrido.

—Tenía grandes planes. Alzarme con la corona, reinar sobre el resto de razas de Thoran y combatir al imperio norteño para acabar con toda amenaza a la tranquilidad de nuestra gente. Reconozco que no todo salió como esperaba, pero ¿acaso no es justificable el hecho de cometer errores con el fin de traer la verdadera paz total? ¿Merecía el castigo de apartarme del destino con el que tanto soñaba? ¿Apartarme del mundo y encerrarme durante siglos en una prisión de oscuridad, tristeza y rabia?

Ahmik la observó sin decir nada. ¿A qué se refería exactamente y por qué le contaba todo esto después de arrancarle el cargo de comandante de las manos? Como no se le ocurrió nada que decir permaneció frente a ella sin decir nada, esperando que las preguntas fuesen retóricas.

—Cuando mi querida hermana se alzó con el trono recibió el apoyo de todos. De mi padre, de los líderes humanos, amiathir, olin y athen. El apoyo de Aecen y no solo su ayuda, sino también su amor. —Ahmik pudo apreciar cómo apretaba los dientes con ira al recordar—. Yo había combatido durante siglos en las fronteras haciendo retroceder y menguar el poder del imperio. Reduje su amenaza con valentía comandando a mis tropas, defendiendo a todas las razas de Thoran. ¡¿Y todo para qué?! —gritó de pronto al compás de un relámpago que hizo retumbar el cielo y los cimientos de la torre—. Para recibir un inmisericorde castigo mientras todos apoyaban a Icitzy. Incluso la convirtieron en una diosa sobre la tierra pese a desaparecer tras la guerra y dejarlos solos enfrentarse al futuro.

Hizo un gesto cortante con la mano como si con él espantase toda la rabia que expresaban sus ojos.

—La diosa… digo… Icitzy… ¿era vuestra hermana?

Kerrakj giró la cabeza con un imperceptible gesto de asentimiento. El cabello plateado cayó sobre su rostro sin compasión.

—No tuvieron bastante con apartarme del trono. Con encerrarme durante eras… —continuó llena de rabia—, también me convirtieron en un demonio. Daretian. Como si mi maldad hubiese asolado el mundo con muerte y destrucción. Malditos ingenuos. ¡Todo lo hice por ellos!

Ahmik se rebulló en su sitio ante aquellos ojos rojos que parecían encenderse de ira frente a él.

—No. No me lo merecía —prosiguió con un susurro de rabia contenida—. ¿Debo entender que fue la misericordia de mi propia familia quien me mantuvo con vida? Preferiría haber muerto antes que pasar siete siglos pensando atormentada por qué ese odio hacia alguien que vivió por ayudarles. —Kerrakj tomó aire y se pasó las manos por el cabello, colocándolo tras las orejas en una pose afectada. Hacer esto le sirvió para tranquilizarse—. Te preguntarás por qué te cuento esto… —Ahmik mantuvo la mirada de la reina sin atreverse a responder o asentir de alguna forma—. Te lo cuento para explicarte por qué nada de esto es culpa tuya. Supongo que, inconscientemente, quise convertirme en mi hermana. Quise ser Icitzy, un ser de luz y bondad que trajera la paz a Thoran. Quise tener a mi propio Aecen —lanzó una mirada significativa a Ahmik—, convertirme en diosa y marcar una nueva etapa para Thoran. Pero ahora veo que quise ser quien no soy. Y no volveré a caer en el mismo error. ¡Míralos! Eravia se ha buscado a su propio Aecen como si realmente hubiese bajado de los cielos para ayudarlos. Adoran a ese rey sin linaje para continuar con la realeza envuelta en mentiras que montó mi hermana en el pasado. Justificaciones para seguir viviendo penurias, guerra y muerte. Racismo con el resto de razas a quienes ningunean y apartan. No... Ya me he cansado de mirar por todos ellos. Si realmente quieren un demonio, eso tendrán. Arrasaré con todo aquel que se oponga a mi reinado sin remordimientos y elevaré una nueva Serenia sobre las cenizas de la antigua Thoran. Ellos me bautizaron como Daretian y yo les daré lo que desean, un diablo al que temer que les haga olvidar a sus dioses para siempre.

Y como si su estado de ánimo estuviese en comunión con los cielos de Thoran, hasta tres rayos concatenaron su resplandor iluminando la negrura de las nubes y tornándolas de un azul blanquecino. La luz bañó la estancia deslumbrando a Ahmik, no sin antes ver cómo los ojos de la reina brillaban con la furia más pura que jamás había visto. El suelo tembló cuando llegó el trueno, agitando los muros como si la torre fuese a caer desplomada. Una irónica metáfora de la decisión de Kerrakj, que haría temblar los cimientos del mundo.

—Dadme una última oportunidad —suplicó él de nuevo—. Un único intento con el que acabar con Eravia y permitiros reinar en Thoran sin necesidad de destruir a su gente. Obtendré para vos la paz que siempre ansiasteis.

Kerrakj le lanzó una mirada de acero y cristal, aunque en sus ojos rojos como la sangre dejó ver un último destello de piedad.

—Ya no eres comandante de las tropas féracen y no te dejaré llevarte a mis hombres —aseveró con seriedad—. Puedes ir a Lorinet y usar a los soldados que allí dejamos y deseen acompañarte. Tienes cincuenta días. Es el tiempo que necesito para volver a reinventarme, a levantar mi ejército y hacerlo más poderoso. Luego arrasaré Eravia y eliminaré a todo aquel que se interponga en mi camino. Ahora vete.

Cuando el negro portón se cerró tras él, Ahmik apoyó la espalda en el frío acero y suspiró. Sintió que, sin darse cuenta, sus músculos habían permanecido en tensión desde su entrada al salón del trono. Relajarlos fue una experiencia casi dolorosa.

Entendió que la Kerrakj cruel, pero justa, a la que había admirado, ya no existía. La sangre féracen que ahora corría por sus venas la hacía temible, aunque era el odio vertido sobre ella durante siglos lo que la llevaba a actuar de esa forma. Thoran jamás había estado a salvo, pero ahora menos que nunca.

Bajó las escaleras de la torre con rapidez y salió al exterior. La lluvia volvió a mojarlo con súbita violencia por el fuerte viento y, pese a ello, agradeció cada punzante gota que golpeaba su piel. La sensación de seguir vivo.

Se apresuró a buscar los establos. Allí estaba su montura, ya atada al resguardo de las inclemencias del tiempo y con algo de heno y agua a sus pies. Tras una breve disculpa la sacó de allí, enfrentándose a las contraindicaciones de los mozos que pedían descanso para el equino.

No había tiempo para el cansancio, el sueño o el hambre. Ni para el animal ni para él mismo. Se aseguró de que Vasamshad estaba fija en su cinto y subió a la grupa del caballo, que relinchó y cabeceó incómodo. Alzó las riendas y las sacudió espoleándolo para que saliese a las calles de la ciudad.

Cincuenta días. Ese era el tiempo que tenía para evitar que el mundo se convirtiese en un infierno como nunca antes lo había sido. El tiempo para evitar que

Kerrakj abriese las verdaderas puertas de Condenación.

48. Una estrategia de éxito

Mesh se alzaba cálido y brillante al norte de Kallone, y a Saith empezaba a sobrarle la ropa de abrigo. Después de pasar tanto tiempo en Eravia con su húmedo clima, el frío de las montañas o las gélidas temperaturas nevadas en Acrysta, sentir el sol en la piel le resultó placentero. Al menos en la que dejaba ver, que no era mucha. Solo las manos estaban al descubierto, pues una larga túnica cubría su cuerpo mientras que una caperuza lo hacía con su cabeza sombreando su cara.

Junto a él caminaban Hyrran, Lyn, Leonard, Ziade, Kalil y una treintena de soldados comandados por Riusdir. Todos ellos ataviados con ropajes parecidos para evitar llamar la atención. Sin distintivos erávicos y con cubrecabezas. El capitán de la guardia se había mostrado escéptico ante la estrategia de Leonard, que había insistido en no traer más soldados para evitar llamar la atención a su paso por la frontera. Se habían dividido y tomado todo tipo de precauciones, aunque ahora, tan cerca como estaban de la entrada a los túneles que les darían acceso a Lorinet, no creían que hiciera falta viajar separados.

Estaban muy al norte, cerca de la Jungla del Olvido y lejos de cualquier atisbo de civilización. Los senderos estaban enmarcados por árboles y arbustos de todo tipo tras abandonar los caminos reales para evitar ser detectados. Saith pensó en el enorme trabajo que debió suponer crear esos túneles subterráneos que atravesaban el reino. Los Asteller eran una caja de sorpresas. Nadie en su sano juicio habría creído que en un lugar remoto como ese hubiese una entrada a la ciudad y al palacio. Una información valiosa que podría suponer una ventaja importante de cara al enemigo.

El plan era sencillo. Encontrar la entrada a los túneles e invadir la capital para tomarla desde dentro. Sabían que Kerrakj tenía a la mayoría de sus fuerzas en Rythania, incluidos los temibles féracen. Eso les hacía suponer que en Lorinet solo quedarían sus mercenarios y batallones humanos. Jamás esperarían que Eravia, cuyas fuerzas eran tan escasas, pasase a la ofensiva.

Sabían, tanto como el reacio capitán de la guardia, que era una locura exponer de esa forma a la realeza de ambos países. Sin embargo, la escasa experiencia, número y preparación de los soldados erávicos hacía imposible la misión si estos no los acompañaban, pues no había en el reino guerreros más poderosos que Hyrran o Lyn, y Kalil debía acompañarlos para tomar posesión del trono cuando conquistasen el castillo dorado.

Pensó en Ekim, que había tenido que quedarse en la capital junto a Lasam, pues no habría disfraz capaz de lograr que los olin pasasen desapercibidos. En Arual, que también permanecía en Ortea a la espera de que el plan resultara. O en Aldan. El seren se había mostrado evasivo ante la opción de acabar con Kerrakj, más ahora que sabían que era el único que podía hacerlo. Saith se preguntó en qué momento aquella guerra había degenerado tanto como para que la única forma de terminar con ella fuese que un padre matase a su propia hija.

—¿En qué piensas? —dijo Kalil acercándose a él mientras caminaban. Iban a pie, pues un grupo a caballo hubiese llamado demasiado la atención.

La princesa sonrió con las manos a la espalda y le dedicó una mirada de reojo. Al igual que él, llevaba una capucha sobre su rubio cabello y una larga túnica que cubría su cuerpo, pero ni las sombras sobre su cara podían eclipsar sus hermosos ojos color esmeralda. Ella tomó el brazo de Saith en señal de confianza y él sintió cómo el calor ascendía a sus mejillas. Agradeció tener el rostro tapado por aquella capa.

—Pienso en lo que estamos haciendo. La estrategia de Leonard es brillante.

La princesa asintió, tal vez con un gesto aprobatorio, aunque no pudo verlo porque giró la cabeza para centrarse en el camino.

—Kerrakj nunca esperará que ataquemos —convino ella—. Aunque nos acompañan menos hombres de los que hubiese querido traer para reconquistar una ciudad como Lorinet.

—No podíamos llamar la atención con una fuerza mayor, pero no os preocupéis. No os pasará nada. Os protegeré con mi vida —aseguró él.

Kalil giró la cabeza para mirarlo. En sus hermosos ojos no había molestia, pero tampoco alegría.

—Es cierto, olvidaba que eres un dios... —Saith la escudriñó por el rabillo del ojo intentando captar si había ironía en su voz—. De todas formas, te equivocas si crees que necesito protección. He vuelto a los entrenamientos con Ziade y estoy preparada para hacer frente a esta batalla.

—Es demasiado peligroso. Si algo me ha enseñado la vida es que las cosas siempre se complican —dijo él sin importarle si a Kalil le molestaba su preocupación—. Y sois la princesa que deberá alzar la corona de Kallone cuando la recuperemos.

Ella suspiró con fuerza, aunque para su sorpresa, después volvió a mostrar una sonrisa. Parecía feliz de estar allí, en ese peligroso viaje que buscaba reconquistar su reino. Aunque su vida corriese peligro.

—¿Y qué me dices de Hyrran? ¿Y Lyn? Ellos son el rey y la reina de Eravia ahora —dijo ella—. Tal vez debas centrarte en su protección.

—También son los guerreros más fuertes con los que cuenta el reino —dijo encogiéndose de hombros—. Si vamos a atacar con solo un puñado de hombres, debemos llevar a los mejores.

—Y crees que yo no lo soy, ¿no es eso?

Saith apartó la vista con timidez. Sentía que había hablado de más. Ahora la princesa se enojaría con él. Diría que la había infravalorado como aquella vez en el panteón del castillo dorado y, tal vez, le retiraría la palabra enfurruñada. ¿Por qué siempre sentía que lo estropeaba todo cuando hablaba con ella?

Miró a Kalil esperando su reacción, pero ella no dijo nada. Por el contrario, rebuscó bajo su túnica con insistencia, se detuvo y sacó dos dagas de debajo de su capa. Saith la observó desconcertado.

—Te reto a un duelo, ¡oh, Caballero de la Diosa! —dijo con una reverencia exagerada y voz afectada.

Él la miró como si no creyese lo que veía. Kalil aseguró los dedos alrededor de las empuñaduras y se colocó en una pose de combate con una pierna por delante de la otra ofreciéndole el perfil. ¿De verdad quería combatir con él allí, en mitad de la nada?

—Parece que la has hecho enfadar —apreció Lyn al pasar por su lado. Caminaba junto a Hyrran con una sonrisa que apenas cabía en su rostro. Era como si estuvieran de viaje turístico en lugar de atravesar territorio enemigo para reconquistar la capital kallonesa.

—Yo no me confiaría —añadió el joven monarca con una sonrisa pícara en la cara—. Parece decidida a ensartarte como un mazavelón.

Saith arqueó una ceja, sorprendido por la actitud de sus compañeros.

—¿Estáis bromeando? Estamos en mitad de una misión. Una muy importante. ¡Y peligrosa!

—¡Oh, vamos! Nunca pensé que el mismo Aecen se achantaría ante una débil muchacha —lo picó Kalil.

—Será mejor que aceptes. Es demasiado cabezota para intentar llevarle la contraria —suspiró Ziade con indiferencia al pasar junto a ellos.

Saith mantuvo la mirada de la princesa mientras intentaba dilucidar si todo era una broma orquestada. El propio Riusdir y sus soldados pasaron junto a ellos con miradas que cambiaban la sorpresa por la incomprensión.

—Desenvaina a Varentia. Nunca he peleado con un dios, pero no me contendré.

Kalil avanzó y le asestó un tajo horizontal. Saith esquivó sin saber aún cómo reaccionar y ella embistió con la otra daga. El golpe fue rápido y preciso. Directo a su pierna. La sorpresa no abandonó al expaladín hasta que miró a Kalil. La caperuza se le había desprendido y su cabello rubio, que se había cortado en mechones de forma desigual, brillaba ahora por los rayos de sol. Respiraba jadeando mientras sonreía con los ojos, y fue entonces cuando Saith comprendió que así era feliz. Necesitaba demostrar que no era la princesa indefensa que todos veían, sino una mujer fuerte capaz de afrontar aquella guerra y su destino con valentía. Salir de su jaula para gritar al mundo que estaba viva. Mostrar cómo era en realidad.

Estaban demasiado al norte de todo, cubiertos de extrañas miradas por árboles y maleza. Lejos del enemigo. El día que vio a la princesa por primera vez en los jardines del castillo dorado habría dado algo por estar junto a ella. Bien, ahora lo estaba, aunque no fuese exactamente como había imaginado.

Sonrió al ver la pasión en los ojos de Kalil. Se despojó de la túnica, aprovechando que estaban lejos de ojos curiosos, y desenvainó a Varentia, que destelló con tonos rojizos al instante. Ella amplió su sonrisa al ver la disposición de Saith. Luego su rostro se endureció, agitó las dagas con una floritura en el aire que las hizo girar entre sus dedos y atacó, primero con una mano, luego con otra y de nuevo con la primera. Saith movió la espada evitando los golpes con el rechinar del metal alzándose al aire.

Kalil giró sobre sí misma. Su pelo voló alrededor de su cabeza y las dagas se movieron a mayor velocidad. Luego se agachó estirando una de sus piernas y las dagas rozaron la pantorrilla del expaladín, que retiró la pierna justo a tiempo.

Él atacó a continuación, pero cuando la espada llegó a la posición de la princesa, ella ya había escapado con una ágil pirueta tras colocar las manos sobre el suelo. Era rápida, pero no quería dejarla escapar… en ninguno de los sentidos que pudiese darle a esa frase. La persiguió espada en mano y lanzó un tajo que ella esquivó con una risa hermosa. Luego se puso en cuclillas con sorprendente agilidad y, con una patada, lo desequilibró haciendo que cayese al suelo. Cuando quiso reaccionar tenía a la princesa sentada a horcajadas sobre él y su daga sobre el cuello.

—Para ser un dios, caes como un humano —bromeó con una sonrisa pícara.

—Está bien, admito que eres buena —concedió él sonriendo también.

—Y no necesito que nadie me proteja.

Saith entornó los ojos haciendo que la princesa ampliase su sonrisa y acercase más la daga a su yugular. El frío acero rozó su piel, aunque la cercanía y el aliento de Kalil sobre él ocupaba todos sus pensamientos.

—No necesitas que nadie te proteja —admitió condescendiente con un susurro de voz girando la cabeza para que ella no viese como se ruborizaba al sentir su cuerpo.

Jamás habría pensado que estaría tan cerca de ella, que ocupaba sus sueños desde el primer día que la vio. La princesa Kalil Asteller de Kallone nada menos. En un mundo rodeado de guerra y muerte en el que se jugaban la vida a cada paso, cruzando territorio enemigo pese a encontrarse amparado por la distancia y la vegetación del lugar, sintió que aquel momento era un paréntesis maravilloso en la tormenta de su vida. Inesperado. Hubiese dado años de vida por parar el tiempo.

Sin embargo, tumbado sobre la hierba, a varios metros de ellos, cayó en la cuenta de un puñado de broteavizores de los que se había desprendido su flor. Nadie había pasado por aquel lugar. O al menos eso creía.

Se incorporó con urgencia buscando a su alrededor y Kalil se separó, levantándose al ver su expresión asustada.

—¿Pasa algo?

Saith no contestó. Inspeccionó los alrededores de aquella planta y a unos metros descubrió que más broteavizores habían perdido su flor. Sabía que surgían en pocas horas, por lo que no hacía mucho que alguien había pasado por allí y estaba seguro de que no habían sido ellos. Escudriñó los alrededores y aguzó el oído. Un movimiento sospechoso más allá de los arbustos, el ruido de una rama seca que se rompe, una sombra que pareció moverse a lo lejos.

Como tocado por un rayo, miró a Kalil con seriedad.

—Ve con Hyrran y los demás. No necesitas que te protejan, pero seréis más fuertes si lucháis juntos.

—¿Qué pasa? —dijo ella con mayor nerviosismo al ver su reacción mientras miraba en todas direcciones—. ¿Qué has visto?

Saith miró en la dirección en la que le pareció ver movimiento y una figura surgió de entre los arbustos corriendo en dirección a la Jungla del Olvido. Sin perder tiempo, blandió a Varentia y corrió tras él.

—¡Ve con Hyrran! —gritó en un inconsciente tono autoritario mientras sus zancadas lo llevaban tras aquella figura.

Corrió alejándose de Kalil. No sabía si sería una buena decisión, pero la princesa había demostrado saber defenderse, y perder a aquel sospechoso era un riesgo para la estrategia de Leonard que no podían correr. Estaba en juego el destino de Thoran.

Sus zancadas se hicieron más potentes buscando no perderlo de vista, pero el escurridizo extraño era rápido. Tanto como él... o incluso más. Sus pasos los llevaron hasta los límites de la Jungla del Olvido y, sin titubear, ambos se metieron en el selvático paraje, corriendo entre los grandes árboles durante minutos, sumergiéndose en sus profundidades. ¿Qué clase de persona entraba sin dudar en un lugar tan peligroso como aquel? La respuesta estaba clara. Alguien que conocía el terreno.

Acomodó los dedos sobre la empuñadura de Varentia para evitar sorpresas desagradables y corrió sin mirar atrás. Entonces vio que el extraño se detenía, como si, de pronto, hubiese recordado que no quería huir de él. Saith también se detuvo, jadeando y cauto ante cualquier reacción del sospechoso.

Cuando este se dio la vuelta pudo ver un destello de ojos rojos bajo la capucha que ensombrecía su rostro. El tipo se llevó una mano al cuello, desató su capa y la retiró de un fuerte tirón dejándola caer a un lado. Saith no pudo creer lo que veían sus ojos. Frente a él, cara a cara, se encontraba Ahmik.

—Parece que volvemos a encontrarnos —dijo quien fuese su mejor amigo con una sonrisa llena de confianza.

—¿Qué estás haciendo aquí? —preguntó sorprendido.

—¿No es obvio? Quería separarte de tus amigos y has picado el anzuelo.

Saith frunció el ceño ante las palabras del féracen. ¿Separarlo de sus amigos? ¿Cómo sabía él que estarían allí?

—Espías a la salida de Ortea y en la frontera con Kallone —explicó como si pudiese leer sus pensamientos—. Tras la retirada en Rythania coloqué vigilancia para tener controlada vuestra salida. Sé que fuisteis a Hasnaria y que intentasteis pasar desapercibidos por la frontera días después. Los viajes de Eravia a Kallone con la guerra se han reducido mucho. Son pocos los mercaderes y peregrinos que se atreven a cruzar. ¿Creíais de verdad que no llamaría la atención ese repentino flujo de viajeros pese a dividiros y disfrazaros? —Ahmik compuso una mueca y negó con la cabeza destacando la estupidez de su enemigo—. Descubrimos los túneles poco después de la huida de la princesa en la batalla de Lorinet. Cotiac nos habló de ellos. Viendo que tras el paso por la frontera os dirigisteis al norte solo tuvimos que atar cabos.

—Una emboscada...

Saith dirigió la mirada hacia el lugar por el que había venido. Tenía que volver. Prevenir a Hyrran, Lyn, Kalil y los soldados. Desvelar a Leonard que su estrategia había sido descubierta y huir antes de que todo fuese a peor. Evitar lo que sería un golpe definitivo a la guerra. Aniquilar a la realeza erávica y kallonesa de un plumazo sería la perdición de Thoran.

Saith se giró sobre sus pies con la intención de salir corriendo, pero Ahmik chasqueó la lengua en desacuerdo con sus intenciones. Caminó con tranquilidad colocándose entre él y el lugar por el que había venido, desenvainó a Vasamshad y la hizo girar en su muñeca mientras lo observaba de hito.

—¿Crees que te he traído hasta aquí para dejarte volver? No. Tú y yo tenemos asuntos pendientes.

Saith se detuvo, desistiendo de escapar. Ahmik jamás lo dejaría, y sabía que darle la espalda podía ser un error letal.

—¿Asuntos pendientes? —dijo mientras pensaba en alguna forma de distraerlo para escapar y avisar a los demás.

—Me dejaste en ridículo. Con esa aparición de la nada, eliminando a la mayoría de mis soldados y terminando con la vida de Amerani —relató con un tono de voz irritante parecido al que ponía cuando eran niños y buscaba burlarse de alguien—. He oído que todos creen que eres Aecen y que luchas del lado del nuevo rey... Y ahí tenemos un problema, porque Kerrakj, al parecer, tenía la intención de que yo fuese su propio Aecen y convertirse en una diosa como lo fue Icitzy.

—¿Una diosa? Pero qué...

Y entonces cayó en la cuenta. Los celos que Kerrakj debía sentir de Icitzy. La hermana pequeña que usurpó su trono y a quien el mundo adoró. Debía entender que hacerse con la corona y reinar sobre Thoran era una especie de justicia divina que compensaría su inmerecido pasado. Y en toda esa historia, él y Ahmik eran enemigos por pleno derecho, como lo fueron ambas hermanas tiempo atrás. Una especie de yin y yang, unidos por una amistad pasada y enfrentados por un futuro irremediable en el que ambos eran abanderados de bandos contrapuestos.

Fue entonces cuando lo entendió todo. Ahmik no estaba allí solo para separarlo de sus amigos y tenderles una emboscada ni para contarle cuáles eran los planes de Kerrakj. Estaba allí para volver a ganarse el favor de la reina tras su última derrota. Para demostrar quién era el verdadero Aecen. Y solo había un modo de demostrarlo: venciéndolo y acabando con cualquier esperanza para los tres reinos.

Observó la sonrisa confiada de su oponente, que empuñando su legendaria espada le impedía el paso a la salida de la Jungla del Olvido.

—Apártate, Ahmik. No quiero hacerte daño, pero nada impedirá que proteja a mis amigos.

Durante un instante el féracen pareció desconcertado con el tono autoritario de su voz. No tardó mucho en volver a mostrar esa sonrisa que lo caracterizaba, aunque en sus ojos había furia.

—Adelante. Lo único que tienes que hacer para llegar hasta ellos es vencerme.

«Qué así sea», se dijo para convencerse a sí mismo. Y rompiendo su corazón en mil pedazos por la irrecuperable amistad perdida, alzó a Varentia contra quien fue su mejor amigo y atacó por el futuro del mundo, aunque para convertirse en el dios que todos esperaban tuviese que destruir el último recuerdo vivo de su infancia.

Feliz. Así era como se sentía Lyn. Era una sensación extraña, pues la situación era de cierta tensión por encontrarse de nuevo en Kallone. Habían llegado a territorio enemigo y tenían ante sí la difícil misión de reconquistar Lorinet. Una complicada odisea que se traducía en la ambiciosa estrategia de Leonard. Hacerse con el castillo por sorpresa y que la propia Kalil asumiera el trono de Kallone. Por suerte, Kerrakj debía encontrarse en Rythania y no tendrían que enfrentarse a la reina. No aún.

Pero era feliz. Caminaba por aquellos senderos junto a Hyrran. Lucharían juntos por el futuro de Thoran y, aunque era un destino peligroso, era más de lo que habría esperado días atrás, cuando se veía perdida entre las llamas mirando a los ojos de la muerte. Miró a Ziade, que caminaba junto al resto de soldados y esta le sonrió. Resultaba obvio que la expaladín de la protección se sentía orgullosa de lo fuerte que se había vuelto. Ahora era la reina de Eravia, pero no había dejado de luchar, tal y como ella le había enseñado.

Además de todo, tener cerca a Saith la hacía sentirse segura. Pese a las historias de Aldan sobre los dioses y los seren, nadie les había ofrecido una explicación al extraño poder de su amigo, y eso hacía que incluso los más escépticos mantuvieran la fe. Tal vez las creencias de los Hijos de Aecen y sus rituales no anduviesen tan desencaminados. Pensó en ese ritual y si los padres de Saith, de alguna forma, habían pertenecido a la orden u oído hablar de ella. No obstante, le descuadraba que, si

Wabas tenía razón, dicha orden hubiese sido creada nada menos que por Crownight.

Pensó en lo complicado que era el mundo. En la de vueltas que daba la vida. En apenas quince días los dioses habían dejado de serlo en beneficio de los seren, seres inmortales que hacían las veces de vigías del mundo y desviaban el rumbo de la historia a su antojo. La orden creada por aquel anciano malévolo ahora se volvía contra él con la presencia de Saith. La magia amiathir de la que tanto le habló su padre cuando era niña y con la que tanto soñó había perdido secretos para ella gracias a las enseñanzas de Dracia y su vinculación con Illeck, que ahora sí parecía efectiva. El ídore no había vuelto a aparecer en su mente, aunque aún sentía miedo de su poder tras lo sucedido en el palacio erávico. Su falta de control le había costado la vida a su mentora.

La amiathir detuvo sus razonamientos cuando Hyrran se separó de ella y comenzó a dirigir a las tropas. Habían llegado al punto indicado, la entrada a Lorinet desde la que habían huido meses atrás. Era el momento.

—¿Has visto a Saith? —dijo Leonard junto a ella mientras miraba a su alrededor con inquietud.

Ella asintió sonriendo.

—Se quedó rezagado en una pequeña discusión con Kalil. Imagino que no tardarán mucho en volver.

El estratega resopló mientras negaba enérgicamente con la cabeza.

—No es el momento para estas cosas. Es una misión demasiado importante para perderla retozando por la pradera —rezongó frustrado.

Lyn sonrió.

—Desde que se conocieron no han tenido un solo día de paz. Solo sangre, muerte, huida y desesperación. Déjalos disfrutar un poco. Apenas tendrán unos minutos en los que conocerse un poco más.

Leonard bufó resignado mientras observaba a Hyrran hablar con Riusdir, Ziade y sus soldados. De repente, algo llamó la atención de ambos. Kalil corría hacia ellos a toda velocidad y en sus ojos podía verse la preocupación. Lyn sintió que algo no iba bien. Todo a su alrededor pareció ondularse y, para su sorpresa, ante ella se materializaron varias figuras como traídas por el viento.

El paraje se llenó de túnicas blancas. Soldados rythanos que aparecieron de la nada. Armados y con sus espadas desenvainadas asestaron golpes mortales a los soldados erávicos que los acompañaban. También hirieron a Riusdir y apresaron a Hyrran antes de que este pudiese reaccionar y empuñar su arma.

Uno de ellos apareció junto to Leonard y lo agarró del cuello, tirándolo al suelo e hiriéndolo en la pierna. Su amigo se revolvió sin poder zafarse de su agresor. Lyn intentó llevar las manos atrás y sacar su arco, pero no pudo hacerlo antes de que dos enemigos se abalanzaran sobre ella. Uno agarró su brazo y se lo dobló en la espalda, haciéndola gritar de dolor. El otro le dio una patada en la corva obligándola a doblar la pierna y arrodillarse sobre la tierra. Mientras gritaba de impotencia pudo oler el sudor de aquellos que la retenían.

En apenas un minuto, las fuerzas erávicas habían sido reducidas y solo Kalil se defendía en la distancia. Varios soldados rythanos fueron hacia ella mientras combatía con dos de ellos.

—Apresadla, pero no la matéis —gritó uno de los soldados. Era alto y fuerte, y parecía mandar sobre el resto—. Tampoco al nuevo rey. Ahmik quiere una ejecución pública que demuestre a Kerrakj su valía, y a todo Thoran que no hay más salida que la rendición ante Rythania. Sabía que estos talk'et que cogimos de Amiathara nos serían útiles —dijo para sí.

—Capitán Rieller, ¿qué hacemos con el resto?

El hombre llamado Rieller lanzó un vistazo a los pocos soldados que quedaban vivos.

—Capturad a esos dos —dijo señalando a Riusdir y Ziade—. Su habilidad los convertirá en féracen útiles para la reina. Matad al resto.

Los soldados desarmaron a la paladín y al capitán de la guardia y aniquilaron al resto, matándolos sin piedad entre gritos desesperados. Lyn vio la sangre brotar del cuello de los soldados más preparados de su ejército, que cayeron desplomados sobre la tierra tiñendo el suelo de rojo bajo sus cuerpos. La mirada de la amiathir recayó en Leonard. Alguien como él, con una sola mano e inútil en combate, no les sería útil ni siquiera como féracen. El soldado que inmovilizaba a su amigo agarró su espada corta y la acercó al cuello del estratega, cuyo rostro se encontraba junto al suelo. El filo del metal tocó su piel y sus ojos, clavados en los de ella, suplicaron piedad.

«No podemos dejarlo morir, Illeck».

Las llamas brotaron del cuerpo de Lyn casi antes de que supiera lo que quería hacer. No solo surgieron de sus manos, sino de cada poro de su piel. Tampoco fueron grandes llamaradas, pero sí suficientes para quemar a los soldados que la retenían. Sorprendidos, estos se separaron de ella al sentir el fuego y Lyn rodó alejándose de quienes querían apresarla. Sacó el arco con la velocidad que le otorgaba un exigente entrenamiento y cargó una flecha aprovechando el desconcierto del enemigo.

Cuando soltó el culatín de la saeta y las remeras acariciaron sus dedos por última vez, su vista se clavó en el soldado que pretendía ajusticiar a Leonard. La flecha atravesó su cráneo con un crujido que se elevó al viento y entró entre sus ojos, haciendo que la sangre salpicase sobre el cuerpo de su amigo. Lyn corrió hacia él y se colocó a su lado en señal de protección cargando una nueva flecha. Luego miró a aquellos que continuaban apresados por los soldados. Especialmente a Hyrran.

—Matadla si intenta rescatarlos. Ni lo penséis, es una dómine —ordenó Rieller con una mirada cauta.

La amiathir buscó la forma de rescatar a los suyos mientras Leonard se levantaba a duras penas, liberándose del cadáver que había caído sobre él. Miró a Ziade, a Riusdir, a Kalil y por último a Hyrran, desarmados y retenidos por el enemigo.

—Es inútil —insistió Rieller—. En cuanto intentes liberar a uno de ellos el resto morirá. Los queríamos con vida para exhibir nuestro éxito o utilizarlos en beneficio de la reina, pero no nos importará matarlos y volver como vencedores igualmente. Ríndete y nadie saldrá herido.

Lyn entornó los ojos turbada. Podía alcanzar con una flecha al soldado que retenía a Hyrran y este sería liberado, pero sabía que el rythano no mentía y los demás morirían. Así mismo, podía intentar lanzar una doble flecha, pero igualmente habría más víctimas. Tampoco podía utilizar el fuego contra ellos. Illeck era demasiado poderoso y una llamarada no entendería entre enemigos y aliados. Apretó los dientes por la impotencia y sus dudas hicieron que el capitán enemigo se envalentonara.

—Entrégate. No puedes hacer nada por liberarlos.

Se movió y un par de soldados rythanos avanzaron hacia ella. De inmediato soltó el arco, levantó las palmas de las manos y los amenazó con liberar la ira del fuego una vez más. El enemigo dejó de avanzar por miedo a no saber qué esperar de ella.

—Tienes que huir, Lyn —susurró Leonard a su espalda.

—¿Estás loco? No voy a dejar a Hyrran y los demás en manos de Kerrakj —replicó ella negando con la cabeza.

—Han superado nuestra estrategia y nos han atrapado. Ahora la prioridad es minimizar las bajas. Si te cogen a ti también, todo estará perdido.

—Aún quedará Saith... —dijo negándose a marcharse.

—No sabemos si lo han capturado también. Ahora mismo tú eres la única salvación.

Lyn negó en su interior, aunque no quiso mostrar debilidad ante sus enemigos. Miró a Ziade, a Riusdir, a Kalil, que aún peleaba por zafarse de sus captores, y a Hyrran... Su Hyrran. Él la miraba en pie, aún inmovilizado por la presa de dos de sus enemigos, desarmado e indefenso. ¿Cómo marcharse y dejarlo allí a merced de aquellos hombres?

Entonces fue él quien asintió. Un movimiento suave de afirmación, indicando que hiciera caso a Leonard. Fue casi imperceptible, pero sus cerúleos ojos expresaron todo lo que no dijeron sus labios.

La amiathir apretó los dientes con rabia contenida antes de que los soldados enemigos volviesen a la carga. Esta vez no fueron dos, sino cuatro los que corrieron hacia ella aprovechando sus dudas. En ese momento levantó un muro de fuego, tan alto e imponente, que sus atacantes tuvieron que ocultar la cara ante el cálido aliento de las llamas.

Cuando el fuego desapareció, dejando restos incendiarios en hierba y árboles, Lyn y Leonard ya no estaban allí.

El viento silbó con fuerza entre las hojas y los troncos de los árboles, como un visceral aullido que reflejase el sufrimiento de los luchadores en un combate a vida o muerte. Saith sentía que con cada encontronazo de su hoja con la de Ahmik, su corazón se quebraba un poco más. Estar frente a quien fuera su mejor amigo era como una cicatriz que el tiempo no cura y que se abre con cada brusco movimiento que agita una vida llena de dificultades. Se preguntó cómo era posible que aquellos dos niños que jugaban juntos, se cuidaban y hacían travesuras entre las modestas calles de Riora, acabasen luchando por el destino de los tres reinos. ¿Cómo habían llegado a esto? Una batalla a vida o muerte para dilucidar quién de los dos era el verdadero Aecen. Por ver qué guerrero luchaba por la causa más justa.

Ahmik embistió blandiendo a Vasamshad y golpeándolo con todas sus fuerzas. Saith manejó a Varentia con habilidad evitando el golpe, aunque la fuerza del féracen lo hacía retroceder con cada nuevo envite. En un esquivo movimiento estuvo cerca de tropezar con las protuberantes raíces de un árbol que surgían de la tierra. Recuperar el equilibrio casi le costó una herida letal cerca del vientre. Ahmik no tenía recuerdos o sentimientos con respecto a él, pero Saith sentía un profundo dolor en el alma con cada golpe, lo que le restaba contundencia y determinación.

—¿A qué esperas? ¡Maldita sea! Jamás me vencerás así. Sentí tu fuerza en el Valle de Lorinet. ¿Por qué no eres capaz de mostrarme tu poder?

Ahmik volvió a golpearlo y gritó colérico. Fue un tajo horizontal lleno de desprecio y frustración por no encontrar el combate que buscaba. Saith lo detuvo colocando la espada en vertical y el sonido del metal rechinó en las profundidades de la selva. Una bandada de aves inició su vuelo rumbo al cielo.

—Te equivocas luchando por Kerrakj... pero pese a todo eres mi mejor amigo. No puedo...

Ahmik golpeó de nuevo, aún con más fuerza que la vez anterior. Uno, dos, hasta tres golpes. El tercero estuvo cerca de alcanzarlo y rasgó su camisa, aunque apenas fue un rasguño. El féracen sonrió mientras Saith se apartaba para evaluar el golpe e hizo una floritura con su hoja.

—Míranos. Luchamos por el destino del mundo. Tú luchas por mantener los reinos en Thoran y yo por terminar con ellos y levantar una única corona —razonó apuntándolo con su espada. Esta destelló con los rayos de sol que escapaban a la frondosidad del paraje—. Esta es una lucha a vida o muerte en la que no cabe la amistad. Uno de nosotros morirá hoy, y si no quieres ser tú, más vale que te emplees a fondo.

El féracen volvió a intentarlo. Sus golpes fueron precisos e intensos. Pese a la ligereza de Varentia en sus manos, apenas tuvo tiempo para reaccionar y defenderse. Si ya le pareció fuerte aquel día en que luchaban por proteger la capital, ahora no solo era fuerza y velocidad. Su técnica había cambiado convirtiéndolo en un guerrero temible. Un reto mayor del que fue superar a Amerani y para el que necesitó la ayuda de sus amigos.

Las estocadas de Ahmik continuaron con el objetivo de quitarle la vida. El féracen colocó los dedos en el recazo, convirtiendo a Vasamshad en un arma punzante que logró herirlo hasta en dos ocasiones. Viéndose superado saltó hacia atrás para escapar del ataque, pero su rival no dejó que lo hiciera. Con la agilidad y la velocidad que le otorgaba la sangre féracen, saltó tras él y clavó la hoja en su hombro haciendo que la sangre salpicase a ambos.

Con la espada hundida en el hombro, Saith gritó. En la cara de Ahmik se dibujó una sonrisa de satisfacción. Después retiró la hoja con brusquedad.

El expaladín se agarró el hombro y su mano se tornó roja por la sangre. Por algún motivo, cuando peleaba contra Ahmik no era capaz de encontrar el poder de Aecen. No tenía la misma fuerza, velocidad o ira interior que cuando luchó contra Kerrakj o durante unos instantes contra el wargon en las minas. Seguía sin ser capaz de controlar esa habilidad y eso lo situaba por debajo de su enemigo.

—Te lo dije —murmuró Ahmik mientras Saith componía una mueca de dolor y se miraba la ensangrentada mano—, solo uno de nosotros saldrá de aquí con vida. Ese sentimiento de amistad que dices tener acabará matándote.

Saith sintió arder la herida y apretó los dientes para soportar el dolor sin quitar el ojo a su rival.

—La amistad nunca debilita —contestó pensando en Hyrran, Lyn y los demás.

Si lo que había dicho Ahmik era cierto, la estrategia de Leonard los pondría en peligro. No podía perder más tiempo y dejarlos desamparados. Tenía que ayudarlos.

Ahora fue él quien se abalanzó sobre Ahmik. Antes de llegar a donde estaba se agachó girando sobre un pie y la espada bailó en dirección a su rival, que la detuvo con destreza. Trazó un nuevo giro con la otra pierna para hacerlo caer, y cuando este saltó, Saith arremetió de nuevo con el rojizo destello de Varentia. No obstante, Ahmik no solo detuvo el golpe, sino que antes de caer al suelo contraatacó hiriéndolo en la pierna.

El expaladín se agachó gritando por el dolor y quien fuese su amigo colocó la planta del pie sobre su hombro herido, luego estiró la pierna con todas sus fuerzas e hizo que saliese despedido cayendo sobre la hierba.

—Eres patético. Que los erávicos hayan creído que alguien tan débil como tú es un dios no es más que una muestra de su desesperación —dijo desdeñoso.

Las heridas en el hombro y la pierna eran profundas. Dolorosas. Pero no podía rendirse. No podía caer... No así.

Fue entonces cuando Vasamshad volvió a descender, hundiéndose en su estómago. El dolor fue tan inmenso que ni siquiera pudo gritar. Las lágrimas acudieron a sus ojos involuntariamente y la sangre brotó de su boca en un incontrolable esputo. Ahmik giró la hoja con fuerza en el interior de su cuerpo. Sus ojos rojos solo mostraban ira. No la amistad, a todas luces extinta, que él esperó volver a ver alguna vez.

—Este será el final del falso Aecen —anunció.

Saith intentó sobreponerse al intenso dolor, pero le costó que las palabras saliesen de su boca. Luchó por continuar consciente pese a que apenas le quedaban fuerzas. Definitivamente no era ningún dios ni tampoco rival para Ahmik.

Cuando se disponía a asestarle la estocada final, se detuvo y sus puntiagudas orejas felinas se agitaron como si captaran algo. Miró en todas direcciones con su mejorada vista féracen, sacó la hoja del estómago de Saith infringiéndole un fuerte dolor y la elevó con rapidez. Al hacerlo, la espada detuvo una flecha que se dirigía hacia él. El ataque fue tan de improvisto que Ahmik soltó la espada por el impacto y esta cayó a sus pies.

Frente a él surgió una figura que se dejó caer de uno de los árboles cercanos. Pese a su debilidad, Saith pudo ver que se trataba de una criatura con rasgos de animal. Su cuerpo estaba cubierto de un pelaje amarillento que lo cubría todo y tenía hocico en lugar de boca. Sus ojos eran rojizos de pupila rasgada, similar a los de Ahmik, y sujetaba un arco con peludas manos que poseían uñas afiladas como garras. Un felino con forma humana.

—¿Quién eres y por qué me atacas? No estoy aquí por vosotros —aseguró Ahmik con sorpresa.

De alrededor de la figura surgieron muchas más, casi una decena, saliendo de sus escondites. Algunas iban al descubierto, como la criatura que había disparado la flecha. Otras llevaban largas túnicas e iban encapuchadas para no revelar su rostro. Ahmik dio un paso atrás al ver que estaba rodeado, lanzando miradas desconfiadas a su alrededor. ¿Cuántas más de esas criaturas permanecerían escondidas?

—Marchad. No bienvenidos en interior de jungla. Desequilibra curso de naturaleza. Este lugar sagrado —dijo uno de ellos. Su voz era ronca. Tan gutural que parecía ponerla así a propósito—. Dejaremos marchar por respeto a sangre féracen, pero no volver u ofrecer tu sacrificio a madre.

—¿Madre? —Ahmik titubeó al ver en sus miradas que no obtendría respuestas. De pronto su cara cambió y pareció entender lo que ocurría—. Sois los féracen aborígenes que Kerrakj lleva años buscando...

El aire pareció dejar de correr. Los músculos de aquellas peludas criaturas se tensaron y sus dedos crujieron mostrando sus garras. Aquellos que llevaban arcos los alzaron apuntando a Ahmik y este se puso en guardia. Intentó agacharse a toda velocidad para recoger a Vasamshad, pero uno de ellos, más alto y fuerte que el resto, corrió hacia él. Saith apenas pudo verlo mientras agonizaba por el dolor. Fue menos de un segundo de desconcierto en el que la capucha de su túnica se desprendió y dejo ver una cabeza de pelo rojizo y puntiagudas orejas. Sus colmillos surgían afilados del hocico y sus ojos parecían los de un auténtico demonio.

Dos poderosas zancadas le permitieron cubrir varios metros y colocarse frente a Ahmik. Fue tan veloz que ni siquiera dio tiempo a que recogiese la hoja del suelo. Una de sus manos lo agarró del hombro, inmovilizándolo como si fuesen enormes tornillos de acero. La otra se fue directa a su cuello y pareció apretarlo como si quisiese matarlo.

—¡*Daren beakoir* jamás obtiene nuestra sangre! —La criatura, dos cabezas más alta que el propio Ahmik, lo levantó del suelo estrangulándolo sin que este pudiese evitarlo.

Quien fuese su amigo soltó un quejido incontrolado. El apretón de aquellas garras era tan fuerte que no parecía capaz de soltarse. Intentó golpearlo con los brazos a la desesperada, pero la criatura ni siquiera sintió los golpes. Era como si lo tuviese sujeto con prensas de acero. Sus piernas pronto perdieron energía ante la fuerza con la que aquella criatura le apretaba el gaznate. La respiración fue a menos y sus movimientos se tornaron menos bruscos en cuestión de segundos. Pese al dolor, Saith pudo ver cómo Ahmik sufría asfixiado en las manos de aquella bestia surgida de los bosques.

—No... —Aunque apenas fue un hilo de voz, las criaturas se giraron hacia el expaladín con sorpresa, como si hubiesen olvidado que estaba allí—. No... lo mates...

Saith tosió y un hilo de sangre surgió de su boca resbalando por su barbilla. Pese a ello, pudo mantener la mirada en los coléricos ojos de la criatura.

Aprovechando el desconcierto, Ahmik reunió fuerzas y, tal y como Saith se había liberado de sus captores el día en que Kerrakj quedó en libertad cuando eran niños, esta vez fue él quien se libró del agarre de su enemigo gracias al desconcierto generado por su amigo. Una patada le permitió impulsarse y caer al suelo. Cogió a Vasamshad y se alejó de la criatura. Sin perder tiempo y ante la mirada de aquellos seres corrió en dirección a la salida de la Jungla del Olvido con un último vistazo al lugar en el que Saith yacía.

Uno de los féracen amagó con seguirlo a través de los arbustos, pero el más grande y fuerte, aquel que había apresado a Ahmik, lo detuvo.

—¡No! Deja huir. No gana nada con su muerte. —Su voz ronca parecía llena de autoridad, aunque no parecía una orden.

Una de las criaturas más pequeñas, de pelaje amarillento y ojos rosados, se acercó a él. Se agachó y lo tocó con su dedo índice clavando su afilada uña en una de sus mejillas. Saith, débil, no protestó.

—¿Qué hacemos con este? —dijo en cuclillas como una niña que juega con un insecto. Parecía hablar el idioma con más soltura.

—Tiene mala pinta —dijo otro mirando por encima del hombro—. Deberíamos dejarlo morir. Servirá de alimento a la jungla.

El alto y fuerte asintió.

—No necesita ayuda para eso.

Las criaturas se giraron en dirección al interior de la selva dejando a Saith a merced de los animales salvajes y sus propias heridas. Este, sin embargo, intentó levantarse con sus últimas fuerzas.

—No... están en peligro... —Las criaturas se detuvieron al oír sus palabras—. Lyn... Kalil... Hyrran... Tengo que... salvarlos.

El que parecía líder de aquellas criaturas, más alto y fuerte, se giró frunciendo el ceño y clavando sus ojos en él. Se acercó caminando y se agachó agarrando su cabeza con una sola mano, ignorando sus heridas, como si fuese un melón. Saith sintió sus dedos apretándole el cráneo.

—¿Dice Hyrran? —preguntó. Saith no contestó, rendido al cansancio y el dolor. No creía poder mantenerse despierto mucho tiempo, pero si se rendía no sabía si volvería a despertar.

—¿Qué ocurre, Voha? —preguntó uno de ellos.

El féracen se levantó sin perder de vista a Saith.

—Tal vez... —dijo simplemente—. ¡Noheda! ¡Elís! Coge humano y lleva a Condena. Voha averigua algo.

—¡¿A Condena?! ¿Estás loco? —exclamó la joven féracen que había tocado a Saith con el dedo estremeciéndose—. Tenemos prohibido llevar a nadie allí, Visne se enfadará.

—Estoy de acuerdo —dijo otro de ellos con una mirada de soslayo al cuerpo de Saith—. Además, ni siquiera creo que aguante el camino hasta allí sin palmarla.

Voha volvió a mirar a Saith como si lo evaluara.

—He dicho que llevamos. Si no aguanta viaje no habremos perdido nada. Yo habla con Visne.

La joven féracen se encogió de hombros y se acercó reacia con una mueca de asco. Alzó el brazo de Saith y este encogió el rostro por el dolor pese a no estar del todo consciente.

—Elís, ayúdame. No podré correr cargando a este tipo yo sola —refunfuñó.

Otra féracen se acercó a él cubierta por una túnica que le sombreaba la cara. Se agachó y tiró del otro brazo como quien coge un saco de arpillera.

—No sé por qué tenemos que llevarlo nosotras. Estos humanos son tan... blandos —dijo en un tono de voz que dejaba ver lo incómoda que se sentía—. Definitivamente odio a la gente.

Ambas levantaron el cuerpo de Saith y, al amparo de los árboles, desaparecieron hacia el lugar al que llamaban Condena, en las profundidades de la Jungla del Olvido. Un lugar al que ningún humano había ido jamás.

49. Suerte

Hyrran vio Lorinet a los pies del valle. Habían caminado durante días y sentía un enorme dolor en los pies. También en las muñecas por el roce de la soga que lo retenía. Tras él caminaban Kalil, Ziade y Riusdir escoltados por decenas de soldados rythanos.

Habían previsto su estrategia. No cayeron en que el enemigo pudiese conocer los túneles que suponían ocultos y ahora los habían capturado fruto de su propia estupidez. El ímpetu por dar un inesperado golpe de efecto a la guerra los había traicionado. Ronca tenía razón. Era un riesgo enorme realizar un ataque con la presencia de ambos linajes.

No cabía duda de que el enemigo les daría muerte. El propio Rieller había hablado de una ejecución pública. Lo importante ahora era cuánto tiempo tenían.

Un soldado empujó a Riusdir cuando bajaban hacia el fondo del valle y este cayó de rodillas. El capitán de la guardia se giró poniéndose de nuevo en pie y se encaró con el enemigo, colocando su nariz a apenas un centímetro de él con mirada desafiante. Su único ojo sano, pues aquel que cruzaba la cicatriz seguía tapado por un parche, lo observó con odio. Al instante, cuatro de sus enemigos lo habían rodeado con espadas desenvainadas y apuntaban a zonas vitales de su cuerpo. El capitán apretó los dientes ante la mirada de superioridad de aquel que lo había empujado y se giró resignado recibiendo un nuevo empujón.

Hyrran miró a Rieller. El fuerte comandante enemigo era el único que iba a caballo, observando a los prisioneros con expresión satisfecha y alivio tras llegar a las inmediaciones de la capital. El joven rey recordaba sus peores tiempos como mercenario, incluido el que pasó como prisionero de Kerrakj en aquellas celdas móviles con las que lo llevaron a Rythania. Recordaba a Rieller de aquel tiempo y sabía que no sería fácil cogerlo desprevenido. Por otra parte, si lograban llevarlos al castillo y encerrarlos en los calabozos no tendrían escapatoria. Estarían a merced de los deseos de la reina.

El sonido de los cascos de una nueva montura resonó en los caminos. Los soldados se tensaron alzando sus espadas y Hyrran levantó la vista intrigado. También Kalil miró con la esperanza de ver cómo algún aliado se lanzaba contra el enemigo para liberarlos. Al acercarse, el joven monarca reconoció la figura de Ahmik, ese al que Lyn y Saith aún llamaban amigo.

Cabalgó al trote y más tarde al paso hasta colocarse junto a Rieller. Observó a los prisioneros con sus soberbios ojos rojos y mirada implacable. Tenía peludas orejas que también evidenciaban su sangre salvaje.

—Has tardado —dijo el capitán mirando a Ahmik con gesto serio—. ¿Dónde está?

Pese a que Hyrran aguzó el oído esperando la respuesta, entre ambos hubo segundos de impaciente silencio.

—No pude capturarlo.

El corazón del joven rey pegó un brinco al oír su respuesta. Estaba seguro de que Lyn habría logrado escapar, y si Saith seguía vivo significaba que aún había esperanza. Rieller chasqueó la lengua con desaprobación.

—Eso no gustará a la reina. Tener libre al tipo al que llaman Aecen dará esperanza a la gente.

Ahmik tiró de las riendas e hizo un gesto con una mano restándole importancia.

—No te preocupes. No durará mucho con las heridas que le hice. De hecho, después de estos días de camino dudo que siga vivo. Solo un inepto pensaría que alguien tan débil es un dios. —Hyrran recibió aquellas palabras como puños sobre su cuerpo mientras Ahmik clavaba la mirada en él y en Kalil—. Además, la clave está en los linajes reales. Con la ejecución de la princesa Asteller y el rey de Eravia ya no habrá bandos ni fe en los dioses. Kerrakj tendrá que ser aceptada como la única realeza de Thoran.

—Entiendo que es por eso que buscas una ejecución pública —dijo el capitán rythano.

—Una ejecución que se llevará a cabo en cuanto contemos con el visto bueno de la reina.

—Y nos colocará a ambos en una posición aún más privilegiada en su ejército —convino Rieller.

Ahmik asintió con la mirada fija en la capital, que cada vez estaba más cerca.

—¿Has enviado un emisario a Rythania? —preguntó.

—No. Pensé que querrías informar a Kerrakj tú mismo. Al fin y al cabo, eres quien tuvo esta idea y cuyos planes nos han permitido capturarlos. La reina estará satisfecha —contestó Rieller.

—Está bien. Mantenlos con vida hasta que llegue con noticias y todo esté preparado. Cuando tengamos su aprobación los colgaremos en la plaza del castillo y todo Thoran comprenderá cuál es el destino que debe aceptar. Tal vez ella misma quiera ajusticiarlos.

El fuerte capitán asintió de nuevo.

—¿Qué hacemos con los otros? ¿Los mandamos a Rythania?

—Aún no. Enciérralos con el resto de prisioneros hasta que Kerrakj tome alguna decisión. Si la guerra termina como pretendemos, tal vez no le hagan falta más soldados féracen. Será ella quien decida.

Ambos siguieron hablando, pero sus caballos se alejaron del paso de los prisioneros y Hyrran no pudo oír el resto de la conversación. Si ese era el plan tendrían aún unos días, tal vez semanas, hasta que la reina blanca llegase a Lorinet para su ejecución o Ahmik volviese.

Miró a Kalil. Él soportaría un encierro. Estaba acostumbrado a la soledad y las sombras más nauseabundas. También Ziade y Riusdir eran soldados duros de pelar. Sin embargo, se preguntó si la princesa resistiría o se rendiría a la desesperación.

Kalil levantó la mirada y sus ojos, de un verde esperanza, se clavaron en los suyos. Luego, incomprensiblemente, sonrió.

—Saith y Lyn no permitirán que nos pase nada. Ya lo verás —susurró.

Hyrran se sorprendió de que fuese ella quien le transmitiera ánimos en lugar de ser al revés. Estaba tan sorprendido por sus palabras que le devolvió la sonrisa mientras asentía con suavidad. Parecía que no era el único a quien Saith había convencido de ser especial.

No obstante, el desasosiego lo inundó al recordar las palabras de Ahmik mientras se acercaban a las puertas de la ciudad y el bullicio generado por el gentío llegó a sus oídos.

«No te preocupes. No durará mucho con las heridas que le hice. De hecho, después de estos días de camino dudo que siga vivo. Solo un inepto pensaría que alguien tan débil es un dios».

El joven rey echó una última mirada atrás antes de entrar en Lorinet. Si Saith no había aparecido es que algo había pasado. Quería creer con tanta fe como tenía Kalil, pero no pudo evitar la preocupación. Ahmik tenía, sin querer, el control sobre el punto débil de Saith. La amistad que un día compartieron y ante la que su amigo no sabía luchar.

Alzó la vista al cielo con un suspiro mientras un soldado lo empujaba para que siguiera caminando. Ahora que sabía con certeza que no había diosa que lo escuchara desde el cielo se sentía más solo que nunca. Le resultó curioso no haber creído jamás y sentir ahora el vacío de la fe perdida. Tomó aire, pensó en Lyn por última vez deseando que fuese fuerte, y se introdujo en la ciudad ante las sorprendidas miradas que lo acogieron entre sus calles.

—No te acerques tanto o te verán —reclamó Leonard con urgencia tirando de la camisa de Lyn.

Esta se escondió tras el grueso tronco de un árbol al sentir el tirón, aunque estaban muy lejos de los rythanos y sus prisioneros. Los habían seguido durante días, aunque con la herida de Leonard apenas habían podido seguir el ritmo y ahora que los alcanzaban, estos cruzaban las puertas de la ciudad.

Había pensado durante todo el camino en alcanzarlos, sacar el arco y acabar con todos y cada uno de sus enemigos, pero ahora era tarde.

Lyn apretó los puños sintiendo la frustrada ira de no poder hacer nada. En aquel momento habría desatado el poder de Illeck y bañado en llamas a todos los rythanos, pero Hyrran y los demás estaban demasiado cerca. No habría logrado acercarse lo suficiente sin que la vieran y tenía miedo de desatar el poder del ídore por si dañaba a sus amigos, como ocurrió con Dracia. Golpeó la palma de la mano izquierda con el puño de su derecha.

—¡Maldita sea! Han llegado a la ciudad. Será mucho más difícil rescatarlos allí.

—No podemos hacer nada ahora. Lo más sensato es esperar una oportunidad —dijo Leonard cojeando mientras intentaba consolarla.

—Tenemos que entrar. Rescatar a Hyrran y Kalil. Pedir refuerzos y tal vez seguir con el plan. No esperarán un nuevo ataque —insistió nerviosa mientras lo miraba con autoridad.

—Tú eres la reina, pero sería demasiado arriesgado —replicó Leonard girándose y sentándose junto al árbol una vez que prisioneros y soldados se perdieron en el interior de la ciudad—. Si nos han esperado una vez para emboscarnos podrían hacerlo de nuevo, y siendo conocedores de esas entradas secretas hasta el palacio dorado no las dejarán sin vigilancia. —Negó con vehemencia con la misma frustración que la amiathir—. Insististeis en convertirme en estratega de Eravia cuando todo lo que he hecho en mi vida ha acabado mal.

Lyn observó a su amigo. El largo pelo caía sobre su rostro decepcionado.

—No ha sido culpa tuya. Basamos la estrategia en una premisa errónea creyendo que los rythanos desconocían esos accesos. Las lamentaciones no nos servirán ahora.

—Es lo único que sé hacer —se quejó.

—¡No! —Lyn se agachó junto a él y puso las manos sobre sus hombros agitándolo como si quisiera despertarlo de un profundo sueño—. No necesito al Leonard pusilánime ahora, sino al amigo que me ayudará a rescatar a Hyrran y a los otros. No vamos a dejarlos allí.

Leonard levantó la cabeza y la observó pensativo.

—No podemos rescatarlos. Jamás llegaremos a los calabozos sin ser vistos. No tenemos ninguna entrada y jamás pasaremos sus defensas sin ser detectados. No volveremos a verlos... —Hizo una larga pausa antes de continuar—: a no ser que...

Lyn abrió los ojos percibiendo un deje de esperanza en su voz.

—A no ser que... ¿Qué?

—Si quieren una ejecución pública significa que tendrán que sacarlos vivos de los calabozos...

Lyn asintió pensativa mientras volvía a ponerse en pie y miraba el extraordinario y brillante obelisco que surgía del castillo.

—Y que podremos verlo... —continuó la amiathir.

Pensar en ver cómo Hyrran perdía la vida ante sus ojos fue como si una mano atravesase su pecho y estrujase su corazón.

—Es nuestra única posibilidad, pero necesitaremos ayuda —caviló Leonard—. No quedan muchos buenos luchadores en Ortea... y estaría bien encontrar a Saith para hacer eso. Tal vez también haya rebeldes en Lorinet. Gente que no desee ver cómo la princesa Asteller muere a manos de Kerrakj.

Era una idea demasiado vaga, incluso abstracta. No sabían dónde estaba Saith, no sabían si existía esa supuesta resistencia contra Kerrakj en Lorinet y el único luchador capaz que quedaba en Ortea era Ekim, cuyo físico resultaba demasiado llamativo para una misión como esa. Sin embargo, no tenían más opciones.

—¿Cuánto tiempo crees que tendremos? —preguntó Lyn decidida.

—Tanto si esperan a que la reina presencie en persona la ejecución como si esperan una aprobación a la misma, imagino que un par de semanas... siendo optimistas —elucubró él.

Quince lunas para reunir ayuda y rescatarlos a todos. Sabía que no sería suficiente. Más bien era una locura, pero no les quedaba otra opción. El día de la ejecución tendrían que rescatar a Hyrran y Kalil, o ambos perecerían y entregarían el futuro a Kerrakj. Sería entonces cuando se decidiría el futuro de Thoran... y ahora estaba en sus manos.

Cuando Saith abrió los ojos sintió que sus sentidos estaban embotados. Parpadeó con dificultad con la vista aún borrosa. Era como si su cuerpo dormitara cuando él ansiaba levantarse. Sus músculos no respondían a las órdenes de su cerebro.

Poco a poco fue mejorando la visión, aunque seguía sin poder moverse. Gimió de frustración y a su lado una figura pareció sobresaltarse.

Saith giró la cabeza para mirarla y esta se levantó alejándose de él e inclinándose, como un animal que estuviese a punto de huir. De hecho, aquella criatura difería poco de un animal. Tenía pelo en todo su delgado cuerpo y apenas se tapaba con un extraño faldón. Su pelaje era rojizo salvo en la zona del cuello, los ojos y la boca, donde adquiría un tono blanquecino. Sin duda se trataba de una de esas criaturas que interrumpieron la pelea con Ahmik en el bosque.

«¡Ahmik!». Había huido tras herirlo. También le había dicho lo de la emboscada a Hyrran, Lyn y los demás. ¿Qué habría pasado? Intentó levantarse, pero apenas pudo mover los brazos. Cayó por su debilidad de nuevo, tendiéndose en el improvisado lecho en el que se encontraba, hecho de mantas formadas con el pelaje de animales.

Su brusco movimiento pareció asustar al féracen, que se marchó de allí a una velocidad que pocos humanos hubiesen podido igualar. Intentó levantarse una vez más, pero fue inútil. ¿Sería a causa de las heridas que Ahmik le había causado? ¿Habría alcanzado algún punto vital que redujese su movilidad?

Ahora que estaba solo intentó captar toda la información posible de cuanto lo rodeaba. ¿Dónde estaba? Era probable que aún en el interior de la Jungla del Olvido. Estaba en una tienda de lona. Había un rústico mobiliario que contenía botellas de muchos tipos: gruesas, finas, de vidrio claro o más oscuro. Estas contenían líquidos y polvos de todo tipo. También tenía cerca un barreño con agua y paños húmedos. Intentó incorporarse, pero era inútil.

La puerta de la tienda se abrió de pronto y Saith se vio cegado por la claridad. Una nueva criatura entró en el interior. Tuvo que agacharse para poder pasar y se quedó en pie frente a él, mirándolo con sus implacables ojos rojos. Saith lo reconoció al instante. Era el féracen que había capturado a Ahmik y que casi lo mata en un abrir y cerrar de ojos.

Tras él entró otra persona. Era menos alta, y las sombras junto a su vista cansada no dejaron ver su rostro al trasluz. Llevaba una túnica y una capucha similar a la que las criaturas habían mostrado en sus encuentros anteriores.

—Es cierto —dijo el tipo a quien habían llamado Voha en el bosque. Su voz de ultratumba tenía una cadencia extraña. Era como una tela con arrugas hecha sonido.

La figura más baja se acercó y se agachó junto a él, colocando los dedos sobre su cuello y tomándole el pulso. Después examinó su cuerpo retirando unos vendajes que Saith ni siquiera se había percatado que tenía.

—Sí. Está sanando… —dijo una voz de mujer con un deje de sorpresa y desconfianza—. Es como si…

—¿Humano?

—No lo sé, Voha. Nunca he conocido a un humano capaz de sanar así.

—¿Seren?

Saith se sobresaltó al escuchar aquella palabra, pero no pudo reaccionar debido a su cuerpo adormilado. Ni siquiera pudo hablar cuando lo intentó mientras aquellas criaturas planteaban hipótesis sobre él.

—¡No! —dijo la más baja desechando la posibilidad con un movimiento brusco de cabeza—. Eso es imposible.

—Tiene que hablar. Pronuncia nombre importante —aseguró con severidad la enorme bestia clavando sus implacables ojos en Saith.

—Es pronto. Las dosis de Mondha que le hemos administrado para paliar el dolor lo tendrá así al menos un par de días. Pretendía hacerle más llevadera su propia muerte, pero tiene bastante aguante.

—Yaguati dijo que ha movido e intentado levantarse —afirmó Voha.

—Debe haberse asustado. No está acostumbrado a ver humanos en Condena.

Saith reunió fuerzas de donde no las tenía. Intentó levantarse, pero le resultó imposible. No obstante, pudo mover el brazo unos centímetros. Lo suficiente para que sus improvisados cuidadores lo percibieran.

—Hyrran… —murmuró con un hilo de voz apenas audible.

Sabiendo que apenas podría articular palabra, se decidió por aquella que tanto había llamado la atención de la criatura tras su combate con Ahmik, antes de perder el conocimiento. Pese a lo bajo que habló, la criatura se agachó y lo agarró de la camisa incorporándolo casi sin esfuerzo.

—¿Qué sabe de Hyrran? ¡Habla! —inquirió.

—Peligro… —balbuceó.

—Es imposible —dijo la mujer acuclillándose junto a Saith. Puso la mano sobre sus mejillas y le examinó los dientes como haría con un caballo que acabase de comprar—. Ni siquiera debería estar consciente.

—Yo… tengo que… proteger… —El esfuerzo hizo que sintiese una quemazón fuera de lo normal, como si sus heridas se abriesen multiplicando su dolor. Apretó los dientes para continuar y consiguió levantar la cabeza un par de centímetros—. Aecen.

Al pronunciar aquellas palabras se derrumbó agotado. Pese a que Saith no veía con claridad, pudo percibir la sorpresa en ellos. Quiso seguir hablando, pero no consiguió decir nada más. Los labios no se abrían y la lengua no respondía. Casi le costaba respirar. Apenas los podía ver.

La mujer se levantó con tal violencia que la caperuza resbaló hacia atrás dejando su cara al descubierto. Pese a lo borroso que le hacía percibir las cosas su malogrado sentido de la vista, le pareció ver a una mujer de pelo corto y moreno con ojos grandes y marrones. No había en ella rastro de pelaje, garras o colmillos como en el resto de féracen. Parecía humana.

—¿Tú también visto destello en ojos? —dijo Voha, que aún permanecía agachado junto a él— Es como si… sangre féracen.

—¡Aléjate de él! —dijo ella con un tono tan gélido e implacable que Saith temió que lo abandonaran a su suerte allí mismo—. Este chico… No es normal. Debiste dejarlo morir en el bosque.

Voha se levantó mientras la mujer se separaba de ellos con un par de pasos que mostraban menos seguridad de la que su rostro buscaba aparentar. Por algún motivo parecía asustada.

—No dejes, Visne. Necesito recupera y cuenta qué pasa Hyrran.

Ella cabeceó reticente.

—¿Desde cuándo te importan tanto los humanos?

La fuerte criatura compuso una extraña mueca que dejó al descubierto sus colmillos y miró a Saith con ojos cautos.

—Desde que uno me salva de prisión que desangraba cada día. Si está en peligro, no queda de brazos cruzados.

Durante unos segundos, ambos permanecieron mirándose sin decir nada. Como si se evaluaran. Finalmente, la mujer llamada Visne volvió a mirar a Saith y chasqueó la lengua disgustada.

—Está bien. Lo cuidaremos hasta que se recupere, pero cuando te cuente lo que quieres saber lo mataremos. Si Crownight o Kerrakj descubren los secretos de Condena, Thoran estará perdida.

Voha asintió antes de que Saith persistiera en el esfuerzo para hablar. El interés de la criatura lo mantendría con vida, al menos por un tiempo. El mismo tiempo que corría contra Hyrran y los demás si las palabras de Ahmik eran ciertas. Sus pensamientos fueron difuminándose en su mente y acabó rindiéndose a los poderes anestésicos de la flor de Mondha. Supo que volvería a estar bien y, entonces, tendría que luchar por escapar, ayudar a sus amigos y porque Thoran viese el sol un día más. Solo esperó que no fuese tarde.

FIN DEL SEGUNDO LIBRO

Agradecimientos

Gracias. No hay mejor forma de iniciar unos agradecimientos. Gracias a ti, que terminas esta novela —espero que con buen sabor de boca— y que has acompañado esta historia desde sus inicios. Gracias por ayudarme a hacer mi sueño realidad.

Cuando empecé esta aventura y me decidí a contar mi propia historia tenía un objetivo muy sencillo pese a las dificultades del camino. Quería hacer volar la imaginación de alguien, no me importaba si eran una o dos personas, y quería dejar una pequeña huella en el mundo para que, cuando no esté, mis hijos, nietos u otros descendientes pudiesen recordarme. Pretendía que esta aventura fuese algo así como «mi legado».

Lo que no esperaba es la acogida que tuvo la primera novela. En apenas seis meses, *La vida sin fin* ya contaba con medio millar de lectores y en poco más de un año los había superado con creces, lo que para mí, que jamás había escrito un libro, resultaba abrumador. Comentarios que me pedían la continuación, que me animaban a escribir, que me «amenazaban» cariñosamente pidiendo que no se me ocurriese dejar esta historia incompleta. A todos aquellos que me lo habéis dicho en la calle, en ferias del libro, por redes sociales, por teléfono... Gracias. No sabéis la fuerza y la ilusión que me habéis infundido en muchas ocasiones, tan necesarias para llevar a cabo un proyecto tan largo y trabajoso.

Os pido perdón por los continuos retrasos, por mi impaciencia y por el perfeccionismo que me obligaba una y otra vez a retrasar las fechas pretendidas. Quería ofreceros este libro cuanto antes, pero no a cualquier precio. No a cambio de la calidad, así que mis disculpas. También os pido perdón si habéis encontrado alguna errata. Os aseguro que me gustaría contar con el dinero suficiente para contratar a alguien que trabajase por mí y que he tardado más corrigiendo este mastodonte que escribiéndolo, pero es una ardua labor que difícilmente lograría llevar a cabo sin fallo alguno, así que perdón y gracias.

Gracias a Samu, cuyos comentarios retrasaron este libro haciéndole mucho bien. Gracias a él esta novela es la que hoy es. Gracias a Carol por sus observaciones como lectora beta que tanta idea me dio sobre los caminos de esta historia y la interpretación de los personajes. Gracias a Jose Miguel, que esta vez no pudo ayudarme como beta por mi impaciencia, aunque finalmente los retrasos tal vez se lo hubiesen permitido. Él sabe lo importante que es para esta historia. Gracias a Eli, mi nueva lectora cero y también mi mejor amiga. Sin ella habría muchas veces que los ánimos me habrían abandonado. Su apoyo ha sido esencial para que este libro esté hoy en tus manos... literalmente, pues ha vendido más libros con sus recomendaciones que yo mismo.

Gracias a escritores como Borja Espejo, Ana Riveiro o Lara C. Pérez. Ellos me han apoyado con su mejor intención, pero han resultado ser tan importantes para mi desarrollo como escritor que me decidí a dedicarles un personaje en la historia a cada uno —Bespej, Arivei y Caral respectivamente—. Lo merecen y os recomiendo dar una vuelta en Google y echad un ojo a sus obras, porque además de grandes personas, tienen un enorme talento. Al igual que Ángel Román y Javier Raya Demidoff, quienes con sus oportunos comentarios dieron forma definitiva a la segunda edición de este libro.

Gracias a mis buenos amigos, que tanto me han apoyado y que no han dudado en pedirme esta nueva entrega. A mi familia por su apoyo constante. A Jesús con su

«¿dónde está mi puto libro?» y su «¿y de lo mío qué?», agradables a la par que amigables frases que me hacían escribir con una sonrisa. Gracias por todo. Sois esas oportunas recargas de batería que me impidieron procrastinar.

Espero que os haya gustado esta segunda entrega y prometo que la tercera, esa que cerrará la trilogía, será el libro más épico de los tres y no os defraudará. Ese es mi nuevo reto autoimpuesto. Gracias a todos.

JORGE GONEX
(10 de abril de 1983, Sevilla, España)

Aficionado a la lectura desde muy pequeño y viviendo aventuras a través de los libros, estudió Derecho en la Universidad de Sevilla.

Con una vida siempre relacionada al mundo de la escritura, ha trabajado durante muchos años como redactor y editor en portales deportivos y tecnológicos.

Amante de la fantasía en videojuegos, libros, series y películas, decidió embarcarse en el sueño de contar sus propias historias y hacer sentir lo que a él hicieron sentir otros libros al sumergirlo en sus mundos. Ahora el sueño es que sus historias puedan ser disfrutadas por todos.

Con su primer relato resultó ganador del concurso realizado por el Real Betis Balompié S.A.D, y con su primera novela, Jorge Gonex recibió elogios varios desde diversos ámbitos. Tanto es así que el portal web *losmejoreslibros.top* lo catalogó como uno de los descubrimientos del año y recomendó la novela en su decálogo *"10 obras de fantasía que no te puedes perder: más allá de Tolkien, Martin y Rothfuss"*. Además, el libro llegó a ser número uno en Amazon, convirtiéndose durante varios días en el más vendido de su género en todo el mundo. *La vida sin fin*, fue galardonada en los Premios Avenida como el mejor libro autopublicado de 2021.

El rey sin linaje es la segunda entrega de su trilogía.

Printed in Great Britain
by Amazon

95b535ae-3aa4-48bf-bdd7-3e5efcbd1a66R01